위대한 영혼의 미소

Smile of the Great Spirit

위대한 영혼의 미소

ⓒ 이한옥, 2021

초판 1쇄 발행 2021년 12월 8일

지은이   이한옥
펴낸이   이기봉
편집   좋은땅 편집팀
펴낸곳   도서출판 좋은땅
주소   서울특별시 마포구 양화로12길 26 지월드빌딩 (서교동 395-7)
전화   02)374-8616~7
팩스   02)374-8614
이메일   gworldbook@naver.com
홈페이지   www.g-world.co.kr

ISBN   979-11-388-0448-6 (03810)

위대한
영혼의 미소

이한옥 장편소설

좋은땅

시작에 앞서

수많은 사람들이 본향을 등졌다. 새로운 삶을 향한 대이동의 물결이다. 전쟁과 가난, 격변의 노도를 헤쳐 온 한국인들이 약탈과 정복의 땅에 왔다. 미국의 동녘 황량한 땅에 홀씨로 떨어졌다. 풍랑에 맞서고 냉천 고비 넘으며 움을 틔우고 줄기를 키운다. 변변찮은 잠자리에 몸을 뉘었고 밖을 나서면 까막눈이나 말더듬이가 되었다. 산 설고 물 선 야성의 숲에 미물로 착생한 이민들, 영광보다는 슬픔과 잔인함이 없는 내일을 기대하며 살아간다.

이 소설은 1970~1980년대 코리안 뉴요커들의 이민 역정을 다룬 이야기다. 미국이라는 이민국가의 승리주의 실상과 배금주의 민낯을 들여다본 기행서이기도 하다. 옥토를 찾아 터전을 옮기고 언어와 행동을 바꾸며 개척의 지평을 열어가는 한국인 이민들의 애환을 누가 기억할까. 인고와 눈물로 점철된 그들의 한 시대 여정이 민족 진화사에 작은 구비로라도 남겨질 수 있다면, 필자는 비단에 수를 놓았나 싶겠다.

후예들은 오늘도 겨운 짐을 걸메고 "내 손 놓지 마세요." 하며 이방의 등마루를 넘는다.

목차

제1부

메러디스 남자

바깥 낌새가 불길하다. 수상한 그림자가 바람처럼 스치고 창턱에서 깃을 고르던 비둘기들이 파드닥 놀라 피한다. 기수가 두 손을 털며 문을 박차고 나갔다. 발을 구르더니 한 무리를 쫓아 질풍처럼 내달렸다. 자민도 하던 일을 동댕이치고 뛰쳐나갔다. 문 앞에 세워둔 밴의 뒷문이 활짝 열려 있고 불현듯 스쳐간 예감대로 밴 안의 공구 박스 하나가 사라졌다. 또 도둑을 맞은 것이다. 벌건 대낮에 눈 뜨고 당한 순식간의 일이다. 그들에게 공구는 직업적 소유물 이상의 생존 도구였다. 자민은 주저앉을 듯 기운이 빠지고 정신이 멍했다. 거리가 내려앉고 상점 건물들이 기울어 보였다. 치미는 화를 누르며 쾅, 하고 밴의 문을 부서져라 닫자 지나던 사람들이 주춤주춤 옆으로 물러서 피해 갔다. 얼굴이 가무잡잡한 신문 가판대 남자가 무슨 일인가 하고 자민을 쳐다보더니 이내 시선을 돌렸다.

출렁이던 시간은 다시 평온한 쪽으로 흐르고 거리는 아무 일이 없는 듯 떠들썩한 인파로 붐볐다. 너절한 거리는 뒤처진 동네에서 풍기는 먼지 냄새가 났다. 도둑을 쫓아갔던 기수가 거친 숨을 몰아쉬며 돌아와 분에 못 이겨 씩씩거렸다. 용눈썹을 치키며 누구라도 눈에 거슬리면 덤빌 기세로 부리부리한 눈을 굴렸다.

"놓쳤지?"

자민이 허탈한 표정으로 물었다.

"녀석들이 숨어들어 간 쪽은 알겠는데, 잽싸게 사라졌어."

"어떤 녀석들이야?"

"애송이 깜씨들."

기수는 달아난 검은 피부의 아이들을 깜씨라 했다.

"노리는 녀석들한텐 못 당한다니까. 창문을 안 부순 게 다행이야. 오늘 공사를 마쳐야 하는데 하필 라우터를……."

한두 번 당한 게 아닌 듯싶었다. 자민은 두 팔을 뻗어 밴 모서리에 어슷하게 기대고 애써 열분을 삭였다.

"요것들을."

기수는 팔을 질끈 걷어붙이고 가슴을 들썩였다. 턱을 뒤틀며 녀석들이 달아난 방향에서 눈을 떼지 못했다. 마켓 내부 공사를 시작한 지한 달이 지나고 마지막 진열장 공정이 끝나갈 무렵이다. 스테인리스강 상판을 덧씌우기 위해서는 곡선 마름용 라우터가 있어야 하는데 도둑을 맞았으니 난감한 상황이 되고 말았다. 여느 때처럼 밴 안에는 작업 공구와 자재들이 가득 실려 있었다. 위험이 도사린 혼탁한 상가 지역에서 공사할 때는 밴을 항상 공사현장 앞 도로에 주차해두었다. 밴안의 비싼 공구들이 좀도둑들의 표적이 되었기 때문이다. 예전에도 브롱크스와 할렘에서 도둑을 맞은 적이 있고 지금 공사 중인 브루클린 현장에서도 며칠 전 드릴 머신이 감쪽같이 사라져 조심하곤 했는데,

깜박 잊고 밴의 뒷문을 잠그지 않은 것이 화근이었다.

공사를 진행할 수 없었다. 둘이서 마주 보며 골머리를 모으는 동안 들개들이 먹이를 찾듯 또 다른 흑인 아이들이 어슬렁거리며 마켓 안을 기웃거렸다. 녀석들도 십중팔구 그런 패거리라 여긴 기수가 눈을 부라리며 왼손으로 각목을 집어 들었다. 한 발짝 다가가 오른손 엄지와 검지 총질로 머리통을 겨냥했다.

"꺼지지 못해!"

녀석들은 가운데 손가락을 뻗쳐 보이고는 건들건들 뒷걸음질을 치며 내뺐다.

손을 놓고 우두커니 서 있을 겨를이 아니었다. 치미는 울화를 인내심으로 수습하기엔 불끈거리는 복수심과 자존심이 용납하지 않았다. 기수는 허리에 찬 공구 벨트를 풀어 차량 짐칸에 던졌다. 불끈 쥔 주먹으로 코끝을 훔친 다음 눈심지를 돋우고 밴에 올라 시동을 걸었다.

"잡히기만 해봐. 이 쥐새끼들."

기수는 부드득 이를 갈며 다시 씩씩거렸다. 잡히면 어느 한 곳 요절을 내든가 머리통을 날려버릴 듯한 분기가 온몸에 가득했다. 자민은 잠시 망설였지만 자제력을 잃어버린 기수의 의지를 제지하지 못하고 함께 차에 올랐다. 큰길을 돌아선 밴은 서너 블록 떨어진 인적 없는 어둑한 길로 들어섰다. 퇴락의 길로 접어든 지 오래되어 떠돌이 개와 길냥이들이 차지한 구역이다. 십여 년 전 시민들의 폭동으로 폐허가 된 후 마른 잡초가 우거지고 잡동사니가 널브러진 채 그대로 방치된 곳이다. 건물 너머로 육중한 브루클린 브릿지 교각이 보였다. 불에 탄 건물들은 철제 셔터마저 뜯겨져 나갔고 창문들은 군데군데 부서졌으며, 플라이우드로 창문을 둘러친 곳엔 스프레이 낙서가 잡다하게 뿌려져 있었다. 가로수마저 시들시들 죽어가고 녹슨 소화전만이 덩그러니 버티고 있는, 온갖 오물이 나뒹구는 황망하기 짝이 없는 거리다.

"어느 쪽이야?"

"저 다리 아래 굴뚝이 있는 붉은 벽돌 건물."

그들은 느릿느릿 차량의 속도를 줄이고 주위를 살피며 녀석들의 소굴이 있을 법한 붉은 건물을 향해 천천히 나아갔다.

"그냥 돌아가 하드웨어 숍에서 다시 하나 사는 게 낫겠어."

자민이 무모한 일이라 여겼는지 차를 돌리자고 했다.

"조무래기들이야. 분명 저 안에 있을 거야."

"덮치려고?"

"내게 맡겨."

"차라리 캅을 부르자."

"캅? 어느 세월에. 나중에 오라 가라 어기대기나 할 텐데."

기수는 막무가내였다. 감정의 안정도로 볼 때 끝장을 보겠다는 심산이었다. 철망 울타리가 기울어진 붉은 건물 앞에 다다랐다. 핸들을 잡고 있던 기수가 차를 세우고 몸을 벌떡 일으켰다. 모서리가 폭격을 맞은 것처럼 허물어지고 창문이 떨어져 나간 건물 안에서 키득거리며 장난을 치고 있는 녀석들을 발견한 것이다. 기수가 몸을 돌려 차량 뒤쪽을 두리번거렸다. 녀석들을 제압하기 위해서는 뭔가 위협적인 무기가 필요했다. 짐칸에 걸려 있는 공사용 긴 쇠사슬이 눈에 띄었다. 그는 재빨리 차에서 내려 쇠사슬을 꺼내 단단히 감아쥔 다음 천천히 흔들며 중국영화에 나오는 무사처럼 건물을 향해 저벅저벅 쳐들어갔다. 녀석들은 독 안에 든 쥐였다. 자민은 사태의 두려움에 몸을 사리며 말렸지만 기수는 이미 건물 앞에 다가가 퉷, 하고 침을 뱉고는 목에 핏줄을 세웠다.

"네 이놈들! 나오지 못해?"

훔쳐간 것 즉시 내놓지 않으면 뼈도 못 추릴 거라는 엄포였다. 그러면서 두 다리를 뻗어 벌리고 쇠사슬을 내리쳤다. 보다 못한 자민이 염려 돋친 소리로 기수를 다시 말렸다.

"그만 돌아가자. 녀석들 총이 있을 거란 말이야."

별안간 들려오는 고함과 땅을 끄는 쇠사슬의 절그렁거리는 소리에 밖을 내다보던 녀석들은 독수리의 공격에 놀란 까마귀들처럼 뛰쳐나와 쏜살같이 건물 뒤쪽으로 도망을 쳤다. 그중에 모자를 뒤로 돌려 쓰고 '뉴욕 닉스' 농구복을 입은 녀석은 얼마나 혼비백산했던지 건물 귀퉁이에 머리를 박고 꼬꾸라졌다. 허겁지겁 줄행랑을 치던 녀석들은 벌벌 기고 있는 그를 부축해 끌고 갔다. 철망 울타리 너머로 사라진 것은 눈 깜짝할 새였다. 녀석들은 치노라 놀려 부르던 차이나 갱들이 그곳까지 쳐들어올 줄은 상상을 못 했고, 먼저 살인적 무기로 공격을 당하거나 안전을 장담할 수 없는 상황이 되자 겁을 먹을 수밖에 없었다. 거침없이 덤벼드는 검은 머리 젊은 아시아인을 보면 차이나 갱으로 넘겨짚는 단순지식 안에 갇혀 있는 아이들이었다. 쿵푸영화가 유행하던 때라 그런 부류의 뉴욕 아이들은 무지막지한 차이나 갱들을 두려워했다. 대부분의 영화에서 복수의 끝은 끔찍하고 잔인한 최후로 대가를 치렀기 때문이다. 사실을 증명하듯 맨해튼 동남부에 자리한 차이나타운에는 들치기를 하거나 검은 손을 놀리는 것들은 얼씬도 못했다. 그곳에서 잘못 걸리면 소리 소문 없이 처단 당한다는 과장된 풍문이 그들 세계에는 파다하게 퍼져 있었다.

　잔인무도한 갱에게 걸려들었나 싶게 감쪽같이 도망친 녀석들을 뒤쫓기에는 거리적으로 상황이 너무 멀어져버렸다. 두 사람은 녀석들이 사라진 쪽을 무연히 바라보며 계속 추격할 것이냐 말 것이냐를 놓고 망설였다. 현명한 대처는 우선 분기를 가라앉히고 복수심을 뛰어넘어 냉정해지는 거였다. 공사장에 투입되어야 할 시간과 감정을 더 이상 소모할 수 없었다. 자민은 허탈한 날숨으로, 기수는 허공을 향한 발길질로 분함을 떨어내며 돌아섰다.

　자민은 보통의 젊은이처럼 상식적인 사고를 지닌, 허튼짓을 하지 않는 유순한 부류에 속했다. 작은 즐거움도 크게 늘려서 환한 웃음으로 사람의 마음을 끄는 유연하고 긍정적인 사람이었다. 하지만 미국 생활, 더해 말하면 혹독한 생존 투쟁의 뉴욕 생활에서 예민하고 사나운 야생 동물처럼 변해갔다. 기수는 웬만한 일에도 물불을 가리지 않고 덤볐다. 월남 전사라 으스대며 매사를 만만하게 보는 버릇이 있었는데 허풍은 아니었다. 그에겐 옹이 박힌 주먹만큼이나 억센 저돌성이 있었다. 대부분의 이민자들이 그렇듯, 미국이라는 야성의 숲을 헤쳐 나가려면 무엇이든 대적할 생존 도구를 갖춰야 했다. 그들은 불에 달궈진 무쇠처럼 강인한 종족으로 진화 중이었다.

　녀석들의 소굴이 궁금했다. 단지 라우터 하나를 되찾기 위해 쳐들어온 이유를 접은 채 건물 안으로 조심조심 들어갔다. 폐허가 된 낯선 곳은 으레 두려움이 따르기 마련이다. 긴장감이 도는 무단 침입이다. 열려 있는 출입문은 부서진 채 비스듬히 기울어 바람에 흔들리고 손잡이는 금방이라도 빠질 듯 삐져나와 있었다. 문설주에 붙은 고장 난 초인종은 꺼뭇하게 녹이 슬었다. 문짝에 대각선으로 갈겨 뿌린 '엿 먹어라, 꺼져!'라는 검은 스프레이 낙서가 섬뜩했다. 어둡고 음습한 건물 안에는 불을 지피던 흔적과 그을음으로 덮인 흉물스런 것들이 어질러져 구질구질했다. 시선을 조여 둘러보는 동안 조금 전 훔쳐온 라우터와 지난번 잃어버렸던 드릴 머신을 포함하여 값이 나갈 만한 물건들이 눈에 띄었다. 구석에 모아둔 것이 짐승들이 겨울잠이나 나중을 위해 물어다 놓은 것 같았다. 범죄 현장으로 딱 어울리는, 제대로 발을 디딘 도둑 소굴이었다. 음험한 어두움이 차차 익숙해졌다. 반대편 창으로 브루클린 브릿지 위를 달리는 차량들이 보이고 채광창을 통해 건물 안을 사선으로 비추이는 빛 사이로 미세한 먼지가 일어 올랐다. 한 발짝 한 발짝 걸음을 옮길 때마다 낡은 마룻장에서 삐거덕거리는 소리가 났다. 구석진 곳마다 거미줄이 엉켜 있고 불결한 것투성이였다. 지린내와 퀴퀴한 곰팡이 냄새가 코를 찔렀다. 푸르틱틱한 회벽은 물벼락을 맞은 듯 얼룩으로 귀기를 띠고 군데군데 벗겨진 페인트가 가랑잎처럼 너덜거렸다. 한때는 누구의 소용물이었을 부서진 가구나 불에 그을린 생활용품들이 널브러져 먼지 속에 나뒹굴고 있었다. 두 사람이 등을 맞대고 주위를 돌아보는 동안 갑작스런 인기척이 났다. 층계 옆으로 이어진 복도 끝 어둑한 곳에 뜻밖에도 남루한 차림의 부랑자 서너 명이 낡은 소파에 웅크리고 있었다. 떠돌이 들짐승이라도 만난 것처럼 그들은 화들짝 놀라며 낯선 침입자들을 노려봤다.

'저들도 한패인가?'

기수가 쇠사슬을 단단히 움켜 감으며 다음 태세를 보이려 하자 자민이 아닐 거라며 고개를 저었다. 부랑자들은 입을 꾹 다문 채 예상할 수 없는 아시안이 그곳에 들어온 까닭을 이해할 수 없다는 듯 자기들끼리 멀뚱한 눈빛만 주고받았다. 무덤 근처에 웅크리고 있는 유령들 같았다. 자민과 기수는 그들과는 상관이 없음을 알아차리고 주섬주섬 공구를 챙겨 돌아섰다. 그들이 누구인지 왜 그곳에 있는지 굳이 따져서 복잡하게 얽힐 필요가 없었다. 얼핏 봐도 도둑 패거리는 아니었다.

그때, 서투른 억양의 한국말이 들려왔다.

"안녕하세요?"

자민이 깜짝 놀라며 그들에게 다가가 물었다.

"한국 사람이 있소?"

그들 무리 중 나이가 들어 보이는 난발의 백인 노인이 어둑한 곳에서 다시 같은 인사를 해왔다.

"안녕하세요?"

"한국 사람이오? 어, 저 사람은?"

자민이 눈을 가늘게 뜨고 더 다가갔다. 언뜻 보니 어디선가 본 듯한 얼굴이었다. 세상 모든 일엔 다 그럴만한 이유가 있는가. 잠시 후 상상조차 할 수 없는 일이 그 안에서 일어나게 될 줄 정녕 몰랐다. 자민이 고개를 수긋이 기울여 어둠에 가려진 노인의 얼굴을 살피며 다시 물었다.

"나를 아세요?"

백인 노인이 자민을 보고 씁쓸한 미소를 슬근히 내보이며 고개를 끄덕였다. 함께 있던 부랑자들도 기수도 영문을 모른 채 놀랍다는 듯 노인 곁으로 다가왔다. 이리저리 노인을 살피던 자민이 기절할 듯 비틀

하면서 그 자리에 풀썩 주저앉았다. 자민은 엉거주춤 무릎을 구부린 채 백인 노인의 손을 잡고 그의 이름을 불렀다.

"잭!"

그가 잭이 맞는다며 고개를 다시 끄덕였다. 자민은 멀쩡하던 잭이 왜 이렇게 부랑 노인으로 변했으며 하필 이런 곳에서 우연히 만나게 된 이 상황을 어떻게 이해해야 할지 몰라 말문이 막혀버렸다. 아무리 기이한 인연이라 해도 이처럼 엉뚱한 곳에서 다시 만날 수는 없는 일이었다. 잭의 차림새는 최악의 행색이었다. 보풀이 엉켜 붙은 누더기 옷은 땟국에 절어 있고 소맷부리와 바짓자락은 너슬너슬했다. 헝클어진 머리가 턱밑까지 가리고 고개는 한쪽으로 기울어 굳어진 듯했다. 거친 호흡과 잦아드는 목소리는 이미 건강 상태가 상당히 위험한 지경에 와 있음을 말해주었다. 간간이 치뜨는 눈빛조차 마약에 취한 떠돌이 병자처럼 흐렸다. 두 손은 파르르 떨다가 멈추곤 했다. 쉰 마루턱을 넘어선 그는 육십 줄도 지나 보였고, 너무도 쇠약하고 떼꾼하게 변해버린 모습에 가슴이 미어지고 갈피를 잡을 수 없었다. 두 해 만에 만난 잭의 초췌한 행색과 지금의 이해할 수 없는 황당한 처지에 자민은 반가움보다 노여움이 치밀어 올랐다. 자민이 추궁하듯 목소리를 높여 물었다.

"왜 이런 곳에 와 있는 거야?"

"브루클린 리햅 센터에 있었는데 정키들 때문에 구역질이 나서 나왔어. 죄 비틀대는 약쟁이들에다 자유도 없고 명령뿐이었어."

"그러면 그동안 재활원에 있었다는 거야?"

"음."

"맙소사! 언제 나왔어?"

"지난봄에."

"지난봄? 반년이나 이곳에서 살았단 말이야?"

"아마도."

잭의 대답은 태연했고 자민은 걷잡을 수 없는 분노가 일었다.

"먹을 것은 어디서 구해?"

"다리 옆 캐드먼 공원에서 봉사단체 사람들이 나눠줘. 맨해튼에 가서 베깅할 때도 있고."

"베깅? 구걸한단 말이야?"

"음."

아무렇지도 않다는 듯 고개를 끄덕이는 잭을 보고 자민의 가슴이 미어졌다. 그사이 사람이 어찌 이처럼 피폐해졌단 말인가.

"무니* 친구들도 가끔 와."

"무니? 설마 그 꽃팔이들?"

"그 사람들이 물이랑 옷도 갖다줘. 이야기도 나누고."

자민은 다그치듯 다시 물었다.

"지금 이곳을 점거하고 있어도 되는 거야? 건물 주인을 알아?"

"몰라, 아마 주인이 없을 거야. 누가 허물어진 건물에 세금을 내겠어?"

"그래도 그렇지, 집에서 얼마나 찾고 있는데 왜 이런 곳에 있어?"

---

* 뉴요커들은 통일교 교주 문선명을 애칭으로 '무니'라 불렀다. 맨해튼 중심가의 43층짜리 통일교 건물도 '무니스 빌딩'이라 했다. 뉴욕에는 장미꽃을 팔러 다니는 통일교 신도들이 자주 눈에 띄었다.

"가고 싶어. 하지만 아직은 여기가 편해."

"편하긴 뭐가 편해? 이게 사는 꼴이야?"

"그래도 컨트리 뮤직 빼고는 다 있어."

유난히 컨트리 송을 좋아하던 잭은 그 와중에도 찌그러진 라디오라도 없어서 아쉽다는 눈치였다.

"어머니가 애타게 찾고 있는 걸 알기나 해?"

"그래, 알아."

"그럼 알렸어야지."

"메러디스에 언젠가는 가야지. 지금은 아냐."

메러디스^{Meredith}는 뉴햄프셔주 맨체스터에서 북쪽으로 60마일쯤 떨어진 그의 고향인 작은 타운이다. 자민은 자신을 누더기로 겹겹이 말아 감추고 있는 잭을 어떻게 꾸짖어야 할지 몰랐다. 그나마 일말의 정신줄은 놓지 않은 듯했다.

"왜 도둑질하는 녀석들과 함께 있어?"

"근처 어디에 사는 애들인데 훔친 물건 여기다 숨겨놓고 가. 우리도 녀석들이 누군지 잘 몰라. 쟤하고만 쑥덕거려."

잭은 낯빛이 창백하고 비쩍 마른 갈색 고수머리를 턱으로 가리켰다. 잭은 좀도둑 아이들이 들락거리는 것에 관심조차 없는 듯 보였다.

"몸은 어때? 다리도 성치 않잖아?"

잭의 불편한 다리를 바라보며 질책하는 자민의 눈에 어느새 눈물이 그렁그렁했다.

"지금은 괜찮아."

"곧 추워질 텐데 어떡할 거야?"

잭은 대답 대신 어깨를 움찔해 보이며 옆에 있는 자기보다 훨씬 젊은 노숙 동료들을 소개했다.

"녀석들, 베트남 전쟁에 참전했던 친구들이야."

그들의 행색 또한 잭과 별반 다르지 않고 가련해 보이기 짝이 없었다. 후줄근한 차림에 목욕은커녕 적어도 몇 달은 이발조차 하지 않은 것이 분명했다. 텁수룩한 수염의 남자는 구멍이 송송 난 털모자를 귀밑까지 내려 쓰고 자릿내 풍기는 누더기 담요를 뒤집어 쓴 채 약쟁이처럼 늘어져 있었다. 한때는 갈채를 받으며 절벽도 뛰어내렸을 용맹한 병사였으련만 무엇에 희석되어버렸는지 그들의 기백은 어디에서도 찾아볼 수 없었다. 쇠사슬을 거머쥐고 삐딱이 서 있던 기수가 나섰다. 자기도 베트남 참전용사라며 그들에게 다가가 뻐기면서 악수를 청했다. 그들은 악수 대신 기수가 내미는 손바닥을 친 다음 주먹을 내밀어 주먹치기 인사로 참전 동지애를 보였다. 눈빛이 벌건 갈색 고수머리가 난딱 일어나 기수에게 쌈지담배 하나를 조그맣게 말아 권했다.

"골드야, 컬럼비아 골드. 쟤 컬럼비아 삼촌이 그거 비즈니스 해."

잭이 나서서 말을 던졌다.

"골드?"

기수가 의아한 듯 물었다.

"최고야! 지독한 놈."

고수머리가 소매 밖으로 손을 꺼내 엄지를 뻗쳐 보였다. 땟국으로 메마른 손등이 파충류 거죽처럼 갈라지고 뼈마디는 앙상했다. 기수가 받아 들어 손가락 사이에 넣고 굴리다가 새끼주머니에 넣었다. 골드는 마리화나 중에 금색 씨앗이 섞인 특급 제품을 뜻하는 그들만의 통용어였다. 보통의 이파리 대마초보다 세 배나 비싸고 눈자위에 핏기가 돋을 만큼 효과도 강력했다.

잭은 한국말을 잊지 않고 여전히 잘했지만 예전과는 너무나 동떨어진 언행을 보여 자민의 마음은 뭉개질 지경이었다. 그곳이 지나던 길 쉬어 가는 어디쯤이 아니라 자기에게 알맞은 안식처라 여겼고 그곳을 떠날 것 같은 어떤 낌새도 보이지 않았다. 마치 과거를 묻어버린 사람처럼, 어둑한 풀숲에 늘어져 있는 짐승처럼, 아무런 기다림조차 없이 스스로를 깊숙이 유폐하고 있었다. 잭이 왜 그런 딱한 처지가 되었는지 사연을 묻기에는 상황이 너무 혼란스러웠다.

"잭, 우선 내 집으로 가자."

자민은 몸을 더 구부리고 잭의 손을 잡은 채 다정히 얼렀다. 잭은 고개를 흔들었다. 털고 일어나 육신과 마음을 추스르기엔 엄두가 나지 않는다는 표정이다. 꽁꽁 굳어버린 세월의 무게가 그를 짓누르고 있었다.

"알았어, 그럼 조금만 기다려, 내가 곧 집에 데려다줄 테니."

잭은 입을 닫고 신음이 섞인 가쁜 숨만 내쉬었다.

"내일 다시 올게."

자민은 떨고 있는 그의 손을 힘주어 다독였다. 잠시 침묵이 이어졌다. 잭은 내심 그래주기를 바라는 듯 초점을 잃은 동공을 아래로 내렸다. 지탱할 힘이 얼마 남지 않았으니 손길을 내밀어 달라는 눈빛이었다. 돌아서는 자민의 발걸음이 차마 떨어지지 않았다. 기수가 먼저 밖으로 나갔다. 마룻바닥의 삐걱거리는 널빤지 소리가 귀를 긁었다.

브루클린의 늦은 가을, 이스트강에서 불어오는 차가운 바람 한 줄기가 낙엽 몇 잎을 건물 안으로 쓸어 넣고 지나갔다. 바람에 휘청하는 자민을 기수가 부축하여 차에 태웠다.

"이럴 수가!"

자민이 탄식조의 한숨을 토하며 두 손으로 얼굴을 감싸 비볐다.

그날 이후 자민은 하루걸러 잭에게 따뜻한 음식을 사다 주고 가당치 않게 방치된 처지를 위로하며 동태를 살폈다. 치아가 군데군데 빠져 버린 잭은 체리나 토마토, 바나나 같은 씹기가 편한 과일들을 좋아했다. 이왕이면 오래 보관하고 먹을 수 있도록 덜 익은 과일들을 골라다 주었다. 도둑 패거리 녀석들은 더 이상 얼씬거리거나 그림자조차 보이지 않았다. 아니면 어딘가에 숨어 이따금 훔쳐보는지도 몰랐다.

잭을 찾을 때마다 자민의 마음은 몹시 무거웠다. 부랑자들은 모두가 아파 보였고 더러운 소파에 게으르게 앉아 있거나 서로에게 몸을 기댄 채 입을 굳게 닫고 있었다. 손을 들어 인사를 해도 반가워하지도 않았고 좋아하는지 싫어하는지 알 수 없는 애매한 표정만 지었다. 죽음을 기다리는 늙은 사자처럼 시선을 아무 데나 두고 미동도 안 했다. 떠돌이 미국인에 대한 괄시적 관점으로 볼 때, 그들은 미쳐가는 중이거나 어디론가 들것에 실려가야 할 사람들이었다. 육체의 영향력을 상실한 잭 또한 움직임조차 없이 시간만 때우고 있었다. 감정의 동요나 의식 상태도 가늠할 수 없었다. 간신히 겉만 살아 버티는, 썩어가는 고목이었다. 어둡고 칙칙한 소굴은 숨을 자르는 역겨운 냄새가 여전히 진동했다.

자민은 잭이 한없이 가여웠다. 유령의 소굴 같은 곳에 방치해둘 수 없었고 죽음의 냄새가 나는 구렁에서 구출하기 위해 무언가를 해야 했다. 자민은 세상을 바라보는 잭의 올곧은 성품을 잘 알고 있었다. 잭은 지금 거듭나기 위해 몸부림치는 중이며, 포기가 아닌 인내심으로 자신의 의지력을 다지고 있을 거라 여겼다. 우선은 그가 훌훌 털고 일어서기를 침착하게 기다리기로 했다.

껍질을 깨고

잭 맥클린은 일본 히로시마에 주둔하고 있던 미군 제25사단 34보병연대에 소속된 통신사병이었다. 부산항을 통하여 한국 땅을 밟은 그는 6.25 전쟁 당시, 1951년 10월 서부전선에 투입되어 파죽지세로 한반도를 휘젓던 인민군과 거세게 밀려오는 중공군의 대 공세에 맞서 싸웠던 참전용사였다. 그가 적유령산맥 운산 전투에서 다리에 입은 총상으로 전역하게 되어 미국으로 돌아가기까지 일 년 반가량 한반도를 누빈 것은 불행이기도 했지만 그의 아내 지숙을 만난 인연은 행운이었다. 적어도 고향인 메러디스에서 그녀를 떠나보내기 전까지.

38선을 중심으로 진격과 후퇴를 거듭하며 치열한 교전을 치렀던 그의 부대는 이듬해 봄 파주의 문산리 전투에서 초토화되었다. 치명적인 대패를 하면서 많은 대원들의 사상자가 발생하고 일부는 대열에서 이탈하여 뿔뿔이 흩어졌다. 잭은 북으로 갈 수도 남으로 향할 수도 없는 상황에서 인민군 점령하에 갇혔다. 출로를 찾지 못한 채 옴짝달싹할 수 없는 처지가 되었고 잡히면 죽거나 포로가 될 판이었다. 패잔병이 된 그는 대니얼 김과 함께 임진강이 내려다보이는 두포마을 우거진 산기슭에 숨어들었다. 대니얼은 UR 통신사의 도쿄 특파원으로 한국에 파견된 종군기자였다. 재일교포 2세로 미국에서 공부한 적이 있어 일본어뿐만 아니라 영어도 능통했다. 전장을 누비는 곳마다 통신사병과 의무사병, 종군기자는 붙어다녔기에 잭은 대니얼 김과 끈끈한 전우의 관계에 있었다.

마을에서 떨어진 외딴 곳에는 조가비처럼 엎어진 초가 한 채가 있었다. 얼기설기 엮어 세운 싸리울엔 박 넝쿨이 늘어졌고 허전해서 달아놓은 듯한 사립짝은 쓰러진 채 대롱대롱했다. 음식을 얻기 위해 대니얼이 그 민가에 들어섰다. 잭은 울 밖에서 어깨에 멘 총을 다잡고 망을 보았다. 부스럭 소리만 나도 총을 겨눌 자세였다. 하얀 무명저고리와 검은 치마 차림의 키가 큰 단발머리 소녀가 부엌에서 나오다 말고 흠칫 놀랐다.

"우리는 국군 편이오. 쫓기고 있소. 먹을 것 좀 부탁하오."

대니얼은 엉거주춤 서 있는 소녀에게 다가가 머리를 끄덕하며 사정을 했다. 반백의 노파가 부엌에서 고개를 내밀었다. 낌새를 알아차린 노파는 누런 종이에 싼 밥 뭉치를 들고 나왔다.

"어서 가시오. 인민군이 쫙 깔렸소."

대니얼은 허리를 굽혀 인사하고 잭과 함께 산등성이를 향해 내달렸다. 노파는 주위를 살피고 소녀는 그들이 사라지는 쪽을 숨죽이며 바라봤다. 인민군의 점령하에 들어간 마을은 사방이 막히고 살상의 공포로 뒤덮였다. 누구도 피난을 갈 엄두조차 못 냈다. 고등학교가 휴교되어 서울에서 집으로 돌아온 소녀 문지숙은 여덟 살의 동생 명숙과 외할머니와 함께 은신 중이었다. 부모와 남동생은 인민군이 마을 사람들을 모아놓고 불온분자를 가릴 때 마을 한가운데서 총살을 당했다. 화염과 피바람이 휩쓴 마을은 쑥대밭이었다. 넋을 잃은 탄식과 통곡의 소리가 하늘을 찔렀다. 외할머니는 영등포에 살았다. 딸과 사위, 손자의 장례를 치르고 버려진 두 손녀를 돌보려고 와 있었다. 할머니는 가까스로 숨만 붙였지 육신은 막바지였다. 마른 갈대처럼 허리가 굽고 지팡이에 의지했다. 목소리조차 절반도 채 뱉지 못했다. 생명을 지키기 위해 할 수 있는 일이라곤 울 밖을 살피는 것뿐이었다.

절박한 위기감은 인민군이나 패잔병이나 마을 사람 모두가 마찬가지였다. 오가는 인적이 없고 개울가로 난 길조차 눈에 띄지 않을 만큼 외진 곳이라 잭과 대니얼은 며칠째 마을 뒤 산속에서 은거했다. 인민군의 방벽을 뚫고 남하할 퇴로를 궁리하고 밤에는 지숙의 집 헛간에 숨어 추위를 피했다. 할머니는 그들을 내쫓을 수 없었다. 잭의 덧난 상처는 심각하여 그대로 두면 다리를 잃을 수도 있는 위험한 상태였다. 뼈가 문드러지고 살점엔 피고름이 흘렀다. 대니얼 또한 온몸에 상처와 멍투성이였다. 마을은 화약 연기로 찌들고 귀를 찢는 총성이 그치지 않았다. 언덕 너머 인근 진지에서 포격을 치대는 날은 지축이 흔들렸다. 솟구치는 붉은 섬광이 산과 하늘을 갈랐다. 언제 닥칠지 모를 위험이 도처에 도사렸다. 밤이면 깜깜한 산속에서 아군인지 적군인지 모르는 집단의 이동하는 군홧발 소리가 적막을 부수며 소름을 끼치게 했다. 지숙은 밤마다 헛간에 들어가 총상으로 짓이겨진 잭의 다리를 치료하며 보살피고 할머니는 혹시나 하고 주위를 살피며 몰래 먹거리를 챙겨다 주었다. 먹을 것이라고 해봐야 꽁보리밥 몇 덩이지만 그들에게는 절체절명 앞에 주어진 생존의 양식이었다.

인민군의 만행, 아니 전쟁은 잔혹했다. 인간이기를 거부했다. 선과 악의 분별도 존재하지 않았다. 지숙의 아버지가 인민군에게 무참히 처형될 때 억울함을 호소하며 달려들던 어머니와 남동생이 동시에 희생된 처절한 사연은 할머니로부터 들었다. 잭은 대니얼과 동행하며 한국말을 몇 마디 배웠지만 그들과의 대화는 어려웠다. 그들 가족의 죽음과 뼈아픈 사연은 대니얼의 통역으로 알았다. 무수한 군인들의 시체와 전장의 살상을 목도한 젊은 병사지만 받아들이기 힘든 비극은 예외인 곳이 없었다.

지숙의 집 헛간 뒤에는 식량을 저장하는 어둑한 움이 있어 그곳에 숨을 때도 있었다. 가물거리는 등롱은 마른 낟가리를 세워 빛이 새지 않도록 가렸다. 잭이 등에 맸던 무전기는 이미 박살이 난 상태라 작동되지 않았고 전투 배낭을 풀었을 때 배낭 안에는 총알 두 개가 박혀 있었다. 총알을 본 대니얼이 고개를 흔들며 믿을 수 없다는 듯 잭의 얼굴을 바라봤다. 잭은 위험천만했던 순간이 지나갔다는 걸 그제야 알았다.

"총알이 네 심장 소리가 너무 커서 놀라 멈춘 거야."

대니얼이 총알을 만지작거리며 어이없어했다.

"페페샤* 총알이야. 러비쉬!"

잭은 옷자락에 달라붙은 하찮은 벌레쯤으로 여기는 듯했다.

"하늘이 도운 게야."

"아마도 지금까지는 그랬겠지."

전쟁의 광기 앞에서 이미 수많은 생사의 처절함을 보아온 잭에겐 그

---

* 일명 따발총이라 불리던 인민군 ppsh 기관단총.

정도의 위험은 대수롭지 않은 일이었다. 삶과 죽음이 손가락 한 마디 사이에 있었는데도 표정조차 심드렁했다. 지숙은 총알을 보고 놀라며 입을 다물지 못했다. 잭은 지숙을 안심시키려는 듯 머쓱한 웃음으로 여유로운 표정을 지어 보였다. 지숙은 그러한 잭의 태연자약함이 도리어 측은해 보였고, 몰골이 퀭한 병사는 두려움이나 공포의 감각이 마비된 것 같았다. 순간 마주치는 잭과 지숙의 눈빛 사이엔 애잔한 슬픔의 기운이 어른거렸다. 생사를 가르는 위태로움 속에서 주고받는 씁쓸한 웃음의 교감엔 헤아릴 수 없는 연민이 녹아 있었다. 어둠에 잠긴 움 안에는 세 사람의 훈김과 생존의 몸부림과 일렁이는 두려움이 가득했다. 벌어진 틈 사이로 검푸른 하늘이 보이고 무수한 별들이 깜박거리며 속닥였다. 잭이 살그머니 가림 이엉을 젖히고 하늘을 올려다보았다. 지숙도 대니얼도 무심코 고개를 들었다. 별들이 사라지면 내일은 어떤 태양이 우리를 맞이할까. 잭은 상처 난 다리를 거머잡고 망연한 눈빛으로 두 사람을 바라봤다. 검붉은 핏물 더뎅이가 엉겨 붙은 잭의 바지 자락에선 살갗이 삭는 고름 냄새가 진동했다.

어느덧 전선은 교착 상태에 빠지고 작렬하던 포화도 잠잠해지며 두 포마을은 다시 국군의 점령하에 들어왔다. 이윽고 국군에 의해 구출된 두 사람은 의정부 외곽에 있는 야전병원으로 후송되었다. 사방이 민둥산으로 둘러쳐진 외진 곳이다. 조립식 막사와 퀀셋 건물들, 수십 대의 앰뷸런스 차량들이 대기하고 있는 노르웨이 육군 이동 외과병원*은 미군 제8군 사령부 직할대로 편성되어 민간인과 병사뿐 아니라 적군 환자들도 치료했다. 날마다 주검이 실려 나가고 피투성이 된 사람들의

---

* 노르웨이 야전병원(Norwegian Mobile Army Surgical Hospital).

아우성이 밀려들었다.

휴전회담이 시작되고 전화가 가라앉을 무렵 대니얼은 도쿄로 돌아갔다. 지숙은 하루가 멀다 하고 잭을 찾았다. 능선을 넘고 황량한 들판 길을 걸었다. 야전병원으로 가는 길은 앰뷸런스 차량과 군용 트럭들이 일으키는 먼지로 뒤덮였다. 둔덕 아래에는 찌그러진 철모나 옷가지들이 나뒹굴고 도랑에는 폭격에 부서진 잔해들이 처박혀 있었다. 이따금 군용 차량들이 지숙을 태워주기도 했다. 지숙은 난데없이 나타나 자신을 가엾게 만든 얄미운 병사를 내칠 수가 없었다. 그를 돌보고자 하는 행위는 짧은 인연으로 맺어진 이성적 연계를 넘는 것이었다. 자신의 마음을 앗아간 사람에게 온당한 대가를 치르도록, 그러기 위해서는 그의 고름덩어리 다리가 썩어가도록 그냥 둘 수 없었다. 버젓이 일어서야만 가로채인 마음의 값을 셈할 수 있을 거였다. 다리의 부목을 풀어 짓무른 상처를 닦고 붕대를 갈고, 곁에 붙어서 손발 노릇을 했다. 몸을 씻기고 옷을 갈아입혔다. 내맡기는 병사와 어느 시선도 개의치 않는 소녀, 서로의 살갗이 닿으면 두 눈빛은 허공에서 부딪쳤다. 누가 보아도 막사 안의 두 사람은 단순한 환자와 구완자가 아니었다. 그들에겐 특별한 대화가 필요치 않았다. 서로의 반응을 탐색하거나 떠보지도 않았다. 감정을 고르는 숨소리와 흠모의 눈길로 말로써는 형용할 수 없는 생각만 나누었다. 애정의 눈길은 간절했고 그들은 떨리는 마음 그 이상을 원하고 있었다. 잭은 지숙의 묵묵한 희생에 자신의 분신과도 같은 온기를 느꼈다. 순결한 감정이 온전히 전해지는 온기였다.

포성이 잠잠해지는 동안 병사와 소녀의 연정은 겹겹 쌓여갔다. 잭은 지숙의 생각으로 밤잠을 설치기도 했다. 자신을 어린아이로 되돌려놓은 소녀, 크리스마스 선물처럼 가슴을 두근거리게 했다. 하지만 미군 병사와 이방의 소녀 이상이 될 수 없었다. 사랑이라는 캄캄한 세계에 들어선 그들은 애절한 구애의 촛불로 서로의 마음을 밝혀주고 있을 뿐이었다. 구급차가 들이닥칠 때마다 육신이 찢기고 잘려나간 병사들의 울부짖음이 장막을 흔들었다. 고통이라기보다 분노의 비명이었다. 임종기도가 끊이지 않고 삶과 죽음이 판결나는 지옥의 재판소는 도살장처럼 선혈로 낭자했다.

미군병사들이 전역하기 위해서는 복무점수 36점의 기준을 채워야 하는데, 한 달에 야전전투는 4점, 후방본부는 2점, 일본 사령본부에서 대기는 1점이 되어, 야전전투일 경우 빠르면 9개월 만에 전역할 수도 있었다. 잭은 다리뼈를 관통하는 총상과 야전전투의 수훈이 인정되어 1952년 크리스마스 무렵 마침내 전역, 예정보다 일찍 귀향하게 되었다.

귀향 절차를 위해 일본 히로시마에 있는 후송병원으로 떠나기 며칠을 앞둔 날, 잭은 가까스로 몸을 이끌고 하얗게 눈에 덮이는 두포마을을 찾았다. 뒤뚱거리며 개울을 건너온 지프는 지숙의 집 앞에 멈췄다. 잭은 선뜻 울안으로 들어서지 못했다. 전장에서 틔워진 지숙에 대한 연정을 버려두고 간다는 것은 쓰러진 전우를 버리고 돌아서는 만큼이나 가슴을 에는 일이었다. 지숙은 잭이 고향으로 돌아가기 위해 작별 인사를 온 것임을 알았기에 기뻐할 수 없었다. 흘러가는 물을 막을 수는 없는 거였다. 부엌문을 넘은 지숙이 가까스로 걸음을 떼었다. 그러다가 두어 발짝에서 움칫 섰다. 잭이 목발을 짚고 서서 처연히 웃는 게 우는 것 같았다.

어린 명숙이 기척을 듣고 방에서 나와 잭에게 알은체를 했다. 잭은 절룩절룩 다가가 상자에 담아온 초콜릿과 선물을 명숙에게 내밀었다. 명숙은 툇마루에 앉아 고마움을 표시하는 건지 몸을 움츠리며 쑥스러워했다. 천진스런 모습이 귀엽다는 듯 잭이 볼을 건드리고 안았다. 이별의 포옹이기도 했다. 할머니는 아궁이 앞에 앉아 매캐한 연기에 눈물을 훔치며 명숙을 불렀다. 철모르는 명숙은 마루에 그대로 있겠다고 버티었다. 할머니는 바람에 밀려드는 눈발을 막는다는 핑계로 부엌문을 닫고 자취를 가렸다.

두 사람은 멀찍이 마주 서서 한동안 말이 없었다. 떨칠 수 없는 연정의 추억들이 흩날리는 눈꽃처럼 두 사람 사이에서 어른댔다. 차분한 작별이란 결코 멋진 일이 아니었다. 지숙은 마지막이라는 감정을 주체할 수 없어 차마 잭을 똑바로 바라보지 못했다. 빗선으로 내려치는 눈바람이 이따금 원무를 추며 휩쓸고 지나갔다. 잭은 간신히 버티고 서서 지숙이 가까이 다가오길 기다렸다.

"눈이 많이 오는데……."

지숙이 다가서며 가까스로 입을 떼었다.

"부대에서 차를 내어줬소."

울 밖 지프에 앉아 시가를 꼬나문 미군 운전병사가 손을 들어 보였다.

"내가 사는 마을에도 눈이 많이 내립니다."

잭이 더듬거리는 한국말로 간신히 말문을 이었다. 담아둔 말을 꺼내고 재회의 약속도 묻고 싶었지만 무슨 말로 마음을 전해야 할지 선뜻 정리가 안 되었다.

"부디 상처가 빨리 회복되길 바래요."

"당신이 아니었으면 내 다리 하나는 이곳에 버려졌을 겁니다. 당신을 잊지 못할 겁니다."

"다시 볼 수 있을까요?"

지숙의 우물거리는 인사는 망설이던 내심이었다.

"전쟁이 끝나면 당신을 찾으러 오겠소. 그때까지 나를 기억해주겠소?"

지숙은 발부리로 눈가루 위에 알 수 없는 표식을 그리며 고개를 끄덕였다. 그러면서 붕대로 칭칭 감겨진 잭의 다리를 염려스런 눈빛으로 바라봤다. 잭은 군번 인식표에 끼워 목에 걸고 다니던 독수리 모양의 금속 장신구를 지숙에게 내밀었다. 지숙은 기약의 표시로 받았다. 펼쳐 든 손에 눈꽃잎이 내려앉았다. 잭이 제복을 여미고 지숙의 어깨를 살며시 당겼다. 잭이 안아주지 않았더라면 지숙이 그의 가슴에 안길 참이었다. 어린 명숙의 눈에는 언니 지숙의 찔끔거리는 모습이 이상해 보였다. 멀뚱멀뚱 바라보는 것이 눈치를 모르는 토끼 눈 같았다. 거친 눈발은 그칠 줄 모르고 내려 쌓였다. 모퉁이 굴뚝에는 할머니가 불질하는 연기가 눈발을 삼키며 피어올랐다. 잭이 타고 온 지프가 마을을 빠져나가 눈보라 속으로 가뭇가뭇 사라졌다. 무겁게 내려앉은 회색 구름이 사방을 가렸지만 지숙이 바라보는 한 곳만은 하얀 빛무리가 너울댔다. 지숙은 잭의 발자국이 눈에 덮여 보이지 않을 때까지 움쩍도 하지 않았다.

메러디스는 뉴햄프셔주 북부 고산준령이 즐비한 화이트산맥 끝자락에 누워 있다. 풍광을 즐기며 거닐기에 좋은 작고 아름다운 호반의 도시다. 잭의 집은 도시 외곽에 자리한 전형적인 미국의 농촌 집이었다. 가까이에는 '위대한 영혼의 미소'라는 신비로운 인디언 이름을 가진 위니페소키Winnipesaukee 호수가 있다. 거대한 호수에는 크고 작은 섬들이 무수히 떠 있고, 연안을 따라 숨어 있는 은청빛 호수들은 만년설을 이고 있는 화이트산맥과 수려한 조화를 이룬다. 여름에는 낚시 마니아들이 모이고 수많은 스키장이 있어 겨울에는 스키어들의 천국이 되며, 불타는 가을 단풍숲이 지상 최고의 화려함을 선사한다.

고향으로 돌아온 잭은 뉴햄프셔주 동남부 해안에 위치한 포츠머스 조선소에 취직하여 분망한 나날을 보내고 주말에는 홀어머니가 있는 집으로 돌아와 농사일과 가축을 돌보며 지냈다. 총상의 후유증으로 다리를 조금 절긴 했지만 생활엔 문제가 없었다. 조선소는 잠수함이나 군함을 만들고 선박을 수리하는 기지였다. 인근 맨체스터나 킨, 내슈아 등은 기계나 금속, 전자, 통신산업이 발달하여 포츠머스와 함께 군수품 생산업체가 많았다. 제2차 세계대전이 끝났지만 아직도 곳곳에 전화가 완전히 가시지 않아 군수산업은 호황을 누리고 포츠머스는 활기에 차 있었다. 잭은 그곳에서 새로운 사람들과 사회적 기반을 다지며 안정된 일상을 이어갔다.

기다림으로 목을 뺀 세월은 그리움 속에 갇혀 있었다. 잭은 지숙의 생각으로 밤잠을 설치기 일쑤였다. 그러던 중 도쿄에서 서울로 거처를 옮겨간 대니얼로부터 심장이 달아날 편지 한 통을 받았다. 대니얼은 기자 생활을 그만두고 한국 외무부 대외협력기구 부서에 특채되어 공무원 신분에 있었다. 그가 이리저리 수소문하여 마침내 지숙의 소식을 전해온 것이다. 고향에 돌아온 후 지숙에게 수차례 편지를 보냈지만 감감소식이어서 대니얼에게 간곡히 알아봐달라 했던 지숙의 소식이었다. 휴전이 되자마자 지숙은 동생과 함께 영등포에 있는 외할머니 집으로 이사했기에 소식이 두절되었던 터였다. 대니얼은 둘 사이의 연분이 진정 맺어지기를 바라며 소홀함 없이 그들의 메신저 역할을 했다.

대니얼로부터 꿈같은 소식을 전해 들은 잭은 겹겹 접어두었던 애모의 사연을 서둘러 지숙에게 보냈다. 지구 반대편에 있는 그들의 사랑은 기다림으로 굳어진 껍질을 깨고 부화했다. 하늘 길 칠천 마일, 망망대해와 산과 강을 지나는 너머 너머의 먼 곳, 두 마음은 빛이 되어 시공을 넘었다. 그들은 전쟁에서 소중한 것들을 잃었다. 잭은 다리 뼛조각을 잃었고 지숙은 부모와 남동생을 잃었다. 하지만 그들은 새로운 삶의 중심체를 얻었다. 이 세상에 존재하지 않았던 사랑이다. 새로 태어나 하나가 된 사랑의 빛, 가슴 뛰는 소리와 애절한 기다림의 미소를 찾아 지숙은 1956년 여름 미국으로 건너갔다.

한 발 한 발 들어선 잭의 집은 지숙을 기다린 양 하얀 모습으로 팔을 벌렸다. 지숙은 차곡차곡 개켜온 꽃다운 청춘과 꿈을 잭과 그의 홀어머니에게 맡겼다. 잭의 어머니는 너그러이 받았다. 메러디스는 왠지 낯설지 않았다. 처음엔 서름서름 지냈지만 천성적으로 다정한 잭의 어머니와 눈물도 나누고 정도 나누고 몰랐던 행복도 나눴다. 잭의 직장이 있는 포츠머스에서 보금자리를 이루기까지 한 사람은 딸이고 다른 쪽은 어머니였다. 그들의 사랑 이야기는 메러디스 지역신문에 날 만큼 낭만적인 가십거리가 되었다. 신문사 여기자가 전장에서 만난 병사와 이국 소녀의 로맨스를 예술적인 상상을 더해 싣는 동안 이웃들이 찾아와 두 사람을 귀찮게 할 정도였다.

* * *

어느덧 이십 년이란 세월이 뒤돌아볼 사이 없이 흘렀다. 메러디스는 변함없이 봄이 오고 빛나는 여름이 찾아들었다. 조화로운 자연은 질서를 지켰으며 잭과 지숙은 유유한 세월의 강물에 삶을 적셨다. 여전히 잭의 사랑은 언제 어디서나 향기를 피웠고 지숙은 누가 보아도 동부 출신의 도도한 미국 여자가 되었다. 지숙의 눈빛과 음성을 닮은 고등학교에 다니는 딸 제니의 재롱은 그들의 사랑보다 더 큰 행복덩이였다. 지숙의 포용적 관습과 잭의 합리적 개인주의가 비껴가는 불편함이 있을 뿐, 맞잡은 삶의 궤적은 사랑의 온기로 흥건히 배었다. 이따금 사소한 시비가 생겼을 때 분별을 잃은 이중 언어가 집안에 쩌렁쩌렁 울렸지만 이내 사랑의 언어로 되돌아왔다. 두 사랑의 세월은 따로 흐르지 않았다. 앞서지도 뒤서지도 않았고 행복으로 포개진 세월은 쏜살같았다.

미국, 말 그대로 아름다운 나라였다. 일제의 수탈과 탄압 속에 살았고, 헐벗은 주림에 허덕이다가, 그나마 전쟁의 참상으로 풍비박산이 된 폐허의 잔해 속에서 원망과 한숨으로 살았던 지숙에게 잭의 나라 미국은 풍요롭고 아름다운 것들 천지였다. 도시든 시골이든 맨발로 다녀도 좋을 듯 산뜻하게 정돈된 나라, 우아한 차림의 여유로운 사람들, 담장도 없고 예의 바른 이웃들, 아이들은 길을 막고 야구공을 던지고 은발의 노인들은 강아지 산책을 시키며 먹이가 넘쳐 다람쥐도 피둥피둥 살이 찌는 나라. 대지의 맥박 소리는 평온하게 울리고 물가의 백조들이 당당한 자태를 뽐내는, 꿈에서도 그려보지 못한 고요한 낙원에서 지숙은 날마다 잭의 품에 쓰러졌다. 외로울 땐 잭의 위로로 눈물을 거두었고 슬플 땐 그의 어깨에서 웃음을 찾았다. 잭이 시름을 잊고 앉으면 지숙은 그의 무릎을 베며 세월을 잊었다. 불만족이나 그리움, 이별 같은 감정은 그들의 삶에 없었다. 광풍에 휩싸인 적도 없었다. 적당한 노동에 즐거운 식탁을 위해 노력했으며 초대받은 파티에도 빠지지 않았다. 점잖은 사람들과 함께할 땐 사교적인 대화법도 아끼지 않았다. 생일과 결혼을 기념했고 그런 날엔 신분상승의 촛불도 켜고 춤도 췄다.

하지만 지숙의 영혼은 고이 쉬지 못했다. 낙인처럼 지워지지 않는 향수가 고질병처럼 그녀를 괴롭혔다. 허전한 소외감, 나이가 들어가는 탓도 잭의 탓도 아니었다. 타국은 여전히 낯설었고 보이는 게 다가 아니었다. 물밑엔 더 세찬 물이 흐르고 바람 위엔 더 스산한 바람이 불었다. 사람들의 눈빛은 경계심으로 떨어져 있었고 쓸쓸히 피는 꽃과 홀로 견디는 나무들이 더 많아 보였다. 눈치에 길들여진 고양이와 어디론가 나는 새도 자신처럼 외로워 보였다. 이곳이 내 곳이려니 하며 정 붙이고 살아온 세월이 언제부터인가 허사인 듯싶었다. 안간힘을 다해 살아왔다 싶은데 소용없는 자리에 얹혀사는 듯한 기분이 불끈불끈 일었다. 그 옛날의 기억들이 사라지는 두려움과 홀로 사막에 떨어진 것 같은 황량한 고립감이 가슴을 죄었다. 뭇사람들은 나아갈 곳을 찾지만 자신은 본향을 잃어버린 생물이 제 서식처를 찾듯 돌아갈 곳을 그렸다. 꿈속처럼 가물거리는 두포마을, 뒤뜰의 모란 향기, 정겹던 언어들, 뛰놀던 동산과 냇가, 잊혀가는 동생의 그리움을 삭이는 절절한 향수는 잭의 사랑도 제니가 주는 행복도 그 어떤 풍요와 아름다움도 위로와 도움이 되지 못했다.

세월의 굽이는 눈먼 새처럼 내달았다. 청춘의 물길은 굵어진 주름골 따라 흘러갔고 이루었나 싶은 꿈은 아직도 저만큼에서 아물거렸다. 근자에는, 생각을 가로막는 사악한 기운이 하향구름을 타고 내려와 주위에서 날름거렸다. 알 수 없는 병마였다. 몸이 쇠약해지고 몸져눕는 일이 잦아졌다. 비바람이 이는 날엔 한기로 몸을 떨고 숨이 가빠지는 날엔 자신도 모르게 가무러치며 앓았다. 분명 예삿일이 아니었다.

지숙을 바라보는 잭의 시름은 깊었다. 그녀의 병이 갑자기 생겨난 게 아니고 생체활동이나 면역체계가 조금씩 소실되고 있다는 낌새를 잭은 예전부터 알았다. 원인의 대부분이 자기 탓이라 여겼다. 요양을 위해서는 삶의 방향을 돌려야 했다. 그들은 메러디스 본가로 돌아가기로 했다. 망설여서는 아니 될, 삶의 중심을 어느 곳에 두어야 할지 고민할 계제가 아니었다. 제니는 기숙사로 들어가고 그들은 포츠머스 직장을 그만두고 메러디스로 돌아와 노모가 손을 놓은 농사일을 거들며 새로운 삶을 꾸렸다. 잭은 그 옛날 생사기로의 전장에서 자기를 돌보던 소녀를 생각하며 지숙의 병간호에 전념했다. 잭을 바라보는 지숙의 눈에는 사랑 외에는 아무것도 보이지 않았다.

지숙은 호숫가 농가의 삶을 품에 끼듯 좋아했다. 두포마을의 고요함과 나무 냄새, 언제나 깨어 반기는 숲과 대지가 있어 위안이 되었다. 자연의 숨결은 그녀의 생명과 맞닿아 있었다. 생명의 끈을 놓칠세라 지숙은 생각과 행위를 자연에 의지하고 그도 아니면 잭의 사랑에 매달렸다. 그럴수록 잭의 사랑은 천 년 바위 같은 불변의 믿음으로 지숙을 감싸주었다. 뜰을 거닐 때도 들에서 일할 때도 잭의 손은 언제나 지숙의 어깨 위에 있거나 허리에서 맴돌았다. 그들은 날마다 마셔야 할 사랑의 분량을 정해놓은 듯 동이마다 사랑의 샘물을 길어 채웠다. 잭은 자기의 사랑만이 지숙의 병을 낫게 할 수 있다고 굳게 믿었다. 화창한 날이면 들꽃을 꺾어다 사랑의 향기를 쏘여주고 지숙은 향기에 취해 잭의 가슴에 코를 묻었다. 지숙이 시들해져 있는 날이면 컨트리 음악을 틀어놓고 카우보이 부기를 추며 그녀 앞에서 몸을 흔들었다. 하찮은 일상도 우스갯소리로 만들어 그녀를 위로했다. 그럴 때 잭은 치료사였다. 지숙은 마음을 펴고 간신히 생기를 되찾곤 했지만 솟아난 생기는 그때뿐이었다.

지숙의 병은 눈에 띄게 깊어갔다. 일어서는 것, 걷는 것조차 잭이 부축했다. 몸속에 녹아든 양분보다 더 많은 에너지가 빠져나갔다. 바르던 몸태는 축기 빠진 풀대처럼 메마르고 눈자위 혈색은 윤기를 잃었다. 밤마다 창문을 휘도는 괴괴한 바람이 싸르륵거리는 것이 정녕 예사롭지 않았다. 초대하지 않은 낯선 얼굴들이 허기진 모습으로 창밖에서 어른거렸다. 죽음이라는 상상 속의 시간들이 언뜻언뜻 찾아와 그녀를 허공으로 띄웠다. 생애 저편에 있을 두려움의 예상이, 그림자처럼 나타나는 갈퀴 같은 검은 환영이, 생명을 흔드는 공포가 지숙을 옥죄었다. 혹시나 이렇게 세상을 등지면 어떻게 하나, 불식간에 잭의 곁을 떠나야 하고 동생 명숙을 영원히 보지 못하면 어쩌나 하는 생각으로 목이 꾹꾹 메고 가슴이 가시에 찔린 것처럼 아팠다.

불쑥불쑥 찾아드는 옛 고향 생각은 잠을 못 이루게 했다. 마음의 시계를 되돌릴수록 온전한 밤을 보낼 수 없었다. 그리움의 갈증이 더하면 삶의 흐름은 멈칫하고 나누고자 하는 생각도 끊겼다.

사모의 노래

먼지가 푸석푸석하던 시멘트 도로가 정비작업을 끝내서인지 말끔해
졌다. 공장지대를 가로지르는 길을 명숙은 몇 년째 걸어 다니고 있다.
움푹한 곳을 피해 걷다가 발목을 삐끗 접질린 이후론 굽이 낮은 신발
을 신고 다녔다. 시들해진 햇살은 가로수 뒤로 숨고 오가는 차량은 여
전히 붐빈다. 앓던 이가 빠진 듯 기분 좋은 날이다. 명숙은 문래동에
있는 일본 광학회사에 다녔다. 망원경이나 현미경, 카메라나 관측 장
비에 들어가는 렌즈를 제조하는 업체다. 땅딸막한 일본인 카카리쬬오
係長가 명숙의 상관이었는데 머리가 조금이라도 길었다 싶으면 대뜸 배
코를 쳐버리는 사람이었다. 은근히 흘깃거리는 역겨운 눈빛에 명숙은
늘 경계의 소름이 돋았다. 일본에 갔다 오면 선물이랍시고 내미는 게
고작 껌 한 통이었다. 매사에 지질하고 공연한 트집에다 성깔도 까탈
스런 그가 본국으로 아주 돌아간다 하니 그리 시원할 수 없었다. 절로
나오는 홀가분한 웃음이 아직도 가시지 않는다.

퇴근하는 명숙의 발걸음이 가볍다. 목공소 앞을 지나는 길이다. 가
구를 만들며 일에 몰두하고 있는 청년이 오늘도 눈에 뜨였다. 오며 가

며 눈이 마주칠 때마다 슬며시 눈인사를 해오는 청년이다. 우수에 젖은 눈, 그러나 해맑으면서 수줍은 듯한 청년의 미소는 소년처럼 귀여웠다. 청년은 일을 하면서 구성진 목소리로 애절한 노래를 멋들어지게 불렀다. 목청껏 부르는 노래가 얼마나 구슬프게 심금을 울리는지 명숙은 목공소 앞을 지날 때마다 자기도 모르게 걸음을 멈추곤 했다. 그의 노래가 없었더라면 목공소를 눈여겨볼 일도 없고 청년과의 눈인사도 나눌 일이 없었을 것이다. 어머니를 사모하는, 주로 귀에 익은 유행가풍의 노래들이었다.

명숙은 영등포 외삼촌 집에 살았다. 전쟁 중에 부모와 오빠를 잃어버리고 정상적인 유년기를 가져보지 못한 명숙은 학창시절에도 고아나 다름없이 살았다. 받고 싶은 사랑에 주리고 주고 싶은 사랑이 있어도 대상이 없었고 가족의 추억이 있어야 할 빈 자리엔 원치 않는 외로움이 찾아와 슬픔을 부추겼다. 누구와도 나눌 수 없는 익숙한 슬픔들이다. 보살펴주던 외할머니도 어언 세상을 떠나고 하나밖에 없는 언니마저 미국으로 가버린 이후 명숙은 외삼촌 가족의 눈치 속에 살았다. 외삼촌 가족은 허물없이 대했지만 외할머니가 떠난 후로는 가늠할 수 없는 거리감이 생겨 서먹해지고, 자신은 누구의 관심에도 떨어져 있는 존재이며 어느 날 홀로 사라진다 해도 아무도 아쉬워해줄 사람이 없을 거라 여겼다. 삶의 절반은 외로움에 시달리는 일이었다. 세상의 무엇으로도 허전한 마음을 채우지 못했다. 뭇사람들이 안겨 사는 포근한 품이 명숙에겐 없었다. 따뜻하게 감싸던 삶의 자리가 있었던가. 가물가물했다. 그럴 땐 어렴풋한 기억의 어머니 모습을 떠올리곤 했다. 목공소 청년의 애절한 사모의 노래는 그래서 명숙의 가슴에 저미어 울렸다. 청년을 볼 때마다 그가 점점 낭만적이고 매력적인, 왠지 외로움을 함께 나눌 수 있을 것 같은 사나이로 다가오고 그의 노래를 들을 때는 더 다가가고 싶은 뭉클한 정이 솟았다.

명숙은 용기를 내어 목공소 문턱을 살그미 넘었다. 땀을 훔치며 일하고 있던 청년은 돌연 나타난 명숙을 보고 몹시 당황하며 허리를 폈다. 어쩌다 눈인사 정도를 나누던 여인이었는데 예의를 갖추고 들어서는 모습이 예사롭지 않았다. 아무리 봐도 목공소 손님으로 들어서는 품새는 아니었다. 청년은 일손을 멈추고 머뭇하다가 이내 나무 등걸로 만든 앙증한 의자를 내밀었다. 학업을 중단하고 집을 나와 홀로서기를 하고 있는 한자민이다. 그들은 오래전부터 알아왔던 사람들처럼 자연스레 마주 섰다. 어떤 이야기의 실마리를 당기거나 의중을 떠보기보다 마치 서로의 호감을 확인하는 절차 같았다. 명숙이 다소곳이 손을 모으고 주위를 둘러봤다. 자민은 장갑을 벗고 정상적인 자세를 취할 때까지 안절부절못했다. 목공소 안의 습한 나무 냄새, 은은하게 번지는 여인의 향내, 자민의 아연한 긴장이 묘하게 어우러지는 회우였다.

명숙의 웃음이 어색했다.

"제가 잘못 들어왔나요?"

"그럴 리가요."

자민은 다음 말을 삼켰다. 긴장이 목을 눌렀다. 두 사람은 의자를 앞에 두고 앉기를 주저했다.

"저는 손님이 아니에요."

"네."

"부르는 노래가 좋아 가끔 걸음을 멈췄어요."

그랬냐는 듯 자민이 고개를 들었다. 여자에게 무심한 듯한 시선이 가늘게 흔들렸다.

"혼자 심심해서 부르는 건데."

자민은 말끝을 흐렸다.

"저는 건너편에 있는 광학회사에 다녀요."

"네에."

"일은 혼자 하시는가 봐요?"

"네."

명숙은 가쁜 말하고 자민은 무겁게 답했다. 침묵하는 시간이 말하는 시간보다 길었다. 입에 고인 생소한 언어들이 침묵 속에 오고 갔다. 나누고 싶은, 나중으로 미뤄두고 싶지 않은, 그러나 선뜻 입을 뗄 수 없는 말들이었다. 마음을 가다듬는 두 사람의 눈길은 서로 다른 곳을 향해 있었다.

'돌아가야 하나?'

'이대로 서 있어야 하나?'

명숙의 어색함과 자민의 긴장이 엉킨 채 잠시 정적이 흘렀다. 그들은 이성에 대한 만남의 방식이나 표현의 단계를 경험한 적이 없었다. 숲속에서 마주친 경계심이 없는 올빼미 둘이서 무심히 쳐다보듯, 여전히 선 채 서로를 살필 뿐 다음 말을 잇지 못하고 망설였다. 자신도 모르게 끌리는 마음, 갑작스레 일어난 두근거리는 감정들, 말하지 않아도 들리는 서로의 숨결이 한곳으로 흐르며 같은 빛깔로 가파르게 전환되고 있었다. 사소한 만남이려니 했던 그들은 어느새 서로를 가까이 당기고 있었다. 문턱 아래로 내려앉은 황혼이 두 청춘의 그림자를 데리고 사라졌다.

다음 만남은 그리 오래지 않았다. 그들은 예기치 못했던 사랑의 어귀에 들어섰고 만남의 횟수도 날로 늘었다. 명숙의 나이가 세 살이 많은 것이 다를 뿐 서로의 생각과 마음을 내어놓고 공유하는 즐거움을 나누는 데에는 아무런 장애가 없었다. 외로움이라는 공통의 화제에 이르면 서로는 마음을 키워 위로했고 맞잡는 손길은 뜨거운 온기로 흘렀다. 서로에게서 새로움을 발견하려 애쓰거나 말을 부풀려 특별함을 보여줄 필요도 없었다. 믿어주지 않을 말은 서로가 꺼내지 않았고, 보이기 싫은 살아온 이야기도 숨길 필요가 없을 만큼 두 마음은 어떤 거리낌도 뛰어넘었다.

계절이 바뀌고 만남은 일과처럼 자연스러웠다. 두 사람은 이루어지고야 말 것이라는 사랑을 향해 송두리째 마음을 내놓았다. 명숙은 퇴근길에 잠깐이라도 목공소에 들렀다. 그때쯤이면 자민은 하던 일을 멈추고 기다렸다. 그녀가 나타나면 여전히 쩔쩔매며 시선 둘 곳을 찾지 못했다. 땀에 젖은 손을 닦느라 명숙이 배시시 웃는 모습도 보지 못했다. 명숙은 계면쩍어하는 자민의 그런 모습이 더욱 마음에 끌렸다. 순박하고 꾸밈없는 태도, 성실함이 물씬 배어 있는 그에게서 눈길을 떼지 못했다. 사랑이라는 선상에 들어선 그들의 웃음과 감정은 꽃송어리처럼 어울려 피었다. 말소리의 높낮이조차 두 물줄기가 만나는 소리처럼 닮아갔다. 서로가 더 가까이 다가오기를 바랄 필요도 없었고 가슴을 열고 결혼에 대한 이야기도 서슴없이 나누었다. 자민은 다만 결혼이 순탄치만은 않을 거라는 생각을 떨칠 수 없었다. 혈혈단신인 명숙을 집에 데려가 소개하면 할머니는 물론이고 부모가 십중팔구 반대할 것은 의심의 여지가 없었다. 관습적으로 보장된 어른들의 권위를 거스를 수가 없을 거였다.

명숙은 결혼이라는 무거운 주제를 놓고 자민의 속사정을 들어보고 싶었지만 자민은 좀처럼 자신의 생각을 내보이지 않았다. 그런 신중함에 실망보다는 오히려 믿음이 갔다. 사실 명숙도 자신에 대해 알려줄 특별한 것이 없으므로 자민의 환경이나 집안에 대해서 굳이 상관하지 않았고 형제가 많다는 것 외에는 아는 게 별로 없었다. 가문과 형편을 엄중히 따지는 자민 집안의 가습에 대해서도 물론 알지 못했다. '당신은 어느 생태계에서 살아온 사람이죠?' 명숙이 가끔 그런 눈으로 물어볼 뿐이었다. 낌새를 차린 자민은 집을 나와 혼자 살게 된 이유를 알려주는 것이 좋을 듯싶었다. 말 못 할 금기도 아니었고 언젠가는 알게 될 일이었다.

자민의 부친은 여주에서 이름난 대농 집안의 장남으로 일찍 조혼하여 딸을 두었으나, 그의 부인이 병고로 세상을 뜨자 시름을 이기지 못하고 새 삶을 찾아 만주로 향했다. 청나라에 부르주아 신해혁명이 일어나 전제정치가 끝나고 공화정치가 시작될 무렵, 일본 관동군이 혼란기를 틈타 만주에서 사변을 일으켜 만주국을 세운 후였다. 당시 만주는 동양의 서부로 불릴 만큼 일본군, 만주군, 장개석군, 팔로군, 조선독립군, 마적, 첩자, 장사치 등이 몰려들어 대혼란 속에 있었다. 자민 부친은 만주 군관학교에 입학하여 견습사관이 되었으나 이내 군인의 길을 접고 사업에 뛰어들었다. 그 무렵 한 여인을 만나 아들을 낳고 살다가 해방이 되자 고향으로 돌아왔고 몇 년 후 둘째 아들이 태어나니 그가 바로 자민이다.

　종갓집으로 들어온 자민의 모친은 완고한 시어머니 밑에서 극심한 시집살이와 정식으로 혼인하지 않은 만주 여인이란 탓으로 호적에조차 올리지 못한 채 냉대와 멸시를 당하며 살았다. 여인은 함흥 출신으로 중국에서 신교육을 받은 엘리트 여성이었다. 봉건적 가습을 고집하며 종갓집 며느리로 인정할 수 없다는 시어머니와 구태한 인습에 얽매이지 않겠다는 신여성의 충돌이 계속되었다. 무엇보다 가습에 항거하지 못하는 남편의 우유부단한 방관은 여인에게 그 집안에서 자신이 존재해야 할 이유마저 저버리게 했다. 그러던 어느 날 여인은 홀연히 사라졌다. 여주 본가가 서울로 이사하고 노량진 명문가 규수가 새어머니로 들어왔다. 희생적이고 마음이 어질어 전처 소생의 자식들을 정성으로 키우며 슬하에 사 남매를 더 두고 종갓집은 이제 대가족이 되었다. 부친의 사업은 일진월보하여 번창하고 새어머니의 지극한 보살핌에 자민은 모자람 없이 자랐다. 하지만 점점 어른이 되면서 친모에 대한 사실을 알았고 조모와 부친에 대한 원망도 깊어졌다. 친모를 찾고 싶었지만 강원도 어디에 살고 있을 거라는 소식 외엔 알려주는 사람이 없고 가족의 누구도 아는 사람이 없었다. 그는 절반에 머물러 있는 자신의 정체성에 대해 번민했다. 자학의 사슬에 묶인 채 방황의 청춘이 계속되었다. 공부도 출세도 그에게는 의미가 없었다. 학업마저 흥미를 잃어 낙제하기 일쑤였고 끝내 다니던 대학마저 접었다. 거품처럼 일었다 꺼져가는 비애감에 삶은 비틀거렸다. 그는 벗어나고 싶었고 마침내 집을 나왔다. 손재간이 좋은 그는 군대에 있을 때 배운 솜씨로 작은 목공소 운영을 시작했다. 일에 파묻힌 동안에도 어머니에 대한 잠재의식이 의식의 표면으로 떠오르고, 그때마다 그는 모정을 그리며 명숙의 발걸음을 멈추게 했던 그런 노래들을 불렀다. 명숙과 자민의 서로에 대한 연민과 사랑 안에는 영원한 그리움의 대상, 두 어머니의 모정이 그렇게 교류되고 있었다.

자민의 예상대로 그들의 결혼은 집안의 반대라는, 특히 아버지의 완고한 절대불가라는 난관에 부딪혔다. 아버지는 부모형제도 없는 늙은 처녀가 순진한 아들을 꼬드겨 앞길을 막는다며 대놓고 명숙에게 물러나라 했다. 자민은 명숙이 자기의 친모와 같은 처지가 되지 않을까 두려웠다. 시작되지도 않은 미래의 행복이 흔들렸다. 그러나 사랑은 거기서 되돌릴 수 없었다. 마침내 명숙과 자민은 목공소 미닫이 문 안쪽에 신방을 꾸미고 신접살림에 들어갔다. 그들의 행복은 어떠한 위험도 뛰어넘었다. 가혹한 세월이 성큼성큼 지나가는 동안 모희와 도희 두 딸도 태어났다. 아이들은 얌전하게 자라주었다. 엄마의 삶을 파괴하겠다는 결의로 말썽을 피우거나, 밤늦도록 재잘대거나 울어대지도 않았다. 저만큼 서먹한 거리에서 아버지는 여전히 그들을 내버려두었지만 새어머니와 형제들은 자민 가족을 몰래몰래 찾았다.

숲도 연못도 없는 거리에 들새들이 어떤 소식을 전하려는지 부산스레 날아들었다. 우체부가 목공소에 성큼 들어와 큼직한 상자를 명숙에게 내밀며 국제 등기소포가 왔으니 도장을 가져오라 했다. 미국에서 지숙 언니가 보내온 것이다. 들새들이 가져온 게 그 소식이었나 보다.

상자 안에는 아이들 옷가지며 선물 외에도 장문의 편지와 함께 미국 이민에 필요한 초청장과 서류들이 들어 있었다. 지숙이 몸이 좋지 않아 다니던 군복 제조회사를 그만두고 잭도 조선소를 퇴직하고 포츠머스를 떠나 메러디스 본가로 가게 되었는데, 명숙이 이민을 와 함께 살면 어떻겠느냐는 내용이었다. 뜻하지 않은 언니의 소식에 명숙은 어리둥절했다. 이민? 혹시 언니에게 무슨 일이? 편지를 움켜쥔 손이 떨렸다. 숨이 덜컥 걸리고 어떤 새로운 변화의 삶이 닥쳐올 것 같은 예감이 들었다. 언니와 잭이 직장을 그만둘 정도라면 언니의 병세가 심상치 않은 것이 분명하고 혹시나 하는 불길한 생각마저 들었다.

명숙은 편지를 구겨 쥔 채 괜스레 문턱을 넘나들었다. 좌불안석하며 밖에 나간 자민이 어서 돌아오기를 기다렸다. 아이들이 선물 꾸러미를 풀며 재잘거리는 동안 자민이 돌아왔다. 바깥 공사를 마치고 땀을 뻘뻘 흘리며 돌아온 자민이 분통에 찬 얼굴로 투덜거렸다. 데모 때문에 길이 안 막히는 데가 없고 날마다 벌어지는 유신철폐 데모를 막으려고 대통령이 이참에 특별 조치를 단행할 것이며 어쩌면 전쟁도 불사하려 한다는 소문이 파다하다는 것이다. 그렇지 않아도 경기가 어려운데 곳곳에 데모 행렬이고 시국이 시끄러워 맥이 빠진다고 했다. 명숙은 자민에게 편지를 건네며 그의 얼굴을 찬찬히 살폈다. 자민은 문앞에 선 채로 갑작스레 받아 든 편지를 천천히 훑어 내려갔다. 명숙이 나직이 물었다.

"어떻게 생각해?

"뭘, 이민?"

"음."

"글쎄, 잘 모르겠네."

자민은 명숙이 성큼 건네는 질문에 당혹했다. 쉽사리 답이 나올 인생 문제가 아니었다.

"그런데 언니 건강이 심각한 거 아냐?"

"느낌으로 예사롭지 않은 것 같아."

자민에겐 느닷없이 하늘에서 떨어진 가슴 철렁한, 앞날의 생존전략을 다시 짜야 할 것 같은 뜻밖의 소식이었다. 가족초청으로 영주권을 받을 수 있고 미국에 들어오면 직장도 문제없다는 구체적이고 확신을 주는 내용은 자민을 크게 혼란시켰다.

"한번 생각해볼 수 있을 것 같은데."

명숙은 조심스레 자민의 의사를 거듭 타진했다. 자민은 손에 쥔 편지를 다시 들여다보았다.

"이민……. 뜻밖이라 당황스럽네."

"지금 생활보다는 낫지 않을까? 아이들 미래를 위해서도 그렇고."

"앞뒤를 나누어 며칠 생각해보자."

명숙은 어느새 마음을 움직인 듯 자민의 표정을 살피고 자민은 찬물을 벌컥벌컥 들이켜며 침착해지려고 애를 썼다. 등줄기는 땀으로 흥건히 젖어 있었다.

자민은 이민이라는 돌발적인 사태를 놓고 고심을 거듭했다. 처음 며칠은 미지의 세계에 대한 두려움으로 애써 생각을 축소시켰다. 단지 병중에 있는 처형을 의지하고 이역만리로 삶의 터전을 옮긴다는 것은 어쩌면 운명에 맡겨야 할 거창한 모험이라 여겼다. 미지의 세상, 도무지 머릿속에 그려지지 않았다. 그러나 한편으로, 많은 사람들이 동경하는 세계 제일의 부자 나라 미국에 살아보는 것은 꿈같은 일이었다. 또한 오라는 사람이 있으니 망설일 이유가 없었다. 더욱이 집안에서도 사회에서도 제대로 존재감을 인정받아본 적이 없는 그는 이민의 논제를 핑계 삼아 자신의 미약한 삶에서 벗어날 수도 있는 기회였다.

숙고의 몇 날이 지났다. 일이 손에 잡히지 않고 꿈속 같은 미지의 세계가 자꾸만 떠올랐다. 자민은 명숙이 기다리는 대답을 모른 체하며 마냥 입을 다물고 있을 수 없었다. 뒤로 미룰 일이 아니었다. 그러다가 예상치 않았던 중차대한 가정사가 너무도 쉽게 결정이 났다. 가슴에 뭉친 응어리를 도려내고 자신을 두르고 있는 써금써금한 이끼들을 걷어낼 수 있는 기회다 싶었다. 닥쳐올 어려움이나 위험한 요소들은 떠오르지 않았다. 이민 생활이 어떠한 것인지 알 수 없지만 사는 게 모두 그게 그거 아니겠느냐는 결론이었다. 명숙의 희망과 기대감은 자민의 마음을 더 거세게 부추겼다.

"그래, 가자. 지금보다 어렵기야 하겠어?"

"그럼 결정한 거야?"

"당신이 후회하지 않는다면."

"후회하고 말고가 어디 있어? 거기도 사람 사는 곳인데. 당신도 그곳에서 야망을 펼쳐봐."

오래전부터 이민을 꿈꿔온 듯 명숙의 이민에 대한 의지는 확고했다. 자민은 언니 곁으로 가고 싶어 하는 명숙의 소망을 외면할 수 없었다. 사실 그들은 궁색한 삶에 지쳐 있었다. 우여곡절 끝에 부모로부터 허락을 받고 결혼 생활을 한 지 몇 해가 지났지만 목공소 사업은 지지부진하고 형편 또한 나아진 게 없었다. 부친의 사업도 기울어 도움을 청할 형편도 못 되었다. 미래는 암담하고 무기력한 삶은 곳곳이 흠집투성이였다. 어렵사리 땜질로 버티는 중이었다. 그려놓은 꿈이나 기다려지는 내일도 없었다. 시국 또한 날로 불안해져 자신도 모르게 어떤 박해를 받으며 살고 있지 않는가 하는 불만도 차 있었다. 어쩌면 새로운 신념을 불러일으킬 희망의 길이 그곳에 있을지 몰랐다.

1976년 가을, 그들은 불만과 좌절로 너절해진 삶의 더께를 훌훌 털고 막연한 이민의 장정에 올랐다. 달나라라도 가는 듯한 자민의 이민 선언에 가족들은 말문을 떼지 못했다. 다시는 못 볼 것 같은 예감에 노모는 주저앉았고 무너지는 억장을 달래지 못했다.

공항으로 향하는 김포가도, 수군수군 밀어를 나누던 벼들이 고개를 숙여주고 흐드러진 코스모스들이 아쉬운 듯 꽃잎을 날렸다. 하늘은 시리도록 청명했다.

한낱 소모품

 뉴욕 JFK 공항에서 만난 잭과 명숙이 서로를 금방 알아볼 수 없는 것은 당연했다. 강산이 두 번도 더 바뀐 세월 아닌가. 언니를 좋아했고 자기에게 초콜릿을 주었던 아련한 기억의 애젊은 병사는 어느덧 초로의 문턱에 서 있는 낯선 이국인이었다. 교양 있는 매너와 지성이 풍기는 미국 신사는 사진 속 모습보다 더 의젓했다. 잭은 숙련된 운전과 친근한 말씨로 낯선 미국을 포근한 고향처럼 안내했다. 뉴욕을 출발하여 코네티컷과 매사추세츠를 지나 뉴햄프셔 잭의 고향마을 메러디스까지, 다섯 시간을 넘게 달려온 차량은 단풍나무와 자작나무 숲이 우거진 호숫가 집 앞에 이르러서야 숨찬 소리를 멈추었다.

 지숙이 살고 있는 호숫가 집은 콜로니얼 스타일의 오래된 집이었다. 멀리서 보아도 누구라도 품어줄 듯 우람하고 높은 굴뚝에 고풍스런 운치가 있었다. 하얀색 웨더보드 벽에 자주색 창틀의 이층집은 군데군데 마른 얼룩이 져 몇 대가 살아온 세월의 흔적을 보였다. 한쪽에 떨어져 있는 목재 헛간은 견고해 보였고 집보다 더 거대했다. 물매가 가파른 지붕은 햇빛을 반사하여 주위를 밝게 했다. 헛간 옆에는 얼마

전 수확이 끝난 듯한 커다란 황금색 호박들이 풍성한 무더기를 이루고 그 옆 외바퀴 손수레에는 마른 옥수수 더미가 수북했다. 굴뚝에서 피어오르는 희뿌연 연기가 낯설지 않고 나무 타는 그을음내가 들어선 곳까지 풍겼다. 마당에서 풀섶을 헤작이던 검붉은 닭들이 곁눈질하며 다가오고, 야트막한 통나무 울타리 아래선 잿빛 토끼 몇 마리가 웬일인가 귀를 세우며 이방인을 맞이했다.

가물거리는 시야에서 힘없이 손짓하고 서 있던 지숙이 넘어질 듯 달려왔다. 이십 년 만의 혈육의 재회, 이미 중년을 넘겨버린 자매의 상봉은 분명 꿈은 아니었다. 자매는 말없이 껴안고 뜨거운 핏줄의 온기를 나누며 한 몸이 된 채 떨어질 줄 몰랐다. 눈물이 어깨 위를 펑펑 적셨다. 그리움에 시달리던 통한의 세월, 흘러간 곳 어딘가. 그들은 목놓아 울었다. 시간이 멎고 감각이 멈췄다. 무릎이 불편한 잭의 노모는 독수리 머리가 달린 기다란 지팡이를 짚고 현관 앞에서 그들을 맞이했다. 노모의 자애로운 눈빛과 푸근한 환대는 명숙과 자민의 서먹한 긴장을 일시에 녹였다. 지숙의 딸 제니는 어린 모희와 도희를 가볍게 안으며 볼맞춤으로 반가이 맞았다. 보스턴 근교의 수도원에서 수련과정에 있는 제니는 일부러 이들을 만나러 올라왔다. 제니는 갑자기 여동생이 둘이나 생겼다.

자매의 해후는 며칠이 지나도록 눈물로 얼룩졌다. 잊힌 얼굴을 익히고 아련한 기억들을 찾아내어 꿰맞추느라 꼬박꼬박 밤을 새웠다. 무심히 버려진 추억들이 되살아나고 찾아낸 추억들은 대부분 가슴을 에는 것들이었다. 눈을 떠 아침인가 싶으면 어느새 슬픈 밤이었다. 슬픔의 정체는 혈육의 정이었다. 못다 한 우애를 나누고 회한을 풀기에는 너무나 짧은 세월이 안타까이 흘러갔다. 지숙의 병색에서 묻어나는 두려움과 초조의 시간도 함께 흘렀다.

잭은 아이를 달래듯 지숙을 보살피며 날마다 그녀의 눈물을 닦았다. 옷을 입혀주고 머리를 빗겨주고 걸음을 부축했다. 끊임없이 새로운 이야기를 만들어 웃음거리를 찾았다. 지숙이 한기에 떨까 봐 벽난로 불도 꺼지지 않도록 지켰다. 못생긴 과일은 숨기고 빛깔 나는 과일만 골라 발라줬다. 애틋하게 바랜 삶을 동화처럼 그리며 그 가운데에 지숙을 주인공으로 세웠다. 손과 발이 되어 분신으로 살았다. 어떤 고통이라도 대신 받겠다는 못난이처럼 육신을 사르고 영혼을 내주었다. 잭의 헌신과 지순한 사랑은 숭고했다. 지숙은 그런 잭에게 미안할 뿐이고 그를 홀가분하게 해주지 못하는 자신이 원망스러웠다.

야위어가는 언니를 바라보는 명숙은 잠을 자는 시간마저도 허비하는 것 같았다. 하루하루의 시간이 초조하다 못해 절박하게 느껴졌다. 온종일 지숙의 곁을 떠나지 않았다. 어느 한순간이라도 혈육이 함께하고 있음을 새겨두고 싶었다. 일상은 하얗게 표백되어 아무것도 보이지 않았다. 언니의 고통, 자신의 애절함만이 얼룩졌다. 만약에 언니를 잃어버린다면 지난날의 가혹했던 시련도 무의미했다. 명숙은 지숙의 그림자처럼 붙어 눈빛을 살피고 숨소리를 가늠하며 걸음걸음을 따랐다.

가을의 절정이 샛바람을 타고 호수 위를 감싸 돌았다. 더 쌀쌀해진 바람이다. 호수는 시리도록 푸르고 물결에 비치는 단풍숲이 하늘을 안고 불꽃처럼 일렁였다. 지숙의 눈에는 단풍잎들이 가지에서 떨어지기를 초조히 기다리는 것처럼 보였다. 기다리는 것은 동시에 사라지는 것이었다. '무엇을 기다리는가. 가랑잎 되어 저 깊은 물속 어디론가 사라져버리기를? 알 수 없는 빛깔을 두르고 생을 마감하기를?' 지숙은 어두운 심연으로 내려가 형언할 수 없는 자기 연민에 빠졌다. 초점을 잃은 눈빛은 절망감이 가득했다. 그러한 기분을 눈치 챈 명숙이 언니의 심사를 달래주고 싶었다.

"언니, 밖이 따뜻해."

"그래, 나갈까? 조금 답답했어."

소파에 앉아 가쁜 숨에 힘들어하던 지숙이 방에서 긴 코트를 챙겨 나왔다. 수척한 다리로 힘겹게 걷는 언니를 부축하고 숲길을 걷는 사이 단풍잎들이 다투어 몸을 날렸다. 스산한 바람이 낙엽을 휩쓸고 지나갔다. 명숙은 자신들이 어디론가 쓸려가는가 싶은 불안한 마음이 일었다. 쓸려가면 돌아오지 못할 것 같은 두려움의 파도였다. 지숙은 동생의 얼굴에서 보이는 그런 마음이 쉽게 가시지 않을까 걱정되었다.

"도희 아빠 자상하고 강단이 있어 뵈더라. 미국 좋아하든?"

"내가 오자고 우겼는데 잘 모르겠어."

"이왕 왔으니 잘 살아야지. 아직 젊잖아."

"잭이 언니 사랑하는 거 보면 감동이야. 아내한테 그렇게 잘하는 사람 못 봤어."

"나도 고맙게 생각하지. 그런데 내가 이 모양이니."

명숙은 목에 걸고 있던 독수리 장신구를 만지며 뭔가를 털어내려는 듯 고개를 흔들었다. 잭을 힘들게 하고 있다는 자신의 책망이었다.

"언니, 모진 마음으로 꼭 이겨내."

"그럼, 이겨내야지. 그런데 요즘엔 내가 왜 여기에 있나 하는 생각이 들어. 모든 게 낯설어. 까닭 없이 생겨나는 일이 없다는데 자꾸 벼랑 끝에 와 있는 느낌이야."

"비관하는 생각이 제일 무서운 병이래. 나약해지지 마. 옛날의 언니는 얼마나 강했어?"

"혹시 내가 어떻게 되면 제니 잘 부탁해."

지숙은 마치 유언 같은 말을 토했다.

"쓸데없는 소리. 사람의 운명은 그리 호락호락하지 않아. 이렇게 겨우 만났는데 그런 소리 하지 마."

명숙이 말은 그렇게 했지만 희망과 절망 사이에서 흔들리고 있는 언니의 마음을 무시할 수는 없었다.

"알았어. 이겨낼 거야. 언젠가는 너랑 두포도 같이 가봐야지. 그런데 포츠머스도 가끔 그리워. 역동적인 바다도 보고 싶고."

지숙이 애써 몸을 추스르며 팔을 뻗어 힘을 내는 척했다. 몸짓은 나약했지만 생명에 대한 간절함의 파동은 커 보였다. 나무들 사이로 눈부신 햇빛이 보석처럼 쏟아졌다. 자매는 걸음을 멈추고 숲을 향해 시선을 돌렸다. 노루 한 쌍이 그들을 바라보다 놀란 듯 햇살 속으로 사라졌다. 호젓한 숲속의 바람 소리, 나무들의 소곤거림, 새들의 지저귐과 생명의 소리들이 벗의 속삭임처럼 들려왔다. 가을이 저만큼 물러가는 동안 지숙은 앉아 있거나 서 있는 시간보다 누워 보내는 시간이 더 많아졌고 병색은 완연히 짙었다.

지숙은 미국에 와서 한국인 아내로서 겪게 될 아픔을 털끝만큼도 예상하지 못했다. 타국에서 의지할 사람은 오직 잭뿐, 아무리 둘러보아도 한국인이라는 동족은 보이지 않았다. 한국말을 닫고 살아야 하는 지숙은 넋을 잃어버린 벙어리나 다름없었다. 살아 있음을 느낄 때는 바람 소리와 새소리와 짐승들의 울음소리가 들릴 때뿐이었다. 언어의 단절은 삶을 방해하는 고질적 요소였다. 본연의 감정과 일상의 생각을 멈추게 하고 헤어날 수 없는 고독의 수렁으로 빠져들게 했다.

잭은 지숙을 위해 한국말을 배우거나 한국인의 사고와 문화를 이해하려는 온갖 정성을 쏟았다. 대화의 어려움을 극복하고 그녀가 원하는 남편이 되기 위해 기울인 노력은 지숙에 대한 사랑만큼이나 희생적이었다. 잭의 보살핌에도 불구하고 날이 갈수록 지숙의 육신은 메말랐다. 몸서리나는 고독이 불쑥불쑥 숨을 조여 정신세계를 무너뜨렸다. 그나마 조금이라도 남아 있는 정신에는 부모와 남동생이 눈앞에서 참담한 총살로 쓰러지던 기억뿐이고, 갈가리 찢긴 피의 기억은 수시로 그녀를 괴롭혔다. 잭의 사랑과 제니의 위로도 기억의 고통을 지워주지 못했다. 고향이 더없이 그리웠다. 고향은 그녀가 품고 있어야 할 생애의 일부였다. 그리워할수록 고향은 멀어졌고 생애의 옛 자락도 어디론가 스름스름 사라졌다. 어둠을 잊은 채 날밤을 지새우면 고독이라는 짐승은 갈기를 세우고 발톱을 드러냈다. 그런 날은 늘 혼자였다.

제니가 수도자의 길을 가겠다며 보스턴으로 떠난 이후에 그녀의 증세는 더 심해졌다. 지숙이 시름시름 앓기를 반복하자 잭은 더욱 전문적인 의사의 도움을 받기로 했다. 의사의 진단은 단연코 그 원인이 홈식에서 비롯되었으며 신경쇠약에 따른 혈관 이상 증상인 것 같다고 했다. 홈식은 고독을 불러오고 고독은 생각의 창조를 가로막아 모든 면역기능에 저하를 가져오는 하나의 병이란다. 심한 고독은 우울증의 시작이고 회복이 어려운 정신적 질병으로 이해해야 한다고 했다. 잭은 발아지는 지숙의 숨결이 두려웠다. 혼자서 몸부림치도록 내버려둘 수 없었다. 북적이는 명승지로 여행을 한다거나 보스턴이나 뉴욕에 나가 활기찬 거리를 걸으며 생기를 되찾도록 온갖 심혈을 기울였다. 책을 읽거나 들에 나가거나 쇼핑을 하거나, 사소한 일상에서 생겨나는 어느 기쁨거리 하나도 놓치지 않고 진줏빛 선물로 만들어 지숙에게 건넸다. 하지만 지숙은 끝내 스스로를 위축시키고 자폐적 절망에 빠져드는 우울의 덫에서 헤어나지 못했다.

지숙의 창백한 얼굴에 푸른 기색이 짙어졌다. 쇠약해진 몸엔 신열이 돌고 코에서는 검붉은 핏방울이 보였다. 잇몸에서도 귓속에서도 핏기가 흘렀다. 의사의 방문이 잦아졌다. 혈관의 세포가 제 기능을 못하고 혈액이 재생의 속도를 내지 못한다는 일종의 조혈기관 암의 증세라 했다.

차가운 바람이 더 날카로워졌다. 지숙의 침묵이 잦아졌다. 누군가를 기다리다 지친 사람처럼 흐려진 눈망울엔 눈물이 고이곤 했다. 젖은 눈가에도 핏기가 번졌다. 생각은 웅덩이처럼 고여 흐름이 멈추고 굳게 닫힌 입은 물도 음식도 거부했다. 운명의 시간이 속절없이 다가왔다. 병원에선 손을 놓았고 의사는 끝내 고개를 흔들었다. 창밖에 어른대던 메러디스의 찬연한 단풍잎들이 호수 위에 우수수 떨어지며 지숙에게 마지막 운명을 함께하자 부르고 있었다. 이십 년 동안 떨어져 살아온 한스러운 세월의 보상이 겨우 한 달이라니. 응어리진 슬픔도 아직 게워내지 못한 자매에겐 너무 야속했다. 세상에 이따금씩 일어나는 초월적인 예외를 기대했지만 지숙의 가야 할 길은 정해져 있었고 예외의 길은 없었다.

명숙의 몸이 무너졌다. 어릴 적 부모와 오빠가 떠날 땐 죽음을 몰랐다. 죽음에 의문이 있는 것도 몰랐다. 죽음으로 가는 길, 왜 타국이어야 하는가. 왜 산골 고적한 메러디스에서 잠들려 하는가. 왜 지금이어야 하는가? 명숙은 하늘에 대고 원망을 쏟았다. 명숙의 서러움이 타드는 심장으로 녹아 흘렀다. 제니는 이 운명의 순간을 의연하게 받아들이기로 한 듯 굳게 입을 닫았다. 지숙의 밭은 숨결이 가빠졌다. 잭은 지숙과의 이 세상 마지막 경계선에서 몹시 고통스러워했다. 지숙이 온 힘을 다해 입을 열었다.

"잭, 난 지금 아프지 않아. 고마웠어."

발치에서 눈을 떼지 못하던 잭은 지숙의 연약하고 하얀 손을 잡았다. 지숙의 손엔 반질반질해진 독수리 장신구가 쥐어져 있었다. 지숙이 잭의 눈을 그윽이 바라보았다. 잭의 눈은 붉게 젖었고 그의 모든 생각들이 눈가로 모여들고 있었다. 지숙의 목에 걸린 마지막 음성이 새어나왔다.

"당신에게 남겨줄 건 나의 사랑뿐이야."

잭의 몸덩이가 지숙이 누워 있는 침대 위로 꼬꾸라졌다. 지숙이 깊은 숨을 몰아쉬며 눈을 감았다. 들이켠 숨은 다시 새어나오지 않았다. 제니는 돌아서서 문설주에 머리를 기대고 명숙은 주저앉아 두 손으로 가슴을 뜯었다. 잭의 노모는 베란다 흔들의자에 앉아 지팡이를 붙들고 말없이 눈물을 삼켰다. 자민은 잭의 노모를 부축하며 어찌할 바를 몰라 했다. 모두의 눈빛이 마비되었다. 칼날처럼 시퍼런 기운이 집안을 감돌았다. 메러디스의 온갖 날짐승들이 호수 위를 날고 네발 달린 길

짐승들이 집 주위를 맴돌았다. 산천은 숨을 죽였다. 굴뚝에서 피어오르는 검푸른 연기가 처연한 너울질을 하며 어스름 속으로 흩어졌다.

화이트산맥으로부터 시작된 순백의 겨울이 차츰 아래로 내려와 어느덧 호수를 덮고 대지를 잠재웠다. 자고 나면 쌓이는 눈송이는 겹겹이 층을 이루고 도로는 점점 아래로 내려앉았다. 그처럼 눈이 많이 쌓이고 사방이 막혀버리는 세상을 경험하지 못한 자민의 가족에게 반짝거리는 크리스마스트리마저 없었다면 메러디스는 그야말로 백설의 감옥이었다. 도로가 막히기 일쑤여서 사람들은 일터에 나가거나 쇼핑을 갈 때에 자동차 대신 스노모빌을 이용하는 경우가 더 많았다. 상가가 모여 있는 거리에는 아침마다 제설기 소리가 요란했다.

자민네는 동면에 들어간 동물 무리처럼 집안에 웅크리고 앉아 무료한 나날을 보냈다. 그런 중에도 잭의 한국인에 대한 사고와 문화를 이해하려는 배려는 자민 가족에게 얼마나 다행한 일인지 몰랐다. 온돌방과 앉은 밥상의 좌식 생활에서 카펫이 깔리고 침대가 있는 입식 생활로 옮겨온 그들은 서툴고 어색한 게 한둘이 아니었다. 집안에서 신발을 신고 지내는 것도 쉽게 적응되지 않았다. 김치와 된장이 없는 음식은 입에 설었고 식탁 문화도 제사상 앞에 앉은 것처럼 예절과 격식이 있어 긴장감이 돌았다. 뻣뻣한 냅킨 타월을 앞섶에 끼우고 자세를 흐트리지 않도록 조심해야 하며 음식을 조금씩 덜어 먹는 점잔도 익혀야 했다. 잭의 노모가 음식을 건네줄 땐 감사하다는 언어도 빠뜨려서는 안 되었다. 자민 가족은 알게 모르게 생활 속에서 실수를 저질렀고 그럴 때마다 당황했다. 잭은 문화와 관습의 정서가 달라서 그렇다며 자존심이 상하지 않도록 관대한 이해심을 보였다. 아이들이 큰 소리로 떠들며 무례한 행동을 하거나 노크 없이 아무 방에 들락거려도, 직선 층계를 타고 다락방에 오르내려도, 욕조에서 물장난을 쳐도, 잭에게 그런 것쯤은 문제가 되지 않았다. 오히려 아낌없는 배려심으로 일일이 말벗을 해주고 아이들의 간식도 챙겨두는 등 세세한 일까지 살뜰히 살피었다.

잭의 머릿속엔 두포마을에서의 지울 수 없는 기억이 각인되어 있었다. 만약 그때 지숙을 만나지 않았더라면, 아니 지숙이 헛간에 숨어 있는 자기를 인민군에게 고발했더라면, 그녀가 보리밥 덩이를 내어주지 않았더라면, 다리의 상처를 치료해주지 않았더라면 자기는 총살을 당했거나 굶어 죽었거나 살았다 해도 다리 한쪽은 없어졌을 것이다. 평소에도 인정이 많고 인품이 남다른 그였지만 그들이 정착할 때까지 이끌어준다는 것은 지숙에 대한 보은으로서도 충분히 할 수 있는 일이었고 명숙의 가족에겐 존중받아도 될 관계인으로서의 예우이기도 했다. 잭은 명숙 가족에게 내 집같이 지내라며 그들만의 시간을 위해 자주 집을 비워주기도 했다. 그들의 기분을 배려하면서도 무신경인 사람처럼 털끝만 한 간섭도 하지 않았다. 그런 아량은 어쩌면 지숙에게 못다 한 사랑의 연장이었는지도 몰랐다. 또 한국 관습으로 치자면 자민은 형제 같은 동서 관계가 아닌가. 자민과 명숙에겐 잭의 배려가 어떠한 까닭이라 해도 감사할 따름이었다.

잭에겐 한국말과 문화에 친근함을 느끼는 다른 연유도 있었다. 그의 생김생김은 온전히 백인이지만 먼 조상 할머니로부터 이어받은 아베나키 인디언의 피가 흐르고 있는 까닭이었다. 미국의 건국 초기 잉글랜드와 아베나키 부족의 전쟁에서 살아남은 조상 할머니가 훗날 네덜란드인 후손과 결혼한 곡절은 집안의 역사로 전해져 왔다. 잭의 노모가 짚고 있는 독수리 머리 지팡이는 아베나키 부족의 조상이 사용하던 것 중 하나였다. 잭은 아베나키 부족이 아시아 북방에서 왔다는 것을 알고 있었기에 한국인에게서 얼마간의 혈통적 동질감을 느끼고 있었다. 논리적인 사고보다 정감으로 내리는 결론, 우선은 받아들이고 나중에 드러내는 여유로운 심성, 몸에 흐르는 피의 온도만큼이나 따뜻한 온화함, 겸양한 몸짓이나 인정이 담긴 언어에서 자신의 어느 한 부분을 보는 것 같았고, 모르긴 해도 거슬러가면 그들과 가까운 족속이었을 거라 여겼다.

눈 속에 묻혀가는 잭의 집에 틀어박힌 채 나날은 덧없이 흘렀다. 명숙과 자민은 앞날을 어떻게 헤쳐가야 할지 궁리를 거듭했다. 그러나 막막할 뿐이었다. 아무것도 보이지 않는 짙은 안갯속이었다. 미국에 오면 어떠한 고난도 이겨낼 수 있을 거라는 그릇된 확신이 벌써 벽에 부딪혔다. 무력함이 그들을 짓누르기 시작했다. 사방은 눈으로 둘러싸이고 불어대는 삭풍은 잔인했다. 이따금 노루나 산짐승들이 집 주위를 기웃거리고 토끼들만이 울타리 아래서 들락날락했다. 낯설기만 한 신문을 뒤적이거나 헛간에서 장작을 패거나 벽난로를 덥히는 일 외에는 따분한 시간을 때울 일이 없었다. 무료함을 토로하거나 서로에게 불평할 수도 없었다. 아이들은 그나마 성가시게 굴지 않았고 할머니와 노느라 무사태평이었다.

그 무렵 잭이 몸을 일으킬 소식을 가져왔다. 맨체스터 북쪽에 있는 통신회사 '텐덤 일렉트로닉스'에서 일할 수 있을 것 같다는 소식이었다. 능숙한 영어도 필요치 않고 무엇보다 부부가 함께 일할 수 있다는 것이다. 맨체스터보다 콩코드 쪽이 집세가 싸고 주도^{州都}이기에 아이들을 위한 프리스쿨이나 차일드케어 센터도 쉽게 알아볼 수 있으므로 주거는 그곳으로 하는 게 좋을 듯하다며 회사에서 날아온 인터뷰 스케줄을 보였다. 지숙이 명숙에게 초청장을 보낸 이후 잭은 그들이 미국에 오면 일할 수 있는 여러 곳을 수소문해둔 상태였다. 잭이 포츠머스 조선소에서 오랫동안 근무하면서 맨체스터 근방의 대부분의 제조업체를 익히 알고 있었기에 고용 상황을 알아보기에는 그리 어렵지 않았다.

인터뷰는 간단했다. 영어가 부족해 범하는 실수가 있다 해도 이해해주면 좋겠다는 부탁을 텐덤사는 흔쾌히 받아들였다. 한국에서 일했던 두 사람의 경력도 인정받았다. 잭의 인척이라는 신분 보장과 추천은 큰 도움이 되어 새해 홀리데이가 끝나는 대로 출근하기로 결정되었다. 집에 들어서면서 잭은 두 엄지를 세워 보였다. 잭의 노모는 벌써 눈치를 채고 부엌으로 들어갔다. 특별한 요리를 준비할 요량인 듯 소매를 걷어붙이고 이곳저곳 찬장 문을 열어 젖혔다. 그들은 바야흐로 미국의 심장을 향해 첫발을 내디뎠다. 두 발이 아닌 외발 걸음이었고 혀가 모자라는 말더듬이의 출발이었다.

도시라 해도 사방이 트인 콩코드는 한적하기 이를 데 없었다. 우뚝선 참나무에 그네가 매달린 학교 앞 아담한 단층집, 미국의 시골 도시에 홀씨처럼 날아온 이방인이 둥지를 틀었다. 아는 이는 아무도 없었다. 하늘마저 낯설고 스치는 바람은 쓸쓸했다. 누군가 귀 기울여도 알아들을 수 없는 소리, 웃음소리조차 색깔이 다른 이방인의 언어가 콩코드의 밤을 두드리면 창백한 달빛만이 궁금한 얼굴로 찾아와 기웃거렸다. 고요함에 익숙해지는 만큼 말소리는 낮아졌으며 차분해진 시간들은 띄엄띄엄 흘렀다. 걸음새도 겨운 일을 마치고 돌아오는 노동자답게 느릿해졌다. 양배추로 김치를 담갔으며 아이들에겐 질기고 넉넉한 옷을 입혔다. 어디서든 사람들은 사람에게 기대어 삶을 지탱했다. 이웃들은 "잘 지내세요?" 하며 다가왔고 친절한 웃음으로 손을 흔들어주었다. 눈이 쌓이면 내 집인 양 앞마당 길도 터주었다.

텐덤 일렉트로닉스는 페어차일드나 모토로라, 인텔에 버금가는 역사가 깊은 반도체, 통신회사였다. 미국 내에서도 그리 알려지지 않은 중견회사였지만, 항공기나 잠수함과 군함의 항법장치에 들어가는 부품, 지상군의 통신기, 오실로스코프 같은 첨단 계측 장비 등을 생산하는 업체여서 보안상 베일에 싸여 있고 대부분 군사용이나 국책사업이라 마치 비밀 병영처럼 외부와 차단되어 있었다. 자민이 일하는 공작부는 외부 부품이나 제품이 입고되면 목재 포장을 해체하고 제품 박스를 분류하여 검사실로 보내고, 반대로 출고를 위한 완성된 제품은 목재로 포장하여 컨테이너에 선적해 내보내는 마지막 공정 부서였다. 목재 포장은 안전하고 정밀해야 하기에 대부분 수작업으로 이루어졌다. 자민의 목수 경력으로 알맞은 일자리였다. 자민은 장치 조립실에서 일하는 명숙과는 점심시간이나 브레이크 타임에 자주 볼 수 있어 서로가 위안이 되었다. 회사에는 그들 부부처럼 함께 일하는 이민 커플도 많았다. 보트피플로 떠돌다가 망명한 나이 어린 베트남인 부부도 있었다. 명숙의 작업 부서는 어셈블리 유니트를 조합하여 커버를 씌우고 제품을 최종 완성시킨 후 테스트를 끝내는 장치 조립실이었다. 조용하고 팀원도 많지 않아 조용한 성격의 명숙에게는 마음에 드는 부서였다. 여차하면 자기 실수를 직원들에게 돌리는 꼴통 같은 로저가 들이닥쳐 소란을 떨고 가는 일을 제외하면.

오나가나 거들먹대는 로저는 명색이 프로덕션 매니저인데 오만한데다 도무지 호감이 가지 않는 사람이었다. 거기에다 능글맞고 심술이 더덕더덕했다. 자기 부인과 피 터지게 싸우다가 구슬 두 쪽을 떼일 뻔했다며 아랫도리를 움켜잡거나, 동네 펍에 새로 온 아가씨의 젖가슴에 머리통을 들이밀다가 턱수염을 쥐어뜯겼다는 따위의 주로 천박한 이야기만 골라 떠벌리는 능청이었다. 여자 직원들과 눈이 마주치면 시답잖은 농지거리로 치근대기도 했는데 베트남 여직원과 명숙 앞에선 꼼짝 못 했다. 문래동 광학회사 다닐 때 '카카리쿄오'의 무례한 등쌀에 닳고 닳은 명숙이었다. 베트남 여직원은 너희 미국인들이 우리나라를 초토화시키지 않았느냐며 심지를 돋운 암팡눈으로 쏘아댔다. 눈엣가시 로저를 제외하면 미국이나 한국이나 직장 생활은 다 거기서 거기, 특별할 것도 없었다. 이민 노동자들은 미국에 살면서도 스스로를 미국인이라고 우기는 걸 주저했다. 미국의 역사도 모르고 거대한 정치의 움직임이나 사회의 흐름도 몰랐다. 추억이나 친구도 없을뿐더러 미국 성조기나 합중국 지도 한 번 그려본 적이 없고 국가도 부를 줄 모르는 무지렁이들이었다. 하긴 가사도 곡도 어렵고 군가 같은 〈별이 빛나는 깃발〉을 애창하는 이민자가 얼마나 될까만. 대부분 단순직에서 일하는 그들은 하나의 무생물 부품처럼 싫증이 나도록 제자리를 지키기만 하면 되었다.

얼었던 땅이 느릿느릿 해토되고 초목은 연푸른 움을 틔웠다. 자민

가족은 모처럼 낚시도 할 겸 주말을 잭과 함께 보내기 위해 서둘러 집을 나섰다. 콩코드를 출발하여 메러디스 잭의 집에 도착하는 시간은 그리 오래 걸리지 않았다. 잭이 산책을 다녀온 듯한 차림으로 숲길에서 나와 그들을 반겼다. 달려드는 아이들을 안아주는 사이 자민 부부는 익숙한 행동으로 낚시도구를 챙겼다. 뒤뜰을 지나 호수로 향하는 길엔 해묵은 풀잎들이 드러누워 푸석푸석했다. 머리 빛이 반질 빛나는 되강오리 몇 마리가 먹이를 찾는지 머리를 거꾸로 박고 물질을 했다. 그러면서 누구를 부르는 듯 이따금씩 퍼덕대며 울었다. 물에 비친 나무 그림자는 잔물결 따라 사라졌다 나타나고 그 너머로 미끼를 던지면 긴 겨울 동안 얼음 속에 갇혔던 물고기들이 눈에 띄게 몰려들었다. 불과 한 시간 남짓, 어느새 위니페소키 호수에서 건져 올린 팔뚝만 한 농어들이 그물을 채우고 녀석들은 꼬리를 치며 팔딱거렸다.

"오늘은 이거면 충분하겠어."

물고기의 숫자를 세어보던 자민이 낚시 도구를 거둘 차비를 했다.

"두어 마리 더 잡지 않고 왜?"

명숙이 오늘은 농어 요리로 끝을 내자며 낚싯대를 빼앗아 다시 호수에 던졌다. 잭은 깔깔대는 아이들과 자작나무가 둘러싸인 풀밭에서 무지갯빛 원반을 던지며 놀아주었다. 아이들은 맨발로 달리며 무릎에 멍이 들도록 넘어지는 걸 더 즐겼다. 화이트산맥은 아직 흰 눈에 덮여 있지만 산자락 아래 호숫가는 싱그러운 봄기운이 만연했다.

"잭! 배스 바비큐 어때?"

"그거 좋지! 내가 좋아하는 거잖아."

넘어질 듯 원반을 던지던 잭이 한결 나아졌는지 큰 소리로 답했다.

얼마 전부터 자꾸 어지럽다며 헛소리를 하더니 오늘은 원기를 많이 차린 듯했다.

"왔어, 왔어! 뜰채!"

명숙이 휘어진 낚싯대와 씨름하며 소리를 질렀다. 알을 뱄는지 통통한 농어가 또 잡혀 올라왔다. 그들이 부산을 떠는 동안 멀리서 잭의 어머니가 지팡이를 흔들며 식사 준비가 다 되었다는 신호를 보내왔다. 아마 그녀는 오늘도 아이들이 좋아하는 와플과 파타트를 만들어 놓았을 것이다. 바삭바삭한 네덜란드식 와플은 시내몬 향이 나는 캐러멜이 들어 있어 아이들이 무척 좋아했다. 고깔 모양의 종이 포장에 담아 소스를 뿌려 먹는 감자튀김 파타트는 명숙의 입맛을 녹였다. 잭의 집 헛간에는 감자가 사철 저장되어 있어 식탁에는 언제나 감자요리가 빠지지 않았다. 식탁은 풍성했다. 호밀빵과 하우다 치즈가 셀러드와 함께 차려지고 숯불 위에 갓 자란 로즈메리를 얹어 구워낸 노릇한 농어는 그릴에서 식탁에 옮겨지기를 줄지어 기다렸다. 잭이 달팽이같이 굼뜬 걸음으로 걸어와 식탁 앞에서 침을 삼키더니 두 손을 비비며 좋아 죽겠다는 듯 몸을 배배 꼬았다. 그러한 경망한 모습은 평소에 그가 하던 행동이 아니었다. 잭의 상태가 점점 나빠지는 듯했다. 잭이 맛깔나게 익혀진 농어를 맨손으로 자르며 자민에게 근황을 물었다.

"직장은 다닐 만해?"

"할 만한데 이게 좀 적어."

자민이 엄지와 검지로 동그라미를 만들어 보이며 수입이 그리 좋지 않다는 듯 멋쩍게 웃었다.

"차일드케어 값 빼고 나면 생활이 팍팍해요. 겨우 겨우 그렇게……."

명숙이 쪼들리는 삶을 덧붙여 토로했다.

"앞일은 예측할 수 없어. 아메리칸 드림, 운명처럼 다가올 거야."

잭은 엄지손가락을 세워 보이는 격려로 그들의 용기를 북돋았다.

"아직 세이빙이 전혀 안 돼요. 자동차도 가다 서다 하는데 못 바꾸고 있다니까요."

명숙은 지난번 정크 야드에서 얻어온 식탁은 아직 쓸만하다거나 오븐 사용법을 몰라 둘이서 밤새 허둥댔다는 등 자잘한 이야기도 늘어놓았다. 이웃들이 친절하고 아이들이 잘 적응하고 있다는 이야기도 빼놓지 않았다. 명숙의 거침없는 이야기에 잭의 노모는 흥미보다 그들의 지내는 모습에 더 관심을 보였다.

"도시 생활은 어떨지 모르겠지만 이곳은 좀 단조로운 것 같아."

자민의 은근한 고민이 식탁 위에 올려졌다.

"아무래도 뉴욕이나 큰 도시가 이민자에게는 유리하겠지."

잭은 자민이 궁리하고 있는 앞날을 내다보는 듯했다.

"사실 도시로 가볼까 하는 생각도 있어."

"도시 생활도 만만치 않아. 우선 여기서 적응하면서 차츰 생각해봐."

식탁 분위기가 삶의 가운데로 옮겨갈 즈음 잭은 불편한 기색을 보이기 시작했다. 뭔가가 그렇다는 듯 고개를 끄덕이다가 또 아니라는 듯 흔들곤 했다. 어떤 빛을 비춰줘야 할 것처럼 표정이 어둡고 어눌한 말투에 안절부절못하는 상태가 심상치 않아 보였다. 자민은 그의 부자연스런 행동이 은근히 걱정되었다.

"요즘에도 병원에 다녀?"

"닥터가 친절한데 술을 가까이 말라는 잔소리가 지겨워."

"지금도 술을 마셔?"

"아니, 전혀."

"정확한 병명이 뭐래?"

"심하진 않은데 멘탈 식이래."

"왜, 뇌에 문제가 있나?"

"싸이키에트릭 디쏘더. 정신장애 증상이라는데 참전군인이나 탐험가들에게 자주 일어나는 거래. 나이가 들면 심해지기도 한대."

"다리는?"

"지금도 가끔 아파. 눈이 오는 날엔 더 심하고."

잭은 주먹을 살짝 쥐고 두 무릎을 톡톡 두드렸다. 어언 희끗해진 머리, 제멋대로 늘어난 주름, 잭에게 세월은 매섭고 모질었다. 지숙을 떠나보낸 이후 잭은 가누기 힘든 고통과 허탈의 세월을 보냈다. 제니마저 떠나고 정부에서 주는 쥐꼬리만 한 연금으로 늙은 홀어머니와 근근이 생계를 유지하는 처지에 정신마저 날로 혼미해졌다. 지숙이 남겨준 사랑은 슬픔으로 변했고, 반려를 잃은 상실감과 이따금 떠오르는 전장에서의 참담했던 기억들은 그를 어둑한 늪으로 밀어내며 괴롭혔다. 생각의 공동상태가 오고 떠오르던 기억들이 순간 사라져버리는 증상이 나타날 때는 자신의 존재에 골몰하느라 패닉에 빠진 채 힘들어했다. 의사는 그것이 삽화 기억상실증*의 일부일 것으로 판단되지만 회복 가능성이 크므로 그리 걱정할 필요가 없다고 했다.

그는 더 이상 자신이 망가지는 것을 용납할 수 없고 포기할 수 없었

---

* Episodic amnesia 과도한 스트레스나 정신적 충격, 약물 복용으로 인한 기억 손실이 나타나는 증세. 순간순간 패닉에 빠진다.

다. 흩어진 생각과 번민의 잔해를 치우려고 날마다 스스로에게 정신적 매질을 가했다. 의사의 권고대로 농사일이나 가축을 돌보며 육체적 노동을 통해 그런 증상에 맞서나갔다. 목적을 정하지 않은 자유로움 속에서 육체를 혹사시키는 즐거움을 터득하라는 의사의 권고는 심기일전하는 데 어느 정도 효과를 가져왔다. 그런 중에 자민 가족이 가끔 찾아와 담소를 나누고 아이들과 놀아줄 때에는 적어도 다리의 통증만은 잊곤 했다. 굴곡진 삶의 고개를 오르내리기 힘든 건 새내기 이민 부부나 토박이 잭이나 별반 다르지 않았다. 잭은 식탁에서 먼저 일어나 아이들에겐 아직 추운 봄밤이라며 사그라진 벽난로에 불을 지폈다.

계절은 저마다의 조화를 부리며 대지를 넘나들었다. 이민자의 한 해 세월은 능선을 휘넘는 바람처럼 가파르게 흘렀다. 낯선 세상은 차츰 눈에 익었고 일상의 굽잇길도 어언 곧게 보였다. 어느만큼 왔을까. 자민과 명숙은 회사로부터 뜻하지 않은 편지 한 장을 받았다. 해고 통지였다.

'파이어!'

마른하늘에 날벼락이었다. 회사가 구조조정을 단행한다는 거였다. 그 무렵 텐덤사는 베트남 정글 전쟁이 끝나면서 경영 악화의 국면으로 치달았다. 무더기 해고라는 명분은 얼마든지 가당한 조처였다. 미국의 자본주의 노동법을 굳이 들춰볼 필요가 없는, 한겨울 농부가 가지치기 하는 일에 불과했다. 잘라낸 다음 손을 털면 그만이었다. 자민과 명숙은 총을 맞았다. 아니 미사일을 맞아 형체를 잃어버렸다. 이민자가 일자리를 잃는다는 것은 생명을 위협받는 일이다. 그러나 생명의 존엄은 그들의 안중에는 없었다. 단방에 날려버리는 자본주의의 잔인한 무기를 어찌 대적하겠는가. '파이어!' 이 잔인한 한마디에 하소연은 커녕 아무런 항변 한 번 못 한 채 자민과 명숙은 쫓겨났다. 잘려나간 가지처럼 철망 밖으로 버려졌다. 이게 미국인가. 어처구니없는 해고통지 하나로 버려지는 소모품, 이민이라는 문턱을 넘어서자마자 맞닥뜨린 시련, 총을 맞고 쓰러지는 것이었다. 그것도 가슴에 박힌 명중이다. 버려진 노동자들은 한결같았다. 고개를 떨구고 철문을 나서는 눈빛들은 원망과 슬픔으로 가득했다.

지새우는 밤은 두려웠고 다가올 앞날은 캄캄했다. 더욱 암담한 것은 잭마저 어디론가 사라져 이제 의논할 대상도 의지할 곳도 없다는 것이다. 잭은 얼마 전 크리스마스 휴가 때 본 것이 마지막이었다. 어느 날 사라진 그를 찾는 잭의 노모가 연락해오지 않았더라면 몰랐을 일이었다. 잭의 행방불명은 신고를 접수한 경찰에게도 그의 노모에게도 무거운 짐으로 남아 있었다. 다만 주치의만이 잭의 병세가 그리 심각한 상태는 아니니 어디엔가 잘 있을 거라는 믿음을 주었다. 명숙 부부도 그렇게 믿고 싶었다.

그대로 주저앉을 수도 다른 방도를 찾을 수도 없는 난감한 상황이 계속되었다. 여지없이 잘라내는 미국 심장부의 칼날. 두렵고 매정했다. 원망할 곳도 하소연할 사람도, 찾아가 볼 누구도 없었다. 아침에 눈을 떠도 삶의 방향은 어둑한 광야였다. 낙담과 실의에 젖어 있을 수만은 없었다. 방향을 돌려 어둠의 등성을 넘어야 했고 두려움을 털고 다른 미래를 찾아야 했다. 자민이 탄식이 섞인 소리로 명숙을 흔들었다.

"뉴욕으로 갈까?"

창밖을 멍하니 바라보던 명숙이 끼고 있던 팔짱을 풀었다.

"거긴 아무런 연고도 없잖아."

"아무리 생각해도 이곳엔 희망이 없어. 어차피 새로 시작할 거 그래도 대도시가 낫지 않겠어?"

"아는 사람도 없는데 무작정 가면 어떻게 해."

"세상일이 작정대로 되는 게 아니잖아. 뉴욕엔 한국 교민들이 많이 산다니까 분명 이곳보다는 기회가 많을 거야."

자민은 다른 이유를 들먹이며 애써 명숙을 납득시킬 겨를이 없다고 생각했다.

"무모한 생각은 아닌 것 같은데 다른 길은 없을까?"

"지금 이곳에서 우리 처지를 재고 대고 할 수 없잖아? 어쩌면 해고된 게 잘된 일인지도 몰라. 전화위복일 수도 있잖아."

"전화위복?"

사실 명숙도 이곳 뉴햄프셔가 이민의 최종 목적지가 아니기를 바라긴 했다. 그런 까닭이면 자민의 제안이 엉뚱한 건 아니었다. 하지만 새로운 길, 희미한 미래가 어떠한 무게로 다가올지 두려웠다.

"난 미련 없이 떠날 수 있어. 그곳에 가 다시 시작해보자. 지금보다 못하란 법도 없잖아?"

명숙이 마지못해 고개를 끄덕였다. 그러나 꼭 그러자는 것은 아니었다.

"언니가 불쌍해. 우리가 떠나면 언니의 무덤에 누가 눈물을 흘려주지?"

명숙은 타향 무덤에 언니를 남겨둔 채 가망 요원한 삶을 찾아 무작정 떠나야 할 처지가 한없이 처량하고 원망스러웠다. 자민은 창가에

서 있는 명숙에게 다가가 그런 마음을 달래주려는 듯 지그시 어깨를
감쌌다.

"잭은 흔적도 없이 어디로 사라졌지? 잭이라도 있었더라면……."

명숙은 잭이 그리웠다. 잠든 아이들의 새근대는 숨소리가 애달픔을
더하고 희디흰 눈송이는 소록소록 내려 쌓였다. 명숙은 서러움과 두
려움이 엉킨 눈으로 정든 보금자리를 찬찬히 둘러보았다.

펨브룩의 노인

 몇 번이나 키를 돌려 시도한 끝에 간신히 시동이 걸렸다. 늙은 당나귀가 졸음에서 깨어난 듯 낡은 셰비 스테이션 왜건은 수증기가 섞인 시커먼 연기를 뿜으며 에너지를 쥐어짰다. 귀가 빨개진 두 아이는 눈을 맞으며 참나무 가지에 매어 있는 그네를 아쉬운 듯 손으로 밀어댔다. 몸이 둘인 양 부산하게 움직이던 자민은 이삿짐이 다 실어졌음을 확인하고 어깨의 눈을 털었다. 마지막으로 냉장고와 현관의 전기 스위치를 내린 명숙은 남은 가방 하나를 마저 차에 실었다. 이삿짐이라고 해봐야 부엌살림 몇 가지와 옷과 잡동사니를 담은 상자 몇 개가 전부였다. 사용하던 가구나 집기들은 본래 집주인의 소유여서 그대로 놓아두었으므로 그들의 이사는 마치 잠시 여행을 떠나는 사람들처럼 단출했다. 오늘따라 이웃들은 어디로 사라졌는지 기척도 없어 그들의 배웅 인사는 기대하지 않기로 했다. 일 년이 넘게 살아온 콩코드의 집, 아니 정든 뉴햄프셔를 훌훌 떠나는 부부의 마음은 착잡했지만, 한편으로 새로운 삶을 찾아가는 그들의 희망은 한결 들떴다. 호숫가 언덕에 잠들어 있는 언니에게 다녀오겠노라 인사를 하듯 명숙은 북쪽 하늘을 향해 시선을 돌렸다. 콩코드는 먹구름 장막으로 휘덮여 있었다. 자민은 서둘러야 한다며 차문을 열고 그녀의 팔을 잡아들였다. 뒤에 앉은 아이들은 바비 인형 머리를 빗기고 명숙이 눈을 감고 숨을 고르는 동안 차량은 마을을 빠져나와 93번 하이웨이 입구로 향했다. 시내 쪽에서 축제의 행진을 하는 듯 브라스밴드와 백파이프 소리가 요란하게 들려왔다. 아마 이웃들도 축제를 즐기러 그곳에 모두 가 있을 거라 생각하니 아무런 기척이 없었던 이유가 타당한 듯했다. 여느 때 같으면 달려가 구경하는 재미를 누렸을 터이지만 지금 가야 하는 길은 멀고도 멈출 수 없는 길이기에 그들만의 축제로 남겨두기로 했다. 자민은 마음의 준비를 마친 듯 큰 숨을 들이켠 다음 액셀을 힘껏 밟았다.

하이웨이 진입로에 들어서자 예상치 않은 일이 벌어졌다. 경찰들이 바리케이드를 치고 서서 하이웨이에 큰 교통사고가 났으니 로컬 도로를 이용하라는 것이다. 아마 소통이 되려면 서너 시간은 걸릴 것이며 눈이 계속 내리면 더 걸릴 수 있다고 했다. 지금부터 달려도 늦은 저녁쯤 되어서야 뉴욕에 도착할 터인데 출발부터 난감한 상황이 되고 말았다. 차를 돌려 반시간쯤 지나 3A 국도에 진입했을 때는 도로가 눈 속에 묻히고 오가는 차량도 뜸했다. 예상은 했지만 설마 이처럼 눈이 펑펑 쏟아질 줄 몰랐다. 윈도 와이퍼가 닦아내는 눈발이 걷히기가 무섭게 세찬 눈보라가 차창을 때리고 차 안은 김이 서려 앞으로 나아가기가 쉽지 않았다. 자민은 순간 짧은 생각을 했다. '인생은 모험이다.' 살아오면서 다져온 삶의 좌우명 같은 것이었다. 하지만 더 이상 달려나가는 것은 모험이 아닌 위험이었다. 그는 핸들을 잡은 손에 힘을 가했다. 긴장의 시선은 차량의 속도보다 멀리 두었다. 스노우 체인도 없이 지그재그 얼마쯤 달려왔을까. 멀찍이 농가가 가끔씩 보일 뿐 인적은 끊기고 눈 덮인 벌판 위를 달리던 차량들도 어느새 보이지 않았다. 메리맥 강변을 따라가던 중 '펨브룩'이라는 사인이 보이는 채석장 근처에 이르렀을 때 갑자기 차량 엔진 쪽에서 불안한 금속음이 들려왔다. 낡을 대로 낡은 차량이었기에 심상치 않은 낌새를 느낀 자민은 차를 세우고 후드를 열었다. 이리저리 둘러봐도 아무런 원인을 찾을 수 없었다. 눈보라는 사정없이 차량을 덮치고 쉼 없이 벌판을 휩쓸었다. 다시 시동을 걸었다. 금속이 깎여 나가는 날카로운 쇳소리가 더 커졌다. 아무래도 더 이상의 움직임은 무리였다.

아이들이 추위를 참기 힘든 듯 웅크리자 명숙은 뒷자리로 옮겨가 아이들을 안아 달래며 자민의 다음 조처를 기다렸다. 더 이상 앞으로 나갈 수도 돌아갈 수도 없는 불가항력의 순간이 그들에게 닥쳤다. 이미 도로는 눈에 덮여 벌판 속으로 사라졌다. 후드를 세차게 내려 닫고 차 안으로 들어온 자민은 핸들을 손으로 내리쳤다. 젖은 머리를 흔들어 털며 돌덩이 같은 한숨을 토했다. 침묵이 이어지고 두 사람은 입을 열기가 두려웠다. 엔진을 꺼둔 상태였기에 차 안의 온기는 식어가고 추위가 빠르게 차올랐다. 지나는 차량마저 끊기고 구원을 요청할 아무런 대책이 없었다. 차량은 무덤처럼 누워버린 채 눈에 덮였다. 이 가혹한 난관을 어찌 헤쳐야 하나. 진퇴양난에 빠졌고 시간은 지옥으로 흐르는 것 같았다. 명숙은 자민에게 들키지 않으려고 시선을 돌린 채 소리 없이 눈물을 삼켰다. 아이들은 오들오들 떨고 명숙의 몸도 욱신거리기 시작했다. 이 상황이 계속되면 불행한 사태가 닥쳐올 것임은 의심의 여지가 없었다.

"대책을 좀 세워봐."

뾰족한 대책이 있을 리가 없다.

"다시 시동 걸어 히터를 켜! 애들이 얼음장이야."

"알았어."

자민이 키를 돌리자 다행히 엔진이 다시 살아났다. 그러나 귀를 찌를 듯한 금속음은 여전히 날카로웠다. 심장이 긁히는 것 같았다.

"엔진이 추위가 매서워 못 견디는 것 같아."

"무슨 자동차가 이 따위 추위도 못 이겨."

"그러게."

"아, 이게 무슨 일이람! 눈이라도 그칠 일이지."

명숙이 아이들의 몸을 다시 감싸며 얼굴에 자기 뺨을 비볐다. 그때 하늘의 도움인지 멀리 떨어진 농가 쪽에서 헤드라이트를 킨 스노모빌 한 대가 작은 트레일러를 매단 채 그들 쪽으로 향해 왔다. 자민이 차에서 나와 정강이까지 빠지는 눈 속에서 구원의 손짓을 하자 스노모빌은 지체 없이 다가왔다. 농가에 사는 덥수룩한 수염의 노인이 그들의 위험한 상황을 멀리서 지켜보다 달려온 것이다. 노인은 다짜고짜 차량을 농가로 들어가는 길 쪽에 옮기도록 하고 위치까지 정해줬다. 우체통 뒤에 세우면 자기 프로퍼티이니 아무도 차량에 손을 대지 않을 것이라고 안심시키며 아이들과 명숙을 트레일러에 앉게 했다. 간신히 차량을 옮겨놓은 자민은 트레일러 난간에 걸터앉았다. 노인은 익숙한 운전 솜씨로 스노모빌을 되돌려 농가로 향했다. 거세어진 폭풍과 눈보라가 그들을 휘감으며 시야를 가렸다. 펨브룩 벌판의 눈보라는 재난이었고 그들에게 나타난 노인은 은인이었다. 혹독한 추위, 벌판을 휩쓰는 눈보라, 속수무책의 재난, 어디선가 나타난 노인, 일시에 일어난 현상은 예견치 못한 일이었다. 트레일러 난간의 금속 냉기가 자민의 엉덩이를 파고들었다. 아이들은 엄마 품에 머리를 묻고 덜덜 떨었다. 농가에 들어선 자민 가족은 노인의 부인인 듯한 할머니가 안내한 벽난로 앞에서 몸을 녹였다. 선뜻 말을 떼지 못하고 예의 바르게 서 있는 그들의 서성임이 노부부에게는 감사의 인사로 전해졌다. 다른 가족들이 보이지 않는 것을 보니 노부부만이 살고 있는 듯했다. 바깥세상과 동떨어져 사는 것처럼 보였지만 곳곳에 웃는 모습의 자손들 사진이 걸려 있어 외로움이 덜해 보였다. 사진 속에는 사랑과 여유로움과 행복한 관계의 흔적이 넘쳤다. 미간이 깊게 파인 노인의 게슴츠레한 눈빛에서 자손들을 그리워하는 애틋한 마음이 언뜻언뜻 엿보였다. 벽난로 위에는 자그마한 십자가와 오묘한 태깔의 성모 마리아 고상이 엇비슷이 놓여 있었다. 아마도 가톨릭 신자인 듯싶었다. 가구들은 적당한 위치에 놓여 있고 현란하지 않는 장식품들이 어울리게 정돈되어 있는 것이 노부부의 정갈한 성품을 말해주는 듯했다. 도금이 바랜 해바라기 탁상시계, 금빛 우단을 입힌 보석 상자, 사냥용 커다란 접이식 칼, 파스텔 색조의 그림들, 모자를 쓴 농부가 하모니카를 부는 모양의 돋을새김을 한 에일잔 등 대부분이 오래된 골동품들이었다. 그가 살아오면서 기쁨을 쟁취하기 위해 신념으로 거두어놓은 생의 전리품들 같았다.

노인은 자기 이름이 로베르토이고 부인은 키아라라고 소개했다. 키아라는 성덕이 뛰어나서 자기가 무슨 짓을 해도 모른 체하며 은전을 베풀고 살림을 잘하는 검소한 천사라며 추켜세웠다. 자민도 가족을 소개하면서 이민을 온 지 일 년 반 정도 되었는데 아직 영어를 잘 못한다고 했다. 로베르토는 괜찮다고 손사래를 치며 키아라도 이탈리아에서 시집올 때 영어를 한마디도 못 했다고 했다. 키아라는 오랜만에 아들 내외와 손녀들이 찾아온 양 부엌에서 깍짓동만 한 몸을 날래게 움직였다. 닭고기가 들어 있는 뜨거운 토마토 스프를 가져와 자민 가족에게 권하며 아이들에게는 할머니다운 따뜻함으로 눈인사를 해줬다. 로베르토는 눈이 그치고 길이 뚫릴 때까지 자기 집에 머물러도 되니 안심하라며 커다란 양모 덮개를 가져와 명숙에게 건넸다. 자민이 로베르토의 친절함에 몸 둘 바를 몰라 자리에서 일어났다. 로베르토는 자민의 마음을 가볍게 해주려는 듯 가만히 껴안고 등을 다독였다. 낮이 짧은 뉴햄프셔의 겨울은 이내 어둠이 내렸다.

키아라와 명숙이 저녁 요리를 준비하는 동안 로베르토는 이따금 구부정하던 허리를 펴고 창밖을 바라보며 누군가를 기다리는 것처럼 보였다. 그의 습관인 듯했다. 자민은 그러한 습관이 자기의 위험한 상황을 목격했으리라 생각했다. 저녁을 끝냈을 즈음 눈이 그쳤다. 아이들은 잠들어 위층 방에 뉘어졌다. 벽난로 앞에 다시 앉은 네 사람의 이야기는 끝없이 이어졌다. 어떻게 눈보라 속에 이곳을 지나게 되었느냐는 로베르토의 물음에, 자민은 메러디스에서 지내던 일, 지숙의 죽음, 콩코드에서의 생활, 잭의 행방불명과 텐덤사에서 해고되었던 일들, 그리고 작정 없이 뉴욕에 가서 일자리를 찾고 새롭게 정착하러 가는 길이라는 사연을 서투른 영어로 토로했다. 로베르토는 두 손으로 깍지를 끼고 턱을 괸 채 잠자코 사연을 들었다. 그러면서 측은한 눈빛으로 자민과 명숙을 번갈아 바라봤다. 키아라가 찻잔을 가져와 권하지 않았더라면 눈물을 질금 흘렸을 눈빛이었다. 그는 누구와 마주해도 이야기를 잘 들어주는 사람 같았다. 상대의 감정을 오롯이 이해하려는 포용력이 몸에 배어 있었다. 로베르토도 묻어두었던 노년의 넋두리와 산전이수전이 살아온 이야기를 오랜 벗을 만난 듯 줄줄이 쏟았다.

이탈리아 시칠리아섬에서 태어난 로베르토는 어부였던 아버지를 따라 갓난아기 시절 미국에 건너왔다. 당시 철권통치를 휘두르던 무솔리니는 히틀러와 호형호제하는 사이였다. 히틀러에게 비위를 맞추느라 나치를 모방한 파시즘 인종헌장을 만들고 이탈리아인과 유태인을 분리하는 강압적인 인종 차별 정책을 펴 나갔다. 같은 여세로 남부 통치 강화를 위해 시칠리아섬을 접수하고 혼란의 정점에 있던 마피아에 대한 대대적인 숙청에 들어갔다. 그때 선량한 시민들이 이리저리 연루되어 희생이 많았고, 와중에 수만 명이 대서양을 건너 자유의 여신상을 찾아 망명의 길에 올랐다. 거대한 디아스포라*였다. 로베르토 가족도 저마다 봇짐을 걸머메고 가까스로 그 무리에 끼었다. 바닷길은 멀고 사나웠다. 추위에 떨며 굶주림과 질병과 사투를 벌였다. 수많은 사람들이 주검이 되어 뱃머리에서 던져졌다.

그의 아버지는 맨해튼 남부 옛 '파이브 포인츠**' 근처의 열악한 빈민가에 정착했고 이스트강가 브루클린 브릿지 옆에 있는 풀턴 수산 시장

---

* Diaspora 동족이나 민족 집단이 본래 살던 본원지에서 경제적 위기, 인종 차별, 종교, 전쟁, 정치적 이유로 다른 지역으로 이동하는 현상. 유태인이나 아르메니아인들의 디아스포라가 대표적인 예지만, 아시안, 유럽인, 아프리카 노예, 집시 등 그 범주가 광범위하다.

** Five Points 19세기 주로 아일랜드 이민자들이 거주했던 공장, 상가 지역으로 빈곤과 범죄, 폭력 등 뉴욕의 대표적인 슬럼가였다.

에서 생선을 다듬고 내장을 제거하는 허드렛일을 하며 척박한 삶을 살았다. 그 후 육신의 마디 마디를 도려낸 대가로 자기 소유의 생선 가게를 갖게 되었다. 로베르토는 대학에서 화학을 공부했지만 적성에 맞지 않아 중도에 학업을 포기하고 아버지의 생선 가게 사업을 이어받았다. 상인들 중에는 아이리쉬, 더치맨, 그릭, 노르위진들도 있었지만 대부분 유태인과 이탈리아인들이 상권을 점유했다. 그사이 시칠리아에서 넘어와 조직된 마피아(라 코사 노스트라)*가 풀턴 수산 시장의 여러 곳에 개입하면서 로베르토는 그들의 도움 아래 생선 도매 사업을 크게 번창시켰다. 그는 말의 억양과 풍습이 같은 시칠리안이란 이유로 나름의 동향의식이 적용되어 그들이 관여하는 룰에 유대적인 대우를 받았다. 그 후 로베르토의 아들 파비오가 대를 이어 사업을 물려받았고 명성 높은 수산 업체로 성장했다.

로베르토는 생선 도매업을 하면서 생선 가게를 하는 한국인들을 더러 만났다고 했다. 억척스러움과 근면성은 그 누구도 따를 수 없고 이탈리아인처럼 정이 많아 한국인들과 친했단다. 물론 까다롭지 않은 고객들이어서 그리하기도 했지만.

그는 일어나 안으로 들어가더니 자기 아들 파비오의 가게 위치라며 구겨진 명함 한 장을 가져와 자민에게 건넸다. 원한다면 파비오의 가게에서 일할 수 있도록 주선해줄 터이니 찾아가보라 했다. 〈로베르토 피시 마켓〉? 자민은 뉴욕에 가면 무슨 일을 하게 될지 모르지만 로베르토의 친절에 감사할 따름이었다. 예상치 않았던 노인과의 인연은

---

* La Cosa Nostra 영어로는 this thing of ours, '우리들의 것'이란 뜻의 이름. 브루클린 부두는 물론이고 뉴욕의 암흑세계를 장악했다.

분명 갈팡질팡했을 자민의 먼 길을 훨씬 가까이 당겨주었다. 물론 그 길은 가파르고 험난했다. 로베르토가 일어나 자민의 어깨를 두드렸다. 로베르토는 자신이 걸어온 길을 뒤따르는 동방의 젊은 나그네에게 뭔가로 위로하고 싶었다.

"갈등과 고통에 시달리는 게 이민이라네. 젊음은 그걸 이겨낼 수 있지."

자민에겐 새겨두라는 말로 들렸고 선물 같은 격려였다.

펨브룩에서 안도의 밤을 보낸 자민 가족은 로베르토와 키아라와 작별의 포옹을 나누고 뉴욕을 향해 다시 길을 나섰다. 대지는 온통 백설이었다. 눈구름이 사라진 파란 하늘의 태양은 눈부셨고 웬일인지 셰비 왜건은 단번에 시동이 잘 걸리고 소음도 없었다. 차에 오르는 자민에게 로베르토 부부는 크게 손을 흔들었다. 차 문이 닫히기 전에 똑같은 두 소리가 들려왔다.

"챠오!! 굿 럭!!"

자민과 명숙의 결혼 생활이 어느덧 일곱 해를 지나는 동안, 특히 미국에 온 이후 그들에게는 세 가지 변화가 있었다. 첫째는 자민이 목청을 돋우며 부르던 사모의 노래가 사라진 것이고, 둘째는 남편이라는 가장의 권위가 아내라는 무소불위의 여왕에게 이양된 것, 그다음엔 연년생인 큰딸 모희와 둘째 도희가 자민의 가슴께나 자라서 이제 맹랑하게 대들고 따질 줄 안다는 것이다. 변하지 않은 것도 있었다. 아직도 쪼들리는 생활이 지속되고 있는 현실이었다. 변화든 불변이든 모든 일상에서 아내보다 남편인 자민에게 불리해졌고 그런 상황은 뉴욕에서도 계속될 것이었다.

한국 교민이 많이 산다는 뉴욕의 플러싱 근처 모텔에서 며칠을 보낸 자민 가족은 그곳에서 멀지 않은 유니온 스트리트 끝자락 연립 아파트에 보금자리를 마련했다. 맨해튼을 오가는 7트레인 시발역이 가까운 곳이다. 학교가 가까워서인지 조금은 소란스러운 동네였다. 자전거를 팽개치고 소리 지르며 몰려다니는 무법의 아이들, 찌그러진 깡통을 서로 빼앗아 차려고 밀치락대며 행인들을 방해하는 말썽꾸러기들, 아이들의 극성을 잠재우려는 부모들의 고성이 끊이지 않는 거리다. 몇 블록만 걸어 나가면 백화점과 상가들이 밀집해 있어 걸음을 재촉하는 인파로 붐비고, 근처엔 한국 식품점도 눈에 띄었다. 적어도 이제 뉴햄프셔에서처럼 양배추 김치를 담가 먹지 않아도 되었다. 뉴햄프셔와는 달리 뉴욕은 잔설마저 사라지고 온화한 봄기운이 감돌았다. 불과 얼마 전 펨브룩 눈보라 속에서 수난을 당했던 눈물의 여정은 먼 꿈속 이야기 같았다.

뉴욕은 한국 교민이 자주 보였다. 하지만 아무에게나 섣불리 다가가 사정을 털어놓을 수도 없고 일자리 구하는 일도 쉽지 않았다. 모아진 돈이 수중에 얼마 정도 있었지만 서너 달 생활비로 쓰면 곧 공동의 상태가 코앞일 터이니 부지하세월을 그냥 보낼 수는 없었다. 궁여지책을 찾고 있던 중 머리를 스쳐간 생각 하나가 자민의 지갑을 열게 했다. 찾아낸 명함 하나, 풀턴 '로베르토 피시 마켓'. 왜 그 생각을 먼저 하지 않았던가. 그는 주저 없이 차를 몰아 맨해튼 다운타운으로 향했다. 풀턴 수산 시장을 찾아 파비오를 만나기까지는 그리 어렵지 않았다. 정오 파장 무렵이어서인지 시장은 한산하고 싫지 않은 비린내 바람이 코끝을 간질였다. 쓰레기를 치우는 차량들도 빠져나가고 상인들이 진열품을 안으로 들이며 마지막 철시 정돈을 했다. 시장은 끝이 보이지 않았다. 자민은 시장 한가운데의 누런 벽돌건물 앞에 섰다. 칠이 조금 벗겨진 고딕체 알파벳의 '로베르토 피시 마켓' 간판이 눈에 들어왔다. 안으로 들어서자 비닐 장막 뒤에 커다란 냉동 창고가 있고 천장이 높은 마켓 내부는 밖에서 보기보다 넓었다. 비장에 찬 모습의 일하는 사람도 몇이 보였다. 파비오를 찾자 무릎까지 올라오는 장화를 신고 고무 앞가리개를 걸친 그가 꼿꼿한 걸음으로 나타났다. 천이 달린 고무장갑을 낀 손에 기다란 쇠갈고리를 흔들며 나타난 그는 마치 해적을 연상시키는 험상궂은 차림이었다. 하지만 인자한 얼굴 모습이 아버지를 꼭 닮아 영락없는 주니어 로베르토였다. 자민이 자기를 소개했다. 파비오는 자기 아버지로부터 이미 전해 들은 바가 있었는지 반가운 얼굴로 금방 알아봤다. 그러고서 두서없이, 일을 원하면 내일부터 당장 나오라는 시원스런 부탁 같은 명령을 했다. 자민은 이것저것 물을 것도 없고 망설일 필요가 없었다. 파비오는 새벽 메이트가 되어 보자며 장갑을 벗고 격식을 차린 제스처로 자민에게 손을 내밀었다. 쥐어진 손길에서 선뜩한 차가움이 느껴졌지만 눈빛에서는 그의 어머니 키아라 같은 다정함과 따스함이 넘쳤다.

자민은 돌아오는 길 차 속에서 핸들에 손가락 박자를 맞추며 오랜만에 사모의 노래를 불렀다. 생명이 파묻힌 잿빛 거리, 눈을 부릅뜬 신호등, 하나같이 성난 자동차, 헐벗은 늙은 가로수, 하늘을 떠받친 사각의 건물, 어지러운 영어 간판과 피부색이 다른 온갖 인종들, 뉴욕의 형상들이 서서히 눈에 익혀 들어왔다.

의기투합

끝이 보이지 않는 풀턴 수산 시장의 새벽은 살아서 팔딱거리는 생선들처럼 활기에 찼다. 새벽 4시에 장이 열리면 시장은 북적대는 사람들과 무엇에 현혹된 듯한 영혼들의 아우성으로 생사를 가르는 전쟁터를 방불케 했다. 생선을 찍어 옮기거나 박스를 운반하는 도구로 저마다 크고 작은 쇠갈고리를 들고 다니는 모습은 흡사 창칼을 든 전쟁터의 병사들이었다. 그러나 어떤 보이지 않는 경계 속에 차분한 시장의 질서는 놀라울 정도로 정연했다.

생선 도매상에서 일한다는 것은 여간 녹록지 않은 노동이었다. 옥션장에 생선 박스를 실어 내어 진열하고 그것을 다시 규칙에 따라 적소에 고객별로 정돈하는 일이며, 파비오의 지시를 신속히 숙지하여 다음 과정을 마무리하는 모든 과정은 자민에게 상당한 통찰력뿐 아니라 엄청난 체력을 요구했다. 옥션이 끝나면 장작을 태우는 드럼통 모닥불 앞에서 잠시 숨을 돌렸다. 동료 인부들과 함께 추위에 굳은 몸을 녹이며 샌드위치와 커피로 아침을 때우고 사람들의 얼굴도 익혔다. 다시 정오까지는 매장에서 생선 가게나 식당, 튀김 가게 같은 소규모

업체들에게 이른바 중간 도매를 하고 일반 고객들에게는 소매를 하는 등 치다꺼리를 포함한 제반 일들이 대부분 자민이 해야 할 일과였다. 파비오의 할아버지와 아버지가 했던 것처럼 얼음 속에서 꺼낸 생선을 다듬고 내장을 제거하는 일은 자신의 오장을 헤집는 거였다. 때로는 번쩍이며 춤을 추는 날카로운 칼끝이 장갑을 뚫고 들어가 얼음장이 된 손에서 붉은 선혈을 뽑아냈다. 온종일 서서 버티는 두 다리는 냉동 생선처럼 팅팅 얼어붙어 얼얼 뻣뻣했다.

　수산 시장의 극한에 가까운 막노동은 이민자들의 훈련소 같은 최악의 조건이었지만 생존의 벽 앞에 서 있는 자민에게는 그나마 감지덕지한 일자리였다. 돌이켜보면 맨체스터 텐덤사에서의 일은 적어도 육체적 혹사는 없고 미국식 노동자의 대우를 받았던 괜찮은 일자리였다. 그나마 파비오의 진심 어린 격려가 힘을 솟게 하고 여왕과 두 딸의 위로가 새벽의 고단함을 씻어주어 날마다 새로운 에너지를 채웠다. 또한 매장에서 동포 고객들을 더러 만날 수 있어 고달픈 이민 생활의 넋두리와 고국 이야기로 위안을 삼았다. 그러던 중 나이가 비슷한 동포 고객과 거래의 착오로 실랑이가 벌어졌다. 자민에게 새로운 인연 하나가 시작된 사건이었다. 자칭 월남 전사라며 목을 세우던 강기수라는 사나이였다. 여느 때처럼 그가 한 손에 커피를 들고 거들먹거리며 나타났다.

　"오늘은 물이 좀 어떻소?"

　자민이 한국인 직원이라는 것을 알고 있는 그는 진지하게 대답해달라는 투박한 말투였다.

　"보다시피 오늘은 물이 다 좋습니다. 어제보다 훨씬 싱싱해요."

"그런 것 같긴 한데⋯⋯. 그런데 스네퍼 값이 왜 이렇게 올랐소?"

몇 번 보았지만 처음 대하는 사람처럼 여전히 시비조의 말본새였다.

"시즌 탓이겠죠. 플랫피쉬, 메커럴 값은 많이 내렸어요. 플라운더도."

"어, 그러면, 둘 둘 하나 하나."

그는 널찍한 주걱턱으로 툭툭 가리키며 주문을 해놓고 사라졌다. 더이상 군말이 필요 없는 강기수와의 거래는 그렇게 간단히 끝났다. 그가 다른 곳 쇼핑을 끝내고 돌아왔을 때는 두어 시간이 지난 뒤였고 매장은 철수할 무렵이었다. 강기수가 주문한 생선 여섯 박스를 차에 싣다가 떠름하고 볼멘소리로 자민을 불렀다.

"보소, 박스 숫자가 틀렸소. 플랫피쉬, 메커럴이 둘이고 플라운더, 스네퍼가 하나씩인데 바뀌었잖소?"

"이거 사장님이 주문한 대롭니다."

"무슨 말이오? 틀렸소, 다시 바꿔오시오."

"냉동실이 이미 닫히고 락이 되어서 안 됩니다."

"그게 말이 되는 소리요?"

강기수는 퉤, 하고 침을 뱉더니 자민이 건성으로 주문을 받은 게 아니냐며 심히 못마땅하다는 투로 따져보자고 했다. 사소한 일이 생각지도 못한 다툼으로 바뀌어버렸다. 누가 우둔했는가를 놓고 시시비비를 가리는 동안 강기수는 자신의 턱주문이 실수였음을 인정했다. 그는 심리 상태가 꼬여 있거나 현명한 말이라곤 해본 적이 없는 사람 같기도 한데, 인간적인 소양 면에서 보면 순박하고 흥미로운 사람이었다. 그러면서 자기는 월남 전사라 지질한 사람이 아니라 했다. 물론 그 일은 다음 거래 때 잘 마무리되었지만 그보다도 그 후로 강기수와

는 가까워졌고 동갑내기인 것까지 확인되면서 둘의 인연은 *끈끈한* 우
정의 관계로 이어졌다. 자민은 그가 어떻게 미국에 오게 되었는지 묻
지는 않았지만 자기는 생선 가게에서 매어 있을 사람이 아니라며 자신
을 두둔하는 것을 보니 여느 교포처럼 말 못 할 사정이 있을 거라는 짐
작은 들었다.

　꾸물대며 허둥대는 강기수의 굼뜬 버릇은 여전하여 인터뷰가 있는
중요한 날임에도 을지로 '로켄젤 엔터프라이스'에 도착한 것은 약속 시
간보다 십 분이나 지난 후였다. 눈초리가 갸름하고 검은 윤기가 단정
히 흐르는 단발머리의 앳된 여자직원이 허둥지둥 들어오는 기수를 맞
았다. 그녀는 강기수를 힐끗 훑어본 다음 시계를 보며 늦었다는 듯 대
여섯 직원이 있는 사무실을 지나 서둘러 회의실로 안내했다. 잠시 후
옆에 있는 문이 열리며 머리가 조금 벗겨지고 안경을 쓴 사람이 나타
나 악수를 청했다.
　"나, 사장 대니얼 김입니다. 앉으시죠."
　"강기수입니다."
　기수는 정중히 인사한 다음 매우 정상적인 자세로 자리에 앉았다.
　"긴장하실 것 없습니다. 편하게 이야기합시다."
　단발머리 여직원 심수정이 차를 가져와 내려놓으며 늦게 도착한 무
례를 나무라는 듯 고까운 눈빛으로 강기수를 힐끔 쳐다보고 사라졌다.
　"대학에서 행정학을 전공하셨고, 바로 군대에 갔네요?"
　대니얼이 이미 받아놓은 기수의 이력서를 훑어보며 질문을 던졌다.
　"사단 행정실에 있다가 차출되어 월남에 갔습니다."

"월남에서 병과는 뭐였죠?"

"본대에서 문서관리, 연락, 뭐 그런 거요."

기수의 어투에서 그가 조금 과시적인 저돌성이 있음을 간파한 대니얼 사장은 목소리를 부드럽게 내렸다.

"저희 회사에 대해서 아시죠?"

"수출입을 하는 무역회사로 알고 있습니다."

"비슷해요. 해외제품과 기술제휴에 관한 중개를 주로 하고 있죠. 대부분 군납이나 관납사업이고, 해외 금융에 관련된 사업도 있고."

"아, 예."

"그런데 외국어는?"

"영어가 조금 가능합니다."

대니얼의 사무적인 질문은 계속되고 기수는 침착했지만 긴장한 탓인지 찻잔조차 들지 못했다.

"좋습니다. 부족한 것은 차차 배워가기로 하고."

어눌한 듯하지만 일면 정직한 면이 있음을 파악한 대니얼은 깊은 생각에 잠긴 표정으로 고개를 끄덕거린 뒤 쉽게 결론을 내렸다. 사실 결론은 처음부터 정해져 있었다. 아들이 스스로 취직할 수 있는 능력이 되지 못한다는 것을 아는 기수의 아버지는 국방부 동료를 통해 취직 알선을 부탁했고, 그 뒷배로 기수는 지금 이곳에 앉아 있는 것이다. 기수의 부친이 군 장성 출신이라는 점에서 대니얼 사장에겐 채용의 부탁을 받아들일 수 있는 충분한 근거가 되었고, 한편으로 그의 아들이 볼모 역할도 해줄 수 있어 서로 간에 이해가 맞는 굴레와 고삐였다.

대니얼은 한국전쟁이 끝날 무렵 도쿄에 돌아온 지 얼마 후 '한일 기본조약 회담'을 추진하는 과정을 취재하던 중 한국 관료와의 인연으로 외무부 특채 공무원 제안을 받았다. 그는 일본에서 태어났지만 대학시절 미국에서 공부한 한국 국적의 재일교포 2세였다. 그의 부인도 재일교포 2세이고 가족이 하와이로 이주하여 그곳에서 학창시절을 보냈다. UR 통신사 기자 출신으로 국제 정세에 일가견이 있고, 한국어, 일본어, 영어가 능통한 점을 인정받아 외무부의 대외협력기구에 배속되었고 차츰 두각을 나타내며 승승장구했다. 동시에 국가의 여러 기관, 그중 조달청과 국방부 관계자들과는 두터운 인맥을 쌓았다. 그후 군납, 관납 사업에 눈을 뜨며 공무원직을 그만두고 사업에 뛰어들었다. 방위산업체와 관납사업체를 넘나들며 해외의 무기, 통신 관련 제품을 중개하는 주력 사업으로 업계를 선도했다.

채용 결정에 강기수는 날을 듯한 기분으로 회의실을 나왔다. 그러면서, 예상외로 자기 같은 미자격자를 퇴짜 놓지 않은 대니얼 사장이 혹시 정신이 좀 기운 사람이 아닌가 했다. 여직원 심수정이 기수를 배웅하며 마뜩잖은 눈빛으로 쏘아봤다. 기수는 그녀가 조금 모자라고 철이 덜 든 것처럼 보였다.

로켄젤이 해외의 무기, 통신 제품과 금융상품의 거래를 중재하고 오퍼 네고에 따라 중간 수수료를 챙기는 브로커 사업인 줄은 두 주가 지나서야 알았다. 과정의 일이 전문적이고 대내외적으로 복잡하게 얽혀 있으며 예닐곱 직원이 근무하는 회사로서 거래 규모가 어마어마하게 크다는 사실에 놀랐다. 기수는 기대 이상으로 두각을 나타내며 곤욕스런 외근도 자처했다. 동료들로부터도 호감을 받았다. 다만 심수정만이 걸핏하면 치근거리는 주걱턱 재수탱이를 못마땅해했다. 남녀가 얽히는 조화는 세월만이 알았다. 심수정과 강기수는 훗날 뉴욕의 한 아파트에서 같은 침대를 쓰고 밤낮으로 매달리는 사이가 될 줄 꿈에도 몰랐다. 어눌한 품새와는 달리 기수는 갈수록 남다른 능력을 보였다. 쌀쌀맞던 심수정의 눈빛도 많이 부드러워졌다.

시국은 어질어질했다. 기수는 아버지로부터 뜻하지 않은 명령을 받았다. 미국으로 당장 유학을 가라는 것이다. 그는 어렴풋이 알고 있던 아버지에 관한 일이 불길하게 다가온다는 것을 감지했다. 몇 해 전 아버지가 용성부대 사단장이었을 당시 군 내부가 발칵 뒤집어진 일이다. 최전방 연대 운전병 둘이서 부대 내의 강압적인 기합을 못 이기겠다는 이유로 탈영하여 그만 철책선을 자르고 북으로 넘어가려던 사건이었다. 북으로 넘어오면 영웅이 된다는 북측의 대남 확성기 방송이 쩌렁쩌렁 울릴 때였다. 그들은 군사 분계선을 넘기 직전 철책선 감시병의 총격에 옴짝달싹 못하고 붙잡혔다. 사단장은 물론이고 부대의 직속상관들이 모조리 문책 대상이 되어 그 책임이 물어졌다. 명예로운 예편을 앞두었던 기수의 아버지는 사태에 책임을 지고 계급이 강등되는 선에서 옷을 벗는 것으로 일단락되었지만 법적 처리와 최종 군사재판 판결을 눈앞에 두고 있었다. 혹시 모를 외아들에게 불똥이라도 튀지 않을까 하는 걱정에 밖에 나가 있으라는 권고, 유학이었다. 기수는 회사를 그만두고 아버지의 뜻대로 예상치 않았던 유학의 길에 올랐다. 떠나는 인사를 하는 날 강기수의 퇴직에 개의치 않을 줄 알았던 심수정이 강기수에게 다가와 눈살을 잔뜩 찌푸리며 그의 팔을 툭툭 두드렸다. 그러면서 들릴락 말락 한 소리로 따졌다.

"이유가 뭐예요, 말해봐요."

강기수의 대답은 그녀를 똑바로 쳐다보는 것이었다.

강기수가 뉴욕 퀸스에 있는 시립 대학에서 영어 과정을 밟고 있을 무렵은 자민과 명숙이 텐덤사에 다니던 1977년 봄이었다. 기수는 본디 공부에는 흥미가 없는 사람이어서 지식을 탐구하는 노력으로 사막에 가서 광맥을 찾는 것이 더 나을 일이었다. 유학을 왔으니 공부를 하긴 했지만 고역이 아닐 수 없었다. 학교는 고생스러운 곳이며, 공부에 매달리면 뇌가 혹사당해 얼마 못 살 거라며 딴눈을 팔 궁리만 했다. 사실 그가 다니던 한국의 D 대학도 입학하던 해에 새로 생긴 행정학과가 응시생이 정원 미달인 덕에 자동 입학되었다. 써먹지도 못할 행정학 공부는 해서 뭐 하냐며 대학시절 내내 데모만 했다.

한 해가 지났다. 아버지의 불명예 퇴역 후 집안 형편이 어려워졌다. 송금해오던 유학비가 끊기고 학업을 계속할 수 없었다. 이제 생활 대책을 궁리해야 하는 처지였다. 사정을 알게 된 위층에 사는 한국인 집주인 아저씨가 자기 가게에서 일하면 어떻겠느냐는 제안을 해왔다. 집주인 아저씨는 브루클린 우드헤븐에서 제법 큰 생선 가게를 운영하는데, 일손 부족으로 어려움을 겪는다 했다. 생선 가게 운영의 어려움은 다른 곳에도 이유가 있었다. 부부는 싸우는 게 일과였고 하루라도 실랑이를 벌이지 않고는 못 배기는 앙숙이었다. 어린 아들이 싸움을 본받아 난폭한 주먹질로 집안 벽 곳곳에 구멍을 뻥뻥 낼 정도였다. 집주인은 그동안 지켜봤던 아래층 성실한 청년에게 가게 운영을 맡기면 더할 나위 없이 좋을 것 같았다. 두 사람은 서로의 필요에 의해 의견이 일치되고 유학생 기수는 생선 가게의 매니저가 되어 마침내 의도

치 않은 길로 접어들었다. 꼭두새벽에 일어나 풀턴 수산 시장에 나가 쇼핑을 하고, 가게에선 흑인, 히스패닉 종업원들을 무섭게 을렀다. 대부분의 손님 수준이 낮은 편이어서 하루도 크고 작은 트러블이 없는 날이 없었다. 불량한 손님이 나타나면 뭉뚝한 종주먹으로 위협을 주고 자기 주먹 한 방이면 사자도 뻗어버릴 거라며 눈을 부라렸다. 베트남에서 사람을 많이 죽인 전사라며 끔찍한 욕으로 종업원이고 손님이고 쥐락펴락하는 야멸찬 이민 전사가 되었다. 그런 중에도 종업원 중 에콰도르에서 온 혼혈 아가씨 케슬리는 기수의 우쭐함이 자기 오빠처럼 매력이 있다며 호감을 갖고 따랐다. 혀짜래기소리 같은 기수의 영어 발음도 콕콕 집어 고쳐주었고, 훗날엔 기수의 가짜 아내가 되어줄 만큼 아량도 있었다.

한자민과 강기수는 로베르토 피시 마켓의 종업원과 고객으로 만났지만 어느덧 정이 들어 속사정을 나눌 만큼 가까워졌다. 한숨을 돌릴 시간이면 그들은 드럼통 모닥불 앞에서 불을 쬐며 동지적 대화를 나누고 한편으로 수산 시장 사람들과는 안면 넓은 이웃이 되어갔다. 눈이 마주치면 인사하는 사람도 많아졌다. 시장을 어슬렁거리고 다니는 안젤로라는 파비오의 친구는 그들이 얘기를 나누고 있을 때 끼어들어 답삭 안거나 공연히 옆구리를 치고 도망치곤 했다. 겉모습은 멀끔한데 짓궂고 장난기가 철철 넘쳤다. 그는 강기수를 "캥" 하고 일부러 콧소리를 내어 불렀다. 자기가 무슨 일을 한다는 말을 한 적이 없지만 파비오가 귀띔해줘 '맢'에 복속된 똘마니쯤 될 거라는 것은 알고 있었다.

어느 날 기수가 자기 가게에 대해서 얘기하다가 문짝이 너덜거리고 카운터 테이블은 내려앉기 직전이며 지하 창고 곳곳이 엉망인데 쉬는 날에 와서 수리해줄 수 있는지 자민에게 물어왔다. 기수는 자민이 목수 일에 일가견이 있고 웬만한 가게의 고장은 무엇이든지 손수 고칠 줄 아는 재능꾼이라는 것을 알고 있었다. 자민은 흔쾌히 대답하고 주말 시간을 잡아보자 했다. 얼마 후 가게는 완벽하게 자민의 솜씨에 의해 수리되고 정돈되었다. 설마 했던 자민의 솜씨와 기술이 분명 보통의 수준은 아니었다. 기수는 기술자 서너 명이 와서 해도 그만 못했을 거라며 찬탄을 아끼지 않았다. 날로 돈독해지는 우정 속에서 두 남자는 자신들이 무언가 믿을 만한 특별한 감정을 공유하고 있다고 생각했다. 이를테면 형제와 같은 우애를 나눌 수 있고 힘을 모으면 새로운 직업을 만들어 멋진 결과를 이뤄낼 수 있을 것 같다는, 서로 마음을 터놓고 의지하는 버팀목이 되어줄 수 있을 거라는 결의에 찬 감정들이었다.

여느 때처럼 드럼통 난로 앞에 두 사람이 새벽 커피를 마시던 중이었다. 기수는 지금 같은 가망 없는 삶을 산산조각 내어버리고 제대로 된 직업을 만들어보자며 그것은 자민의 재능으로 가능할 것 같다는 확신에 찬 의견을 제시했다. 자민의 기술이 뛰어나므로 집을 고치고 가게를 꾸미거나 수리하는 인테리어 사업을 한다면 자기는 기꺼이 따를 수 있다는 의도를 밝히고, 자민이 가능 타당한 제안이라며 받아들일 반응을 살폈다. 내심 자민도 그동안 계획해두었던 인테리어 사업을 하기 위해 때를 기다리던 차에 기수가 절묘하게 짚어내니, 어쩌면 이참에 의기투합하면 좋을 것 같다는 생각을 했다. 무엇보다 가족들이 잠든 사이 꼭두새벽에 출근하고 아내가 일을 마치고 유치원에서 아이들을 데려오는 시간이면 생선 비린내와 함께 잠들어 있어야 하는 낮과 밤이 바뀐 불균형한 생활을 바꾸고 싶었다.

　그날 새벽은 호되게 추웠다. 유난히도 강바람이 차갑게 몰아쳤다.

　"한 형, 어떻게 생각해?"

　기수가 뻣뻣해진 손을 비비며 물었다.

　"나도 같은 생각을 오래전부터 해왔어."

　"잘됐군. 쇠뿔은 단김에 빼는 거 아냐?"

　"그렇지. 시작이 반이지."

　"교포 업체만 상대해도 수요가 많을 거야. 대부분 어중이떠중이고 제대로 된 카펜터나 전문가가 없잖아."

　그들의 의기투합은 지체 없이 이루어졌다.

　"문제는 자본이야. 연장이나 장비, 차량, 창고, 그걸 다 갖출 수 있을지. 일감이 생길 때까지 몇 달은 버텨야 하고."

　"그 점이 문제지. 나도 모아둔 돈이 없으니. 그래도 몸으로 때울 자신은 있어."

　"방법이 있을 거야."

　그들의 열망은 즉석에서 합치되어 언제부터 시작할 것인가를 정하는 일만 남겼다. 명숙은 자민의 계획에 흔쾌히 동의했다. 반복되는 어려움을 벗어나기 위해선 뭔가 변화가 있어야겠다고 생각하던 터라 그들의 계획에 내심 희망을 걸고 싶었다.

　인테리어 사업이 시작되었다. '1,2,3, 컨스트럭션'. 신속하고 완벽한 건설회사라는 뜻의 상호도 지었다. 자민은 보스, 기수는 매니저 역할을 했다. 그들은 모은 돈을 몽땅 털어 연장과 기본자재를 구입하고 하얀 중고 포드 밴을 할부로 구입했다. 창고는 자민이 살고 있는 집

뒤뜰 울타리 밑에 포장을 덮어 임시로 사용하기로 했다. 사업은 예상 외로 성공적이었다. 청과상이나 생선 가게를 오픈하는 교포들이 급증하고 옷 가게나 잡화점, 신발 가게, 식당을 신설하는 신생 업체의 주문이 쇄도했다. 꽃 가게나 그로서리, 세탁소 등 다양한 업체들이 늘어나면서 설비나 수리 주문이 밀릴 정도였다. 공사 중에 값비싼 연장을 도둑맞거나 예상치 못한 우여곡절을 겪었지만 뉴욕의 동서남북을 종횡무진하며 명성도 쌓아갔다. 무엇보다 누구의 간섭을 받지 않고 때로는 예우도 받는 사업이어서 자신감은 충천했다. 노력의 대가도 만족스러운 편이었다. 기수는 '노가다' 일이지만 자기의 적성에 맞는다며 밤늦도록 작업에 매달리고 아이디어 창출에도 열정을 보였다. 하지만 수입이 늘어도 새로운 장비를 구입하거나 예비자재를 확보해야 하는 등 재투자가 지속되었기에 재정 형편은 아직 그만그만했다. 자민은 피시 마켓을 다닐 땐 그래도 일정한 수입이 있었지만 사업을 시작한 이후 오히려 살림이 궁핍해졌다. 얼굴에 초조함이 보이는 날도 있었다. 당연히 명숙의 불만은 찌무룩이 쌓였다. 조금만 견디면 된다는 자민의 의기도 미덥지 않았다. 어느 때는 불안한 마음마저 들어 제대로 한번 살아보겠다는 의지를 마비시키곤 했다. 하지만 늦도록 일하고 먼지투성이로 터덜터덜 들어오는 자민에게 그런 마음을 내색할 수 없었다. 자민은 언제나 문밖에서 옷 먼지를 털고 신발을 벗었다. 문래동 목공소에서 늘어진 몸으로 집에 들어서던 그 모습이었다. 그때는 환하게 웃으며 돌아왔다.

마켓에서 캐셔 노동을 하고 아이들을 건사하며 살림을 꾸려가는 이민 주부의 몰골은 말이 아니었다. 핏기 가신 얼굴에 여성스러움은 온데간데없고 후줄근한 막차림에 부끄러움조차 사라졌다. 옷차림 따위에 신경을 쓰거나 "오늘은 어때?" 하고 거울에 물어볼 겨를이 없다. 오늘을 지탱하는 힘이 혹여 내일까지 이어주길 바라지만 명숙은 하루마저 버티기도 힘에 부쳤다. 집에 돌아와 화장대 앞에 서면 초라하고 울상인 여자가 가엾은 모습으로 한숨을 쉬었다. 반짝반짝하던 눈빛으로 입술을 쪽 빼며 뒤태까지 훑어보던 여자가 아니었다. 그러고 보니 미국에 와서 고와졌다는 말은커녕 세련되어졌다는 따위의 위로 한번 받아본 적 없었다. 뉴욕은 부서지기 쉬운 이민 주부들을 내리막길로 내몰고 매무새를 헝클어 생명처럼 가꾸는 아름다움을 짓이기는 잔악한 도시였다. 명숙은 자기에게서 꽃향기가 난다는 자민의 달콤한 속삭임을 언제 들었나 싶었다. 예전의 남편이 아니었다. 걸핏하면 퉁명스런 말투로 속을 뒤집거나 전에 없던 짜증으로 기분을 망쳐놓곤 했다. 어느 때는 심기를 거스르는 낯선 사람 같고 철없는 남동생과 사는가 싶은 괴리감도 생겼다. 형편이 쪼들릴수록 왜 기대고 싶은 남편이 되어주지 못하는가 하는 원망도 불끈 일었다. 자민이 자기 인생에 꼭 있어야만 할 동반자인지 자신이 그의 인생에 끼여 사는 게 아닌지 혼란스러웠고, 아내의 의무감 같은 분별력도 떨어졌다. 미국에 온 이후론 그런 번민들이 예사롭지 않게 일어나곤 했다.

명숙이 캐셔로 일하는 슈퍼마켓은 지하철 다섯 정거장의 릿지우드에 있어 다니기에 어려운 거리는 아니었다. 하지만 온종일 무거운 과일이나 식품을 담아주는 일은 몸이 약한 그녀로서는 삭신이 으스러지는 일이었다. 매서운 겨울엔 어금니를 떨었고 푹푹 찌는 여름엔 숨이 막혔다. 뼈마디마다 통증이 멎을 날이 없고 육신의 감각은 점점 둔해졌다. 밤이면 끙끙 앓았다. 어깨에서 풍기는 파스 냄새는 가실 날이 없었다. 명숙은 자신의 우월감이나 자존감을 내려놓아야 했다. 보잘 것없는 새내기 이민자 신분에는 삶의 품위는커녕 낭만적인 공상조차 사치였다. 누구도 대신해줄 수 없는 험난한 길을 인내심의 마취로 헤쳐가야 했다. 명숙은 자신의 어려움을 모른 체하는 남편이 원망스러웠지만 알면서도 일부러 모르는 척하는 것 같아 그냥 넘어가곤 했다. 웃음과 말수가 줄어들 때쯤이면 누가 먼저 시작한지 모르는 다툼으로 서로의 마음에 생채기를 내기도 했다. 그럴 때마다 삶을 바라보는 서로 다른 사고의 틈새는 조금씩 벌어졌다. 벌어진 틈 사이로 비집고 들어온 이기심은 불평과 위험한 상상을 부추겼다. 자민을 자신의 인생에서 내쫓고 빗장을 치거나 자신이 돌아서서 달아나거나.

마켓에는 볼리비아 수크레에서 온 호세와 마리아 남매가 있었다. 다정하기 이를 데 없고 주저앉고 싶을 때마다 다가와 명숙을 위로해주는 동료였다. 마리아는 볼리비아가 대지진이 났을 때 모든 것을 잃고 가족을 남겨둔 채 홀로 떠나온 신세였다. 하지만 명숙처럼 음울한 표정을 지은 적이 없는 다부진 여자였다. 미국 토박이처럼 냉랭한 구석도 찾을 수 없었다. 스페니쉬 억양의 따닥거리는 몇 마디 말로 기분을 싹 바꿔주는 마술사였다. 말총머리 호세는 이혼한 뒤 여덟 살 된 남자아이 바비를 키우며 누나 마리아와 함께 살았다. 볼리비아에서 내과 전문의였지만 미국에서는 자격을 인정받지 못해 다시 진료의 면허 과정을 준비하는 중이었다. 남매는 간간이 삼뽀냐*를 연주하고 노래 부르

---

* Zampona 대나무나 갈대관으로 만든 안데스 전통 관악기.

기를 좋아했다. 주로 파차마마[*]에게 바치는 시가[詩歌]나 고향을 그리는 자기 나라 노래였다. 쇼핑하던 손님들이 구슬픈 가락에 취하기도 했다. 친절이 몸에 밴 그들은 가족 같았고 동병상련의 친구였다. 사는 집이 같은 방향이어서도 그랬지만 명숙이 지하철을 타고 출근한 날에는 자기들 차로 집까지 바래다주는 고마운 사람들이었다. 중간 매니저급의 호세는 직장동료 이상의 친절함으로 명숙을 감동시켰다. 힘들어 보이면 몰래 불러다 쉴 수 있는 짬도 만들어줬다. 그는 혼혈 히스패닉이지만 인디오 혈통에 가까운 메스티소여서 안데스 조상의 풍습대로 어깨까지 내려오는 머리채를 소중히 여겼다. 질끈 조여 묶고 찰랑거리는 모습이 말을 모는 사나이처럼 매력적이었다. 명숙과 눈이 마주치면 콧노래를 흥얼대며 상큼한 웃음을 흘려줬다. 호세 남매는 명숙에게 에너지를 솟게 해주는 인간 비타민이었다.

앞을 가로막는 거미줄은 예외인 곳이 없었다. 걷어냈나 싶어도 다음 날이면 또 생겼다. 삶의 리듬이 점점 흐트러지고 대화의 조율은 불안한 음을 내곤 했다. 볼리비아 남매는 명숙에게 비타민이었지만 자민에게는 거미줄이었다. 호세는 달갑지 않은 경계의 대상이었다. 자민이 일을 마치고 릿지우드 슈퍼마켓에 도착한 무렵은 손님들이 카트를 끌고 카운터 앞에 긴 줄을 이루는 분주한 때였다. 명숙의 퇴근이 가까웠으므로 자민은 명숙을 픽업하여 함께 집으로 갈 참이었다. 호세는 어깨를 흔들거리며 명숙의 카운터 옆에서 계산이 끝난 손님들의 물건을 쇼핑백에 담아주었다. 분주한 시간에는 그리했다. 명숙의 손놀림을 멀찍이서 바라보던 자민은 안쓰러운 모습에 가슴이 찡했다. 다행

---

[*] Pachamama 대지의 어머니, 잉카 토템 신앙의 여신.

히 오늘은 표정이 밝아 보여 안심이 되었다. 무심히 지켜보는 동안 호세 녀석이 말총머리로 명숙의 어깨를 건드리며 다정하게 바라보는 모습이 눈에 띄었다. 동료의 친근감이려니 했지만 연인이나 되는 것처럼 명숙에게 치근거리는 행동이 마음에 걸리고 못마땅했다. 자신의 존재감을 빼앗기는 것 같고 옹졸한 질투심이 발동했는지 모르지만 몹시 언짢았다. 예전에 녀석 때문에 명숙과 다투고 난 후에는 눈엣가시처럼 거슬리고 떠름한 앙금도 아직 남아 있었다.

다투던 그날은 비가 추적추적 내렸다. 우울해지기 십상인 날이었다. 집에서 쉬고 있던 자민이 저녁을 준비하며 명숙이 퇴근하기를 기다렸다. 명숙은 지하철을 타고 출근하여 차가 없었기에 호세의 자동차로 아이들을 픽업하여 집에 돌아왔다. 호세 남매의 호의는 언제나 과분할 정도였다. 집 앞에 도착한 명숙과 아이들에게 인사를 하고 떠나는 호세를 본 순간 자민은 고마움보다는 자신이 소외당한 듯한 야릇한 충격을 받았다. 빗물을 털고 들어서는 명숙에게 자민은 다짜고짜 따졌다.

"왜 녀석이 당신을 데려다줘?"

"비가 오고 같은 방향이니까 태워다 준 거야. 퇴근 시간도 같았고."

"그래도 녀석의 차는 타지 마."

"무슨 소리야? 질투하는 거야? 소심하긴."

"녀석이 맘에 안 들어."

"호세가 뭘 어쨌기에 그래? 고마운 사람들인데."

명숙은 뒤틀린 생각을 곱씹으며 덤벼드는 자민과 맞서고 싶지 않았다.

"아무튼 녀석의 차는 타지 마."

"왜 그래? 대수롭지도 않은 일로 왜 그리 꼬여? 걔네들이 나한테 얼마나 잘해주는데."

자민이 성난 것처럼 눈을 부릅떴다.

"트집 잡을 일이 따로 있지."

명숙은 말을 자르며 피곤한 대꾸를 멈추고자 했다. 자민은 명숙의 되쏘는 말과 날 선 눈초리에서 자신을 얕잡는 불만을 보았다. "무능한 남편이면 너그럽기라도 해야지!" 명숙의 눈살은 그리 으르고 있었다. 자민은 공연히 책망했나 싶어 후회했지만 이래저래 홀대받고 있다는 자괴감을 떨칠 수 없었다. 창문을 때리는 빗줄기 소리가 자신의 심장을 긁는 것 같았다.

자민 부부는 교민들이 전쟁과 같은 이민 생활에서 사소한 일을 잘못 키워 가정을 무너뜨린 사례가 많다는 이야기를 자주 들었지만 자신들에게는 해당되는 일이 아니라 여겼다. 하지만 남의 이야기만은 아니었다. 각박한 생활 탓인지 여기저기 숨어 있는 사소한 감정들이 갈등의 파도를 일으키곤 했다. 외롭고 불만족스러운 만큼 그 파도는 드센 열풍으로 출렁였다. 그날처럼 비가 오는 날이면 자민은 자기만 아는 우울증이 도졌다. 마음의 피난처가 없는 미국에 와서 더 잦아졌다. 우울을 잠재울 수 없을 땐 아내는 만만한 트집거리 상대였다.

아침을 나서는 명숙의 발걸음이 점점 무거워졌다. 일을 마치고 돌아오는 육신은 눅눅한 갈대처럼 늘어졌다. 자민은 날마다 녹초가 되어 어슬녘에야 돌아왔다. 저녁을 먹고 나면 아이들이 잠들기도 전에 곯아떨어졌다.

풍향계도 여전히

뉴욕을 출발하여 몇 시간을 달려온 차량이 맨체스터를 지나 화이트 산맥에 가까워질 무렵, 뒷자리에 잠들고 있던 잭이 깨어나 차창을 내리고 얼굴을 내밀었다. 낯익은 흙냄새와 숲 냄새가 냉랭한 공기와 함께 밀려왔다. 고향의 냄새를 알아차린 듯 그는 한동안 눈을 감고 깊은 상념에 잠겼다. 그사이 모희와 도희가 덩달아 깨어나 창문 사이로 들이치는 바람을 손으로 막으며 몸을 움츠렸다.

"잭! 문 닫아요, 추워!"

모희의 성난 목소리에 잭이 놀라며 창문을 올리는 동안 도희가 잭의 옆구리를 주먹으로 질렀다.

"아임 쏘리."

잭이 도희의 무릎을 살짝 간질이며 미안한 미소를 짓자 도희가 장난이었다며 도리어 미안해했다. 잭은 그런 도희가 귀엽다는 듯 뺨을 가볍게 꼬집어주고 다시 평화로운 모습으로 눈을 감았다. 뉴욕은 아직 가을인데 뉴햄프셔는 벌써 겨울의 문턱에 성큼 들어와 있었다.

"잭, 괜찮아?"

앞에 앉은 명숙이 정신이 오락가락하던 잭의 상태가 여전히 걱정되어 고개를 뒤로 돌리며 물었다. 잭은 대답 대신 지그시 뜬 눈으로 아이들을 바라보며 고개를 끄덕였다.

아이들이 배고프다며 칭얼대자 자민은 속도를 멈추어 하이웨이를 빠져나와 휴게소 앞에 차를 세웠다. 아무도 없는 휴게소 안에는 여행자들이 무료로 먹을 수 있는 비스킷이나 간식거리가 종류별로 테이블 위에 놓여 있어 아이들의 입막음에 충분했고, 뜨거운 커피와 차는 어른들의 피로를 씻기에 그만이었다. 이웃 버몬트주나 뉴햄프셔주 고속도로 무인 휴게소에는 여행자들의 편의를 위해, 또 자기 고장을 방문하는 감사와 환영의 뜻으로 지역 카운티에서 간단한 스낵이나 커피 등을 비치해두었다. 비스킷은 달콤한 건포도와 초콜릿이 섞여 있어 장거리 여행자의 졸음운전에도 도움이 되도록 하자는 뜻도 있었다.

브루클린 도둑 소굴에서 자민에 의해 강제 구출된 잭은 지금 자민의 가족과 함께 2년여 만에 메러디스 집으로 향하는 길이다. 잭은 간간이 손을 떨며 가쁜 호흡을 가누느라 여전히 불안정해 보였다. 그동안 불규칙한 식사와 알코올과 환각제 중독으로 짓이겨진 그의 오장이 제 기능을 발휘할 리 없었다. 플러싱의 자민의 집에 며칠 머무르며 안정을 취하는 동안 본래의 모습을 많이 되찾았지만 수척해진 몰골과 여전히 혼미한 의식은 전문적인 치료를 요해야 하는 상태였다. 메러디스가 가까워질수록 잭의 표정은 한결 밝아졌다. 자민 부부 또한 오랜만에 고향에 온 듯 설레는 마음으로 주위를 살폈다.

집에 도착했다. 3년 전 자민 가족이 처음 도착했을 때처럼 잭의 노모는 독수리 머리 지팡이를 짚고 현관에서 기다리고, 옛날 지숙이 서 있던 그 자리에 보스턴에서 돌아온 예비수녀 제니가 서서 일행을 맞이했다. 노모는 울 듯 말 듯 하며 팔을 벌렸다.

"이맘때쯤엔 돌아오리라 믿었다."

잭은 노모의 팔을 부여잡고 옆으로 고개만 한 번 끄덕했다. 잠시 여행을 다녀온 듯 앞마당이나 옆 뜰도 둘러보지 않았다. 이웃 클락스 농장의 커크 클락과 수잔 부부도 와 있었다. 흙장갑을 벗어 든 커크는 잔디를 깎거나 정원을 정리하다 온 차림이었다. 인심과 정이 물씬 살아 있는 그 마을은 이웃도 가족이었다. 어느 한 집이 휴가를 가거나 오랫동안 집을 비우면 우편물을 거두고 개나 고양이, 가축들의 먹이도 챙겨주는 사촌이었다. 문명과 떨어져 땅을 일구며 자연에 묻혀 살아온, 태생적으로 순박한 사람들이다.

세월이 흘렀건만 이별과 만남은 언제나 그렇듯 순간의 일이었고 지나가는 일상이었다. 노모의 등이 더 굽어지고 제니가 어느덧 훌쩍 자라 어른 편에 서버린 것 외에는 달라진 게 없는 예전 그대로의 고향집이었다. 베란다의 흔들의자도 그 자리에 있었다. 퍼걸러 위의 용맹스런 수탉 풍향계도 여전히 하늘을 날 태세였다. 잭은 항상 풍향계가 향하는 통트는 하늘을 바라보며 하루의 마음가짐을 다지곤 했다. 헛간 주위에는 군데군데 건초 더미가 나뒹굴고 농기구며 잡다한 것들이 웃자란 잡초 속에 녹이 슨 채 널브러져 있었다. 사람의 손길이 닿지 않은 마당은 너절하고 어수선했다. 가축들의 물구유로 쓰던 욕조에는 낙엽 더미가 고여 썩어가고, 불티가 닿으면 화르르 타버릴 것 같은 풀숲 뜰은 날짐승들의 서식처 같았다. 감자밭이나 옥수수밭은 이웃 클락스 농장에 빌려주고, 닭 몇 마리를 키우는 외에는 가축을 사육하는 일도 그만둔 지 오래여서 버거울 일이 많지 않았지만, 방치한 사과나 무밭은 잭이 관리해야 할 일로 남아 있었다. 명숙이 호숫가 길을 따라 언니 지숙이 잠들어 있는 마을 어귀 묘지를 향해 잰걸음으로 달렸다. 온 가족이 명숙의 뒤를 따랐다. 뾰족한 종탑의 하얀색 채플이 묘지의 쓸쓸함을 보듬고, 저만큼에 아직 덜 시든 꽃묶음 하나가 덩그러니 묘비를 지켰다. 제니가 어제 다녀갔다 했다. 삶과 죽음도 순간의 일이었고 일상의 가까운 길목에 있었다.

활활 타오르는 벽난로 앞, 잭은 제자리를 찾아 몸을 젖혀 앉았다. 지숙과 함께 몸을 붙이던 등받이가 높은 소파였다. 아늑한 집안의 온기가 마른 나무처럼 굳어버린 잭의 몸을 녹였다. 언제 브루클린 다리 아래 노숙자였으며 맨해튼에서 구걸하던 부랑자였느냐는 듯 의연한 모습으로 불길을 바라보는 눈빛엔 생기가 돌았다. 노모는 팔걸이의자에 앉아 잭이 입을 열어주길 기다렸다. 말없이 두 손끝을 톡톡 맞대는 것은 꽤 슬픈 행위에 가까웠다. 노모는 지엄함보다 너그러움이 컸다. 언제나 기다렸고 관대했다. 그들은 말이 없었지만 벌써 많은 이야기를 가슴으로 나누었다. 위층에서는 아이들과 제니의 웃음소리가 멈추지 않았다. 영어와 한국말을 섞어 가며 여자아이들만이 나눌 수 있는 재미에 빠져 있었다. 킥킥거리다가 품품대는 것이 서로를 쏘아보는 눈싸움 놀이를 하는 것 같았다. 무엇을 가지고 노는지 뚝딱거리며 쿵쿵대는 소리도 들렸다.

뉴욕에서 좀처럼 입을 열지 않던 잭이 집을 떠나게 된 사연을 털어놓은 것은 평온한 온기 때문이기도 했지만 하염없이 애태우며 기다렸던 노모를 위로하기 위함이었다. 집을 떠나던 그해, 잭은 포츠머스 조선소에서 함께 일했던 친구들과 맨체스터 시티 홀 근처의 레스토랑에서 크리스마스 파티를 즐겼다. 그중 루이라는 젊은 친구를 오랜만에 만났다. 루이는 브루클린에 있는 리햅 센터에서 요양 중인데 크리스마스를 위해 잠시 나왔다고 했다. 베트남전에 참전했던 그가 전에도 피티에스디*와 황색제 후유증 진단을 받고 힘들어했던 모습을 잭은 기억할 수 있었다. 루이는 감정적 마비와 우울증 상태에서 정상적인 생활을 지속할 수 없어 재활원에 가게 되었다고 했다. 굳이 토를 달아 그다음을 묻지 않아도 잭은 루이의 상황을 짐작했다. 자신 또한 비슷한 처지에 있었기 때문이다. 지숙의 죽음 이후 나타난 극심한 상실감과 지워지지 않는 전쟁의 상흔이 겹쳐 심한 고통과 두려움을 겪고 있던 잭에게는 매우 관심을 가질만한 이야기였다. 특히 잭이 두려움을 갖는 것은 순간적인 기억의 단절이었다. 의사는 너무 걱정하지 않아도 된다고 했지만 그 증상이 심해져 자주 악몽으로 이어졌다. 그럴 때 나타나는 지숙의 환영은 더욱 그를 괴롭혔다. 잭은 어디론가 벗어나고 싶었다.

루이와의 만남이 계기가 되어 잭은 참담하게 일그러진 자신을 되돌아봤다. 그대로 구제불능이 되도록 방치할 수 없었다. 그 후 루이의 도움을 받아 아무에게도 알리지 않은 채 참전용사들의 재활을 돕는 브루클린 리햅 센터로 들어갔다. 하지만 재활원 역시 별다른 도움이 되지 못했다. 정신병원 같은 어둑한 건물은 죽음을 기다리는 마지막 장소처럼 음산한 기운이 감돌았다. 육체가 부서진 사람들은 고장 난 로봇처럼 방향을 찾지 못했고 제정신으로 웃음을 짓는 사람도 없었다.

* PTSD 외상 후 스트레스 증후군.

오가는 말조차 욕지거리가 난무한 헛소리들뿐이었다. 거기에다 자살을 시도하려는 사람이 종종 있어 교도소 같은 강압적인 규율에 자유를 박탈당하는 느낌마저 들었다. 베테랑 환자들은 무질서에 익숙한 채 감정의 기복이나 분별의식도 없는 것 같았다. 재활원 측의 엄격한 관리에도 불구하고 알코올과 마약에 노출된 사람이 하나 건너 하나였고 치료 과정도 마취제 과용 등 신뢰가 가지 않는 문제투성이였다. 잭은 실망에 빠졌다. 의도하지 않았던 삶의 왜곡이 방황을 부추기고 비슷한 생각의 사람들은 재활원을 빠져나갔다. 그들의 대부분은 안주할 곳을 찾지 못하고 노숙자의 삶을 택하거나 자기 파괴적인 부랑자가 되었다. 물속에서 목말라 하는 물고기들이었다. 세계 제일의 부자나라를 무색하게 하는 미국 사회의 그늘에 가려진 씁쓸한 단면이었다. 잭은 인위적인 제도의 틀을 거부하고 자유로운 상식 안에 있기를 원했다. 차라리 노숙 생활에서 자유로움을 찾고 포기가 아닌 스스로를 치유하는 길을 찾고자 했다. 그는 재활원을 뒤로 하고 무작정 거리로 나섰다. 하지만 노숙 생활을 거듭할수록 육체는 점점 쇠약해져 나태의 수렁에 빠지고 감정과 의지의 경계가 무너진 정신세계는 날이 갈수록 피폐해졌다. 몇 모금의 자선의 물과 자비로운 자들이 던져주는 알량한 긍휼의 음식은 가눌 힘을 채우지 못했다. 누더기 속에 졸아드는 육체의 온기는 날로 식어가고 의식의 흐름은 분별을 잃었다. 그런 중에도 잭은 생명의 가닥을 놓지 않았다. 놀랍게도 불가사의했던 사실을 깨달았다. 자신을 해치는 무기는 감정의 마비가 아니라 우매한 나태와 포기였다.

"천우신조였어."

잭은 폐허의 잠자리, 암흑에 묻힌 생명의 종착지 같은 곳에서 자민을 만난 것을 신의 은총이라 했다. 잭은 제정신을 찾은 듯했다. 벽난로의 불길은 사그라져 재만 남고 잭의 노모는 의자에 앉은 채 잠이 들었다. 그녀는 아들에 대한 근심은 아예 처음부터 없었던 것처럼 평안해 보였다. 노모와 제니가 붙들린 2년이라는 딱한 세월이 흐릿한 연기와 함께 어둑한 굴뚝 속으로 사라졌다.

이튿날 새벽, 밖에서 쿵쿵거리는 소리에 놀란 명숙이 고단한 잠에서 깨어보니 자민이 녹슨 도끼로 장작을 패고 있었다. 굵직한 통나무를 세워놓고 내리치며 끙끙 소리를 질렀다. 절단 난 조각들은 저만큼 튕겨져 나갔다. 구부러지거나 비스듬히 잘린 나무는 눕혀놓고 결을 따라 척척 잘랐다. 잭은 장작들을 헛간 옆에 옮기느라 부산히 움직였다. '파이어 우드' 회사에서 부려놓고 간 땔감 무더기까지 차곡차곡 옮겨 쌓는 것을 보니 아마도 한나절은 족히 걸릴 일판이 시작된 것 같았다. 농촌 살림이라는 것이 한국이나 미국이나 마찬가지여서 잠시라도 손을 놓으면 엉망이 되기 일쑤였다. 다른 사람이 대신해줄 수도 없는 일이어서 오랫동안 남자의 손길이 멈춰버린 잭의 집은 밭 갈무리나 땔감 준비 등 집안 곳곳에 묵혀진 일이 태산이었다.

언제 일어났는지 제니와 아이들은 밭에서 아직 거두지 못한 잘 익은 호박들을 외바퀴 손수레에 실어 헛간으로 날랐다. 손수레의 중심이 무너져 비틀거리거나 넘어질 땐 깔깔대며 웃었다. 어느 것은 너무 크고 무거워 옮길 때마다 끙끙거렸다. 제니는 할로윈 데이 때 쓰면 좋겠다며 그중 큼직하고 못생긴 황금빛 호박 몇 개를 골랐다. 그런 다음 칼을 가져와 호박 속을 파내고 겉을 오려내 잭오랜턴을 만들기 시작했다. 두 아이는 신기한 듯 바라보다 완성된 마귀 얼굴 호박 초롱을 제니가 쳐들어 보이면 성큼 물러나며 공포의 소리를 질렀다.

수백 그루가 넘는 사과나무밭에 나뒹구는 사과 잔물을 거두는 일도 만만치 않았다. 캐나다 국경 근처의 와인회사에서 오가닉 비네거용으로 수확을 해간 후 떨어져 남은 것들인데, 명숙과 아이들이 벌레를 털어내 이삭을 줍듯 모아놓으면 자민과 잭은 그것들을 손수레에 실어 날랐다. 전에는 가축들의 먹이였지만 잭의 노모는 사과 잔물로 주스와 잼을 만들 것이라 했다. 부서진 닭장과 패독을 에두른 울타리를 고치고 마당에 널브러진 농기구들과 잡동사니들을 헛간에 들여 정리하는 동안 어수선했던 집안은 제 모습을 찾아갔다.

적막한 세월을 홀로 보내던 잭의 노모는 활기 가득한 집안 분위기에 신이 난 듯 요리를 준비하는 손길에 힘이 넘치고 이따금 젖은 이마와 눈가를 손등으로 훔치며 행복해했다. 순간 잊힌 듯했던 두포마을의 옛 기억이 명숙의 머리를 스치며 지나갔다. 사람이 자연에 의지하고 자연이 사람의 손길을 기다리는 농촌의 삶, 자연의 섭리에 순응하며 흙 속에서 땀을 튀기던 시절이 가물가물 일었다. 천지에 배어나는 친근한 흙냄새, 맨발과 흐트러진 매무새가 어울리는 대지, 노인과 어른과 아이들의 언어가 어우러지고 바람 소리와 물소리 새들의 지저귐이 자연을 찬미하는, 하늘마저 포근히 감싸는 메러디스 한 터가 고향의 숨결처럼 다가왔다. 명숙은 이상한 암시적 느낌이 들었다. 어쩌면 이곳이야말로 자신의 육신이 고른 숨을 쉬고 영혼이 자유롭게 날 것 같다는 생각이 꼬리를 물고 일었다. 그것은 결코 우연한 예감이 아니었다.

콩코드 병원에 잭이 입원하기로 예약이 되어 있다는 제니의 말에 안심을 한 자민 부부는 다음 날 아침 잭이 꼭 쾌유하기를 바란다는 인사를 남기고 메러디스를 떠났다. 제니에게도 내년에 보스턴에 보러 가겠노라 약속하고 한국말을 더 배워두면 훗날 유익할 것이라는 충고도 잊지 않았다. 단풍나무 숲 사이로 차량이 사라질 때까지 잭은 베란다 기둥에 몸을 기대고 꼼짝도 안 했다. 푹 꺼진 눈시울이 불그레했다.

그들은 다른 한 곳을 들르기로 예정을 해두었기에 서둘러 방향을 잡았다. 가는 길에 펨브룩의 로베르토를 찾아보기로 한 것이다. 93번 하이웨이를 달리다 3A국도로 향했다. 이태 전 봄 콩코드를 떠나 뉴욕으로 향하던 중 눈 속에 갇혀 수난을 당했던 그 길이다. 펨브룩 사인이 있는 곳을 지나자 허허벌판 속에서 낯익은 붉은색 우체통이 시야에 들어왔다. 자민이 차를 서서히 돌려 이백 야드쯤 되는 농가의 에움길을 달리는 동안 차량 뒤에선 심한 먼지가 일었다. 낯선 차량을 멀리서 지켜보던 로베르토가 예고 없이 찾아든 불청객이 자민 가족임을 알아보고 놀란 표정으로 두 팔을 벌렸다. 여전히 덥수룩한 하얀 수염에 등은 구부정했지만 키아라를 부르는 목청은 우렁찼다. 테라스에서 담요를 무릎에 덮고 접의자에 앉아 책을 보던 키아라가 벌떡 일어나 뒤뚱거리는 걸음으로 달려왔다. 일 년에 한두 차례, 추수감사절이나 부활절 때 가족이 모일까 말까 하는 외로운 노년의 로베르토 부부에게 그들은 불청객이 아닌 자식들처럼 반가운 손님이었다. 키아라는 모희와 도희를 껴안으며 입맞춤을 하고 어느새 훌쩍 자란 아이들을 신기한 듯 바라보며 손도 만져보고 어깨도 쓰다듬었다. 그 모습이 마치 친할머니처럼 포근하고 따뜻해 보였다.

로베르토가 마당에 있는 나무 원탁에 둘러앉기를 권했으나 자민은 농가 주위를 흥미롭게 살펴보는 것이 더 즐거웠다. 로베르토의 농장은 눈에 덮였을 때는 알 수 없었던 광활함을 보였다. 수십 헥타르가 넘는다는 농장은 추수가 끝나 더욱 드넓어 보였고 로베르토가 손으로 가리키는 사방의 끝은 어림을 잡을 수 없었다. 멀리 있는 낮은 구릉에는 소떼들이 풀을 뜯고 샛강을 낀 들녘엔 양들이 몰려다녔다. 자민이 어떻게 이 넓은 땅의 농사를 혼자서 짓느냐고 물어보자 로베르토는 손을 저었다. 대부분이 옥수수를 경작하는데 기업화된 농경회사가 경작하고 자기는 농지를 리스만 해줄 뿐 그 회사에서 모든 걸 관리한단다. 매사추세츠나 뉴햄프셔에는 이탈리안들이 많이 사는데 대부분 그리하고 자기들은 농사를 짓지 않는다고 했다. 아이들이 자라면 도시로 떠나 농사일을 할 젊은이들이 아예 없단다. 더욱 놀란 것은 한국에서는 웬만한 시골마을 하나쯤 되는 이 광활한 농지가 뉴욕의 주택 한두 채 값 정도의 시세라는 것이다. 그것도 살고 있는 농가를 포함해서 그렇다 하니 자민의 상식으로는 그저 놀라울 따름이었다. 이처럼 넓은 대지를 소유하고 지배하며 살 수 있다는 생각은 아예 꿈조차 꾸어보지 못했던 자민에게는 어떻게 사는가 보다 어디에서 사는가에 대한 생각을 갖게 하는 뜻밖의 이야기였다. 어쩌면 꿈을 바꾸어 보거나 미래의 계획을 다시 세워 봄직한 또 다른 세상이 거기에 있었다.

자민은 명함을 꺼내 로베르토에게 건네며 파비오 가게에서 나와 지금은 카펜터 일을 한다는 근황을 전하고, 행방불명이었던 잭을 뉴욕에서 우연히 찾아 고향집에 데려다주고 돌아가는 길이라 했다. 로베르토는 다행한 일이라며 자기 일처럼 기뻐했다. 자민이 어느새 이민이라는 항해에서 닻을 내리고 중심을 잡아간다는 소식에 로베르토는 고무된 기분으로 격려의 말도 더해줬다.

"이민의 삶은 중심을 잃지 않아야 먼 곳을 볼 수 있고 가까운 것도 살필 수 있네. 미국은 도덕적으로 헛길에 빠질 위험이 많다네. 상식에 진중하고 젊다는 우월감을 경계하게."

로베르토는 늙어서 쇠락해버린 노인이 아니었다. 그의 정신에는 여전히 젊음의 나이가 존재했다. 노인의 게으름으로 위축되어 있지도 않았고, 좋은 세상과 긍정적인 사고, 이해의 폭이 넓은 삶에 가치를 두는 올곧은 면모를 보였다. 키아라는 어느새 올리브와 버섯을 올려 만든 포카치아와 살라미를 버무린 셀러드, 무화과 주스를 내왔다. 로베르토는 아직 따뜻함이 남아 있는 포가치아를 접시에 덜어주며 시칠리안들이 주로 먹는 빵인데 키아라가 만든 것보다 맛있는 것을 먹어본 적이 없다며 그의 습관대로 키아라를 붕 띄웠다.

"백 년 전이나 지금이나 맛이 한결 같다니까."

황혼에 이르도록 함께한 아내가 고마웠음인가. 로베르토는 세월을 길게 늘여서 키아라를 감동시켰다.

미국 동녘의 한 외딴 농가에서 재회한 동방에서 온 젊은 부부와 서방에서 온 노부부의 인연, 그들은 서로에게서 부모의 정과 자식의 그리움을 그 순간 공유했다. 자민에게는 소중한 기억으로 남겨두기에 충분한 방문이었다. 어느덧 해는 중천을 지났다. 자민 부부가 자리에서 일어나 돌아갈 차비를 하자 로베르토가 갑자기 정색을 했다. 지금 한국에서 큰일이 벌어졌는데 소식을 아느냐고 물어왔다. 자민은 의아해하며 로베르토의 다음 말을 기다렸다. 텔레비전에서 한국 대통령이 총탄에 저격되어 사망했다는 소식을 계속 전하고 있다는 것이다. 대통령의 사망? 뜻밖의 경천동지할 소식에 자민과 명숙은 설마 하는 표정으로 말을 잃었다. 총격? 누가, 왜 그랬을까? 고국에서는 어떤 사태가 벌어질까? 상상 밖의 세상일은 예고가 없었다.

로베르토 부부는 섭섭해하며 하루만이라도 더 머물기를 간절히 바라는 기색이 역력해 보였다. 명숙이 다시 또 올 거라며 그들을 안았다. 그랬으면 좋겠다는 애절한 마음이 로베르토의 눈빛에서 힐끗 보였다. 자민은 어서 뉴욕으로 가 자세한 내막을 알아보고 싶었다.

다모정

뉴욕의 한인 사회는 엄청난 고국 소식으로 크게 술렁였다. 자민이 일을 마치고 '다모정'에 들렀을 때는 단골 멤버 몇이 벌써 모여 한국의 대통령 시해사건에 대한 심각한 좌담과 사건의 뒷이야기로 열띤 격론이 벌어지고 있었다.

플러싱의 메인 스트리트와 교차하는 루즈벨트 애비뉴에는 '키스 미'라는 제법 큰 잡화점이 있었다. 가게 안쪽의 사무실을 겸한 넓은 공간에는 사람들이 자주 모였다. 용이하게 들락거릴 수 있는 주차장으로 통하는 뒷문은 언제나 열려 있고 인심 좋은 주인은 누구의 방문도 개의치 않았다. 지켜야 할 규칙이 있는 곳도 아니었다. 근처에는 식품점, 웨딩 숍, 청과상, 유아 용품점, 미장원, 비디오 대여점, 식당, 선물점 등 코리아타운이라 불릴 정도로 한인업체들이 많아서 교민들의 발길이 끊이지 않았다. 멤버들은 틈만 나면 그곳에 들러 화젯거리를 논하고 교민 소식이나 정보들을 나누며 이국 생활의 답답함을 풀었는데, 마치 한국의 사랑방이나 마을 모정 같은 그곳을 다모정[*][*][*]이라 불렀다. 차를 나누며 노닥거리는 곳이라며 누군가가 공적 공간인 양

붙여놓은 이름이다. 그곳에 오는 사람들은 묵계적으로 서로에 대한 신상을 묻지 않는 것이 불문율이었다. 자신의 과거사를 꺼내지도 않았고 고향이나 먹물 든 수준, 상대방에 대한 이민의 사연들을 굳이 알려고 하지 않았다. 가정사나 정치적 이유 등 뭔가 켕기는 나름의 상처를 안고 떠나온 그들은 출신과 배경으로 편을 가르지 않고 위계를 따지지 않는 미국의 평등사회를 존중하려 노력했다. 다만 말씨를 통해 이 사람은 어디 출신이고 어떤 학식으로 살아온 사람이구나 하고 짐작할 뿐이었다. 그들은 과거를 외면하고 싶은 사람들이었다.

가방이나 벨트, 미용제품, 액세서리 등 온갖 잡화를 파는 키스 미의 주인은 사람들과 이야기 나누기를 좋아하는 삼십 대 후반의 김철환이라는 사람이었다. 명석한 두뇌와 뛰어난 수완으로 뉴저지에 제법 큰 청과상도 운영했다. 매사에 긍정적이고 성품이 수더분했다. 그는 학문적인 분야뿐만 아니라 일반 상식 수준이 뛰어나 필적할 자가 없고 예리한 고담준론은 좌중을 압도했다. 이를테면 미국의 자유야말로 가진 자와 힘 있는 자의 전유물이며 미국처럼 절제가 없는 지나친 자유주의가 얼마나 많은 범죄와 악을 만들어내고, 사회적 관습을 파괴하는 개인주의는 어디서 왔겠느냐는 등 주로 비판적인 것들이었다. 유일한 단점은 밖에서 사람을 만나거나 손님을 대할 때 떠벌리기 좋아하고 겉멋을 부리며 조금 잘난 체하는 거였다. 그의 아내는 그 꼴이 보기 싫어 아이들 교육에 집중하고 살림을 한다는 핑계로 가게에 나오지 않는다고 했다.

김철환이 가진 지론 하나는 아무도 이의를 제기할 수 없었다. 타인의 즐거움을 내 것인 양 즐기지 말고 나의 고통을 타인에게 전하지 말라는 거리낌 없는 소신이었다. 어찌 보면 대단히 합리적인 사고 같지만 그가 다니는 교회의 나종규 목사에게는 껄끄러운 논제였다. 거꾸로 생각하면 나의 즐거움을 타인과 나누지 말고 타인의 고통에 대해서도 무관심해야 하는, 자기가 사역하고 있는 기독교 정신과 정면으로 상치되는 이기주의자의 표상 같았기 때문이다. 지금 대통령의 죽음에 대해 벌이고 있는 난상토론도 같은 맥락에서 의견이 갈라져 있는 중이었다. 나라를 위해 오랫동안 헌신하다 가셨으니 크게 애도해야 할 일이라는 나 목사와 그 불행은 오직 그의 것이고 독재 정권이 무너지게 되었으니 잘된 일이라는 김철환의 주장이었다. 절대권세를 누리다가 미인과 노래와 미주에 취한 채 신하들 시중 속에 최후의 운명을 맞이했으니 얼마나 행복한 죽음이냐 하는 것이다.

철환에게는 비극도 아니고 애도할 일도 아니라는 자기만의 타당한 연유가 있었다. 그는 대학시절에 앞장서서 유신 철폐를 외치다가 중앙정보부에 끌려가 빨갱이라 실토하라며 죽도록 얻어맞고, 호적에 빨간 줄을 남기고 감옥에 갈 것이냐 아니면 군대에 갈 것이냐를 놓고 거래를 한 적이 있었다. 결국 군대에 가는 것으로 사태를 모면하긴 했지만 그 후 양심과 불의의 경계를 찾지 못하는 사상적 기형아로 한동안 살아야 했다. 소위 호적의 빨간 줄은 미래에 취직을 하거나 사회생활에 있어서 엄청난 장애가 되고, 연좌제가 적용되어 부모 형제에게 누를 끼치고 후세에게도 못할 짓이라는 야비한 협박이 두고두고 그를 옭아매었다. 더구나 '다카끼 마사오'라는 일본 이름으로 창씨개명을 하고 친일 혈서로 일본 천황에게 충성 맹세한 황군 장교였고, 남조선 노동당 당원으로 사형선고를 받은 적이 있었다는 사실을 안 이후에는 그가 참으로 위선적인 독재 대통령이라 여겼다.

나 목사는 철환의 의견에 조목조목 따지고 싶었지만 다른 사람들의 분분한 의견이 대신 끼어드는 바람에 이내 자기의 생각을 거두었다. 그럴 수밖에 없는 또 다른 이유는 자기 교회의 신도인 철환에게 꼼짝 할 수 없는 입장에 처해 있던 탓이었다. 나종규 목사는 신도수가 삼십 여 명 되는 장로교 개척교회 목사였는데 항상 메츠 모자를 쓰거나 메 츠 셔츠를 입고 다녔다. 메츠는 뉴욕, 그중에 퀸스버러를 대표하는 야 구팀이다. 구장 '셰이 스타디움'은 플러싱 가까운 곳에 있었다. 브롱 크스버러 대표팀 양키스와 쌍벽을 이루는 구단으로 경기가 있을 때에 는 뉴욕 시민들을 열광시켰다. 나 목사는 야구를 좋아하는 메츠 팬이 어서 그런 차림을 즐겼지만 메츠 유니폼은 누구에게나 쉽게 다가가 친 근한 대화의 물꼬를 틀 수 있는 전교 도구였다. 포용력이 있고 영민한 목사였지만 기독교 교리나 성경에 관한 토론을 제외하면 철환에게는 말발로 상대가 되지 못했다. 더욱이 철환이 봉헌하는 십일조나 감사 헌금이 교회의 재정을 떠받쳐주고 있었으므로 그의 중추적 역할을 감 안하면 자존심을 절대로 상하게 해서는 안 될 일이었다.

강기수가 밴을 주차하고 뒷문으로 들어서자 '금강 식당' 정 사장과 키스 미 옆에 있는 웨딩 숍 영감이 뒤따라 들어왔다. 영감은 오십 막 바지의 중늙은이로 전쟁 직후에 미군 카투사의 문관으로 있다가 이민 온 사람이다. 영어를 잘해서 영어가 필요한 이웃 교민들에게 도움을 주고 텔레비전에 나오는 미국 현지 뉴스를 즉각즉각 전해주는 소식통 이었다. 머리가 백발이어서 멤버들은 그냥 영감이라 불렀다. 갓 결혼 한 딸과 장성한 아들이 있었는데 아들 때문에 늘 속이 상해 있다고 했다. 교포 사회에는 대학을 졸업하고도 미국 사회에 발을 붙이지 못하고 한국말을 못하여 교포 사회에도 끼지 못하는 고립된 이단아들이 많았다. 그들에게 미국은 어둑한 동굴이었다. 새 편인지 쥐 편인지 모르는 동굴 속 박쥐였다. 영감의 아들도 하는 일 없이 빈둥거리는 얼뜨기 같은 이민 1.5세였다. 굳이 치자면 한국인도 미국인도 아닌 어중간 국적자였다. 영감은 남산 아래 양동 사창가에서 천둥벌거숭이로 자라 서울역과 남대문시장을 돌며 담사리 생활을 하다가 미군정 시절 군정청의 허드렛일을 돕는 노무자로 일했다고 했다. 그 인연으로 미군 카투사에 짐꾼으로 들어갔고 머리가 좋아 웬만한 영어 대화는 달달 외워서 나중엔 민간인 통역도 했단다. 굶기를 밥 먹듯 하다가 미국에 와서 배곯지 않는 것만으로도 행운으로 여긴다며 거친 손마디를 꺾어 누르곤 했다. 그의 꿈은 오직 아들 하나 잘되길 바라는 것이었는데 한국말을 제대로 가르치지 못한 것을 몹시 후회한다고 했다. 아직도 그의 아들은 모르는 아빠 친구가 오면 "아빠 조새끼 누구야?" 한다거나 가게에 손님이 들어오면 "맘, 손님 한 마리 왔다." 하고, 생선 가게를 '물꺼기 마켓'이라 할 만큼 어휘력도 모자랐다. 물론 허리를 숙여 인사하는 한국식 예법도 몰라 어른을 봐도 언제나 뻣뻣했다.

일찌감치 퇴근하고 다모정에 와 있던 '국제상사 뉴욕지사'의 최윤식 부장이 김철환과 나종규 목사의 토론을 중지시키며 말을 이었다. 자기 회사는 한국의 정치적 상황과 깊게 연관되어 있어 고국에서 일어나는 사건을 시시각각으로 전해 듣고 있는데, 이번 대통령 시해사건으로 정권이 바뀌면 회사의 운명이 어떻게 될지 몰라 전전긍긍하고 있다고 했다. (그의 우려대로 한국 재계의 굴지 안에 든다는 국제상사는 그로부터 얼마 후 제5공화국이 들어서면서 그룹 전체가 공중분해되었다.)

최윤식은 김철환과 고등학교 동문이어서 가까이 지냈다. 철환과는 달리 말수가 적고 겸손하며 덕기를 풍기는 인텔리였다. 거기에다 온유한 눈빛에 지적 여유와 패기에 찬 열정이 넘쳤다.

멤버들은 금강 식당 정 사장이 들고 온 술과 음식을 나누며 대통령의 죽음이 시해냐 서거냐, 거사를 일으킨 김재규가 국가의 반역자냐 민주투사냐, 아니면 미국에서 조종한 일이냐 아니냐를 놓고 논쟁을 계속했다. 그 무렵은 한국과 미국의 정치적 관계가 다소 꼬여 있던 시절이었다. 하지만 멤버들은 대화를 하는 내내 반정부, 유신체제의 항거에 대해 서로가 관대해주길 바라며 자신의 주장에 대한 감정을 밖으로 내비치지 않으려고 모두들 신중했다. 먼 이국땅에 와 있지만 고국에 대한 관심과 염려를 떨칠 수 없는 것은 한국인이라는 정체성에 뿌리가 붙어 있기를 바라는 저마다의 애국심 때문이었으리라.

좌담과 논쟁이 수그러들 무렵 한쪽에서 한자민과 강기수, 정 사장이 머리를 맞대고 수군거리며 웃어댔다. 정 사장이 뭔가를 계산하는 듯 손가락을 하나씩 접으며 이따금 머리를 끄덕이자, 멤버들은 그들이 무슨 꿍꿍이셈을 하는지 이내 알아차리고 정 사장을 바라보며 그의 결정이 공표되기를 기다렸다. '틀랜트'에 언제 가느냐 하는 것이었다. 미국 서부 사람들이 라스베이거스를 '베거스'라 줄여 부르듯이 그들은 뉴저지의 카지노 도시 애틀랜틱시티를 간결한 준말로 틀랜트라 불렀다. 일종의 그들만이 사용하는 통용어였다. 틀랜트는 뉴욕에서 자동차로 두어 시간 남짓한 거리에 있어 오후에 출발해도 밤샘 즐김을 하고 다음 날 새벽에 돌아와 일과를 계속할 수 있으므로 교민들은 그곳을 즐겨 찾았다. 정 사장은 걸핏하면 혼자서라도 내려가 즐기고 오는 카지노 단골이었고 특히 블랙잭 게임은 멤버 중에서 단연 고수였다. 그는 인생에 일대 전환의 불길을 일으킬 투자라며 오래전부터 갬블에 흠뻑 빠져 있었다. 금강 식당을 운영하기 전까지는 플러밍 기술자로 일했는데 목수 일을 하는 자민과는 자주 일이 연계되어 알게 된 사이였다. 청과상이나 생선 가게, 식당 공사를 할 때는 상수도나 냉장창고 설치 등 대부분의 배관 일을 목수 일과 맞춰 진행해야 하므로 자연스럽게 협력업체가 되었다.

정 사장은 한쪽 손이 반 불구였다. 그로서리 마켓 지하 냉장실을 설치할 때 파이프 용접을 하던 중 왼손에 심한 화상을 입고 그 후유증으로 손가락 일부가 마비되는 불행을 당했다. 그 후 플러밍 일을 그만두고 식당을 차렸는데 전화위복이 되었는지 장사도 잘되고 유명해져 사장님 행세도 하고 다녔다. 손이 불편했지만 식당을 운영하는 데에는 문제가 없었고 물론 블랙잭 게임을 하는 데에도 하등의 지장이 없었다. 그는 이미 VIP 고객으로 등재되어 있어 틀랜트에 가는 날엔 카지노 측에서 무료 커티시카를 보내줄 정도였다. 그것도 차 안에 위스키와 음료수가 구비되어 있고 운전수가 딸린 리무진이었다. 말할 것도 없이 그런 대접은 소중한 황금 달러를 그만큼 갖다 바쳤음을 방증하는 것이었다. 카지노 측에서는 혼자보다 다른 친구들과 함께 오는 것을 환영했기에 멤버들은 가끔 정 사장의 커티시카에 얹혀 틀랜트에 갔고 그날은 다음 일정을 잡고 있는 중이었다. 멤버 중에 유난히 좋아하는 사람은 나 목사였다. 주중에 일정이 잡히면 심방도 미루고 따라갔다. 그는 너무 큰 유혹에 빠지지 말아야지 하면서도 기도하는 자세로 스롯

머신의 레버를 당겼다. 나 목사는 그곳에서 자신의 신분을 잊는 야릇한 쾌감을 즐겼다. 수요일 저녁으로 디데이가 정해졌을 무렵 가게 문을 닫고 퇴근하려던 키스 미 매니저 줄리가 화난 듯한 카랑카랑한 목소리로 정 사장을 불렀다.

"정 사장님 전화 받으세요, 사모님이에요!"

정 사장이 투덜거리며 일어섰다.

"용케도 찾아내는구면."

줄리가 눈을 씰쭉 흘기며 정 사장에게 수화기를 건네고선 멤버들을 곱지 않은 시선으로 쏘아봤다. 퇴근을 늦추게 한 탓도 있지만 그녀는 남자들이 모여 늦게까지 노닥거리는 것을 못마땅하게 여겼다. 이따금 자기의 흉을 보는 이유가 물론 더 컸다. 서울의 한 음악 학원에서 바이올린 강사를 하다가 미국 바람이 들어 음악 공부를 더 해보겠다고 와 있었지만 여의치 않아 포기하고 일을 하면서 간호사 공부 중에 있는 노처녀였다. 윤기 흐르는 긴 머리를 앞가슴에 흘러내리고 남자라면 혹할 눈빛과 미소를 발산하는 여자였다. 줄리는 수년간 사랑한 남자로부터 배신당하고 떠나온 사연이 있었는데 누구에게도 꽁꽁 숨겼다. 멤버들은 줄리가 노처녀 히스테리가 심하다며 평소에도 그녀의 눈에 띄지 않으려고 매장 쪽은 얼씬도 하지 않았다.

"고마워요."

전화기를 받아 든 정 사장은 안절부절못하더니 이내 전화를 끊고 황급히 뒷문으로 사라졌다. 뒤도 돌아보지 않고 손을 흔들어 건성으로 하는 인사가 왠지 처량해 보였다. 멤버들은 그가 저녁 장사를 해야 하는데 어디서 뭣 하고 있느냐는 마누라의 핀잔에 쩔쩔매며 호된 질책을 당할 거라 짐작했다.

　카지노에 가는 날이 정해지면 며칠 전부터 멤버들은 대개 두 가지 징조를 보였다. 첫째는 평소보다 열심히 일하는 것이고, 다음엔 아내한테 비겁할 정도로 아부하며 비위를 맞추는 것이다. 아내들이 소비의 경계를 넘어 낭비에 가까운 쇼핑을 했거나 잠깐 허튼짓을 했을 때 평소에 하지 않던 애교를 부리며 갑자기 현모양처가 되는 상황과 비슷했다. 아내들은 속을 훤히 들여다보면서도 넘어가주곤 했다. 그들이 무리 지어 틀랜트에 가는 것은 꼭 갬블을 하러 가는 의미만은 아니었다. 뜨내기 같은 이민 생활에 뭔가 놓치고 산다는 억울함에 대한 보상 같은 것을 그곳에서 찾고자 함이 컸다. 남성 우월주의와 집단 여흥문화에 길들여진 한국 남자들에게 특별한 여흥거리나 밤 문화가 없는 단조로운 일상은 정기를 풀리게 하는 장애 요소 중 하나였다. 삼삼오오 포장마차에 모여 소주잔을 돌리며 잔재미를 나누던 낭만을 잃어버린 그들에겐 구년묵이 주크박스가 있는 동네 펍이나 그리니치 빌리지의 카페 같은 곳은 흥청대는 맛도 없고 남의 집을 기웃거리는 것 같아 흥밋거리가 되지 못했다. 해가 지면 모든 상점이 문을 닫고 거리는 적막강산이 되는 뉴욕, 일과를 마치고 집에 오면 밀리는 잠을 버티며 한국 비디오를 빌려다 보는 일 외에는 무료함을 달리 보낼 일이 없었다. 소위 재미없는 천국에서의 허허로운 이민 생활이다. 아내들은 그러한 남정네들을 이해하려 들기보다 대개 모른 체하는 쪽을 택했다. 집 밖에서 만족을 찾으려는 한국 남자들의 근성을 싹둑 자를 수는 없는 거였다. 여인네들 또한 우아한 낭만 따위는 일찌감치 포기했다. 멋을 부리고, 커다란 거울을 사고, 여자의 매력을 찾는 여유로움은 가당치 않은 사치였다. 주방 세제로 빼낸 반지는 서랍 속 귀퉁이로 밀려났고, 남편에게 세상에서 가장 아름다운 여자로 보여주던 드레스는 옷장 구석에 처박혔다. 늘어 가는 포유동물처럼 살갗이 쭈그러지고 곡선이 무너진 몸매에 애써 눈물을 아꼈고 혹여 그에 대한 보상을 따지려는 심리적 저항이 일어나면 분수를 앞세워 꾹꾹 눌렀다. 장밋빛 여망이나 즐기던 취향도 내던졌고 지성과 능력은 헌신짝처럼 뭉개졌으며, 잠시라도 일손을 놓을 여행은 꿈도 꾸지 못했다.

자민이 집에 돌아오자 모희와 도희가 '악마의 천사'라는 검은 옷을 두르고 할로윈 데이 '트릭 오어 트릿'으로 얻어온 사탕을 자랑하며 아빠의 귀가를 반겼다. 아이들의 손을 잡고 빙그르르 한 바퀴 돌려준 다음 자민은 부엌에서 저녁을 준비하던 명숙에게 쭈뼛거리며 다가가 키스 미에서 산 팔찌와 목걸이 세트 선물을 슬그머니 내밀었다. 명숙이 짐짓 바라보더니 놀란 입을 벌렸다.

"웬 선물?"

"오늘 키스 미에 들렀는데 줄리가 이태리제가 새로 들어왔다며 보여주잖아. 당신에게 잘 어울릴 거라는 유혹에 넘어갔지 뭐."

"꽤 비싸겠는데 왜 이런 걸 사."

함부로 돈을 쓴 것 아니냐는 핀잔이었지만 일말의 고마움에 대한 반어였다. 색색의 수정이 빼곡히 박힌 목걸이는 찬란한 빛을 내며 명숙의 마음을 흥분시켰다. 미국에 온 이후, 아니 결혼 후 처음 받아보는 황홀한 선물이다.

"비싸지 않아. 줄리가 조금 깎아주기도 했고."

"내일은 서쪽에서 해가 뜨겠네. 오늘도 사람들 모였어?"

"대통령 이야기로 난리가 아냐."

"카지노 가려고 작당도 했겠지."

선물에 숨겨진 의도가 있지 않느냐는 거다.

"오늘은 그런 뜻이 아냐. 당신을 위한 마음으로 샀으니 오해하지 마."

"아무튼 땡큐. 너무 화려해서 내게 어울릴까?"

앞치마에 손을 닦고 거울 앞에 달려가 목에도 대보고 팔에도 걸쳐 보는 명숙이 마치 선물을 받고 좋아하는 어린아이처럼 보였다. 자민은 무심코 산 선물 하나에 명숙이 그렇게 행복해하고 좋아할 줄 몰랐다. 그 김에 거울 앞에 서 있던 명숙에게 다가가 뒤에서 살며시 안았다. 명숙은 일순간 하루의 고단함이 씻어지는 듯했다. 왠지 모르게 바닥에 있던 자신을 끌어올려주는 것 같아 그동안 쌓였던 불만의 응어리가 어느 만큼 사라지는 것 같았다. 좌절의 고비마다 원망의 대상이 되었던 남편이 그 순간은 친구여도 좋고 그냥 이웃이어도 좋았다. 그 옛날 자신을 설레게 했던 낭만적이고 매력적이던 청년이 꾀죄죄한 노가다 남편이 되어버린 것도 슈퍼마켓 노동자에 불과한 자신의 초췌함과 그럭저럭 어울린다 싶었다.

언제부터인가 그들 사이에는 써늘한 물살의 강이 흐르고 있었다. 자민이 세 살이나 아래인 탓도 있지만 세상을 두 폭씩 뛰어넘으려는 명숙의 사고와 그 보폭을 따라야 하는 자민의 언짢은 감정이 갈피를 못 잡고 있었다. 명숙은 달리고자 했고 자민은 걷고자 했다. 부부라기보다 필요에 의해 함께 걸어갈 뿐, 가까워서 도리어 멀어지는 부자연스런 관계 쪽으로 엇나가고 있었다. 이민을 온 후 명숙의 심사는 더 복잡해졌다. 자민에게 의존하고 살아가는 자신이 비굴하게 느껴지고 어느 땐 부부로서 어울리지 않는다는 회의감도 들었다. 구속적인 말투에 가부장적인 으름장, 수틀리면 성난 맹수처럼 돌변하는 불같은 성정, 그럴 땐 곁에 있어야 할 내 남자가 아니었다. 하지만 명숙은 자민을 이해하려 애썼다. 갓난아이 때 생모로부터 버림받았다는 원망과 연하의 남편이라 무시당한다는 잠재적 모멸감이 마음 저변에 웅크리고 있는 탓일 거라 여기며 다소곳한 위로와 달램으로 위기를 넘기곤 했다.

악마의 천사 옷을 두른 아이들이 뛰놀고 황홀한 선물과 살폿한 포옹이 따스했던 그 밤만큼은 그래도 자민이 정분이 있는 남편이구나 싶었다. 꽁지머리를 다시 올려 묶고 거울에서 돌아서는 명숙의 표정이 한결 밝았다.

"틀랜트엔 언제 가기로 했어?"

"수요일 저녁. 다음 날 새벽에 올라올 거야. 카지노 셔틀버스가 있거든."

"멤버들 모두 가는 거야?"

"웨딩 숍 영감하고 최 부장은 안 가고. 참, 나 목사도 간대."

"나 목사? 목사가 웬 카지노를 좋아해?"

"목회 하려면 카지노에 대해서도 알아야 된다나? 궤변 같은 핑계지."

저녁식사가 끝나갈 무렵 명숙이 그동안 마음에 품고 있던 생각을 꺼내도 좋을 듯싶어 자리를 고쳐 앉았다.

"나 교회에 다니려고 하는데 어떻게 생각해?"

"교회?"

"응. 마켓 헬렌 언니가 교회에 다니는데 자꾸 나오라고 하네. 가끔 목사가 찾아오는데 친절하고 또 친구도 사귈 수 있을 것 같고."

"갑자기 웬 교회야, 어느 교회인데?"

"미국 교회인데 이민자들 영어도 가르친대. 마켓 사람들도 몇이 다녀."

"내 소견으론 교회도 비즈니스 장소야. 구원이니 천당이니 하는 상품으로 사람들을 모아 흥정하고 값을 치르고 거래하는 곳."

명숙이 화들짝 놀랐다. 교회에 대한 자민의 시각이 그처럼 편협해 있는 줄 몰랐다.

"언제부터 그런 생각을 했어?"

"그걸 내가 어떻게 알아. 저절로 알게 된 거겠지. 한국 사람들은 또 얼마나 유별나. 교회에서 믿음과 사랑으로 친교를 나누고 어쩐다고 하지만 툭하면 입씨름에 말도 많고 알게 모르게 헌금을 강요하고 또 흉내만 내는 엉터리 목사들이 얼마나 많아?"

"교회가 다 그런 건 아니잖아. 일부 사이비 교회나 그렇겠지."

별안간 식탁 위에 오른 교회라는 화두에 자민은 점점 열을 올렸다.

"김철환이 왜 교회에 다니는 줄 알아? 그곳에서 대접받고 우두머리 노릇 하잖아, 품위도 유지하고. 그 맛에 다녀. 대신 교회 주 매상에 크게 일조하고 있지."

"그게 다는 아니겠지. 믿음이 있으면 좋잖아. 의지할 곳도 생기고, 나중에 천국 가면 더 좋고."

명숙이 교회에 가고 싶은 데에는 특별한 이유가 있는 게 아니었다. 자신의 인생을 붙들어줄 전능한 신을 찾겠다는 것도 아니었다. 그저 교회에 가면 따뜻한 위로와 흔들리는 삶을 지탱해줄 특별한 사랑이 있을 것 같았다. 교회에서는 그러한 갈망하는 마음의 발로를 은총이라 했다.

"나는 교회 다니는 걸 안 좋게 생각하는 게 아니라 그 집단에서 당신이 상처받을까 봐 그러는 거지. 목사를 사이에 두고 교회 안에서 얼마나 많은 알력 다툼이 있는 줄 알아? 그야말로 칡넝쿨 등넝쿨이야. 맘에 안 들면 다른 교회로 옮겨가는 것도 다반사고. 아마 당신 성격에 얼마 못 가 실망하고 말 걸?"

"그것은 당신이 한 부분만 왜곡해봐서 그렇지."

명숙의 대응을 귓등으로 흘리며 자민은 소견을 이었다.

"교회는 마음을 성찰하러 가는 곳이지 사회생활 하는 곳이 아니잖아. 돈만 밝히는 엉터리 교회가 얼마나 많은 줄 알아? 교회도 사고팔잖아. 신도 수와 주일헌금 액수에 따라 권리금도 얼마나 달라지는데. 뉴욕만 해도 한국에서 연예인 하다가 와서 목사 된 사람도 있어. 한때 인기로 사람들 모아 개척교회 만들고, 그 사람들 무슨 신학교 다녔다지만 대부분 엉터리야. 영주권 쉽게 받고 살길 찾으려는 거지. 목회자는 무슨……."

자민의 교회를 바라보는 편협한 시각과 빈정거림은 매우 현실적인 틀 안에 있었다. 목회자들이 본다면 사탄에 둘러싸인 저 불가지론자를 교회로 인도해야 할 대상으로 첫 번째 굴지를 꼽아야 할 사람이었다. 미국 건국의 근간이 관용의 기독교 정신에 의해 이루어졌고 그 정신은 이민자들의 정착을 돕는 사회적 기여에 상당 부분을 차지했다. 종교에 대한 사회 인식이나 국가적인 배려는 관대하여 한인 사회에도 우후죽순처럼 많은 교회가 생겨났다. 한국인 교회는 믿음의 성소이자 키스 미의 다모정 같은 외로운 이민자들의 만남의 장소였다. 그러나 교회 또한 인간의 집단이기에 갈등의 부침은 어디에나 있었고 그에 따른 부작용도 적지 않아 자민의 말이 틀린 것은 아니었다.

그때 기수한테서 걸려온 전화벨 소리를 듣지 못했거나 아이들이 칭얼대며 잠자리를 찾지 않았더라면 교회 이야기는 그치지 않았을 것이다. 명숙은 자민에게서 긍정적인 답변을 듣긴 글렀다 여기고 대꾸하고 싶은 말이 목에 찼지만 그날은 혼자 삭이기로 했다. 모처럼 등 뒤로 다정히 찾아온 남편을 밀쳐내고 싶지 않았다. 명숙은 설거지를 마칠 때까지 마음을 다독였다.

"말이 통해야 말이지."

삶을 지탱해줄 특별한 사랑이 있을 것 같은 곳에서 마음을 내어놓고 위로받고 싶은 명숙의 갈망을 알아준 것일까. 자민이 전화를 끊고 방으로 들어서며 큰 소리로 물어왔다.

"그 미국 교회가 어디에 있대?"

명숙이 대답하려는 순간 방문이 쿵, 하고 닫혀버렸다.

착한 목자의 집

단장을 마친 명숙이 곤한 잠결에 있는 자민에게 속삭이듯 귀엣말을 남기고 아이들과 함께 집을 나섰다. 사뭇 다른 설렘으로 다가오는 낯선 아침이다. 레이스가 달린 청옥빛 크레이프 원피스에 목걸이도 하고 스카프도 두르고 팔꿈치엔 향수도 살짝 뿌렸다. 오랜만에 품위를 갖춘 일요일의 외출에 발걸음이 날 듯하다. 하늘은 짙푸르고 높게 드리운 새털구름이 눈부시게 희다.

"오! 어디서 나타난 멋쟁이 여인?"

벌써 와서 기다리던 헬렌이 명숙을 위아래로 훑어보며 놀리듯 칭찬을 하자 아이들도 덩달아 기분이 좋은지 우쭐한 표정으로 엄마를 바라봤다.

"어색해. 오랜만에 옛날 흉내를 내봤더니."

명숙이 차에 오르기를 멈칫하며 소녀처럼 멋쩍게 매무시를 다듬었다.

"정말 예뻐. 마켓 캐셔 아줌마가 아니라니까."

명숙이 쑥스러운 듯 손사래를 치며 아이들을 차에 태웠다.

"아무튼 기분 괜찮은 아침."

"오늘 교회에 가면 축복받을 거야."

"축복? 나는 그냥 애들과 나들이 가는 셈 쳐. 언니가 그랬잖아, 나들이 가는 셈으로 교회에 한번 가보자고."

"그런데 애들 아빠는?"

"아직 자고 있어."

"고단하겠지, 힘든 노동인데."

"그 사람 교회엔 관심이 없어. 한동안 얘기 나눴는데 교회 나간다는 거 달갑지 않게 여기더라구. 언니 핑계 대고 겨우 설득했다니까."

"낯선 일에 관심 갖는 게 쉬운 일은 아니지."

"편견이 있는 것 같애. 하긴 나처럼 교회에 대해서 잘 모르니까."

도희는 잠이 덜 깬 듯 하품을 하며 모희의 어깨에 머리를 기댔다. 그들이 도착한 교회는 집에서 자동차로 십분 거리에 있는 라과디아 공항 근처 아스토리아 블러바드 선상에 있었다. 허름한 상가 건물을 끼고 들어서자 철망 울타리로 둘러싸인 학교 옆에 붉은 벽돌의 육중한 교회가 나타났다. 뾰족한 지붕 위에 종탑이 있고 그 위에 십자가가 서 있는 전형적인 미국식 건물 양식의 평범한 교회였지만 나무숲이 어우러져 주위의 빈민 주택가와는 사뭇 다른 대학 캠퍼스 같은 분위기였다. 교회 뒤쪽으로 '착한 목자의 집'이라는 푯말이 붙어 있는 커다란 직사각형 적갈색 건물이 보였다. 헬렌은 그곳이 양로원이라 했다. 정돈된 잔디밭 사이로 꽃길이 나 있고 타원형 연못은 잔잔했다. 고목 등걸로 만든 벤치 주위엔 작은 나무들이 살랑거리며 평화로운 운치를 더했다. 건너편 버드나무들은 잎이 진 머리를 풀어 연못에 담그고 오리들이 잔물결을 지으며 유유히 노닐었다. 헬렌을 따라 교회 입구에 들어서자 마켓에서 함께 일하는 사람들 몇이 눈에 띄었다. 명숙이 깜짝 놀랐다. 호세, 마리아 남매가 호세의 아들 바비와 함께 그곳에 있었다. 그들은 반갑게 다가와 손을 펴 들고 몸을 흔들었다. 마리아는 허리를 굽혀 모희와 도희를 안아주고 호세는 뜻밖이라는 듯 입을 벌렸다. 자기들은 본래 가톨릭 신자인데 친하게 지내는 볼리비아 친구들이 이 교회에 다니고 있어 한 달에 한두 번쯤 나와 성가대에 끼어 삼뽀냐를 연주한다고 했다.

교회 안에는 은발의 노인들이 많았다. 노인들은 새벽부터 단장을 한 듯 매무새가 어느 한 곳 흐트러짐이 없었다. 한 손에 지팡이를 붙들고 깃털 장식의 모자를 기울여 쓴 할머니도 있었다. 어림 이백 명가량의 신도들이 연극무대의 막이 오르기를 기다리듯 숨죽여 앉아 있고 아이들도 단정한 자세로 의젓한 것이 인상적이었다. 부부인 듯한 초로의 한국 사람도 보였다. 오늘은 어떤 축복이 내릴까, 기대하는 표정들이었다. 높은 궁륭 천장과 화려한 원색의 스테인드 글라스 창문으로 새어 드는 은은한 광채는 신묘한 성스러움의 분위기를 자아냈다. 촛불이 켜지고 찬송가와 기도가 끝나자 목사가 설교를 시작했다. 마켓에 자주 방문하는 백인 목사였다. 왜소하고 야윈 편에 까칠한 모습이었지만 목소리는 우렁차고 다정한 어조였다. 대부분이 이민자들인 점을 고려한 탓인지 그는 천천히 또박또박하게 짧은 문장의 영어로 알기 쉽게 목소리를 높였다. 명숙은 절반은 알아듣고 절반은 귓등으로 흘렸지만 추수감사주일에 대한 설교임을 알 수 있었다.

"비바람 치는 날 언덕을 넘을 힘이 남아 있다면 그것은 하느님께서 당신과 함께하시기 때문입니다. 당신이 깨끗한 영혼 가운데 있다면 하느님께서는 언제나 당신의 역량을 넘어서는 힘을 주십니다. 하느님이 베푸는 은총은 동정심이 아니라 사랑입니다. 우리는 거친 바다를 건너왔습니다. 세상은 사탄과 겨루는 전쟁터입니다. 승리해야 하고 삶에서도 성공해야 합니다. 승리한 자만이 구원의 계시를 봅니다. 추수한 모든 것들은 자비의 선물이며 하느님 사랑의 표징입니다. 순례자들은 감사를 드렸고 우리는 그날을 기립니다."

감동적이지는 않았지만 찬찬한 그의 설교는 사람들을 끌어들여 숨소리조차 가라앉게 했다. 다정하면서도 강렬한 목사의 시선은 신자들을 압도하고 있었다. 이따금 '에이멘' 하는 소리가 가느다랗게 들렸다.

본래 그 교회는 침례교에서 분파된 단일 교회이지만 교회 사역의 근간은 미국 초기에 시작된 회중교회에 두고 있었다. 미국 초기, 영국에서 건너온 필그림이라 하는 청교도들은 성공회의 박해를 받았던 회중교회 추종자들이었다. 그들이 세운 교회는 미국의 역사와 문화, 민주헌법의 출발을 주도했고 유능한 목회자와 일꾼들을 기르기 위해 하버드 대학이나 예일 대학 같은 명문 교육기관을 세웠다. 그 후 그들은 정치, 사회, 문화를 주도하는 와스프* 그룹의 선도자적 역할을 했다. 교회의 모든 조직과 제도는 권위와 신분이 따로 없이 평신도에 의해 운영되는 상당히 민주적인 교회였다. 평신도 모두가 목회의 사명을 띠고 공동체 운영이나 전교에 참여하고 공동의 나눔과 봉사, 희생의 실천, 모든 인종이나 사회적 계층을 포용하는 것을 이상으로 삼았

---

* WASP 백인 앵글로-색슨 신교도들(White Anglo-Saxon Protestant)을 일컬으며 네덜란드, 독일, 프랑스, 스칸디나비아, 스코틀랜드, 아일랜드 등 서유럽에 뿌리를 둔 미국인 후손을 지칭한다. 애초에는 미국의 북동부 상류 특권계층 사람들에게 적용한 말이었다.

다. 교회 역사가 흘러가는 동안 침례교 등 많은 군소 교단이 회중교회로부터 분파되어 나갔다. '착한 목자의 교회' 역시 그렇게 분파되어 나온 교단 중의 하나였다.

신도들의 찬양 노래는 불가사의한 신바람 속에 감미로웠고, 숨소리가 큰 기도 소리는 절절하면서도 엄숙했다. 명숙은 한 번도 경험하지 못한 어떤 청정의 세계에서 마치 영혼이 정화되는 느낌이었다. 찬양대의 노래를 마지막으로 예배가 끝나자 목사가 따로 할 말이 있는 듯 상기된 표정으로 신도들 가까이 내려왔다.

"오늘 우리 교회가 유난히 밝은 것은 동방에서 온 세 개의 별이 비추이고 있기 때문입니다. 그 별들을 소개하겠습니다." 하며 명숙과 아이들을 향해 손을 내밀어 가리켰다. 목사가 미소 지으며 앞으로 나오라는 손짓을 하자 헬렌이 명숙을 일으켜 앞으로 나가도록 밀었다. 명숙은 엉겁결에 아이들과 함께 목사가 서 있는 곳으로 나가 자기소개를 하는 절차를 밟고 말았다. 신도들은 목사의 다정함을 닮은 미소로 반겼다. 우레 같은 박수가 명숙의 어색함을 풀어주고 쑥스러움을 씻었다. 모희와 도희는 부끄러운지 엄마의 치맛자락을 잡고 몸을 뒤로 숨겼다. 그처럼 많은 사람들로부터 난생 처음 환대를 받아 본 명숙은 순간 자신이 위대하고 소중한 존재였음을 느꼈다. 동시에 눈물이 날 것 같은, 왠지 모르는 고마움과 벅찬 환희가 밀려왔다.

촛불이 꺼지고 양로원 옆의 친교실에 옮겨온 사람들은 차와 스낵을 나누며 이야기꽃을 피우느라 정신이 없었다. 제각각 다른 인종의 어울리지 않는 조합이지만 스스럼이 없고 정겨움이 넘쳤다. 사람들이 명숙에게 다가와 호기심 가득한 미소로 손을 내밀며 학수고대하고 있었던 것처럼 반겼다. 호세는 말총머리를 찰랑거리며 명숙을 볼리비아 사람들인 듯한 친구들에게 데려가 자기가 일하는 마켓 동료라며 소개했다. 검소한 차림과 예의를 갖춘 겸손한 모습들이 경건해 보였다. 한국 사람들이 모이는 곳에서처럼 근엄한 사교적 잡담이나 과장된 소곤거림이 없이 모두가 차분해 보였다. 지금까지 경험하지 못한 아늑한 평온과 사랑, 고상한 분위기의 영적 교감이 오가는 또 다른 세상이 그곳에 있었다. 명숙은 정녕 그러한 뜻깊은 날이 자기에게 찾아올 줄 몰랐다. 테이블에 마주 앉은 헬렌이 두 손으로 찻잔을 움켜쥐며 교회에 온 소감을 말해보라는 듯 명숙을 뚫어져라 바라봤다.

"그런데 언니, 흑인 동네인데 왜 흑인 신도들이 하나도 안 보여?"

"길 건너에 그들만이 다니는 교회가 따로 있어. 목사도 흑인이고."

"한국 교회, 미국 교회, 흑인 교회, 뭔가 잘 이해가 안 되네?"

"미국은 민족별로 교회가 다 있어. 교파가 삼백 개가 넘어. 미국 교회는 초기에 회중교회에서 시작됐는데 이곳 침례교도 그곳에서 나왔대."

"교파가 그렇게 많아?"

"교회들이 조금씩 다른 교리를 주장하지만 결국 본질은 같고 하나야. 같은 성경으로 해석을 조금씩 달리할 뿐이지. 나도 한국에 있을 때 왜 그렇게 다른 교회가 많은지 몰랐어."

"한국에서도 교회에 다녔어?"

"음. 여호와의 증인 지역회중의 지도자였지. 세상을 접고 푹 빠져 있었어. 그 때문에 남편과 헤어지고, 아들은 군대 안 간다고 학교 그만두고 나와 함께 미국에 와버렸어. 지금 FIT*에 다녀. 걔는 지금도

---

* FIT(Fashion Institute of Technology) 뉴욕 주립 패션 전문대학.

여호와의 증인 집회에 나가. 브루클린 브릿지 옆에 워치 타워[*] 있잖
아, 거기서 한국어 역본 봉사도 해."

"그럼 이혼한 거야?"

"아니, 이혼한 건 아니고."

"그렇다고 교회 다니는 문제로 헤어져?"

"다른 사정도 있었어. 모두 부질없는 일이었지만."

"언니도 사연이 있구나."

"사연이 없는 사람이 어디 있어? 사는 것 자체가 모두 사연이지."

그들의 이야기는 정리되기 어려운 쪽으로 흘러갔지만 명숙은 흥미
를 더해갔다. 관심 너머에 있던 교회 이야기와 헬렌의 숨겨진 사연이
어쩌면 자신의 삶과 동행할 것 같은 예감이 들었다. 그사이 마리아와
함께 한쪽에서 놀고 있던 모희와 도희는 어느새 호세의 아들 바비와
친구가 되었다. 사람들이 하나둘씩 빠져나가는 동안에도 그들의 교회
에 대한 이야기는 계속되었다.

"궁금한 게 있어. 교회에선 헌금을 한다는데 왜 아무도 헌금을 안 해?"

"이 교회는 십일조도 없고 예배 중에 헌금을 받지 않아. 아무 때나
자기 능력만큼 자진적 헌금을 해. 어떤 사람들은 큰돈을 기부하기도
하고. 목사는 재정에 관여를 안 해. 그냥 목회만 하고 신도들 재정위
원회에서 관리해. 십일조나 헌금보다는 희생과 봉사를 더 귀한 봉헌
으로 여겨서 사람들의 신앙이 헌신적인 편이야. 양로원도 신도들의
봉사로 운영해."

---

[*]   Watch Tower Bible & Tract Society(성경 책자 협회)에서는 여호와의 증인 성경이나 찬송가
　　교리서, 홍보책자 파수대 등 다양한 출판물을 제작한다.

"양로원도 교회 소속이야?"

"응, 국가에서 보조하지만 교회 평신도 위원회에서 운영해. 신도들이 식사도 돕고 목욕도 시켜주고 청소나 세탁, 하는 일이 많아. 모두들 희생정신의 자발적 봉사지. 아이들도 노인들과 말동무를 해주는 한몫을 해. 믿음을 증거하려는 영혼들이라 할까?"

"양로원에 부담은?"

"음, 모두 무료야. 그런데 특이한 건 노인들 대부분이 자기 유산을 자식들에게 주지 않고 교회에 기부한다는 점이야. 남은 삶을 교회에 맡기는 셈이지. 교회나 양로원이 그런 돈으로 운영이 돼."

헬렌은 회중지도자 경험이 있었던 탓인지 교회 사정을 훤히 꿰었다.

"오늘 교회에 처음 나와 봤지만 사실 좀 어색했어. 양심을 살피는 재판소 같기도 하고."

"믿음이 생기면 많은 게 달라질 거야. 사랑을 받는 신비한 기쁨도 우러나고."

명숙은 자신의 마음을 들여다보는 듯한 헬렌이 갑자기 다른 사람처럼 보였다. 깊은 곳 어딘가에 빠져 있는 자신의 손을 잡아주는 구원자 같다는 생각도 들었다.

일요일 밤을 보내는 유일한 낙은 텔레비전에 방영되는 한국 방송을 보는 것이었다. 불과 두 시간 정도지만 한국 뉴스와 드라마도 나왔기에 그 시간만큼은 향수에 젖으며 타국의 시름을 잊었다. 같은 채널에서는 일본 방송도 이어서 나왔다. 명숙은 드라마를 보는 동안 오늘 교회에 갔다 온 소감을 이야기해볼 요량으로 자민의 눈치를 살피며 기회를 엿보았다. 아이들과 함께 교회에 갔다 온 것에 대해 궁금해할 법도 한데 가타부타 묻지도 않고 무관심한 자민이 은근히 야속했다. 드라마에 심취해 있는 동안 전화벨이 울렸다.

"밤늦게 웬 전화?"

자민이 벌떡 일어났다. 키스 미 김철환의 다급한 목소리였다. 지금 자기 가게에 문제가 생겼으니 급히 와달라는 것이다. 자민은 심상치 않은 사태가 일어난 것임을 직감하고 기수에게 그쪽으로 오라는 연락을 했다. 서둘러 주섬주섬 옷을 챙겨 입자 명숙이 덩달아 일어나 볼멘소리로 따졌다.

"아니, 이 밤중에 왜 나가? 날씨도 안 좋은데."

"키스 미 가게에 문제가 생겼대. 웨딩 숍 영감이랑 정 사장도 와 있대."

"그 사람 괜히 핑계 대고 당신 불러내는 거 아냐?"

"그런 거 아냐. 갔다 올게."

명숙은 무뚝뚝한 대답을 내뱉고 황급히 나서는 자민의 뒷모습을 보며 한숨을 지었다. 모처럼 하루의 감동적인 교회 이야기를 오순도순 나누고 싶었던 명숙은 그들이 오늘밤 모여 무슨 일을 벌일지 지레짐작하니 속이 뒤틀렸다. 금강 식당에서 술판을 벌이거나 다모정에서 카드판에 빠지거나 그들이 모이는 목적은 뻔할 것이었다. 만약 늦게 돌아오면 그냥 넘어가지 않을 작정이었다.

인적이 끊어진 일요일 밤의 루즈벨트 애비뉴, 진눈깨비라도 날릴 듯 찬바람이 몰아치는 밤이다. 자민이 키스 미에 들어서자 사람들이 웅성거리고 기수는 가게 안쪽에서 뭔가를 살피느라 두리번거렸다. 선뜩한 바람이 가게 안을 휩쓸며 지나갔다. 진열되었던 물건들이 뒤죽박죽 엉망으로 흩어져 있었다. 도둑이 들었던 것이다. 웨딩 숍 영감은 난감한 표정으로 쇼윈도 마네킹 옆에 쪼그려 앉아 눈만 껌벅거렸다. 정 사장이 느지막이 키스 미가 있는 길을 지나 퇴근하던 중, 무심코 웨딩 숍 쪽을 바라보다가 유리가 깨어진 채 열려 있는 가게 문을 발견한 것이다. 철환이 크리스마스 장사하려고 잔뜩 들여놓은 고가 물건들이 상당히 없어졌다며 허탈해했다. 잠시 후 사이렌 소리와 함께 경찰 둘이 와서 진상을 조사하고 철환에게 사진을 찍어 두라 했다. 내일 아침에 지문을 채취할 것이니 가능하면 손대지 말고 뚫어진 벽과 웨딩 숍 문은 고쳐도 된다고 했다. 키스 미에 도둑이 든 것은 지난여름에 이어 두 번째였다. 그때는 지붕을 뚫고 들어왔는데 이번에는 셔터 도어가 없는 옆 가게 웨딩 숍 문을 부수고 들어와 키스 미와 맞대고 있는 벽을 뚫고 침입했다. 영악한 도둑이 우회 침투작전을 쓴 것이다. 언제나 그랬듯이 자민과 기수는 민첩한 일체 행동에 들어갔다. 기수는 밴에서 시트락*과 연장을 가져와 벽을 고치고 자민은 부서진 웨딩 숍 문을 플라이우드로 막음을 했다. 임시방편이었지만 원상복구는 되었고 다음 날 바람이 잦아들면 다시 수리하면 될 것이었다.

상황이 정돈되고 집에 돌아온 무렵은 자정이 지나서였다. 예기치 않은 사태가 기다렸다. 자민을 쏘아보는 명숙의 눈빛이 자민을 문 앞에 세우게 할 만큼 섬뜩했다. 양손을 허리에 걸치고 식식거리는 날카로운 표정은 불만이나 분노를 넘어선 적개심이 발동할 것 같은 분위기였다.

"왜 여태 자지 않고 그리 서 있어?"

자민이 발을 털며 성큼 들어섰다.

* 'Sheetrock' 브랜드의 석고보드를 시트락이라 통칭함.

"지금 잠이 오게 생겼어? 어떻게 나를 무시하고 나가 이렇게 늦게 와?"

명숙은 갈라지는 목소리로 다짜고짜 자민을 몰아세웠다.

"무시하다니, 무슨 소리야? 웨딩 숍하고 키스 미에 도둑이 들어서 갔다 온 거야."

"그래서."

"벽을 부수고 문짝을 박살 내놔서 고쳐주고 왔는데."

"정말이야?"

"정말이지. 고생하고 온 사람한테 이건 아니네?"

"그럼 나갈 때 자세히 말하고 나갔어야지."

"나도 사태를 모르고 철환이 숨넘어가니까 급히 나갔지."

결국 명숙이 억지 트집으로 시비를 건 셈이 되었다. 오해라 하지만 자민은 화가 치밀었다. 그토록 대들고 따질 일인가. 같잖은 남편이라 홀대하는 말투와 분별없이 턱을 치키는 태도에 자민은 명숙의 사고 체계가 심히 고장났구나 싶었다. 어느 경우에도 자기가 주체여야 한다는 오만함이 두드러져 보였고 전에 없던 불손함이 부부의 관계를 어렵게 꼬아간다고 여겼다. 난생 처음 교회에 나가 정화된 마음으로 얻은 명숙의 평화는 산산이 부서지고 홀로 집에서 하루를 보낸 자민의 쓸쓸함이 분노로 변하는 밤이었다. 분명 부부의 틈새가 벌어져 골이 파이고 서로에 대한 이해의 폭이 좁아지고 있었다.

사랑은 부드러운 숨소리와 따뜻한 체온으로 감정을 교환하는 달콤한 노동이다. 부부로 맺어진 사람들은 그 노동의 에너지로 삶을 꾸린다. 하지만 언제부터인가 그들의 에너지는 생산을 멈췄다. 사랑에 조건이 달리고 이민이라는 삶의 변화에 사랑의 생태도 변질되었다. 균형을 잃은 언어들은 퉁명스러워졌고 마주하는 숨소리는 부드럽지 못했으며, 작은 불만도 갈등의 시선으로 바라보곤 했다. 함께하기보다 떨어져 지내기를 궁리했고, 일요일엔 명숙과 아이들은 교회로 향하고 자민은 무료함을 달랠 곳을 찾았다. 갈등이 계속되면 수습도 어려워진다는 걸 알면서도 그랬다. 그들은 애정 이외의 것, 어느 누구와, 부부라 해도, 그 어떤 현실과도 맞서 이겨야 한다는 미국의 '승리 숭배주의'에 은연히 빠져들고 있었다.

교회에 나가는 횟수가 많아지면서 명숙은 양로원에서 봉사도 했다. 주중에 일을 마치고 한 번, 또 일요일 예배를 마치고 한 번, 보람과 즐거움으로 봉사를 했다. 노인들을 보살피면서 일찍 여읜 부모를 생각하는 마음도 우러났다. 주로 주방에서 식료품 정리를 했다. 식료품은 대부분 명숙이 다니는 슈퍼마켓에서 공급하는 것들이었다. 그런 연유로 목사가 마켓에 자주 들르고 마켓 사람들도 그 교회를 다니게 된 사실을 알았다. 양로원에는 동네에서 버려진 흑인 아이들도 있었다. 이혼한 가정에서 버림받고 포스터 홈이나 고아원에 가기 전에 임시 거처로 머무르며 봉사자들의 도움을 받는 아이들이었다. 그들을 볼 때마다 명숙은 전쟁 후 고아 같은 신세가 되었던 어린 시절이 생각나 가슴 아린 연민이 들었다. 의지할 곳 없는 사람들의 착한 목자의 집, 그곳에서 명숙은 먼 옛날의 내 집에 돌아온 것 같은 안락함을 느꼈다. 하지만 명숙이 양로원에서 늦게 돌아오는 날에는 자민은 심기가 흐트러지곤 했다. 남편은 밀쳐두고 어찌 다른 데에만 정신을 파느냐며 질타를 했다. 그럴 때 명숙은 카지노에 가거나 다모정에서 늦게 돌아온 자민을 다모정 멤버들까지 싸잡아 정신 나간 놈팡이들이라며 맞대응했다.

이민자에게 뉴욕의 겨울은 냉엄하다. 눈이 펄펄 내리고 잔인한 동장군이 들이닥치면 슬프기까지 하다. 백설의 순결은 낭만의 감동을 주기는커녕 삶의 열정을 얼게 하고 생계마저 위협한다. 자민의 일감은 줄어들고 명숙의 수입을 더해도 삶은 팍팍했다. 너그럽던 아내는 사소한 일에도 트집을 잡았다. 쪼들리는 현실을 왜 똑바로 보지 못하냐는 타박도 잦아졌다. 일반적인 시각으로 보면 자민은 무능하거나 감당키 어려운 무지한 남편이 아니었다. 실속 없이 허세를 부리지도 않았다. 기술적으로 인정받는 카펜터였고 야멸차고 보스 기질도 있었다. 젊은 나이에 가정을 꾸려 아이가 둘이 있고 사교적이며 올곧게 살아가는 그는 그런대로 건실한 남편 축에 들었다. 아메리칸 드림도 나름 그려 나갔다. 언젠가는 펨브룩에 있는 로베르토의 농장과 같은 거대한 농장을 갖거나 하드웨어나 건축 재료상 같은 기업을 운영하는 것들이다. 공사 잔금을 떼여 손해 보는 일이 잦아 명숙으로부터 관리 능력이 없고 유약하다고 핀잔을 받곤 했지만 마음이 순박한 때문이지 무능한 탓은 아니었다. 하지만 명숙의 생각은 다른 쪽으로 치우쳐 있었다. 귀엽고 낭만적이던 남편이 어느새 능력 없고 품위마저 떨어진 사내로 보였다. 남편의 자격, 사랑의 논점도 자기만의 이유 타당한 쪽으로 돌렸다. 남편은 섬겨야 할 존재지만 대등한 관계에서 자기가 먼저 존중받아야 한다는 미국의 여성 배려 관습을 민감하게 받아들였다. 그런 사고의 변형은 자신도 예상하지 못했다. 명숙은 둥지를 이소한 새가 털갈이하듯, 새로운 생태계의 몸빛으로 가파르게 변했다.

키스 미에서 다시 공사요청이 들어왔다. 도둑의 침입을 원천 봉쇄하기 위해 가게의 벽면 하단을 철판과 콘크리트로 덧대어 막아달라는 거였다. 화재 시를 고려하여 소방법에 따라 진행해야 하는 제법 까다로운 공사였다. 인테리어 작업은 매뉴얼이 정해진 게 없었다. 고객의 주문마다 창의적 사고와 특별한 해결책을 요구했다. 마무새까지 적어도 사흘 이상 걸리는 공사였다. 공사를 하는 동안 기수는 키스 미 매니저 줄리와 노닥거리는 데에 정신이 팔려 자민으로부터 눈총을 받곤 했다. 가게 문을 닫을 무렵 나 목사가 메츠 모자를 쓰고 나타났다. 오늘 누구 멤버들 없느냐며 엉거주춤 가게 안으로 들어와 공연한 참견을 하면서 수다를 떨었다. 자민의 눈치가 보였던지 줄리는 기수와의 농지거리를 접고 자민에게 넌듯 말을 건넸다.

"한 사장님, 지난번 선물 사모님이 좋아하시죠?"

자기가 꼬드겨서 팔았던 이태리제 목걸이 세트를 두고 하는 말이었다.

"물론 좋아하지. 교회에 갈 때도 꼭 걸치고 나가."

"어머, 사모님 교회에 나가세요?"

"음, 조금 되었어. 미국 교회인데 애들 데리고 다녀. 대신 나는 일요일에 외톨이야."

"왜 같이 안 다니시고요?"

"글쎄, 난 교회에 나갈 생각 없어. 적성에 맞지도 않고."

자민은 얼버무리며 나 목사의 눈치를 살폈다. 줄리의 얼굴에 강한 관심의 빛이 어른거렸다.

"어떻게 교회에 나가실 생각을 했지요?"

"와이프 다니는 마켓 있잖아? 거기 한국 아줌마 헬렌, 그 여자가 오랫동안 충동질하고 설득시켰나 봐. 교회에 있는 양로원에서 봉사도 해. 그러느라 늦게 들어오는 날이 많아."

"그래요? 존경스럽네요."

"존경스럽긴, 거기서 영어도 배운대. 무슨 사랑의 갈망이 어쩌구, 교회에 다니는 이유가 그렇다나."

줄리는 잠시 생각에 젖는 듯하더니 가게 문을 닫을 준비를 했다. 명숙이 미국 교회에 나간다는 소식에 더 놀란 사람은 나 목사였다. 남편의 편견에도 불구하고 아이들과 함께 교회를 찾은 용기와, 무엇보다 사랑을 갈망하는 마음에서 신앙을 갖게 되었다니 가상하고 감동받을 일이었다. 그러나 자민은 나 목사의 생각과 같거나 비슷한 시각으로 명숙을 이해하려 들지 않았다. 나 목사는 자민의 부인을 자기 교회로 인도하지 못한 자신을 탓하며 내심 안타까워했다. 그러면서 사람들과 가까이 지내며 전교하려는 인간적인 접근방식에 오류가 있지 않았나 살펴보기로 했다. 줄리가 퇴근하려다 말고 문 앞에서 자민을 향해 넌지시 물었다.

"사모님 다니는 미국 교회가 어디예요?"

"그건 왜?"

"저도 그 교회 다녀볼까 해서요."

그들의 문답을 듣고 있던 나 목사의 가슴이 철렁 내려앉았다. 그는 고개를 흔들며 후회막급으로 일을 저지른 사람처럼 혀를 끌끌 찼다.

사랑의 실체

연푸른 가로수 잎들이 온화한 봄기운에 살랑댄다. 아메리칸 드림을 향한 한국인 이민자들의 경제활동이 곳곳에서 기지개를 켰다. 뉴욕뿐만 아니라 맨해튼 건너 뉴저지까지 비지니스를 창업하는 사람들이 급증하면서 자민 또한 공사 일감이 밀려 휴일조차 거를 만큼 여념이 없었다.

뉴욕 이민자 중에는 한국인이나 일본인 외에는 아시안이 그리 많지 않았다. 초기에 일본인들이 퀸스, 그중에서도 플러싱에 많이 거주했지만 뉴저지 강변에 새로운 산업단지가 형성되면서 그쪽으로 빠져나가고 대신 한국인들이 그 자리를 채워가는 정도였다. 미국 사람들은 한국이 어디에 있는 어떤 나라인지 제대로 알지 못하고 관심도 없었다. 일본은 아시아 국가가 아니고 태평양 어디쯤에 있는 별개의 한 나라 정도로 알았고, 한국인들에게 일본인이냐고 묻는 사람도 많았다. 근면한 한국인들이 비지니스를 할 수 있는 기회의 폭이 방대해지고 유태인이나 이탈리아인이 하던 세탁소나 청과상, 생선 가게, 그로서리도 한국인들에 의해 잠식되어갔다. 한국 기업들이 진입하면서 수입이나 도매 업체가 생겨나고 옷 가게나 신발 가게, 잡화점 등 소비재 사업 영역도 급속히 성장하면서 자민의 인테리어 사업도 더불어 자리를 잡아갔다.

중국인들의 경우 대부분이 맨해튼 동남부 차이나타운과 브루클린 선셋 파크에 몰려 살았다. 미국과 수교된 직후이고 또 공산국가여서 새로운 중국인 이민자는 별로 눈에 띄지 않았다. 주로 광둥어를 쓰는 중국인들은 상당수가 청나라 후기에 값싼 노동력으로 팔려와 가혹한 노동과 목숨의 희생을 강요당했던 쿨리*들의 후예였다. 사회적 차별로 인하여 그곳을 벗어나지 못하고 집단을 이루면서 그들만의 문화를 이어갔다. 사회적 직위는 백인들의 전유물이었고 그들 소수민족은 한 계단도 넘어 오르기가 쉽지 않았다. 아직도 호복 차림에 뒷머리를 길게 땋아 내린 변발 노인이나 뾰족한 전족을 신고 다니는 늙은 여인들도 있었다. 차이나타운 한 건물에 그려진 커다란 벽화는 그들이 미국으로 건너와 목숨을 거는 위험으로 철도나 도로건설에 혹사당하고 광산이나 농장에서 노예와 같은 삶을 살아온 궤적을 보였다. 당시 호주나 뉴질랜드, 피지 등으로 팔려간 쿨리들의 비극적인 이야기도 차이나타운에서 전해졌다. 그곳 쿨리들 역시 산을 개간하여 목초지를 만들고 철도, 도로건설, 광산에서 목숨을 걸었고, 묘지에 시신을 매장하는 평토작업을 했으며, 말을 듣지 않거나 문제가 생기면 불결한 병을 옮길 소지가 있는 자라 해서 즉석에서 사살해버려도 죄가 되지 않

---

* Coolie(咕喱 또는 苦力) 노예제도가 폐지된 후에 대체된 중국, 인도, 일본 등 아시아계 단순 노동자. 영국의 식민지나 미국, 폴리네시아, 남미, 호주 등 세계 각 지역으로 팔려 나가 값싼 임금으로 가혹한 노동을 갈취당했다.

을 만큼 사람 취급을 못 받고 초개처럼 목숨을 희생당했다고 했다. 그럴진대 하와이나 멕시코로 팔려간 조선인 선조 쿨리들의 처절한 타국살이는 여타로 달랐겠는가. 지금의 한인 후손들의 이민은 거저먹는 이민이었다.

명숙은 강했다. 꽃대 아닌 잎날을 세운 억새였다. 한기 오싹한 마켓 창고에서 채소를 다듬고 양파나 옥수수, 과일 등을 포장했다. 손이 얼어 갈라지고 다리에 쥐가 나고 한여름에도 두꺼운 옷을 입었다. 나락에 떨어져 온몸이 으깨지는 노동, 명숙에겐 거저먹는 현실이 아니었다. 사정이 비슷한 히스패닉계 이민 노동자들과 애환을 나누며 인고의 시간들을 보냈다. 이제 캐셔 일을 거치고 능력을 인정받아 인벤토리 파트에서 일했다. 거친 야전에서 육체적 노고와 위험이 줄어든 본부로 옮겨온 셈이다. 스톡 현황을 체크하여 빠진 상품을 쉘프에 채우고 품절된 제품에 대해서는 주문서를 작성하는 일이다. 손님들이 찾는 상품의 위치를 안내하고 제품 설명을 하며 도난이 발생하지 않도록 예비 감시하는 일도 했다. 마켓 근처에는 가난한 사람들이 많이 살아서 푸드 스탬프로 식료품이나 생활용품을 구입하는 손님의 비율이 높았다. 매일처럼 도난이 발생하여 감시하는 일도 만만치가 않았다. 도난이 발생하면 언쟁과 몸싸움은 예사고 경찰이 출두하는 번거로움에 몸살을 앓았다. 손님이 밀리는 퇴근시간 무렵에는 캐셔 옆에서 물건을 담아주는 역할도 했다. 호세가 줄곧 하던 일이었다. 경력 선배로서 호세는 그가 할 수 있는 호의를 다해 명숙을 이끌었다.

모희와 도희는 하루가 다르게 자라나 저희들끼리는 벌써 영어로 이야기할 만큼 한국어보다 영어에 익숙했다. 자민은 일감이 밀려 늦게까지 일하는 게 다반사였다. 명숙은 마켓 일을 하면서 양로원 봉사도 거르지 않았다. 한동안 소원했던 부부는 다시 각다분한 삶의 현장에 몸을 던지고 이루고자 하는 꿈을 향해 분망한 세월을 헤쳐 나갔다. 하지만 배배 꼬인 일상은 여차하면 그들에게 해코지를 했다. 자민과 명숙 사이에 돌이키기 힘든 갈등의 사건이 다시 불거졌다. 일어나지 말았어야 할 일이었다.

자민이 무거운 짐을 들쳐 메다 허리가 고장이 나 기수에게 일을 맡기고 쉬기로 한 날이다. 자민은 가까스로 몸을 일으켰다. 명숙이 양로원 봉사로 늦게 오는 날이어서 유치원에서 아이들을 데려오고 저녁을 준비했다. 명숙이 돌아올 시간이 가까워지자 아이들이 엄마가 보고 싶다고 칭얼댔다. 아이들은 저희들이 처량하다고 느낄 때면 무슨 핑계를 대서라도 치기를 부렸다. 자민은 눈치를 채고 제 엄마가 숨겨둔 초콜릿으로 입막음을 시켰다. 초콜릿 간식 습관은 아이들을 달래느라 제 엄마가 들여놓은 실수 중 하나였다. 거기서 그치지 않았다. 엄마에게 가자며 짓조르는 것이 반란을 일으킬 기세였다. 명숙이 양로원 봉사에 데리고 다녔으므로 할아버지 할머니들의 말동무도 하고 칭찬받는 재미를 아이들은 놓치고 싶지 않았다. 자민은 아이들이 할아버지 할머니들의 칭찬과 애정을 얼마나 좋아하는지, 명숙이 왜 아이들을 꼭 데리고 다니는지 눈곱만큼도 몰랐다. 자민은 아이들이 보챈다는 이유로 양로원에 가보는 것도 괜찮을 것으로 생각했다. 새삼 돌이켜보면 온종일 일하고 가사에 봉사 생활까지, 명숙의 열정적 희생은 자기의 사고를 뛰어넘는 어떤 위대한 것임이 분명했다. 그러나 자민은 그런 희생에 대해 굳이 감동하지 않았다.

"그래, 엄마한테 가서 깜짝 서프라이즈 하자!"

허리의 통증이 있긴 했지만 굳어진 몸도 풀 겸 나갈 차비를 하자 아이들이 좋아라 펄쩍 뛰며 앞서 나섰다. 양로원에 도착한 자민은 아이들의 익숙한 안내로 불빛 밝은 홀로 향했다. 얼핏 보니 창 너머로 몇 사람이 웅성대는 모습이 보였다. 모희가 그쪽 주방에서 엄마가 일한다고 당차게 말했다. 복도를 지나 발소리를 죽이며 안으로 들어섰다. 사람들이 뭔가를 나르며 분주히 움직였다. 그사이에 명숙이 보였다. 왠지 측은하고 미안했다. 아이들이 쪼르르 달려갔다. 자민이 걸음을 옮기는 순간 흠뻑 두들겨 맞은 사람처럼 쓰러질 뻔했다. 문제의 말총머리 호세가 명숙 곁에 다정히 서 있지 않는가. 자기에게는 한 번도 보인 적이 없는 명숙의 야릇한 눈길도 보였다. 자민이 오해하기에 딱 좋은 순간을 맞닥뜨린 것이다. 자민은 머릿속이 하얘지고 심장이 멎을 것 같은 놀라움과 배신감으로 온몸을 주체할 수 없었다. 무슨 확증이라도 잡은 듯 주먹을 불끈 쥔 채 어금니를 으물고 재빨리 홀을 빠져나와 차에 올랐다. 냉장트럭 한 대가 시동이 걸린 채 뿌연 연기를 내뿜으며 어둠 속에서 으르렁댔다.

명숙이 갑자기 나타난 아이들을 보고 화들짝 놀라며 달려와 안았다.

"아니, 너희들이 웬일이야?"

"아빠랑 같이 왔어. 도희가 졸랐어."

"아빠? 아빠가 웬일이래?"

명숙은 영화 주인공이라도 나타난 것처럼 흥분했다. 그들이 홀 밖으로 나와 자민을 찾았다. 그런데 어디에도 보이지 않았다.

"아빠 여기 있었는데?"

모희가 주차장 쪽을 바라보며 고개를 갸우뚱거렸다.

"아빠 차가 없어. 집에 갔나 봐."

'이 상황은 뭐지?'

명숙은 뜻밖에 자기를 찾아준 자민이 반가웠던 것도 잠시, 석연치 않은 그의 행동에 화가 나고 애틋한 생각도 들었다. 어둠이 짙게 깃든 주차장은 휑하고 적막했다. 순간 서글펐다. 명숙은 슈퍼마켓에서 식품을 싣고 딜리버리 온 호세에게 수고했다는 인사를 하고 서둘러 양로원을 나왔다. 호세가 몰고 온 냉장트럭은 아직도 주인을 기다리며 연기를 뿜었다.

자민은 식탁 앞에서 몸을 숙인 채 억지 밥을 먹고 있었다.

"왔으면 왔다는 척이라도 해야지 그냥 돌아오는 법이 어딨어?"

"⋯⋯."

자민은 묵묵히 께적이며 아무런 대꾸도 하지 않았다. 그는 얼음을 씹는 것 같았다. 사랑은 식탁 앞에서 피어나는 것이지 바깥 레스토랑에서 사오는 게 아니라던 그였다.

"가면 간다고 말이라도 하고 가야지!"

자민은 시선을 감추고 귀를 닫고 있었다. 어떤 말도 떼고 싶지 않은 그의 착잡한 심정을 명숙이 알 턱이 없었다. 명숙이 부엌에서 불만스레 움직이는 동안 수저를 놓은 자민이 말없이 방에 들어가 가방 속에 짐을 챙겼다. 이상한 낌새를 차린 명숙이 다가가 다그쳤다.

"지금 뭐 하는 거야? 이 밤중에 어딜 나가려고?"

무뚝뚝한 성정 그대로 자민의 대답은 일관된 침묵이었다.

"도대체 왜 그래? 뭐가 문젠데? 얘기를 해보라고!"

"몰라서 묻는 거야?"

자민이 눈을 치떴다. 그 순간 영민한 명숙은 조금 전 양로원에서 호세와 함께 있었던 자신을 본 자민이 화가 난 탓일 거라 지레 눈치를 챘다.

"호세 녀석 때문이야?"

"봉사 다닌다는 핑계가 석연치 않더니."

명숙은 자민의 마음속에 다시 돋아난 상처를 보고 말았다.

"어휴, 저 꼬인 심지. 호세는 마켓 물건 딜리버리 온 거야."

대답은 그리 했지만 명숙은 자민의 억지에 일일이 대거리한다는 것이 은근히 화가 나고 손이 오그라질 만큼 자존심이 상했다.

"몸이 아파 누웠으면 한 번쯤 봉사를 거를 수도 있잖아?"

온종일 우울에 시달리던 자민의 진심에서 나온 말이었다. 위로받고 싶었다. 양로원 노인들에게 베푸는 명숙의 봉사를 받고 싶었다. 명숙이 생각하는 질투심이 아니었다. 질투심은 자신이 초라하고 비참할 때 일어나는 반사적 의식이어서 자민은 그 역겨움을 잘 알았다. 자민이 뛰쳐나갈 듯 방에서 나와 문 쪽으로 향했다. 명숙은 그의 옷깃을 구겨 잡고 가로막으며 소리를 질렀다.

"왜 나를 꼴같잖은 여자로 만들어? 나를 그렇게도 몰라?"

악담 섞인 말이 목까지 치밀었지만 명숙은 가까스로 침착을 유지했다.

"필요할 때만 남편이지."

자민은 꼬일 대로 꼬여 있었다.

"당신이 돈 잘 벌어와 봐. 나도 키스 미 부인처럼 집에서 살림이나 하고 양처 노릇 할 수 있단 말이야! 시집에서도 인정 못 받고 당신 하나 믿고 사는데 어찌 이럴 수 있어? 내 심정 조금이라도 알기나 해?"

격해진 언쟁은 상식 아래 땅으로 떨어지고 상황은 점점 엉뚱한 수렁으로 빠져들었다. 아이들은 억울한 꾸지람을 들은 듯한 볼멘 표정으로 식탁 앞에 앉아 숨을 죽였다. 자민이 가까스로 흥분을 가라앉혔다.

"당신에겐 내가 무능한 남편이잖아."

자민의 좌절감이 엿보이는, 동시에 적의에 찬 자책이었다. 자민에게 호세의 문제는 어쩌면 어깃장이고 핑곗거리였다. 어느 날 사붓이 목공소 문턱을 넘어온 여자, 어머니처럼 다정히 다가와 방황하던 영혼을 아늑하게 감싸주던 여자, 어떠한 위험도 뛰어넘자던 반려자는 자꾸만 멀어졌다. 미국이라는 거대한 동굴 속 한 귀퉁이에 버려진 채 보잘것없는 미물로 퇴화되어가는 자신이 그리 초라할 수 없었다.

"트집도 어느 정도지, 이러지 마. 나도 미국 생활 힘들어."

명숙은 자민의 옷자락에서 손을 털며 돌아섰다.

그들은 원하는 것과 필요한 것의 분별력을 잃어갔다. 누렸던 사랑보다 시달렸던 상처에 골몰하며 서로에게 착취당하고 있다는 위험한 불만만이 쌓여갔다. 모희가 슬그머니 식탁에서 일어나 방으로 들어갔다. 도희도 엄마 아빠를 번갈아 쏘아본 뒤 모희 뒤를 따랐다. 명숙의 만류를 뿌리치고 자민은 한 손으로 욱신거리는 허리를 받치며 가방을 들었다. 잠시 후 쾅, 하고 현관문이 닫히는 소리가 집을 흔들었다. 얼마나 크던지 말려도 소용없다는 소리로 들렸다. 자민이 빠져나간 자리에 차가운 밤바람 한 무더기가 휙 들이쳤다. 명숙은 침대 위에 힘없이 주저앉아 흐트러진 이불을 움켜쥐며 어디서부터 잘못되었는지 곰곰이 생각했다. 생각은 자꾸만 두려운 쪽으로 기울었다. 타래는 엉켜

버렸고 시퍼런 기운만이 집안을 휘돌았다.

이틀이 지나도록 자민은 돌아오지 않고 전화조차 없었다. 기다림이 분노를 넘어 증오에 가까워졌다. 기수한테 연락해볼까도 했지만 모든 감각이 뒤틀어지고 자존심이 허락하지 않아 그냥 버티기로 했다. 분노가 끊임없이 일고 간극은 더 멀어지고 있었다.

자민이 없는 밤은 냉랭했다. 명숙은 자신을 홀로 괴로워하도록 내버려두기보다 문밖을 둘러보거나 아무런 외투라도 걸치고 동네길 한 바퀴는 돌아봐야 했다. 집이 내려다보이는 학교 앞 길가에 하얀 밴이 처량하게 서 있었다. 자민은 행여나 하며 명숙의 이해심을 기다렸다. 현관문은 열리지 않았고 어둠에 묻힌 둥지는 검은 나무로 가려진 채 어느 기척도 없었다. 명숙이나 아이들의 그림자조차 보이지 않았다. 자민은 구질구질한 차 안에서 몸을 웅크린 채 굼벵이 잠으로 날밤을 새웠다. 그는 가눌 수 없는 슬픔과 지독한 외로움과 우울을 억눌러줄 누군가의 채찍이나 손길이 간절했다. 둥지를 나온 외기러기는 자신을 실컷 울렸다.

명숙이 아이들을 데리고 집을 나섰다. 교회로 향하는 일요일 아침의 거리는 한산했다. 인적이 드물고 이따금 지나는 차량들은 느릿느릿했다. 명숙은 마음의 절반을 집에 두고 왔다. 현관을 나섰을 때 창문에 어른거리는 자민의 쓸쓸한 환영을 보았다. 차량 뒤에 앉아 있는 모희와 도희는 엄마의 마음을 아는 듯 어른처럼 생각에 젖은 채 입을 닫았다. 조마조마한 어른들의 세계에 아이들은 어느덧 가까이 와 있었다.

오늘따라 교회가 낯설었다. 호소력 짙은 목사의 설교도 고양에 찬

찬송도 가슴에 와닿질 않았다. 마음을 추슬러 기도해보지만 일렁이는 감정도 영혼의 움직임도 없었다. 목사는 인간의 책무와 용기에 대해 말하는 것 같았다.

"하느님은 우리를 세상에 보낼 때 사랑이 담긴 상자를 하나씩 주셨습니다. 세상에 가서 그 사랑을 나누라 했습니다. 돌아올 땐 빈 상자에 아무 것도 채우지 말라 했습니다. 세상의 것은 썩고 악취가 나니 천상 나라에 둘 데가 없다 하셨습니다. 우리는 인생에서 수없이 넘어집니다. 하느님은 다시 일어서는 법을 가르치기 위해 때때로 우리를 넘어뜨립니다⋯⋯."

훈화 같은 설교는 지루했고 예배 시간은 덧없이 지났다. 명숙은 헬렌과 함께 양로원 앞뜰 벤치에 앉았다. 연못 위의 오리 한 쌍이 명숙의 시름 같은 물그림을 흩트리며 맴돌았다.

"언니, 나 이혼할까 봐."

명숙의 뜬금없는 소리에 헬렌이 흠칫 놀라며 명숙의 얼굴을 살폈다.

"이혼이라니, 그게 무슨 소리야?"

"그 사람과 사는 게 힘들어."

"그래도 이혼이란 말을 함부로 꺼내면 안 되지. 무슨 일 있었어?"

"무슨 일이라기보다 우린 처음부터 잘못 만난 것 같아. 성격도 너무 달라 맞지 않고 아무리 생각해도 더 이상 같이 못살 것 같아."

"말이 씨가 된다고 이혼이란 말은 쉽게 꺼내선 안 돼. 그런 생각이 든다 해도 마음속에 묻어두면 햇빛 못 받은 씨앗처럼 싹도 안 나고 시들어버리지만, 입 밖으로 나와 말이 되면 사람을 움직이게 한다고. 상상이 현실이 된단 말이야."

헬렌의 단호한 나무람도 명숙에게는 스치는 바람으로 들렸다.

"그래도 한두 번 생각한 게 아냐. 돌이켜보면 우중충한 추억뿐이고 최근에 그 사람을 보면 우리 미래가 어떨지 훤히 보이는 걸 어떻게 해?"

"내가 보기엔 그 사람 성실해 보이던데."

"성실한 게 뭔데?"

"그래, 결혼 생활 힘들지. 하지만 말이야, 꽃이 그냥 피어? 비바람 다 맞으면서 피잖아. 잘 살아보려고 미국에 왔지 이혼하려고 왔어?"

헬렌의 훈계와 달램에도 아랑곳없이 명숙의 푸념은 계속되었다. 몸짓은 흔들리고 목소리는 갈라져 있었다.

"나가면 며칠씩 들어오지 않는 날도 있어. 정이 멀어지는 걸 어떻게 해? 사랑도 식고 미워질 때도 점점 많아져."

"사랑이 식고 끓고가 어디 있어. 사랑은 실체 없는 허공 같은 거야. 존재 없는 따위에 왜 목을 매."

"앞뒤가 막혀도 유분수지 도대체 이해심이 없어. 내가 어떤 생각으로 살아가는지 관심이 없다니까?"

"부부란 구속하지 않고 흘려보내면서 사는 거야. 그게 관심이야. 집착하면 미움이 먼저 생겨나고 오히려 멀어져. 사람이 친해지면 시기가 일고 정이 깊어지면 미움이 따른다잖아. 그러려니 해야지. 불만의 이유를 만들면 한도 끝도 없어. 그리고 그거 알아? 실체가 없는 사랑도 닦지 않고 방치하면 이끼가 낀다는 거."

"아무튼 언제까지 이 불화가 계속될지 암담해. 곤궁하고 뒤틀어지는 현실이 너무 힘들어."

"사람의 앞날은 아무도 몰라. 아직 젊잖아. 얼마든지 돈도 벌 수 있고 꿈도 이룰 수 있는 창창한 나이인데 너무 쉽게 물러서지 마. 세상 남자들 다 거기서 거기야. 내가 경험자잖아. 아마 헤어지면 한 달도 못 돼 후회할 걸? 나처럼."

"언니도 후회하고 있구나."

"후회라기보다 비참한 생각이 많이 들어. 그나마 신앙의 힘으로 버티고 있지만 마음속으론 나도 모르게 남편을 찾고 있어. 나중에야 알았어. 부부란 대등한 사랑으로 존재한다는 거. 희생과 존경을 한 만큼 사랑받는다는 거."

순간 명숙은 잭과 지숙 언니가 생각났다. 그들은 얼마나 희생하고 존경했기에 그토록 서로 사랑받았을까.

"혼자서 결정하려 들지 마. 기도하면서 하느님께 맡겨."

"나도 그런 뜻으로 교회에 다니는데 오히려 교회를 다닌 후 더 악화돼버린 것 같아."

"그럴 리가, 신앙이 자리 잡기까진 많은 곡절의 시간이 지나야 해."

"요즘엔 세상을 떠난 언니가 그립고 부모님과 동생도 그리워. 고향도 가보고 싶고. 부모님 산소라도 한번 다녀올까 봐."

"좋은 생각인 것 같다. 고향을 찾으면 허전함도 풀어질 거야."

"내가 왜 점점 멀리 떠내려가는 것 같지? 두려워."

헬렌은 명숙의 등을 가만가만 쓸었다. 그들의 눈시울엔 서로가 감추려던 눈물이 촉촉이 젖어 있었다. 연못 위 오리 한 쌍이 맴돌며 그려내는 물그림이 명숙이 갈망하는 사랑처럼 나타났다가 다가올 이별처럼 사라졌다. 감정을 추스르는 동안 한국인으로 보이는 젊은 여인이 살그미 다가왔다.

"안녕하세요?"

명숙이 흠칫하며 일어섰다.

"예, 한국분이시네요?"

명숙이 가볍게 목례하자 여인이 엉거주춤 다가왔다.

"한 사장님 사모님이시죠? 저 줄리라고 해요. 전에 키스 미 가게에서 뵌 적이 있어요."

"그렇군요. 반갑습니다."

"오늘 교회에 처음 나왔어요."

"그래요? 자주 뵐 수 있겠네요."

"안녕하세요? 헬렌이라고 합니다."

헬렌도 덩달아 일어나 손을 내밀어 인사를 건넸다. 갑자기 떠들썩해진 소리에 놀란 오리들이 어디론가 숨어버릴 때까지 세 여인은 멋쩍은 웃음으로 서로를 번갈아 보며 한동안 그대로 서 있었다.

분노의 불길

한 여자가 공항 문밖에서 두리번거렸다. 차림새가 언뜻 보아 서구적 스타일이다. 꽉 낀 청바지에 윤기 나는 베이지색 재킷, 긴 파마머리에 짙은 선글라스로 가면처럼 얼굴을 가린 여자, 명숙이다. 그녀는 하늘을 천천히 둘러본 다음 옷깃을 여미며 또박또박 옛 땅을 밟았다. 코스모스가 흐드러지던 날 시리도록 청명했던 그 하늘, 포근한 기운이 사물사물 일렁이는 정겨운 땅, 가슴이 두근대고 눈물이 핑 돈다. 둘러보지 않아도 모두가 내 얼굴이다. 멀리서도 들리는 친근한 음성, 나의 언어들이 감격스럽다. 사람들은 활기에 넘치고 누구라도 말을 건네면 반가운 미소로 다가올 것 같다. 명숙은 고개를 흔들어 헝클어진 머리를 뒤로 넘기고 의기에 찬 걸음을 떼었다. 줄지어 서 있던 공항택시 한 대가 명숙을 기다린 듯 스르르 다가왔다. 제복을 입은 운전사는 필요 이상으로 굽실거리며 스스로의 신분을 낮추는 듯했다. 미국에서는 찾아볼 수 없는 친절함, 비굴하지 않은 겸손함이 발끝까지 배어 있다.

김포 공항에서부터 한 시간 남짓 달려온 택시는 두포마을 앞에서 멈추었다. 명숙은 실개천을 건너 자신이 살았던 옛집을 향해 걸었다. 초여름 청초한 신록이 마을을 덮고 풀벌레 소리가 옛 그대로 음률을 짓는다. 산천은 변함없고 기억을 되작이는 흙 내음이 물씬하다. 들에서 일하던 아낙네들이 웬 낯선 여인인가 하며 힐끗 바라봤지만 어릴 적 명숙인지 알아보는 이는 없었다.

설렘을 누르고 집 앞에 다다랐을 때 명숙은 자신도 모르게 멈칫 섰다. 그토록 그리던 옛집이 온데간데없이 사라지고 그 자리에 낯선 함석 건물 한 채가 덩그러니 세워져 있었다. 부모님이 남긴 유일한 터전을 외삼촌이 창고용으로 개축한 것이다. 비록 궁기 서린 초가집이긴 했지만 어릴 적 추억의 흔적이 사라져버린 충격에 명숙은 한동안 발을 떼지 못했다. 하지만 이상하게도 섭섭함보다는 차라리 잘되었다는 생각이 머리를 스쳤다. 옛집이 그대로라면 부모와 지숙 언니, 오빠의 넋이 그곳에 머물러 그녀를 오도 가도 못하게 할 것만 같았다.

비탈진 숲길을 따라 언덕에 오르자 도래솔 구목에 둘러싸인 부모님과 오빠가 합장된 묘소가 명숙을 기다렸다. 그곳은 옛날 두포마을이 인민군의 손에 들어갔을 때 잭과 대니얼이 숨어 있던 곳이다. 묘소가 말끔히 단장되어 있는 것을 보니 외삼촌이 정성스레 관리하고 있음이 분명했다. 명숙은 지숙 언니의 인사까지 합하여 큰절을 하고 미어지는 가슴을 움켜쥔 채 무릎을 꿇었다. 어디선가 흰나비 한 마리가 날아와 묘소 위에 앉아 명숙을 위로하려는 듯 날갯짓을 했다. 일순간 지나온 굴곡의 세월들이 햇빛 속으로 녹아 사라지고 평온한 안식이 졸음처럼 내려왔다. 한눈에 들어오는 두포마을의 들녘은 한가롭고 설풋한 추억들이 간들바람을 타고 맴돌았다. '아, 고향이 이런 곳이었구나!' 명숙은 몽롱하게 떠오르는 추억들을 좇아 하염없이 하늘을 날았다.

언덕길 오가며 부르던 흥노래, 언니와 소곤대던 별 밤 이야기들, 굶주림과 노동, 전쟁 속에서 울부짖던 기억들이 둥둥 떠다녔다. 기다리던 택시 운전사가 제복의 매무새를 고치며 산자락을 내려오는 명숙의 느릿한 걸음을 나무랐다.

"이렇게 오래 지체할 거면 말씀을 해주셨어야죠."

요금을 넉넉히 쳐 달라는 사정조의 힐책이었다.

"죄송합니다. 요금을 충분히 지불할 테니 서울 종암동으로 가주세요."

금방 다녀오겠다는 시간 약속을 깜빡 놓친 명숙이 운전사의 짬하는 심정을 다독이며 차에 올랐다. 뒤돌아보는 고향 마을이 점점 멀어졌다.

라디오에서는 긴급 뉴스가 계속 흘러나왔다. 도심을 메운 학생들이 플래카드를 들고 군경과 대치하며 도심을 흔들고 광주에서는 시민들의 폭동이 그치지 않고 있다는 아나운서의 목소리가 긴장에 차 있었다.

"시국이 심상치 않아요. 계엄을 철폐하라, 유신잔당 물러가라, 지금 난리가 아닙니다. 며칠 전엔 신군부가 경찰과 계엄군을 풀어 수십만 데모 군중을 깔아뭉갰어요. 학생들은 청와대까지 진출할 기세였죠. 화염병, 최루탄이 뻥뻥 터지고 보도블록을 깨어 던지고, 전쟁도 그런 전쟁이 없었다니까요. 댕강 잘린 나라가 중병에 걸려도 단단히 걸렸어요. 권력이 뭔지 우리 같은 서민만 죽어라 죽어라 합니다."

운전사는 창밖을 두리번거리며 거푸 한숨을 지었다. 가까스로 추슬렀던 명숙의 평정심이 일순간 흔들렸다. 고향은 여전히 암울했다. 하지만 명숙은 그런 쪽에 정신을 기울일 겨를이 아니었다.

시어머니는 예고 없이 홀로 나타난 미국의 둘째 며느리를 보고 놀라움을 금치 못하며 달려 나왔다. 곱기만 했던 시어머니는 그사이 위로해드리고 싶을 만큼 야위었고 성성해진 머리는 반백이었다.

"이게 누구야? 모희 어미 아니냐?"

"예, 그동안 잘 계셨어요?"

"그럼. 그런데 아무 연락도 없이 어떻게 갑자기 왔어? 아비와 애들은?"

"혼자 왔어요."

"혼자? 어쩐 일로?"

"볼일이 좀 있어서요."

명숙이 고국을 찾은 이유를 풀어놓기엔 아직 시부모의 마음을 탐색할 시간이 필요했고 시어머니 역시 그 궁금증을 뒤로 미루기로 했다.

"그래, 차차 얘기하기로 하고 어서 앉아."

"식구들은요?"

"모두 잘 있어. 애들은 학교에 가고 은비, 은주는 직장에 가고. 아버님은 외출 중이야. 아마 이발소에 가셨을 거야."

"어머님이 많이 야위셨어요, 죄송해요."

"어미도 수척해진 것 같구나. 고생이 많았지?"

"아침에 도착해서 두포 부모님 산소에 다녀왔어요."

"잘했다. 그리고 마침 잘 왔어. 내일 은비가 약혼하거든."

"네? 아기씨가 약혼이요?"

"응, 직장에서 만난 청년인데 잘 어울리는 것 같아. 아버님도 맘에 들어 하시고."

"잘되었네요."

저녁이 되어 온 가족이 돌아와 반가움을 나누고 미국 이야기에 시간이 가는 줄 몰랐다. 하지만 시아버지는 세월을 건너려 하지 않았다. 여전히 탐탁지 않은 표정으로 별 말이 없었다. 명숙 또한 시아버지에 대한 서운한 감정이 앙금으로 남아 있는 탓인지 시집은 여전히 낯설고 불편한 남의 집 같았다.

다음 날 한강변에 있는 '홍루각'에서 치러진 은비의 약혼식은 봄날의 꽃밭 같았다. 신랑이 되는 청년은 K사에 다니는 키가 크고 외모도 준수한 이태무라는 낭재였다. 새로운 인연이 맺어지는 자리는 화기에 넘쳤다. 하지만 명숙은 왠지 가족이 아닌 손님으로 와 있는 기분이었다. 어쩌면 시집과의 인연이 끝나는 마지막 자리가 될지도 모른다는 생각에 이르자 쓸쓸한 감정이 목에 차올랐다. 하객들이 낌새를 채고 퍼렇게 멍울진 자신의 심장을 들여다보는 것 같았다. 명숙은 한국에 올 때 다짐했다. 자민과 헤어지겠다는 것과 시집과의 고별을 포함하여 과거의 삶을 정리하겠다는 것이었다. 한편으로 자신의 결정이 내심 잘못되어지길 바라기도 했다. 지금이라도 자신들의 결혼을 시집에서 축복해주고 경제적 도움이라도 준다면 다시 생각해볼 요량이었다. 언젠가는 후회할 이별을 조금이라도 미루어두고 싶은 심정도 마음 언저리에 남아 있었다. 하지만 기대는 예상대로 망상이었다. 시아버지의 냉랭함은 여전히 변함없고 경제적 도움은 일고의 여지도 기대할 수 없었다. 시아버지는 사업의 실패로 낭패감에 힘들어하고 있었으며 형편 또한 점점 어려워지고 있었다. 시어머니와 이야기를 나누는 동안 결혼 생활을 더 이상 지속할 수 없을 것 같다는 하소연과 정녕 마지막 인사를 드려야겠다는 고백을 하고 싶었지만 차마 입이 떨어지지 않았다. 명숙은 은비의 약혼식에서 가족의 자격을 확인한 것만으로도 고향 방문은 타당했다 여기며 스스로를 위로했다. 서러움의 미몽 속을 헤맨 지 며칠이 지났다. 시집은 내내 낯설었고 한숨만 비어져 나왔다. 불연히 일다 사라지는 억분한 심정은 내색조차 못했다. 삶의 곳곳에 멍울진 타국살이의 상처는 어느 것 하나 보여줄 수 없었다. 명숙은 짐 가방을 열고 다시 청바지와 선글라스를 챙겼다.

자민은 말릴 겨를도 없이 한국으로 떠나버린 명숙이 야속하기 그지없었다. 이혼이라는 극단적인 상황까지 턱밑에 들이대고 떠난 터라 비정하게 버림받은 느낌마저 들었다. 하지만 그녀의 선택을 존중해주기로 했다. 포기에 가까운 배려였다. 다만 고향 방문을 통해 마음을 다잡고 그동안 함께한 세월을 헛되이 여기지 않기를 바랐다. 그런 일말의 희망은 명숙의 생각과 정반대였지만 자민은 속절없이 무너질 수 없었다.

명숙이 한국에 간 지 닷새가 지났다. 할 일은 겹겹 쌓이고 생활의 무질서가 곳곳에서 나타났다. 아이들 치다꺼리에 작업을 거르는 일도 생겼다. 빨랫감은 쌓여가고 냉장고도 비기 시작했다. 아이들은 뭔가 새로운 음식이나 간식거리가 없느냐며 투정을 부리고, 무슨 까닭인지 학교에 싸 들고 간 점심 샌드위치를 그냥 들고 오기도 했다. 아침저녁 씨서리에 아이들 먹거리 챙기는 일 하나만도 버거웠다. 씻기고 옷을 갈아입히고 잠자리의 말대꾸까지, 일하면서 아이들을 건사한다는 게 얼마나 힘든 고역인지 무관심했던 아내의 노고가 새삼 눈에 밟혔다. 냉장고를 채우기 위해 자민은 아이들과 함께 근처에 있는 '용화 식품'에 들렀다. 플러싱에 있는 유일한 한국 식품점이다. 아이들은 스낵 코너로 달려가고 자민이 무엇을 살까 망설이는 동안 캐셔를 보고 있던 식품점 부인이 반갑게 인사를 건네 왔다.

"한 사장님 웬일이세요? 장을 다 보러 오시고."

"애들 엄마가 한국에 갔습니다. 일주일도 안 됐는데 먹거리가 떨어져 가네요."

"한국? 얼마나 좋을까? 나는 이십 년이 넘었는데도 한 번도 못 가봤어요. 사는 게 뭔지."

부인은 명숙이 금의환향 귀국휴가를 간 걸로만 알았지 위태위태한 그들 부부의 속사정을 알 턱이 없었다. 자민은 용화 식품에 문제가 있을 때마다 달려와 내 일처럼 수리해주고 있었기에 서로가 고객이면서 이웃사촌처럼 지냈다.

"홍 사장님은 안 계시네요?"

"요즘은 가게 문만 열어놓고 사라져요. 장사에 관심이 없다니까요. 그렇잖아도 큰 한국 슈퍼가 플러싱에 두 곳 생긴다는데 그 양반은 태평이니 걱정이에요. 걸핏하면 절에 간다며 함흥차사고."

본래 용화 식품은 중국인 쿨리 3세가 운영하던 플러싱의 유일한 동양 식품점이었다. 주로 일본인을 고객으로 삼았는데 일본인들이 뉴저지로 빠져나가는 바람에 장사가 여의치 않게 되었다. 그 후 유학을 와 있던 홍 사장이 인수했고 한국 이민자가 늘면서 한국 식품점으로 성장했다. 홍 사장은 웨딩 숍 영감과 비슷한 시기에 미국에 정착한 초기 이민그룹에 속했다. 황해도 신천의 대가 아들로 6.25 전쟁 때 인천으로 피난 와 살다가 자유당 시절 감리교 선교목사를 따라 미국으로 건너온 유학파였는데, 슬하에 자녀가 없었다. 홍 사장은 다모정 사람들과는 알고 지냈지만 가까이 어울리지는 않았다. 어떤 여자하고 딴 살림을 차렸다는 소문이 사람들의 입방아에 오르내리고 그 소문이 파다했기 때문이었다. 부인은 날마다 남편의 구설수에 시달려 얼굴 펼 날이 없었다. 더욱이 용화 식품은 교민이라면 누구나 들리는 곳이어서 즐거운 소식도 있지만 대개 안 좋은 소문이 핑핑 도는 곳이었다. 사람들은 대부분 홍 사장을 책망하기보다 남편 관리를 제대로 못하고 돈벌이에만 정신이 팔린 부인이 오히려 푼수라며 속닥거렸다.

자민은 이모저모 살피거나 적당량을 따지지 않고 손에 잡히는 대로 물건을 쇼핑 카트에 실었다. 손이 커서도 그랬거니와 덥석덥석 쇼핑을 하면서 쾌감을 즐겼다. 찌개용인지 국거리용인지 밑반찬인지 가리는 것도 번거로웠고 굳이 먹거리만큼은 찔끔찔끔 사면서 궁색한 빈상의 티를 내고 싶지 않았다. 부인이 맛있게 담근 전라도 김치가 새로 나왔다며 추천하자 그것도 큰 걸로 두 병이나 샀다. 모희와 도희는 엄마의 저지가 없으니 때를 만난 듯 저희들 먹거리를 쉼 없이 주워 담았다.

여왕이 고국 여행에서 돌아왔다. 그동안 혼자 감당하느라 수고했다는 말 한마디쯤 있을 법도 한데 오히려 쌩쌩한 찬바람이 일었다.

"이 빨래가 다 뭐야? 이삿짐 싸둔 거야? 런더리 가서 한 번만 돌려오면 될 걸 이렇게 처박아뒀어?"

"그럴 시간이 어딨어? 애들 때문에 일도 제대로 못했는데."

"웬 쇼핑을 이렇게 잔뜩 했어? 필요한 만큼 사야지, 오래 두면 다 상하잖아!"

명숙이 냉장고를 열면서 쇼핑해온 것들이 빼곡히 뒤엉켜 있는 걸 보고 질겁을 했다. 자기는 일껏 한다고 했는데 명숙의 고유 영역을 잘못 침범했나 싶어 자민은 대꾸조차 못 했다. 명숙은 식탁 위에 쌓인 우편물을 쓱 훑어보고는 다시 싸늘한 어조로 자민을 다그쳤다.

"빌도 하나도 페이 안 했네?"

"당신 한국 가는 경비로 다 쓰고 잔고가 없잖아."

"공사대금 받았을 거 아냐?"

"아직 다 못 받았어. 다음 주나 돼야 할 거야."

"내가 미쳐! 이런 남자를 믿고 가다니."

다시 궁색한 현실로 돌아온 명숙이 언성을 찢으며 한숨을 쉬었다. 팅팅 부은 눈두덩이 속에서 쏟아져 나오는 날카로운 눈빛이 섬뜩했다. 사니 못 사니 하며 마음을 추스르고 오겠다던 그녀가 그 와중에도 쌍꺼풀 수술을 할 정신이 있었다니. 자민의 이해심은 하얗게 질리고 말았다. 마음을 다잡고 돌아왔으리라는 일말의 기대마저 사라지고 오히려 더 앙칼진 여자가 되어 돌아온 것 같아 갈피를 잡을 수 없었다. 명숙의 불평은 그치지 않았다. 아이들의 머리카락을 매만지며 언성을 더 높였다.

"애들 머리가 이게 뭐야, 한 번도 안 감겨줬어?"

자민은 머릿속이 마비되며 뜨겁게 흔들렸다. 마치 야단을 맞으며 응당한 검사를 받는 기분이었다. 오자마자 남편을 이따위로 대하다니. 그 순간의 아내는 사랑으로 맺어온 동반자가 아니었다. 사람의 심기를 꺾어 못난이로 만들어버리는 정떨어지는 여자였다. 이젠 악령이 들었나 싶었다. 손발이 떨리기 시작했고 마음 깊은 곳에서 치솟는 분노에 불티가 튀었다. 불길은 순식간에 일어 파르르 타올랐다. 자민은 가슴을 누르며 진정하려고 애를 썼다. 창가에 다가가 창문에 머리를 박고 열분을 식히며 호흡을 눌렀다. 하지만 그의 이성은 분노의 불길을 이기지 못했다. 자민은 주름이 패도록 이맛살을 구겼다.

"당신 나랑 사는 게 그리도 못마땅해?"

"그건 당신이 더 잘 알잖아, 내가 당신에게서 뭘 더 기대해야 돼?"

더 이상 부부로서 지탱하기 어려우니 차라리 결론을 내려달라는 명숙의 어투였다.

"결혼 생활은 기대하는 것도 우열을 가리는 것도 아냐. 살다 보면 좋은 날도 있고 특별한 거 없어. 누구나 순리대로 그냥저냥 살아."

"순리? 순리가 뭔데? 내겐 현실뿐이야. 이젠 지쳤고 지지리 궁상 진 저리나!"

"차라리 멍청이하고 살지."

자민은 비위를 긁어 뱉으며 어금니를 물었다.

"뭐라고?"

"안 들어도 돼. 성질머리조차 봐줄 것도 없는."

"뭐라, 봐줄 것? 성질머리?"

명숙이 눈에 불을 켜고 손을 오그리며 마치 얼굴이라도 할퀼 것 같은 위협적인 모습까지 보였다. 예전에 자민이 을러메던 말투와 모습이었다.

"내가 손을 들지."

자민은 양팔을 포기 자세로 구부려 들고 돌아섰다.

둘은 가시 돋친 감정에 무참히 휘둘렸고 궤도를 벗어난 이성은 통제력을 잃었다. 눈빛엔 원망이 이글거렸고 걷잡을 수 없는 분노는 맞불이 되어 꺼멓게 타버렸다. 그들이 들어선 막다른 길목엔 증오의 잿가루만이 거뭇거뭇 날렸다.

"이젠 끝내야 할 것 같다. 부부라는 허울, 벗자."

명숙의 거친 숨소리와 날 선 절연의 언어가 자민의 가슴을 후볐다.

"그래 끝내자. 그게 뭐 대수냐."

자민은 온몸이 불덩이처럼 달아올랐다. 이혼은 수치도 패배도 아냐. 이런 삶은 죄악일 뿐이야. 멈춰야 해. 그는 썩어가는 고목 뿌리를 자르듯 자신 속에 웅크려 요망을 부리던 사랑이라는 일그러진 덩이를 뭉텅 도렸다. 쓰라림이 가슴을 가르고 억장이 무너져 내렸다. 사랑이 싹둑 잘렸다. 잘려 나간 등걸에 시퍼런 불꼬리가 일었다. 그들의 보금자리는 울타리째 회오리 강풍에 날아가고 있었다. 그들은 지나온 역정이 얼마나 소중하고 아름다운 것인지, 그 바탕으로 다가올 삶이 얼마나 눈부실지를 모른 채 그릇된 갈망의 늪에서 헤어나지 못했다. 작은 미풍에도 가던 길을 벗어나게 만드는 타국의 삶은 너무도 매정한 가시밭이었고, 서로는 남편이거나 아내보다 노예이거나 포로가 되어주기를 바라고 있었다. 상식에 진중하고 젊다는 우월감을 경계하라는 펨브룩 로베르토 노인의 충언을 한 번쯤이라도 되새겼더라면, 그들은 창창한 인생이 지난날보다 훨씬 더 남은 줄로 착각하진 않았을 것이다.

명숙은 방에 들어가 목까지 차오른 눈물을 쏟아낸 다음 화장을 고쳤다. 아이들은 엄마가 꾸려온 선물을 풀어헤쳐 나누다가 저희들 방으로 들었다. 자민은 문밖 베란다에서, 명숙은 침대에 걸터앉아 제각각 남남이 되어갈 절차를 생각했다. 이별이라는 쓴잔을 들고 살과 뼈와 심장이 으스러지는 고통의 고문을 받느라 밤이 깊어가는 줄도 몰랐다.

'아이들은 내가 맡을 거야.'

'양육비는 보내줘야겠지?'

그들의 날선 적의와 격심한 원망이 집 안팎에 매서운 연기로 뒤덮였다. 사랑은 다짐했지만 종신형 같은 고통까지 함께하자고 약속한 적 없다는 서로의 핑계가 칼날처럼 부딪쳤다.

나 목사가 자민 부부의 결별 소식을 듣고 새벽 통성기도를 했다. 몸이 불길처럼 달아오를 무렵 여명이 밝아왔다. 설교 원고를 쓰려고 책상 앞에 앉았다. 펜을 들고 벽에 부딪힌 문제와 씨름하듯 감정을 끌어내보지만 집중이 안 되고 어떤 주제의 요소도 떠오르지 않았다. 그는 자민 부부의 처지가 너무 안타까웠다. 그가 보기엔 그들은 바람을 피우거나 살림이 거덜나도록 한눈을 팔거나 주먹다짐을 한 것도 아니었다. 두 사람의 맞부딪는 쇳소리가 귓가에 쟁쟁 울렸다. 무심코 펜을 끼적대었다. 그마저 펜 끝이 흔들렸다.

자족+인내=사랑의 지속

삶의 에너지=평화+돈

무능한 현대인=가정 파괴자

단절과 자유, 용서와 결별, 신의 은총

원고는 조악한 낙서가 되었다. 삶은 더하고 빼는 산술로 따져야 하는 건가. 한 사람의 육체가 다른 사람을 맞아들여 인연을 이루었다면 두 마음의 온도는 어느 애증에도 같은 눈금에 있어야 하거늘. 짝을 지어 사랑을 나누고 종족을 생산하고 생명을 보존하는 보금자리, 그토록 저주스럽고 불행한 굴레인가. 무슨 행복을 바라고 어떤 천당을 보았기에 저들은 함께한 세월을 원한의 노정으로 돌리는가. 사랑으로 지은 둥지와 뜰을 부수고 무슨 복락과 기적을 파내려 하는가? 나중에 어쩌려고, 이 잔인한 동토의 이국땅에서.

머리를 싸매도 바슬바슬 부서진 생각들이 한마디도 정리되지 않았다. 새벽의 영적 노동은 허사가 될 참이었다. 창밖에 뻗친 나뭇가지가 흔들거리며 자신이 잘못 남발한 사랑의 위대함을 나무라는 것 같았다.

"목사여, 당신은 무엇 하는 사람이오."

동반자

숨이 막힐 듯한 무더위 속에서도 강기수는 힘이 넘쳤다. 두 사람이 들어도 힘겨운 두 겹 시트락을 번쩍번쩍 들어 옮기는 그의 작업 속도는 예전에는 보지 못한 일이었다. 비지땀을 뚝뚝 흘리며 온몸이 흥건히 젖은 채 전사다운 용맹함을 보여주는 그는 분명 정상은 아니었다. 곰의 혈통을 지니지 않고서야 그리 우둔한 힘을 소모할 수 없었다. 벌써 지쳐 쓰러졌을 법도 한데 씨름이라도 하듯 시트락을 들어 올릴 때마다 기합소리를 내며 콧노래까지 흥얼거렸다. 너무 무리하지 말라는 자민의 충고에도 아랑곳 않고 바지춤을 추키며 팔을 걷어붙이는 용맹한 힘겨루기는 그칠 줄 몰랐다. 그런 속도라면 공사 일정이 훨씬 앞당겨질 것 같았다. 평소에는 일을 하는지 노닥거리는 건지 굼뜨기가 이를 데 없는 그가 8기통 머스탱처럼 비축해둔 힘을 쏟아 내며 달떠 있는 데에는 이유가 있었다. 첫째는 완벽하게 이혼 판결이 난 것이고 둘째는 삼 년 가까이 영어를 섞어가며 쓴 일편단심 연애편지에 홀딱 넘어간 심수정이 보따리를 싸 들고 온다는 소식 때문이다.

기수는 최근 브로커의 농간이 개입된 이혼 문제로 애를 태우며 골머리를 썼였다. 그동안 이 핑계 저 핑계로 늦어진 이혼 판결 때문에 가슴 졸이던 그는 당초 계약과는 달리 훨씬 많은 수임료를 변호사에게 떼이고 나서야 해결되었다는 답변을 받은 것인데, 아무튼 이제 자유의 홀몸이 되었으니 홀가분하기 그지없었다. 유학생 신분이었던 그가 불법 체류자가 돼버린 이후, 합법적 신분을 위해 백방으로 노력한 대안은 미국 시민권자와 위장으로 결혼하는 것이었다. 그 방법 외에는 영주권을 획득할 수 있는 길이 거의 없다는 아주 고마운(?) 멕시칸 이민 브로커의 권고였다. 한국의 호적에도 기록되지 않으니 그 문제도 안심하라 했다. 뼛골 빠지는 노가다로 모은 돈을 브로커 아가리에 넣어줄 수밖에 없는 절실한 상황은 선택의 여지가 없었다. 궁리를 거듭한 끝에 기수는 우드헤븐 생선 가게에서 함께 일했던 케슬리를 떠올렸다. 케슬리는 에콰도르에서 온 혼혈 아가씨였는데, 미국 시민권자였고 기수와 친하게 지냈던 사이라 사정을 이야기하고 허심탄회한 제안을 해볼 수 있을 것 같았다. 케슬리는 일 년 치 주급도 더 되는 거금의 목돈이 쥐어진다는 행운에 감격하며 선뜻 가상의 배우자가 되어주기로 했다. 케슬리 보이프렌드는 당분간 애인을 빌려가도 된다고 했다. 녀석은 쓸개를 팔아먹었다.

결혼사진을 찍고 결혼신고도 하고 브로커와 함께 네 사람만이 아는 비밀의 합법적인 부부가 되었다. 물론 브로커가 소개한 멕시칸 변호사는 알면서도 모른 척할 거라 했다. 브로커는 결혼 생활 모습의 사진을 많이 준비해두고 가능하면 침대 위에 함께 누워 있는 속옷차림의 사진도 찍어두라 했다. 서로의 신상에 대해서도 매뉴얼대로 철저히 교육을 받았다. 생년월일은 물론 가족사항, 직업, 음식, 만나게 된

동기, 출퇴근 시간, 취미와 여가 시간, 살림살이 내역까지 이민국 인터뷰 시에 대답이 완벽히 일치해야 한다는 것이다. 감쪽같은 위장 부부의 세월이 지나고 절절한 소원은 이루어졌다. 후덕하고 인정이 있어 보이는 흑인 아줌마 이민국 직원을 만난 덕분이었다. 아이는 아직 없느냐며 가정사까지 격려해준 인터뷰였다. 케슬리는 거금의 목돈이 생겨 보이프렌드와 고국으로 휴가를 갈 수 있게 되었고 기수는 생명줄 같은 그린카드 소유자가 되었다.

순조로웠나 싶었다. 이혼을 해야 하는 다음 절차에서 기수는 덫에 걸리고 말았다. 브로커가 케슬리를 꼬드겨 위자료를 챙기라 하고 기수에겐 이혼 절차도 시간이 필요하다며 차일피일 미루면서 별도의 수임료를 요구했다. 울며 겨자 먹기로 요구를 들어줄 수밖에 없었다. 비열한 작당이 매뉴얼에 포함되어 있었다는 것을 나중에야 알았다. 눈 뜨고 코 베이는 세상이 한국에만 있는 게 아니었다.

조금 다른 경우지만 실제로 비슷한 예가 있었다. 키스 미 김철환이 운영하는 뉴저지 위호켄의 야채 가게에 매니저로 있던 이충현이 함께 일하던 흑인 여성과 위장으로 결혼하여 영주권을 받았는데, 상대 여성이 이 남자를 좋아하게 되어 헤어지지 않으려고 계약에도 없는 엄청난 위자료를 요구하는 바람에 진짜 부부가 되어버렸다는 이야기였다. 그 여자는 흑인이라 피부색이 하얀 동양인에게 욕심이 생겼고 그녀의 부모는 진짜 사위인 줄 알고 이충현을 백년손님으로 대접하니 꼼짝없이 걸려들고 말았다는 것이다. 하지만 기수는 이제 자유의 몸으로 심수정이 온다면 떳떳이 청혼할 수 있게 되었다. 예약된 짝이 이제나저제나 뭉기더니 제 발로 온다? 기수는 심장이 터질 것 같았다. 다모정 멤버 중에 유일했던 독신자 신세도 면하게 될 것이다. 자민이 일손을 멈추고 제정신이 아닌 기수를 불러 세웠다.

"미스터 강, 왜 그렇게 무리하게 힘쓰고 그래, 이 무더위에."

"이제 거의 다 옮겼어."

"무슨 좋은 일 있어? 플랜트에 가기로 했나?"

"아니야, 플랜트는 무슨."

"얘기해봐, 뭔가 있는 것 같은데?"

사실 기수는 삼키고 싶지 않은 단물이 입 안에 줄곧 감돌고 있었다.

"음, 심수정이 다음 달에 온대."

"오매불망, 그 연애편지 주인공?"

"회사 그만두고 나한테 시집오려나 봐."

"그래? 몇 년 만인 거야? 아마 3년이 넘었지? 잘됐네."

"어제 변호사한테서 연락 왔는데 케슬리와 이혼도 완전히 끝냈대."

"그것 봐, 내가 뭐랬어. 고진감래, 때가 되면 다 해결된댔잖아."

"푸우우."

기수는 손등으로 이마의 땀을 털어내며 가슴을 찢어지게 벌리고 의기에 찬 숨을 뱉었다. 여느 때보다 기운이 펄펄 끓어 보였다. 짝을 기다리는 남자는 그렇게 변하는 모양이었다.

"신방 차리려면 이사도 해야겠다."

자민이 그의 계획을 꿰뚫어 보았다.

"루즈벨트 애비뉴 콘도 알아봐 뒀어. 창고 달린 주차장도 있더라고."

"이민 생활엔 짝이 있어야 돼. 혼자 일어서긴 정말 어렵다니까."

"심수정도 내 사정 알고 있어. 각오하고 온대."

"아무튼 좋은 소식이야. 한턱내야겠다."

그가 희색이 만면하여 히죽히죽 웃고 콧노래를 부르는 것을 보니 오늘 일이 끝난 후 십중팔구 다모정 멤버들을 금강 식당으로 불러내어 한턱낼 것임이 분명했다. 오지도 않겠지만 어쩌면 줄리도 불러낼 것이었다.

심수정이 뉴욕에 온 이후로 기수의 때깔은 눈에 띄게 달라졌다. 꼬질꼬질한 작업복에 집 나온 강아지처럼 땟국이 줄줄 흐르던 모습은 찾아볼 수 없고 깔끔한 얼굴에 차림새도 말쑥해졌다. 뭔가 모자라고 불완전해 보이던 그가 한 여자를 만난 후 눈빛도 온화해지고 말씨와 행동이 의젓해진 것은 신기한 일이었다. 서로가 아슬아슬한 처지에서 다시 만난 탓인지 그들은 남달리 금슬이 좋았다. 예전에 로켄젤에 함께 근무할 때도 그랬지만 수정은 기수의 착한 심성에 감동하곤 했다. 그가 얼마나 괴팍스럽고 엉뚱한 사람인지 차차 알아차리겠지만 적어도 지금까지는 그의 순박한 마음가짐이 미더웠다. 널찍한 턱에 둥글게 각이 진 얼굴, 부리부리한 눈매도 매력의 정점이라며 좋아했다. 그럴 때마다 기수는 우쭐해하며 그럴싸한 이야기와 넉살로 수정을 홀렸다. 키가 조금만 더 컸으면 오드리 햅번이라며 미국 이름을 '오드리 될 뻔'이라 짓자고 했다. 속셈이 보이는 유치한 어설픔마저 흘기며 봐주는 수정도 그렇고 천생연분이 따로 없었다. 외로운 노총각에게 나타나 자기를 지상 제일의 남자로 모셔주는 수정은 그야말로 여신이었다. 수정이 정성스레 싸주는 도시락 덕에 기수는 이제 공사장에서 차이니스 테이크아웃이나 햄버거로 점심을 때우지 않아도 되었다. 주위에 사람이 있으면 합법적인 동반자 자기 여인이 싸준 도시락이라며 은근히 말을 돌려 자랑하곤 했다. 모르는 사람을 만나도 자기는 독신자가 아니어서 꿀릴 게 없다는 듯 심수정을 멋지게 얘기하고 싶어 근질거리는 입을 가만두지 못 했다.

수정은 뉴욕에 온 후 놀랄만한 사실을 알았다. 서른의 중반에 이르도록 이성과의 접촉을 해본 적이 없다는 강기수는 탄복할 존재였다. 사랑은커녕 여자의 손 한번 잡아보지 못한 숫총각이라니. 혹여 어디가 덜 떨어진 남자가 아닌가 하며 고개를 갸웃할 정도였다. 기수는 대학시절에도 연애 근처에는 가본 적이 없는 숙맥이었다. 소개팅을 할 때도 투박스런 말투와 어디 하나 반반한 구석이 없는 모습 때문에 번번이 퇴짜를 맞았고, 젊은이들의 아지트 다방에 온종일 죽치고 앉아 있어도 어느 누구 눈길을 주는 여자도 없었다. 연분이 따로 있었던가. 로맨틱한 멋은 없지만 든든하고 믿음직한 천연기념물급의 총각 보물을 수정이 차지한 것이다.

새로운 짝이 생겼다는 소식이 플러싱에 퍼져나가자 시샘을 내는 키스 미 줄리를 제외하고는 멤버들 모두가 그들을 축하했다. 크리스마스 때 결혼 계약서에 서명할 거라는 소식이 다모정에 공표되었다. 나 목사는 자진해서 자기가 주례를 서고 증인이 되어주겠다고 나섰다. 나 목사는 하나님이 그 둘을 짝으로 맞추느라 무척 애쓰셨을 거라 생각했다.

수정에겐 기수에게 게워낼 수 없는 말이 목에 걸려 있었다. 로켄젤이 거덜나 사라져버린 사건이었다. 원치 않게 자신이 회계 담장자로 연루된 엄청난 사건을 어떻게 털어놓아야 할지 고민이었다. 혼란했던 정국이 분수령을 넘고 정치적 격동기를 맞는 와중에 로켄젤 엔터프라이스는 신군부의 감시망 표적에 걸려들었다. 이전의 정치세력과 불가분한 관계로 성장을 지속했던 로켄젤은 하루아침에 사면초가에 내몰렸다. 무기 수입에 관한 전면적인 감사였다. 위장된 인보이스, 조작된 커미션률, 리베이트 비자금 등 비리의 전모가 여과 없이 드러났다. 관련 회사는 물론 그 파장으로 국방부 관계자까지 치명적인 타격을 받을 것이 불을 보듯 뻔했다. 망연자실, 대니얼 김 사장은 손을 들었다. 시간은 잘못 흘러간 상황을 되돌렸고 해일처럼 밀려오는 무소불위의 힘은 좁아진 바닷목에서 그 위력을 떨치고 있었다. 결국 로켄젤사는 모든 자산을 국가에 헌납하고 파산을 선고할 것이며 도덕적으로 속죄할 것으로 결말이 났다. 그 후 파산을 한 로켄젤 엔터프라이스는 은밀하게 사라졌다. 대니얼은 처가가 있는 하와이인가 일본인가로 떠났다는 소문과 함께 홀연히 자취를 감추었다. 비자금 관리를 맡았던 심수정은 대니얼의 강제 권유에 의해 죄 없는 도망자가 되어 미국으로 보내졌고, 당분간은 돌아오지 말 것을 신신 당부 받았다. 공항으로 향하는 심수정은 서울의 광경이 두려웠다. 아무것도 눈에 들어오지 않았다. 그녀는 손목시계를 들여다보며 다가올 시각을 천천히 세었다. 강기수 앞에 어떤 모습으로 나타나야 할지 도무지 머릿속에 그려지지 않았다.

차일피일하던 수정은 비밀스러운 책임자가 되어버렸던 자초지종을 털어놓았다. 뉴욕에서 보내는 가장 긴 밤이었다. 기수는 놀라지 않았고 수정에게 위로가 필요하다는 것을 알았다. 수정의 손등을 감싸주며 세상일을 다 꿴다는 표정으로 고개를 크게 끄덕였다. 수정은 고개를 꼿꼿이 쳐들었다.

"이것만은 믿어줘. 대니얼 사장이 시켜서 도망온 게 아니라 사랑을 몽땅 꾸려 선물로 주려고 왔다는 거."

기수는 수정의 뾰족한 코를 잡고 살짝 흔든 다음 그녀의 목에 입술을 비볐다.

맹위를 떨치는 폭염으로 도시는 몸살을 앓고 숨막히는 뉴욕의 열기를 벗어나려는 피서 차량이 곳곳의 도로를 메웠다. 기수 역시 피서를 위해 수정과 함께 집을 나섰다. 수정이 뉴욕에 온 이후 처음 갖는 나들이여서 그들은 소풍 가는 아이들처럼 한껏 기분이 고조되었다. 과일과 음료수, 간식거리도 한 보따리 차에 실었다. 가는 곳은 롱 아일랜드 남쪽 수 마일 길게 뻗쳐 있는 오크 비치였다. 보드라운 은백색 모래와 해수욕하기에 알맞은 수심으로 뉴요커들이 즐겨 찾는 휴식처다. 스테이트 파크웨이를 한 시간가량 달린 후 비치로 향하는 로컬 도로에 들어서자 밀려드는 피서 차량들로 모든 차선이 정체 상태였다. 이글거리는 태양과 콘크리트 도로의 열기에 달구어진 차량들은 기어가듯 가다 서다를 반복하고 운전자들의 짜증인 양 거슬리는 경적 소리가 사람들의 귓등을 때렸다. 밀치고 닥치는 번잡한 도시를 피해온 사람들이 다시 뙤약볕으로 줄줄이 모여들었다. 쿵쿵거리는 음악을 틀고 지나던 차량을 흘겨보던 기수가 갑자기 브레이크를 놓치는 바람에 바짝 따라가던 앞차의 범퍼를 슬쩍 들이받고 말았다. 사고라기보다 가벼운 접촉이었다. 기수는 앞차를 향해 손을 들어 미안하다며 앉은 채로 목례를 했다.

"어떻게 해? 앞차 받았잖아?"

수정이 겁먹은 표정으로 안절부절못했다.

"괜찮아, 살짝 닿은 건데 뭐. 으레 있는 일이야. 또 내가 사과했잖아."

"너무 가까이 붙어가지 마."

"알았어."

기수는 다시 한 번 앞차를 향해 손을 들어 보이며 차량이 밀려서 일어난 상황이니 이해해달라는 뜻을 보였다. 반응이 석연치 않았다. 멈춰 선 앞차에서 선글라스를 끼고 뒤통수에 키파 모자를 걸친 남자가 내려와 범퍼를 확인한 다음 기수에게 다가왔다. 스테인리스 스틸 범퍼는 아무런 흔적도 없이 멀쩡한 상태였다. 기수가 창문을 열며 계면쩍게 웃자 그는 다짜고짜 경찰이 검문하듯 낮잡는 태도로 신분증을 보여달라고 했다. 기수의 예의 바른 사과를 무시하고 상식적인 범주를 넘어선 오만한 태도에 마초 월남 전사의 자존심이 그대로 따라줄 리 없었다.

"무슨 권한으로 신분증을 요구하느냐?"

"나는 변호사다."

"변호사가 뭐 어쨌다는 거냐?"

"네가 사고를 내지 않았느냐?"

"그게 무슨 사고냐? 교통이 밀리는 상황에서 살짝 닿은 거지. 아무런 흔적도 없지 않느냐? 내가 미안하다 했고 오늘 같은 일요일에 이해해줄 수 있지 않느냐?"

"내 목이 부러졌을지도 모른다. 병원에 가서 확인이 필요하다."

"병원?"

"그래, 내 신체를 보호할 권리가 있다."

실랑이를 벌이는 동안 기수도 차의 시동을 끄고 밖으로 나왔다. 두 사람의 부딪는 시선은 끊어지기 직전의 고무줄처럼 팽팽했다. 무슨 대판거리가 생겼나 싶어 사람들이 차를 세우고 몰려들었다. 미국인들의 간섭과 참견은 언제나 지나칠 정도이다. 특히 정의와 불의가 맞붙는 곳에서는 마치 자기 일처럼 덤벼든다.

"이런 제기랄, 무슨 이따위가 있어?"

기수의 저돌적 본성이 솟구쳤다.

"왜 칭크가 이런 곳에 오는지 모르겠다."

남자의 비아냥거림이 묻어나는 말투가 기수의 인내심을 부숴버렸다.

"뭐라 했느냐? 칭크?"

기수가 콧등에 주름을 잡으며 눈꼬리를 구겼다. 남자는 못들은 척 딴청을 부리며 투덜거렸다. 주위 사람들이 그 말을 듣고 득달같이 달려들어 우꾼하기 시작했다.

"그건 인종 차별이다. 키크어, 너나 돌아가라!"

미국 사회에서 가장 민감한 부분은 인종 차별에 대한 사회적 인식이고, 소수 민족에 대한 차별은 엄격한 국법으로 다스리고 있다. 따라서 니거(흑인), 칭크(동양인), 키크어(유태인), 스픽(히스패닉), 레드 스킨(인디언) 등 인종주의적 비하 발언은 대단히 조심하고 신중해야 할 말들이다. 경우에 따라서는 발언 자체로도 고소감이다. 자칭 변호사라는 자가 그것을 모를 리가 없을 터, 멸시하듯 내뱉은 칭크라는 발언은 그가 얼마나 고루하고 오만한 선민 인습에 갇힌 족속인가를 드러내는 것이었다.

"고소해라! 코트에 데려가라!"

사람들이 계속해서 그를 힐난하며 기수를 역성들었다. 거기에다 군

중심리까지 더해져 도로는 더위에 짜증 난 사람들의 신랄한 성토장이 되었다. 수정이 사태의 불안함을 참지 못하고 차에서 나와 주먹을 불끈 쥐고 있는 기수를 말렸다. 더 가까이 좁혀든 구경꾼들은 신바람이 났는지 우우 하며 소리를 질렀다. 기수는 어김없이 순간적인 대처에 능숙했다. 주둥이만 살아 거드럭대는 허깨비는 깜냥도 아니었다. 해결책은 간단했다. "사람을 대할 때 올바른 방법이 있고 틀린 방법이 있지. 그런데 너는 아냐!" 동시에 기수의 단단히 달구어진 우람한 종주먹 펀치가 그의 면상에 정확히 날아갔다. 순간 수정이 기수의 일격을 밀치지 않았더라면 남자의 턱뼈는 온전치 못했을 것이다. 남자가 넘어질 듯 몸을 피하는 순간 키파가 땅에 떨어지고 선글라스가 벗겨져 날아갔다. 망신을 당해도 싼 일이었다. 비치를 코앞에 두고 불볕 태양 아래서 벌어진 시비는 한 남자가 성큼 끼어들면서 갑자기 멈추었다. 안젤로였다.

"하이, 캥!"

기수가 깜짝 놀라며 돌아섰다.

"안젤로?"

뜻밖이었다. 안젤로 옆에 있던 틸투성이의 근육질 두 친구가 팔짱을 낀 채 기수에게 눈인사를 해왔다. 기수에게 기세등등한 우군이 나타난 것이다. 그들이 인사를 주고받으며 머뭇거리는 사이 키파의 남자는 사태를 파악했는지 냅다 차를 몰아 비치를 향해 내뺐다. 웅성거리던 사람들이 슬슬 흩어졌다. 그들의 차량 앞 도로는 이미 차들이 빠져나가 뻥 뚫렸다.

기수와 안젤로는 절묘한 만남에 반색을 하며 차를 갓길에 세웠다.

안젤로는 수정에게 눈인사를 한 뒤 기수를 나무 아래로 데리고 갔다. 주위를 둘러본 다음 기수의 어깨를 당겨 귓가에 대고 속닥였다.

"눈은 눈, 이는 이."

기수가 금방 알아차렸다. 혼쭐나게 복수하라는 거였다.

"어떻게?"

"주차장에 가서 녀석의 차를 찾아. 은밀해야 돼. 사과나 오렌지 두어 개 감추고 가서 차량 뒤 머플러 구멍을 단단히 막아. 녀석이 시동을 걸면 차의 심장이 멎어버릴 거야. 아니면 터지든지. 더 근사한 방법도 있어. 콜라병을 들고 가. 가능하면 큰 걸로. 그리고 연료 탱크 주입마개를 열어. 웬만한 차는 다 열려. 그런 다음 콜라를 들이부어. 십 분만 달리면 녀석의 차는 엔진이 녹아 붙어 폐차장으로 가게 될 거야."

녀석다운 꾀바른 복수 방법이었다. 안젤로는 기수의 옆구리를 툭 친 다음 나중에 보자며 틸투성이들과 함께 사라졌다. 태양은 여전히 이글이글했다.

수정은 별안간 나타난 사내들이 의아했다.

"누구야?"

기수의 표정이 꽤 복잡해 보였다.

"수산 시장에서 만나 알게 된 친구야."

"무슨 이야긴데 그리 심각해?"

"별거 아냐. 눈은 눈깔, 이는 이빨, 뭐 그런 거야."

수정은 기수를 제대로 알려면 꽤 오랜 시간이 걸리겠구나 싶었다. 기수는 두어 번 헛기침을 하고는 고개를 천천히 흔들며 차에 올랐다.

"그건 차마……."

기수는 핸들을 불끈 쥐었던 복수의 두 손을 스르르 풀었다. 대서양의 쪽빛 파도가 하얀 포말을 일으키며 너울대고 있었다.

착한 목자의 교회에서 호세와 줄리의 결혼식이 거행되었다. 키스 미 김철환은 자기 집 결혼식인 양 교회 입구에서 하객들을 맞이하느라 웃음을 그치지 않았다. 다모정 멤버들은 물론이고 알 만한 사람들은 모두 참석했다. 양로원 노인들과 볼리비아 친구들이 앞자리를 꽉 메웠다. 바비와 마리아도 잔뜩 멋을 낸 차림으로 맨 앞에 앉아 싱글벙글했다. 하지만 그 자리에 줄리의 가족은 한 사람도 없었다. 나 목사는 맨 뒷자리에 앉아 기도하는 듯 내내 눈을 감았다. 하나님이 강기수와 심수정을 짝짓느라 무던히 애를 쓰셨을 텐데, 저 둘도 천생배필로 맞추느라 얼마나 심사숙고하셨을까? 나 목사는 분명 그 생각도 했으리라. 줄리는 눈물을 질금질금 흘렸다. 친정 부모를 대신해 하객석 맨 앞줄에 앉아 있는 헬렌도 눈물을 주체하지 못했다. 신랑인 호세는 말총머리를 자르고 단정한 가르마 머리로 기름을 발라 멋을 내었다.

교회에 나온 지 얼마 되지 않아 줄리는 찬양대에 들어가 바이올린 연주를 했다. 그러는 동안 호세의 삼뽀냐 연주에 매료되고, 호세는 가냘픈 동양 아가씨 바이올리니스트 줄리에게 퐁당 빠져버렸다. 그들의 꿈은 멋들어지게 일치했다. 의사로 간호사로 봉사하며 또 거리의 악사로 세계를 일주해보자는 환상적인 꿈이었다. 축하가 이어지고 양로원 노인들이 가져온 카드와 선물 바구니가 테이블 위를 가득 채웠다. 하얀 리본이 달린 유난히 큰 선물상자 위엔 '1, 2, 3, 컨스트럭션'이라는 명함 하나가 끼워져 있었다. 달아오르는 축하 열기 속에 슬픔을 삭이는 한 여인이 누군가를 찾는 듯 두리번거렸다. 십 년 세월 희로애락을 함께했던 남편을 떠나보낸 명숙이다. 사방을 둘러보아도 자민은 보이지 않았다. 누구는 엄숙한 의식으로 사랑을 시작하고 누구는 컴컴한 미궁에 빠져 이별을 하고, 어디가 시작이고 끝인지 분별할 수 없는 삶의 미로. 명숙은 여전히 혼돈 속에 갇혀 있었다.

새해 들어 심수정은 강수정이 되었다. 이름 한쪽이 홀연 바뀌어버렸다. 대신 기수는 수정에게 멋진 미국 이름을 지어주었다. 고귀하다는 뜻의 오드리였다. 처음엔 수정의 이름을 따 크리스탈이라 했는데 날카롭고 자칫 깨질 것 같다는 느낌이 든다며 다시 지었다. 하지만 수정은 영 마음에 들지 않았다. 오드리는 그렇다 치고, 바뀐 성이 '캥'이라니.

머물다 간 자리

아직 어둠이 남아 있을 즈음, 헬렌이 온몸을 부르르 떨며 명숙의 집에 들어섰다. 헬렌을 따라 들어온 새벽 칼바람이 거실을 휩쓸었다.

"어서 와 언니. 일찍 왔네? 꽤 춥지?"

"잘못하다간 동태 되겠어. 올해 들어 제일 추운 것 같아."

"내일은 풀린대."

"그래? 다행이네. 준비는 다 됐어?"

"음, 이제 출발해야지. 아이들 지금 자고 있어. 어젯밤에 알아듣게 얘기했으니까 괜찮을 거야."

명숙이 아이들이 잠들고 있는 방을 살짝 들여다보고 안심이 되는 듯 옷깃을 여미며 돌아섰다.

"아이들은 걱정 마. 잘 돌볼 테니. 마켓에도 며칠 쉰다고 했어."

"방학이라서 다행이야."

"거기까지 얼마나 걸려?"

"다섯 시간 정도. 자주 다녀서 문제없어."

명숙은 머플러를 맨 다음 장갑을 끼고 숄더백을 걸쳤다. 문을 나서려는 명숙을 헬렌이 가로막았다.

"모희 아빠는 어떻게 됐어?"

"35가에 집을 구했나 봐."

"그럼 완전히 끝난 거야? 되돌릴 가망이 없어?"

"끝난 일이야 언니. 그 얘긴 나중에 해. 나 지금 나갈게."

"그래, 운전 조심해서 다녀와. 먼 길인데."

헬렌은 명숙의 복잡한 심사를 건드렸나 싶어 얼른 말을 거두고 명숙의 등을 밀었다. 어젯밤 할머니가 세상을 하직했다는 제니의 전화를 받고 명숙은 지금 메러디스로 가기 위해 집을 나서는 중이다. 그야말로 살을 에는 듯한 강치가 휘도는 새벽이다. 지하 차고가 아니었더라면 차량이 얼어붙어 아예 출발할 엄두도 못 냈을 것이다. 뉴욕을 빠져나오는 동안 먼동이 터오고 북쪽으로 달리는 도로는 썰렁하여 음산하기조차 했다. 자칫 우울에 빠지기 십상인 기분이어서 명숙은 긴장감을 일으켜 속도를 내었다. 매사추세츠를 지나자 낯익은 산야의 정경들이 시야를 채웠다가 사라졌다. 뉴욕에서 떠오르지 않던 상념들이 풍경의 기억을 따라 머릿속을 스쳐 지나갔다. 평온하고 오순도순했던 콩코드의 추억과 펨브룩의 눈보라 속 눈물도 떠올랐다. 자민과 아이들, 지숙 언니와 함께 보낸 메러디스의 시간들은 지루할 틈을 주지 않았다.

지숙 언니의 시어머니, 일찍 어머니를 여읜 명숙에겐 친정어머니 같은 분이었다. 명숙이 처음 미국에 도착했을 때부터 친딸처럼 여기며 자상하게 대해주던 분이다. 좋아하는 파타트를 만들어주고 아이들을 챙겨주고, 졸림을 참으면서 명숙의 하소연을 허물없이 들어주던 분이다. 그래서인지 장례식에 가는 것이 아니라 설렘 반 슬픔 반 마치 고향 어머니를 만나러 가는 기분이었다. 맨체스터를 지날 무렵엔 배꽃 같은 눈발이 흩날려 차창의 시야를 가렸다. 희끗거리는 하이웨이를 따라 서 있는 헐벗은 나무들이 맹추위를 버티느라 부들부들 떨었다. 새벽을 가르고 쉼 없이 달려온 뉴햄프셔는 여전히 눈 속에 묻혀 있고 만상은 깊은 동면에서 깨어날 줄 몰랐다.

마을 어귀 묘지로 향하는 길은 발목이 빠질 만큼 눈 이불이 덮였다. 얼음밭 호수에서 불어오는 잔바람이 간간이 눈가루를 날렸다. 사방은 인적이 끊기어 고요에 잠기고 언덕 위의 채플에서 치러진 장례식은 꿈속의 어두운 공중세계에 올라와 있는 듯 몽연했다. 어디로 가는가. 이제 누구의 관심에서도 기억에서도 사라질 이름 없는 여인의 생애. 떠난 자리엔 누구의 생애가 다시 찾아와 채울까. 잭의 심장도 제니의 슬픔도 명숙의 눈물도, 채플의 창문에 서린 성에처럼 하얗게 얼었다. 독수리 머리 지팡이는 주인을 잃었다. 명숙이 좌절에 빠져 있을 때마다 따뜻한 손길을 내밀어주던 다정함도 이제 떠났다. 잭의 노모는 지숙 언니 옆에 누웠다. 지숙은 꽃피는 봄날 보자며 눈 속에 꽁꽁 숨어 있었다. 하늘은 무뚝뚝하고 백설에 묻힌 세상은 머리만 내민 채 숨을 죽였다. 실어증이 심해져 말을 더듬거리는 잭이 휠체어 위에서 제니에게 유언을 하듯 중얼거렸다.

"제니, 나도 나중에…… 이곳에 묻혔으면 좋겠다."

제니는 아빠가 가여운 듯 등과 목 언저리를 연신 어루만졌다. 그러면서 허리를 굽혀 귀엣말로 속삭였다.

"그러세요. 나중에, 나중에."

잭은 몸을 웅크린 채 사람들이 모두 묘지를 내려갈 때까지 꼼짝하지 않았다. 노모의 손을 놓지 못하고 있었다. 제니는 지그시 눈을 감고 하얀 입김만을 푸푸 내뿜었다. 굵어진 눈발이 다시 흩날렸다. 높다란 비각들이 군데군데 드러나 보일 뿐, 세상을 쫓아낸 쓸쓸한 묘지는 광활한 공백으로 다시 돌아갔다. 제니는 십자성호를 긋고 아빠의 휠체어를 돌려 천천히 밀었다. 휠체어의 깊은 두 바퀴 자국 사이로 제니와 명숙의 눈 발자국이 또박또박 따랐다.

나직하게 날름거리는 벽난로 불길 앞에서 옛날 노모가 그랬듯이, 잭은 누군가를 기다리는 사람처럼 꾸벅꾸벅 졸다가 고개를 쳐들곤 했다. 마음속에서 지울 수 없는 어떤 장면을 떠올리거나, 아니면 아픔에서 벗어나려 애쓰는 것 같았다. 명숙은 잭이 몹시 측은해 보였고 스스로를 달래는 고뇌에 찬 모습이 마냥 애처로웠다. 하지만 의미 있는 질문이나 위로의 말로 그의 침묵을 방해하고 싶지 않았다. 저녁 설거지를 마치고 부엌에서 나온 제니가 콘솔 위에 있는 할머니의 옛 사진을 물끄러미 바라보며 시선을 떼지 못했다.

"참 좋으신 할머니였는데."

제니는 아직도 슬픔을 녹이지 못한 듯했다.

"아빠 상태는 어때?"

"몹시 안 좋아요. 실어증 증세가 심해져 온종일 말도 몇 마디 못 해요. 내가 누구인지 알아보지 못할 때도 있어요."

"삽화 기억상실증인가 뭔가 하는 그것?"

"예, 이제 할머니도 없으니 다시 베테랑 병원으로 가야 할 것 같아요. 잘 걷지도 못해요. 그동안 카운티 사회 복지원에서 봉사원이 나와 돌봐줬지만 앞으로가 걱정이에요. 할머니가 고생이 많았죠."

"너는 계획이 어떤데?"

"오월에 종신서원해요. 그다음엔 어디로 떠날지 몰라요."

"이제 정식 수녀가 될 날도 얼마 남지 않았구나. 꽤 오랜 세월이었지?"

"거의 6년 됐어요."

명숙이 휠체어 위에 삐딱하게 앉아 있는 잭의 자세를 고쳐주는 동안 제니가 방에서 뭔가를 들고 나와 명숙에게 건넸다.

"이모, 이거."

"뭔데?"

"아빠 편지예요."

"아빠 편지? 왜 그 편지를 내게 줘?"

"한번 보세요."

"내가 보면 그 영어가 무슨 말인지 알겠어? 네가 말해봐."

제니가 읽어주는 편지 내용에 명숙은 어안이 벙벙했다.

〈집을 포함한 농장의 모든 자산과 제니가 상속받는 군인 유공자 연금을 명숙의 소유로 유증한다.〉

"어떻게 이런 편지를 작성하게 됐어?"

명숙은 이해할 수 없을 뿐만 아니라 가당치 않은 일이라며 제니에게 그렇게 작성된 까닭을 물었다.

"사실 이 편지는 유서로 봐도 돼요. 제가 아빠에게 요구했고 아빠가 흔쾌히 동의한 것이에요."

"그래도 그렇지, 유서라니. 이건 너무 뜻밖이다."

"이모의 인생을 제가 관여해서는 안 되지만 이곳에서 이모가 살았으면 해요."

제니가 말을 이으려다 주춤하자 명숙이 괜찮다는 듯 계속하라라며 고개를 끄덕했다.

"더 들어볼게."

"우선 혼자 된 이모가 아이들과 함께 주거비 걱정 없이 생활이 안정돼야 하잖아요? 이곳 가까운 타운마다 마켓이나 양로원이 있어서 이모의 경력이면 일자리 구하기도 쉽고 사람을 구해 농장을 일궈나가면 수입도 도시보다 나을 거예요. 아이들 교육도 도시 환경보다 좋을 것 같고."

모두 명숙에게 해당되는 현실적인 이야기였다. 제니는 나름대로 계획을 세워둔 듯 차근차근 말을 이었다.

"저는 이제 가난한 수녀가 됩니다. 무엇이든 소유해서는 안 되며 소유할 필요도 없어요. 하지만 고향만은 잃고 싶지가 않아요. 만약에 아빠가 세상을 뜨고 이 집마저 없어지면 너무 슬플 것 같아요. 내가 수도자가 된다 해도 돌아갈 고향은 있어야 하지 않겠어요? 이모가 나의 어머니가 되어 고향집을 지켜주세요. 한국의 두포 고향이라 생각하면 되잖아요."

명숙은 귀를 기울이지 않을 수 없었다. 잭의 건강을 장담할 수 없는 지금, 제니는 자칫 고향을 잃어버린 자기와 다를 바 없는 외톨이 고아가 될 것이었다. 자기도 고아처럼 살았는데 제니마저 고아가 된다면,

생각만 해도 가슴이 저미는 일이었다. 명숙은 순간 제니가 자신의 마지막 혈연임을 감각했고, 자신을 걱정해주는 마음이 사랑으로 전해져왔다. 헤어져서는 안 될 길동무 같다는 생각도 들었다.

"네가 그런 생각을 하고 있을 줄 몰랐다."

"어쩌면 하느님의 뜻일지도 모르죠."

"이곳이 나의 고향이 되고 나는 너의 고향 어머니가 되고, 가슴 벅찬 일이구나."

"아버지가 그랬어요. 할머니 독수리 지팡이도 이모에게 드리라고."

"내가 잭에게 무심했어. 단 하나 혈육인데 너에게 이모 노릇도 못하고."

"아버지를 케어하면 사회 복지원에서 보조금 지원도 가능하대요."

"많은 걸 알아봤구나."

제니와 이야기를 하는 동안 명숙은 자신의 삶의 방향이 뜻하지 않게 메러디스 쪽으로 향하고 있음을 느꼈다. 하루 전만 해도 상상을 못했던 일이 그렇게 다가왔다. 무엇보다 상처로 얼룩진 뉴욕 생활에서 벗어나고 싶은 마음과 혹여 자민과 마주칠 일이 없을 것 같은 홀가분함이 명숙에게 새로운 희망을 갖게 했다. 편안한 거리감 속에서 어지러운 혐오감을 떨쳐내고, 머릿속을 헤집는 혼란이나 의무감에서 벗어나 단순한 생활로 안전한 위안을 찾을 수 있을 것 같았다. 제니의 간절한 눈빛을 거부할 수 없었고, 그런 생각들은 점점 확신 쪽으로 기울었다. 아름다운 자연과 고요한 두포마을의 서정이 있는 곳, 지숙 언니가 곁에 있고 제니에게는 엄마처럼 기다려주기만 하면 되는 새로운 고향에서 미국 촌부가 되어도 좋을 것 같았다. 제니의 말대로 하느님의 뜻이라면 외로움도 두려움도 대수겠는가. 자라나는 모희와 도희도 곧 성년이 될 텐데. 명숙은 잭의 어깨를 쓰다듬고 있는 제니에게 다가가 살며시 안으며 나직이 속삭였다.

"고맙구나. 천사가 너처럼 생겼겠구나."

제니는 이모가 다독이는 손길에서 잊혔던 어머니의 체온을 느꼈다. 혈연이란 아무리 연약하다 해도 뜨겁게 이어져 흐르는 것이었다. 제니는 명숙 앞에서 어린아이가 되었다. 명숙의 어깨에 얼굴을 걸치고 속으로 맘, 하고 불렀다. 명숙은 문득 언니가 했던 말이 떠올랐다. 언니가 눈을 감기 얼마 전, 단풍잎이 우수수 지던 날, 둘이서 호숫가 숲을 걸을 때, 노루 한 쌍이 놀라 달아날 때, 언니가 무심결에 뱉은 말이었다.

'혹시 내가 어떻게 되면 제니 잘 부탁해.'

돌이켜보니 언니의 말은 유언이었고 지금의 상황이 어이없게도 그리 되고 있었다. 잭이 정신이 들었는지 고개를 돌려 새로 맺어진 모녀를 바라봤다. 명숙이 잭의 어깨를 치며 큰 소리로 잘 들어두라 했다.

"잭, 내가 제니의 엄마가 될 거야. 당신의 천사가 그러래."

제니의 뜻을 받아드리겠다는 다짐이기도 했다. 제니는 두근거리는 가슴으로 눈물이 섞인 웃음을 지었다. 제니의 미소에서 명숙은 언뜻 떠오르는 지숙 언니의 모습을 보았다. 잭이 고개를 옆으로 기울인 채 모자라는 희극배우처럼 씽긋 웃었다. 그 웃음은 두포마을에서 지숙이 뭉개진 다리를 치료할 때, 브루클린 도둑의 소굴에서 자민이 강제로 데리고 나올 때 짓던 웃음이었다.

"잭, 내가 해야 할 일이고 내가 할 수 있는 일이야."

하마터면 혼자 버려질 뻔한 잭에게 명숙은 또 다른 구원자였다. 따뜻한 벽난로 불빛이 안락하고 소박한 거실을 환히 비추었다. 세 사람은 할머니에 대한 슬픔을 이내 지웠고, 서로에게 은밀한 소원과 고마운 눈빛을 보내며 새로운 한 가족으로 거듭나고 있었다.

보스턴 남쪽 세인트 클레어 수도회 안에 있는 작은 성당에서 특별한 미사가 봉헌되는 날이다. 그날은 성령 강림 대축일이었다. 잭이 타고 있는 휠체어를 명숙이 밀고 모희와 도희가 뒤를 따라 성당으로 향했다. 수도원 뜰에서 풍겨나는 장미꽃 향기가 따스한 햇볕 사이로 번지고 수녀들이 부르는 반주 없는 성가가 경건하고 은은하게 들려왔다. 세 명의 예비수녀가 6년여의 수련과정을 마치고 정식 수녀가 되는, 종신서원을 하는 날이다. 그중 한 수녀가 잭과 지숙의 딸 제니다.

일생 가난한 자가 되어, 수도자의 길을 가겠다는 그녀의 꿈이 이루어지는 날이다. 그 꿈을 갖게 된 날 제니는 하느님의 부름을 받았다. 제니는 포츠머스에서 줄곧 가톨릭학교를 다녔는데 남달리 감수성이 강하고 자유로운 상상력과 사물을 보는 영감이 특별한 소녀였다. 사춘기를 보내면서 내면에 뒤엉킨 정체성에 대해서는 여느 아이들과 다르게 많은 혼란과 특별한 의식세계의 지배를 받았다. 두 문화의 양형이 충돌하는 가정에서—신경쇠약과 정신분열증을 앓고 있는 한국말을 쓰는 어머니와 참전 후유증으로 정신적 육체적 불편을 겪고 있는 영어를 쓰는 아버지—옳고 그름에 대한 분별도 흔들렸다. 문밖에 나서면 뭇 만나는 이질적 세계는 자신이 어떤 사람이어야 하는가 하는 기로에 서게 했다. 혈통의 비율로 치자면 동양인 쪽에 가까웠지만 그녀의 사고와 인식의 세계는 유럽 전통이 결합된 미국인이었다. 어느 무리 안에서도 고독했고 주위 사람들에게 비치는 자신의 모습과 자기 머릿속에 있는 자신이 서로 다른 곳에서 서성였다.

미국의 전통가치가 급속하게 붕괴되고 있었다. 젊은이들의 도덕적 해이나 겸양의 쇠퇴는 걷잡을 수 없었고, 법의 잣대로도 제어할 수 없었다. 닳아빠진 관습에 저항하는 히피문화의 사조가 청년들을 들쑤시고, 사랑과 평화(Flower Power)라는 기치 아래 반전을 부르짖는 무저항 비폭력 시위가 확산되고 있을 때였다. 제니는 수녀인 지도교사로부터 자신의 미래에 대한 상담을 받았다. 그 과정에서 뜻하지 않은 수도자의 삶을 결심했다. 가톨릭에서 말하는 성소聖召를 받은 것이다.

수도원의 수련기간은 이 세상이 아니었다. 육신과 영혼의 욕망을 자르는 끝없는 대결장이었다. 겉이 속이 되고 속이 겉이 되어야 하는 냉엄한 구도의 세월이 겹겹 쌓였다. 어느덧 그녀는 은총의 성소자가 되어 거친 세속에 맞서고 욕망을 갈음질하는 구도의 여정 깊은 곳에 들어섰다. 일편단심으로 하느님을 사랑하고 예수와 혼인하여 일생을 금욕과 희생으로 만인을 위해 살아야 하는 수도자의 길, 곁눈질마저 마음을 흩뜨릴까 눈빛을 아래로 두고 자신을 온전히 사랑의 제물로 바쳐야 하는 계율 속에서, 영혼은 말할 것 없거니와 숨소리조차도 누구와 공유해서는 안 되는 엄격한 금단의 성소에서, 예사 사람의 허물을 벗고 다시 태어났다.

성당 안은 엄숙하고 세속에 없는 거룩함이 넘쳤다. 무릎을 꿇은 제니는 사제의 계啓에 침착히 응하고 차분하고도 결연한 음성으로 불멸의 서원을 했다. 머리를 가리고 검정 베일을 두른 종신서원이다.

"나는 가난한 자로 정결하게 하느님 뜻대로 살겠습니다."

미국에는 수많은 수도회와 십수만의 수녀들이 있다. 그들은 드러나지 않는 곳에서 저마다의 수도회 정신과 그리스도의 복음에 따라 희생적인 인간애를 실천하고 있다. 건국 초기에는 인디언들의 교육에 앞장서고 흑인 노예들을 숨겨주고 도왔으며, 남북전쟁이나 독립전쟁 당시엔 병사들의 치료와 간호를 했다. 빈민이나 고아를 돌보고 양로원이나 병원에서 외로운 이들을 위로했다. 제니는 '가난의 성녀' 세인트 클레어를 닮고자 했다. 누더기 옷에 노동의 삶, 노동이 기도가 되고 누추함이 영혼을 빛나게 하는 성녀의 정신세계를 사랑했다. 제니는 자신에게도 또 하나의 서원을 했다. "나는 외롭지 않으리라. 세속의 은총을 보리라." 쏟아져 내리는 은총의 기쁨에 떨며 제대 앞에 엎드렸다. 얼굴을 바닥에 묻고 두 팔을 뻗었다. 성스러운 기운이 그녀 위에 보슬비처럼 촉촉이 내려 적셨다. 성당 문을 나서자 햇빛은 더없이 눈부셨다. 명숙이 한 발을 뒤로 빼고 무릎을 살짝 구부리는 인사로 제니에게 경의를 표했다.

"수녀님, 축하합니다!"

제니는 이제 수식어가 달린 이름을 갖게 되었다.

〈제니 맥클린 수녀〉

명숙이 메러디스로 이사한 후, 그녀의 삶은 몰라보게 달라졌다. 내딛는 걸음엔 활기가 넘치고 잭의 어머니처럼 전형적인 미국 시골 아낙이 되었다. 멜빵 달린 데님 작업복에 농부 페도라를 쓰고 나서면 농가는 명숙을 기다렸다는 듯 곳곳에서 손짓했다. 뜰에서도 헛간에서도

가금류 우리에서도, 감자밭과 채소밭에서도 사과나무밭에서도 그녀
의 발길이 멈춰지고 손길이 닿아주길 기다렸다. 온종일 손톱 밑엔 때
가 끼었고, 바람과 햇볕에 그을린 몸은 흙빛을 닮아갔다. 모희와 도희
도 제 할 일을 하나씩 맡아가며 농가 일을 거들었다. 이웃에 사는 '클
락스 팜'의 커크 클락과 부인 수잔이 들락거리며 명숙에게 가족처럼
큰 힘이 되어주는 건 더없이 다행한 일이었다. 노경에 이른 클락 부부
는 잭의 집안과 옛날부터 함께 살아온 이웃으로 지금은 잭의 농장 대
부분을 맡아 대신 농사를 짓고 있어 가족이나 다름없는 사이였다. 그
들은 몸이 불편한 잭을 돌보며 여자 혼자서 농촌 일을 꾸려가는 명숙
을 대단하게 여겼다. 자식들이 성장하여 외지로 나가고 어린아이들이
없는 탓인지 모희와 도희도 뺨을 토닥이며 귀여워했다. 아침에 스쿨
버스가 오면 모희와 도희가 제대로 탔는지 확인하는 버릇도 그들에게
생겼다. 마치 자기들 손녀에게 타이르듯 아이들에게 농촌에서도 청결
이 중요하다며 자주 씻도록 훈육도 하고, 혹시 독충이나 뱀에 물릴지
모르니 맨발로 다니지 말라는 경고도 잊지 않았다. 명숙에겐 어디에
가면 좋은 씨앗이나 묘목을 살 수 있는지, 가축의 사료는 어떤 게 좋
은지 알려주고 트랙터와 콤바인, 파종기계, 수확기계를 운용하는 법
도 가르쳐주었다. 말 한마디 몸짓 하나에도 상대를 존중하고 배려하
는 선의가 가득 배어 있었다.

무디던 청각이 깨어나 자연의 숨소리가 노래처럼 들려왔다. 잊혔던
향기들이 온몸에 스며들고 귀 기울이지 않아도 위니페소키 호수의 물
새들이 벗하자는 재잘거림도 들렸다. 나뭇잎들은 서로를 구애하듯 부
드러운 몸짓으로 춤을 추고 예전에 보지 못한 풍취와 빛깔들이 느릿

느릿 감도는 게 보였다. 한때, 펨브룩의 로베르토 집에 들렀을 때 자민이 꿈꾸던 세상—넓은 대지를 지배하고 사는 것, 어떻게 사는가 보다 어디에서 사는가도 중요하다는 것, 그래서 꿈을 바꾸어 보거나 미래의 계획을 다시 세워 봄직한 새로운 세상—이런 곳이 아니었나 싶었다. 그럴 땐, 그런 꿈조차 잊은 채 뼈마디를 가는 노동과 시련의 대가를 싹둑 떼어 아이들 양육비로 꼬박꼬박 보내오는 자민이 안쓰럽다는 생각이 들었다. 끼니나 제대로 챙겨 먹는지 아니면 아직도 다모정 사람들과 카지노에서 밤을 새우는지, 명숙의 마음 한구석에 남아 있는 미련이 스름스름 올라왔다.

꽃밭에 물을 주겠다며 헛간 옆에 있는 우물의 펌프에 마중물을 붓고 낑낑거리는 모희, 자그마한 바구니를 팔에 걸고 나풋나풋 병아리들에게 모이를 뿌려주는 도희는 영락없는 옛 두포마을의 지숙과 명숙이었다. 울타리 아래서 머리만 내밀고 눈치를 보던 토끼들이 이젠 떼거리로 화단까지 올라와 꽃잎을 깨물고 아이들이 가는 곳마다 끼어들었다.

제2부

날아서 동녘으로

궁금한 정도가 아니었다. 새 생명이 태어났단다. 마침내 아내 은비가 출산했다는 전화를 받고 태무는 심장이 튀어나오는 줄 알았다. 그처럼 벅차오르는 감정은 처음이다. 그것도 튼실한 아들이란다. 일이손에 잡히지 않고 이제나저제나 하며 좌불안석하던 태무는 퇴근 무렵이 되어서야 전해진 출산 소식에 안도의 숨을 쉬었다. 왜 온종일 안절부절못하느냐며 핀잔을 주던 최 과장이 그제야 이유를 알았다는 듯 큰소리로 태무를 나무랐다.

"이태무 씨, 퇴근하지 않고 뭐 해요!"

태무는 누구라도 그랬을 흥분에 찬 쑥스러움을 남기고 사무실을 뛰쳐나왔다. 성모병원에 도착했다. 장인과 장모가 태무의 어머니와 함께 분만실 앞에서 담소를 나누다가 두리번거리는 태무를 발견하고 이쪽이라며 손짓을 했다.

"어서 들어가봐."

장모가 함박웃음을 지으며 멈칫 서 있는 태무를 밀었다. 은비는 땀으로 흥건히 젖은 출산 가운을 입은 채 침상에 누워 부들부들 떨었다.

자그맣고 연약한 몸으로 열 시간 가까운 진통을 겪으며 마지막 산통까지 이겨낸 절규의 흔적이 아직 그대로였다. 태무는 어미 품에 잠든 아기를 바라보며 떨고 있는 은비의 손을 잡았다. 은비는 소리 없이 눈물을 쏟아냈다. 혼자서 감당한 고통의 억울함과 그것을 이겨낸 감동의 눈물이었을 것이다. 생명을 보듬어줄 한 쌍의 부모가 태어났다. 아이를 업고 날마다 버스 정류장에서 낭군의 퇴근을 기다리는 은비는 행복했다. 행복을 찾으러 세상 어디어디를 기웃거릴 일이 없었다. 삶에 특별한 의미를 두려고도 하지 않았다. 태무는 고달픔과 보람이 겹치는 삶의 고개를 세월의 속도에 맞춰 오르내리고 있었다. 오르다 힘들면 뒤돌아보고, 내려가다 넘어질라치면 더 먼 곳을 바라봤다.

제5공화국이 출범했다. 신군부 세력이 정치의 전면에 등장하면서 정적들은 캄캄한 울안에 갇히고 민주주의를 열망했던 백성들은 무력 앞에 무릎을 꿇었다. 기형적인 정국은 분수령을 넘고 기업들은 정부 시책에 따라 구조 조정을 단행하며 생존의 고삐를 조였다. 민간기업이긴 하지만 K사와 같은 군납이나 관납을 주로 하는 기업들은 새로운 정치 세력과 불가분한 결탁과 관계를 유지해야 했고 그들의 요구에 대한 절충점을 찾느라 골몰했다. 이를테면 비자금 문제나 낙하산식 인사 채용 같은 것이었다. 이미 K사에는 세 명의 군 전역 인사가 들어와 관리자급 자리를 꿰차고 있었다. 태무가 근무하는 해외협력본부에는 인사이동이 있었다. 최형우 과장이 공석이었던 부장직으로 승진 발령받고 후임 과장자리에 군 간부 출신이 새로 들어와 앉았다. 태무는 과장직을 자기가 승계 받을 것으로 예상했지만 승진은커녕 일면부지한 상관의 명령을 받는 처지가 되었다. 더욱이 전에 없던 군대식 상명하복의 업무방식은 그에게 인격적 모멸감마저 들게 했다. 동료 사원들은 그들을 굴러온 돌이라며 가까이하려 들지 않았다. 새로 온 사람들은 업무적으로나 회식자리에도 쉬이 어울리지 못했다. 머쓱한 과도기를 거치는 동안 사원들의 사기가 위축되고 당연히 업무적인 소통에도 장애가 따랐다. 회사의 연대감은 호락호락하지 않았다. 명령이 체질화된 낙하산 인사들이 집단의 연계와 유기적인 시스템에 적응을 못하고 곧 퇴사하면서 정상을 되찾았지만 후유증은 한동안 계속되었다.

동족상잔의 전화 중에 태어난 태무는 와르르 무너져버린 처참한 세상을 보며 자랐다. 상대를 죽여야 내가 산다는 전쟁이 남긴 잔혹, 아름답던 박애사회가 산산이 부서지는 소용돌이 속에 살았다. 분파적 이념으로 강토는 갈가리 찢기고 자극적인 서양 문화가 전염병처럼 번졌다. 강자들은 투구를 쓰고 갑옷을 두르고 핏빛 칼날을 세워 휘둘렀다. 몽매한 약자들은 야금야금 먹이가 되어 벼랑 끝에서 버둥거렸다. 태무 또한 소년 시절 내내 가난과 무질서와 혼란의 격변기를 겪으면서 저절로 사회적 약자 편으로 밀려났다. 성인이 되어서도 강자들의 핍박에 시달려야 했고 권력에 부복하는 자들의 발길에 채였다. 세상은 이념이라는 장벽에 갇히고 사람들의 입에는 자물통이 채워졌다. 그는 예전에 없던 고뇌에 빠지기 시작했다. 급변하는 세상이 온통 의문투성이인 분노와 원망으로 가득해 보였다. 그럴 때마다 삶의 근원, 평등의 세상에 대한 관심으로 사고 체계가 이동되었고 그것은 공명심이기보다 저항적인 것이었다. 자신의 의지는 온데간데없고 타인의 턱 밑에 붙어 살아가는, 인격의 모독과 아부와 굴욕에 길들여지는 구차한 삶은 그가 추구하는 이상이 아니었다. 일반적으로 보면 대기업에 다니는 안정된 직장 생활이지만 임원들이나 부장들이 위로부터 당하는 굴욕과 모멸을 볼 때는 월급쟁이라는 변변찮은 삶에 회의가 들고 집단에 끼어든 소모품으로 언제 버려질지 모른다는 불안함으로 미래에 대한 고민은 깊어졌다.

관리자 정례회의가 있는 날이다. 그날도 회의실에서는 사장의 고함에 주눅이 든 채 임원들과 부장, 과장들이 복종의 역겨움을 삼켰다.

"똥깡이들! 그 따위로 일하려면 집에 가 마누라 뒤치다꺼리나 해!"

사장이 던진 찻잔이 테이블 위로 날아가고 엘리트들의 자존심이 산산이 부서졌다. 내려치는 질책의 뭇매를 맞느라 갈팡질팡했다. 태무는 자신의 영혼이 싹둑싹둑 잘려지는 미래의 모습을 보았다. 단단한 놈이라 골라져 부지깽이로 쓰였지만 토막이 되면 불구덩이로 던져질 게 뻔했다. 월급쟁이의 직장이란 곳, 꿈을 심어 꽃피울 토양은 메마르고 희망의 에너지는 채우는 만큼 고갈되었다. 연약한 날개로 파닥거려보지만 그럴수록 헤어날 수 없는 캄캄한 늪으로 빠져들었다. 태무는 자신의 미래가 그처럼 보잘것없는 인생으로 그려졌다. 십 년이나 이십 년쯤 지나 임원이라는 별을 하나 단다 해도 여전히 만유 위에 군림하는 금력 앞에 눈길을 내리고 머리를 조아려야 할 그런 똥깡이. 생명을 유지하는 대가로 육체와 영혼이 야금야금 갉아먹히고 애사심이라는 복종의 사슬에 묶여 하루의 절반은 자아가 없는 삶을 살아야 하는, 언젠가는 버려질 부지깽이가 될 셀러리맨의 비애가 날이 갈수록 겹겹 쌓였다. 생각하는 대로 꿈을 키울 수 있는 자유, 희망이 있고 인격이 존중되는 평등의 삶, 어느 날 댕강 잘려버릴지 모르는 위험이 없는 세상, 내일이 두렵지 않은 세상이 있기는 한 것일까. 후대에게 그러한 세상을 만나게 해줄 수는 없는 것일까. 태무는 사회인이라는 이름으로 이 시대를 살아가야 할 자신의 길이 무엇인지 갈피를 잡을 수 없었다.

그러던 차에 그의 번민을 덜어줄 반가운 손님이 멀리서 찾아왔다. 아내 은비의 오빠 한자민, 태무의 손위 처남이 미국에서 고국방문을 온 것이다. 약혼식 앨범을 볼 때마다 눈에 뜨이던 선글라스 여인 명숙의 남편, 그러나 지금은 헤어져 독신이 되어 돌아온 그다. 자민이 은비와 태무의 따뜻한 영접을 받으며 성큼 들어섰다. 그는 가져온 선물 꾸러미를 은비에게 내밀며 방 안을 찬찬히 둘러보았다. 은비가 아기를 눕히고 차를 내오자 어느덧 엄마가 된 동생이 대견해 보였는지 자민은 자리를 고쳐 앉으며 예의적으로 찻잔을 받았다.

"오빤 변함없이 그대로네?"

은비는 오빠의 얼굴을 바라보며 세월을 더듬었다.

"그래, 때가 되니 이렇게 다시 보는구나. 늦었지만 결혼 축하한다."

"이쪽은 남편."

둘은 악수로 첫 대면을 했다. 태무는 그의 미소 섞인 눈빛과 정감이 가는 말씨에 사뭇 친근함이 느껴졌다.

"미국 생활은 어때?"

"지낼 만해. 지금은 자리도 잡혀 가고."

"언니와 애들은 가끔 봐?"

"아니, 멀리 살아서 아직 못 봤어. 어쩌다 전화 통화만 해."

"잘 산대?"

"음, 잘 지내나 봐."

"오빠 혼자 지내느라 고생이 많겠다."

"그럭저럭 잘 지내."

비록 이혼을 하고 혼자 살지만 그는 아무 일 없다는 듯 당당하고 밝은 표정을 지으려 애쓰는 모습이 역력했다. 얼굴에는 감추어진 수심이 흐르고 차를 들고 있는 손이 거칠어 보이는 것이 생활이 녹록지만은 않은 듯 보였다.

"그래서 이번에 선 볼 거야?"

"아버지 성화 때문에 그러려고 왔는데 잘 모르겠어. 사실 재혼할 생각은 아직 없어."

"언제 보기로 했어?"

"모레 저녁에."

"잘 됐으면 좋겠다."

"은주도 이번에 나 따라 미국 간다더라."

"언니가? 망설이더니 결국 가기로 했구나."

"비자도 받아놓았더라."

"미국이 그렇게 좋은가?"

"나도 엉겁결에 가서 살지만 여기보단 나은 거 같아."

자민은 어쩔 수 없이 가정이 그리 되어버렸다는 말은 떼지 않았다.

"우리도 가 볼까? 갈 수 있을까?"

은비는 그 말을 던져놓고 태무의 눈치를 살폈다. 두 사람의 말을 무심결로 듣고 있던 태무는 별안간 정신이 번쩍 들었다. 동시에 궁금증과 호기심이 발동하여 은비의 말에 참견했다.

"형님이 보기엔 미국 생활이 어때요? 나는 외국에 가본 적이 없어서."

"다른 사람 눈치 볼 일 없고 자유로운 점이 좋은 것 같아요. 노력한 만큼 대가가 있고."

기대하지 않았던 대답이 너무도 쉽게 나왔다. '자유롭다? 노력한 만큼의 대가?' 흥미가 끌렸는지 은비는 자세를 고치며 질문을 이었다.

"직장이나 수입은 어때?"

"힘든 노동이어서 그렇지 직장은 많아. 수입도 한국보다 훨씬 낫고. 거기 한 주 주급이 여기 한 달 월급 정도니까 부부가 뛰면 한 사람 수입으로 생활비 충분하고 한 사람 버는 거는 세이브가 돼."

태무 부부에게 구미가 당기는 정보들이 예상치 않게 쏟아져 나왔다.

"나라가 크고 이민국가여서 사람들이 성공할 기회가 많은 건 사실이야. 유학 온 사람들도 학위증을 서랍에 넣어버리고 사업들을 많이 하는데, 다들 괜찮아."

"인종 차별은 없어?"

"왜, 있지. 그렇지만 워낙 법이 무섭게 돼 있어서 함부로 드러나지 않아. 온 세계 민족이 모여 사는데 왜 서로간의 차별이 없겠어? 영어를 잘 못하니까 무시당하는 때가 있는 거지 대놓고 하는 인종 차별은 아냐."

이야기를 하는 동안 자민은 마치 미국에 와서 함께 살면 좋겠다는 듯한 마음을 내보이며 야릇한 표정으로 그들의 관심을 유도했다.

"만약에 미국에 온다면 내가 도울 수 있을 거야. 스폰서 문제라든가."

"정말?"

은비가 정색을 하며 다시 태무의 반응을 살폈다.

"그렇지만 좋은 회사에 잘 다니고 있는데 굳이 올 필요가 있겠어? 온 다면 물리적 고생은 각오해야 되고 또 어린아이가 있으니 힘들 거야."

"지금 이민 가겠다는 거 아니고 이렇게 오빠 얘기를 들어보니 관심이 가네? 은주 언니도 간다고 하니까."

"나중 일은 모를 일이지. 기회가 되면 차차 생각해봐."

자민의 방문은 잔잔한 호수 같은 신혼가정에 커다란 파문을 일으켰다. 어떤 삶의 돌파구를 찾고자 내심 궁리하고 있던 태무의 심장을 여지없이 두들겨놓은 것이다.

태무는 어렸을 적부터 바깥 세상에 대한 동경심이 컸다. 천둥이 칠 때면 먹구름 뒤에 있는 세상은 어떤 곳일까. 태양이 내려가 숨어버린 수평선 아래엔 어떤 세상이 있을까. 어둑한 산골 너머에는 누가 살고 있을까. 언젠가는 그런 미지의 세상을 꼭 탐험해보리라는 꿈 많은 소년이었다. 청년이 되면서 외국에 대한 동경심은 하나의 꿈으로 자리하기 시작했다. 학교나 종교적 모임에서 만난 외국 친구들과의 교분에서 자유로움과 서로를 아우르는 평등지향적인 세상을 보았다. 회사에서 업무 관계로 만난 외국인들은 부러움의 나라에 사는 사람들이었다. 독일이나 미국 회사에서 출장 나온 사람들이 들려준 선진국의 이야기는 바깥 세상에 대한 동경심을 더욱 자극시켰다. 하지만 그러한 동경심은 이내 궁색한 현실 속으로 묻혀버리곤 했다.

한자민의 방문과 그가 흘려놓은 다른 세상의 흔적은 그 꿈을 이뤄볼 수 있겠다는 한 가닥 희망이 되었다. '자유로울 수 있다. 노력한 만큼 대가와 만족이 있고 언젠가 댕강 잘릴지 모르는 위험이 없다. 출세라는 잔인한 기준점에 매일 필요 없고 인간답게 살 수 있는 세상이다.'

태무는 자민이 말한 세상에 자신도 설 자리가 있을 거라는 기대감이 가슴 저 바닥에서부터 불끈 일었다. 일이 손에 잡히지 않았다. 자민이 잔잔한 호수를 휘저어놓고 간 지 일 년이 되었다. 태무는 뒤엉킨 삶의 패를 고르다가 복종의 노동자라는 꼬리표를 떼고 마침내 지구 반대편 세상, 미국이라는 카드를 택했다.

　헤아릴 수 없는 사연들을 싣고 밤새 어둠을 가르며 날아온 비행기가 중간 급유를 위해 앵커리지 공항에 도착했다. 기다리는 시간은 한 시간 남짓, 태무와 은비는 주위를 살피며 환승 대기소로 천천히 걸어 나왔다. 창밖에는 성긴 눈발이 세찬 바람에 흩어지며 활주로를 휩쓸고 그 너머 알래스카의 거대한 산맥이 하얀 북극의 밤을 지키고 있었다. 대기소 한쪽에는 북극이 가까이 있음을 알려주는 듯 에스키모 이글루가 엎어져 있고 그 옆엔 박제된 우람한 흰색 북극곰 한 마리가 우뚝 서서 포효하듯 날카로운 송곳니를 드러내며 사람들의 시선을 끌었다. 말없이 서성거리는 승객들은 밤 여정에 지친 듯 한결같이 하얘 보였다. 태무와 은비는 창가에 서서 두려움과 설렘을 다독이며 아직 겨울에 머물고 있는 알래스카의 희미한 밤을 바라봤다. 속삭임조차 들려올 것 같은 고요함 속에서 무릎을 주무르던 한 할머니가 옆에 앉은 남자에게 건네는 소리가 들려왔다.

　"얼마나 비행기를 더 타는 거래유?"

　"대여섯 시간 더 가야 합니다."

　"아이구, 비행기 타고 가는 것도 이렇게 힘든 줄 몰랐네."

　"미국엔 무슨 일로 가세요?"

무릎 위의 가방을 만지작거리던 중년의 남자가 할머니에게 인사치레 같은 물음을 했다.

"딸이 다음 달에 애기 낳는데 와서 봐달라네유."

"왜, 할아버지와 함께 안 가세요?"

"영감이 무슨 소용이 있겠수? 내 치다꺼리만 더 늘지. 선생은 무슨일로 간데유?"

할머니의 목소리가 높아지자 사람들의 시선이 그곳으로 쏠렸다.

"회사일로 출장을 갑니다."

남자가 의젓함을 잃지 않고 할머니의 말벗을 해주는 동안 각진 모자를 쓰고 짙은 밤색 제복을 입은 흑인 여자가 백곰만한 궁둥이를 흔들며 그들 앞을 지나갔다. 안내원이거나 감시자인 듯한 여자는 알아들을 수 없는 큰 소리로 구시렁대며 경계의 눈빛을 보였다. 언짢을 정도는 아니지만 오만스럽게 걸으며 뚜렷한 이유 없이 대기소를 어정거리고 다녔다. 미국에서 보는 첫 미국인이었다.

기다리는 시간은 무료하고 적막했다. 생각은 아직 한국에 머물러 있고 몸은 어느덧 미국 어귀에 와 있었다. 마치 다짐이나 한 듯 둘은 말이 없었다. 은비는 숨소리조차 내지 않았지만 마음이 정돈된 건 아니었다. 김포공항에서 가족들과 이별하며 흘렸던 눈물이 아직도 가슴에 질금질금 흘렀다. 첫돌 지난 아들마저 할머니 품에 맡기고 떠나온 그들은 이심전심 눈치를 살피며 서로를 위로하려고 애써 떠오르는 생각들을 지웠다. 새로운 꿈을 찾아가는 결심이 혹시라도 생겨날 일말의 후회에 눌리어 의기소침해져서는 안 된다는 것을 서로는 잘 알았다.

미국이라는 땅을 밟기 위해서는 아직 가슴 졸이는 시간을 더 버텨야 했다. 과연 뉴욕에 도착하면 아무 문제없이 입국 허가가 될지 마음을 놓을 수 없었다. 안내 방송이 들리고 승객들이 일어나 급유를 끝낸 비행기에 다시 탑승했다. 이윽고 비행기가 날아올라 구름을 뚫고 나오자 창공은 더욱 어두웠다. 하늘과 구름 사이에 비치는 가는 빛살 하나가 소멸될 듯하다가 다시 나타나곤 했다. 태무가 품고 가는 꿈과 희망의 모습이 그와 같았다. 그에겐 아무것도 가진 게 없었고 그 빛살 같은 희망만이 그가 가진 전부였다. 살아온 모든 것을 접고 암담한 미지의 세계로 가는 무모한 도전에 빛살이 타올라 서광이 되어주길 태무는 간절히 바랐다.

출국을 위한 여권을 받기 위해서는 숱한 난관과 어려움을 겪어야 했다. 군부의 덫에 걸린 백성들이 도마 위 생선처럼 서슬 퍼런 칼날에 입맛대로 난도당하고 있을 무렵이었다. 제한된 자유 속에서 합당한 사유가 없으면 해외여행조차 쉽지 않았고 출국 자격을 인정받기 위해서는 남산에 있는 자유센터에서 온종일 반공교육과 소양교육을 받아야 했다. 밖에 나가 나라의 치부를 발설하지 말고 공산주의자들을 만나면 허튼 소리 하지 말라는 애국자 교육이었다. 또한 친인척 신원조회까지 그 절차는 까다롭기 그지없었다. 미국의 비자를 받기 위해서는 더 말할 것도 없었다. 모든 서류는 영문으로 번역하여 공증을 받고, 미국시민의 초청장을 준비하고 국제적 신원조회를 받는 기간만도 몇 달이 걸렸다. 미국 대사관을 찾는 날은 몇 시간씩 추위에 떨면서 동냥치처럼 대사관 담장 밖에 줄을 서서 기다렸다. 약소민족의 굴욕이었다. 인터뷰라는 인간 거름망은 잘 여문 씨종자만 골랐다. 웬만한 쭉정이는 여지없이 버렸다. 자국을 방문하는 이유가 조금이라도 온당치 않으면 매몰차게 거절했다. 비자는 전문직이나 주재원에게 발급되는 장기 비자여서 훗날 영주권 취득 과정의 순위에 큰 이점을 얻었다. 사람들은 미국을 선택받은 사람들만이 가는 곳이라 여겼다.

뉴욕 JFK 공항에 도착한 태무와 은비는 이민국 심사대 앞에 줄을 섰다. 까다로운 입국 심사에 입국을 거절당하는 일이 있다 하여 가슴을 졸이며 심사원의 눈치를 살폈다. 그러면서 당당한 모습으로 태연해지려고 애를 썼다. 피부색이 다른 온갖 인종들이 긴장과 피로에 지친 채 한 사람 한 사람씩 검문을 받듯 심사대를 지났다. 태무는 여권과 서류를 내미는 순간 공연히 가슴이 죄어들고 죄 지은 사람처럼 손이 떨렸다. 심사원의 표정은 짐작조차 할 수 없었다. 누군가의 머릿속을 들여다보고 싶을 때가 있다면 지금이 그 순간이었다. 마치 어떤 기적을 바라고 서 있는 기분이었다. 심사원은 하품을 하면서도 머리를 긁적이며 매우 신중했다. 뜻밖에도 그는 간단한 한두 마디를 물어본 다음 '웰컴 투 아메리카'라는 소리와 함께 여권에 쾅, 하고 스탬프를 찍었다. 순간 안도의 숨과 함께 온몸을 조이던 긴장의 기운이 빠져나갔다. 이내 마음이 울컥했다. 단 이삼 분도 되지 않는 이 순간 때문에 그토록 힘들여 준비하고 가슴 졸였던 것을 생각하니 허탈한 느낌마저 들었다. 심사대를 빠져나와 둔탁한 소리를 내며 돌아가는 육중한 수하물 컨베이어 앞에 섰다. 멀리서 실려 나오는 가방을 보니 헤어졌던 가족을 다시 만나는 기분이었다. 하지만 초조한 마음은 여전히 가시지 않았다. 또 한 번의 세관 검사대를 거쳐야 하기 때문이다. 다행히 세관검사는 하나마나 했다. 묻지도 않고 짐 검색도 하지 않았다. 빠져

나가는 사람들에게 눈인사를 해주는 것이 세관검사였다. 그들의 눈빛에서 자유로움과 관용이 느껴졌다. 키가 장대하고 나이 지긋한 인상 좋은 흑인 포터가 성큼성큼 다가왔다. 머리는 곱슬 백발이고 짐을 싣는 손마디는 닳아진 갈퀴 같았다. 느긋한 걸음으로 앞서는 그는 친절이 몸에 밴 안내자였다.

미국 땅을 밟았다. 얼마나 많은 우여곡절을 겪었던가. 가족들의 만류에도 불구하고 평생 살아온 보금자리를 떠나 이역만리에 서기까지, 과거와 현재를 한 축에 놓고 또 다른 축에는 미래를 놓고 얼마나 많은 날을 번민하며 결심과 용기를 다져왔던가. 이민국 직원의 '웰컴 투 아메리카'가 마치 '너 이제 미국 맛 좀 봐라'라는 조롱처럼 들렸지만, 설마 아니기를 바라며 포터 뒤를 따라 공항 밖으로 나왔다.

한자민과 은주 둘이서 마중을 나왔다. 타국에서 가족을 만난다는 것은 잃었던 사람을 다시 만나는 만큼이나 감격스러운 일이었다. 오빠와 언니, 혈육을 만난 은비는 두말할 나위 없었다. 울컥 머금는 반가움의 눈물이 뉴욕의 새벽 별처럼 반짝였다. 그들은 앞서거니 뒤서거니 의기양양한 걸음으로 공항의 새벽을 가로질러갔다. 어디선가 불어오는 촉촉한 바람이 상큼했다. 낯선 바람, 코에 익지 않은 냄새, 태무는 가슴 깊이 파고드는 미국 공기를 흠뻑 들이켰다. 자민은 번쩍번쩍한 포드 엘티디 승용차에 그들을 태웠다. 동생 부부가 온다 하여 큰맘먹고 새 차를 뽑았다고 했다. '포니'보다 두 배는 크고 한국에서는 볼 수 없는 고급스런 세단이었다. 미국에서는 웬만하면 아무나 탈 수 있는 자동차라 하니 부러울 일도 아니었지만 태무는 왠지 후한 영접을 받는 듯했다. 공항을 빠져나와 고속도로에 들어서자 가로등 조명이 새벽을 대낮처럼 밝히고, 그 너머 주택가에도 인적 하나 없는 광대한 공원에도 풍요로운 에너지를 아낌없이 발산하며 어둠을 밝혔다. 태무는 이래서 부자 나라 미국이구나 하는 생각이 들었다. 뒷자리에서 두 자매는 쉼 없이 얘기를 주고받았다. 차창 밖 생경한 풍경에 도취된 태무에게는 아무 말도 귀에 들리지 않았다. 지나온 과거도 닥쳐올 미래도 그 순간엔 생각할 이유가 없고 새로운 세상의 심장으로 들어가고 있다는 사실만으로 설렘이 벅찼다.

"오빠, 맥다널로 가자."

은주가 아침 요기를 하자며 집으로 가던 차량의 방향을 바꾸자고 했다. 간판에 노란 봉우리 두 개가 그려져 있는 상점 앞에서 차는 멈췄다. 그때 버스만 한 길이의 대통령이나 탈 법한 검은 캐딜락 세단 한 대가 스르르 그 옆에 들어와 섰다. 내리는 사람은 고등학생처럼 보이는 동양인 남자아이였다. 미국에서는 어린 학생도 저런 자가용 차를 타는구나 하고 태무는 익숙지 않은 감탄을 했다. 한국에서는 '포니' 정도의 자가용을 갖는 것도 상류층이 아니면 쉬운 일이 아니었으니 그에게 다가온 충격은 컸다. 고개를 들어 간판을 보니 맥도널드^{McDonald's}라고 쓰여 있는데 왜 은주가 '맥다널'이라 했는지 그 영어 발음이 궁금하여 물어보고 싶었지만 이내 그만두고 안으로 들어갔다. 아직도 밖은 어두운 새벽인데 안에는 사람들로 붐볐다. 유니폼을 입고 챙이 없는 자주색 약모를 쓴 매초롬한 아가씨들이 주문을 받으며 분주히 움직였다.

잠시 후 커피와 빵과 음료수가 테이블 위에 가득 놓여졌다. 빅맥, 프렌치프라이, 베이컨, 콕, 팬케이크, 토마토케첩, 버터와 잼, 대부분 쉽게 접해보지 못했던 음식들이다. 콜라를 콕으로 부르는 것도 이상했다. 콕이 담긴 종이컵이 얼마나 큰지 쏟아 부으면 한 대접은 될 듯싶었다. 냅킨도 고급스럽고 커피를 젓는 하얀 플라스틱 스틱도 귀여웠다. 한 번 휘젓고 버리기가 아까웠다. 간단히 아침 요기하자는 것이 숫제 풍성한 진수성찬이었다. 미국의 첫 아침 맥도널드 요기는 태무에게는 생애 최고의 조찬이었다. 자민은 미국 사람들은 이러한 메뉴로 아침을 간단히 때운다 했다. 태무에게는 어이가 없는 말로 들렸다. 이 정도가 간단한 아침 메뉴라니. 한 푼이라도 절약하기 위해 허리띠를 졸라매고 먹거리조차 줄일 수밖에 없었던 어제의 현실이 머리를 스쳤다. 맥도널드를 나와 다시 차에 올랐다. 두 자매의 이야기는 아침에 깨어난 새들의 지저귐처럼 다시 귓전을 두들겼다. 큰길을 한참 달리다 꺾어지자 아름드리 참나무 가로수에 묻힌 조용한 주택가가 나오고 그들이 멈춘 곳은 으리으리한 이층집 앞이었다. 아름다운 숲과 정돈된 거리와 우람한 저택들을 본 적이 없는 태무는 그저 놀라면서 영화나 소설 속에서 보았던 미국을 실감했다. 은비도 주위를 살피며 놀라움의 시선을 떼지 못했다.

"언니, 한국 대통령이 사는 곳 같애."

"애, 뭘 그렇게 놀라니? 이 정도는 아무 데나 있는 보통 동네야. 미국은 어딜 가도 다 비슷해. 하긴 나도 처음엔 사진을 찍느라 법석을 떨었지."

은주는 두 사람의 벅찬 감정을 단번에 눌렀다.

어둠이 채 가시지 않은 적막한 새벽, 가로등의 온기가 가득한 거리에 차량들은 줄지어 잠들어 있고 토끼만 한 다람쥐들이 나무 위를 오르내리며 힐끗힐끗 이방인을 쳐다봤다. 은주가 앞서 나서며 나직하고 앙증맞은 철문을 밀었다. 화단을 지나는 널돌길은 거북이 등처럼 암회색 윤기가 흘렀다. 움트기 시작한 장미 잎새들이 이슬을 맞으며 아침의 태양을 기다리고 있었다. 들어선 곳은 입구가 따로 나 있는 커다란 주택의 이 층이었다. 주방과 식탁이 한쪽에 자리해 있고 넓은 거실에 방이 셋이 딸린 집이었다. 그곳에서 홀아비가 된 자민과 시집갈 나이가 지난 은주 남매가 함께 살고 있었다. 창문에 에어컨디셔너가 달린 제일 큰 방은 태무와 은비 부부가 정착하여 나갈 때까지 쓰기로 했다. 아래층에는 이란에서 이민 온 노부부가 산다 했다. 창밖에는 커다란 차고와 고운 잔디가 펼쳐진 또 다른 넓은 마당이 내려다보이고 밖에서 봐도 안에서 봐도 고풍스런 운치에 그들은 눈높이를 어디에 맞춰야 할지 가늠을 잡지 못했다.

암울했던 삶이 경이롭고 눈부신 세상으로 다가오는 순간이었다. 새로운 새벽과 새로운 공기, 새로운 터전과 새로운 삶의 잉태, 태무는 비로소 어둑한 늪에서 벗어났나 싶었다. 육체와 영혼이 먹잇감이 되어 더 이상 갉히지 않기를, 새털처럼 가벼운 몸으로 조금만 날갯짓을 해도 훨훨 날 수 있게 되기를 바랐다. 삼 남매가 웃으면서 떠드는 소리가 새들의 합창처럼 아침을 울리고 어느덧 어스름 동녘이 깨어나 창밖을 훤히 밝혔다.

자유의 거리

    내일은 맨해튼 구경을 하겠다고 하자 은주가 지도 한 장을 들고 나와 뉴욕의 지리를 알려주겠단다. 지명이 모두 영어여서 어질어질했지만 설명을 듣고 보니 이해하는 데는 시간이 그리 오래 걸리지 않았다. 뉴욕은 맨해튼, 브루클린, 퀸스, 브롱크스, 스태튼 아일랜드 등 다섯 버러의 자치구로 나누어져 있는데, 그들이 사는 곳은 퀸스의 플러싱이라는 곳으로 '7트레인' 지하철 종점에서 2마일가량 떨어져 있는 주택가였다. 퀸스 한가운데를 지나는 메인 도로인 노던 블러바드에서 한 블록 떨어진 안쪽이다. 그 도로는 동쪽으로 롱 아일랜드 카운티까지, 서쪽으로 이스트강을 건너 맨해튼으로 연결되는 퀸스버러 브릿지까지 이어졌다. 은주가 자그마한 파우치를 들고 나와 그 안에 있는 것들을 모두 테이블 위에 쏟았다. 지폐와 동전들이었다. 이번에는 미국의 화폐에 대해 설명했다. 지폐는 숫자대로 금방 알 수 있었지만 크고 작은 동전을 이해하기 위해서는 여러 차례 눈에 익히며 반복 학습을 해야 했다. 센트, 니클, 다임, 쿼러, 해프 달러 등, 숫자 외에도 동전을 부르는 이름이 모두 달랐다. 니켈을 '니클'로 부르고 쿼터를 '쿼러'

로 부르는 은주의 영어 발음 또한 '맥다널'처럼 생소했다. 은주는 버스를 탈 때나 전화를 걸 때, 또 자동차를 노상에 주차할 때에는 미터기에 동전이 꼭 필요하므로 항상 준비하고 다닐 것을 주의시켰다. 두 사람은 말을 잘 듣는 아이들처럼 머리를 끄덕였다. 지리를 익히고 동전의 기능을 파악하는 첫 학습은 새로운 세상을 만나는 설렘이었다.

다음 날 아침, 출근하는 자민을 배웅하기 위해 태무가 계단을 내려오자 하얀 밴 한 대가 시동이 걸린 채 집 앞에서 자민을 기다렸다. 나이가 태무보다 위인 듯한 사람이 차에서 내려와 인사를 했다. 부리부리한 눈빛과 널찍이 내려앉은 턱이 후덕해 보였다.

"한 형과 함께 일하는 강기수라 합니다."

그는 무뚝뚝한 표정으로 거칠고 투박한 손을 내밀었다. 친밀감은 없어 보였지만 타국에서 보는 첫 동포여서인지 반가웠다.

"아, 예. 이태무입니다."

속내를 감추고 사는 사람처럼 그는 더 이상 자신을 내보이지 않고 차에 올랐다. 그들이 떠나자 산뜻하게 차려입은 은주가 늦었나 싶은 듯 서둘러 집에서 내려왔다. 은주는 버스를 타고 지하철 종점까지 가서 다시 7트레인을 타고 맨해튼으로 출근한다 했다.

오랜만에 그들 부부는 뉴욕에서의 오붓한 한가로움을 맞았다. 태무는 직장이라는 살벌한 울타리 안에서, 은비는 짓눌린 가사와 육아의 고단함에서 해방된, 지금은 아무것도 할 필요 없고 삶의 근심을 내려놓을 수 있는 평온한 하루가 주어졌다. 맨해튼 구경을 위해 은주가 준비해둔 지도와 한 줌의 쿼러를 챙겨 들고 집을 나섰다. 새로운 풍경과 낯선 얼굴들을 만날 기쁨에 그들의 마음은 한결 들떴다. 노던 블러바드에 나오자 바로 버스 정류장이었다. 대로는 한산하고 버스에는 불과 몇 사람만이 타고 있을 뿐 조용했다. 은빛 파마머리의 백인 할머니가 책을 보다가 버스에 오르는 그들을 보며 이웃을 만난 듯 다정한 눈인사를 건네왔다. 낯선 이로부터 인사를 받아본 적이 없는 태무는 고맙기도 하고 당황스러웠지만, "하이!"라는 인사로 화답했다. 포용의 관습이 몸에 밴 듯한 미국 할머니의 인사는 '나는 당신의 친구입니다' 하는 것 같았다.

어제 새벽에 지나온 낯익은 거리가 눈에 들어왔다. 버스는 붉은 벽돌의 아파트군을 지나 사람들이 붐비고 상가가 밀집해 있는 7트레인 시발역에 곧 도착했다. 더듬더듬 거리를 살피며 지하 역사로 내려갔다. 두터운 먼지와 검은 그을림으로 덮여 있는 어두운 역사는 쓰레기와 퀴퀴한 냄새가 뒤섞인 열기로 숨이 막혔다. 지하 이 층까지 내려가는 계단과 벽면은 괴상망측한 스프레이 낙서들로 범벅이었다. 계단 아래 후미진 곳에 죽음을 기다리는 짐승들처럼 웅크린 노숙자들의 참담한 모습은 못 봐줄 정도였다. 땟국에 찌든 시커먼 누더기 이불을 두르고 낡은 옷 더미 위에서 움질움질 뭉그적거리며 간신히 숨을 붙이고 있었다.

비교적 다른 지역보다 살기가 안전하다는 퀸스를 가로질러 맨해튼을 오가는 7트레인은 그야말로 지옥으로 사람들을 싫어 나르는 괴물 같았다. 차량의 안팎에도 검붉은 기분 나쁜 색깔의 낙서투성이고 철로에서 올라오는 덜커덩거리는 금속 굉음은 앉아 있는 철제 의자에까지 전해와 심장을 두들겼다. 역을 지날 때마다 피부색이 다른 온갖 인종들이 들락거리고 요상한 차림에 낯선 언어들이 정신을 흔들었다.

무질서한 낙서와 쓰레기에 함몰되어 있는 7트레인의 후진적 실상은 자유국가라는 미명 아래 상식과 법이 실종된 미국의 이면을 적나라하게 보여줬다.

지하를 달리다 땅 위로 올라온 열차는 우드사이드를 지나면서 도로 위에 세워진 고가철로에 올라서고, 맨해튼이 가까워오자 다시 이스트강 아래 지하 깊숙이 들어섰다. 지하와 지상과 공중을 오르내리던 트레인은 창밖 풍경이 사라진 얼마 후 이내 목적지인 42가에 도착했다. 네다섯 지하 노선이 교차하는 그 역은 여러 층으로 되어 있어 행선지를 찾아 헤매는 사람들로 넘치고 어느 곳으로 나가야 할지 출구조차 찾기 어려웠다. 만반의 태세와 자제력으로 무장한 사람들의 발소리와 시끄러운 불협화음, 검댕투성이의 철제 기둥과 철제 계단, 쇳덩이 위를 미끄러지다 멈추는 철마의 괴성, 탄광 터널처럼 어둑하고 탁한 공기, 낙서와 쓰레기와 노숙자, 여느 역사도 다를 바 없었다. 일등국가 뉴욕 지하철이라는 게 믿기지 않았다. 땅 위로 올라온 42가 '타임 스퀘어*'는 남북을 비스듬히 가로지르는 브로드웨이와 교차하는 곳으로 맨해튼의 중심부였다. 빌딩들은 하늘로 치솟고, 얼마나 높은지 바라보기에 뒷목이 아파올 정도로 뉴욕의 장대함을 보였다.

타임 스퀘어는 아수라장이었다. 네온이 현란한 XXX 성인 영화관과 성인 용품점이 즐비하고 반라의 스트립 쇼 사진들이 곳곳에서 사람들을 유혹했다. 늙은이 부부가 영화관 포스터 앞에서 뭐라 뭐라 수군대더니 들어갈까 말까 망설였다. 피부가 검은 젊은이들이 녹음기가

---

* 백 년 전 브로드웨이 공연문화가 시작될 무렵 '롱 에이커 스퀘어'라 부르던 그곳은 뉴욕 타임스가 옮겨오면서 타임 스퀘어라 했다.

달린 커다란 라디오를 어깨에 메고 쿵쿵거리는 음악에 맞춰 몸을 흔들고, 또 다른 무리들은 오가는 사람들을 노려보며 여차하면 시비를 걸듯 거리를 휘젓고 다녔다. 더부룩한 수염의 홀쭉한 남자가 주렁주렁 비닐 백을 매단 쇼핑 카트를 밀고 가다가 쓰레기통을 뒤지고 환각에 취한 듯한 부랑자 같은 걸인이 팔을 뻗어 동전이 들어 있는 종이컵을 흔들었다. "써-ㄹ, 브러더! 써-ㄹ, 브러더!" 핏빛 서린 눈으로 애절하게 호소하며 행인들을 세웠다. 순간순간 귀에 따가운 사이렌 소리를 내며 경찰차가 질주하고 그 뒤를 옐로우 캡들이 지그재그 달리며 경적을 울려대는 거리는 사람들조차 쫓고 쫓기듯 분주했다. 널브러져 구르는 쓰레기와 흉측한 문명의 소음이 뒤섞인 거리, 영혼을 잃어버린 듯한 사람들이 춤을 추는 환락의 거리, 두려움과 난잡으로 혼란한 타임 스퀘어는 과연 명성대로였다. 아침에 은주로부터 타임 스퀘어에 대해 설명을 듣고 범죄의 소굴이므로 조심하라는 말을 들었던 터라 예상은 했지만 이처럼 아수라장이고 으스스한 곳인 줄은 몰랐다. 타락과 죄악으로 멸망한 소돔과 고모라가 그만하지 않았나 싶었다.

몇 발짝을 걸었으나 여전히 환락과 공포의 광경뿐이었다. 태무와 은비는 두려움에 떨며 더 이상 발걸음을 내디딜 엄두를 못 냈다. 맨해튼 구경은커녕 어서 그곳을 빠져나가고 싶었다. 우악한 무리들이 동양에서 온 얼뜬 이방인을 노려보는 것이 금방이라도 덮칠 것만 같았다. 행복을 노래하는지 울분을 토하는지 그들은 정신이상의 경계선에 있는 자들처럼 안하무인으로 떠들었다. 먹이를 놓친 포식자처럼 어기적거리며 거리를 휘젓는 무리 앞에서 완전히 주눅이 들었다. 인격마저 손상당하는 기분이었다. 그들은 자기들이 표현하는 예술이거나 민주주

의를 누리는 자유라 여기는 듯했지만 태무는 이해의 한계를 넘을 수
없었다. 더 이해가 안 되는 것은 그들의 무례함이나 행인들에게 주는
폐해가 허용의 틀을 벗어나거나 법에 위배되는 일이 아니라는 듯 아무
도 제지하는 사람이 없다는 것이다. 오히려 순찰을 돌던 남녀 경찰 둘
은 그들과 어울려 몸을 흔들며 난잡스러움의 쾌감을 자유분방하게 즐
겼다. 어깨를 툭툭 치며 법석도 떨었다. 방종과 관용의 상식이 조화된
미국 사회가 이해되고 이질적 문화와 타협하기까지 태무와 은비는 숱
한 혼란과 충격의 세월을 겪어야 했다.

더 이상 나아갈 수 없는 다음 행보는 고작 출출한 허기를 채우는 일
이었다. 눈에 띄는 햄버거 가게 앞에 사람들이 줄지어 서 있어 그들도
대열에 섰다. 우악한 무리들의 시선에서 조금 떨어지자 다소 안심이
되었다. 카운터 앞에 떡하니 서 있는 종업원이 거만하게 주문을 물어
왔다.

"메아이 핼?"

무슨 말인지 알 수 없어 우두커니 서 있다가 태무는 눈치 주문을
했다.

"햄버거 플리즈!"

"윗카인 햄북?"

그가 다시 매몰차게 물어왔다. 고개를 들어 사진이 붙어 있는 커다
란 메뉴 간판을 보니 이름을 알 수 없는 햄버거 종류가 부지기수였다.
아무 햄버거나 주면 될 걸 뭐라 하는 거지? 순간 말문이 막혔다. 첫
번째 사진이 맛있어 보여 손가락으로 가리킨 다음 V 자를 만들어 보
였다.

"투!"

팔뚝에 적갈색 털이 덥수룩한 까까머리 종업원이 다시 물었다.

"에니 드링?"

이번에도 태무는 눈치로 주문을 했다.

"콜라 플리즈!"

"콕 어 펩시?"

그가 다시 되물어왔다. 그러자 다시 혼란이 왔다. 펩시는 알겠는데 콕은 또 뭐야? 아! 맥다널에서 마시던 그 코카콜라? 답답한 순간이 아슬아슬하게 지나갔다.

"투 콕 플리즈!"

이번에는 더욱 꼿꼿하게 V 자를 세워 보이며 까딱 흔들기까지 했다. 주문이 끝났는데 까까머리는 또 말을 건넸다.

"뎃진?"

다시 혼란이다. 이건 또 뭐라는 거지? 순간 태무 입에선 최상의 걸 맞은 대답이 자신도 모르게 튀어나왔다.

"오케이!"

"포 투에니."

선불을 먼저 하라는 것이렷다? 얼마인지 모르지만 은비가 꺼내준 10달러 지폐 한 장을 건네자 몇 장의 1달러 지폐와 동전 몇 개를 거슬러주었다. 태무의 눈치는 적중했다. 얼뜨기가 돼버린 그는 눈치로 주고받은 영어 대화로 간신히 먹거리를 샀다. 태무는 미국 토박이와의 영어 대화에 꿀리지 않았다는 듯 득의양양하게 주위를 한 번 둘러본 다음 턱을 세우고 뉴요커인 양 젠체했다.

인파는 여전히 붐볐다. 거리 모퉁이 신문 판매대 옆에서 허겁지겁 허기를 채운 태무와 은비는 미련 없이 공포의 맨해튼을 떠나기로 합의했다. 서로의 손을 꼭 잡고 서둘러 지하 깊숙한 곳으로 다시 내려가 플러싱으로 돌아가는 7트레인에 올랐다. 불과 한 시간도 채 되지 않은 허탈하고 어처구니없는 나들이였다. 자유를 훼방하는 자유, 설익은 인간들의 방종, 무질서가 난무하는 소음, 불쾌한 문명의 오물들이 소름을 돋게 하는 맨해튼이었다. 앞뒤를 자르고, 말을 하다 마는 듯 혀를 굴리는 미국 영어를 처음부터 다시 배워야겠다는 생각이 드는, 영어의 절벽 앞에 부딪힌 아찔한 첫날의 미국이었다.

은비는 저녁을 짓고 태무는 텔레비전 앞에 앉아 열띤 토론을 벌이고 있는 아나운서와 패널들의 설전을 흥미롭게 지켜보았다. TV는 일본제 소니 컬러 TV였다. 한국에서는 컬러 TV가 보급된 지 불과 일 년여밖에 되지 않아 대부분 흑백 TV였는데 색상이 아름답고 화질도 선명했다. 화면에는 레이건 대통령이 부인 낸시의 손을 잡고 강아지와 함께 백악관 뜰을 걸어가는 모습이 나왔다. 하얀 케피야를 쓴 아랍인들의 모습과 화면 아래에 'OPEC'이라는 자막도 나타났다. 제대로 알아들을 수 없는 영어였지만 인플레이션의 위험도와 실업률의 증가, 원유 가격의 하락과 극심한 경기 침체에 대한 정치적 공방이 벌어지고 있음을 어림짐작으로 알 수 있었다. 경기 침체라, 그리고 실업? 태무는 갑자기 머리가 무거워짐을 느꼈다.

은주가 핸드백을 끌며 지친 모습으로 직장에서 돌아왔다. 은주는 맨해튼 구경을 잘했느냐며 저녁을 짓고 있는 은비 옆에 다가가 시름겨운 소리로 고단함을 토로했다.

"애고오, 사는 게 이래."

"언니 이게 어디 쌀이야?"

은주의 시름을 나중에 듣겠다는 듯 은비가 화제를 돌렸다.

"캘리포니아 쌀."

"윤기가 흐르고 좋네. 코끼리 밥솥에 밥을 지어서 그런가?"

"캘리포니아에서는 밭에 씨를 뿌려 기계로 벼농사를 짓는대. 그런데도 이렇게 쌀이 좋아."

"반찬은 언니가 만든 거야?"

"내가 만들긴, 식품점에서 사 온 거야. 교민들은 바쁘게 사니까 모두 식품점에서 사다 먹어. 만들 시간도 없고. 집에서 아이 키우고 살림만 하는 주부는 거의 없어. 애들도 베이비시터한테 맡기고."

"식품비가 많이 들겠구나, 아이들 육아비용도 그렇고."

살림꾼다운 은비의 궁금한 질문이 이어졌다.

"세탁은 어떻게 해?"

"일주일씩 모아서 주말에 런더리에 가서 해. 쿼러 코인 넣고. 드라이까지 해오니까 그게 편해."

"전기, 수도세는 비싸?"

"전기세는 싸. 뉴욕에서 쓰는 전기가 한국 전체가 쓰는 전기보다 많대. 수도세는 공짜야."

"수도세가 없단 말이야?"

"음, 록펠러라는 사람 알아? 석유 재벌. 그 재단에서 뉴욕 시민들 물세 대준대. 자기 집이나 건물 주인은 조금씩 내고."

"그래?"

은비는 물세가 공짜라는 말에 다소 놀라면서 앞으로 미국에서 살아갈 방도를 살뜰한 주부답게 하나씩 하나씩 머릿속에 집어넣고 있었다.

"근데 올케 언니는 어떻게 됐어?"

"명숙 언니? 뉴햄프셔에 있는 농장에서 살아. 형부랑 애들이랑 같이."

"언니는 만나봤어?"

"아니, 그럴 기회가 없었어. 오빠도 한 번도 안 봤대, 애들하고 가끔 전화만 하고. 그쪽 형부가 몸이 안 좋아서 돌봐주고 있나 봐. 양로원도 나가고 농사도 짓고, 농장이 꽤 큰가 봐."

"웬만하면 그냥 살지 왜 그렇게 됐어?"

"그러게."

오빠의 가족사를 안타까워하는 두 자매는 이야기를 멈추고 싶지 않은 듯 이제 식탁에 마주 앉았다.

"그런데 얘, 올케의 죽은 언니 딸 제니, 수녀 된 거 아니?"

"수녀?"

"음, 작년에 종신서원했다더라."

"얘긴 얼핏 들었는데 그리 되었구나. 참, 오빠 한국에서 선본 여자 언제 오기로 한 거야?"

"나도 잘 몰라, 물어보기도 좀 애매하고. 서로 잘 맞지 않아 고민 중인가 봐."

땅거미가 내려오고 은비의 정성스런 음식이 차려지는 동안 하루 일을 마친 자민이 커다란 바나나 상자를 들고 들어왔다.

"어서 오세요. 수고했어요!"

늘어진 모습으로 돌아온 오빠에게 건네는 애교 섞인 은주의 위로가 다정해 보였다.

"땡큐!"

자민이 환히 웃으며 노란 바나나 상자를 열어 보였다. 타국 생활에서 위로를 주고받는 독신자 남매의 우애에는 고달픈 삶의 슬픔과 하얀 종잇장 같은 외로움이 물씬 묻어나 보였다.

"웬 바나나를 이렇게 많이?"

"은비 내외 실컷 먹으라고."

"아무래도 그렇지, 이렇게 박스 채 사오면 상하기 십상……."

은주가 잔소리가 될까 봐 거기서 멈추었다. 넷이서 다 먹어 치울 수 없을 줄 알면서도 50파운드 상자를 통째로 사 들고 온 자민의 넉넉한 배포가 보였다. 한국에서는 바나나가 비싸고 귀한 것임을 알고 있어 동생에게 실컷 먹어보라는 자상함이기도 했다. 즐거움을 만들어 누군가에게 기쁨을 주려는 자민의 도량에 태무는 뭉클 감동했다. 함께 사는 동안 그로부터 너그러운 삶의 방식을 두루두루 배울 수 있을 거라 여겼다.

아래층에서 올라오는 이란 노부부의 노릇하고 구수한 빵 굽는 냄새와 은비가 끓이는 김치찌개 냄새, 짙은 바나나 향기가 뒤섞인 훈훈한 저녁식탁이다. 은주는 하루에 한 번은 꼭 먹어야 한다는 동그란 베이글과 크림 치즈를 가져왔다. 곁들여진 붉은 와인은 세 남매에게 회포의 잔이 되고 새 삶을 찾아온 태무 부부에게 용기를 더해주는 축배가 되었다. 지새워도 좋을 밤은 여유롭고 취기 오른 이야기의 향연은 달아올랐다.

"그래, 맨해튼 구경은 어땠어?"

자민이 궁금한 듯 물었다. 태무 부부는 어디에서부터 나들이의 소감을 꺼내야 할지 몰라 서로 얼굴을 마주 보며 멈칫거렸다.

"왜, 무슨 일이 있었어?"

"좋긴 했는데 실망이었어."

은비가 와인잔을 손안에 굴리며 침을 꿀떡 삼키더니 오늘 하루 있었던 일을 특유의 굴러가는 말솜씨로 더듬었다. 지옥 같은 지하철의 악취와 쓰레기와 낙서, 저마다 유별난 몸짓의 온갖 인종들, 타임 스퀘어의 공포, 터무니없이 자유로운 자유, 사람들의 비상식적인 방종에 대한 놀라움을 조곤조곤 양념을 쳐 가며 되짚었다. 아슬아슬한 영어로 간신히 햄버거 하나 사 먹고 도망치듯 되돌아온 이야기에서는 모두들 손뼉을 치며 웃었다.

"그곳이 그래. 할렘을 보면 더 기절할 거야. 난잡한 곳이 더러 있지만 그곳이 미국의 다가 아니니 염려할 것 없어. 곧 익숙해질 거야."

자민은 그들 부부의 나들이에 대한 실망과 두려움을 애써 지워주려 했다. 이어서 그러한 상황의 연유를 이민 선배답게 피력하기 시작했다.

60년대 이후 불어 닥친 인권운동과 히피문화로 사회질서는 혼란에 휩싸이고 절대빈곤과 인종 차별에 대항하는 흑인들의 폭동으로 도시의 곳곳이 파괴되는 등 안팎으로 많은 우여곡절을 겪고 있단다. 또한 극심해진 경제 불황과 베트남 전쟁의 패배로 거리로 내몰리는 사람들이 늘어나 통제하기 어려운 시기를 맞고 있는 중이란다. 도시를 덧칠한 망측한 그래피티와 비상식적 문화는 불평등과 차별의 박탈감에 대한 울분의 표상이며 어려운 경제로 인해 어두운 그림자는 지워지지 않고 있다는 것이다. 부정적 화제는 그쯤에서 그만두자는 듯 은주가 말을 받아 긍정의 관점으로 말머리를 돌렸다.

"살아보니 미국은 볼수록 크고 부유한 나라더라. 아름답기도 하고 한국에 비해 살 만한 것 같아."

밤이 깊어 갔다. 태무의 머릿속엔 자민의 말 한마디가 화살처럼 꽂혔다. 불평등과 박탈감? 어두운 그림자? 태무는 언뜻 흉하게 얽혀 있는 미국의 비밀을 엿들은 것 같았다.

밤을 지새우는 이유가 하나 더 있었다. 한국과는 밤낮의 시간 차가 있어 한국 시간에 맞추어 잘 도착했음을 집에 알리는 전화를 해야 했기 때문이다. 은주가 국제전화를 걸었다. 전화 안내원을 불러낸 다음 "컨트리 코드 에이디 투, 시디 코드 투, 엔 넘버……." 하며 번호를 불렀다. 능숙한 영어였다. 전화는 한참 후에야 연결되었다. 자민은 불과 몇 년 전만 해도 국제전화 요금이 너무 비싸 한국에 전화 한 번 하기가 그리 쉽지 않았는데 지금은 훨씬 수월해졌다고 했다. 부모에게 안부를 전한 다음에도 이야기는 그치지 않았다.

'미국은 물자가 넘치니 버리는 습관을 들이지 않으면 쓰레기 천지가 된다. 노력하면 대가가 있고 원하는 것이 있으면 얻을 수 있으니 어디에서든지 당당하게 굴어야 한다. 배우고 싶은 것이 있으면 그걸 가르쳐줄 사람이 있고 잠재력을 실현할 수 있는 가능성이 얼마든지 있는 나라다.'

들려주고 싶고 듣고 싶은 미국 생활의 이야기는 끝이 없었다.

사다리 계단을 세며

　거대하고 시끌시끌한 뉴욕에는 새내기 이민자가 갖춰야 할, 보이지 않는 사회적 규율과 통념이 있었다. 서로 다른 다양한 문화를 이해하고 공유할 수 있어야 하며 자기만의 민족주의에 갇혀 있거나 누구에게도 배타적이어서는 안 된다는 점이다. 또한 과거의 지위를 내려놓고 불굴의 정신으로 재무장해야 하며 타성에 젖은 인습으로부터 자유로워져야 한다는 것이다. 편안한 운동화, 실용적인 청바지 같은 간편한 노동복으로 갈아입고 체면을 위한 위선과 허울을 벗어야 한다는 것도 그렇다. 타인의 이목에 몸을 사리던 예전 방식의 끈을 끊고 앞서 온 선구자들의 개척정신을 표방해야 살아남을 수 있다는 말이다. 이민자들은 대부분 신호를 놓치고 잘못된 길로 들어서 생긴, 멍과 흉터를 지닌 사람들이다. 미국에서는 그런 상처들을 치유할 수 있고 원하는 모든 것이 가능하며, 그것이 헛된 소문이 아님을 알게 되면서 새로운 희망을 갖는다.

　태무는 이제 멜빵 달린 데님 작업복 차림의 노동자가 되어 자민과 기수와 함께 덜컹거리는 밴을 타고 그 희망의 새벽길을 달리고 있다. 몸과 마음을 팽팽히 다잡고 각오에 찬 긴장의 첫 끈을 조였다. 기수는 한 손으로 운전하며 다른 손으론 여유롭게 커피를 홀짝홀짝 마셨다. 아직 차량이 많지 않은 495번 하이웨이를 달려 맨해튼 공사현장으로 가는 길이다. 기수는 자기 아래에 부하가 하나 생겼다는 으쓱함으로 가끔씩 크윽, 퀙 하는 가래 끓는 헛기침 소리와 함께 허풍을 떨었다.

"내가 이 길은 보통 팔구십 마일로 다니는데 오늘은 이 형이 타서 천천히 가는 거요."

경찰한테 딱지 한 번 받아본 적 없다는 듯 당당한 표정이다.

"지금도 70마일로 빠른데요?"

가운데에 앉아 있는 태무가 계기판을 확인했다. 그 길은 고속도로이지만 도심을 지나기 때문에 55마일 속도제한 도로였다. 기수는 차량 몇 대를 계속 추월했다.

"천천히 가. 무슨 난리 났어?"

자민이 핀잔을 주는 사이 갑자기 경광등을 번쩍이는 경찰차의 강렬한 사이렌 소리가 뒤에서 들려왔다.

"에잇! 젠장. 재수 없는 저 소리. 어디서 나타난 거야?"

"재수는 무슨, 정신줄 놓아서 그렇지!"

자민이 어이없다는 듯 기수에게 호통을 치며 눈을 길게 흘겼다. 갓길에 차를 세운 기수는 10달러짜리 티켓을 받았다. 피자 한 쪽이 50센트고 말보로 담배 한 갑이 1불 조금 넘을 정도이니 제법 큰 금액이다. 그가 티켓을 던져놓은 대시보드 위에는 주차위반을 포함한 여러 장의 교통위반 티켓이 어지럽게 쌓여 있었다. 기수는 골이 났는지 부리부리한 눈언저리 근육을 조이며 씰룩거렸다. 첫날부터 태무 앞에서 체면을 구긴 탓인지 안절부절못하며 커피 종이컵을 구겼다. 자민은 킥킥거리는 선웃음으로 그의 무너진 자존심을 긁었다. 퀸스버러 브릿지 근처의 럼버 숍에 이를 때까지 기수는 입을 다물었다. 얼마나 백미러에 신경을 썼는지 자민이 버럭 지르는 소리도 듣지 못했다.

"어디까지 가는 거야? 여기 세워야지."

기수가 정신을 차리고 핸들을 꺾어 세운 곳은 크고 작은 트럭들이 줄지어 서 있는 럼버 숍 주차장이었다. 공사장에 가기 전 자재를 사는 곳이다. 럼버 숍은 운동장처럼 넓었다. 온갖 목재들이 건물 밖 야드까지 끝없이 쌓여 있고 안쪽에는 건축 자재와 공구들이 빼곡히 진열되어 있었다. 건장한 남자들이 핸드 트럭으로 물건을 실어 나르고 이른 아침인데도 자재를 사러 온 사람들로 북적거렸다. 손님들은 공사장에서 일을 하다가 금방 나온 사람들처럼 한결같이 꾀죄죄한 작업복 차림이고 카운터 뒤에 앉아 있는 매니저인가 하는 나이가 든 사람만이 조금 깔끔한 차림이었다.

럼버 숍은 역사가 족히 백 년은 넘어 보이는 듯했다. '카시오' 같은 전자식 금전 등록기가 있음에도 아직도 그들은 서부영화에 나오는 제너럴 스토어나 주점에서 보던 금속 캐쉬 박스를 사용했다. 손으로 꾹꾹 누르며 찰카닥 찰카닥 계산하는 소리, 덜커덩하며 여닫히는 금속음도 그 옛날의 소리겠지 싶었다.

참으로 답답하고 이해 못할 것은 카운터를 지키는 직원들이었다. 덩치는 곰같이 크고 느려터진 행동은 말할 것 없거니와 계산하는 것도 가관이었다. 줄을 서서 초조히 기다리는 손님들은 아랑곳 않고 뭉뚝한 연필에 침을 바르며 누런 종이 위에 굼벵이 기어가듯 숫자를 적었다. 겨우 셈법을 뗀 아이처럼 위아래를 짚어가며 세월아 네월아 더하기 빼기를 하고 올내림하는 계산방식은 기다리는 사람들에게 복장이 터질 일이었다. 첨단을 달린다는 미국의 일면이었다. 대단한 일이나 하는 듯 구겨진 얼굴로 "넥스트!" 하며 다음 손님을 부르는 거드름 낀 어조는 거만하기조차 했다. 그러고도 붙어 있다니. 태무는 훗날에 수도 없이 그런 깜냥도 안 되는 뉴욕 얼뜨기들과 부딪쳤다. 인내심을 조롱당하며 진력이 나도록 실랑이를 벌이곤 했다.

자민과 기수가 공사에 필요한 자재들을 살피러 다니는 동안 태무는 눈에 띄는 대로 하나하나 진열된 물건들의 이름을 눈여겨봤다. 처음 보는 영어 명칭이 많아 쉬이 눈에 익히지 않았다. 공구나 자재를 쇼핑한다는 것은 만만치 않은 일이었다. 규격이나 용도는 물론 가격과 상표, 품질을 세심히 살펴야 하는 전문적 경험을 요구했다. 기수는 직원들과 농담을 하거나 어디론가 사라졌다 나타나곤 했다. 마치 놀러 나온 사람처럼 공연히 이곳저곳 어정거렸다.

"서두르지 않고 뭐 해? 빨리 물건 실어야지!"

계산을 치르고 돌아온 자민의 볼멘소리를 듣고서야 기수는 제 할 일을 알아차렸다. 두 사람은 동갑내기 친구이자 동업자지만 일을 할 때는 확실히 직분이 구분된 보스와 매니저였다.

교민 사회에서 흔히 하는 말이 있었다. 새로 이민 온 사람은 대개 공항에 마중 나온 사람의 직업을 따르더라는 것이다. 태무도 예외는 아니었다. 자민이 마중을 나왔고 태무 또한 아무런 물정을 모르는 처지라 우선 자민의 권유에 따라 카펜터 일을 해보기로 한 것이다. 어쨌든 노동일이긴 하지만 직업이 바로 생겼으니 다행한 일이었다. 그렇게 첫날 아침은 강기수 덕분에 주로 주의해야 할 일이 무엇이고 자재 쇼핑은 어떻게 하는가에 정신이 쏠렸고, 문명의 집합소 같은 럼버 숍은 상상 속에 없던 세상이었다.

공사현장은 고층 아파트와 은행들이 모여 있는 맨해튼 동쪽 2번가의 새로 개업을 준비하는 꽃 가게였다. 길가에 밴을 주차하고 연장을 내리고 합판도 내렸다. 차량 지붕 위에 싣고 온 목재도 내렸다. 중년을 훨씬 넘어선 서글서글하고 인상 좋은 한국인 주인 남자가 태무의 손을 덥석 잡으며 반가운 인사를 해왔다. 손길에 정감이 넘쳤다. 목재를 내리다 말고 기수는 주인 남자와 별거 아닌 이야기로 시작의 뜸을 들이다가 자민으로부터 또 핀잔을 받았다.

"뭐 해? 사다리도 내려야지!"

"오키도키!"

기수는 조심스럽게 접이사다리를 풀어 내리며 중얼거렸다.

"음, 침착해야지."

아마 사다리를 내리다가 뒤차를 긁었거나 지나는 행인을 친 적이 있었던 모양이다. 그의 굼뜬 행동은 아무리 보아도 침착하기보다 재치에 둔하고 게으름기가 몸에 밴 천성적 성격인 듯싶었다.

카펜터 일은 단순히 톱과 망치질만 잘하면 되는 게 아니었다. 상상력을 자극하여 무에서 유를 만들어 내는 창조작업이었다. 그날의 첫 작업은 가게 안의 모든 낡은 것을 쓸어 내어 무無가 되게 하는 일이었다. 그림을 그리기 위해 화폭에 흰 바탕을 먼저 도색해야 하는 이치와 같은, 이를테면 천장과 벽을 뜯어내고 화장실이나 옛 설비들, 심지어 프론트 도어까지 모조리 철거하여 목적에 맞는 설비를 새롭게 설치할 수 있도록 기초작업을 해두는 것이다.

태무는 사다리를 타고 망루에 오르듯 한 발 한 발 높다란 천장을 향해 올라갔다. 높은 사다리를 타본 적이 없는 그의 다리가 후들후들 떨렸다. 올라온 계단이 몇 개인가 세어보려 했지만 언뜻 세어지지 않았다. 무거운 연장을 번갈아 가며 천장을 부수고 뜯어내기 시작했다. 백년, 아니 그보다 훨씬 더 묵었을 먼지들이 거미줄에 엉키며 쏟아져 내려왔다. 기수가 모자를 씌워주며 마스크를 쓰라는 이유를 알았다. 손과 팔에 힘이 가해질 때마다 두 다리와 사다리가 동시에 휘청거렸다. 사다리와 함께 쓰러지면 타박상은 물론이고 머리를 다치거나 팔다리가 부러질 수도 있는 위험한 작업이다.

천장에 붙은 석고보드를 뜯어내고 먼지를 털어낸 다음 녹슨 못들을 뽑아내는 일에는 순서가 없었다. 마구잡이로 해야 하는 일이었다. 고개를 옆으로 젖히고 쏟아지는 먼지덩이를 피해보지만 먼지는 목을 타고 몸속까지 스며들었다. 얼굴에도 눈썹 위에도 온몸이 해묵은 오물들로 뒤덮였다. 땀은 범벅이고 묵은 나무와 회벽에서 풍기는 퀴퀴한 냄새가 마스크를 타고 들어와 숨을 막히게 했다. 정신이 흔들리고 사방이 노랬다. 잠시 내려와 마스크를 벗었을 때는 체력이 소진되어 기진맥진했다. 숨을 돌린 다음 모자를 털어 쓰고 다시 사다리에 올랐다. 다리는 중심을 못 잡고 여전히 후들거렸다. 막무가내로 몸을 던져 오르내리며 '아, 이게 이민이구나!' 했지만 밖으로 소리를 내지 못했다. 꿈을 찾아온 청춘이 그토록 오지게 뒤집힌 삶을 만날 줄은 상상을 못했다. 하지만 그 순간은 후회스럽거나 억울하지 않았다. 시간의 감각이 없고 아무런 생각도 나지 않았다. 다만 자민이 한국에 왔을 때 들려준 말, '물리적으로 고생은 각오해야 된다', 공항에서 이민국 직원이 조롱했을 것 같은 '너 미국 맛 좀 봐라'라는 그런 말만이 머릿속에서 맴돌았다. 기수는 뒤쪽 칸막이와 벽면을 철거하느라 진땀을 흘리며 낑낑거렸다. 자민은 줄자를 들고 다니며 창조의 밑그림을 위한 디자인 가늠작업에 골몰했다. 그렇게 부수고 걷어내어 무를 만드는 기초작업은 다음 날까지 이어졌다. 주인의 의견대로 구체적인 설계도면이 완성되고 본격적인 공사가 시작되었다. 지나는 사람들마다 공사현장을 힐끗힐끗 쳐다보고 궁금증을 참지 못하는 사람은 얼굴을 빼꼼히 들이밀고 무슨 가게를 꾸미냐고 물어왔다. 일일이 대답해주기가 귀찮았던지 기수는 누런 박스 판지에다 갈겨 쓴 안내표지를 건물 앞에 붙였다.

⟨Coming Soon, Flower Shop⟩

그제야 얼굴을 들이밀던 방문자는 줄었다. 그러나 할 일 없는 행인이나 관심거리를 찾는 노인들은 가던 길을 멈추고 오픈을 하면 꼭 사러 오겠다며 묻지도 않은 대답을 하고 지나갔다.

1000스퀘어피트 공간에, 뒤쪽에는 세면대를 포함한 화장실과 간이 주방, 창고 겸 사무실을 만들고 중간에는 커다란 꽃 저장용 냉장 워킹 박스, 앞쪽에는 작업대와 계산대, 양 벽에는 진열 선반을 만드는 작업으로 레이아웃이 정해졌다. 천장은 드롭 실링, 쇼윈도와 프론트 도어는 알루미늄 프레임으로 교체하는 제법 큰 내부 공사였다. 플러밍과 전기 공사, 바닥의 타일 공사는 협력업체에 외주를 주었다. 작업은 순서에 따라 분담하는 팀웍도 중요하지만 더 깊이 고려해야 할 점은 소요자재의 원가 절감과 효율적인 작업 공정이었다.

일하는 동안 태무는 그들에게서 특이한 점을 발견했다. 기수는 작업 과정과 마무새를 중요시하고 자민은 결과에 치중하는 점이다. 기수의 방식대로라면 시간이 많이 걸리고 자민의 방식은 빠르기는 하지만 마지막에서 허술함이 발견되는 것이다. 주먹구구식 작업 공정도 수시로 눈에 들어왔다. 하지만 망치질도 서툴러 손가락을 찧기 일쑤고 톱질도 제대로 못 하는 태무가 섣불리 참견하거나 의견을 제시할 입장은 아니었다. 며칠 만에 겨우 사다리를 제대로 타거나 '인치' 줄자 사용법을 알게 된 신참이 아는 체한다는 건 경솔한 행동이었다. 자민의 업무 관리나 서류 정리도 럼버 숍 얼뜨기들처럼 느리지는 않았지만 체계적이지 못하고 매뉴얼 하나 없이 뒤죽박죽이었다. 대개 머릿속에 저장시키고 다녔다. 결코 작지 않은 공사가 그렇게 머릿속에 그려진 상상대로 완성되어 간다는 것이 신기할 정도였다.

자민과 기수는 자신들의 경험과 기술을 도제식 교육을 하듯 태무에게 전수하는 데에 많은 시간을 할애했다. 망치질은 손목의 힘을 빼고 임팩트를 이용해야 한다. 드릴이나 스크류 머신을 사용할 때는 부드럽게 힘을 가하고 라우팅이나 전기 컷팅은 끝까지 집중력을 유지해야 되며, 시트락이나 합판을 들 땐 가운데에 손을 받쳐 중심을 잡고 허리를 똑바로 펴야 한다. 수평기로 기울기를 보거나 줄자로 규격을 잴 때는 반드시 두 번 이상 메저링해야 한다는 등 주로 기초적인 것들이었다. 태무는 도제살이 풋내기처럼 긴장된 자세로 제자로서의 본분을 잊지 않았다. 육체를 내던진 시간은 출렁출렁 흐르고 작업의 리듬이 손에 익으면서 낯선 상황들이 새로운 경험으로 쌓였다. 새벽부터 열 시간이 넘는 노동을 마치고 집에 돌아오면 녹초가 되었다. 온 근육이 뻐근하고 뼈마디마다 욱신거리며 곳곳엔 상처투성이였다. 정성스런 저녁식탁으로 위로하는 아내가 없었다면 버티어 내기가 쉽지 않았을 며칠이었다.

공사는 순조로웠다. 조금 느긋한 날이다. 기수는 강수정이 싸준 도시락을 꺼내 함께 점심을 들자 했지만 태무는 사양하고 밖으로 나왔다. 공연히 점심을 빼앗는 것 같기도 했지만 기실 음식 맛이 은비의 솜씨와 비교되지 않게 맛이 없었기 때문이다. 건너편 맥도널드에서 빅맥 콤보를 사 들고 한 블록 떨어진 작은 공원으로 향했다. 이스트강 강변이 가까운 곳이다. 며칠 만에 하릴없이 노동 현장의 노가다 일꾼이 되어버린 태무는 차림새고 뭐고 이미 예전의 말쑥남이 아니었다. 한 달 전만 해도 아내가 챙겨주는 산뜻한 셔츠와 넥타이를 매고, 향수 뿌려진 손수건에 번쩍이는 구두를 신고 신선한 출근길을 나서던 그였다. 빙글빙글 돌아가는 의자에 앉아 교양 있는 사람들과 알맞은 온도의 고층 사무실에서 하루의 일과를 보냈다. 점심도 구내식당에서 따뜻한 식사를 하거나 회사 근처 골목에 있는 맛집들을 찾아다녔다. 신문을 보면서 세상 돌아가는 이야기도 하고 벗이 찾아오면 지하 다방에서 동창들 소식도 들으며 주말에 처갓집에 들르면 환대도 받았다. 때론 외식을 하거나 공연을 보러 가고 나름의 품위를 유지하는 생활을 했다. 그러나 지금 태무는 햄버거 하나로 허기를 채우는 초라한 노무자가 되어 이국 땅 어느 거리의 공원 벤치에 홀로 덜렁 나앉아 있다. 한숨이 목에 잠기는 씁쓸한 시간이다. 덥수룩한 수염으로 목을 가린 사람이 뒷짐을 지고 지날 뿐 아무도 없는 공원이다. 발끝까지 내려오는 검은 수단을 입은 것이 어느 교회의 성직자가 아닌가 싶었다. 어디선가 갈매기들이 날아와 부스러기라도 떨어뜨려달라는 듯 저만치서 눈치를 보내왔다. 갈매기들만큼이나 자신이 처량하다는 생각이 들었다.

미풍은 소슬히 불고 햇볕은 따스했다. 퀸즈버러 브릿지 옆으로 한가로이 오가는 빨간색 케이블 트램카가 멀리서 보였다. 페리 선착장 근처에서는 헬리콥터가 뜨는가 하더니 또 어디선가 날아와 빙빙 돌다 내려앉았다. 푸른 하늘을 향해 우뚝 서 있는 유엔 건물이 가까이에 있었다는 걸 그제야 알았다. 하긴 세계 평화라든가 국제 협력 따위의 거창한 문제에 관심을 둘 처지도 아니었다. 고개를 들어 하늘을 볼 여유조차 없었던 지난 며칠이었다. 하늘을 떠받친 즐비한 마천루들이 저마다 위용을 과시하며 땅을 호령하듯 줄지어 서 있다. 인디언으로부터 24달러에 샀다는 맨해튼, 그 위에 세워진 저 엄청난 빌딩의 군상은 어떻게 생겨난 것일까. 태무는 그 군상이 다투어 서 있는 역사적 의미 하나가 문득 떠올랐다. '하늘에 닿게 탑을 쌓아 우리 이름을 사방에 날리자', 바벨탑이었다. '저 인간들은 하려고만 하면 못할 일이 없겠구나', 신은 노여워했다.

인간의 역사는 두 개의 축으로 흘러왔다. 하나는 탐욕의 역사다. 탐욕은 권력을 만들고 권력은 지배의 욕망을 부추겼다. 지구상의 엄청난 건물들은 그 권력의 상징이다. 다른 축은 탐욕에 맞서 싸우는 종교의 역사다. 종교의 힘은 인간의 탐욕과 끊임없이 대적해왔고 그 견제의 상징으로 수많은 종교 건물이 세워졌다. 권력과 종교의 바벨탑들이 지구 곳곳에서 맞겨루며 위용을 펼쳤다. 두 축의 역사는 이제 물질의 세계로 옮겨왔다. 종교의 정체가 밝혀지고 그에 필적할 새로운 도구가 생겨났다. 돈의 위력이다. 미국은 세상을 지배하기 위한 합리적인 방식으로 돈을 택했다. 하늘을 문지르는 저 수많은 마천루들은 권력의 위용도 종교의 상징도 아닌 돈의 위력이 착취하여 쌓아 올린 난

공불락의 자본주의 표상이었다. 그 어느 정신적 가치도 심지어 생명까지도 돈의 지배를 받고 물질적 부만이 성공의 척도가 되는 세상, 갈매기들이 부스러기를 찾듯 사람들이 마천루 숲으로 모여드는 까닭이 있었다. 오라! 신의 가호가 여기에 있으니. 마천루 숲은 황금니를 내보이며 여기저기서 추파를 흘리고 있었다.

태양마저 비켜가는 어마어마한 사각의 숲, 사방에서 울리는 시멘트 바닥의 노호, 난쟁이라도 된 것 같은 태무는 길을 헤맬 것 같았다. 길을 잘못 들어선 건 아닐까. 아닐 거라며 먹다 남은 프렌치프라이 부스러기를 던졌다. 더 많은 갈매기들이 끼룩대며 모여들었다. 이 벤치에 앉았던 사람들은 무슨 백일몽을 꾸며 저 갈매기들에게 부스러기를 던져주었을까. 태무는 모자를 털어 벤치 위에 놓고 수염이 꺼칠해진 턱을 쓸었다. 광대뼈가 잡히는 듯하다. 헐렁한 멜빵 데님바지, 먼지 땟국으로 더럽혀진 작업화, 반창고 두 개가 감겨진 거스러미투성이 오른손, 빗나간 망치질에 피멍 든 왼쪽 집게 손톱, 그는 어쩔 수 없이 자신의 모습을 인정했다. 하지만 생각은 자유롭게 흐르고 미국은 아직 미혹의 세계였다. 갈매기들은 뻔뻔함을 타고 난 것 같았다. 여전히 발치 주위에서 염치를 접고 어정거렸다. 태무는 돌아갈 시간을 한참이나 잊고 앉아 있었다.

한 달로 예정했던 공사는 일주일을 더 넘겨서야 끝났다. 전기 공사를 하는 사람이 중간에 다른 일감이 들어오면 하던 일을 멈추고 이런저런 핑계로 늑장을 부린 탓이다. 무에서 시작된 창조작업은 세 사람에게 뿌듯한 완성의 쾌감을 가져다주었다. 주인은 마치 신제품 품평회를 하듯 어느 한 곳 놓치지 않고 꼼꼼히 둘러보며 흡족해했다. 마무리 페인트까지 기대 이상의 작품이 나왔다며 특별히 그 공로를 기수에게 돌렸다.

"강 형, 수고 많았습니다. 솜씨가 이렇게 훌륭한 줄 몰랐습니다."

그 말은 백 번을 들어도 기분 좋은 말이고 자민에게서도 꼭 한 번 듣고 싶은 말이었다.

"뭘요, 늘 하는 일인데요."

기수는 그의 칭찬에 으쓱해하며 과장스런 겸양을 떨었다. 실제로 기수는 평소에는 덤벙대고 어리바리해 보이지만 작업에 들어가면 강한 집념과 저돌성으로 일에 몰두하는 패기를 보였다. 그때 공사현장을 자주 들여다보던 백인 노파의 카랑카랑한 목소리가 들려왔다.

"언제 오픈할 거야? 날마다 기다리는데."

머리끝까지 오만한 기품이 묻어나는 노파는 떽떽거리며 대놓고 호통을 쳤다. 주인이 다가가 다음 주에 오픈할 거라며 노파를 달랬다. 노파는 몇 발짝 떼다가 보도 위에 열어젖힌 옆 상점 지하실 뚜껑 철문을 발길로 지르더니 지나는 사람을 붙들고 이런저런 손짓을 하며 놀라운 소식을 전하는 양 너스레를 떨었다. 마치 자기의 임무인 듯 저 꽃가게가 곧 오픈한다는 소식을 알리는 게 틀림없었다. 장사가 잘될 조짐이라며 모두가 고무된 표정이었다.

두 달 동안의 천근 무거운 노동이 태무에겐 무모한 투쟁이거나 단지 육체의 혹사만은 아니었다. 이민 생활에서 갖추어야 할 엄청난 경험이었다. 연장의 사용법, 자재의 특성, 설계와 공정, 창의적 사고, 악조건의 극복, 체력의 관리까지 어느 것 하나도 소홀히 할 수 없는 필수 불가결한 경험들이었다. 특별히 익혀두어야 할 점도 있었다. 자민이 사람을 많이 고용하지 않고 소수의 '핸디 맨'으로 소규모 사업을 고수하는 방식이었다. 그것은 아주 현명한 판단이라는 생각이 들었다. 한마디로 인테리어 사업은 크게 투자하여 큰 공사나 복수 공사를 해봐야 남는 것은 그게 그거라는 것이다. 손익의 결과를 노련한 경험을 통해 일찍 간파한 것이다. 매뉴얼도 없이 머릿속 상상대로 주먹구구식 사업을 하는 것 같았지만 실상은 시간과 원가의 철저한 손익 계산을 따진 나름의 시스템을 적용하고 있었다. 자민은 사고의 영역을 활짝 트이게 하는 의지력을 보였다. '불가능이란 없다'는 전제하에 공사를 진행했다. 돌아서면 난관에 부닥치는 게 인테리어 공사였다. 난관 앞에서 자민은 한 시간이고 두 시간이고 아니면 밤을 새워서라도 해결책에 골몰했다. 그는 예사 사람과 다른 집중력과 의지력으로 때론 임기응변의 순발력으로 기어코 불가능을 타개했다. 감동을 넘어 경외할 정도였고 그 타개 정신은 태무가 미국에서 얻은 최초의 교훈이었다.

태무는 이제 다람쥐가 나무를 타듯 사다리를 오르내리는 것쯤은 일도 아니었다. 계단이 몇 개인지 셀 필요도 없었다. 어느덧 이민이라는 뾰족뾰족한 가시밭길 고개가 펀펀한 민둥산으로 보이기 시작했다. 어떻게 하면 열심히 일하고 적당히 아부하여 승진할 것인가 하는 타성에서, 어떤 특별함으로 자본주의의 승리자가 될 것인가 하는 쪽으로 그는 조금씩 세뇌되었다.

토요일 오후, 꽃 가게에는 개업을 축하하는 사람들이 모였다. 32가에 있는 코리아타운 한식당에서 케이터링해온 음식이 차려지고 일찍 문을 닫은 가게 안은 축하의 인사로 소란스러웠다. 자민과 은주, 기수와 수정, 태무와 은비, 키스 미 김철환, 플러머와 전기회사 사장, 그리고 낯모르는 몇몇이 함께했다. 나 목사도 초청했다는데 토요일 예배가 있어 오지 않았다. 나 목사가 참석했더라면 4절의 찬송가 두 곡에 이어 축도와 참견 연설까지 적어도 삼십 분가량은 거룩한 강복의 시간에 갇혔을 것이다.

주인은 나이가 사십 대 후반에 들어선 사람이라 유 선생이라 존칭을 써서 불렀는데 그의 아내는 족히 스무 살 정도는 어려 보였다. 나중에 알고 보니 실제로 그렇다고 했다. 그런데 놀라운 일이 벌어졌다. 유 선생의 아내 정아가 은비의 여고 동창생이었던 것이다. 둘의 만남은 마치 샛별과 초승달이 만난 것과도 같은 우연이었다. 그들은 반가움과 놀라움에 손을 놓지 못하고 옛이야기를 나누느라 음식조차 잊었다. 거기에다 수정이 '로켄젤 엔터프라이스'라는 회사에 근무할 때 강기수를 만나 커플이 되었다는 이야기는 태무의 귀를 의심케 했다. 태무가 로켄젤사를 잘 알고 있는 터라 K사를 아느냐고 했더니 기수가 나서서 자기 회사 거래처여서 자주 들렀다고 했다. 뉴욕의 한 모퉁이 꽃집에서 다시 이어진 관계의 확인은 계속되고 얽히고설킨 사연이 대두되자 이게 웬 조홧속이냐며 모두가 입을 다물지 못했다. 꽃집 개업식이 아니라 마치 오랜만에 만나 번잡을 떠는 동문회 행사 같았다. 그들은 모두 보이지 않는 고리로 잇닿아 있었고 그렇게 교집합된 관계는 이민 운명 공동체로서의 우정으로 더욱 돈독해질 것이었다. 세상은 넓고도 좁았고 우연이라는 사건은 마법적 시간과 공간에만 존재하는 게 아니었다.

집에 돌아온 후 은비가 들려준 정아의 사연은 가십거리가 되기에 충분했다. 함부로 입 밖에 팽팽 내돌리기에는 조심스러운 정아의 사연은 데굴데굴 굴리면 눈덩이처럼 커질 것 같았다. 그들은 한국에서 사랑의 도피를 해온 새내기 이민자로 유 선생은 오퍼상 사장이었고 정아는 그의 비서였단다. 은주는 "어머! 어머!" 하며 그녀 특유의 감탄사를 연발했다. 유 선생은 부인과 이미 장성한 아들이 있는데 사업이 기울면서 부부 사이에 불화가 생겼고, 결국 순진한 아가씨에게 모든 걸 바치겠다 약속하고 가정을 저버렸다는 것이다. 둘은 사랑을 위해 모든 걸 뿌리쳤고 한국의 관습적 시각으로 보면 '참 못됐지만 잘난 사람들'이었다. 그들은 망명 신청을 하여 미국 시민의 권리를 얻었다. 웨딩숍 영감의 사위인 유태인 변호사의 교묘한 작품이었다. 고국에 돌아가는 것은 당분간 포기하는 조건이었다. 그들의 깊은 사연은 다 알 수 없지만 아무튼 그렇고 그런 사이였고 정아는 후회도 없고 행복하다는 것이다. 태무는 그럴 수도 있겠구나 싶었지만 왠지 그들의 도피가 애달파 보이고 가슴 한구석이 시큰했다.

미국에 온 지 얼마 되지 않았지만 교민들의 가정이 한 집 건너 하나씩 비정상적이거나 속절없이 무너져 내리고 있는 현실을 태무는 안타깝게 보아왔다. 풍파와 상처, 파란만장한 사연이 없는 사람이 없고 그 사연들은 서로에게 가십거리가 되어 씁쓸한 맛으로 씹히었다. 어느 이민의 성공도 가정의 파괴와 시련을 대신 보상해줄 수 없다는 것을 사람들은 잊어가고 물질만능의 병폐가 그것을 부추겼다. 정아네는 꽃을 다듬듯 애틋한 사랑을 다듬고 행복을 엮었다. 스무 살 차이라는 사랑의 공간에는 수줍은 너그러움과 철 지난 어리광이 에돌았다. 가시에 찔리고 핏기 젖은 손가락이 갈라져도 장미 같은 사랑의 향기는 부럽도록 넘쳤다. 그들의 손마디에 흐르는 핏물은 어쩌면 누군가를 아프게 한 속죄의 보속일지도 몰랐다.

얼룩말과 인디언 악사

모험의 세상에 와 있나 했던 태무는 이제 서서히 긴장이 풀리고 한 이민가정의 주체로서 그가 해야 할 역할에 대해 더욱 진중해야 한다는 의무감이 자연스럽게 몸에 배었다. 이민을 온 궁극적인 목표가 무엇인지는 차치하고라도 지금은 안갯속 같은 현실에 순응하며 주어진 노동의 삶에 충실해야 한다는 것이다. 이른 새벽 곤한 잠에 있는 아내가 깰까 봐 살금살금 나서는 발걸음은 여전히 욱신거렸다. 걸음을 뗄 때마다 근육이 조이고 뼈마디가 찌릿찌릿했다. 기수는 밴 안에 앉아 있고 자민도 먼저 내려와 태무를 기다렸다. 여느 때처럼 그들은 테이크아웃 샌드위치와 커피로 차 안에서 아침을 때우며 작업장으로 향했다. 기수는 35마일의 로컬도로 속도를 유지하며 기분 좋은 여유로움을 보였다. 아마도 문 앞에서 발걸음을 못 떼게 하는 강수정의 입맞춤이라도 흠뻑 받은 모양이었다.

그날의 일터는 베이사이드 근처의 넓은 대로 앞 주택가였다. 상가지역이 아닌데도 코너엔 카페처럼 생긴 미장원이 있었다. 그 미장원에 붙어 있는 빅토리아 풍의 오래된 목조주택을 네일 숍으로 바꾸는 공사다. 오전이 지날 무렵 내부공사에 필요한 자재를 사러 갔던 기수가 시트락을 잔뜩 싣고 돌아왔다. 언제나 그랬지만 태무의 체력으로는 4분의 3인치 두께의 4*8피트 시트락을 옮기는 작업이 가장 힘에 부치고 버거웠다. 시트락을 들어 올리자 갑자기 세찬 바람이 불었다. 돌판지처럼 무거운 시트락이 바람에 휘익 밀리면서 태무의 몸이 휘청거렸다. 사고는 예고 없이 찾아왔다. 꺾어진 계단에 올라서는 순간 시트락 끝이 난간에 부딪혔다. 태무는 몸의 중심을 잃고 그만 계단에서 꼬꾸라졌다. 큰 사고는 아니었지만 한쪽 팔이 찢기고 그 자리에서 시뻘건 선혈이 흘렀다. 다행히 병원에 가서 꿰맬 정도는 아니었다. 피부의 쓰라림과 뼛속의 통증이 심하게 전해왔다. 상처를 움켜쥐고 계단에 웅크리고 있는 태무에게 기수가 차 안에서 붕대를 꺼내와 칭칭 감으며 놀렸다.

"어쩌나? 훈장 하나 더 늘었네?"

"약 올리지 마요."

그렇지 않아도 헛망치질로 뭉개진 손가락들하며 이곳저곳 생긴 상처가 하나둘이 아니었다.

"그러니까 허리를 똑바로 펴야 한다니까."

"그걸 누가 몰라요? 저놈의 게 무거워서 그렇지."

"나도 훈장 많아요."

기수가 팔 다리의 흉터를 찾아 긁으며 능글맞게 빈정댔다. 자민이 커피를 가져오며 넘어진 김에 쉬어가랬다고 좀 쉬자고 했다.

"근데 강 형, 네일 숍이 뭐 하는 곳이오? 못을 파는 가게는 아닐 테고."

"손톱 발톱 단장해주는 곳."

"손톱 발톱? 무슨 그런 가게가 다 있소?"

"옆집 미장원 미국 아줌마가 차리는 건데 아마 이 근처에 처음 생기는 가게라지? 장사가 괜찮은지 손톱 발톱만 단장하는 가게를 따로 차리는 거랍니다. 최 부장 있잖아요? 그 사람 부인이 미장원에서 그 일을 하는데 우리 일감을 그 부인이 소개한 거요."

그러고 보니 자민과 다모정에 갔을 때 국제상사에 다닌다는 최윤식 부장과 선 인사를 했는데 그의 부인을 두고 하는 말인 것 같았다.

"미국 여자들이 백인 흑인 할 것 없이 손톱, 발톱 찌그러진 여자들이 많대요. 그래서 가짜 손톱을 덧대어 모양을 내고 매니큐어도 하고 발톱엔 페디큐어도 하고 뭐 그러는 가게래요."

옛날에 유럽의 귀족들이나 중국 황족들이 손발 마사지를 하고 손톱을 길러 단장을 했다는 말은 들었지만 그것을 미용사업으로 만들다니 태무는 그 아이디어가 기발하다는 생각이 들었다. 팔목을 움켜쥐고 계단에 앉아 있던 태무가 뭔가를 발견한 듯 길가로 내려갔다. 삐딱하게 주차해둔 낡은 차량 한 대를 이리저리 둘러보며 기수를 불렀다.

"강 형, 이리 좀 와봐요."

기수는 무슨 일인가 싶어 튕겨지듯 일어났다.

"왜, 무슨 일이 있소?"

"이거 좀 봐요. 이 차를 팔려고 하는 모양인데 괜찮지 않아요?"

진녹색의 차량 창문에는 '4 SALE'이라는 커다란 사인이 붙어 있고 그 아래엔 $800, 그리고 전화번호가 적혀 있었다.

"800불이면 괜찮은 것 같은데? 겉도 그런대로 멀쩡하고."

기수는 차를 한 바퀴 돌며 여기저기 통통 두드렸다. 태무의 흥미가 점점 끌렸다.

"내가 사고 싶은데 전화 좀 해주겠소?"

사실 태무는 아직 영어로 미국 사람과 전화 통화를 해본 적이 없어서 전화를 거는 게 두려웠다. 운전면허를 취득할 때도 필기시험은 문제없었지만 영어가 필요한 시험장 안내 같은 것은 기수가 도왔다. 미국식 운전 교습도 틈틈이 기수로부터 받았다. 이모저모 기수는 필요할 때마다 태무의 조력자였고 그는 가르치고 도와주는 즐거움을 태무로부터 얻었다. 공중전화에서 차량 주인과 통화를 끝낸 기수가 우쭐하며 돌아섰다. 언뜻 들어도 그의 영어는 아이들 앞에서도 쩔쩔맬 그저 그런 콩글리시였는데, 그래도 우물우물 혀를 굴리는 솜씨가 부러웠고 대단해 보였다.

"내일 오겠대요. 깎아줄 순 없다는데?"

마치 자기가 거래를 벌써 성사시킨 양 어깨를 으쓱하고 공연히 두 손을 털었다.

이튿날 오후, 꿈도 꾸어보지 못했던 자가용 한 대를 구입했다. 72년형 포드의 4기통 핀토 스테이션 왜건으로 십 년 된 중고차로선 가격도 그런대로 괜찮았다. 핀토(얼룩말)라는 이름도 마음에 들었다. 차를 끌고 온 남자는 지저분한 장발에 '나는 거지같이 사는 떠돌이오' 하는 행색이었고 돌아서면서 못내 아쉬워했다. (그런데, 그 핀토는 자동차 역사상 최악의 문제가 있는 차종의 하나로 수많은 소송으로 악명을 떨친 모델이었고, 실제로 이듬해에 태무는 고속도로 위에서 불타는 차량의 화염에 넋을 잃는다.)

작업을 마치기엔 아직 두어 시간은 더 있어야 했고 어서 집에 가서 은비한테 차를 보여줘야 하는데 시간은 더디게만 갔다. 기수가 일손을 멈추고 희멀건 두 눈을 부릅떴다.

"파티 해야죠?"

은근히 으르는 투로 자기가 자가용 사는데 일조했으니 핑계 겸 이치로 따져서 건수 하나 만들라는 거다.

"알았어요."

태무는 파티보다 더한 행사라도 치르고 싶었다. 자민이 기수의 속내를 알아보고 저쪽에서 말을 잘랐다.

"일이 먼저지!"

기수는 소소한 기회만 생겨도 놀거리를 찾고 자민은 놀면서도 일거리를 생각했다. 오렌지 빛 태양은 이내 가로수 너머로 설핏 기울었다.

은비는 또 하나의 붕대를 감고 돌아온 태무의 손을 보고 놀라고 끌고 온 차를 보고 더 놀랐다. 태무는 손을 뒤쪽으로 감추고 별거 아니라며 은비를 안심시켰지만 은비는 또 한 번 가슴을 쓸었다. 침실 내닫이창으로 내려다보이는 쪽에 차를 세워두고 집에 들어온 태무는 누가 관심을 갖고 차에 손을 대지 않을까 하는 조바심으로 자주 밖을 내다봤다. 관심을 가질 사람은 누가 이런 똥차를 탈까 하는 사람일 뿐이었을 텐데.

자가용을 길가에 세워둔다는 것이 마치 대문 밖에 아이를 내놓은 것처럼 불안하여 잠을 설칠 것 같았다. 태무가 하릴없이 막노동자가 되었어도 그것을 버텨내는 것은 형편없는 나라가 아닌, 많은 사람들이 동경하는 미국에 살고 있다는 우월감이 작용했기 때문이다. 비록 볼품없는 낡은 차이긴 해도 한국에서는 언감생심 꿈도 꿀 수 없는 자가

용이 생겼다는 것은 그런 우월감을 더해준 일이었다. 태무가 운전 연습을 할 때나 은비가 쇼핑을 위해 몰고 나가는 자기의 새 차 엘티디를 근심 어린 눈으로 지켜보던 자민의 노파심도 덜어주었다.

일요일 아침, 태무와 은비는 그 우월감에 낭만을 얹어 드라이브도 하고 맨해튼 센트럴 파크에 가서 데이트를 하자며 플러싱을 벗어나는 처녀운전에 나섰다. 기수가 가르쳐준 대로 열 시 십 분 위치로 핸들을 꼭 잡고 룸미러와 좌우 사이드 미러를 확인하며 침착한 자세로 페달을 밟았다. 뒤에서 빨리 가라며 바짝 붙어 겁박을 줘도 저희들이 알아서 피해갈 테니 당황하지 말고 규정 속도로 운전하라, 신호 대기에서 차 앞 유리를 닦으며 뻗대는 녀석들을 외면하라는 기수의 충고도 잊지 않았다. 센트럴 파크 근처의 도심에 들어서자 일요임에도 차량과 인파가 붐볐다. 한적한 곳에 주차한 다음 아름다운 음악이 들리고 사람들이 웅성거리는 곳을 향해 둘은 손을 맞잡고 걸어갔다.

'미국을 알려거든 유럽을 먼저 보아야 한다.'

태무는 지금까지 들어온 상식으로는 그럴 것이라 생각했다. 맨해튼 센트럴 파크 앞을 가로지르는 번화한 거리에서 한 청년을 마주하기 전까지는 그랬다. 그 말은 토착 인디언의 역사를 지우려고 지어낸 가증스런 말이거나 씨알도 모르는 자가 뇌까린 소리였다. 청년은 검고 긴 곱슬머리에 가무잡잡한 피부색의 메스티소에 가까운 인디언 악사였다. 흰색 배기바지에 민소매의 검은 가죽조끼를 걸치고 노랑, 빨강, 초록, 검정의 실을 꼬아 만든 사색 머리띠를 이마에 두른 그는 환상적인 기타 솜씨로 사람들의 영혼을 불러 모으고 있었다. 태무는 그의 손가락에서 튕겨져 나오는 천상의 소리 같은 음률에 사로잡혀 자지러질 것 같은 감동에 취했다. 강약에 따라 앞으로 한 걸음 뒤로 한 걸음, 사뿐사뿐 몸을 출렁이는 그의 춤사위는 한 마리의 학이 물위를 스쳐 노는 양했다. 거리에 앉아 초상화를 그리던 사람들이 음악에 귀를 빼앗기고 관광객을 실은 마차들이 멈추었다. 페디캡을 타고 가던 사람들도 내려와 섰다. 앰프와 연결된 스피커에서 흘러나오는 기타 소리가 얼마나 매혹적인지 운집한 사람들이 주술에 걸린 것처럼 음률에 도취되어 넋을 잃고, 온갖 인종이 뒤섞인 관중은 저마다의 여유로움을 만끽했다. 감동의 공유와 찬탄에는 종족의 차이가 없었다. 영화에서나 볼 수 있는 센트럴 파크 앞에서의 아름다운 콘서트였다. 한국의 도심이라면 집시법 위반으로 잡혀가거나 거리의 약장수로 취급되어 단속이 될 광경이었다. 거리의 공연을 처음 보는 태무는 그들이 즐기는 자유로움 속에서 자신을 옥죄고 있던 부자유라는 사슬이 풀려 나가는 것을 느꼈다. 그것은 미국에서 얻은 최초의 해방감이었고 어느 무리 안에서도 당당해질 수 있다는 자신감이었다. 당당히 노래하고 자유롭게 즐기며 누구와도 어울리는 자존감, 관중들과 거리의 악사는 그런 미국을 보았다.

아무리 들어도 질리지 않을 것 같은 몽환적인 선율은 '훌리오 이글레시아'의 라틴 팝에도 어울리고 '라이어널 리치'의 발라드 노래와 조합해도 금상첨화일 듯싶었다. 연주가 끝날 때마다 그 음악에 대해서 음유시인이 시를 읊조리듯 감칠맛 나게 설명하는 것도 인상적이었다. 태무는 그 뜻을 잘 알아듣지 못했지만 토착의 전통을 빼앗긴 인디언들의 애환을 그들의 토템 신앙의 시가로 승화시킨 음악이라 했다. 또 다른 곡은 자기가 아프리카 노예의 유전자를 조금 받은 사람이라 백인들에게 끌려가 노역에 시달린 노예들의 울부짖음을 곡으로 남긴 거라 했다. 출렁출렁 흐르다 조금 빠른 듯 똑똑 끊어지는 리듬은 자메이카 레게 뮤직 같은 느낌이었다. 아마 지난해 세상을 떠난 '밥 말리'가 그의 연주를 들었더라면 함께 무대에 서 보자 했을 듯싶었다. 그러고 보니 그가 이마에 두른 사색의 머리띠는 자메이카를 상징하는 치장이었다. 그의 설명에는 음악의 철학이 있었다. 남기고 싶은 이야기를 저장할 곳은 시나 그림이 아닌 음악이라며 그 음악은 자신의 삶을 기록하는 일기장이라 했다.

연주가 끝나고 쉬는 시간이 되자 청년은 악기를 내려놓으며 자기는 오클라호마에서 온 촌놈 에이든이라고 소개했다. 사람들은 에이든에게 다가가 사진도 찍고 바닥에 늘어놓은 레코드 테이프를 사면서 감동을 못 이긴 박수로 음악의 여운을 즐겼다. 태무와 은비도 테이프를 두 개나 산 다음 에이든과 나란히 서서 사진을 찍었다. 미국에 온 지 얼마 되지 않은 새내기 이민자라 소개하며 그에게 이것저것 물어봤다. 서투른 태무의 영어에도 에이든은 친구를 대하는 것처럼 다정하기 이를 데 없었다. 그러면서 자기의 음악을 좋아하면 자기가 일하고 있는 그리니치 빌리지의 레스토랑에 와서 에이든을 찾으면 된다고 했다. 마치 자기 집에 놀러 오라며 초대하는 것처럼 친근함을 보였다. 에이든과의 짧은 만남, 이상하게도 그가 궁금해지고 어쩌면 다시 만날 것 같은 예감이 들었다. 분명 감동적인 연주 때문만은 아니었다.

에이든은 오클라호마주의 틸사에서 조금 떨어진 시골 마을에서 어린 시절을 보냈다. 아버지는 백인 수너*가 운영하는 말 목장에서 사육사로 일했다. 목장은 오자크산맥 기슭을 흐르는 아칸소강가 초원에 있었다. 그는 아버지를 졸라 목장에 따라가곤 했는데 목장 주위를 감싸고 있는 참나무와 느릅나무, 삼나무가 우거진 숲속에서 새들과 동물들과 벗 삼아 놀기를 좋아했다. 목장을 거닐 땐 아버지로부터 그런 숲속에서 살아온 조상들에 대한 이야기를 듣곤 했다. 본디 그의 조상은 미시시피강 동쪽에 살았던 크리크족으로 무스코기라 불리는 부족의 일원이었는데, 19세기 초 인디언 이주법에 의해 오클라호마로 강제 이주되어 왔다고 했다. 노예 해방 이후 피난처로 찾아온 흑인들과 강제로 쫓겨온 인디언 부족들은 저마다 집단을 이루고 살았고 대부분 백인 수너들의 목화밭이나 말목장에서 일했다. 아버지가 들려주는 이야기는 주로 자기 조상 부족의 정체성에 관한 것이었다. 불타는 티피**를 뒤로하고 통한의 눈물을 삼키며 오클라호마를 향해 걷던 밤에, 야생 조랑말이 검은 바위 뒤에서 히힝대던 밤에, 굶주림과 질병에 시달리며 죽어가는 가족을 껴안고 가시덤불에 주저앉아 가지를 꺾으며 통곡했던, 이른바 '눈물의 여로'에 대한 선조들의 이야기도 에이든은 그때 들어 알았다. 백인들에게 정든 터전을 빼앗기고 죽음의 산길을 넘어온 후손이라는 거였다. 증조할머니는 아팔라치아산맥을 넘어온 흑인노예 출신이었고 형제가 뿔뿔이 흩어진 애달픈 사연도 머릿속에 각

---

* Sooner 1889년 이른바 도스법이라는 이상한 토지 분배법을 만들어 선착순 제도로 땅을 사람들에게 나누어주었다. 시간을 정해놓고 먼저 달려간 사람이 깃발을 꽂으면 그곳까지 자기 땅이 되었다. 수너, 즉 '더 먼저 달려간 사람'이라는 어휘가 생겨나고 오클라호마주는 지금도 State of the Sooners라 부른다.

** Tepee 아메리칸 원주민이 거주하던 원추형 천막집.

인되어 있었다. 백인들의 채찍과 총칼, 강제로 갈라져버린 혈육, 짐
승이 끌려가듯 생명이 꽁꽁 묶인 채 팔려 다닌 통한의 역사를 소년 에
이든은 생생하게 들었다. 에이든에게 조상들은 미국의 순교자였다.

그가 음악을 좋아하게 된 이유는 타고난 음감과 천부적 재능 탓도
있었지만 뜻밖에 얻게 된 피아노 때문이었다. 비구름을 휘감은 회오
리 폭풍이 몰아치던 날, 에이든은 아버지와 함께 목장의 헛간에 몸을
피했다. 그곳에는 먼지가 쌓인 낡은 피아노 한 대가 구석에 방치되어
있었다. 에이든은 자기도 모르게 피아노 앞으로 다가가 이리저리 살
펴보다가 뚜껑을 열었다. 톡, 하고 건반을 하나 누르자 청아한 음이
울려왔다. 누르는 건반마다 음이 달라지니 신기하고 놀라웠다. 그의
두 손은 어느덧 피아노 위에서 춤을 추었다. 폭풍의 두려움도 잊은 채
손가락의 움직임이 빨라졌다. 그 소리는 바람결을 타고 헛간의 틈 사
이로 흘러나가 주인이 사는 안채까지 전해졌다. 그때 등이 굽은 목장
주인 노파가 살그머니 들어왔다.

"누가 피아노를 쳤지?"

남부 특유의 말꼬리를 늘리는 어투였다. 에이든과 에이든 아버지는
마치 잘못을 저지른 것처럼 머뭇거리다가 서로의 얼굴을 바라봤다.

"이 아이가 쳤어요?"

아버지가 낡은 가죽 앞치마를 추기며 고개를 끄덕였다. 노파는 소년
에이든을 바라보며 설마 하는 표정으로 눈썹을 치켰다.

"피아노를 쳐본 적이 있니?"

에이든이 피아노 앞에서 떨어지며 고개를 흔들었다.

"네가 원하면 이 피아노를 가져도 된다. 우리에겐 이제 필요가 없거든."

에이든이 놀라며 그래도 되느냐는 듯 아버지를 쳐다보았다. 노파가 에이든에게 다가가 어깨를 다독였다.

"에이든, 아마 너는 훌륭한 음악가가 될 수 있을 것 같다."

그 말을 남기고 노파는 홀연히 폭풍 속으로 사라졌다. 물결 흐르듯 흘러간 건반 소리는 노파에게 놀라운 음악으로 들려졌다. 노파는 에이든의 어린 영혼에 천부적인 음의 세계가 내재되어 있음을 알았다.

에이든은 하루의 대부분을 피아노와 함께 살았다. 노파가 준 낡은 피아노 교본으로 혼자서 음계를 배우고 곡을 만들었다. 일어나는 모든 생각과 감정과 하루의 일을 습관처럼 피아노 음에 담았다. 음악은 별도의 시간이나 특별한 재료를 필요로 하지 않았다. 떠오르는 상상과 일렁이는 감정만으로 흥의 세계를 탄생시켰다. 그는 음악과 함께 성장하며 음악의 놀라움을 발견했다. 들려주고 듣는 것이 동시에 일어나는, 언어보다 가치 있는 교감의 도구라는 거였다. 언어처럼 복잡한 차등을 두어 구사하거나 구두 질서에 얽매이지 않아도 환상적인 소통이 가능했다. 신분의 경계를 넘어 어느 누구도 거부할 수 없는 선물 같은 거였다. 그만의 음악세계가 열리면서 인디언에 대한 정서를 음으로 저장하는 작업에 빠져들었다. 인디언의 땅 위에 세워진 미국의 역사, 아니 인디언의 역사와 혼을 음악에 담았다.

'우주와 자연은 우리와 하나이며 신성한 존재다. 우리는 축적하는 재산이나 탐욕을 허용하지 않는다. 그것은 악의 근원이다. 손님을 가족처럼 보호하고 나눔으로 공존하는 정신에 가치를 두며 이 땅 위에서 수천 년, 아니 그보다 훨씬 더 오래전부터 살아왔다. 이곳은 우리의 터전이며 고향이다. 저들 백인들은 탐욕의 도구로 화폐와 총을 들여왔다. 말도 들여왔다. 우리에겐 다 소용없는 것들이다. 인간을 사냥하여 노예로 만들고 짐승처럼 부렸다. 병균에 찌든 문명을 들여와 우리를 폐해시켰다. 그들이 우리 터전에 들어와 병들어 죽어갈 때, 굶어 죽어갈 때 우리는 감자와 옥수수로 그들을 살게 해주었다. 그러나 저들에게 우리는 인간이 아니었다. 새로 발견한 사냥터에 서식하는 독충이었다. 말을 몰고 다니며 사냥하듯 우리를 야만인이라며 총을 겨누었다. 미개인이라며 약탈을 자행했다. 정령들의 심장을 도려내어 그 속의 황금을 파내고 우뚝 선 나무들의 허리를 잘랐다. 대지의 순수한 영혼들을 불태우고 들녘에 노니는 네발 달린 벗들의 가죽을 벗겨갔다. 아름다운 해변과 풍부한 물가에 살던 우리를 황망한 황무지로 내몰아 가두었다. 한 부자를 위해 수많은 거지를 만들어 내는 탐욕의 문명이 수백만의 우리 종족을 멸살시켰다. 사탄으로 몰아붙이고 병사들더러 불을 지르라 했다. 우리의 머리 가죽을 벗겨 상금을 받고 노획한 짐승처럼 노예로 팔았다. 우리의 뼈로 저희들 마당에 울타리를 세웠다. 피 묻은 손으로 기도하던 목사들이 앞장섰다. 우리는 씨만 남았다. 조상들은 북을 두드리고 춤을 추며 정령이시여 자비로워지소서 노래를 불렀다.'

조상들의 비환은 에이든의 시가로, 음률로 되살아났다.

군중들이 더 가까이 모여들었다. 에이든은 기타의 키를 조율하고 마이크를 당긴 다음 다시 몸짓을 바꿨다. 그의 긴 머리가 어깨 위에서 찰랑였다.

땅 위를 걸어 다니는 인간들

삶에 필요한 모든 것

이 대지 위에서 살아가는 모든 존재들을 존중하고

식물들이 잘 살아야 하고

네발 달린 동물들은 가까운 친척

위대한 정령이시여

눈에 어린 눈물과 가슴에 맥박 치는 옛 노래로

창조의 네 가지 힘에게

할아버지 태양에게, 어머니 대지에게, 그리고 나의 조상들에게

자연 속에 있는 나의 모든 친척들

걷고, 기어 다니고, 날고, 헤엄치고

눈에 보이거나 보이지 않는 모든 친척들을 위해 기도합니다.

멋들어지게 튕겨져 나오는 기타 소리와 구슬픈 목청이 어우러지는 노래는 그의 조상들이 대지의 정령에게 바치던 기도[*]였다. 그는 음악을 통해서 인디언의 복권을 위한 사회운동을 한다 했다. 우수 어린 눈빛에 오만하지 않은 집념이 서려 있었다.

"보라! 우리의 조상은 죽었으나 대지에 살아 숨 쉰다. 육신은 풀밭에 누워 나무를 지키고 핏물은 성스런 양분으로 땅을 적신다. 그대들은 이 땅의 초목을 먹고 물을 마시며 토양의 정기로 산다. 우리의 구전도 사용한다. 수천 년 이어온 우리의 숨결과 문화가 틀렸단 말인가. 우리는 황망한 황야에 갇혀야 할 포로가 아니다. 그대들은 손님이고 우리가 주인이다. 어찌 주인의 하늘과 터전을 빼앗고 내모는가. 우리

---

[*] 필자 인용. 호데노쇼니 인디언 부족, 회색곰 인디언 부족의 기도.

는 탐욕의 문명을 거부한다. 약탈자들은 우리의 혼을 지우지 말라. 그대들이 천사인 척, 신의 화신인 척 구는 건 가증스럽다. 천사는 마음을 나누게 한다. 신은 인간을 보호하고 걱정한다."

에이든은 군중을 향해 날 선 시선을 날리며 피정복의 슬픔을 목이 메도록 외쳤다. 센트럴 파크 앞에서 흩어지는 구슬픈 노래, 저항적이지만 부드럽게 부르짖는 에이든의 외침은 새내기 이민자 태무의 마음을 세차게 흔들었다.

"미국을 알려거든 유럽을 먼저 보아야 한다? 어불성설이다. 미국은 노쇠한 유럽의 이단아일 뿐이다. 인디언의 구비를 먼저 들어라. 연못 속에 비치는 달이 아닌 하늘에 솟구친 달을 보아라."

조깅하는 뉴요커들은 공원을 가로질러 성난 말처럼 뛰고, 다른 쪽에서는 늙은이 부부가 네발 지팡이를 짚고 뒤뚱거리며 길을 비키라는 듯 아무라도 쏘아본다. 금발의 주근깨투성이 여자가 젖가슴을 드러낸 채 비탈진 곳에 드러누워 일광을 쐬고, 팔뚝 문신을 한 젊은 남녀 한 쌍이 껴안고 키득거리며 나무 아래서 뒹굴뒹굴하고 있다. 그들 몸 어딘가에 구렁이 문신이 웅크리고 있을 것 같다. 벤치에 앉아 있는 부랑자 같은 사람이 꾸벅꾸벅 졸다가 비틀한다. 비둘기가 발을 쪼아도 세상모른다. 숲속으로 나 있는 굴다리 돌담은 괴발개발 알 수 없는 스프레이 그래피티로 덮여 있고 인위적으로 만들어진 시커먼 연못은 썩어가는 늪 같다. 주위엔 쓰레기들이 어질러져 악마들이 놀다 간 자리 같다. 늙은 짐승들이 죽으러 가는 길목이 아닌가도 싶다. 갈비뼈가 드러난 거무튀튀한 늙은 개 한 마리가 주린 배를 출렁거리며 앞발과 주둥이로 뭔가를 헤집는다. 주인을 찾는 걸 포기했는지 지나는 사람의 시선도 아랑곳 않는다.

태무와 은비는 거리 공연을 뒤로하고 뉴욕의 푸른 심장이라는 센트럴 파크를 지금 걷고 있다. 명성과는 달리 와보지 않아도 되었을 것 같은, 아름답거나 평화롭기는커녕 으스스한 혼돈의 공원이다. 공원의 운치를 감상하며 오랜만에 낭만적인 데이트를 해보려던 계획이 어이없이 뭉개져버렸다. 처음 맨해튼 나들이를 나왔을 때 타임 스퀘어의 추악함에 질렸듯이 그들은 비슷한 심정이 들어 서둘러 공원을 빠져나왔다. 은비가 몸을 오싹 움츠리며 찝찝함을 털었다.

"무슨 공원이 이래? 꽃들도 시들하고 나비 한 마리도 없네."

다시 처음에 머물렀던 그 자리에 돌아왔을 땐 거리의 공연은 끝나고 에이든도 관중도 사라지고 없었다. 거리엔 여전히 사람들로 붐볐지만 뉴욕은 살아 있는 듯 죽은 도시 같았다. 태무와 은비는 형상 없는 유령이 되어 비현실적인 세계에 와 있는 기분이었다. 핀토가 있는 곳을 향해 걸었다. 아무도 자기들에게 관심을 두거나 눈빛을 보내주는 사람이 없었다. 모두가 이방인이 된 채 서로가 데면데면하는 유령들뿐이었다. 황금색 줄이 그어진 검은 제복에 아파트 문 앞을 지키는 도어맨 한 사람, 푸근한 미소의 흑인 노인만이 손을 살짝 들어 보였다.

석왕사

플러싱 외각의 린덴 스트리트 끝자락은 주택가이긴 하지만 준 상업 지역이어서 집회장소도 가능한 거리였다. 석왕사^{釋王寺}는 그 거리의 주택 한 채를 개조하여 절로 사용하고 있었는데 너무 고적하여 마치 암자 같은 느낌을 주었다. '1,2,3, 건설팀'이 도착했을 땐 평범한 승복 차림의 스님과 용화 식품 홍 사장이 아침 염불을 마치고 나오던 참이었다. 스님은 산중에 머물고 있는 나이 지긋한 산승 같은 분인가 했는데 가까이서 보니 젊은 풋중처럼 승려라기보다 수행자 같았다. 홍 사장의 안내로 법당에 들어서자 향을 사른 냄새가 코끝을 자극했다. 불단 위에는 황금 옷을 두른 불상이 눈을 내리고 결가부좌 중이고, 아래에는 청록빛 화병과 촛대, 색 바랜 향로가 놓여 있었다. 그날의 공사는 절 내부를 확장하는 다소 복잡한 공사였다. 단청 작업은 다른 사람들이 한다 했지만 좁은 공간을 넓게 개조하는 일은 카운슬의 허가도 받아야 하고, 여간 까다로운 일이 아니었다. 하지만 넉넉한 공사비의 견적에 동의했으므로 그들에겐 솜씨를 발휘할 만한 흥미로운 일거리였다.

홍 사장은 본래 감리교 신자였는데 불교로 개종한 사람이었다. 석왕
사의 재정을 관리하며 신도 대표 역할을 했다. 평소에도 불교는 마음
이 곧 부처라는 것을 체험하는 종교라며 열렬히 부처를 신봉하는 불자
였다. '전등傳燈의 가르침'을 몸소 실천하며 평신도 포교 활동에도 모범
을 보였다. 그는 사람들을 만나면 법담 나누기를 좋아했다. 살과 뼈와
피를 내어 중생을 구했다는 부처의 사상에 감화를 받고 불교에 귀의
한 후 상당한 수준의 수행자다운 불심의 길에 들어섰다. 생각과 행동
을 절제하는 검약을 수행교훈으로 삼고, 한편으론 그것을 핑계 삼아
안빈낙도의 삶을 즐겼다. 돈을 벌려고 아등바등하지 않고 쓸 줄도 모
르는 사람이었다. 일을 하는 도중에 자민은 그의 푸념도 들었다. 그가
신도들과 이런저런 일로 자주 모임을 갖는데 유난히 여신도들과는 의
견 충돌이 잦았단다. 그 때문인지 어떤 여자와 딴 살림을 차렸다는 등
이상한 소문이 중구난방으로 만들어지고 그것이 와전되어 자신을 곤
혹스럽게 하고 있단다.

저녁 공양시간이 될 무렵 일을 마친 자민과 태무는 홍 사장과 함께
용화 식품에 들렀다. 공사 대금도 받아야 하고 다음 날 공사 내역에
대해서 상의도 할 겸이었다. 홍 사장 부인은 여느 때처럼 자민을 반가
이 맞았다.

"웬일로 두 분이 같이 오네요?"

자민이 목례로 답하는 순간 뜻밖에 쇼핑을 하는 은비와 마주쳤다.

"오빠가 웬일이야?"

"쇼핑 중이구나. 여기 홍 사장님과 볼 일이 있어서."

"아니, 두 분이 아는 사이예요?"

부인이 의아해하며 물어왔다.

"아, 동생입니다. 이민 온 지 얼마 안 됐어요."

"그래요? 참하게 생기셨네."

"이쪽은 제 동생 남편입니다."

태무가 고개 숙여 인사하자 부인은 더욱 놀라는 표정으로 반가워했다.

"어쩜, 부부가 닮았네요. 너무 잘 어울리고 선남선녀가 따로 없네."

"장사는 잘되시죠?"

자민의 의례적인 인사가 끝나기 무섭게 부인의 넋두리가 튀어나왔다.

"말도 마세요, 장사는 괜찮은데 저 양반은 늘 저렇게 뒷전이고 나도 나이 탓인지 이제 힘들어요. 캐셔 한 사람 더 구했으면 좋겠는데 맡겨 놓을 마땅한 사람도 없고."

"제 동생이 잡을 구하는 중인데 괜찮을까요?"

자민이 은비를 쳐다보며 동시에 의중을 물었다.

"한 사장님 동생이면 너무 좋죠, 믿을 수 있고. 그런데 저렇게 고운 분이 이런 힘든 일을 할 수 있을까?"

은비가 해볼 수 있겠다는 다부진 표정으로 고개를 끄덕해 보이자 부인이 반색을 했다.

"그럼 당장 내일부터라도 좀 도와주세요. 섭섭지 않게 해드릴 테니."

뜻하지 않게 은비는 일할 수 있게 되었다. 영어도 서투르고 미국 사회 물정도 모르는 새내기 이민자가 일자리를 얻는다는 것은 쉬운 일이 아니었기에 망설일 이유가 없었다. 삶의 미래는 어느 방향에서 튀어나올지 모를 일이었다. 은비는 다가올 역경을 예감하면서도 옹그렸던 용기가 솟아 올랐고 그것은 새로운 설렘이었다. 자민은 뉴햄프셔에 있는 아이들에게 보낼 것이라며 이것저것 간식거리를 잔뜩 들고 와 은비에게 집으로 가져갈 것을 부탁하고 홍 사장과 함께 마켓 뒤 이 층 사무실로 들어갔다. 은비는 얼굴이 금세 화색으로 바뀐 부인에게 인사하고 태무와 함께 집으로 돌아왔다.

"당신 정말 할 수 있겠어? 힘들 텐데."

태무가 걱정스런 표정으로 은비의 마음을 살폈다.

"찬밥 더운밥이 어디 있어? 우선 부딪혀봐야지. 경험도 될 테고."

연약하기만 해 보이던 은비가 어느새 강단 있는 이민 주부로 변해 있었다. 그런 아내가 대견해 보였지만 한편으론 미안하고 애처로운 마음이 들었다. 은비가 용화 식품에서 일하게 되었다는 소리를 듣고 방에서 나온 은주가 그다음 이야기를 내버려둘 리 없었다.

"어머 어머 애. 그래서, 언제부터 나오래?"

"내일부터, 아무 때나."

"잘됐다. 제대로 된 직장 구할 때까지 경험 삼아 다녀보는 것도 괜찮지. 집에 있는 것보다야 낫지 뭐."

"주인 아줌마가 나를 보더니 혹 가더라니까 글쎄."

"얘, 그 마켓 사장이 무슨 박사래드라. 아줌마도 명문대 나오고 인텔리들이야. 그런 사람들이 장사를 하고."

"그 장사가 어때서? 그만하면 성공한 사람들이던데."

"하긴 그만한 사업하는 사람들도 별로 없지. 그런데 사업은 다 아줌마가 하는 거래."

"그 사람들도 처음부터 사업 잘 했겠어? 온갖 우여곡절 거쳤겠지."

은비는 입술을 지그시 물었다. 다가올 역경이 어떠할지 헤아리지 않아도 알 수 있었다.

캐셔 직업은 부엌데기가 덤빌만한 일이 아니었다. 온종일 서서 바깥바람을 맞으며 계산을 하고 물건을 담아주는 노동은 은비가 미국에서 꿈꾸던 그런 출발이 아니었다. 잠시도 손발을 놀릴 틈이 없었다. 수박이나 쌀부대, 커다란 유리 김치병을 들어 옮길 때는 그녀의 여린 팔이 낭창거렸다. 다리는 팅팅 붓고 허리와 어깨는 등짐 멘 것처럼 욱신거렸다. 발바닥엔 불이 나고 뒤꿈치엔 물집이 가시지 않았다. 까다로운 손님을 만나면 인내심에 인색해서 안 되고 무시하려 드는 사람들의 역겨움도 의연히 삼켜야 했다. 곱상한 새댁 캐셔 은비를 게염스런 눈길로 치근거리는 손님도 있었다. 그럴 땐 손님이고 뭐고 왜 우리 딸한테 집적거리냐며 호통치는 부인한테 가차없이 망신을 당했다. 부인은 근본이 어질었지만 분별을 따질 때는 기세가 뻗친 앙칼진 모습으로 변했다. 웬만한 사람들은 그 위엄에 범접을 못 했다. 남편 홍 사장은 이미 순한 양으로 길들여진 지 오래였다. 한때는 순종적이고 예범도 고운 여인이었겠지만 모진 이민 풍상과 맞서야 하는 몸부림이 가시 돋친 야생화로 진화시켰다. 뉴욕의 이민 여인네들은 대부분 그처럼 그악스런 여전사로 변했다. 은비는 손님을 대하는 요령뿐 아니라 금전을 효율적으로 관리하는 경험들을 쌓아갔다. 그런 경험은 훗날 남편이 운영하는 사업의 재정을 빈틈없이 관리하는 토대가 되었다. 삶의 어느 한 조각도 소홀히 여길 수 없는 것이 인생이었다.

매장에서 일하는 사람 외에도 마켓 뒤편 작업장에서 일하는 아줌마들도 서너 명 되었다. 김치를 담그고 반찬도 만들며 고기나 야채를 포장하는 등 어느 식품공장처럼 움직였다. 부인은 밥심이 있어야 힘을 쓴다며 종업원들에게 점심을 고깃국으로 푸짐하게 차려 먹도록 신경을 썼다. 연약해 보이는 은비에게는 정량 이상의 과반을 하도록 독려하는 바람에 은비는 뱃골이 두 배나 커졌다며 투덜거렸다. 그러나 기실 힘에 부치는 일을 하다 보니 밥맛도 그만큼 당겼다는 말은 입 밖에 내지 못했다.

집에 돌아오면 꼴까닥 하고 쓰러지기는 태무나 은비나 마찬가지였다. 남편도 허우대만 멀쩡했지 강골이 아니어서 밤마다 파스를 나눠 붙이고 서로 다리나 어깨를 주물러주는 일은 일상적인 일이 되었다. 그나마 의지할 수 있는 형제가 있다는 것은 큰 위안이었고 그것은 자민이나 은주도 마찬가지였다. 한 가지 희망을 갖는 것은 지금보다 더 어려운 상황은 닥치지 않을 것이라는 긍정적 예감이었다.

절을 꾸민다는 것은 여느 일처럼 뚝딱뚝딱 못질을 하고 쓱쓱 잘라서 척척 붙이는 단순 작업이 아니었다. 깎고 다듬기를 반복하고 설계도면에 없는 부분까지 손매와 정성으로 윤색해야 하는 작업이다. 기수의 굼뜬 방식도 아니고 자민의 스피디한 방식으로는 멋진 작품이 나올 수 없는 일이었다. 창의적이고 보편을 넘어선 예술성도 발휘해야 한다. 천장이든 벽이든 불단이든 불교의 격에 맞는 풍취를 살리고 다양한 색채의 단청으로 단장할 공간은 미리 염두에 두고 작업을 해야 했다. 불단과 격자 문양의 문짝, 연등걸이까지 공예품을 만들듯 공교한 품을 들이며 하세월로 심혈을 기울여야 했고, 세세한 부분은 대부분 태무의 아이디어에 의해 진행되었다. 기수는 자기를 바라봐주는 불상에게서 영험한 기운을 받았는지 신바람이 나게 손발을 놀렸다. 변함없이 일을 즐겼고 힘들다는 내색 한 번 하지 않았다. 협력업체 사람들이 오는 날이면 자민을 제치고 이것저것 지시하면서 보스 노릇을 했다. 홍 사장이 가져온 음료수나 간식거리도 자기가 준비한 것인 양 선심을 쓰며 그들을 구슬렸다. 자민은 작업하는 내내 태무의 더딘 속도에 불만이 많았지만 티를 내지 않았다. 오히려 한 땀 한 땀 손바느질하듯 정성을 쏟는 그의 집념을 슬쩍슬쩍 눈여겨보며 측은히 여겼다.

  태무는 한 점 한 점 불공을 드리는 심정으로 도림질을 하며 꼼꼼한 소목장이처럼 작업에 임했다. 그의 용의주도한 손놀림은 이제 서투름이 없었다. 몰두에 이르면 땀이 흐르고 등줄기는 축축이 젖었다. 행여한 끝이라도 빗나갈까 고르는 숨은 턱밑까지 차올랐다. 동작과 마음이하나가 되면 어느 잡념도 없었다. 하지만 손마디가 얼얼하고 허리가시큰거릴 즈음이면 한숨이 절로 나왔다. 바다 건너 이역에 와서 절을꾸미는 목수 일을 하게 될 줄 상상이나 했던가. 지난날 수십 년 익혀온 학업과 지식은 모두 무슨 소용인가. 갈고닦은 지혜와 처세의 탐구,세상의 손익을 구분하던 가감법은 어디에 쓴단 말인가. 갈 곳 모르고세상을 헤매다 바람처럼 사라질 인생, 사람의 쓰임새를 어찌 알 것이며 앞날의 운명을 무엇으로 짐작한단 말인가. 초승달 눈썹 아래 자비롭게 내려 뜬 눈, 침묵의 불상은 알면서도 모르는 체하는 것 같았다.

  공사가 마무리되어갈 무렵엔 낯익은 보살들이 찾아와 기웃거리기도하고, 아니나 다를까 스님은 불단에 유난히 관심을 보였다. 마치 정물화를 감상하듯 실눈을 박고 여기저기 만져봤다. 여느 때처럼 작업이완성되면 품평회를 갖는 시간, 자민과 기수는 그동안의 노고를 털어낸 듯 상기된 표정으로 홍 사장의 얼굴을 살폈다. 그가 보너스라도 줄 것 같은 만족한 표정으로 절 내부를 이리저리 둘러보자 기수는 자부심을 과시하느라 어깨를 으쓱 펴며 목덜미를 세웠다. 태무는 파도처럼 밀려오는 노곤한 보람에 한동안 불단에서 눈을 떼지 못했다. 지울 수 없을 또 하나의 역정이며 이민의 족적이었다. 그는 기진한 몸을 추스르며 하나둘 공구를 챙겼다. 무릎 뼈는 팅팅 붓고 팔목은 시큰했다. 기운은 늘어져 눈이 풀리고 검붉은 핏물로 얼룩진 상처가 손가락, 팔뚝에 한둘이 아니었다. 새로 사르는 석왕사의 분향내가 문밖까지 새어 나왔다.

　용화 식품은 교민 손님들로 여전히 붐볐다. 낯익은 손님이 들어오자 은비가 옆에 있던 부인에게 물었다.

"사모님, 저분 코미디언 아녜요?"

"맞네, 곽규석 씨네. 후라이보이."

"그런데 왜 차림이 저래요?"

"글쎄, 기다려봐. 한번 말을 걸어보게."

여기저기 두리번거리며 뭔가를 찾는 곽 씨에게 부인이 다가가 찾는 것이 무엇이냐며 말을 걸었다. 두 사람은 한동안 이야기를 주고받으며 쉘프 앞에서 서성거렸다. 검은 비닐봉지를 든 채 어깨를 늘어뜨리고 있는 그는 텔레비전에서 보았던 명랑하고 말쑥하던 그 유명한 연예인이 아니었다. 하얀 고무신에 승복처럼 생긴 헐렁한 바지와 후줄근한 저고리 차림이 어딘가 어색해 보였다. 산속 암자에서 은둔자로 묻혀 지내다가 금방 내려온 산사람처럼 얼굴도 까칠했다. 가년스럽기가 그답지 않고 도무지 뉴욕에 사는 사람 같지 않아 보였다. 은비는 사람의 두 모습이 어떻게 저리 다를 수 있을까 하고 못내 그의 참 모습이 궁금했다. 얼마 후 쇼핑을 끝낸 그는 울 너머 이웃처럼 친근한 손인사를 하고 총총히 사라졌다.

"사람은 참 알다가도 모를 일이야."

"왜요? 여기 뉴욕에 산대요?"

"저 양반, 한국에서 하던 사업이 어려워져 연예인 생활 접고 왔잖아."

"그래요?"

"물어보니까 지금 신학교에 다닌대. 곧 목사 안수 받을 거래."

"네? 목사요? 어떻게 저 연세에 코미디언이 목사가 돼요?"

"왜, 될 수 없긴. 얼마나 똑똑한 양반인데."

은비에게는 선뜻 이해가 안 되는 유명인의 모습이었다.

한국식품점이란 곳이 교민이라면 누구나 들르는 곳이어서 은비는 온갖 사람들을 만났다. 그곳은 수없이 일어나는 교민 소식들이 집결되는 곳이기도 하다. 소식들은 대개 교민 신문보다 빨랐다. 유래를 알수 없는 망측한 소문들이 득실대고 한국 연예인의 소식이 뜨는 날이면 손님들 사이에서도 가게 뒤 아줌마들 사이에서도 접시 깨지는 소리들이 풍풍 날았다. 맨해튼에서 최무룡이 나이트클럽을 한다더라, 송대관이 길가에서 노점 장사 한다더라, 탤런트 아무개가 뉴저지 교포와 사기결혼을 당해 일주일 만에 파투났다더라, 등등 가십거리가 생기면 입을 가리지 않았다. 소문꾼들은 두 발 달린 신문이나 삼류 잡지였다. 남의 말 하는 걸 좋아해서 누구라도 시기나 질투가 나는 상대라면 흰 것도 검게 만들었다. 대개가 좋은 말보다 분별없는 추측으로 내리 깔보는 험담이었다. 다모정에서도 멤버들이 모여 술을 마시는 날엔 그런 입길들이 안줏거리가 되었다. 한인회나 종교 모임도 그렇고 교민이 모이는 곳에 화두가 되는 험담들은 때론 독버섯처럼 번졌다. 그 저변에는 편을 가르는 오만함과 시기심이 깔려 있었다. 긍정과 칭찬의 대화에 인색하고 흉보기를 서슴지 않는 천박함이 싫어 말 많은 교민 사회와 동떨어져 반사회적 부류로 돌아서는 사람도 있었다. 편견을 상식으로 우기고 자신만은 특별하다는 한국인의 폐쇄적 우월주의, 뉴욕도 더했으면 더했지 별반 다를 바가 없었다.

찜통더위 기승에 사람들이 헉헉댔다. 은비는 그날도 마켓 안에서 온갖 소식을 귓결로 들었다. 한 귀로 듣고 한 귀로 흘려보내려고 애썼지만 번쩍 뜨이는 소리가 일하는 아줌마들 사이에서 들려왔다.

"조용필이 공연하러 온대! 애틀랜틱 카지노에서 한대."

"그래? 입장료가 얼마래?"

"오십 불이래."

"허이구! 캘리포니아 쌀을 사면 몇 달은 먹겠다."

목소리가 걸걸한 아줌마가 오십 불 같은 소리 말라며 그들의 들뜬 분위기를 눌렀다. 자신의 운명을 탓하며 짜증을 내는 투였다. 그러면서 다른 아줌마에게 귓속말로 슬근히 물었다.

"공연은 언제 한대?"

모두에게 들리는 소리였다.

며칠 후, 자민과 은주, 태무와 은비는 애틀랜틱시의 한 카지노 공연장에서 밤을 보냈다. 열기가 펄펄 끓었다. 조용필은 '창밖의 여자'를 부른 다음 물을 두 컵이나 들이켰다.

장막을 탈출하다

적막한 '웨스트 소호' 거리에도 가을이 깊숙이 내려앉았다. 허드슨 강바람을 타고 구르는 낙엽들은 스산함을 더하고 어쩌다 눈에 띄는 사람들은 옷깃을 세웠다. 예전엔 봉제공장이나 제조업체들로 활기가 넘치고 한때 웨스트 사이드의 번영을 구가했던 거리지만 문명이 급속도로 변하면서 퇴화일로에 있었다. 대부분의 거대한 건물들이 텅텅 비어 을씨년스럽기 짝이 없고 사람들의 발걸음조차 뜸했다. 그곳은 웨스트 사이드 고가도로에서 멀지 않는 곳으로 언제나 위험이 도사리고 있는 우범지역이었다. 몇 블록 떨어진 고가도로 근처에는 알코올과 마약에 취한 부랑자들이 어슬렁대고 밤낮 없이 창녀들이 서성거렸다.

그런 곳에서 배짱 좋게 그로서리 마켓을 오픈하여 2년째 운영하고 있는 사람은 한국인 김종복이란 남자였다. 렌트가 턱없이 저렴하여 부담이 적고 리스도 25년을 받았으니 까짓거 몸으로 때워 버티면 못할 것이 없을 것이란 심산으로 시작했는데, 그 가능성에 대한 예상은 들어맞았다. 언제부터인가 가난한 화가들이 인근에 아틀리에를 차리고 무용가, 예술을 하는 사람들, 패션 업체와 갤러리, 카페들이 하나

둘 생겨나면서 사업은 날로 번창했다. 게다가 위험한 맨해튼 웨스트에서 아무도 시도하지 않은 24시간 영업을 한다 하니 근방까지 소문이 나 매장은 문전성시를 이루고 하루에도 수백 명 이상의 고객이 찾을 정도가 되었다.

'1,2,3, 건설팀'은 그 마켓을 대대적으로 개조하는 공사를 맡았다. 30피트나 되는 스토어 프론트는 상시 오픈용 접이식으로 교체하고, 내부공사는 손님을 받으면서 해야 하므로 부분별로 칸막이를 설치하면서 작업해야 되는 제법 큰 공사였다. 적어도 두 달 이상은 걸릴 것이므로 체계적인 작업 공정과 사전 준비를 갖추어야 했다. 태무는 카펜터 일에 몸을 던진 지 어느덧 반년을 훌쩍 넘기는 동안 이미 누구와도 견줄 수 있는 숙련된 기술자가 되었다. 작업의 관점을 놓고 두 스승의 의견이 서로 어긋나 충돌을 빚을 때는 중재도 하고 때론 자기 의견을 밀어붙일 정도였다.

가을을 여미는 소슬 바람이 으스스했다. 두터운 작업복에도 한기는 스며들고 연장을 든 손은 저리도록 시렸다. 공사는 차질 없이 진행되었다. 상고머리에 짧은 콧수염의 한국인 매니저 제임스 조는 애로사항이 없는지 자주 물어왔다. 음료수나 간식도 가져다주며 과분한 친절까지 보였다. 주인인 김종복 사장과 그의 부인은 이따금씩 작업장에 둘러보기만 하고 대부분 제임스가 상관했다. 알고 보니 주인 부부는 영어도 서툴고 공사에 대해서도 문외한이었다. 공사대금도 제임스가 지불하는 것을 보니 자금도 그가 관리하는 듯했다.

야간작업을 하던 날 초저녁, 느닷없이 매장 뒤에서 종업원은 아닌 듯한 히스패닉 여자가 뛰쳐나와 허겁지겁 밖으로 나갔다. 잠시 후 무당이 푸닥거리하는 것 같은 소란과 그릇 깨지는 소리, 악을 쓰는 여자의 비명이 들려왔다. 매니저 제임스가 매장 뒤로 달려가고 작업을 하던 세 사람도 무슨 소동인가 싶어 일손을 멈추고 쫓아갔다. 마켓 주인 김 사장과 그의 부인이 한바탕 난리굿을 벌이고 있는 중이었다. 사태가 여간 심상치 않았다. 집기들이 온통 풍비박산 나고 뒤에서 일하던 다른 종업원들은 모두 혀가 굳은 채 마른 통나무처럼 서 있었다.

"야, 이 새끼야, 누가 여기까지 계집 데려와 하랬어?"

부인이 내지르는 소리가 악에 받쳤다.

"그만해! 썅."

김 사장이 이마에 흐르는 피를 닦으며 한쪽으로 피하자 부인이 다시 집기를 집어 던지며 고래고래 소리를 질렀다.

"그 짓거리가 그렇게 좋으냐? 시도 때도 모르고 더러운 것!"

"그만하라니까 제기랄."

"야, 이 새끼야, 그 짓거리도 내 눈에 안 띄게 해야지, 이게 뭐야?"

발작이 일어난 것처럼 부인의 불그레한 눈빛에 살기가 돌았다.

"닥치지 못해? 네 년이 뭐 할 말 있다고?"

"내가 뭐 어쨌냐?"

"다 발기기 전에 주둥이 닫아라."

상황은 곤두박질치고 김 사장의 입에선 허연 거품이 튀어나왔다.

"아이구, 덜 떨어진 것. 귀신은 뭐 하고 있어? 저런 인간 안 잡아가고."

"누가 할 소리냐? 씨이."

"꼴에 사내라고, 등신 같은 게!"

부인의 악다구니와 칼끝 같은 삿대질이 김 사장의 눈을 찌를 것 같앉다. 주위에 사람이 있건 말건 그들에겐 뵈는 게 없었다. 그들은 그렇게 맞짱을 뜨는 데 이골이 난 듯했다. 부인이 교대하러 조금 일찍 나오는 바람에 김 사장이 매장 뒤 창고 방에서 거리의 여자와 그 짓을 하다가 걸려든 것이다. 부인의 눈이 뒤집히고도 남을 일이었다. 처음 엔 죽고 못 사는 연분이었으련만 그야말로 콩가루가 되어버린 부부였다. 제임스 조가 다가가 말릴 법도 한데 멀찍이서 눈치만 살폈다. 머뭇머뭇하는 것이 뭔가 뒤가 구리거나 석연치 않은 구석이 있는 듯했다. 세 사람은 볼썽사나운 사태에 끼어들 수도 없고 수습해볼 엄두를 내지 못했다. 태무는 남녀의 싸움이 저렇게 지뢰밭 터지듯 파괴적일 수도 있구나 하며 우두망찰, 으슬으슬 떨었다.

김종복 부부는 십여 년 전 이민 와서 온갖 바닥 일을 마다 않고 돈 모으기에 모든 삶을 소비했다. 그러는 동안 부인은 여자다움을 잃어 가고 남편은 누가 봐도 거들떠보지 않을 만큼 볼품없는 설늙은이로 전락했다. 주위를 돌아보기는커녕 서로를 바라볼 겨를도 없었다. 다람쥐 도토리 모으듯 오직 돈을 움켜쥐는 일만이 삶의 전부였다. 서로에게 애정 따위는 사라진 지 오래고 성에 대한 흥미도 멀어졌다. 부부관계도 생략했다. 그렇게 긁어 쥔 돈으로 마켓을 열었고 돈을 방패 삼아 망가지는 영혼과 육체를 지탱했다. 이제 그들은 잃어버린 인생을 되찾고 싶었다. 부부관계였다. 하지만 사라진 애정의 종적은 묘연하고 관계 또한 예전처럼 회복시킬 수 없었다. 둘은 솔직하게 마음을 털어 놓고 그럴듯한 합의를 만들었다. '같이 살자, 그러나 서로의 애정 생활을 인정해주자.' 그러니까 각자 바람을 피워도 상관치 말고 그냥 넘어가자는 거였다. 돈이 있어 그것은 가능했다. 성생활은 서로가 알아서 하고 돈을 벌기 위해 헤어지지는 말자는 그들의 막장인생이 덜커덩 거리며 굴러갔다. 열 닢 백 닢 쌓이는 군내 나는 돈을 어떻게 써야 할지 모른 채 그들은 돈의 노예가 되었다. 김 사장은 거리의 여자와 욕구를 채우고 상품화된 여자를 배달해주는 히스패닉계 패거리로부터 성의 노리개를 공급받기도 했다. 어느 때는 마켓 뒤편에 주차해둔 트럭 안에서 일을 치렀는데 그러다 보니 종업원들도 공공연히 아는 사실이 되었다. 부인은 부인대로 흰둥이 검둥이 할 것 없이 내키는 대로 본능적 짝짓기 놀이를 하고, 매니저 제임스 조와 눈이 맞은 후론 그와 야생의 늪에 빠져버렸다. 경기가 일어날 경악할 일이 실제로 맨해튼 웨스트 소호에서 벌어지고 있었다.

그런데 제임스 조라는 인물은 누구인가? 본명은 조문철. 충청도 어느 군 농협에서 경리를 보던 사람으로 농협 공금을 횡령하여 도주한 지명 수배자다. 그는 읍내 극장 집 아들이 이끌고 있는 노름패에 끼어들었다가 그 돈을 모두 탕진하고 멕시코로 피신한 뒤, 브로커를 통해 미국 국경을 넘어온 사람이다. 미국에서는 그가 입국한 기록이 없는 야생동물과 같은 사람이었다. 처음엔 생판 모르는 사람이라 서먹했지만 성심으로 마켓 일을 도맡아주는 조문철이 마음에 쏙 들었다. 그가 얼마나 음충스러운 사람인지 모른 채 김 사장 부부는 그를 신뢰했고, 조문철은 회계도 봐주며 무지렁이 부부의 듬직한 책사 노릇을 했다. 그는 마켓 옆에 있는 콘도에서 지냈으므로 마켓에 무슨 일이 생기면 즉시 달려오는 5분 대기조 같은 역할도 했다. 그의 숙소는 마켓 부인과 함께 밀회에 빠지는 늪의 장소이기도 했다. 부부가 다투던 중 김 사장이 피를 흘릴 정도의 상황이라면 달려들어 말릴 법도 한데 제임스가 뒷전에서 눈치만 보고 있던 까닭은 그렇게 따로 있었다.

　다음 날 태무는 더 기막힌 상황에 질겁했다. 번쩍거리는 대머리를 숙이고 손가락에 침을 발라가며 달러 지폐를 세는 김 사장과 모종의 회심의 미소를 짓고 있는 부인이 천연덕스레 히득거렸다. 언제 우리가 막장 공연을 보였냐는 거다. 그들의 사이좋은 모습은 피 터지게 싸운 뒤 시치미를 떼고 다정히 모이를 쪼는 영락없는 암탉 수탉이었다. 조문철도 그렇고 어쩌면 저들의 유전자는 저리 별날까. 미국 물을 마시고 돌연변이가 일어났나? 도무지 이해되지 않았다. 비위가 상하고 소름이 끼칠 정도였다. 자민은 그러한 전투를 자주 목격한 탓인지 태연한 모습으로 흘려 넘기며 별 관심을 보이지 않았다. 기수는 흘깃흘깃 그들을 훔쳐보며 다음에 일어날 일은 얼마나 흥미로울지 은근히 기다리는 눈치였다. 이후에도 부인이 남편을 향해 “나 좀 봐!” 하고 목소리를 높이면 또 극적인 전쟁이 터지려나 하며 세 사람은 일손을 멈추고 고개를 세웠다.

　티격태격하는 중에도 까다로운 공사는 완성되어가고 어느덧 눈발이 날리는 초겨울의 문턱에 들어섰다. 해가 내려앉을 즈음이면 손마디는 얼얼해지고 젖은 땀이 마르면서 냉기가 몸속으로 파고들었다. 유난히 추위를 타는 태무는 다가오는 겨울 동안 한데서 하는 공사를 어떻게 이겨내야 할지 은근히 걱정되었다. 은비는 얼마나 추위에 떨 것이며 모진 풍설을 어찌 견뎌낼지, 다짐은 두렵고 생각은 암울했다.

　운명의 심판이라 해야 하나? 김종복 부부는 마침내 가정을 더 이상 유지할 수 없는 지경에 이르렀다. 굴절된 시각으로 미국을 살아가는 동안 그들은 의식 장애자가 되었다. 판단의 질서도 잃었다. 어디부터가 시작이고 무엇이 결말인 줄 몰랐다. 가정이라는 굴레는 그들에게 숨이 넘어갈 감옥이었다. 결국 마켓을 정리하고 미련 없이 결별하기로 합의했다. 외아들은 타 주에 있는 대학에 가 자연스럽게 독립했으니 걸릴 게 없었다. 문제는 재산을 어떻게 가르느냐 하는 것이었는데, 그들은 사전에 만반의 준비를 해둔 것처럼 서로가 이의 없이 의견의 일치를 보았다.

마켓은 대부분 현금장사였으므로 모든 수익을 현금으로 보관했다. 그동안 세금도 내지 않았으니 굳이 치자면 검은 돈이었다. 그래서 합의한 바는, 모든 현금은 부인이 갖고 마켓을 판 돈은 남편이 갖기로 하자는 것이었다. 따져보니 두 금액이 얼추 비슷했기 때문이다. 그렇게 마음의 합치를 잘하는 부부가 결별하는 이유는 단순했다. 그야말로 위대한 미국의 배금주의를 잘 섬기며 그 짜릿한 교리를 충실히 따르고자 함이다. 거추장스런 도덕 정신 따윈 날려버리고 재물로 채우는 달큰한 신앙을 각각의 입맛대로 신봉하겠다는 거다. 하지만 그들은 숨어 있는 악마를 보지 못했다. 달콤한 신앙을 지켜주던 환상적인 먹이가 사탄 조문철에게 포착되었다. 절호의 기회를 놓칠 리 없었다. 은혜가 크면 배신도 깊다던가. 마켓 판 돈은 평소에 익혀둔 사인을 위조하여 예전에 확보해둔 블랭크 체크로 뽑아내고 부인의 현금은 뜨거운 귓속말로 가로채 굶주린 마귀처럼 날름 먹어 치웠다. 야생 악마는 쾌재를 부르며 허공을 향해 주먹을 날렸다.

"이 정도면 너끈해!"

악마는 흔적 없이 멕시코 국경을 넘어 사라졌고 그들 부부는 경찰에 신고도 못한 채 빈털터리가 되고 말았다. 들짐승에게 알맹이를 몽땅

뜯긴 강냉이의 속대 꼴이었다. 움켜쥐었던 금모래가 애면글면 공들인 십 년 세월과 함께 손아귀에서 모두 빠져나가 북풍을 타고 날아가버린 것이다.

(훗날 들려온 이야기였다. 조문철은 여유롭게 파라과이 아순시온으로 도망을 했다. 그곳에서 군 장성 하나를 알았는데, 그 장성과 짜고 이과수 폭포 근처의 국경 시장 루트를 통해 사들인 브라질산 자수정 원석을 한국에 대량으로 밀수출하려다 쇠고랑을 찼다고 했다.)

태무는 한 겹만 벗겨지면 드러나는 교민들의 참혹한 상처와 애달픈 사연들과 또 그것을 못 본 체 외면하는 실상이 못내 안타까웠다. 멀쩡한 가정들이 곳곳에서 무너지고 흔들렸다. 자신도 혹여 그리 될까 의도하지 않았던 의구심이 일고 어느 땐 이민에 대한 회의감마저 들었다. 정신적 가치는 실종되고 무관심과 냉대, 위선과 이기주의가 만연한 탐욕의 백인문화에 맹신자가 되어가는 무수한 한국 이민자들. 돈과 물질은 생존의 수단을 넘어 절대적 주체가 되고 일부 종교 집단마저도 그 주체와 타협하며 물질 숭배와 상업주의에 경도되어 있었다. 한국에서도 그러하긴 했지만 그런 정도의 환각 상태는 아니었다. 이민의 등성이를 오를수록 태무가 꿈꾸던 세상은 발치에서 멀어졌다. 혼란스러웠다. 어느 사이 자신도 그렇게 변하지 않을까 두려웠다.

거리마다 집집마다 크리스마스트리 불빛이 늘어나고 가는 곳마다 캐롤송이 번져 나왔다. 기온이 영하로 뚝뚝 떨어지고 냉기 서린 칼끝 바람이 귓불을 도렸다. 하지만 노동은 멈출 수 없었다. 풀턴의 로베르토 피시 마켓에서 생선 디스플레이를 새로 짜 맞추는 공사였다. 파비오는 자기 일뿐만 아니라 다른 생선 도매상에도 일감을 자주 소개했다. 플라이우드로 먼저 제작한 다음 스테인리스강판으로 덮개를 씌우는 작업은 겨울에 할 일이 못 되었다. 장갑을 끼면 미끄러져 맨손으로 수작업을 하는데, 손끝에 전해오는 강판의 냉기는 얼음을 만지는 것보다 더 아렸다. 상하 두 강판을 접합하는 리벳팅을 하던 중에 태무에게 또 불상사가 일어났다. 손끝의 따스한 체온과 차가운 강판의 냉기가 결합되어 손끝이 강판에 달라붙었다. 그럴 땐 천천히 손을 떼어야 하는데 무심코 재빠른 다음 동작으로 넘어가면서 그만 손가락 피부가 찢어진 것이다. 칼로 째는 듯한 고통의 비명이 목에 걸렸다. 생살이 드러나고 피가 질질 흘렀다. 사고는 예고가 없었고 크든 작든 일상으로 일어났다. 피부가 뜯겨지는 통증보다 열려 있는 매장의 냉기와 뼛속을 후비는 강치가 더 괴로웠다. 귓불이 떨어져 나갈 듯하고 코끝에는 눈물방울 같은 고드름이 생겼다가 녹곤 했다. 풀턴 수산 시장에서의 공사는 인내심의 한계에 부딪힌 냉혹의 장이었다. 육신은 생존의 볼모로 나가떨어졌고 영혼은 빛이 없는 골짜기에서 소리 없이 흐느꼈다. 태무는 아무도 모르게 속눈물을 삭였다.

어떻게 알았는지 털모자 점퍼를 걸친 안젤로 녀석이 까불대며 매장에 들어섰다. 녀석은 하던 버릇대로 기수의 옆구리를 툭툭 치고 자민과는 손바닥을 마주치며 촐랑거렸다. 기수는 일을 하다가도 말벗이 생기면 일손을 놓고 노닥거리는 즐거움을 놓치지 않았다.

"안젤로, 너 요즘 뭐 해?"

"보다시피."

그는 어깨를 움찔하며 건달 노릇을 하는 건지 무슨 돈벌이를 하는 건지 알 수 없는 표정으로 어슬렁거렸다.

"그런데 너는 왜 항상 이 바닥에서 사냐? 개새끼처럼."

"비즈니스."

"네가 여기서 무슨 비지니스를 해?"

"단풍잎."

망설임 없는 대답이다. 마리화나 장사를 하고 있다는 것을 알아차린 기수는 엄지와 검지를 모아 입에 대고 담배를 빠는 시늉으로 반문했다.

"이거?"

"컬럼비아 골드도 있어. 필요하면 얘기해."

기수는 예전에 브루클린 도둑 소굴에서 우연히 접해봤던 그 골드를 말하는 것임을 알았다.

"너 그거 걸리면 이거잖아?"

기수가 오른손을 펴서 목을 쓱 긋는 시늉을 하자 안젤로는 기수의 가소로운 노파심에 눈이 휘도록 웃었다.

"그거는 어디까지나 즐거움의 보조제고 하비라고."

팔을 벌리는 제스처를 보이면서 콧방귀까지 뀌었다.

"네 보스도 알아?"

"어떤 보스? 누구와도 상관없어, 내가 하는 일은 자유로운 일이니까."

안젤로는 언제 보아도 쾌활하고 명랑했다. 그가 누구인지 어떤 부류인지 어렴풋이 알고 있었지만 그리 나쁜 심성을 가진 청년은 아니었다. 하지만 풀턴 수산 시장에서는 뭔가 특별한 역할을 하는 게 틀림없었다.

"차오, 캥!"

그가 다음에 또 보자며 번개처럼 사라졌다. 기수는 태무에게 다가와 묻지도 않은 한마디를 던졌다.

"쟤 안젤로, 내 친구요."

"그래요? 인상이 좀 그러네요."

"그래도 날 보면 깜빡 죽어."

기수의 허세는 시도 때도 없었다. 그는 주머니에 두 손을 찔러 넣고 널찍한 턱을 내리며 충고하는 투로 말했다.

"그런데 좀 께름한 녀석이니 멀리 하는 게 좋을 거요."

"나하고 만날 일이 있겠어요?"

"혹시나 해서 그래요. 녀석이 상인들에게 슬쩍슬쩍 들락거리며 무슨 짓을 하는지 알아요?"

"글쎄요."

"위드 장사하고 있소."

하지만 기수는 안젤로가 그 즐거움의 보조제 이상의 것, 콧구멍을 벌름거리게 하는 하얀 코카인 가루를 몰래 지니고 다닌다는 것을 터럭만큼도 몰랐다.

손가락에 얼어붙은 핏물을 감추고 들어서는 태무가 또 은비에게 들키고 말았다. 오늘은 다친 곳이 없느냐며 이리저리 살피는 은비의 관심을 피해갈 수 없었다. 그들은 애써 서로 말을 하지 않았다. 말은 상처를 다시 건드리는 것이었다. 은주가 솜씨를 발휘한 매운탕 저녁식사로 얼었던 몸을 녹이고 여느 밤처럼 가족들은 텔레비전 앞에 앉았다. 비디오 가게에서 빌려온 〈보통 사람들〉이라는 드라마가 고단함을 잊게 해주는 밤이다. 은주는 '별녀'로 나오는 금보라가 예쁘다 하고 은비는 이영하보다 정한용이 연기를 더 잘한다며 배우들의 신상 분석에 푹 빠졌다. 자민은 화면에 눈동자를 꽂은 채 심드렁한 표정으로 소파 구석에 비스듬히 몸을 묻었다. 언제부터인가 그는 체념 섞인 한숨과 시무룩한 침묵으로 현실과 동떨어진 생각에 잠기곤 했다. 예전의 자신감 넘치던 모습은 사라지고 종종 헛웃음을 지으며 이따금 말을 붙이기가 무섭게 엉뚱한 말로 가족들을 당황시켰다. 아직 가시지 않은 이혼의 아픔, 아내와 아이들을 잃어버린 상실감, 버림받아 홀로 되었다는 자괴감과 미래에 대한 두려움의 푸념일까. 가족이 아닌 원망의 대상에게 퍼붓는 것처럼 그답지 않은 소리가 튀어나올 땐 태무는 그가 측은해 보이기도 하고 한집에서 함께 지낸다는 것이 부담으로 다가왔다. 어느 땐 무슨 일이 터질 것 같아 마음이 조마조마했다. 자민은 자신의 감정을 들키거나 감시당하는 게 아닌가 하는 경계의 눈빛을 보이기도 했다. 그의 마음은, 분노가 타오르고, 사랑이라는 요망 덩이를 도려내고, 억장이 무너지며 심장이 으스러지던 고통의 밤에 가 있었다. 태무는 그 마음까지 헤아리지 못했다. 쨍그랑 하고 깨질 것 같은 냉랭한 서글픔과 음울한 기운이 그의 주변에 살얼음처럼 얼어 있었다.

방에 들어와 상처 난 손가락을 만지고 있던 태무에게 은비가 소독약과 반창고를 가져와 치료했다. 몸을 비틀 통증이다. 갈라져 속살이 보이는 자신의 손가락에도 약을 바르고 붕대를 감았다. 은비의 가녀린 손은 멍울멍울 동상에 걸린 수준이었다. 치료를 하는 동안 꿀꺽하는 은비의 눈물 삼키는 소리가 들렸다. 밤마다 지친 몸을 뒤척이는 고통의 소리가 끊이지 않았다. 서로의 위로는 슬픔으로 가득했다. 저 너머에 있던 꿈과 환상이 처절한 현실로 그 실체가 드러나면서 처음 설레게 했던 미국의 감격이 사라지고 있었다.

'위대한 미국!' 저들은 스스로 Great Country라 했다. 땅은 광대하고 물길은 헤아릴 수 없으며 풍부함이 넘쳤다. 기름진 농토와 끝없는 고속도로, 사람도 자동차도 건물도 크고, 나무도 들짐승도 자연의 움직임도 컸다. 문명의 물자와 돈이 넘치고 그것을 차지하려는 사람들의 야망도 컸다. 팍스 아메리카나*라는 미명으로 열국들을 쥐락펴락하며 위선적 평화를 부르짖고 세계의 패권을 쥔 강자의 나라임을 만방에 과시했다. 약탈로 정복한 땅, 수백 년 동안 영토를 넓히고 침략을 받은 적이 없는 무적의 나라임을 천명하며 강력한 자부심과 우월감에 차 있었다. 태무는 그런 위대한(?) 나라, 승리를 숭배하는 땅에 꿈을 찾아왔고 거친 길을 걸었다. 즐거움과 힘겨움, 삶의 고도와 행복의 기준이 다시 세워지고 이민자의 본분도 명확해졌다. 신기루를 찾는 미몽이 아닌, 위대한 미국에서 당당한 물질의 신봉자 뉴요커가 되는 것. 약탈의 무기를 허리에 차고 정복의 근성에 합류하는 것. 하지만 그는 타락과 상처로 짓무른, 뺏고 빼앗기는 몸부림과 비탄이 처절한 어둠 속으로 들어가기가 두려웠다. 약탈자들의 집결소, 그들이 꽂아놓은 깃발 아래엔 어떤 희망의 그림자도 보이지 않았다.

그제야 알았다. 태무는 자신이 작은 연못에 살던 민물고기 같은 처지라 여겼다. 넓은 바다가 그리워 수만 리 물길을 헤쳐와 보니, 바다는 짠물이어서 살 수 없었다. 나아가는 곳마다 노도가 일어 몸 둘 곳이 없고 거대한 바다 동물들이 날카로운 이를 드러내며 자신의 생명을

---

* Pax Americana 냉전 체제 이후, 초강대국이 된 미국이 군사적, 경제적으로 주변 국가를 제압하고 신 세계 질서를 주도하겠다는 패권주의.

노렸다. 잔잔한 고향 연못으로 돌아가 마음껏 민물을 마시고 싶었다. 육체는 쇠약해져 고통과 함께 뭉개지고 생각은 날로 생기를 잃었다. 꿈은 틀어지고 돌아보기 싫은 삶의 얼룩만 남겨졌다. 고개를 넘었나 싶으면 더 아슬아슬한 벼랑이 앞을 막았다. 그러다가 나락으로 떨어질 것 같은 혼돈이 거미줄처럼 엉켰다. 미국 이민, 정말 신호를 놓치고 길을 잘못 들어선 건 아닌가. 태무가 꿈꾸던 자유와 평등의 세상은 애초부터 미국에 없었다. 돈만이 자유를 가져다주고 평등을 지켜주었다. 무슨 일이든 전력질주하면 행복하게 잘 살 수 있으리라는 아메리칸 드림은 환상이고 허구였다. 모든 영향력과 부의 구조는 콧대 높은 착취계급의 이익으로 돌아가고 있을 뿐이었다. 태무는 위대한 미국의 이민자의 본분도, 의미 없는 우월감도 막연한 미래의 꿈도 소리 없이 삼키는 아내의 눈물과 함께 버리고 싶었다. 미국을 떠나자. 어떠한 유혹이 부른다 해도 다시 오지 말자. 허투루 살지 않았고 그만큼 처절하게 몸을 던져봤으면 되었다. 두꺼비 등처럼 거칠어진 서로의 손등을 바라보며 다짐의 말을 되뇌었다.

크리스마스를 며칠 앞둔 뉴욕은 축제의 분위기가 고조되고 거리마다 쇼핑하러 다니는 사람들과 차량들로 북새통을 이루었다. 태무와 은비는 축제의 뉴욕을 떠날 준비를 했다.

"정말 결정한 거야?"

은비는 태무의 결정을 다시 확인하고 싶었다.

"더 이상 버틸 자신이 없어. 한국으로 돌아가자."

"난 아무렴 괜찮은데 당신이 억울해서 어떻게 해?"

"내게 버틸 힘이 없다는 것이 차라리 잘된 일인지도 몰라. 돌아갈 이유가 되잖아."

"이해하지만 그동안 고생한 건 뭐야, 너무 아깝잖아?"

"글쎄……, 제대로 인생의 쓴맛 봤다 쳐야지 뭐. 이런 참담한 세월을 만나게 될 줄 알았겠어? 처음부터 무모한 길을 나섰던 거지. 당신에게도 못할 일이었고."

진눈깨비가 내리는 검은 밤은 꽁꽁 얼어붙은 채 숨을 죽이고 자민과 은주는 이미 잠에 골아 떨어졌다. 미국 생활을 접고 돌아가자는 태무와 은비의 두런두런한 소곤거림이 문밖으로 새어 나가지는 않았다.

"오빠하고 언니한텐 뭐라 하지?"

"무슨 말이 필요하겠어? 서로 마음만 아프지. 아무 말도 하지 않는 게 좋겠어. 자칫 감정이 북받치면 감당키 힘들 거야."

"내일 얘기 할까?"

"그렇게 하자. 그리고 당신도 후회하지 않았으면 해."

"나도 내심 돌아갔으면 했어. 아기도 보고 싶고."

"너무 험난한 길이었어. 미안해."

"그런 소리 하지 마. 길을 가다 잘못 들 수도 있지. 이제라도 제 길 찾아가면 돼."

은비의 이해심은 태무의 마음을 쿡쿡 시리게 했다.

"사실 처음부터 자민 형님이 안내하는 길을 따랐다는 것이 문제였어. 좀 더 심사숙고해야 했는데."

"선택의 여지가 없었잖아?"

"그건 그렇지. 하지만 어떤 환경과 누구를 만나느냐에 따라 운명이 달라지는 건 엄연한 현실이야. 그런 환경과 사람에게 눈을 뜨는 것도 능력이고."

"제정신으로 살기엔 미국이 너무 거칠고 야박한 거 같애. 아무리 억척 부려도 돈 벌기가 힘든데 나가는 곳은 왜 그렇게 많아? 그러니 사람들은 아예 버는 대로 써버리자는 주의고."

"우리가 잘 알지도 못하면서 얕잡아보고 온 거지. 뜻을 세우는 것조차 우리 능력 밖이었어."

"능력으로만 따질 상황이 아니었지."

은비는 다리를 옮겨 펴며 한숨을 지었다. 밤은 깊어 가고 창밖의 나뭇가지들이 설한풍에 부들부들 떨었다.

"훌훌 털어버리자. 그동안 미국 여행했다는 셈 치고."

"용화 식품에서 일해보니까 정상적인 사람들이 없더라. 하나같이 지쳐 있고 말 붙이기도 어렵더라니까?"

"한국 사람들뿐이겠어? 미국 사람들 제정신으로 사는 사람들 어디 있어? 백인이나 흑인이나 뿌리내리고 잘 사는 것 같지만 들여다보면 그 사람들도 죽자 사자 팍팍하게 살아. 걸핏하면 자식들 버리고 원수처럼 갈라서고. 거기에다 인정머리도 없고 자기밖에 모르잖아? 어떤 정신으로 사는지 도무지 알 수가 없어."

"모두들 이기주의 담장을 치고 사는 거지."

"그렇지. 그놈의 콧대, 어련하겠어? 그러니 그 벽을 넘나들기가 어디 쉬워?"

두 사람은 밤이 새는 줄도 모르고 주거니 받거니 미국을 떠나야 하는 냉소적인 이유를 조목조목 만들면서 서로의 기분을 풀어주고 스스로를 위안했다. 그렇게라도 둘러서 합리화해두지 않으면 자신들의 처지가 한심스럽고 혹여 떠나겠다는 결정이 번복될 수도 있을 거라는 불안함 때문이었다.

"가는 길에 하와이 들렀다 가면 어떨까? 언제 다시 미국에 와볼지도 모르고."

"하와이? 그것도 좋겠네."

"로스앤젤레스에서 트랜짓하면서 그곳 정 선배도 만나보자."

"아기도 곧 보겠구나."

그들은 이민이라는 힘겨운 짐을 천천히 내려놓았다. 홀가분해진 영혼은 어느덧 귀향길 하늘을 날았다.

그들이 내일 저녁 한국으로 돌아가겠다고 하는 청천벽력 같은 소리에 자민과 은주는 입을 다물지 못했다. 태무와 은비는 서로 약속한 바, 그 이상의 어떤 말도 꺼내지 않았다. 은주의 눈에는 금세 눈물이 핑 고이고 자민은 분노에 찬 한숨을 내뱉고 밖으로 나가버렸다. 자기와 한마디 상의 없이 자기들끼리 결정한 섭섭함, 그들을 미국에 불러온 자신의 구겨진 체면, 이러한 사태가 오도록 무관심으로 방치한 자책감이 순간 뒤엉켜버린 것이다. 다음 날 태무 부부가 떠나는 순간까지 자민은 돌아오지 않았다. 사실 이민 생활을 접겠다는 것은 태무 부부의 문제이지 자민과 상의할 가족의 공통 논제가 아니었다. 결론은 정해졌고 자민이나 은주와 상의한다 해도 자기들도 코가 석자라 상황을 되돌리게 할 명분이나 대안이 있는 것도 아니었다.

짐이 꾸려져 한국으로 보내졌다. 그들은 핀토와 함께 공항으로 향했다. 온갖 지난 일들이 파노라마처럼 태무의 머리를 스쳤다. 눈물로 남겨진 흔적들은 내일이면 추억으로 바랠 것이며 뚝뚝 흘려놓은 피와 땀방울은 영원으로 사라질 것이다. 누군가 기억해줄 사람도 없을 것이다. 되돌아가는 길, 꿈을 찾아 왔던 길이다. 먼 옛날도 아니다. 그날은 새벽하늘에 별이 반짝였고 희망이 솟았고 설렘이 가득했다. 시간이 흐르면 상처는 아물고 구겨진 자락들은 망각의 다림질로 평평해지리라. 서러움이 서린 귀향길은 새하얀 눈꽃으로 소록소록 덮이고 있었다. 은비와 은주는 손을 잡고 서로의 얼굴만 바라보며 말이 없었다. 뜻밖에도 키스 미 김철환 사장과 최윤식 부장이 은주의 연락을 받고 공항에 배웅을 나왔다.

"최 부장님 핀토 넘겨드릴 테니 잘 아껴주세요."

"다시 또 봅시다."

그는 여전히 예스럽고 다정했다. 그러나 김 사장은 조금 화가 난 표정이었다.

"이 형, 이렇게 가면 어떻게 해. 당신 이 정도밖에 안 되는 사람이었어요? 내가 당신한테 얼마나 기대가 컸는데."

실제로 김 사장은 태무를 볼 때마다 누구보다 격려를 아끼지 않고 관심을 가져주었다. 그는 태무 곁에 가까이 다가와 더 화를 내었다.

"가더라도 뭔가는 얻어가야 하잖아? 돈을 벌었어요, 영어를 배웠어요? 이 나라에 당신이 보여준 것도 없잖아? 다시 시작할 시간은 많아요. 하와이에서 쉬면서 여러모로 생각해봐요. 당신은 할 수 있어요."

태무는 그들이 묻고 싶은 이야기를 구구절절 다 말하고 싶지 않았다. 하지만 김철환의 넉넉한 위로는 태무를 눈물이 나도록 감동시켰다. 그동안 태무는 그러한 위로와 격려를 사실 자민으로부터 듣고 싶었다. 아니 누구에게서라도 애정이 담긴 한마디 위로의 소리를 듣고 싶었다. 그랬더라면 돌아갈 생각까지는 안 했을지도 몰랐다. 태무는 위대한 풍요의 땅을 뒤로하고 부자유한 가난의 고향으로 돌아선 스스로의 의문에 비로소 답을 얻었다. 인정과 사정, 의리와 나눔, 모든 게 거래였다. '당신은 할 수 있소!', 천금 같은 위로와 격려의 마음 한 조각, 풍요의 땅 뉴욕엔 없었다. 사람들은 자신들이 겪어온 고통과 용기로 닦아놓은 혜택을 거저 누리도록 허락하지 않았다. 마지못해 내미는 변변치 않은 애정마저도 그 몫만큼 대가를 치르라 했다. 아무에게나 용기와 희망을 주는 미국이 아니었다. 태무는 그것을 몰랐고 그제야 알게 해준 김철환은 예외적인 사람이었다.

상황은 되돌릴 수 없었다. 떠날 사람은 떠나라! 미국의 장막은 열려 있었다. 공항 밖에는 솜덩이 같은 눈송이가 펑펑 내려 쌓였다.

천국에서 만난 도망자

호놀룰루 공항에서 '알로하!' 하며 자신들을 맞이하는 일행이 있다는 사실은 상상을 못한 일이었다. 훌라 의상 차림을 한 하와이 여인들이 향기 짙은 색색의 오키드 꽃목걸이를 승객들에게 걸어주고 태무와 은비에게는 볼맞춤으로 안아주기까지 했다.

불과 몇 시간 전 로스앤젤레스 공항에서 만난 정 선배와 나눈 이민 이야기로 태무는 비행기 안에서 내내 혼란에 빠져 있었다. 2년을 채 버티지 못하고 귀국하는 사람이 많다는 서부 교민들의 이민 생활은 더 비참했다. 그러한 패배자의 귀향무리 중 하나가 된 자신의 참담함이 아직 가시지 않던 차에 그들의 환영은 태무의 혼란을 일순간 씻어 내었다.

대합실 밖에서는 야자수 무늬의 화려한 셔츠를 입은 건장한 남자들이 우쿨렐레* 반주로 환영 노래를 부르며 감동의 도가니를 만들었다. 어느 사이 행복한 손님이 되어 천국에 와 있나 싶고 꿈인가 생시인가 했다. 하늘은 손에 닿을 듯 푸르고, 감미롭고 따스한 열기가 동토의

---

* Ukulele 작은 기타 모양의 하와이언 전통 악기.

뉴욕에서 얼었던 몸과 마음을 녹였다.

누군가 알아보고 그들 곁으로 다가와 또 하나의 꽃목걸이를 걸어주었다. 여행사 측에서 나온 나이가 든 한국인 택시 운전사였다. 코트를 받아주고 짐 가방을 실어주는 그의 몸에 밴 친절함은 적어도 십수 년은 하와이안으로 살아왔을 것 같은 원초적 인간미를 보였다. 그는 재일교포가 운영하는 여행사에서 차량 운전이나 가이드 일을 한다고 했다. 숙소가 있는 시내로 향해 갈수록 아름다운 이국의 정취 속으로 그들의 영혼이 흡수되어갔다.

"관광 오신 거죠?"

운전사의 예측은 맞기도 하고 아니기도 하여 태무는 대답을 망설였다. 그래도 맞는다는 대답이 지금의 기분을 유지할 것 같았다.

"예, 저희는 뉴욕에서 왔습니다."

"아이구, 먼 곳에서 큰 걸음 하셨네요. 거기는 많이 춥죠?"

"지금 눈이 한바탕 내리는 중이죠."

"나는 여기 십 년 넘게 살았는데 본토엔 한 번도 못 가봤습니다."

그는 미국을 본토라 구분하여 불렀다.

"하와이도 교민들이 많이 살죠?"

"꽤 많은데 숫자는 잘 모르겠습니다. 만이라고도 하고 훨씬 더 된다고도 하고. 조선 말엽 사탕수수 농장에 이민 온 사람들 후손까지 치면 제법 될 겁니다. 이승만 박사가 여기 있을 때만 해도 팔천이 넘었다하니까요."

"생각보다 호놀룰루가 크네요?"

"예전엔 하와이가 그저 그런 섬이었는데 엘비스 때문에 유명해지고 갑자기 도시가 커졌다고 해요."

"가수 엘비스 프레슬리요?"

"예. 엘비스가 나오는 〈블루 하와이〉라는 영화를 하와이에서 찍었는데 그때부터 사람들이 갑자기 찾아들기 시작했답니다. 그 영화에 하나우마 베이라는 비치가 나오는데 아주 유명해요. 거북이도 있고 스노클링하면 열대어들하고 산호초 보는 거 장관입니다. 한번 가보세요. 십 년 전인가? 폴리네시안 센터에서 엘비스가 공연을 했는데 전세계로 TV 중계되고 굉장했죠. 거기는 꼭 가봐야 돼요."

가이드답게 그의 엘비스에 관한 이야기는 계속되었다.

"유람선 타고 아리조나호 기념관에도 가보세요. 일본이 진주만 공격할 때 부서진 함정이 있는 기념관인데 엘비스가 애국심으로 엄청 큰 돈을 그곳에 기부했대요. 태평양 전쟁 역사도 알 수 있는 곳이죠."

달리는 차창 밖으로 우뚝 솟아 팔을 벌린 야자나무와 이름 모를 화려한 꽃들이 벙긋거리며 끝없는 향연을 펼쳤다.

"말로만 듣던 곳을 와보니 역시 아름답네요."

"원래는 관광지가 아니었는데 일본 사람들이 경기 좋을 때 들어와서 엄청 개발했죠. 요즘은 본토 사람들도 많이 오지만 내가 처음 여기에 왔을 때만 해도 대부분 일본인 관광객들이었죠. 하와이 인구도 일본 사람들로 계속 늘어나고 있어요. 한국인 관광객은 별로 없어요."

그러고 보니 차량 안에는 'JIH'라는 일본어 주간신문과 여러 관광안내 브로셔가 비치되어 있었다. 이야기를 나누는 동안 목적지인 KAL 호텔에 도착했다. 대한항공에서 운영한다는 리조트 호텔인데 와이키키 해변 바로 앞에 있었다. 하늘은 눈부시게 아름다웠고 잔잔한 바다는 영롱한 빛으로 반짝였다. 먼 길 돌아와 보금자리를 찾은 철새처럼 태무와 은비는 찌든 고난의 겉옷을 벗고 수평선을 향해 모래 위에 앉았다. 고요한 평화의 파도가 영혼의 해변에 차례로 밀려왔다. 푸르른 옥빛 바다, 따스한 햇볕과 부드러운 모래, 상쾌한 바람에 실려오는 꽃향기가 조화로움을 더했다. 잊혔던 아내의 얼굴이 보이고 가려졌던 남편의 어깨와 팔다리가 보였다. 비로소 시각의 세포가 열리고 근육이 풀렸다. 서로의 존재가 서로에게 옮겨 오고 삶의 열정이 아직 펄펄 끓고 있음도 알았다. 굶주린 욕망이 가라앉은 해변의 휴식, 사슬이 풀린 자유로움과 민낯의 평화로움이 있고 뺏고 빼앗길 일, 경계와 공포도 없었다. 오만과 탐욕으로 가득 찬 뉴요커들의 섬뜩한 눈빛도, 정신이상의 경계선에 있는 우악한 무리들의 패륜도, 차마 보기 민망한 부랑자도, 여차하면 기회를 노리는 노략패도 눈에 띄지 않았다. 투쟁과 방어, 법칙과 심판에 얽매였던 뉴욕에서의 긴장된 삶의 잔해들이 바닷물 속으로 씻겨갔다.

호주에서 왔다는 젊은 부부가 아이들과 모래성을 만들며 그들 곁에서 뒹굴었다. 태무는 처음으로 그 백인 가족을 벗과 같은 일상의 대상으로 만났다. 해변의 평화와 사는 이야기를 격의 없이 나누었다. 돌이켜보니 그동안 뉴욕에서 미국인 가정과 가슴을 맞대고 친구로서 이웃으로서 서로의 문화를 나누고 소통할 기회가 한 번도 없었다. 자신은 정처를 찾는 이방인일 뿐이었고 그들은 가닿을 수 없는 세상의 외계인이었다. 공감대를 넓히거나 마음이라는 둑을 넘지 못했으니 백인이어서 그러하고 유색인이어서 그렇다는 단순한 인종적 편견과 단절된 문화 속에 산 것은 당연한 것이었다. 사교나 파티, 나눔과 같은 사회적 교분은 고사하고 뉴욕 타임스 시사 한 페이지 제대로 읽어본 적 없었다. 삶의 가치, 철학, 예술, 문학 따위는 그 어휘조차 잊었다. 죽자 사자 노동에만 매였던 나날은 한 치 앞도 못 본 겉돈 세월이었고 그것은 단지 생존이지 삶이 아니었다. 미국이야말로 세계 문명의 집산지이고 문화의 보고이며 사회적 선진기능과 무한한 다양성, 인간의 보편적 가치가 뿌리 깊게 내려져 있는 나라였다. 미국이란 거대한 숲에서 열쇠구멍의 시야로 나무 한 그루 제대로 못 본 채 우매한 세월을 보낸 것이다.

다음 날 여행사의 안내로 폴리네시안 민속 센터에 도착했을 때 태무와 은비는 또 다른 세상의 아름다움과 낭만 가득한 음악 소리에 넋을 잃었다. 폴리네시아* 라 부르는 남태평양 섬사람들이 저마다의 생활상과 민속을 보여주는 거대한 공연장이었다. 화려한 꽃목걸이 레이^{Lei}에 풀잎 치마를 두른 갈색 피부의 여인들이 훌라춤을 추고, 온몸에 문신을 한 건장한 전사들이 야자나무를 오르내리며 전쟁놀이도 했다. 커다란 카누에 몸을 싣고 운하를 따라 감상하는 동안 우쿨렐레 반주와 함께 들려오는 슬픈 듯 감미로운 〈알로 하오에〉 멜로디는 천국의 노래 같았다. 섬나라를 하나씩 지날 때마다 흰 꽃무늬의 옥색 원피스를 두른 가냘픈 여자 가이드가 카누 머리에 앉아 그들의 풍속과 문화를 매끄러운 말솜씨로 설명했다. 그 모습이 얼마나 청초한지 금방 물에서 올라온 인어가 노래하는 듯했다. 알고 보니 그 인어는 한국 아가씨였다. 호놀룰루에 있는 몰몬교 재단의 브리검 영 대학에 다니는 학생으로 일정기간 유급의 선교적 봉사를 한다고 했다. 대학에서 지급하

---

* 하와이, 사모아, 통가, 아오테아로아(뉴질랜드), 마르케사스, 타이티, 피지.

는 장학금으로 공부하고 폴리네시안 센터가 몰몬교 재단과 관계가 있어 그곳에서 일한단다. 그녀는 태무 부부처럼 젊은 한국인 신혼부부는 처음 본다고 했다. 신혼여행을 온 것으로 보였던 모양이다. 그렇게 외딴 섬나라에서 한국 사람을 만나다니 세상은 그리 넓은 것만은 아니었다. 카누에서 내린 다음 아가씨와 함께 사진을 찍고 정겨움의 표시로 후한 팁을 손에 쥐여주었다. 울렁이는 만남의 즐거움과 놀라움은 종종 예상 밖에서 일어난다. 마치 꼭 만나야 할 운명인 것처럼 또 다른 한국인과의 만남이 다음 날 엉뚱한 곳에서 이루어졌다. 그것도 눈이 번쩍 뜨이는 한 남자와의 만남이었다.

또 하루의 절반이 지난 오후, 그들은 가급적 시간에 쫓기거나 허비한다는 생각은 갖지 않기로 했다. 은비는 어젯밤 '인터내셔널 마켓' 나들이에서 산 화사한 꽃잎 하와이안 드레스로 맵시를 내고 태무는 반바지에 알록달록한 야자수 무늬 셔츠로 차림을 했다. 한국 여자가 주인인 가게에서 산 옷이다. 여자는 달러라는 말을 쓰지 않고 백 원, 천 원하는 식으로 값을 원으로 부르며 셈을 했다. 이왕이면 고향의 언어를 쓰며 한국인의 정체성을 잃지 않으려는 의지가 엿보였다. 타국에서 스치며 만난 사이지만 우리는 같은 족속 아니냐는 거다. 내일이면 떠나야 할 마당에 선물처럼 주어진 휴식의 여행을 이왕이면 즐겁게 보내고 싶었다. 머리에 오키드 꽃을 꽂은 은비는 하와이 인어 같고 은비가 골라준 조개껍질 목걸이는 태무의 하와이안 셔츠에 잘 어울렸다. 느긋한 마음으로 호텔 문을 나서자 JIH 사인이 부착된 날씬한 미니버스 한 대가 그들을 기다렸다.

"곤니찌와!"

"곤니찌와."

"고찌라에 도조."

상냥한 일본 가이드 아가씨의 인사를 받은 뒤 자그마한 손깃발 지시에 따라 그들은 차에 올랐다. 이미 열대여섯 승객들이 타고 있었는데 모두 장년, 노년의 일본 사람들이었다. 그들은 태무와 은비가 차에 오르자 일일이 정중한 목례인사를 해왔다. 백미러를 통해 차 안을 살피는 운전사도 일본인인 듯싶었다. 엷은 갈색 안경을 쓰고 반팔 제복을 입은 그는 신혼여행 부부 같은 태무와 은비를 유난히 관심 있게 바라봤다. 버스는 파인애플 농장을 향해 달렸다. 도심을 지나고 초록의 벌판을 한 시간가량 달리자 목적지인 광활한 파인애플 농장이 시야에 들어왔다. 농장에 도착했다. 사람들은 깊숙한 곳까지 들어가 사진을 찍고 농장에서 제공하는 파인애플 맛을 보며 일본인 특유의 고개를 끄덕거리는 제스처로 이야기꽃을 피우다가 가이드가 깃발을 들자 금세 한 곳으로 모여들었다. 가이드의 설명에 따르면 본래 하와이에는 파인애플이 없었는데 백인들이 자메이카에서 초본을 들여와 재배하기 시작했다고 한다. 초기에는 사탕수수 농장에서 일하던 일본인과 한국인들도 소득이 높은 파인애플을 많이 재배했단다. 파인애플 농장은 농장이라기보다 끝없는 풍요와 달콤한 향기가 넘치는 낙원이었다. 태무는 그러한 풍요로움의 낙원을 뒤로 하고 떠난다는 것이 못내 아쉬웠다. 일본인 관광객들은 하나같이 감탄을 연발했다.

"스고이!"

"혼또니 스고이네!"

그때 콧수염 운전사가 태무에게 다가와 멈칫 서며 인사를 건네왔다.

"스미마셍, 니혼노 가따?"

"이이에."

"한국분이신가요? 저, 혹시 제가 아는 분 아닙니까?"

태무의 눈과 귀가 번쩍 뜨였다.

"아, 예. 그런데 누구신지?"

태무가 놀라며 눈을 치키는 순간 그도 놀랐다. 그는 천천히 모자를 벗으며 자기의 정체를 드러냈다.

"저 로켄젤의 대니얼 김입니다."

"김 사장님? 아니, 어떻게 된 일이지요? 이런 곳에서 만나다니. 전혀 알아보지 못했습니다."

태무는 그가 단지 일본인 운전사일 거라는 것 외에는 특별히 눈여겨보지 않았다. 어두운 안경 너머로 늙어 보이는 모습도 그렇고 콧수염을 기른 그가 모자까지 쓰고, 그것도 하와이에서 버스 운전을 하고 있으니 애초부터 알아볼 턱이 없었다. 한때 잘나가던 무역회사 사장님이 이렇게 먼 섬나라에 와서 버스 운전을 하고 있을 줄이야 상상이나 했겠는가.

"제 처가가 이곳 하와이잖아요. 와이프도 이곳 일본 교포고."

"그러니까 그때 회사를 정리한 뒤 여기로 오셨군요."

"그렇죠. 상황이 그랬으니까."

"참 안된 일이었습니다. 그때."

"그랬죠. 하지만 나도 억울한 게 많습니다. 그러고 싶어서 그랬겠어요? 처음부터 저희 회사가 그리 해온 것도 아니고, 한국 군부 힘이 오죽했습니까? 사실 그들에게 좌지우지 당한 거죠. 그들이 다 덮어버려서 그렇지 그 후에도 절단 난 회사가 한둘이 아니에요. 희생양이죠. 내가 한국에서 도망 나온 것처럼 됐지만 사실은 쫓겨난 겁니다."

"그랬군요."

국내 굴지 그룹의 방위산업체인 K사는 로켄젤의 주요 거래처였다. 태무는 실무 담당자로 대니얼과 자주 얼굴을 맞댔고 회의도 함께 했었다. 불식간에 파산을 한 로켄젤의 리베이트, 비자금 사건은 당시 군 내부와 관련 업계에 엄청난 파장을 일으켰다. 태무도 그 내막을 어느 정도 알고 있었다. 태무는 미안한 마음을 감출 수 없었다. 대니얼은 지난날의 아픔을 털어낸 듯 비교적 초연해 보였다.

"모두 지난 일이죠."

"우연이지만 정말 반갑습니다. 그런데 여기서 줄곧 운전사 일을 했습니까?"

"아녜요, 'Japan in Hawaii'라는 주간신문사에서 기사도 쓰고 편집 일을 합니다. 처가에서 운영하는 신문사죠. 이 투어회사도 같이 운영하는데 틈틈이 이렇게 운전사로 일하기도 합니다."

"그러시군요."

그리고 보니 공항에서 올 때 택시 안에서 보았던 신문도 그렇고 버스에 부착된 사인도 JIH였다.

"호텔에서 두 분이 차에 오를 때 긴가민가했습니다. 그러다 일본인 신혼부부려니 했죠."

대니얼은 그제야 은비에게도 눈인사를 했다. 태무는 처지가 처지인지라 무슨 이야기로 그와의 만남을 마무리해야 할지 전전긍긍했다.

"사실 우리는 뉴욕에 있다가 한국으로 돌아가는 중입니다."

태무는 K사를 그만둔 일, 미국에 와서 겪은 지난 일들, 그리고 지금 한국으로 돌아가고 있는 도중이라는 자초지종을 대니얼에게 무거운 마음으로 털어놓았다. 누구와도 나눌 수 없었던 하소연 같은 넋두리였다. 대니얼은 태무의 말이 떨어지자마자 다짜고짜 흥분하기 시작했다.

"무슨 이야깁니까? 지금 한국 상황이 얼마나 안 좋은데 돌아가려 합니까? 내가 비행기표 바꿔줄 테니 뉴욕으로 돌아가세요. 결정 잘못하신 겁니다. 오기 힘든 미국에 와서 포기하고 돌아가다니요?"

한마디 대꾸나 변명을 못하도록 대니얼은 단호한 어조로 태무를 나무랐다. 뉴욕 공항에서 키스 미 김철환이 화를 내며 나무라던 것 같은 날 선 충고에 태무는 순간 당황했다.

"이제 와서 되돌리기에는 너무 멀리 와버려서."

"그렇지 않아요, 나는 이태무 씨 능력 잘 압니다. 미국엔 아직 개척되지 않은 광야가 무궁무진해요, 다시 시작하세요."

대니얼은 K사와 거래할 때 실무적 일을 맡았던 태무의 합리적인 일 처리 방식과 능력을 신뢰했고, 올곧고 용의주도한 성품을 기억하고 있었다.

"내일이면 떠나는데 그 지옥으로 다시 가라고요?"

"지옥 천국이 어디 있습니까? 자기하기 나름이지. 나도 내년에 뉴욕으로 갈 겁니다. 나처럼 나이 든 사람도 꿈을 갖고 사는데 여기서 주저앉지 마세요. 로켄젤이 무너질 때 땅이 꺼지는 줄 알았어요. 그때 얻은 바가 있었지요. 세상은 막다른 곳이 없다는 거예요. 거듭 말하는 건데 하와이에 온 걸 휴가라고 생각하세요. 삶에 밀려가지 말고 삶을 끌고 가세요."

과연 사람의 운명은 한 치 앞을 내다볼 수 없는 것인가. 우연히 만난 대니얼의 호통에 태무의 마음이 급격히 흔들렸다. 아니 한쪽으로 어느새 기울어버렸다. 생각해보니 이대로 돌아간다면 가족에게 안길 실망과 패배자의 귀환이라는 수치를 감당할 자신이 없었다. 은비는 그런 태무의 마음을 알았는지 뉴욕으로 다시 돌아간다 해도 따르겠다고 했다. 하지만 한국에서 기다리고 있을 아이와 가족에겐 어찌 해명해야 할지 난감해하며 두 사람에게서 떨어져 서성였다.

태무는 언뜻 강기수 생각이 났다.

"혹시 강기수라는 분 기억하십니까?"

"강기수? 물론 알지요. 우리 로켄젤 직원이었지요."

"뉴욕에서 저랑 같이 일했습니다. 심수정이라는 여자와 결혼해 살고 있습니다."

"그래요? 인연이 그렇게 되었군. 뉴욕에 가면 만나봐야겠네요. 참, 세상은 좁다니까."

대니얼은 공연히 모자를 벗어 한 번 턴 다음 다시 고쳐 썼다.

어느덧 석양 노을이 파인애플 농장을 휘황한 빛으로 물들였다. 태무는 가물거리던 정신이 맑아지고 의식이 정리됨을 느꼈다. 사그라진 용기가 되살아나고 열망으로 가득했던 어제의 자신의 모습이 뉘엿뉘엿 저무는 대지 위에 꿋꿋이 서 있었다. 그래, 아직 벼랑 끝에 온 건 아니야. 전문 영역을 살려보지도 못했어. 이왕 온 거 영어라도 배워 가야 할 거 아냐? 이 풍요로운 대지로부터 버림받을 순 없다. 질끈 움켜쥔 다짐과 함께 숨어 있던 역동성이 발끝에서부터 꿈틀대며 올라왔다. 들불처럼 일어나는 격정이었다. 언젠가는 상처투성이 손마디는 아물 것이고 세파에 헝클어진 은비의 자태도 제 모습을 찾을 것이다. 다시 태평양을 건널 권리는 아직 남아 있어. 패배자로 돌아갈 순 없는 거야. 아직 써먹지 않은 미래의 시간도 넉넉하잖아. 태무는 사그라진 열정의 불씨를 다시 살리기로 했다. 그런 그에게 보내는 은비의 눈빛도 강렬했다. 이튿날까지 대니얼은 막내 동생을 보살피듯 태무를 어르고 달래고 뉴욕 생활을 빠삭하게 알고 있는 사람처럼 용기를 북돋아 주며 공항 가는 길까지 함께 했다. 대니얼이 대학시절과 UR 통신사 수습기간 동안 뉴요커로 살았던 사실을 태무는 몰랐다. 대니얼은 내년에 뉴욕에 가 사업을 펼칠 계획이니 그때 보자며 태무와 은비를 공항 입국장으로 밀어 넣으며 나무라듯 소리쳤다.

"뒤돌아보지 마세요!"

돌아서서 공항을 떠나는 대니얼의 뒷모습이 매몰차 보였다. 태무는 머리가 땅에 닿도록 허리를 굽혀 긴 인사를 보냈다. 대니얼은 시야에서 사라질 때까지 한 번도 뒤돌아보지 않았다.

꿈결 같은 여행에서 돌아온 그들의 은밀한 귀환은 최윤식과 김철환 두 사람을 제외하고는 아무도 몰랐다. 퍼붓는 소나기를 피해 잠시 오두막에 은신하다 온 것처럼 예상치 못했던 닷새 휴가, 어쩌면 그들에게 정녕 필요했던 휴식이었고 그것은 우연하게 주어진 시간은 아닌 듯했다. 뉴욕의 공항은 눈 속에 묻히고 대합실 앞은 눈 녹은 발자국들로 질퍽거렸다. 마중을 나온 최윤식 부장이 너털웃음으로 달려와 그들의 손을 덥석 잡았다. 닷새 만에 만난 어색한 해후지만 반겨주는 사람이 있다는 것은 에너지가 솟고 존재감이 살아나는 일이었다.

"잘 돌아왔어요."

"김 사장님은요?"

"철환은 교회에 크리스마스이브 행사가 있어서 못 나온다 했어요."

"추운데 이렇게 나와주셔서 감사합니다."

"쉬운 일이 아니었을 텐데 다시 결심을 바꾸다니 대단해요."

"뭐가 뭔지 모르겠습니다."

"사람들은 그렇게 모르면서 산답니다. 아무튼 잘 돌아왔어요."

"제가 흉금을 터놓고 부탁할 사람이 있어야죠? 그래도 두 분밖에 의지할 사람이 없어서 전화드렸으니 이해해주세요."

"이해라뇨. 누구나 할 수 있는 일이니 마음 놓으세요. 은비 씨도 걱정 마세요. 두 분이 돌아온다 하니까 집사람도 무척 좋아하고 있습니다."

최 부장은 옛 벗을 다시 찾은 듯 정겨운 아량으로 그들을 맞았다.

"눈이 이렇게나 많이 왔습니까?"

"지난 며칠 동안 퍼부었지 뭡니까? 교통이 마비되고 난리가 아니었죠. 그래도 오는 길이 다 뚫렸네요. 차라리 잘 나갔다 왔어요."

최 부장은 태무의 어색한 귀환에 대한 변명도 만들어주었다. 흩날리는 눈발을 맞으며 주차장에 들어서자 낯익은 차량이 눈에 띄었다. 태무의 자가용 핀토였다.

"태무 씨 차 끌고 왔어요. 아직 차량 명의 안 바꿨으니까 다시 가져가요. 그리고 우리 집으로 갑시다."

최 부장은 태무가 떠나기 전 자민과 소원했던 사정을 잘 알고 있어 그들이 자민의 집으로는 갈 수 없다는 불편한 사정을 간파하고 있었다. 그의 이해심과 배려가 고마웠다. 그는 태무가 K사에 근무한 적이 있다는 것을 알고 셀러리맨 출신의 공통된 고민과 은근한 동료의식으로 태무를 후배처럼 아꼈다.

"신세를 지게 돼서 죄송합니다."

"무슨? 당치않아요. 내 집에 머물면서 차차 거처를 알아보도록 해요."

우드 사이드 최 부장 집에 들어서자 그의 부인은 먼 길 돌아온 동생들을 맞이하듯 푸근한 미소로 손을 잡으며 두 어린 아들에게도 인사를 시켰다. 부인은 당장 뾰족한 수가 없는 그들의 처지를 안타까워했다. 그러면서도 그들이 미안해하지 않도록 말과 행동의 수준을 평범한 이웃처럼 내려놓고 허물없이 대했다. 소박한 거실 한쪽에는 태무 부부를 위해 한국에서 가져온 듯한 붉은 꽃잎 무늬의 밍크 담요를 깔아 이미 잠자리를 마련해두었다. 아이 둘이 있는 그 집은 방이 두 개인 연립주택이라서 따로 그들이 머무를 방이 없었다. 집안엔 라디에이터식 히터가 열기를 뿜어내고 있었지만 냉랭한 엄동의 기운이 바닥에 가득했다.

태무는 어릴 적 시골에서 살 때의 일이 생각났다. 지나가던 망향의 나그네 부부가 헛간이라도 좋으니 하룻밤 묵어가자 했을 때 부모님은 그들을 사랑방에 들게 했다. 어머니는 냉기 서린 방에 솜이불을 펴주고 아버지는 튼실한 장작을 골라와 군불을 땠다. 눈보라가 휘몰아치는 날이었다. 낯선 천장을 보며 밤을 드새던 나그네 부부의 심정은 아마 지금 자신이 처하고 있는 서러움, 고마움과 별반 다르지 않았을 거라는 생각이 들었다. 저녁을 마치고 잠자리에 들었을 때 부인은 담요 한 장을 더 가져왔다. 수면에 방해되지 않도록 창가에서 명멸하는 크리스마스트리의 불빛도 꺼주었다. 부창부수인가. 부인의 말씨와 행동은 상냥하면서도 예스럽고 젊은 나그네 부부를 대하는 사려 깊은 온정은 진심 어린 동포애 이상이었다. 자정이 가까워질 무렵 밖에서 〈고요한 밤 거룩한 밤〉 예수 탄생을 축하하는 은은한 합창 소리가 들려왔다. 촛불을 손에 든 어느 교회의 찬양대 한 무리가 눈을 맞으며 부르는 노래였다.

떠나간 방황의 시간이여, 축복으로 돌아오라. 태무는 그런 염원을 가슴에 새겨 안으며 무거운 몸을 눕혔다. 벌써 깊은 새우잠 속으로 빠져든 은비의 얼굴에는 마르지 않은 눈물 자국이 아직 남아 있었다.

다른 수난

여느 때 같았으면 그날은 성스러움이 넘치는 성탄절 미사에 참례하고 반가운 사람들과 축하를 나누었을 것이다. 사제의 성체거양*기도에 영혼을 맡기고 은총의 순간을 기다리며 새로운 삶을 다짐하고 있었을 크리스마스 날이다. 태무와 은비는 지금 노린내 나는 뉴욕의 한 아파트 구석진 사무실에서 걷기조차 힘들어 하는 늙은 매니저와 마주했다. 백 년도 훨씬 더 되었을, 감옥처럼 육중하고 색 바랜 승강기조차 덜커덩거리는 우중충한 아파트다.

"메리 크리스마스!"

태무가 건네는 정중한 인사를 매니저는 달갑지 않게 여겼다. 산타클로스 노인처럼 하얀 수염이 더부룩하다. 오늘이 크리스마스인지도 모르고 찾아왔느냐는 언짢은 표정이다. 그러면서 주름투성이의 백발 늙은이에게 어울리지 않는 모호한 웃음을 보였다. 아마도 동양인 숙녀 은비 앞에서 본능적으로 갖추는 사내의 예의 정도가 아닌가 싶었다.

"당신은 럭키한 거요. 마침 원 베드룸이 어제 비워졌소. 내일까지

---

* 가톨릭 미사에서 사제가 빵(성체)과 포도주(성혈)를 축성한 후 들어올리는 예식.

청소해둘 테니 다음 날 입주하면 됩니다."

"주차장은 어디입니까?"

"지하에 있소. 그날 오면 주차장 번호를 알려주겠소."

통명스러웠지만 안타까운 사정을 내치지는 않겠다는 말투였다. 늙은 매니저는 거대한 체구를 뚱기적거리며 거친 숨을 고르느라 힘들어했다. 코에 걸친 안경 너머로 흐릿한 눈동자를 껌벅거리며 렌트 계약서를 작성하는 그의 더딘 행동은 럼버 숍에서 카운터를 지키던 느림보 일꾼들과 흡사했다. 위아래 훑어보기를 대여섯 번, 태무의 사인을 받아내기까지 반 시간을 넘기는 그의 일 처리는 답답하기 이를 데 없었다. 그러나 쓰레기는 어디에 버리고 렌트는 어떻게 지불할 것이며, 정문 출입을 할 때는 낯선 사람을 경계하라는 등 자신의 임무를 충실히 행하는 성실함이 보이는 매니저였다.

태무에겐 플러싱이 이미 낯선 곳이 아니었다. 그가 입주하게 된 루즈벨트 애비뉴의 붉은 벽돌 아파트에는 갓 이민 온 사람들이 많았고 한국 사람들도 여럿 살고 있었다. 강기수도 근처 콘도에 살았다. 몸을 누일 곳은 정해졌지만 문제는 암울한 재정 형편이었다. 렌트와 선공과금 내고 이부자리와 부엌살림과 몇 가지 먹거리를 사고 나니 남은 것은 빈약한 육체와 살아야 한다는 열정뿐이었다. 그나마 옷가지나 필요한 생필품은 한국으로 모두 보내졌다. 자유와 인권은 지켜줄 터이니 생존의 문제는 각자도생으로 알아서 살아가라는 미국의 삶이 다시 시작되었다. 처절한 약육강식의 자연법칙 속으로 다시 들어왔다. 다행히 늙은 얼룩말 핀토는 꾀병을 부리지 않고 이리저리 실어다주며 고분고분 따랐다. 그런 가운데, 부부라는 관계에서 끊임없이 분출되는 신비로운 사랑의 힘이 삶을 지탱하고 희망을 창조하고 있다는 사실에 태무는 새삼 콧날이 시큰했다. 사랑이란 단지 포도알처럼 주렁주렁 열리는 것으로만 알았지 오묘한 맛이 깃들어 있는 줄은 몰랐다. 지나치는 어느 소소한 일상도 사랑의 대상이 되고 한 알 한 알 저마다 향내와 빛깔을 품었다. 사랑의 힘이야말로 절망을 이기고 일치를 이루게 하며, 비바람 속에서도 오묘한 맛으로 익어가게 하는 신비였다. 그들 부부는 다시 손을 잡았다. 맞잡은 손엔 해변의 온기가 아직 남아 있었다.

둘만의 쓸쓸한 새해 첫날이 지났다. 태무는 다모정에서 김철환과 약속이 있고 은비는 찬거리를 사야 하기에 함께 눈길을 나섰다. 멀지 않은 곳에 있는 용화 식품점으로 가는 길은 꽁꽁 얼어붙어 한 발 한 발이 미끄러웠다. 넘어지려 할 때마다 그들은 서로를 부축하며 어린아이처럼 깔깔대며 웃었다. 그렇게 웃어본 날이 언제였던가. 좌절의 늪에 빠졌던 혼미한 영혼이 말갛게 되돌아오고 있었다. 뜸하게 다니는 차량들은 중심을 잃고 빙판 위에서 비틀거렸다.

몸이 아파 일을 그만두겠다는 은비를 말릴 수 없었던 용화 식품 부인은 며칠 만에 그들 부부를 보자 은비의 건강이 괜찮은지 먼저 물어왔다. 그들이 한국에 돌아가려 했던 것도 하와이에 갔다 온 것도 물론 알지 못했다. 부인은 은비가 다시 나와 일했으면 하는 눈치였지만 말을 꺼내지 않았고 은비도 그곳에서 버틸 자신이 없었다.

태무는 다모정으로 향했다. 연휴를 맞은 거리는 대부분의 상점이 문을 닫아 스산하고 어둑한 구름으로 웅크린 하늘은 한바탕 눈발을 쏟아낼 기세였다. 이따금 지나는 사람들은 눈에 띄는 듯하다가 총총히 사라졌다. 다모정 뒷문은 열려 있었다. 철환은 손님을 맞는 듯한 말쑥한 차림으로 기다리고 있었다. 손을 내밀며 피식 웃는 웃음 속엔 정감이 가득했다.

"돌아오길 기대했지!"

"새해 복 많이 받으세요."

철환은 모락모락 김이 나는 커피를 들고 왔다.

"자, 앉아요. 새해 서로 건강합시다."

"혼자 계셨어요?"

"예."

"그럼 저 때문에 일부러 나오신 거네요?"

"일부러 나오면 어때서요, 좋아하는 형제가 돌아왔는데."

철환은 속마음조차 숨기지 않는 솔직하고 직설적인 사람이었다.

"공항에서 충고해주신 덕에 다시 돌아왔습니다. 하와이에서 내내 잊지 못했다니까요."

태무는 멋쩍게 손을 비볐다.

"그땐 내가 너무 섭섭해서 한 말이니 담아두지 마세요. 어쨌든 돌아왔으니 됐습니다."

철환이 손사래를 크게 휘둘러 치는 탓인지 어두웠던 방이 환해졌다.

"키스 미 가게는 언제 열어요?"

"내일부터요."

"위호켄 야채 가게는요?"

"거긴 6일부터 열어요. 헌츠 포인트가 4일까지 문을 닫으니까."

브롱크스 동쪽 헌츠 포인트에 있는 청과 도매 시장을 말하는 거다.

풀턴 수산 시장과 함께 미국에서 제일 큰 농산물 집결지로 그 역사와 규모가 가히 세계적인 곳이다.

"이제 위호켄 가게는 두 달만 더 하려고 합니다."

"왜요? 정리하시게요?"

"매니저 미스터 리가 인수하기로 했어요. 가게를 두 군데 하니까 너무 힘들고, 여기 키스 미를 와이프가 맡기로 했는데 장사를 안 하겠다고 자빠지니 나 혼자서 버틸 재간이 있겠어요? 마침 미스터 리 부인이 흑인 여잔데 욕심도 내고 얼마나 열심인지 잘할 것 같애요."

그 흑인 부인은 매니저 이충현과 위장으로 결혼해주었다가 진짜 부부가 되어버린 여자였다.

"이왕 말이 나왔으니 그때까지 두어 달만 나랑 같이 일합시다."

"무슨 일을요?"

"새벽시장 봐서 위호켄 야채 가게에 딜리버리 하는 일인데, 그 일 하면서 태무 씨 새로운 계획도 짜고 일자리도 알아보고. 해보시겠소?"

태무는 망설일 이유가 없었다. 궁하면 통한다 했던가. 수중에 무일푼이고 당장 끼니를 걱정해야 할 처지에 재고 대고 할 겨를이 아니었다.

"저에겐 감사한 일이지요. 하겠습니다."

"좋아요. 그러면 6일 새벽에 우리 집 앞으로 오세요."

사실 태무는 철환에게 인사차, 철환은 태무와 차 한 잔을 나누며 위로하려고 나온 것인데 의도치 않게 한 배를 탄 고용자와 노동자가 되어버렸다. 관계는 적용되기 나름이었다.

"자민 씨는 만나봤습니까?"

"아닙니다. 내일 저희 집에 오기로 했어요."

"그래야죠. 형제고 가족인데 섭섭한 것 있으면 털고 지내야죠. 한자민 씨 조금 계산적이고 냉정한 면이 있긴 하지만 그만하면 무던한 사람이오. 신용도 있고 시원시원해서 우리 멤버들이 다 좋아하지 않습니까?"

"섭섭한 것 없습니다. 서로의 입장이 달라 조금 힘들었던 것뿐이죠."

자세히 보니 철환의 눈가엔 잔주름이 야위게 잡혔고 귓가엔 흰머리가 희끗희끗해 보였다. 태무에게 들킨 것이 쑥스러운지 그는 머리를 살짝 쓰다듬으며 허허 하고 웃었다.

"아이고, 나도 이제 사십 줄이네."

다음 날, 은비가 떡국을 끓이고 있는 사이 자민과 은주가 아파트로 찾아왔다. 가족이란 참으로 놀랍고 신기한 존재였다. 섭섭한 것은 건너뛰고 끝없이 품어주는 것이 가족이어서 그들은 어색함도 없고 아무 일이 없었다. 그저 반갑고 정겨운 새해의 만남이었다.

"하와이 재미있었어?"

은주가 거실 바닥에 앉으며 가볍게 말문을 열었다. 인사말이기보다는 궁금해서 물어보는 말투였다.

"좋았어. 날씨도 따뜻하고."

은비의 흔쾌한 대답에 자민이 부럽다는 듯 이야기를 보탰다.

"그럴 줄 알았으면 우리도 같이 갔다 올 걸 그랬다."

"살고 싶은 곳이에요. 아름답습니다."

더 있고 싶었던 양 못내 아쉬워하는 태무의 어조였다. 떠났다가 돌아온 사연은 들먹일 필요가 없었다. 이야기가 오가는 동안 한국식 소반 위에 떡국과 갖은양념의 나물무침이 차려지고 그 주위에 모두 둘러

앉았다.

"희소식이 있어."

은주가 자민의 눈치를 살피며 조심스럽게, 그리고 깜짝 놀라라는 듯 말을 꺼냈다.

"오빠한테 색시가 생겼대."

"정말?"

"다음 달에 집에 들어오기로 했어. 결혼식은 차차 치르기로 하고."

"어떤 사람이야? 한국에서 선본 사람?"

"아니, 여기서 만났어. 한국 사람."

자민이 쑥스러운 듯 목청을 내리며 낯 뜨거운 기색으로 몸을 돌려 앉았다.

"궁금해, 얘기 계속해봐."

은비가 계속 말해보라며 은주의 발을 건드렸다.

"오빠가 새로 장만한 공장 있잖아. 그 옆 잡화점에서 일하는 여잔데 나이가 열 살이나 어리대. 근데 남자 애가 하나 있대."

싱겁게 웃어넘기려는 자민 대신 은주가 조곤조곤 오빠의 연애사를 늘어놓았다.

"축하해요."

"축하는 무슨……."

자민은 약간의 죄책감이 담긴 시선을 허공에 던지며 딴청을 부렸다.

"그럼 이제 언니가 집을 나와야겠네?"

"그래야지."

은주는 벌써 따로 나와 살 작정을 해두고 있었다.

"이 아파트에서 같이 살면 되겠네. 어떠세요?"

태무의 뜻하지 않은 제안에 삼 남매는 놀란 얼굴로 서로를 바라봤다. 서로가 눈빛으로 의견을 묻는 듯했다.

"그렇게 하세요. 여자 혼자 어디 가서 살아요? 자매인데 얼마나 좋습니까? 경제적으로 세이브도 되고."

"제부는 괜찮겠어요?"

"물론이죠, 함께 산다면 나야 더 좋죠. 방도 따로 있겠다, 이렇게 거실이 넓은데 침대 놓고 커튼 하나 달면 되잖아요."

태무는 벌써 실용적인 계산까지 했다. 은애를 매개로 한 가족이라는 의존 관계엔 어떠한 타산도 개입될 수 없었다. 자민은 태무의 심중을 살폈다.

"앞으로의 계획은 어찌할 것인가?"

"예, 키스 미 김 사장님 야채가게에서 두 달 정도 일하기로 했습니다. 그 가게를 두 달 후에 매니저가 인수하기로 했대요. 거기서 일하면서 차차 다른 일자리 알아보려고요. 그리고 삼월부터 학교에 다니려고 합니다. 예전에 퀸즈 대학에 알아봤는데 커뮤니티 보조금이 나와서 학비도 비싸지 않고 야간반도 있더라고요. 한국에서의 학점도 인정해주고요. 우선 ESL 코스에 등록하고 다음 학기에 전공을 정하려 합니다."

"그래, 사실 매제는 그런 길로 가야 해. 내가 너무 무관심했어. 내 수준에만 맞춰놓고 공사판으로 끌고 다녔으니, 내가 좀 잘못 생각했지."

"아닙니다. 내가 체력적으로 힘에 부쳐 못 따라가서 그랬지, 좋은 경험이었습니다."

"어차피 이민 생활이 호락호락하지만은 않지. 거쳐야 할 과정이었다고 생각해요."

"일은 계속 있어요?"

"겨울엔 거의 없어. 두어 달은 농한기라 생각해야 돼. 기수도 신혼여행 못 갔다고 플로리다로 여행 간대."

집안은 어느새 빈궁의 냉기가 사라지고 형제들의 온기로 가득했다.

"얘, 서울에서 애도 그렇고 어른들이 무척 섭섭했겠다. 기다리게 해놓고 갑자기 안 간다고 했으니 얼마나 속상했을까?"

"그러게, 말하면 뭘 해. 호텔에서 전화를 했는데 서로 우느라 할 말도 못했다니까. 비극이 따로 없지."

은주와 은비는 그런 저런 이야기로 자매의 정을 되찾고 자민은 일어나 창밖을 둘러보며 담배 연기를 길게 내뿜었다. 연거푸 두 개비나.

낑낑거리는 얼룩말을 타고 십 분 정도 달려 철환의 집 앞에 당도했을 때는 새벽 세 시가 조금 넘은 시각이었다. 인적이 없는 거리는 적막 속에 꽝꽝 얼어붙고 제법 큰 트럭 한 대가 하얀 김을 뿜어내며 태무를 기다렸다. 어둠 속에 살아 있는 생명은 두 사람뿐이었다. 철환은 털모자가 달린 점퍼와 두툼한 장갑으로 무장하고 차 안에 앉아 냉동고가 되어버린 트럭을 덥히고 있었다. 태무가 얼룩말을 세워두고 트럭에 옮겨 타는 사이 코끝에서 나오는 김은 금세 얼음가루가 되었다. 차량은 무서운 강추위를 뚫고 나갔다. 눈발이 간간이 날리고 검푸른 냉바람이 휘돌았다. 여우가 눈물을 흘릴 추위다. 그들은 얼음 바다가 된 뉴욕을 항해하며 헌츠 포인트 시장으로 내달렸다. 이따금 마주치는 차량의 전조등 불빛들이 잠에서 덜 깨어난 듯 맥을 못 추고 희미하게 출렁였다.

헌츠 포인트가 눈을 뜨면 뉴욕이 깨어난다. 새해 개장 둘째 날의 시장은 몰아치는 한파에도 불구하고 인파로 북적였다. 북극의 에스키모들처럼 얼굴만 내보인 채 빙판 위에서 어슬렁거리는 사람들은 먹이를 찾는 곰들 같았다. 드럼통을 잘라 만든 화덕에 불을 지핀 곳엔 사람들이 웅성웅성 모이고 섬뜩한 갈고리로 채소 상자를 끄는 포터들이 길을 비키라며 팔을 젓는다. 사람들은 스스로에게 경고의 사이렌을 울리며 아우성이었다. 저마다 삶의 무게가 다를지언정 목표는 하나였다.

'오늘 이 냉천 새벽을 넘지 못하면 살아남지 못한다.'

처절하고 필사적인 극한의 생존 현장이다. 끝에서 끝까지 무려 2마일이 넘는다는 방대한 헌츠 포인트 청과 도매 시장, 태무의 눈엔 그야말로 가늠조차 할 수 없는 별천지였다. 거대한 컨테이너 트럭들이 외곽에 줄지어 있고 청과상, 요식업자, 도매상들이 몰고 온 밴과 트럭들이 시장을 가득 메웠다. 뉴저지나 코네티컷 번호판을 단 차량들도 눈에 띄었다. 철환의 말에 의하면 종사자가 수천 명이고 천만 명이 넘는 소비자들에게 과일, 채소, 농작물이 이곳에서 공급된다 하니 과연 실감이 가는 현장이다. 이스트강에서 불어닥치는 새벽바람은 옷깃 사이로 파고들어 살갗을 에고, 바람을 헤치는 철환은 무한질주의 용사 같았다.

철환과 태무는 말이 필요 없었다. 철환은 앞서고 태무는 덜덜거리는 어금니를 사리물고 옆을 따랐다. 보면 보일 것이고 들으면 알 것이라는 무언의 장보기 실습이 시작되었다. 대부분의 도매상 주인은 이탈리안 아니면 검은 페도라에 귀밑머리를 길게 땋거나 키파를 쓴 유태인이고 더러 아이리쉬나 그릭, 폴란드계 사람들도 있었다. 장을 보는 사람들 중엔 의외로 한국 동포들도 눈에 많이 띄었다.

철환은 물불을 가리지 않고 눈을 새파랗게 뜬 야생동물처럼 거칠 것 없이 가고자 하는 업체를 잘도 찾아냈다. 이리저리 물건을 뒤적이며 신선도나 품질을 확인하는 시간도 이삼 분이 채 걸리지 않았다. 이거 하나, 그거 둘, 저거 다섯하며 톡톡 찍어 능숙하게 주문하면 종업원은 용케도 알아차리고 즉석에서 묵지를 덧댄 거래명세서를 작성해 겉장을 건네었다. 적어도 십여 곳을 다니며 삼십여 품목 이상을 쇼핑해야 하므로 어느 한곳에서 지체할 수 없었다. 즉시 그 자리를 떠나 다음 장소로, 또 다음 업체로 느슨함 없이 휙휙 날아다녔다. 그의 머릿속엔 이미 쇼핑 리스트가 저장되어 있었다. 일주일에 세 번을 그렇게 새벽 장을 보며 키스 미까지 운영한다니 그가 가게를 그만둘 만도 했다. 철환의 진취적인 근면함과 배짱, 명석한 두뇌, 종업원들과의 달달거리는 영어 말발은 감히 따를 수 없을 정도였다. 어느 순간도 어물어물하거나 두루뭉술 넘기는 얼뜬 구석을 찾아볼 수 없었다. 모방자가 아닌 개척자 정신으로 투지를 불태우는 이민의 표상이었다. 나 목사뿐 아니라 다모정 사람들이 그에게 함부로 대적하지 못하는 이유가 있었다. 태무는 해야 할 일을 어깨너머로 배우는 것보다 철환의 일거수일투족에 관심을 집중했다. 그의 노련한 장보기 요령을 놓칠세라 바짝 붙어 따라다녔다.

여명이 밝아오고 달아오르는 시장의 열기에 사람들의 움직임이 빨라졌다. 쇼핑이 끝났다. 철환은 간이식당 차량에서 토스트와 커피를 샀다. 그들은 드럼통 화덕 앞에 섰다. 불길은 타오르고 사람들은 잠시 몸을 녹이다가 또 제 갈 길로 향했다. 그제야 철환은 털모자를 걷어 내리고 장갑을 벗었다. 태무도 화덕 앞에서 매무새를 풀고 굳은 몸을 녹였다. 눅실한 토스트 두 조각으로 허겁지겁 허기를 채우는 아침 식사, 먹이를 찾는 헌츠 포인트 곰들의 생존 형태였다. 한국의 시장이라 면 따끈한 곰국이나 매운탕에 막걸리를 나누면서 추위를 녹이고 허리에 찬 전대를 다독이며 시끌벅적한 정담이라도 나누련만, 그곳은 그런 맛도 없고 들뜬 소란으로 출렁거리는 시장 냄새도 없었다.

정작 시작은 다음부터였다. 트럭을 움직여 업체를 돌면서 쇼핑해둔 물건을 싣는 일이었다. 태무가 트럭 뒤에 올려놓으면 철환은 차곡차곡 쌓았다. 미루어보건대 그의 숙달된 손놀림은 이미 적응의 과정을 마친 달인이었다. 마치 평생을 해온 일처럼 능숙했고 힘겨워하는 동작 하나 없었다. 감자나 양파, 계란이나 당근 등은 50파운드로 포장되어 그것을 올려 싣는다는 것은 태무의 근력으로는 진을 빼는 일이었다. 야채는 그래도 가벼운 편이지만 사과나 바나나 등 대부분의 과일도 저희 미국 것들 체력에 맞춘 50파운드 박스여서 그야말로 죽기 살기로 힘을 써야 했다. 호박 박스는 바윗덩이처럼 무거웠다. 카펜터 일을 할 때 힘들여 옮기던 시트락 무게나 그게 그거였다. 열 곳 정도 돌고 나서 대략 사오십 뭉치의 짐을 싣고 나자 등줄기엔 땀기가 서리고 토스트 두 조각의 에너지는 벌써 소진되었다. 팔목이 시큰거리고 다리는 후들후들 떨렸다. 이스트강 얼음바람이 눈보라처럼 휘몰아치곤 했다. 또다시 절망감이 엄습해오는 이민 재수생의 위기다. 태무는 옛날에 역사 선생이 외우라 했던 말이 떠올랐다. '인내는 인내치 못하는 인내를 인내하는 인내가 인내의 참 인내다.' 주저앉고 싶은 위기 앞에서 태무는 인내의 말을 되뇌었다. 이방의 이민자가 척박한 토양에 뿌리를 내린다는 것은 바윗돌을 산 위로 굴리는 일이었다. 땅은 거칠고 쩍쩍 갈라졌으며 불어닥치는 동토의 바람은 매서웠다.

장보기를 끝낸 그들은 시장을 빠져나와 FDR 강변로를 따라 달렸다. 맨해튼을 가로질러 뉴저지 위호켄에 다다르기까지 삼십 분 이상은 달려야 한다. 중량감이 더해진 트럭은 이제 후끈한 열기를 내고 철환은 노곤함이 밀려오는지 하품을 해댔다. 어느새 거리는 출근하는 차량과 사람들로 붐볐다. 질척대는 빙판의 교통체증에다 사방에서 짜증의 경적이 울렸다.

"이 형, 시장이 정신없죠?"

"재미있습니다."

"재미있긴, 힘들지. 뉴욕에선 헌츠 포인트를 거쳐 가야 장사꾼이 된다는 말이 있어요."

이민자에게 장사는 선택 사항이 아니니 힘들더라도 잘 경험해두라는 말투였다. 동시에 의미심장한 말로 들렸다.

"장사꾼요?"

"그래요. 미국은 애초부터 나누는 나라가 아녜요. 빼앗는 나라예요. 빼앗을 줄 모르면 살아남지 못해요. 적게 주고 많이 돌려받는, 모두가 수긍하는 방법으로 서로 빼앗으며 살죠. 고상한 말로 경제. 경제인이 뭐예요. 장사꾼이죠. 여기 헌츠 포인트에 그 비밀이 무궁무진해요."

"그렇군요."

태무는 머리를 얻어맞은 듯했다. 갑자기 처절한 전쟁터에서 빠져나온 것 같았고 철환이 노련한 전략가나 장수처럼 보였다.

"그런데 물건을 사면서 왜 돈을 지불하지 않죠?"

"그거요? 크레딧으로 거래를 하니까 그래요. 대부분의 업체들이 신용거래로 하고 2주에 한 번씩 인보이스가 날아오면 그때 체크로 결재해요. 미국은 신용이 없으면 사업을 못 해요."

"어떻게 신용거래를 트죠?"

"캐쉬 체크나 현금으로 반 년 이상은 꾸준히 거래를 해야 해요."

태무는 띵한 머리를 끄덕였다.

"다음 주부터는 혼자 쇼핑해보세요. 미스터 리가 쇼핑 리스트 주면 그대로 하면 돼요. 물건 싣는 것도 시장에 힘 좋은 포터들이 많으니까 10불 주면 넙죽 도와줍니다."

"트럭 운전을 안 해봐서."

"별거 없어요. 밴이나 똑같아요. 한 번만 하면 금방 익숙해지니 염려할 것 없어요."

철환은 망설임 없이 자기 일을 태무에게 넘겼다.

"혹시 무슨 일이 생기면 'Security' 조끼 입은 사람들 있죠? 그 사람들한테 얘기하세요. 화장실이 있는 이 층 시장 오피스 건물, 그 안에 폴리스도 대기하고 있으니까 도움을 청해도 돼요."

철환은 주도면밀했다. 링컨 터널을 빠져나와 위호켄 중심가를 지나자 끝자락에 야채 가게가 있었다. 뒤편 주차장에 차를 세우고 뒷문으로 들어섰다. 가게는 슈퍼마켓 수준의 청과상으로 규모가 제법 컸다. 워킹박스도 팬이 여덟 개나 돌아가는 컨테이너 형의 대형 냉장고였다. 맨해튼 꽃 가게에 설치했던 냉장고보다 두 배는 커 보였다. 매니저 이충현과 그의 흑인 부인이 벌써 출근하여 오픈 준비를 서두르고 있었다. 충현과 인사를 나눈 후 태무는 물건을 내렸다. 사오십 뭉치를 다시 내려야 하는 작업이다. 어깨에 메든 두 팔로 안아 들든 힘들기는 마찬가지고, 내리고 올려 쌓는 일이 만만치 않았다. 절반가량은 워킹 박스 안에 넣고 나머지는 뒤편 작업장에 쌓았다. 작업장은 야채를 다듬고 과일이나 다른 상품들을 해체하여 다시 작은 단위로 포장하는 곳이다.

아침이 환히 열렸다. 종업원 몇이 요란한 소리를 주고받으며 출근을 했다. 그중 둘은 흑인 아줌마들이었다. 충현의 이야기로는 여섯 명이 움직이는 청과상으로 절반 이상이 흑인 손님이고 근방에서 제법 유명하단다. 충현과 그의 흑인 부인이 탐낼 만도 한 가게였다.

태무는 지금까지 장사에 대해서 유심히 관심을 가져본 적이 없었다. 장사는 자기와 다른 사람들이 하는 것이라 여겼다. 개념도 없고 해본 적도 없었다. 또래가 비슷한 충현이 그런 규모의 사업체를 꾸려간다는 것이 대단해 보였다. 그것이 지금 눈에 들어왔다. 자신의 이민 계획은 참으로 어설펐고 한심했다는 생각이 들었다. 어떻게 해서든지 미국에 오려고만 했지 무엇을 할 것인지는 염두에 두지 않았다. 어떠한 걸림돌도 디딤돌로 여기면 되겠지 하는 무모한 용기와, 나침반도 장비도 식량도 아무런 준비 없이 막연한 탐험에 나선 것이다. 불모지에 떨어진 덜 여문 씨앗이 저절로 싹이 나 제대로 자랄 리 없을 터, 작금 겪어온 시련은 당연한 결과였다. 장사, 사업? 그럼 이제부터라도 나침반을 그쪽으로 맞춰볼까? 철환도 지나가는 이야기였지만 잘 경험해두라며 장사에 대한 현실성을 말하지 않았던가. 태무는 트럭에 있는 뭉치들을 다시 어깨에 멨다.

충현은 만삭이 된 몸으로 분주한 아내와 함께 사람들의 작업을 참견하며 기고만장한 걸음으로 호기를 부리고 다녔다. 자신감 넘치는 모습이 부럽기 짝이 없었다. 그리고 그는 곧 어엿한 청과 마켓 주인이 될 것 아닌가. 어깨에 들쳐 멘 과일 박스들이 더 무거워졌다. 매서운 날씨는 내장마저 얼려버릴 것 같았다. 오히려 냉장고 안이 더 따뜻했다. 후줄근한 작업복에 더러운 신발, 허기진 육체와 목표도 없이 맹목적 신념으로 버티는 자신이 그리 초라할 수 없었다.

얼얼했던 손발이 자유로워질 무렵 종업원들과 함께하는 점심시간이 되었다. 흑인 아줌마가 팔뚝만 한 기다란 바게트 빵을 가져왔다. 사람들은 일손을 털고 작업장 아무 곳에나 주저앉았다. 가운데를 가르고 야채 부스러기를 넣은 다음 캔 참치를 얹으면 점심 준비는 끝났다. 빵을 세 조각으로 뚝뚝 잘라 올리브 오일을 뿌려 한 조각씩 나눠 먹는 것이 점심의 전부였다. 태무도 그 한 조각으로 허기를 달랬다. 이물스럽게 씹히는 마른 빵 조각, 부르르 떨리는 입술 사이로 그냥 베물어 넘겼다. 미지근하게 식어버린 씁쓸한 커피로 깔깔한 입안을 축이며 간신히 오후의 생명을 유지하는 응급처치를 끝냈다. 그중 머리쓰개를 한 레바논 아줌마는 집에서 만들었다며 배가 볼록한 콥스빵을 한 보자기 내놓았다. 그들은 나누는 게 몸에 배어 있었다. 흑인 아줌마들은 무엇이 그리 좋은지 빵을 손에 든 채 익살궂게 춤을 추며 웃기는 말투로 수다를 떨었다. 얼핏 들어보니 젊은 충현 부인의 멋진 헤어스타일을 따라 해보자는 이야기 같았다. 살갗을 파고드는 새카만 곱슬 머리카락을 여러 가닥으로 땋아 늘여 작은 구슬로 장식한 드레드록스 머리다.

작업을 마쳤을 땐 오후 두 시가 넘었다. 새벽엔 생생하던 철환이 기운이 없어 보였다. 졸린 듯한 게슴츠레한 눈으로 트럭의 조수석 문을 찾았다. 그러고는 태무에게 운전을 해보라며 조수석에 앉아 몸을 젖혀 뉘었다. 태무는 뭉뚝한 핸들을 잡았다. 처음 하는 트럭 운전이지만 앞 방향만 집중하면 밴과 비슷하여 어려울 게 없었다.

"오늘 일 할 만해요? 힘들죠?"

"쉽진 않네요. 그런데 이충현 씨 부인이 대단한 거 같아요, 만삭의 몸으로 쌩쌩 나는 거 보니."

"보통 여자 아니지. 그 여자 대학까지 나왔어요. 아버지는 저지시티 경찰로 있다가 은퇴했고."

"아기가 나오면 어느 쪽을 닮을지 궁금해지네요."

"흑백이 섞이면 예쁘겠지."

"어떻게 그 큰 가게를 맡아 할 생각을 했죠?"

태무는 충현의 용기와 재정적 조건이 부럽기도 하고 궁금했다.

"미스터 리 땡잡았지. 그 가게 처갓집에서 돈을 대어 사는 거라니까요. 여자 똑똑하지 건강하지 피부색만 아니면 마누라 잘 얻은 거지. 처가 식구들도 점잖아요. 미스터 리는 시골 농림고등학교밖에 안 나왔잖아요. 불알 두 쪽 차고 멕시코 국경 넘어온 친군데 복 덩어리 잡은 거지. 또 둘이 사이가 아주 좋아요."

미국은 형형색색 천태만상으로 조합된 나라이지 단일민족으로 내려오는 '우리만의 나라'가 아님이 태무에게 확실히 각인된 날이었다. 인종을 넘어선 다양한 조화를 이루는 나라, 이충현 부부가 그 한몫을 모범으로 보였다. 우드 사이드까지 넘어왔을 땐 태무는 벌써 능숙한 트럭 운전사가 되었다. 이민 재수생은 새로운 시작의 하루를 그렇게 버렸다. 아파트에 돌아온 태무는 정신을 놓은 사람처럼 중얼거리며 거실 바닥에 쓰러졌다.

"아! 이 수난은 무엇인가. 아마도 어떤 죗값을 치르고 있는 걸 거야."

스스로를 위로하는 자조 섞인 변명이었다. 이민의 정의를 다시 내리고 수난의 대처법도 다시 찾아야겠구나 하는 중 스르르 눈이 감겼다.

더 좋아질 것도 나빠질 것도 없는 청과상 딜리버리 맨의 하루하루가 쿨렁쿨렁 지나갔다. 외로운 다람쥐처럼 거부할 수 없는 새벽 노동의 쳇바퀴를 무심으로 돌았다. 도매상 사람들과 포터들의 얼굴도 익히며 허물없는 이야기도 나누었다. 한국 동포들도 더러 만났지만 간단한 인사만 나눌 뿐 저마다 바쁜 탓인지 관계를 엮으려 하지 않았다.

강치가 웅크린 날이다. 하늘이 먹구름으로 내려앉으며 폭풍을 만들어낼 기세였다. 시장 사람들이 너나없이 뉴스를 전했다. 오후부터 태풍과 폭설이 몰아칠 거라는 일기예보가 있으니 서두르란다. 도매상들도 곧 철시할 거라며 플라이우드를 창문 위에 덧대어 둘러치는 가게도 있었다. 강풍에 의해 유리창이 부서질지 모르는 사태를 대비하는 것이다. 태무는 눈이 오면 오는 거지 이 설한에 당연한 일이거늘 모두들 호들갑을 떠는 것이 이해되지 않았다. 하지만 뉴욕의 변덕스런 엄동 날씨에 산전수전 다 겪은 그들이 옳았다.

딜리버리를 끝내고 맨해튼을 지나 퀸스에 들어설 무렵, 아니나 다를까 폭풍과 함께 눈발이 몰아치기 시작했다. 고속도로에 들어서자 풍속이 시속 100마일은 될 듯싶은 강풍과 함께 솜덩이 같은 눈발이 퍼부어지듯 쏟아졌다. 거기에다 천둥 번개까지 내리쳤다. 차체가 높은 트럭이라 출렁거리며 심하게 흔들렸다. 시야는 어두워지고 핸들이 제멋대로 움직이며 중심을 흩뜨렸다. 위험한 상황이라 직감한 태무는 긴장의 끈을 조이며 속도를 줄였다. 거북이 운행의 차량들이 갓길 쪽에 멈춰서기 시작했다. 불과 십 분도 되지 않아 도로는 마비되고 눈은 쌓여갔다. 차를 버리고 강풍을 헤치며 어디론가 뛰어가는 사람도 있었다. 진퇴양난의 폭설에 갇혔다. 차량을 버리고 피해 갈 곳도 없어 갓길에 차를 세웠다. 추위 때문에 차량의 엔진을 꺼둘 수도 없었다. 자칫 도심에서 사고를 당할 수도 있는, 과연 날씨조차 대적하기 어려운 위대한 나라였다.

패트롤이 떨어질까 봐 계기판을 확인하며 엔진을 껐다 켰다를 반복하는 동안 갈증과 허기가 심하게 육체를 괴롭혔다. 입에서는 단내가 났다. 라디오에서는 일기와 교통상황을 계속해서 방송했다. 한 시간, 두 시간, 세 시간……. 눈은 벌써 정강이쯤 쌓였다. 집에 전화할 수도 없고 스노우 체인마저 없으니 이제 심각한 수준을 넘어 재앙으로 다가올 조짐이었다. 버려진 차량들은 눈 속에 묻혀가고 움직이는 사람도 보이지 않았다. 시퍼레진 가로등 빛도 부들부들 떨었다. 시장에서 뉴스를 전해주던 겁쟁이 맹신자들의 말을 들었어야 했다. 마침내 긴급 비상사태가 선포된 뉴욕은 제설전쟁에 돌입했고 고속도로는 자정이 되어서야 여러 대의 불도저에 의해 뚫렸다. 갓길에 처박힌 차량이 한두 대가 아니었다. 가드레일에 바퀴를 걸친 차량하며 벌러덩 뒤집힌 차량도 보였다. 태무는 눈보라 폭풍 속의 아슬아슬한 곡예운전으로 새벽이 되어서야 간신히 집에 당도했다. 하얗게 질린 얼굴에 비틀거리며 들어서는 태무를 보고 애타게 기다리던 은비와 은주는 안도의 숨을 쉬었다. 딜리버리 맨의 위태위태한 또 하루의 위기가 지나갔다.

다음 날 아침, 적설량을 보니 무릎 위까지 쌓인 눈의 높이가 2피트도 넘어 보였다. 난쟁이처럼 서 있는 길가의 소화전도 눈 속에 묻혀 보일락 말락 하고 자동차들은 제 몸집만 한 눈덩이를 이고 간신히 창문만 내보였다. 아무도 밖으로 나갈 엄두를 내지 못했다. 덕분에 태무는 며칠 동안 휴식을 취하며 반복되는 실험적 일상을 대비한 에너지를 채웠다.

자매는 비둘기처럼 바짝 머리를 맞대고 앉아 거울을 보고 머리도 만지작거리며 단장 놀이를 했다. 은비는 은주의 손톱을 갈아 매니큐어를 해주고 발톱에도 색깔별로 페디큐어를 하며 직업적인 솜씨를 보였다. 은주는 오색 발가락을 꼼지락거리며 그리도 좋은지 소녀처럼 키득거렸다. 어쩌다 한 번쯤 눈 속에 갇히는 것도 여유로움을 누리기에는 괜찮은 일이었다. 그 순간은 있으나 마나 한 자투리 시간이 아니었다.

은비는 최윤식 부인이 소개한 베이사이드의 네일 숍에서 일한 지 2주가 넘었다. 태무가 팔을 다치며 인테리어 공사를 했던 곳이다. 안정된 분위기에 기술을 배울 수 있고 고객들과 대화하면서 영어도 익힐 수 있는 일터였다. 육체적 혹사도 덜하고 따로 팁이 주어지는 수입도 있어 마켓 캐셔 일보다는 나았다. 부인은 네일 숍 일이 미용사보다 수입이 좋고 미국 여자들의 수다를 듣는 재미도 있다며 언젠가는 자기 숍을 차릴 거라 했다. 그것은 선견지명이었고 얼마 되지 않아 그녀의 계획은 어이없이 이루어졌다. 주인이 뉴욕을 떠나야 할 사정이 생겨

네일 숍을 헐값에 떠맡겨버린 것이다.

곡예와 같은 이민의 일상은 쉼 없이 굴러갔다. 다모정 멤버들은 여전히 키스 미를 들락거렸다. 우정이라는 고리로 서로에게 의지하며 지치고 쇠약해진 자신의 존재를 상기시켰다. 청과상을 정리한 김철환은 한결 여유로워졌는지 낯빛이 번지르르했다. 최 부장은 한국 본사가 위태로워지고 있어 돌아가야 할지 말지 전전긍긍했다. 마침 부인이 네일 숍을 떠맡는 바람에 미국에 눌러앉는 계획이 구체화 되어버렸다. 줄리는 플러싱 병원의 간호 보조사가 되었다. 분만실에 근무하면서 생명과 탄생의 기적을 보며 인간이 감동하는 환희의 극치를 날마다 목격한단다. 남편 호세는 의사 자격시험을 통과하여 여섯 명의 시험관 앞에서 치르는 최종 면접 과정만 남겨두었다. 꽃 가게 정아는 수시로 은비를 찾아와 외로움을 달래고 기수와 수정은 아직도 신혼의 단꿈에 빠져 아무 데서나 코를 만지고 목을 비비었다. 용화 식품 홍 사장은 여전히 가게를 나서면 함흥차사고 그의 부인은 차라리 아들이라도 하나 낳아 오라며 닦달을 했다. 금강 식당 정 사장은 부인으로부터 한바탕 혼쭐나는 바람에 다모정 출입이 뜸해졌다. 부인이 어디선가 수갑을 구해와 한 번만 더 카지노에 가면 침대에 묶어두겠다는 으름장으로 벼르고 있단다. 자민은 어린 아들이 있는 서유미라는 여자가 들어와 짝을 이루었는데 감춰두고 사는지 내색도 안 했다. 은주와 은비에게 한번 놀러 오라는 소리도 없었다. 은주는 은비 집으로 이사한 후 듬직한 애인이 생겼다. 맨해튼 직장에서 만난 남잔데 당장 결혼하자며 덤비고 있어 고민 중이란다.

태무는 퀸스 대학에 ESL등록을 했다. 본과 진입 전 어학 과정이다.

영주권 수속이 끝나고 이민성의 마지막 인터뷰도 무사히 마쳤다. 그러는 동안 은주의 소개로 새로운 일자리를 얻었다. 맨해튼에 있는 가방 수입 도매 업체였다. 무역 업무와 소매상들을 상대하는 세일즈 업무, 장사하는 기법과 첨예한 심리적 게임이 치러질 곳이었다.

제3부

원시 부족

'클락스 팜'의 커크 클락은 정신 산만한 아내 수잔 때문에 항상 조마조마했다. 수잔은 밭갈이 하던 트랙터 옆에서 참견하다가 발등이 뭉그러진 후론 꼼짝 못 하는 신세가 되었다. 하지만 한꺼번에 두 가지 일을 하려고 허둥대는 습성은 여전했다. 이를테면 설거지를 하다가 전화를 건다거나 화장을 하다 말고 옷을 걸치고, 식탁에서 포크질을 하면서 신문 하단의 세일 광고에 눈이 빠져버리는 것들이다. 거기에다 건망증이 심해져 식료품 쇼핑 목록을 내놓으라 하면 아까 주지 않았느냐며 되지르다가 냉장고에 붙여놓은 걸 커크가 떼어 가면 짚고 있던 목발을 통통 치곤 했다. 마켓에서 장을 볼 때도 한두 가지는 빠뜨리던가 아니면 엉뚱한 것을 사 들고 오는 일이 잦아져 이제는 쇼핑도 커크가 해야 하는 일로 정해졌다. 한번은 이 층으로 오르다가 커크가 부르는 소리에 수잔이 계단에 멈춰 섰다. 그런데 지금 자기가 올라가는 중인지 내려가는 중인지를 잊어버려 그 자리에 주저앉은 적도 있었다. 요리를 하다가 커크가 마시다만 술병을 카놀라 오일병으로 잘못 알고 프라이팬에 부을 정도였다. 언제부터인가 남편보다 뚱뚱해진 덩치만큼이나 성깔도 드세어졌다. 늙어가는 대부분의 메러디스 남자들은 여자들한테 쩔쩔맸다. 커크도 예외는 아니어서 주로 쥐여사는 편이었다. 수잔이 지나는 길목 앞에선 냉큼 비켜서는 버릇도 몸에 박인 지 오래였다. 커크는 속으로 화가 치솟아도 겉으로는 차분하게 감정을 조절하며 수잔과의 충돌 위기를 넘기곤 했다. 그러던 커크에게 사근사근하고 한없이 너그러운 여자 동무가 생겼다. 언제 봐도 생글거리는 동양 여자다.

이른 아침 헬렌이 출근길에 나섰다. 능선 너머로 흩어지는 홍조가 불그레하다. 커크가 기다렸다는 듯 집 앞을 지나는 헬렌의 차를 막았다. 여느 때처럼 냉장고에서 떼어 온 손바닥만 한 쪽지를 헬렌에게 건네며 오른쪽 눈을 찔끔했다. 헬렌이 돌아올 때 일하는 마켓에서 식료품 쇼핑을 좀 해달라는 것이다. 헬렌이 쪽지를 훑어보더니 목소리를 높였다.

"리큐어도 있잖아? 이 독한 걸, 그것도 세 병이나. 술이 주식이야?"

커크가 이번만이라는 듯 계면쩍은 표정으로 턱을 긁적였다.

뉴햄프셔 농부들은 긴 추위 때문인지 술을 밥 먹듯 했다. 커크도 호랑이 같은 수잔이 병아리 만하게 보이는 묘약에 절어 지냈다. 자식들이 타지로 떠난 후에는 아내보다 술을 더 사랑했다. 펍에 발길을 끊고 나서는 집에서 주로 사과와 체리를 증류한 캐나다 산 리큐어를 즐겼다. 예전엔 럼에 빠져 수잔으로부터 금주령이 내려지곤 했는데 그녀가 좋아하는 달콤한 향주 리큐어로 바꾼 다음부터는 묵시적인 음주가 인정되었다.

"내가 보기엔 중독 수준인데 그러다가 잭처럼 되면 어떡하려고 그래?"

"수잔이 좋아하거든."

"수잔? 핑계대기는. 커크, 오늘은 아이스크림 세 개야!"

헬렌은 의지가 모자란 남편을 나무라듯 커크에게 눈을 길게 흘겼다.

"알았어. 그런데 그렇게 아이스크림 좋아하면 수잔처럼 돼."

커크는 양팔을 벌려 원 모양을 그리며 덩치가 그만해질 거라고 놀렸다. 매주 쇼핑을 해줄 때마다 헬렌은 그 조건으로 아이스크림 두 개씩을 끼워 가져왔다. 모희와 도희에게 주는 큰이모의 주간 선물이다.

"수잔은 좀 어때?"

"식탁에서 졸아. 요즘은 가끔 그래. 고혈압 약하고 신경안정제 약을 먹고 있거든."

"그런데 수잔이 술을 마셔? 엉터리."

"그대는 구세주야."

헬렌은 커크의 능청에 익숙해져 있었다.

"알았어, 다녀올게."

마른 잎사귀를 날리며 냅다 달려가는 헬렌이 백미러로 보아줄 것이라 확신하며 커크는 엄지손가락을 쭉 펴고 오른쪽 눈을 찡긋했다.

헬렌이 뉴햄프셔주 메러디스 시골 도시에 온 지도 반년이 지났다. 함께 살던 FIT 졸업을 앞둔 아들 성호의 만류에도 불구하고 명숙이 살고 있는 집으로 이사를 온 것이다. 뉴욕의 각박한 마켓 생활과 철교 아래의 소음 속 아파트 궁상이 진저리나고, 야생 뉴요커들의 발톱에 할퀸 수많은 상처와 진물로 괴로워하던 때였다. 아들이 졸업 후에 독립하면 혼자만의 외로움은 더해질 터였다. 그러던 차, 명숙의 집에 놀러 왔을 때 가지 말고 함께 살자는 명숙의 간절한 애원이 헬렌을 자석처럼 끌어당겼다. 헬렌 역시 산골 출신의 여인이라 메러디스의 아름다운 풍광에 온전히 매료되었다. 외로운 두 여인이 언니가 생기고 동생을 얻었으니 어찌 보면 서로가 횡재를 한 셈이다. 헬렌은 전원생활을 즐기면서 마켓에서 일하는 수입으로도 생활비 걱정에서 벗어나고, 명숙은 농사일이나 잭과 아이들 돌보는 일을 헬렌이 나누어 해주니 이것저것 따질 필요가 없었다. 명숙은 헬렌을 지숙 언니라 여기며 믿고 의지했다. 그들은 지나온 삶을 포괄적으로 짚어보고 새로운 미래의 계획을 세울 필요도 없었고 주류사회에 편승하려고 아등바등하지도 않았다. 자신들이 지닌 한국인의 정이라는 유산을 나누는 삶 자체만으로도 만족했다. 정들면 고향이라 하지 않던가. 다양한 민족이 다양한 장소에서 나름대로 정을 붙이고 터 잡아 살아가는 미국 아닌가. 왜 이러한 두멧골에서 외로운 삶을 살아야 하는가 하는 질문이나 답변도 그들에겐 별 의미가 되지 않았다. 어느 터전이 사뭇 다르다 해도 그곳에 뿌리내리고 마음 맞대며 꽃 피우고 열매를 맺으면 그것이 삶이 아니던가. 그들은 자신의 인생길을 찾아낸 듯했다. 어쩌면 철새들보다 나은 방향 감각으로 가장 안전한 둥지를 발견한 것이었다.

인종과 문화의 용광로라는 미국은 태생적으로 이민이라는 역사의 기원을 지녔다. 언뜻 보면 찬란한 유토피아인 듯 장황해 보이지만 피맺힌 여한과 슬픔을 안고 고향을 등진 사람들이 이룩한 슬픈 나라다. 삶의 잔인함에 맞서 역경을 이기고, 창조적 지혜를 몸으로 터득하고, 사랑의 존귀함과 공동체의 질서에 공감하며, 서로의 존중을 통해 자유와 기회를 얻을 수 있다는 이민 정신이 바탕이 된 나라에서, 이민자들은 행복보다는 슬픔과 잔인함이 없는 내일을 기대하며 살아간다.

성공의 신화나 거품 같은 명예와 영광 따위는 기대하지 않는다. 끼니와 잠자리가 보장되는 희망이라면 그들은 어느 가시밭길도 마다하지 않는다. 메러디스 두멧골 도시로 옮겨온 헬렌과 명숙은 누구보다 그런 이민 정신을 현명하게 터득한 슬픈 이민자였다. 그들이 공통으로 겪고 있는 이별이라는 상실감과 좌절감에 대한 서로의 연민은 가까운 자매처럼 맺어주고 혈육처럼 이어주었다. 그것만으로도 함께 사는 이유는 충분했다. 무엇보다도, 맞이하기 싫은 각박한 내일을 생각하며 불면증에 시달리는 일이 없어진 것은 헬렌에겐 기대하지 못했던 일이었다. 뉴욕에 살 때보다 경제적 위기감에서 헤어나니 그만큼 정신적인 여유로움도 늘었다. 쇼핑을 가든 지하철을 타든 어쩌다 나들이 장소에 가든, 가는 곳마다 줄을 서야 하고 이 눈치 저 눈치로 온몸을 옥죄던 도시의 긴장감도 훌훌 털려나갔다. 등나무 넝쿨 아래서 책을 보다가 자연의 리듬에 맞춰 추억에 잠기고, 커크 집에 찾아가 한국 역사나 문화의 매력을 자랑하며 수다도 떨었다. 뜨락에 무슨 꽃을 심을까 모종삽을 들고 달콤한 궁리에 빠졌다. 아이들과 숲속을 걷는 재미와 벽난로에 감자를 구워 먹으며 옛 맛에 눈을 감는 아늑한 행복감도 산골 마을에서 얻는 축복이었다. 계절이 가는지 오는지도 선명하게 보였다. 새들도 짐승들도, 스치는 바람 소리도 교감의 벗이 되었다. 불편한 점이 있긴 했다. '찰스 푸드'라는 새로 생긴 마켓에 중간 매니저로 일하기 때문에 날마다 몸을 정결히 하고 립스틱을 바르거나 파우더로 콧등을 두드리며 태가 나는 단장을 해야 하는 번거로움과 보수적인 그곳 백인들처럼 깍듯한 예의를 지켜야 하는 일상이었다. 뉴욕의 슈퍼마켓에서 허접스런 일을 할 땐 아무렇게나 머리를 뒤로 넘겨 묶고 차림새나 태도에 주위를 의식할 필요가 없었다.

메러디스에는 클락스 농장 옆집에 한국 여인들이 사는데 아리따운 미인이라는 소문이 퍼져 있었다. 그것은 헬렌의 단아한 단장과 품위를 갖춘 예절 때문이었다. 젊은 여인들을 찾아보기 힘든 시골 백인 마을에서 오십 문턱의 동양인 여자가 인기의 반열에 오른 것이다. 물론 커크가 자기 이웃이라고 자랑하며 떠들고 다닌 탓도 있었다. 헬렌의 소문은 찰스 푸드의 고객 유치 마케팅에도 일조를 했고 남자 손님들은 그녀의 동양적인 친절함과 매너에 눌려 멀리에서도 모자를 살짝 들어올리며 절절맸다. 헬렌은 주로 단정한 주름의 개버딘 치마에 하늘하늘하고 단조로운 빛깔의 스카프를 매고 다녔다. 헬렌의 곱상한 자태에 빠진 한 젊은 농부는 기름 바른 머리를 갈라 빗고 흙장화 대신 빤짝빤짝 광이 나는 구두를 신고 나타나 댄스파티에 초대라도 할 듯 관심을 끌려고 애를 썼다. 헬렌은 정성이 가상하여 멋이 난다는 표정으로 바라봐주긴 했으나 발끝까지 신사 티를 내려는 촌스런 때깔에 돌아서서 피식 웃곤 했다. 일요일에 교회에 가면 아리따운 그들에게 사람들이 먼저 다가와 반겼다. 노인들에게 말대답을 잘해주는 모희와 도희의 인기는 더 많았다. 반겨주는 사람들은 친절과 순박의 대가로 무언가를 얻어내려 하지 않았다. 메러디스의 포근하고 청정한 자연처럼 맑은 감정의 교환으로 즐거움을 나누었다. 뉴요커들은 산술과 야욕으로 생을 영위하지만 이곳 사람들은 마음씨와 범절로 삶을 가꾸었다. 파괴와 착취의 도시를 떠나 생명을 심고 키우는 세상으로 그들은 옮겨 왔다. 야물야물 나뭇잎을 뜯고 위니페소키 호수 물을 마시는 산짐승들처럼 그들은 메러디스의 자연인이 되어갔다.

한편으로, 찾아오는 이 없는 그 집에 헬렌의 든든한 아들 성호는 가끔 한국식품을 싣고 찾아와 뉴욕 소식을 전해주고 남자가 해야 할 거친 일도 거들었다. 그가 오는 날이면 모희와 도희는 자기들을 친동생처럼 여기며 놀아주는 성호를 그렇게 반길 수 없었다. 어린애다운 흥분과 열정으로 팔을 벌리며 달려들었다. 아이들이라 해서 외로움이 없겠는가. 같은 한국말을 쓰는 동족에게서 어쩌면 마음 안에 그리고 있던 잃어버린 부정父情을 찾는지도 몰랐다. 얼굴이 울퉁불퉁하고 시커먼 뿔테 안경을 쓴 성호는 외모와는 달리 성품이 털털하고 항상 껄껄거리며 웃음을 멈추지 않는 청년이었다. 또한 영어가 유창한 탓도 있지만 낙천적이고 붙임성이 좋아 대화 상대가 필요했던 잭에게는 더없이 반가운 친구가 되었다. 그런 성호를 볼 때 명숙은 상상하기 거북한 착각에 빠져들곤 했다. 자민이 성호처럼 낙천적이고 웃음을 잃지 않는 남자가 되어 자기 곁으로 다시 와준다면 어떨까 하는 상상이었다. 그러면서 아직도 자민에 대한 일말의 미련이 남아 있는가 하고 자신의 마음을 타진하는 스스로에게 깜짝 놀라곤 했다. 그것은 자존심에 관계되는 문제고 상당히 기분 상하는 일이었지만 그러한 기대감이 문득 일어나는 게 이상했다. 사실 헬렌은 여러 차례 자민과의 재결합에 대한 가능성을 놓고 명숙을 설득했다. 달콤해야 할 청춘을 씁쓸히 삼키며 살아가는 명숙의 마음을 변화시켜보려는 시도도 언니의 몫이라 생각했다. 하지만 돌아가고 싶지 않은 길로 왜 자기를 떠미느냐며 입도 뻥긋 말라는 명숙의 단호한 책망에 그 설득은 아무런 효용을 발휘하지 못했다. 오히려 그런 재결합은 언니에게나 더 해당되지 않느냐며 되레 방패 없는 헬렌에게 화살세례를 퍼부었다. 논쟁은 결국 지금의 평화를 깨지 말자는 쪽으로 결말이 나곤 했다. 문제는 다른 쪽에도 있었다. 어른으로 성장한 성호도 그렇거니와 아이들의 생각이 어디쯤에 있고 상처가 얼마나 깊은지 정작 간과하고 있는 그들이었다. 혹여 누가 아이들의 상황을 꺼낼라치면 애써 외면하며 그 내용을 비켜 가다른 이야기로 돌리곤 했다. 성호와 아이들이 남매처럼 찰싹 붙어 깔깔거리며 종알거리는 것은 서로가 사랑을 구걸하는 소리였다. 아픔을 잊기 위한 몸부림이며 상처가 덧나지 않고 치유되기를 바라는 절규임을 그들은 몰랐다. 무작정 물속으로 떠밀린 아이들은 알아서 헤엄쳐야 했으며 부모에게 빼앗긴 행복의 권리와 사랑의 양분에 목을 태우고 있었다.

하루가 이틀처럼 흘렀다. 명숙은 줄리로부터 놀라운 소식을 전해 들었다. 자민이 애가 딸린 어린 여자를 만났다는 것이다. 이미 남남이 된 사이지만 명숙은 억장이 무너지는 듯했다. 아이들에게도 그 소식을 알려줘야 할지 난감했다. 일말 솟아나던 기대감이 와르르 무너지고 혹여 '재결합?' 하며 잠시나마 상상을 그렸던 자신에게 미치도록 화가 났다. 헬렌은 내 자식 버리고 갈라선 지 얼마나 되었다고 그새 남의 자식 키우는 게 어디 있냐며 부르르 떨었다. 그 여자가 게을러터진 미련 곰탱이거나 아니면 감옥에나 들락거리던 도둑년이기를 바랐다. 이제 그들의 입에선 재혼이란 말은 몰라도 재결합이란 단어는 입 밖에 낼 수 없게 되고 말았다. 수치이고 저주스런 말이었다.

방학을 맞은 성호가 오랜만에 먼 길 메러디스를 찾아왔다. 풀이 죽어 지내던 잭은 타향살이 하던 아들이 돌아온 것처럼 반가워했다. 잭은 여전히 말을 더듬거리고 혼자서 거동할 수 없을 만큼 몸이 쇠약했지만 정신은 온전했다. 말 상대가 없는 그는 온종일 컨트리 음악 방송을 틀어놓고 흥얼흥얼 따라 불렀다. '조니 캐시'* 노래로 외로움을 달래는 게 유일한 낙이었다.

성호는 무료함에 늘어진 잭을 일으켜주고 싶었다. 숲속 나들이에 모두가 함께 나섰다. 성호는 잭의 휠체어를 밀며 두런두런 이야기를 나누었다. 성호는 누구를 대하든 그 사람이 존경스럽고 아주 잘난 사람이라고 느끼게 해주는 말솜씨가 있었다. 잭이 싫어할 리 없었다. 아이들은 성호의 허리에 매달려 꽃무늬 새 신발을 자랑하며 폴짝거렸다. 성호가 익살스런 제스처로 넘어지는 체하면 아이들은 자지러지게 웃었다. 헬렌은 숲속에 뭔가 있을 거라 기대하며 바구니를 들고 나섰다. 진달래 꽃잎이나 산나물, 아니면 약초 같은 것이라도 눈에 띌 것이라는 기대감에서였다. 호수가 내려다보이는 비탈에 이르렀다. 새들이 우짖고 숲 사이로 피어오르는 안개가 구름처럼 흘렀다. 헬렌은 고사리가 있었으면 하고 해묵은 고사리의 마른 줄기 속을 찾아보지만 아직 싹이 오르긴 이른 철이었다. 어제 내린 봄비로 숲은 젖어 있고 고목이 된 떡갈나무 둥치 아래 누런 낙엽을 비집고 솟아오른 봉긋한 버섯들이 아이들 눈에 먼저 띄었다. 보드랍고 탐스런 표고버섯, 생명이 다한 고목에 피어난 새 생명이다. 헬렌이 바구니를 들고 온 기대감이 어쨌든 맞아떨어졌다.

"오늘은 버섯구이 파티를 해야겠다."

"이 버섯 먹어도 돼요?"

성호가 독이 있는 버섯이 아닌가 의심하는 까닭은 어머니가 어느새

---

* Johnny Cash 1950~1960년대 미국 컨트리 음악계를 빛낸 대표적 가수.

늙어버려 무식한 판단을 내리는 것 같아서였다.

"애, 이런 자연산은 한국에서도 귀한 거야. 너 이따가 농어 몇 마리 낚아 와. 맛의 본때를 보여주마. 농어와 봄 표고버섯, 최고의 조합이지."

비탈에 기대어 쓰러진 참나무 옆에는 적당한 양기를 받아서인지 더 크고 몽실몽실한 버섯들이 삭정이 사이로 몸을 살짝 숨기고 있었다. 헬렌을 흉내 내며 버섯을 따고 있는 아이들을 바라보던 명숙은 저절로 떠오르는 옛 두포마을의 기억에 울컥해졌다. 헬렌이 어머니 같고 아이들이 어린 시절의 자기와 지숙 언니 같았다. 아이들 옆에 서성거리는 성호를 보며 자민이 아닌가 하는 착각으로 잠시 어리석은 상상과 감상적인 혼란에 빠지기도 했다. 이름 모를 짐승 한 마리가 푸드덕 뛰며 놀라게 하지 않았더라면 그런 혼란에서 한동안 깨어나지 못했을 것이다.

"분명 이 숲엔 산삼도 있을 거야. 우리나라 산세와 너무 비슷하거든? 여름에 한번 뒤져봐야겠어. 산딸기나무도 지천이네."

산골 여인이었던 헬렌의 인생 경륜이 드러나는 말이었다.

"언니, 근데 그거 알아? 산세도 비슷하지만 미국에 우리말과 비슷한 산 이름, 강 이름이 많다는 거."

"나도 그런 게 인디언 말이라는 소리는 들었어. 그들도 우리처럼 몽고반점 있잖아? 먼 조상이 같은 게지."

"내가 전에… 말했잖아. 나의 옛… 조상 할머니도… 아시아 북방에서 온… 후손이라고."

평소에 좀처럼 둘의 대화에 끼지 않던 잭이 성호 덕에 말 기운을 얻은 탓인지 더듬거리는 목소리를 높였다.

"웬일이야? 잭이 입을 열고?"

헬렌이 놀라고 명숙은 멀뚱멀뚱한 눈으로 잭을 내려다봤다. 잭의 표정이 제법 상기되어 있고 고개도 꼿꼿했다. 그것은 자기가 혼자가 아니어서 행복하다는, 근래에 보기 드문 모습이었다. 잭은 자기가 메러디스 터줏대감이라는 자부심을 빼앗기고 싶지 않은 듯 메러디스 산천에 대한 전설을 덧붙이기도 했다.

"저 호수를 옛 토착인들은 대지의 영혼이라 했지. 위대한 대지가 품은 위대한 영혼. 호수가 일렁이면 대지의 정령이 미소 짓는 거라 했어. 높은 곳에서의 아름다운 물이라고도 했지. 아래로 흘러 대지를 적시는 물의 혼, 그게 우리라는 거야."

헬렌은 순간 어렴풋한 고향의 산천이 떠올랐다. 비탈에 허리를 기댄 보살 바위, 가파른 여울이 재갈대는 칠성 벼랑, 능선 자락에 기울어 선 당산나무, 초록의 생명이 번창하는 어느 굽이에도 인간을 다스리는 정령들이 깃들어 있었다. 그녀는 지금 고향 어딘가에 서 있는 것 같았다. 헬렌은 그동안 잭이 생의 언어를 포기했거나 정신상태가 무디어진 줄로만 알았다.

"잭, 나오기 잘했네."

헬렌이 잭의 등 언저리를 다독다독했다.

맑은 물기로 하얀 자작나무들이 몸을 씻고 잠자던 방초들이 깨어나 움 틔우는 숲, 그들은 파릇파릇 봄앓이 하는 안개 숲으로 깊이깊이 들어갔다. 껄껄거리는 성호와 잭의 웃음소리가 숲 끝닿은 호수에까지 번졌다.

버섯구이 파티는 구름이 걷히고 별들이 총총히 쏟아지는 늦은 밤까지 시끌벅적 이어졌다. 자작나무 잉걸불에 버터를 발라 구워내는 농어는 메러디스만의 별미였다. 어른들은 늘어진 자락의 편안한 차림이고 아이들은 양말도 벗어 던진 맨발이었다. 새콤한 향기 그윽한 와인잔이 부딪치고 명숙이 만든 고깔 속 감자튀김 파타트는 아이들이 차지했다. 손뼉 소리와 웃음소리, 노랫소리가 밤공기를 뚫고 커크 집까지 들렸다. 비정하고 각박한 도시에 갇힌 뉴요커나 자민이 본다면 그들은 낙원을 여행한 경험자들이거나 낯선 시대에 밤놀이 하는 원시 부족이었다. 커크는 리큐어 한 병을 들고 불청객으로 찾아갈까 말까 하다가 수잔의 눈총에 주저앉고 말았다. 사실 수잔도 아이들용 쿠키 두 봉지를 숨겨두고 있었다.

이튿날 일요일, 가족이 모두 교회에 나간 사이 성호는 사과나무밭에서 혼자 분주했다. 일꾼들이 가지치기를 하여 군데군데 늘어놓은 뭉치들을 트랙터 트레일러에 실어 둔덕으로 모으느라 땀을 뻘뻘 흘렸다. 가지 더미는 여름에 마를 것이고 가을에 태워질 것이다. 남자 일손이 필요한 농장 일은 어느 곳에도 산재했고 성호는 알아서 찾아 했다. 사과나무 가지엔 함소를 머금은 분홍색 꽃눈들이 부풀어 올라 금방이라도 터질 것 같았다. 화려한 꽃보라가 날릴 때면 산 너머 꿀벌들이 마법의 향기에 이끌려 날아들 것이다. 성호는 수업이 없는 날이나 주말에는 파트타임으로 학비를 버는 청년이라 웬만한 잡일은 몸에 배어 거뜬히 해치웠다. 식당 설거지, 청소, 한인들의 사업체가 많은 브로드웨이에서 짐을 옮기고 패킹을 하는 등 주로 힘든 허드렛일이라서 농장 일을 거드는 것쯤은 일도 아니었다.

교회에서 가족들이 돌아온 때는 성호가 일을 거의 끝내고 있을 무렵이었다. 명숙은 성호가 사과나무밭을 말끔히 정리해놓은 것을 보고 놀라면서도 왠지 모를 씁쓸한 슬픔을 느꼈다. 자민이 있었다면 그가 해야 할 일이었을 거라는 생각이 들어서였다. 전에도 일꾼들이 와서 거드름을 부릴 때 비슷한 생각이 들었는데 왜 자민이어야만 하는가 하는 점 때문에 자신에게 몹시 화가 났다. 하지만 그는 먼 곳에 있었다. 아니, 이제 영영 가버렸다. 명숙은 뭔가 놓지 못하고 있던 한 가닥 실낱같은 끈을 놓아버리기로 했다.

한데, 그런 실낱같은 끈 한 오리를 성호가 가져와 아무도 몰래 어머니에게 내보였다. 성호는 그것을 옷 속에 숨기고 어제부터 망설였다. 헬렌에겐 잊힐 수 없는, 낯익은 숨결이 묻어 있는 남편의 편지였다. 그 오랜 세월 미워하고 원망했던, 그러나 언젠가 바람처럼 나타나줄까 기다렸던 소식이다. 헬렌은 성호를 끌고 헛간으로 들어갔다.

"읽어봤어?"

"응."

"뭐래?"

"오겠대. 나머지는 어머니가 봐."

"미국에 오겠다고?"

헬렌이 설마 하는 표정으로 편지를 받아 들고 돌아섰다. 아들에게 보이고 싶지 않은 눈물과 들키고 싶지 않은 심장 소리 때문이다. 금세 눈물이 핑 고였다. 헬렌은 편지를 읽고 나서 두 손으로 조글조글 구기다가 성호를 쳐다보며 다시 폈다.

"얘, 이를 어쩌니?"

"어쩌긴."

"몹쓸 인간."

짓밟혔던 그녀의 자존심이 승리한 날이었다.

커크가 발그레 취한 얼굴을 하고서 잭의 집 마당에 들어섰다. 울타리 아래서 먹이를 찾느라 해작질하던 닭들이 커크를 보더니 꾸역꾸역 모여들었다. 그는 습관대로 아이들을 찾느라 두리번거렸다. 캘리포니아에 사는 자식들이 찾아오는 부활절까지 아직 한참을 더 기다려야 하는 커크는 외로움을 많이 타는 시골 영감이었다.

"헬렌! 아이들 어디 있어?"

커크는 성호와 함께 헛간에서 나오는 헬렌에게 추궁하듯 물었다.

"어디에 있긴? 안에 있지."

커크가 어깃어깃 현관을 향해 갔다.

"설마 낮잠 중은 아니겠지?"

"수잔이랑 같이 있어. 지금 쿠키타임 중이야."

"뭐라고? 할망구가 목발을 짚고 왔다고?"

커크의 쉿소리가 얼마나 크던지 헬렌이 흠칫했다. 커크가 화단을 질러가 두 손으로 창문의 빛을 가리고 빼꼼히 거실 안을 들여다봤다. 텔레비전 앞에서 '닌텐도 슈퍼 마리오' 게임을 하고 있는 도희 옆에 잭이 물끄러미 앉아 있고 모희는 쿠키를 먹으며 수잔과 함께 식탁에 마주 앉아 깔깔거렸다. 자기가 앉아 있어야 할 자리에 수잔이 있었다. 커크는 심술이 나는 걸 간신히 참는 대신 현관 귀퉁이에 세워진 수잔의 목발을 발로 툭 차고서 돌아섰다.

"세상에 믿을 것들이라곤!"

그는 현관 계단을 내려오며 투덜거리다가 공연히 헬렌을 보고 씨익 웃었다. 입술이 감춰진 수염 사이로 이끼 낀 누런 잇속이 드러났다. 커크가 뒤뚱뒤뚱 헬레에게 다가와 속닥였다.

"헬렌, 저 할망구한텐 아무것도 배우지 마."

헬렌이 커크의 엉덩이를 찰싹 갈기고 눈을 흘겼다.

커크가 밖에 와 있는 낌새를 알아차린 수잔이 문을 열고 내다봤다. 커크는 움찔하고 돌아서서 수잔을 째려봤다. 수잔이 소리쳤다.

"지금 왔다는 거야? 간다는 거야?"

커크는 수잔이 왜 달력의 '일요일'에 분홍색 삼각 스티커를 붙여놓았는지 깜깜 몰랐다. 삼각 스티커 안엔 수잔의 외로움과 자식들을 그리는 북받치는 감정이 가득 담겨 있었다. 수잔이 그런 심사를 털어놔봤자 커크에게 인간적인 반응이 있을 리 만무했다. 영감태기 소견머리는 시큰둥할 게 뻔했다.

혈통과 족속이 다른 네 가족이 한 무리가 된 원시의 집, 메러디스에서는 볼 수 없는 조화롭고 기분 좋은 이상한 집의 일요일은 아이도 어른들도 대체로 외로움이 싹 가시는 날이었다.

메러디스의 새벽 별들은 유난히 추위를 탔다. 푸르고 가냘픈 빛으로 외로움에 떨었다. 헬렌의 마음도 그와 같았다. 헬렌은 새벽녘까지 궁싯거리며 눈물을 닦고 또 닦았다.

'당신이 없으니 사는 게 아니오.'

굵은 체로 눌러 쓴 남편의 마지막 구절이 밤새도록 머리맡에서 맴돌았다. 꼬깃꼬깃 구겨진 편지가 그녀의 손에 아직도 쥐여져 있었다.

금나비는 날아가고

봄이 성큼 들어섰다 해도 이른 아침의 맨해튼 거리는 겨울 끝자락 그늘에 가려져 있었다. 누그러지지 않은 차가운 기운이 기승을 부리고 사람들은 옷깃을 여몄다. 거리의 맨홀에선 지하 열기가 하얀 수증기를 뿜어내고 UPS 차량이나 트럭들이 수증기를 헤치며 분주히 드나들었다. 브로드웨이와 미드타운이 만나는 곳은 의류나 신발, 가방이나 잡화, 가발 도매상들이 밀집해 있어 이른 아침부터 쇼핑하러 나온 소매상인들로 붐볐다. 31가에 있는 '금나비' 가방 도매회사에 출근한 태무는 이제 후줄근한 차림의 노무자가 아니었다. 카펜터 일이나 딜리버리 일처럼 비바람 눈보라 속 야지에서 막노동자로 떠돌지 않아도 되는 일터다. 사무직 사원처럼 매무새도 깔끔하고, 흐트러진 용모도 제법 제 모습을 찾았다. 그동안 잃었던 품위를 조금이나마 되찾은 것만으로도 발걸음은 가벼웠고, 갈등에 시달렸던 마음은 균형을 이루며 평정을 찾아갔다.

매장 앞쪽엔 파우치, 지갑, 핸드백 등 주로 여성용 가방이 펼쳐진 쇼룸이 있고, 뒤쪽 창고엔 컨테이너로 수입한 백팩이나 들가방들이 박스째로 천장까지 쌓여 있었다. 태무는 메자닌층에 있는 사무실에서 주로 수입에 관한 일을 맡았다. 한국에서 K사 다닐 때 하던 무역 업무라 일은 곧 손에 익었고 업무 방식도 차츰 자기식 매뉴얼로 고쳐 나갔다. 때론 매장에 내려가 소매상인들에게 세일즈를 하고 창고에서 박스를 옮기며 인벤토리 정리도 했다. 이따금 등과 옆구리가 결리고 복통이 있었지만 진통제를 먹으면 견딜만했다. 지방이나 남미, 아프리카 등 해외로 나가는 물건을 패킹하는 작업도 그의 일 중 하나였다. 곧 신제품이 입고되면 동부 전역을 돌며 지방의 고객들을 찾아 세일즈도 나설 것이다. 모든 분야에서 역할이 커졌다. 토요일은 오전에 근무를 마치고 평일에도 네 시경이면 일이 끝나니 오후 늦게 시작하는 학교 수업에도 문제가 없었다.

일반적으로 이민자들이 하루 여덟 시간 일하면 250불 정도가 평균 주급이었다. 은행 텔러들도 그 정도 수준이었고 한국에서 받던 한 달 월급 정도 되는 보수였다. 태무는 능력을 인정받아서인지 주급도 예전보다 많은 300불을 받았다. 비슷한 일을 하는 브로드웨이 사람들과도 친분이 쌓였다. 짐꾼들이나 주차장을 안내하는 사람들과도 손을 마주치고 지냈다. 어느새 맨해튼 한복판에서 휙휙 나는 뉴요커의 일원이 되었다.

부산에서 온 최영동 사장은 긴 곱슬머리에 키가 크고 영화배우처럼 생긴 멋쟁이였다. 은근한 향수 냄새를 풍기며 사투리를 쓰지 않는 정겨운 말씨는 사람을 끄는 매력이 있어 척 보기에도 여자들이 더 좋아하는 타입이었다. 실제로 소매상 고객의 대부분이 여자 사장들이라서 그는 외모적 이점을 크게 발휘했다. 그런데 알맹이는 놓아두고 항상 비켜가는 식의 대화로 감정이나 의도를 알아차리기에 종종 의문이 들게 하는 사람이었다. 일을 지시할 때도 핵심이 애매하여 어떻게 대답해야 할지 곤혹스럽게 만드는, 그러니까 엉큼한 노림수를 잘 이용하여 직원들을 다루는 사장이었다. 훗날 그의 진면목이 드러나면서 태무는 그로부터 또 하나의 처량하고 슬픈 이민사를 목격하게 된다.

그곳엔 두 명의 직원이 더 있었다. 하나는 염공판이라는 이름도 괴팍한 태무또래의 괴짜였고, 다른 하나는 파트타임으로 일하는 검은테 안경의 이성호라는 청년이다. 공판은 원양어선을 탔는데 일 년 전 오리건주의 포틀랜드 항구에 정박했을 때 도망쳐 나왔다고 했다. 고향 친구를 찾아 뉴욕에 온 후 다행히 같은 고향 부산 사람을 만나 금나비에서 일을 하게 되었단다. 땅딸막한 키에 팔자눈썹 아래로 흘리는 밋밋한 눈웃음은 어찌 보면 순진한 시골청년 같았지만, 이따금 상대를 내리 깔보는 눈매는 뒷골목 건달 출신처럼 그리 썩 좋은 인상은 아니었다. 악역 조연 배우를 하면 딱이지 싶었다. 그는 자기가 처하고 있는 현실, 즉 미국 생활에 대한 염증과 최 사장에 대한 불만으로 온종일 구시렁거렸다. 대개가 신세를 한탄하는 자조 섞인 말인데, 구린 미국에 와서 신세를 조졌다며 입만 열면 욕설이 튀어나왔다. 사장이 계집질에는 돈을 펑펑 쓰면서 야박하게 주급도 올려주지 않고 짐승처럼 부린다며 불만을 입에 달았다. 일부러 들으라며 꼬인 소리를 담아 내질렀다. 하지만 일을 할 땐 야무지고 능갈치게 농담으로 수습을 잘하는 재치가 있어 최 사장은 꼼짝을 못 했다. 일시적으로나마 현실을 잊게 하는 발림소리엔 혀를 차면서 흘겨보고 넘어가곤 했다. 아프리카에서 온 여자 손님들이 달러 뭉치를 허리에 두르고 나타나면 웬 검둥이들이 저리 돈이 많으냐며 투덜거렸다. 그들이 주문한 물건을 패킹할 때는 시기와 악에 받쳐 있는 불만도 덤으로 박스 안에 욱여넣었다. "세상 고민과 불행을 너 혼자 짊어졌냐?" 최 사장은 찡그리는 그의 얼굴을 손바닥으로 주물러 이기곤 했다. 태무에겐 잘 지내보자며 친근하게 대했지만 아무튼 가까이하기에는 껄끄러운 존재였다. 반면에 성호는 곧 FIT를 졸업하는 학생인데 수더분하고 겸손하기 이를 데 없었다. 수업이 일주일에 두 번밖에 없어 나머지 시간엔 금나비에서 일했다. 주로 패킹과 박스를 정리하는 일이었다. 공판이 시키는 허드렛일도 발밭게 도맡아 했다. 언제나 껄껄 웃으며 어른스런 포용력도 갖춘 영민한 청년이었다. 나이는 아래지만 솔직한 감정 표현과 붙임성이 좋은 성품은 태무가 본받고 싶을 정도였다.

태무는 주말이나 수업이 없는 날엔 자동차에 샘플을 싣고 지방 출장 세일즈를 나갔다. 주로 뉴저지와 펜실베이니아주를 돌았다. 볼티모어, 워싱턴 D.C.를 지나 버지니아주 남녘까지 내려가는 날도 있었다. 홀로 고속도로를 하염없이 달릴 땐 조용필이나 송골매의 신나는 노래로 위안을 삼으며 졸음을 쫓았다. 도시를 벗어나 광활한 대지를 만나면 가슴을 열었다. 새로움을 발견하면 놓칠세라 눈에 새겼다. 미국은 어느 구릉, 강줄기 하나라도 숨기지 않고 알몸 채로 보여줬다. 도시 농촌 할 것 없이 누비는 곳마다 자유로움과 풍요가 넘쳤다. 보슬비가 오락가락하던 날, 델라웨어주의 한 도시를 지나온 후였다. 끝없는 들판이 펼쳐졌다. 콩 농장이었다. 아득한 지평선엔 안개구름이 흐르고 이랑 없는 콩밭은 잠자는 바다 같았다. 가슴이 뚫리는 장대한 들판의 경이로움, 태무는 자신도 모르게 차를 세웠다. 바람결에 보슬비 날리고 흙냄새 물씬한 대지의 기운이 감싸왔다. 아! 이 많은 콩 작물, 기름진 토양, 하늘의 선물인가. 그는 가을의 추수를 연상했다. 온 인류가 먹고도 남을 것 같은 무진장한 작물의 풍요, 태무는 이 풍요를 일궈낸 사람들의 인고에 탄복했다. 뼈가 부서지도록 땅거죽을 긁다 죽은 노예들의 피와 눈물의 산물일지도 몰랐다. 가까이에 아름드리 숲 사이로 마찻길이 보이고 길 끝머리에 마치 궁전과도 같은 우람한 저택이 보였다. 둘러친 철조망엔 '접근하면 발포함'이라는 커다란 푯말이 걸려 있었다. 아마도 옛 지주의 집이 아니었을까 싶었다. 금권과 지배의 표상처럼 보였다. 옛 지주는 화려한 차림에 쌍두마차를 타고 다녔을 것이며, 금권에 부복하던 건장한 백인 감시자는 말을 몰고 다니며 침입자에게 총을 겨누고 노예들에겐 채찍을 휘둘렀을 것이다. 미국은 여전히 서글픈 역사마저 광휘로 빛나는 별천지였다. 태무는 보슬비에 몸이 젖는 것도 잊은 채 한참이나 서 있었다.

한인 소매점들은 대부분 흑인이나 히스패닉 지역에 있었다. 그들은 한결같이 멀리서 찾아온 동포를 세일즈맨 이상으로 반갑게 대했다. 머나먼 먼 오지에서, 그것도 으스스한 우범지역이나 사회적으로 취약한 곳까지 파고들어 악조건을 이겨내며 의기와 배짱만으로 장사하고 있는 동포들을 만나면 대단함을 넘어 감동적이었다. 하지만 지역의 특성이나 소비자들의 문화, 시장성을 제대로 고려하지 않고 이곳이면 장사가 되겠지 하며 물정 모르고 덤벼든 사람이 많았다. 수준이 낮은 지역에서는 하루에도 몇 번씩 손님들과 언쟁하거나 도둑들과 실랑이를 벌이는 게 일상이었다. 장사가 아니라 숫제 뺏고 빼앗기는 쟁탈의 연속이었다. 어제는 손님이고 오늘은 친구가 되었다가 내일이면 도둑으로 변한다며 죄의식이 둔한 모녀나 가족이 합세하는 파렴치한도 많다고 했다. 서투른 영어에 괄시 받으며 낯선 타향에서의 외로움과 천대, 언제 닥칠지 모르는 위험 속에서 살아남기 위해 몸부림치는 동포들에게서 태무는 가슴 저리는 연민을 느꼈다. 인생사의 재미와는 아예 동떨어져 외롭게 사는 가족처럼 안타까웠다. 출장 세일즈를 통해 여러 지방의 삶의 방식이나 문화, 상권 형성에 대한 정보를 접하면서, 역시 미국은 상상 밖의 다양한 삶이 존재하고 사업의 가능성이 무한함을 알았다. 조금씩 장사에 대해 눈을 뜨기 시작했다. 확실하지 않지만 장사가 무엇이고 어떻게 하는 것인지에 대한 경험이 쌓여가면서 어떤 전기가 일어날 것 같은 예감이 들었다.

손님은 끊임없이 들락거리며 금나비의 장사는 호황이었다. 그런데 어떻게 사십 중반의 젊은 사장이 그처럼 성공했을까 하고 태무는 자못 궁금했다. 후에 알았지만 장사가 잘되는 이유가 따로 있었다. L 백과 G 백의 유명상품을 도용한 유사품 핸드백 장사가 엄청난 마진과 함께 회사를 떠받치고 있었다. 한마디로 유사품 짝퉁 장사로 그 유명세가 남미뿐 아니라 아프리카까지 비밀리에 알려져 있었다. 고객에게는 일반제품을 구매하는 비율만큼 한정판매로 유사품을 공급하니 꿩 먹고 알 먹기였다. 브로드웨이 일대에는 함부로 누설하지 않는 그들만의 불문율이 있었다. 유사품 암시장에 관한 도매상들의 유통 비밀이었다. 일부지만 가방 업체뿐만 아니라 액세서리, 잡화 업체도 유사한 암시장이 형성되어 있었다. 단속이 나오면 발칵 뒤집어지고 며칠 동안 철시한다는 것도 나중에 알았다. 염공판의 오만 방자함에 당장 잘라버리고 싶지만 그러지 못하는 이유도 최 사장의 위법 장사에 대한 공판의 암묵적 협박이 숨어 있기 때문이었다.

북적이던 거리가 숨을 고르고 한가로운 햇볕이 쇼윈도에서 머뭇거리던 오후였다. 아리따운 젊은 여인 둘이서 매장에 들어섰다. 아무리 봐도 장사하는 고객들 같지는 않았다. 최 사장을 개인적으로 찾아온 거란다. 보아하니 삼류 나이트클럽에 춤추러 가려는 듯한 차림이고, 그중 트레머리를 한 여자는 연노랑 셔츠의 위쪽 단추를 세 개나 끄러 얄팍한 가슴팍을 보라는 듯 드러냈다. 누가 봐도 '나를 유혹하세요' 하는 뇌쇄적인 모양새였다. 최 사장은 벌게진 얼굴로 그들을 맞이하며 안으로 들게 했다. 공판이 그들을 아는 듯 눈을 희번덕 치뜨고 미간을 찌푸리며 씨부렁거렸다.

"저것들이 왜 또 왔어?"

태무가 궁금하여 공판에게 그들을 턱으로 가리키며 물었다.

"저들이 누구야?"

"술집 여자들이야. 저녁에 술 처먹고 놀다가 종아리 한 번 보여주고 돈 뜯어가는 것들이야."

"학생들 같은데 설마?"

"학생은 무슨, 최 사장은 후배 유학생들이라는데 30가에 있는 선술집에 나가는 애들이야. 룸살롱 같은 곳인데 손님이 없는 날은 여기저기 한인타운 돌아다녀. 한국에서 출장 온 촌놈들, 저것들한테 걸리면 옴팍 바가지 쓰고 가. 거기에 정 마담이라고 끼가 넘치는 여자가 하나 있어. 고게 대빵이야. 그 여자도 가끔 와."

"뉴욕에도 그런 사람들이 있구나."

"최 사장처럼 골 빈 것들한테는 당연히 저런 여우들이 들러붙지. 누구는 뼈 빠지게 일해도 살기 힘든데 저것들은 빈대 붙어 간을 빼 가는 것들이야. 올 때마다 공짜로 백도 얻어 가."

"최 사장 실망이네."

"내가 말 안 한 게 있는데 그 정 마담하고 보통 사이가 아냐. 아마고 요물한테 물린 거 같애. 한번은 최 사장 부인이 찾아와서 이혼하니 마니 난리가 아니었다니까? 최 사장 다 큰 애들 둘이나 있어."

여자들은 직원들을 못 본 체하고 역겨운 화장 냄새를 흘리며 메자닌 층 사장실로 들어갔다. 그러니까 나름 고객을 찾아 영업을 하러 온 것이다. 성호도 이미 그런 사실을 알고 있는 듯 소리 없이 웃기만 하고 모른 체하며 돌아섰다. 공판의 이야기는 거기서 그치지 않았다. 교민 사회가 품고 있기에 거북한 사연들을 거침없이 쏟아냈다. 그의 팔자 눈썹이 더 치켜지고 입에선 침이 튀겨져 나왔다.

"정 마담, 이태원 양공주 출신이야. 다방 레지 하다가 그 길로 빠졌는데 깜둥이 군인하고 눈이 맞아 미국에 왔대."

"그걸 자네가 어떻게 알아?"

"여기 한인타운에서 사업하는 사람들이 모르는 게 어디 있어? 바닥이 뻔한데. 서로가 모른 체해줘서 그렇지 가짜 유학생도 많고 근본을 알 수 없는 사람들이 얼마나 많은데."

"하긴, 여기 와서 홀로 된 여자들도 많을 거야."

"말하면 뭘 해. 미군 애들하고 결혼해 와서 학대받고 갈라서고 쫓겨나는 여자들이 얼마나 많은데. 서부고 남부고 곳곳에서 하녀 취급 당하거나 핍박받다가 정신이상자로 떠도는 여자들도 많다는 거 아냐. 내가 원양어선 타고 포틀랜드에 왔을 때 그쪽 시애틀, 터코마에도 그

런 여자들 있었어. 마사지 팔러에서 몸 파는 여자들도 있다니까? 목
구멍이 포도청인데 어쩌겠어. 한국으로 돌아갈 수도 없고."

"그렇구나, 그렇구나!"

태무는 입을 닫을 수가 없었다.

"어디 그뿐이야? 퍼질러놓은 혼혈 애들하며 입양됐다가 망가진 애
들은 얼마나 많겠어? 그런데 동포애는커녕 외교관이라는 작자들이나
교민 인사 나부랭이들, 한국 참전용사라는 사람들 모셔다 넙죽 받들
어 모실 줄만 알았지 누구 하나 관심을 두는 놈이 없어. 따져 봐, 누가
죄다 저질러놓은 짓들이야?"

공판의 두 눈이 옆으로 째지고 분노 섞인 목소리가 떨렸다. 그나마
타국에서 말이 통하는 동포에게 기생하며 살아가는 안타까운 삶, 태
무는 자민에게나 기수에게서 또 다모정 사람들에게서도 들어보지 못
했던 뜻밖의 암울한 이야기에 가슴을 쓸었다. 공판은 두 손을 양 허리
에 걸치고 멍한 시선을 밖으로 향하며 중얼거렸다.

"나만 끈 떨어진 게 아냐. 으음."

노획되어 끌려가는 짐승의 신음소리 같았다. 그러면서 진열된 가방
하나를 집어 공연히 건너편으로 휙 던졌다. 성호가 무슨 생각이 떠오
른 듯 끼어들었다.

"미니애폴리스에서 온 스쿨메이트한테 들은 얘긴데요. 미네소타에
도 한국 입양아들이 엄청 많대요. 거긴 한국전에 참전했던 군인들이
많아서 혼혈아와 강보에 싸여온 아이들이 부지기수래요. 최근엔 팔려
오다시피 한 아이들도 있대요."

"말하면 뭘 해. 황망한 산간 천지에 민들레 씨처럼 흩어진 애들이

어디 거기뿐이겠어? 저 살자고 제 새끼 버리는 족속들, 나중에 어찌 그 벌을 받을는지. 짐승도 제 새끼는 끼고 도는데."

공판은 박스 위에 털썩 주저앉으며 헛발질을 해댔다.

드러낼 수 없는 아픔, 굶주린 부모형제를 살리려고 심청이 되어버린 미군 위안부들, 이름과 성마저 태평양 바다에 버리고 온 양색시라는 그들, 눈물바람으로 어둠 속에 숨어들어간 수많은 꽃님이 달님이, 어찌 보면 민족의 희생양이 된 그들의 비애가 태평양을 건너와 맨해튼에도 그렇게 서려 있었다. 타국 땅 어디선가 통곡하고 있을 버려진 우리의 핏줄, 그 누이들과 혼혈아와 입양된 아이들의 눈물은 누가 씻어줄까. 어미에게 버림받고 모국에선 미운털로 내쳐지고, 이국 땅 새 둥지에서 다시 짓밟히는 방황의 영혼들. 태무는 감정의 깊이를 잴 수 없는 가여움에 마음이 몹시 흔들렸다. 일손을 멈추고 우두커니 메자닌층을 바라봤다. 부서지고 쪼개지는 감정의 파편들이 그 위로 날아갔다. 간드러지게 히득거리며 요염을 떠는 소리와 최 사장의 껄껄대는 웃음소리가 멈추지 않고 귓등을 긁었다.

다음 날 태무가 출근을 했을 때 메자닌층에서 쿵쾅거리는 낯선 소리가 들려왔다. 놀라서 올라가 보니 공판과 성호가 벌써 출근하여 뭔가 부산을 떨었다.

"일찍들 나왔네? 무슨 일이야?"

"이럴 줄 알았어, 난장판이구만."

공판이 위치에서 벗어나 여기저기 흩어져 있는 의자들을 정돈하며 투덜거렸다. 탁자 위에는 빈 위스키병과 맥주병, 먹다 남은 술안주와 허섭스레기가 잔뜩 어질러져 있었다. 공판은 주섬주섬 비닐봉지에 주워 담고 성호는 탁자를 닦으며 한숨을 쉬었다.

"술판이 벌어졌다는 게야?"

태무가 여기저기 둘러보며 물었다.

"맨날 그래. 정 마담도 왔었나 봐."

공판은 의자 숫자가 하나 더 늘어난 것을 보고 지레짐작을 했다. 어젯밤에 무슨 일이 벌어졌는지를 그 상황이 여실히 보여줬다. 장사를 마치고 자기 사무실에서 여자들과 술판을 벌인다는 것이 잘못되었다는 법은 없다. 하지만 함께 일하는 직원들에게는 구역질나는 일이었다. 울화를 삭이며 쓰레기 봉지를 들고 계단을 내려가던 공판이 하필 계단에 쌓아둔 박스에 부딪히면서 아래로 꼬꾸라졌다. 그의 부자연스런 행동과 나뒹구는 속도를 보면 머리통이 깨지지는 않았을지라도 팔다리 어디 한 곳쯤은 분명 온전치 못했을 사고였다.

"에잇, 쒸엘. 처먹고 어질러놨으면 치우기라도 했어야 할 거 아냐!"

공판이 벌떡 일어나 쓰레기 봉지를 발길로 질러버렸다. 얼마나 세게 찼는지 봉지가 터지면서 문 입구까지 날아갔다. 그때 최 사장이 벌건 눈을 하고서 문을 열고 들어섰다. 아직도 술에서 덜 깬 듯 흐리멍덩한 취기가 남아 있고 얼굴은 푸석해 보였다. 어제 입은 카키색 재킷 차림 그대로인 걸 보니 집에서 나온 꼴은 아니었다.

공판이 그냥 넘어갈 리 없었다.

"사장님, 매장에 술 냄새 배어 장사하겠어요?"

아침 인사 대신 콧구멍을 벌름거리며 다짜고짜 사장을 몰아세웠다. 근거 있고 당해도 싼 힐책이다. 최 사장은 쓰레기 봉지를 흘깃 보더니 재킷 목깃을 척 하니 추어세우고 가타부타 대꾸 없이 층계를 올랐다.

그러더니 소리를 질렀다.

"성호야, 문 활짝 열어놔라!"

잠시 후 사무실에서 뭔가 뒤척거리던 최 사장이 내려와 잰걸음으로 매장을 나섰다.

"어디 가요?"

공판이 소리 지르며 사장을 세웠다.

"은행 간다!"

그는 엉덩이까지 내려온 긴 재킷 자락을 힘껏 잡아 내리고 뒤도 돌아보지 않고 사라졌다.

"개뿔, 은행은 무슨 은행, 열지도 않았는데. 해장술에 코 박으러 가겠지."

공판의 막말은 막을 수 없는 수준이었다. 그는 으름장과 복종의 경계를 적절히 활용하는 데 일가견이 있었다. 그러면서도 할 일을 빈틈없이 챙기는, 최 사장이 열쇠까지 맡기고 믿어주는 금나비 식구였다.

목요일은 스티븐스 공대에 다니는 늦깎이 유학생 이정수 부부가 오는 날이다. 아침에 들르는 캐쉬 고객으로 항상 태무가 담당했다. 처음엔 서먹하여 깊은 얘기를 나누지 못했지만 나이도 비슷하고 이심전심 통하는 면이 있어 제법 친한 사이가 되었다. 부인은 말씨가 드셌지만 친근하고 스스럼이 없었다. 그들은 태무를 볼 때마다 뉴저지 호보컨에서 가방 장사를 한다며 꼭 한번 놀러 오라고 했다. 호보컨은 홀랜드 터널을 지나 뉴저지로 나오면 허드슨강을 사이에 두고 맨해튼과 마주하고 있는 작은 타운이다. 스티븐스 공과 대학이 있는 곳이기도 하다. 인사치레로 하는 말이겠지만 태무에겐 흥미가 끌리는 제안이었다. 친구가 되는 것도 좋을 것 같고 유학생 부부가 무슨 장사를 어떻게 하고 있을까 궁금도 했다. 인연은 때때로 기묘한 결과를 가져온다. 그들과의 만남으로 혼돈 속에 있던 이민 생활이 엉뚱한 방향으로 바뀌게 될 줄 태무는 상상조차 못했다.

빌딩 숲으로 번지는 봄날의 정취가 파스텔 그림처럼 부드러웠다. 태무는 토요일 오전 근무를 마치고 호보컨의 이정수 가게를 가보고자 뉴저지로 향했다. 알지 못한 삶의 현장을 구경하러 간다는 것은 모험처럼 신나는 일이었다. 차창 밖 하늘은 푸르고 무르익은 햇볕은 따스했다. 뭔가 알 수 없는 기대감으로 콧노래가 절로 나왔다. 홀랜드 터널을 빠져나와 이정수가 알려준 대로 쇼핑몰을 찾았을 땐 주차장엔 차량들로 넘쳤다. 백화점 같은 건물 안으로 들어서자 입구엔 경비들이 서 있고 사람들이 바글거렸다. 대부분 히스패닉 손님이어서인지 영어보다 스패니쉬가 더 많이 들렸다. 그곳은 본래 시어스 백화점이었는데 장사가 잘 되지 않아 폐점한 지 오래된 건물을 수리하여 플리마켓으로 오픈한 쇼핑몰이었다. 이 층까지 다양한 크기로 칸막이를 한 부스들이 얼핏 보아도 100여 개가 넘고 저마다 다른 상품과 벌임새로 손님들을 부르느라 시끌벅적한 것이 한국의 동대문 시장을 방불케 했다.

안쪽 코너에 위치한 이정수 가게는 주로 여성용 핸드백을 팔았다. 그들은 갑자기 나타난 태무를 보자 반색을 하며 동시에 놀라워했다. 태무는 장사를 어떻게 하는 건지 구경 삼아 왔다고 했다. 그런데 반가워하는 이정수 대신 뜻밖에도 그의 부인은 경계의 눈빛을 보였다. 반기기는커녕 왜 왔느냐는 투였다. 가방 도매상 사람이 그곳에 가방 가게를 열면 뜨거운 경쟁자가 되지 않을까 하는 염려의 속내가 들어나는 눈빛이었다. 그렇다면 한번 놀러 오라는 소리는 공연히 해본 말치레였던가. 자신이 경계의 대상이 된 것 같고 공연히 왔나 싶었다. 태무는 애써 장사와 상관없는 이야기로 화제를 돌린 다음 마켓을 돌아보겠다며 그 자리를 떴다. 이정수 부인이 뒤따라오며 친절하게도 어느 한 곳을 가보자 했다. 태도가 사뭇 은근한 것이 뭔가 꿍꿍이가 있는 것처럼 보였다. 안내한 곳은 젊은 한국 여자가 지키고 있는 작고 아담한 남자 옷 가게였다.

"이 옷 가게 팔려고 내놨대요. 관심 있으면 한번 알아보세요."

다짜고짜 태무를 그 여자에게 소개시켰다.

"장사 해보시게요?"

옷 가게 여자가 다정하게 그리고 매우 침착하게 태무에게 다가왔다.

"아닙니다. 친구도 볼 겸 그저 구경 왔습니다."

"한번 해보세요. 그런대로 괜찮습니다."

태무가 엉거주춤 머뭇거리는 동안 이정수 부인은 묘한 여운을 남기고 사라졌다. 그녀의 속내가 분명해졌다. 당신 같은 가방 전문가가 이곳에 오면 자기는 상대가 안 될 것이니 장사할 생각이 있으면 그 점 염두에 두고 딴 쪽으로 알아보라는 뜻이었다. 예상치 못했던 상황은 특별한 목적 없이 그곳을 찾았던 태무에게 어떤 목적을 만들어준 꼴이 되었다. 즉, 이곳에서 무슨 장사든 한번 해봐라 하는 것이었다.

태무는 옷 가게에 대해 물어보고 싶은 충동이 생겼다.

"옷 장사가 어떻습니까?"

"재미있어요. 마진도 좋고. 혹시 관심 있으면 다음 주에 남편이 나오니까 와서 상의해보세요."

"나는 장사를 해본 적이 없어서."

"우리도 경험 없이 시작했어요."

여자는 은근히 태무의 관심을 유도했다. 태무는 '장사를 해보고 싶어도 돈이 없습니다.'라는 말은 입 밖으로 낼 수 없었다. 벽과 랙에 걸려 있는 옷, 진열장 안에 있는 상품들이 한눈에 들어왔다. 바지는 없고 주로 젊은 층을 고객으로 한 드레스셔츠와 티셔츠 등 세련된 디자인의 톱(윗도리) 제품들이었다. 이야기를 나누는 동안 스패니쉬가 섞인 서툰 영어로 히스패닉 손님들이 척척 물건을 사갔다. 묻거나 따지기는커녕 돈을 내고 그냥 물건을 받아가는 식이었다. 태무는 공연히 흥분되었다. 그런 식의 장사라면 금방이라도 해볼 수 있을 것 같았다. 이정수 부인이 만들어준 엉뚱한 상황은 태무의 의식 아래에 있던 장사라는 새로운 현실 세계를 어떤 계측 가능한 공간 위로 떠올려놓았다.

돌아오는 차 안에서 태무는 새롭게 떠오른 의식 세계가 어느 한 곳으로 급격히 흘러감을 느꼈다. 위호켄 야채 가게 이충현도 그렇고 가방 가게 이정수, 옷 가게 젊은 부인, 지방으로 출장 다닐 때 만난 동포 소매상인들, 대부분 자기 또래인 그들은 어떤 자신감으로 그런 장사를 할 수 있을까. 태무에겐 꼭 풀어야 하는 암호문이나 과제처럼 떠밀려왔다. 일을 마치고 학교 수업을 받는 동안에도 그 과제는 머릿속을 떠나지 않았다. 마치 마지막 페이퍼를 작성해야 하는 것만큼이나 의무감 같은 숙고에 빠져 며칠 동안 잠을 설쳤다. 노트 속의 크고 작은 밑줄과 색색의 원과 뾰족한 모서리 각들이 비즈니스라는 형상으로 눈앞에서 어른거렸다.

또 한 주가 한 달처럼 느리게 지나갔다. 공판은 여전히 구시렁대며 손님을 맞았다. 성호는 비지땀을 흘리며 패킹을 하고 박스를 정리하느라 여념이 없었다. 태무는 매장의 위아래를 오르내리며 바쁜 척했지만 어떤 설렘 때문인지 건성건성이었다. 오는 토요일에 옷 가게를 다시 가보려고 작정해둔 탓이었다.

매장을 철시할 무렵 정 마담이 매무시를 가다듬으며 교태를 띤 자태로 들어섰다. 구두굽 소리가 귀에 거슬리고 야릇한 화장품 냄새가 금세 매장 안에 번졌다. 최 사장은 직원들에게 눈짓 손짓으로 알아서 일찍 퇴근해도 된다는 신호를 보였다. 또 무슨 판을 벌일지 뻔히 짐작이 갔다. 내일 아침엔 성난 공판이 쓰레기 봉지에 발길질을 할 것이고 성호는 술 냄새를 빼려 문을 활짝 열 것이다. 태무는 최 사장의 행태에 마음이 조마조마했다. 저러다가 또 한 가정이 풍비박산이 나지 않을까 하는 불길한 예감이 뒤미쳤다. 기우가 아니었다. 아니나 다를까 일은 터지고 말았다.

몇 달 후의 일이었다. 처갓집 덕으로 사업을 하던 최 사장의 허랑방탕한 생활은 갈수록 심해져 사업은 말아먹을 지경으로 치달았다. 그러던 중 부인의 뭉칫돈마저 그의 손을 타 출처 없이 사라졌다. 그는 아내의 분노에 불을 지폈고 마침내 처갓집의 반란에 의해 집에서 쫓겨나는 신세가 되고 말았다. 아이들마저 어미 편을 들면서 되돌아올 수 없는 길로 떠밀려버렸다. 가정사만큼 어려운 일이 어디 있을까. 누구도 상관하거나 이래라 저래라 할 상황을 넘어서 그들 부부에게 남은 건 갈라서는 절차뿐이었다. 설상가상으로 그 무렵 브로드웨이 일대의 수입상과 도매 사업자들에게 무서운 철퇴가 내려졌다. 가방 업체나 액세서리점, 잡화 업체까지 단속반이 들이닥쳐 유명상품 유사품에 대한 수색과 압수로 아수라장이 되었다. 청바지 사업을 하는 중동계 사람들도 쑥밭이 되었다. 많은 사람들이 직격탄을 맞았다. 최 사장은 중죄에 해당하는 케이스여서 구치소에 수감되는 신세가 되었고 엄청난 보석금을 내고 가까스로 풀려났다. 이제 잘나가던 금나비 사장님이 아니었다. 그야말로 패가망신이었다. 최 사장은 모든 걸 잃고 어디론가 사라졌고 금나비는 여름의 마지막 찌는 듯한 무더위 속으로 흔적 없이 날아가버렸다.

작은 노를 잡다

　얼룩말 핀토가 어디가 아픈지 아니면 신바람이 나는지 그날따라 더욱 으르렁댔다. 핀토는 그 어떤 장애물과 충돌해도 정면으로 뚫고 나가겠다는 기세였다. 태무와 은비는 지금 호보컨 플리마켓을 향해 달리고 있다. '장사, 비지니스?' 그들은 며칠 동안 머리를 싸맸다. 기회는 스스로 만들어야 하며 변화가 없이는 미래도 없는 거였다. 목적지가 가까워질수록 그들의 기대감은 한층 부풀어 올랐다.

　플리마켓 남자 옷 가게 한쪽에 젊고 순진한 무지렁이 둘이 머리를 맞대고 앉았다. 소위 딜을 하는 방법이나 형식에 대해 경험은커녕 상식도 없는 문외한들이어서 비즈니스를 사고파는 문제는 잡다한 서론 없이 본론부터 시작되었다. 그런 저런 이야기는, 이를테면 언제 미국에 왔느냐, 가족은 몇이고 어디에 사느냐, 사는 게 어떠냐, 그래도 장사하는 게 낫더라 하는 등의 일상적인 이야기는 그들 부인 둘이서 나누었다. 그들은 사업상 어떤 계약을 해본 적이 없거니와 흥정하거나 거래의 조건을 제시해 머리싸움을 할 줄도 몰랐다. 위를 가리키면 하늘이고 아래를 가리키면 땅이었다.

신동우, 그는 태무보다 미국에 앞서 와 플리마켓 장사를 시작한 지 일 년 만에 뉴저지 유니언시에 어엿한 남성복 전문매장을 차리고 성공 가도를 달리고 있는 친구였다.

"옷 장사를 해본 경험이 있습니까?"

신동우는 매우 조심스럽게 의사를 타진해왔다.

"전혀요. 가방 도매상에서 몇 달 일해본 경험 외에는."

"경험이 없으면 어려울 텐데."

"배우면서 해보려 합니다."

"쉽진 않을 겁니다. 아무튼 내가 도울 수 있는 데까지 도와드리죠."

"잘 부탁합니다."

"사실 경험이 있는 사람이 잘해서 성공해야 훗날 내 입장도 떳떳하 거든요."

"그렇습니다만, 한번 해보고 싶습니다."

마치 취직 면접 테스트를 받는 것처럼 팔려고 하는 동우보다 사려고 하는 태무가 더 간절해 보였다.

"자본은 있습니까?"

"삼천 불 정도 됩니다. 미국에 와서 모은 돈 그게 전붑니다."

동우는 어이가 없다는 표정이었다. 태무는 자존심이 심하게 흔들렸다.

"권리금은 차치하고라도 시설비를 빼고 물건 값만 만 오천 불이 넘 습니다."

"아, 그래요? 그럼 안 되겠군요."

무모하게 덤벼들었구나 하는 후회와 함께 단단히 다지고 온 각오와 기대가 일순간 무너져 내렸다. 동시에 내보인 장사 밑천이 너무 초라

했다는 것도 창피스러웠다.

"아니, 어찌 그 돈으로 장사할 생각을 했죠?"

"그러게요. 앞뒤 생각 안 하고 그냥 부딪혀보려고 온 게죠."

"참으로 솔직하십니다. 얘기 계속해봅시다."

"방법이 있겠습니까?"

동우의 인간성이 야박스럽지는 않구나 하는 생각이 들자 태무는 내려놓았던 기대를 일말 곧추세웠다. 동우가 한참 동안 생각에 골몰하더니 다시 말문을 열었다.

"그럼, 내가 안을 낼 테니 고려해보세요. 우선, 권리금은 없습니다. 시설비는 오천 불이 넘지만 치지 않겠습니다. 그리고 물건을 일부 빼서 장사를 시작할 수 있는 최소량만 남기겠어요. 그러면 물건 값이 약 팔천 불 정도 됩니다. 그중 삼천 불을 지불하시고 나머지 오천 불은 6개월 동안 나눠 갚으세요. 급한 물건이 필요하면 유니언시에 있는 내 가게에 와서 가져다 파세요. 어떻게 생각하세요, 해보시겠어요?"

성립될 수 없는 등식문제를 공식 하나 대입하지 않고 해답을 만들어내는 그는 아마 수학이나 물리 교사 출신일 것 같았다. 선뜻 대답을 할 수 없었다.

"왜 말이 없으세요?"

"이건 거래가 아니라 나를 거저 도와주는 거 아닙니까?"

"거저는 아니죠, 나는 어차피 이 가게를 유지할 수 없어요. 아내가 저쪽 가게를 도와야 하거든요. 그리고 나는 재고를 팔고 또 친구도 얻지 않습니까?"

"그렇다고 해도 이렇게 손해를 감수하고 도와주시는 건……."

"사실 나도 어떤 분으로부터 도움을 받아 시작했습니다. 그런데 그 분이 그러더군요. 손해를 볼 줄 알아야 사업가라고요. 혹시 압니까? 내가 나중에 이 형한테 더 큰 도움을 받게 될지."

한쪽이 굳이 수지를 맞추려 하지 않으니 다른 쪽도 손해 볼 일 없는 거래가 상당한 합의점에 도달하고, 둘 다 약은 건지 아니면 세상 물정을 모르는 건지 아무튼 순조로운 언어로 결론이 나고 있었다.

"신 형을 만난 게 행운이군요. 그런데 내가 잘할 수 있을까요?"

"무슨 말씀을, 이 형이 일하면서 공부하고 그렇게 열심히 산다 들었는데 그것만으로도 자격이 충분하다고 생각합니다."

"처음 보는 나를 그렇게 봐주다니 고맙습니다. 그러면 계약서나 차용증 같은 거는."

"그게 왜 필요합니까? 우리가 아까 악수했으니 그게 계약이죠. 신의를 지킬 사람은 어느 경우든 지킨다 하지 않습니까?"

그는 허세도 부리지 않았고 뼈 있는 말 한마디도 잊지 않았다. 걸어온 길이 비슷한데도 자신보다 대범하고 사려 깊은 가치관을 갖고 있는 동우를 만났다는 것은 행운이었다.

마침내 계약서 한 장 없이 두 사람의 딜은 이루어졌다. 인벤토리 확인도 생략하기로 했다. 몇 시간 동안 신경을 곤두세워 재고를 세고 가격을 합산해낸다 한들 그 오차는 딜 범위 안에서 미미하다는 것을 둘은 이미 간파했기 때문이다. 센트까지 따지는 미국인들 상식으로는 어림도 없는 거래가 그렇게 끝났다. 두 사람은 일어서서 손을 꼭 잡았다. 어느덧 믿음의 우정이 교류되고 있었다. 적어도 이만 불은 있어야 시작할 수 있는 장사를 삼천 불에 하게 되었으니 뜻이 있는 곳에 길이 있다는 말이 이런 경우를 두고 하는 말인 것 같았다. 은비와 동우 부인은 십년지기 친구처럼 벌써 다정한 사이가 되어 있었다. 거래, 사업따위는 남편들의 결정 사항이지 자기들과는 상관없는 일로 여기는 듯했다.

치밀한 사전 계획을 세우고 목표를 정한 것도 아니었다. 갈피를 못 잡던 혼돈의 일상에서 탈출했다는 것만으로도 태무는 희망을 가졌다. 시야가 불분명한 악천후 속에서 돛대 없는 쪽배와 노도에 몸을 맡겼던 그는 이제 작은 노를 잡았다. 누구의 지시를 따르거나 눈치를 보지 않고 자신의 의지만으로 사업이라는 뜻을 펼칠 기회가 주어졌다. 플리마켓은 목, 금, 토, 일요일 나흘 장사만 했다. 시간만 조정하면 학교 수업도 여유롭게 병행할 수 있었다.

일반적으로 사업을 하기 위해서는 자본과 노하우와 관리 능력이 있어야 함이 기본이고 첩경이다. 태무는 그 어느 것 하나 제대로 갖춘게 없었다. 경제적 논리로 치자면 사업을 할 자격이 모자라고 시작해서도 안 되는 풋내기였다. 거기에다 아직 영어 표현도 서툴렀다. 원단의 소재나 옷 사이즈 등 상품에 대한 상식도 전무했다. 아무 옷 가게나 들어가 묻고 또 물었다. 도매상을 찾아다니며 안면을 트고 상품 정보를 익혔다. 그나마 두세 달가량 가방 도매상에서 손님을 케어했던 요령과 경험은 큰 도움이 되었다.

마침내 그는 진열대 앞에 섰다. 눈을 크게 뜨고 애써 밝은 표정을 지었다. '메이 아이 핼?' 하는 정중한 자세로 지나는 사람들의 눈빛을 살폈다. 누가 보아도 '나는 장사를 처음 시작합니다.' 하는 어설픈 자세였다. 입은 가까스로 떨어지고 거스름 셈도 서툴러 쩔쩔맸다. 그런 풋내기한테 물건을 사는 손님이 있다는 게 이상할 정도였다. 장사꾼은 얼뜨기고 손님은 순진하고 대화보다 몸짓이 더 많은 거래, 브로드웨이 사람들이 본다면 아이들 소꿉장난 같은 장사였다.

한 주가 지났다. 매일같이 돈을 만지는 재미에 더해 결과는 예상을 넘었다. 손익을 따져보니 첫 한 주 동안 600달러를 넘는 이문을 보았다. 그렇다면 보통 주급의 두 배가 넘는 소득이 아닌가. 그것도 나흘동안 일한 대가라니. 태무는 용기 있는 선택이 옳았다며 주먹을 불끈쥐고 다른 쪽 손바닥을 치곤 했다. 들뜨는 회심을 누를 수 없었다. 다음 주에는 더욱 놀라운 일이 벌어졌다. 한 주일 매상이 두 배가 넘었다. 그다음 주에는 네 배의 매출이 올랐다. 이게 웬일이란 말인가. 동우가 말해준 예상과 다르게 엄청나게 높은 매출이 아닌가. 재고가 동날 지경이었다. 잘 팔리지 않던 XL 큰 사이즈도 몽땅 빠져나갔다. 주말엔 태무 혼자서 감당할 수 없어 은비가 도왔다. 마켓은 몰려드는 사람들로 붐비고 무슨 대목을 맞지 않고서야 그렇게 혼잡할 수 없었다. 미국이 불경기라니 턱도 없는 소리였다. 불과 3주 만에 오천 달러를 벌었으니 골 빠지게 일하던 넉 달 치 월급 아닌가. 너무도 빠른 성공의 길이 열리는 것 같아 그들 부부는 흥분을 감추지 못했다. 이대로라면 사업의 기반을 잡는 것은 시간문제였다. 하지만 그는 얼마나 바보같은 실수를 저질렀는지 몰랐다. 일 년 중 크리스마스 시즌 다음으로 남자 옷 가게의 가장 큰 대목인 '파더스 데이'임을 몰랐던 것이다. 물건을 충분히 확보하여 훨씬 더 많은 매출을 노렸어야 할 황금기회를 놓친 것이다. 아니나 다를까 다음 주엔 썰물이 빠져나간 듯 마켓은 다시 한산한 평상으로 돌아왔다. 교환이나 반품하는 손님들이 더 많았다. 계절이나 날씨, 특별한 날을 꼼꼼히 익혀야 하는 지혜는 바다에 나갈 어부나 하늘을 둘러보는 농부에게만 적용되는 게 아니었다. 회심의 미소도 이내 사라졌다.

여름은 콘크리트 도시를 달궜다. 가로수 잎들도 혀를 내밀고 늘어졌다. 사람들은 산으로 바다로 휴가를 떠나고 마켓은 한산했다. 하지만 태무는 어느 정도 목돈이 생겼고 추수감사절이나 크리스마스 장사를 기대하며 꿈에 부풀어 있었다. 장사를 마치고 귀가하던 일요일 오후, 태양은 폭염을 쏟아내고 달궈진 아스팔트가 누글누글했다. 고속도로에 들어서자 늙은 얼룩말 핀토가 열기에 숨이 막힌 듯 가끔 뺑뺑 소리를 내며 전에 없던 토악질을 해댔다. 심상치 않은 열병에 걸린 모양이다. 맨해튼을 건너 퀸스에 들어왔을 무렵 갑자기 핀토가 귀를 찢는 굉음을 내기 시작했다. 잠시 후 후드에서는 뭔가 타는 냄새와 함께 연기가 스멀스멀 올라왔다. 엔진 안에서 위험한 고장이 생겨난 게 틀림없었다. 태무는 재빨리 차를 갓길에 세우고 차량 앞쪽을 살피러 갔다. 동시에 천지가 진동하는 폭발음과 함께 엔진에 불이 붙었다. 순식간에 벌어진 일이었다. 차를 세우지 않았더라면 생명을 장담할 수 없었던 아찔한 순간이었다. 핀토는 금세 화염에 휩싸이고 무섭도록 활활 타올랐다. 시커먼 연기와 함께 지독한 냄새와 가스가 멀찍이 피해 있는 태무를 질식시킬 정도였다. 오가던 차량들이 멈춰 서고 도로는 마비됐다. 그리고 보니 지난겨울 트럭을 몰고 오다 눈 속에 갇혔던 그곳이었다. 태무는 화염에 휩쓸릴까 더 멀리 떨어졌다. 등줄기에 식은땀이 흐르고 다리는 부들부들 떨렸다.

견인차가 선착했다. 경찰차가 사이렌 소리를 내며 달려오고 앰불런스와 소방차가 들이닥쳤다. 공중엔 방송국 헬리콥터가 떴다. 순식간에 도로는 아수라장이 되었고 핀토는 앙상한 뼈대만 남은 채 검댕으로 덮인 흉물로 변해버렸다. 끔찍하고 아슬아슬한 참사였다. 견인차가 흉물을 싣고 떠나자 소방대원들이 도로를 치우고 교통이 정상화되기까지 한 시간이 넘게 걸렸다. 경찰이 괜찮느냐며 아직도 떨고 있는 태무를 안심시키며 경찰차에 태웠다. 그러면서 건강에 이상이 있으면 즉시 911로 전화하라 했다. 태무를 집으로 태워오는 동안 견인회사나 소방국에서 빌이 날아오면 보험회사에 연락하라며 친절한 후속대책까지 일러줬다. 그날 밤 태무는 몸을 웅숭그린 채 자신의 모습이 불길 속에 보일락 말락 오버랩되는 무시무시한 텔레비전 뉴스를 보았다.

얼룩말이 사라졌으니 당장 움직일 수 없었다. 결국 크리스마스 대목 장사를 하려고 챙겨두었던 파더스 데이 목돈은 폰티액 중고차와 맞바꿔졌다. 호사다마라더니 다시 빈털터리 원점으로 돌아왔고 장사도 그만그만하여 목돈이 모아지기에는 요원했다. 나아진 게 있다면 재고가 조금 늘어난 것이고 장사의 매뉴얼이 만들어졌다는 것이다. 손님들의 성향을 파악하고 그에 맞는 상품을 갖추는 것, 손님들과 밀고 당기는 심리적 게임에서 이겨야 하는, 풋내기가 습득해야 할 기본적인 것들이었다.

이를테면, 히스패닉, 백인, 흑인, 중동계나 인도 사람 등 인종별 구매 성향을 파악한다. 고객이 대부분 십 대와 이삼십 대의 젊은 층이므로 그들의 패션과 문화를 알아야 한다. 상품의 신비성과 가치를 높이기 위해 날마다 디스플레이에 변화를 준다. 다가올 특별한 날이나 시즌을 대비하고 유행의 흐름을 파악한다. 내가 손님이 되어 상대의 심리를 읽는다. 구경만 하겠다는 사람에겐 생각할 시간을 주고 뻔뻔스런 과장에 익숙해져야 한다. 남자 옷이지만 대부분 여자들이 고객이므로 남자와 같이 오면 여자 편에 서서 구매 결정권을 거든다. 단골을 만들기 위해서는 감성적인 대화로 친근감을 표한다. 나름 분석적이었다.

추수감사절이 다가오면 크리스마스 때까지 한 달 정도의 피크시즌이 시작된다. 그에 맞춰 재고를 충분히 확보해야 한다. 그런데 도매상마다 물건이 동나고 없었다. 이미 사전 오더를 받은 물량이 모두 소진되었기에 태무에게 줄 물량은 없었다. 적어도 6개월 또는 일 년 전에 주문을 받는 패션업계의 유통구조를 알지 못한 것이다. 곳곳을 수소문하여 물량 확보에 총력을 기울였지만 가는 곳마다 거들떠보기는커녕 냉소적이었다. 주문량도 소량이니 관심 밖의 대상이었다. 엠파이어 스테이트 빌딩 40층에 있는 M사는 플리마켓에는 물건을 팔지 않는다며 아예 상대도 안 했다. 야박한 시선에 말을 붙여보지도 못하고 문전에서 쫓겨났다. 자기들은 현금 거래를 하지 않을뿐더러 6개월 전에 오더를 받는다며 눈살을 찌푸렸다. "무슨 저런 한심한 친구가 있어?" 저희들끼리 내뱉는 말이었지만 시간과 대화를 허용할 가치가 없다는, 노골적인 능멸에 경계심까지 보이는 소리였다. 엘리베이터를 타고 내려오는 동안 태무는 울컥하며 올라오는 굴욕감을 삼켰다. 중간 도매상에서 비싼 값에 사거나 신동우의 도움으로 그럭저럭 물량 확보 작업을 끝냈다. 과연 12월에 들어서자 선물을 사려는 손님들이 눈에 띄게 늘었다. 연말 피크시즌이 곧 일 년 장사 매출의 절반을 차지한다 하니 기대가 컸다. 마켓에서는 영업시간도 늘리고 광고방송도 시작했다.

둘째 주, 갑자기 벤더들이 웅성대기 시작했다. 이틀 후에 플리마켓을 폐점하니 모두 철수해야 한다는 것이다. 장사를 지속할 수 없다는 청천벽력 같은 소식이었다. 이틀 후에 영업을 멈추라니. 태무는 영문도 모른 채 아연실색했다. 호보컨을 중심으로 저지시, 위호켄, 유니언시 등, 일대의 백화점과 일반 상점들이 집단 고소를 하고 항의가 빗발쳐 긴급 행정처분이 내려졌다는 통보였다. 플리마켓이 자기들의 사업에 막대한 지장을 초래시키고 상거래 질서를 어지럽힌다는 주장을 행정당국이 받아들일 수밖에 없었단다. 마켓 측과 벤더들의 리스계약이 있지만 마켓이 긴급 파산 절차에 들어간 상태에서 그 권리는 아무런 소용이 없었다. 강자들 편에 휘둘리는 미국 자본주의의 냉엄한 현실 앞에 벤더들은 속수무책이었고 그들의 희망과 희생은 강자들의 먹이가 되고 말았다. 여기저기서 분노가 날뛰고 벤더들의 소리 없는 절망의 눈물이 보였다. 피크시즌의 장사를 망친 건 고사하고 그 많은 물건과 시설들을 어떻게 처분하고 어디로 옮겨둔단 말인가. 잠결에 홍수가 덮친 격이었다. 희망과 꿈이 무너져 내리고 돛배는 풍랑 속으로 침몰하고 있었다. 인내와 지혜로서 해결될 문제가 아니었다. 참담한 좌절 앞에 출구가 없었다. 갱도가 무너져버린 칠흑의 지하에 갇힌 꼴이었다. 태무는 방법을 찾아보자며 울부짖듯 벤더들을 향해 소리쳤다.

"이대로 주저앉을 수 없지 않느냐? 방법이 있는 사람은 말하라!"

웅성거리던 벤더들 뒤쪽에서 한 소리가 들려왔다.

"있다. 롱 아일랜드로 가자!"

그야말로 하늘에서 들려오는 소리였다. '서지오 발렌테'와 '죠다쉬' 청바지를 팔고 있는 벤더였다. 그는 마켓 장사를 한 지 오래되어 서지

오 발렌테를 만든 잉글리시 타운 스포츠웨어 사장[*]과 친하다고 한 사람이었다.

"롱 아일랜드 어느 곳이란 말이냐?"

사람들이 모여들었다.

"며칠 전 레빗타운에 새 인도어 마켓이 생겼다. 그곳에서 벤더를 모집한다는 소식이 왔다."

레빗타운은 플러싱에서 25마일가량 떨어진, 백인 중산층이 많은 롱아일랜드의 작은 타운이다. 중심가에서 떨어져 있는 대형 쇼핑몰 건물을 임대하여 플리마켓으로 개조한 후 서브리스를 하고 있는 중이었다.

벤더들의 엑소더스가 시작되었다. 다른 곳에 자기 가게가 있는 사람이나 장사를 그만둘까 했던 사람들은 눈에 보이지 않았다. 졸지에 난민이 된 벤더들의 피난 행렬에 태무도 끼었고 절반 가량의 벤더들이 며칠 만에 레빗타운에 안착했다. 썰렁하던 마켓이 새로운 벤더들로 채워지기 시작했다. 그곳에서의 크리스마스 대목 장사는 미지수였지만 일단 가슴을 쓸어내렸다. 카펜터 일을 했던 경험이 유용하게 쓰이게 될 줄 몰랐다. 목수를 부를 필요가 없으니 수천 불이 들어가는 부스 안의 새로운 시설비용이 고스란히 절감되었고 공사도 이틀 만에 끝냈다. 마켓 벤더들 사이에는 보이지 않는 룰이 있었다. 누구든지 어려움이 생긴 사람에게 측은지심을 외면해서는 안 된다는 것이다. 그런 면에서 태무는 눈에 띄는 역할을 했다. 틈틈이 설비공사에 쩔쩔매는 이웃 부스의 벤더들을 전문가가 되어 도와줬다. 작은 도움인데도 그

[*] Eli Kaplan, 뉴저지의 벼룩시장에서 좌판 장사를 하면서 Designer 'Sergio Valente'와 함께 청바지를 만들어 아메리칸 드림을 이룬 신화적 인물.

들은 고마워서 어찌할 줄 몰랐다. 동변상련의 처지인 그들은 나름대로 갖고 있는 정보와 경험적 매뉴얼도 함께 공유했다.

어쭙잖은 장사가 다시 시작되었다. 긴장 속에 하루 이틀이 지났다. 대체로 백인 손님들이어서 뜸을 들이고, 물건을 권하면 "됐어요!" 하면서 짜증스럽게 돌아서는 까다로운 편이었지만, 대목이라서인지 쇼핑 금액이 크고 기대 이상의 매출이 올랐다. '스코튼'이라는 회사에서 구걸하다시피 확보한 터틀넥 아크릴 스웨터는 인기 폭발이었다. 고가품인데도 며칠 만에 수십 더즌의 재고가 바닥이 났다. 컬러에 금색 핀이 달린 드레스셔츠는 독점 판매여서 파티용이나 선물용으로 날개 돋친 듯 팔렸다. 우려했던 최악의 상황은 비켜 가 그나마 다행이었다. 정신없는 틈에 랙에 걸린 쉐터나 쇼케이스 위에 진열한 셔츠들을 도둑맞긴 했지만, 눈치에 둔한 신출내기로서 그 정도의 피해와 분노는 감수해야 했다. 거친 풍랑이 다시 몰아쳐도 노만 놓지 않는다면 그곳에서 다시 한번 희망의 끈이 잡힐 것 같았다.

연말이 다가올 무렵 이웃 벤더로부터 공유 받은 정보 하나가 태무를 설레게 했다. 크리스마스 대목이 지나면 장사가 힘들어 그만두는 벤더들이 많고 마켓마다 목이 좋은 빈자리가 생긴다는 것이다. 흥미가 있으면 매서피쿠아 타운의 비지 비$^{Busy Bee}$ 마켓을 가보라 했다. 롱아일랜드에서 가장 장사가 잘되는 몰이니 그곳을 알아보란다. 태무는 주저 없이 비지 비로 향했다. 레빗타운에서 10마일가량 떨어진 곳에 있었다. 우람한 간판이 곧 눈에 띄었다. 지금의 마켓보다 규모가 두 배는 컸다. 태무는 이 층 사무실로 뚜벅뚜벅 걸어갔다. 자신감을 부풀리며 사무실 문을 열었다. 매니저와 직원들은 정겹게 맞이했다. 뉴저지 호보컨 마켓 직원들처럼 앞뒤를 따지거나 얕보려 들지 않고 친절이 넘쳤다. 그곳 역시 목, 금, 토, 일요일 나흘만 오픈한다고 했다. 다른 곳에 매장이 있다 하자 마켓 측에서는 위치가 좋은 부스에 성큼 우선권을 주어 새해가 되면 시작하기로 계약했다. 제2의 매장, 사업이 확장된 셈이다. 자본은 턱없이 부족하고 잘될 것이라는 확신은 없었지만 부딪혀보기로 했다. 용기도 만들어 내면 도전의 도구가 되는 거였다. 그래도 여건은 지난봄 처음 시작할 때보다는 낫지 않은가. 집으로 돌아가기 위해 차에 올랐다. 잔눈발이 날리고 살을 에는 강추위는 매서웠다. 장갑을 벗고 아랫도리에 끼워 입었던 방한용 발토시를 벗어 뒷자리에 던진 다음 미끄러지도록 액셀을 밟았다. 삶의 방향은 스테이트 파크웨이처럼 곧게 드러나기 시작했다. 아슬아슬 출렁이던 외줄다리 끝이 보였다.

은비가 네일 숍을 그만두고 레빗타운 마켓을 맡기로 했다. 태무는 '비지 비'에 새로운 매장을 꾸미는 설비 공사에 들어갔다. 누구의 간섭 없이 전문가답게 아주 멋지게 꾸며볼 작정이었다.

궤적은 깊고

새해 벽두에 틀랜트에 갔던 금강 식당 정 사장이 브랙잭 판에서 한 건 올리고 왔다는 소식이 다모정 사람들에게 전해졌다. 정 사장이 개평으로 한턱 낼 거라며 멤버들을 집합시킨 주동자는 변함없이 김철환과 나 목사였다. 엄동설한 정초에 무료하게 움츠리고 있던 그들에겐 몸을 박차고 나설 희소식이었다. 침대가 있는 잠자리와 할 일이 있는 직업이 있고 서로를 품어주는 가족이 있지만 외로움을 안고 사는 사람들이다. 마실 문화가 없는 미국에서 노닥거릴 핑계와 짬이 생겼으니 가족들에게 양해를 구하거나 망설일 이유가 없었다.

다모정에는 정 사장이 식당에서 차려온 술과 푸짐한 음식이 가득했다. 뜻밖에도 한복 차림을 한 꽃 가게 유 선생이 꽃바구니를 들고 왔다. 한겨울에 꽃이라니. 낭만적인 분위기를 자아내기에 한결 어울리는 발상이었다. 모두들 거적 같은 생존현장의 유니폼을 벗고 깔끔한 차림으로 멋을 내었다. 사람들은 화기애애한 신년 인사를 나누며 매몰찬 타국에서 지난 한 해도 용케 살아남았다는 건장함을 과시했다. 새해에도 친밀한 유대감으로 잘 살아보자는, 마치 한국의 어느 시골

마을 신년 하례회 같았다. 잠시라도 삶의 너머를 바라볼 여유가 없던 그들에게 그 시간만큼은 허비하는 시간이 아니었다. 강박감에 사로잡힌 외로운 남자들이 대화의 공원에 숨통을 틔우러 나온 거였다. 서로에게 질문하고 대답을 하고, 일련의 순서 없이 누군가 화젯거리를 내놓으면 "그래, 맞아!" 하면서 자기에게 상관있는 일인 양 참견했다. 시시껄렁한 말이라도 맞장구치는 재미가 다모정에 있었다. 질펀한 진담누설로 낭만의 갈증도 풀고 술잔이 돌면 흥도 돌았다. 술잔을 드는 건 즐거움을 얻으려 함만이 아니었다. 고달픔으로 뭉개진 육신과 시름을 달래는 거였다. 그래도 꿋꿋이 살아야 하거늘, 다짐하며 풍랑의 바다에 제를 올리고 향을 사르는 거였다. 화제의 물꼬가 터지면 우울한 이야기와 장탄식도 터져 나오고 귀를 내어 듣는 중에 감정이 이입되면 눈물을 보이기도 했다. 술기가 오르면 혀가 꼬부라진 푸념도 들렸다.

"뭐 하려고 미국에 왔나 모르겠어."

"역마살이 끼어서겠지."

"이러다 내 수명이 반토막 나고 말 거야."

"그러게, 고독사 안 하면 다행이겠지."

숨을 돌리는 자리에는 이민이라는 갈팡질팡한 과도기적 고뇌와 두려움이 어김없이 도사리고 있었다.

그날에 튀어나온 화제는 단연 지난 연말 할렘에서 있었던 비극적인 교민 피살사건이었다. 자민과 기수가 휘말렸던 그 사건은 교민 사회를 또 한 번의 충격으로 몰아넣었다. 그렇지 않아도 몇 달 전 소련 전투기에 대한항공이 피격당해 교민들을 포함한 269명이 사할린 상공에서 희생되어 교민 사회가 초상집이 되었는데, 그 충격에서 채 헤어 나오기도 전에 일어난 일이었다.

기수가 머리에 붕대를 감고 그 위에 모자를 쓰고 나타난 이유를 사람들은 묻지 않아도 알 수 있었다. 자민과 기수가 할렘에서 리커 스토어 내부수리 공사를 하던 중 일어난 일이기 때문이다. 할렘에서 장사를 한다는 것은, 그것도 대부분 정신머리 없는 사람들을 상대해야 하는 리커 스토어를 운영한다는 것은 굶주린 맹수의 소굴에 들어가는 일이나 마찬가지다. 브롱크스에 사는 배짱 좋은 김씨 형제는 폐허의 거리 할렘에서 꽤 오래된 리커 스토어를 유고슬라비아 이민자로부터 인수했다. 흑인들의 삶터, 범죄의 소굴, 빈곤과 슬럼의 대명사로 불리는 할렘에 특공대로 들어가 목숨을 건 전쟁을 불사하겠다는 것이었다. 보통사람들은 엄두도 못 낼 일이었지만 그들 형제에겐 소위 깡이라는 의기로 도전해볼 만한 사업이었다. 그들의 용기는 어디에서 기인했는지 모르지만 폭력과 홀드업과 범죄가 난무하는 주정뱅이들의 놀이터에서 노다지를 줍겠다는 거였다.

드글거리는 알코올 중독자와 굶주린 포식자들을 상대하기 위해서는 만반의 태세를 갖춰야 한다. 가게는 철창으로 둘러쳐 있고 물건을 내주고 돈을 받는 작은 창구 하나가 손님과의 유일한 소통의 통로다. 마주 보는 얼굴 앞엔 두꺼운 방탄유리가 가로막고 김씨 형제의 허리춤엔 권총이 차여 있다. 아침에 가게 문을 열 때나 저녁에 셔터를 내릴 땐 한 사람은 가게 앞 차도에 차를 대기하고 장총을 겨누며 엄호를 한다. 하루의 매상을 가슴에 품고 퇴근할 때는 미행자가 없는지 살핀다. 불에 타 파괴된 건물들, 지리멸렬한 인생들이 판을 치고 약탈의 눈빛이 번뜩거리는, 서부 영화의 한 장면 같은 아슬아슬한 현장이다. 지나는 차량들도 빨간 신호등 앞에 섰을 땐 창문을 닫고 문을 잠가야 한다. 긴장의 끈을 놓고 방심하면 강탈자들이 이리떼처럼 달려들어 차량 문을 열어젖히는 험악한 거리에서 형제는 용감하게 사업을 했다. 자민과 기수는 그러한 거리에 익숙했고 허름한 노동자 차림이어서 강탈자들의 표적에서는 벗어나 있었다.

내부공사를 하기 위해 자재와 공구를 옮기던 도중 포식자들의 기회가 포착되었다. 안으로 통하는 철문이 열리는 순간 손님인 척하던 흑인 남자 둘이 순식간에 가게 안쪽으로 들이닥쳤다. 그들은 권총을 꺼내 들고 맹수처럼 달려들어 자민과 기수를 제압했다. 돌아서려는 기수에게 한 녀석이 권총으로 머리통을 후려쳤다. 두 손을 머리 위로 올린 채 자민과 기수는 화장실에 감금되었다. 순순히 응하지 않으면 무슨 일이 일어날지 모르는 긴박한 순간이다. 기수의 머리에서 피가 질질 흘렀다. 동시에 다른 녀석이 김씨 형제를 향해 총을 겨누며 소리쳤다.

"돈 무브!"

여차하면 쏘겠다는 것이다. 형제가 허리춤에서 총을 빼려는 찰나 놈의 총성이 먼저 울렸다. 살상의 소리가 공기를 진동시켰다. 형제는 비명조차 내지 못하고 그 자리에 쓰러졌다. 진열된 술병들이 총탄을 맞고 부서지며 와장창 쏟아져 내렸다. 형제는 총을 꺼내지 말고 손을 들었어야 했다. 불과 이삼 분 만에 서부활극이 끝났고 술병을 하나씩 꿰찬 놈들은 캐쉬 레지스터를 통째로 들고 사라졌다. 다른 마켓처럼 보안요원도 없어 속수무책으로 당하고 말았다.

굶주린 맹수들이 할퀴고 간 자리에는 쏟아진 알코올과 형제의 붉은 선혈이 낭자했다. 화장실에 감금되었던 자민과 기수는 경찰에 의해 가까스로 구출되었지만 형제는 할렘의 무명 전사자가 되어버렸다. 한때는 파크 애비뉴의 고명한 자들의 안식처였고 이후엔 니그로 르네상스를 구가했던 그곳, 화려했던 예전의 운명을 슬퍼하는 지옥이 맨해튼 위 할렘에 있었다. 자연적이든 변칙적이든 먹이사슬과 생존의 본능에는 선과 윤리가 포함되지 않는다는 엄연한 현실을 보여주는 암흑의 게토다.

대목을 맞은 연말에는 할렘뿐만 아니고 뉴욕 곳곳에서 불평등과 인종 차별의 박탈감에 따른 표출로 비슷한 사건이 비일비재했다. 인정과 관용을 덕목으로 여기며 순박하게 살아온 한국인 이민자들이 그러한 쟁탈의 현장에서 억새풀처럼 강인하고 거칠게 진화되어가는 것을 어찌 탓할까. 다모정 사람들이 쏟아낸 그런 화제는 전설이 아닌 비극의 역사로 쓰였다. 부디 새해에는 공격적이지 않고 목소리도 흔들리지 않으며 부드러운 삶으로 살아갈 수 있기를 바라는 첫 술잔은 먼저 간 동포들의 명복을 비는 추모주가 되었다. 기수는 스스로 불세출의 영웅이 되어 그날의 사건 실화에 한층 목소리를 높였다. 자기가 놈들과 한 판 붙지 못한 것을 후회한다고 했지만 사람들은 그 장광설까지 고개를 끄덕여주지는 않았다. 그의 얼굴엔 월남 전사라던 비장한 기백도 태권도 블랙띠라며 으스대던 패기도 찾을 수 없었다. 자민이나 그나 굶주린 맹수 발톱에 할퀸 연약한 이민 노동자일 뿐이었다. 웨딩 숍 영감이 다른 이야기를 꺼내지 않았더라면 기수는 머리의 붕대를 풀어 보이며 침을 튀기는 영웅담을 계속할 태세였다.

술잔을 들고 구석에 엉거주춤 서 있던 웨딩 숍 영감이 용화 식품 홍 사장이 곤경에 처해 드러누워 있다는 운을 뗐다. 일찍이 미국에 이민 온 시기도 비슷하고 연배가 같아 둘은 꽤 가까이 지내는 사이였다. 내기 골프할 때 아니고는 한 번도 다툰 적 없이 형제처럼 지냈다. 노인이 없는 교민 사회에 그들은 연장자 축에 들었다. 억울한 사연이 있는 동포들을 돕고 교민 행사가 있으면 앞장을 섰다. 지난 가을 메도우스코로나 파크에서 추석행사를 할 땐 한국에서 연예인도 불러오고, 무대 옆엔 봉분 모양의 커다란 분묘도 만들었다. 고향을 그리는 사람들을 위해 합동으로 성묘할 수 있도록 생각해낸 배려다. 가짜 산소지만 '조상님신위'라는 목비도 세우고 차례상도 차려 망향의 한을 달래게 했다.

나 목사가 웨딩 숍 영감에게 다가와 소곤거리듯 물었다.

"홍 사장님에게 무슨 일이 있습니까?"

"말은 안 하는데 심각한 일인 것 같습디다."

"혹시 여자 문제 아닙니까?"

자민이 물었다.

"그런 건 아니고, 모르는 자들에게 미행당하고 있다지 뭐요."

"미행이요? 왜 누구한테 미행을 당하죠?"

사람들이 더 바짝 다가왔다.

"가끔 자기도 모르는 한국 사람들이 따라붙고 어느 때는 미국 애들이 눈에 띈다지 뭡니까?"

최 부장이 일어나더니 뭔가 짚이는 듯 이야기의 실마리를 잡았다.

"한국 정부에서 시킨 일 아닐까요?"

"글쎄, 그럴 이유가 있겠어요? 군자 같은 사람이 무슨 잘못을 저질렀을 리는 없고. 아무튼 불안해서 잠도 못 이룬다 하니."

"조금은 알 것 같습니다."

"음? 아니, 본인도 모른다는데 최 부장이 어떻게 알아요?"

영감은 짐짓 놀라는 듯했다.

"모르긴 해도 아마……."

"짚이는 거라도 있는 게요?"

"그분 고향이 이북이라 했죠? 전에 뉴욕 이북 5도민 회장도 했고."

"그래요, 황해도 신천이죠."

"최근 한국에서 해외 친북인사들의 동태를 파악한답니다. 얼마 전
프랑스와 서독에서 친북인사들이 북한과 연계하고 있는 사실이 큰 이
슈가 되었죠? 확실치는 않지만 아마 그 연장선이지 싶네요."

"설마, 홍 사장이 친북이라는 거요? 북에서 피난 내려온 사람인데."

"그런 건 아닙니다만, 혹시 미심쩍은 일이 있었던 건 아닐까요?"

"그럴 리가. 홍 사장 그런 위인도 아니고, 그렇다고 해도 미국에서
미행당한다는 것이 말이 됩니까?"

사람들의 시선이 점점 한곳으로 모였다.

"지금 한국이 아웅산 묘지 폭파 사고를 당한 이후 엄청 신경 곤두세
우고 있어요. 뿐만 아니고 광주항쟁 이후부터 반미주의가 확산되고
미국은 그것이 이념화될까 내심 고민하고 있죠. 한국의 운동권 내에
서는 제3세계 이론이니 마르크스, 레닌주의 같은 출판물들이 판을 치
고 있는데 한국 정부가 긴장 안 하겠습니까? 거기에다 김대중 씨가 지
금 미국에 망명해와 있잖아요."

"그런 것과 홍 사장이 무슨 관계가 있겠어요?"

"관계가 있죠. 지난 카터 행정부 때 공산권 여행제한 해제조치를 했지 않았습니까? 그때부터 북한이 유럽이나 미주지역 동포정책에 상당히 적극적이에요. 본적이 북한이거나 가족, 친척이 있는 사람, 남한에서 반체제 활동하다 도피한 사람, 미국이나 유럽의 시민권자, 학계나 언론계, 종교계 등 교포 사회의 영향력 있는 인사, 모두 그들의 포섭 대상이죠. 우리가 몰라서 그렇지 친북성향의 단체도 있고 북한에 갔다 온 사람들도 있어요. 그러니 한국 정부가 손을 놓고 있겠어요?"

"아니 그럼 홍 사장이 그렇게 포섭된 사람이란 말입니까?"

"그렇다는 건 아니지만 뉴욕 교포 사회에도 그럴 수 있다는 말입니다."

"그래서, 이북에서 온 실향민이 고향 얘기도 못 한단 말이오?"

"이북이 고향인 사람이 북한에 관심을 갖는 게 어떻게 반정부고 반미이겠습니까? 고향에 가고 싶고 고향을 사랑하는 것을 이념적 성향으로 분류해서는 안 되지요."

"내가 홍 사장을 잘 아는데 그런 쪽에 관여되어 있을 사람 아니에요. 한국 정부가 미행시킨다? 말도 안 되는 소리입니다."

영감은 고개를 가만가만 저었다.

"그렇겠죠. 홍 사장님이 누가 자기를 감시한다고 공연히 착각하고 있는지도 모르죠."

멤버들은 한국 정부의 고민과 교민들의 동정에 대한 두 사람의 실체적인 대화에 새삼 놀라는 눈치였다.

"최 부장에게 그런 식견이 있는 줄 몰랐소."

"식견이 아니고 우리 회사에서 해외에 나와 있는 관리자들에게 교육을 시키는 이야깁니다. 이념이 뭔지, 분단의 현실이죠."

사실 홍 사장은 그동안 몇 차례 유럽을 방문하면서 북한의 속사정을 잘 아는 서독 교포를 만난 적이 있었다. 동독 사람들이 철조망을 뚫고 서독으로 탈출하는 엑소더스가 국경 곳곳에서 확산되고 있을 때였다. 고향 신천 땅에 두고 온 가족의 소식을 알고 싶어 했던 순수한 만남이었다. 그러나 어떠한 희망도 얻어낼 수 없었다. 고향 소식을 알고 싶고 찾고 싶은 마음은 이북에서 내려온 실향민이라면 누구나 갖고 있는 숙원이었다. 이북 5도민 회장을 할 때도 정치적 의미는 관심 밖이었고 만나면 고향 이야기뿐이었다. 웨딩 숍 영감은 어서 가서 홍 사장의 고민을 덜어주고 별일이 아닐 것이라며 위로하고 싶었다.

그런저런 이야기가 무르익는 동안 정 사장과 강기수는 머리를 맞대고 꿍꿍이셈에 들어갔다. 멤버들의 사정을 고려하여 틀랜트 일정을 잡는 일은 여전히 그들의 임무였다. 정상이 아닌 사람들이 결탁해서 꾸미는 무슨 음모도 아닌데, 그들은 소리를 낮추고 수군수군했다. 정 사장은 부인한테 혼쭐나거나 수갑이 채워져 침대에 묶여도 상관없다는 듯 손가락을 꼽으며 날짜를 찾았다. 웨딩 숍 영감과 나 목사는 빠질 참이었다. 그런데 꽃 가게 유 선생도 가게를 비울 수 없다 하고 최 부장도 자민도 사정이 있다 하니 그들의 카지노 나들이 셈은 맥없게 되어버렸다.

자민의 사정은 보통 심각한 게 아니었다. 결혼식은 치르지 않았지만 새로운 여인과 꿈같은 나날을 보내던 그가 다시 갈라서야 하는 위기에 봉착한 것이다. 제 자식 버리고 남의 자식 키운다는 세간의 눈총에도 꿋꿋했던 그였다. 가슴을 철렁케 하는 서유미의 한마디는 자민의 가슴을 후볐다.

"나 한국으로 돌아갈래요."

며칠 전 책상 앞에서 묵은 서류를 정리하며 한 해의 마무리를 하고 있던 자민에게 던져진 서유미의 단호한 말이었다. 자민은 못 들은 척 입을 굳게 다물고 가슴을 누르며 그 밤을 새웠다.

한껏 고조된 신년맞이 분위기에서 꺼낼 수 없는 자민의 고민, 기수는 자민의 신상에 어떤 문제가 생겼다는 것을 직감으로 알아차렸다. 기수가 술잔을 들고 자민에게 다가와 건배를 청하며 그의 정신을 흔들었다.

"새해를 위하여!"

두 사람의 술잔이 부딪치고 사람들의 웃음소리는 커졌다. 자민은 잠시 혼자이고 싶어 걸터앉을 곳을 찾았다. 그는 몸을 웅그리며 멍한 시선으로 서성거렸다. 김철환이 저쪽에서 술잔을 꼴깍 비우고 고개를 갸우뚱했다. 이따금 긴 한숨을 내뱉는 자민을 매의 눈으로 바라봤다.

좁은 땅에 갇혀 모질고 각박한 삶에 부대끼던 한국 사람들이 광대한 미국을 만나면 여기가 천국이 아닌가 하고 홀려버린다. 그러다가 거미줄처럼 얽힌 문명과 치열한 삶 속으로 들어오면 비로소 헤어나기 힘든 지옥이 있음을 깨닫는다. 미국이 천국이라는 환상에 현혹된 무수한 영혼들이 덫에 걸린 짐승처럼 날뛰는 몸부림을 하고 있다. 그 환상에 덜미가 잡힌 서유미. 남편이 한국으로 돌아가자 해도 끝내 뿌리치고 미국에 남는 쪽을 택한 그녀는 일 년 동안은 그런대로 버티었다. 목적도 희망도 없이 어린 아들과 함께 잭슨 하이츠의 노던 블러바드 허름한 건물 이 층에서 운신하며 아래층 잡화점 점원으로 근근이 생계를 유지했다. 한국으로 돌아가 겪을 불행보다 차라리 방만한 자유로움을 택한 그녀는 더 이상 지탱할 의지도 버틸 힘도 남지 않았다. 사각의 질서로 화려하게 포장된 뉴욕의 시궁창에 빠졌음을 알았을 땐 이미 나아갈 방향조차 잃어버렸다.

다행히 아주 친절한 이웃 아저씨를 만났다. '1, 2, 3, 컨스트럭션' 공장의 한자민이었다. 자민은 어린아이가 딸린 가련한 여자를 외면할 만큼 야박하지 못했다. 의지할 곳 없던 유미에게는 미더운 버팀목이 되었고 홀로된 자민에게는 가슴을 뛰게 하는 짝이 되었다. 숲속에서 길을 잃은 두 사람이 만난 처지였다. 집 없는 철새처럼 유미는 둥지가 필요했고 자민은 그 둥지를 위해 가지 하나를 내어준 나무였다. 둘은 잎사귀 위에 떨어진 물방울처럼 조르르 굴러 하나가 되었다. 그들에게는 그려놓은 꿈이나 기다려지는 내일은 없었다. 서로의 연민으로 조금 덜 외로우면 되었다.

은주와 은비에게는 서유미가 오빠의 반려이거나 올케라기보다 낯선 이웃 같았다. 만나도 서먹하고 언제 가족이 되려나 했다. 자민은 유미의 과거에 대해서 묻지 않았고 왜 남편을 따라 한국에 가지 않았느냐며 궁금해하지도 않았다. 보이지 않는 물 밑 빙산처럼 그녀 안에 도사리고 있을 상처를 건드리고 싶지 않았다. 오히려 물 위에 떠 보이는 그녀의 사연조차 애써 외면했다. 함께 살아주는 것만으로도 고마운 상대였다. 서유미는 뽐낼 만한 미모의 여자였지만 내숭을 떨거나 자기에게 빠지도록 유혹하는 짓도 안 했다. 꿋꿋하고 적절한 자만으로 어떠한 상황도 당당하게 맞섰고 감정을 절제할 줄 알았으며 지성인인 척하거나 말의 기교도 부리지 않았다. 자민의 상대로는 모자람이 없을 뿐만 아니라 도리어 일상을 바라보는 논리적 시각은 자민의 사고를 앞서곤 했다. 서로의 손을 다독이며 등을 비비는 세월은 덧없이 흘렀다. 자민은 서유미가 자신의 초라한 처지와는 어울리지 않는다는 생각으로 자주 곤혹스러워했다. 어떠한 자신감으로 균형을 맞춰야 할지 고민에 묻히기도 했고 그럴 땐 만난 것을 후회하기도 했다. 그녀가 언젠가 날아가버릴지도 모른다는 불안한 동거는 그렇게 일 년이나 계속되었다.

둘 사이에 찬바람이 돌기 시작했다. 둥지에는 애초부터 사랑이라는 이름의 열정도, 약속이나 책임 분담, 법적인 굴레도 없었다. 그들은 이별 후에 남겨질 사랑의 고통이 얼마나 크고, 그 상처가 얼마나 아픈지 알기에 사랑하기를 주저했다. 다만 사랑을 빙자한 유희로 외로움을 견디고 허전함을 채웠다. 그런데 혼자일 때보다 외로움이 더 커져가는 것은 무슨 조화일까. 시리고 메마르고 무의미한 동거였다. 유미는 자신이 가여워졌다. 다시 혼자로 돌아가고 싶었다.

유미가 한국으로 돌아가겠다는 선언을 한 후 그들은 숨고르기에 들어갔고 쓸쓸한 침묵으로 며칠을 보냈다. 자민은 어떠한 가정假定을 만들어 그녀의 결심이 바뀌도록 설득하거나 이별의 시간을 지체시킬 이유를 찾지 못했다. 그들은 지금 사랑의 실수를 남의 이야기처럼 말하고 있었다.

"한국으로 돌아가겠다는 이유를 잘 모르겠다."

책상에서 떨어져 앉은 자민이 어렵게 말문을 열었다. 유미는 대답 대신 찻잔을 내려놓고 방에 들어가 뭔가를 들고 나왔다.

"그동안 남편에게서 가게로 온 편지예요."

빨간 띠와 파란 띠가 둘러진 국제우편 뭉치였다.

"왜 내게 알리지 않았어?"

"굳이 말하고 싶지 않았어요. 크리스마스에 온 편지를 뜯고 나서야 이전의 편지를 읽어봤어요."

"그래서 심경의 변화가 왔다는 거군."

"변화는 아니에요. 언젠가는 한국으로 돌아가겠다는 마음을 갖고 있었으니까요."

유미의 고백은 담담하고 솔직했다.

"그랬겠지. 힘들었겠지."

"아저씨에게 늘 미안한 마음이었죠."

"나 역시 유미가 언젠가는 떠날 거라 여겼어."

"알아요."

"내 생각을 벌써 알렸어야 했는데."

"무슨 생각을요?"

"유미와는 맺어질 수 없을 거라는 거. 처음부터 그랬어."

"제게 마음을 다 주진 않으셨죠."

"유미는 내게 과분한 여자였어."

"그 점은 동의할 수 없네요. 아저씨는 생각이 뛰어나고 인정도 많은 분이에요. 힘들게 살면서 아이들 양육비까지 보내는 아저씨에게 탄복한 건 저예요. 아저씬 제 결점을 덮어주고 너무 잘해줬어요."

"유미를 만났을 땐 정말 힘든 때였지."

"저도 절망적이었어요. 누군가를 붙잡고 의지해야겠다는 절박함뿐이었죠."

"이혼하고 깨달은 게 있었어. 처음엔 분노의 굴레에서 해방되었구나 했지. 자유롭고 그리 홀가분할 수 없었어. 그런데 그게 아니었어. 자유로울수록 전에 없던 고립감이 더 덮치는 거야. 암울한 동굴에 떨어진 것 같고 세상이 온통 어둡게 보였어. 아마 유미도 그때 그랬을 거야."

"거기에다 저는 후회막급이었죠."

"늦지 않았어. 돌아가 다시 시작해."

"편지를 읽고 내가 얼마나 어리석었는지 알았어요. 모든 사람들에게 죄를 지은 기분이에요."

유미는 멍한 시선으로 한참 동안을 서성였다. 자민은 그동안 유미에 대한 궁금증이 하나둘이 아니었지만 차마 입을 떼지 못했다. 이젠 헤어질 마당이다. 물어보고 싶었다.

"유미는 왜 미국에 왔지?"

유미는 그동안 자신의 과거를 알리는 걸 주저했다. 들추어서 좋을 게 없고, 혹여 변명키 어려운 문제가 도드라질까 두려웠다. 그것은 자민도 마찬가지였다. 아름다운 상처는 없었다. 둘은 그렇게 마음을 열지 못한 채 어정쩡히 살을 맞대며 지냈다.

"캠퍼스 커플로 남편을 만났어요. 졸업하자마자 결혼했는데 제가 살아온 인생과는 너무 달라 충격을 받았죠. 중병에 누워 있는 시아버지 병시중에다 시어머니 시집살이가 너무 호됐어요. 거기에다 출가한 시누이 둘이서 수시로 드나들며 재산을 노리느라 노골적으로 경계하는데 견딜 수 없었어요. 마치 연습용 아내이거나 조선시대 며느리로 들어간 기분이었으니까요. 결국 남편에게 엄포를 놓고 유학을 핑계 삼아 미국에 왔는데 남편이 적응 못하고 날마다 다투다가 한국으로 돌아간 거예요. 돌아가서 이혼 수속 해달라며 저는 그대로 남아버린 거지요."

자민의 시선을 피해 창가로 다가간 유미는 우윳빛 성에를 손으로 지우며 몹시 후회하는 듯했다.

"편지에는 뭐라 했어?"

"시아버지는 저 세상에 가셨고 상황이 좋아졌으니 돌아오래요."

"다시 시작할 수 있는 게 사랑이야. 두려워할 거 없어."

"저는 지금 아저씨에게 미안하고 부끄러워 죽을 지경이에요. 아저씨도 다시 가정을 찾았으면 좋겠어요."

"글쎄."

자민은 머리를 뒤로 젖히고 눈을 감았다. 연정이라기보다 필요에 의해 수렁에서 맺어진 사랑이란 이름의 유희는 끝났다. 어쩌면 그 유희는 세상에 말하기 부끄러운 사랑의 실수였고 서로에게 몰두했던 부질없는 노동이었다. 그들은 밤을 꼴딱 새웠고 하고 싶은 말을 다 털어놓았다. 갈팡질팡했던 격정의 감정들을 훌훌 털었다. 후회도 야속함도 없는 이별 이야기는 서로를 위로하는 만큼 슬펐다. 창문에 녹아내린 성에처럼 유미의 눈시울엔 은빛 물기가 고였다. 그날 밤 유미는 깊숙이 감춰두었던 빛바랜 반지를 꺼내 몇 번이나 손가락에 끼웠다 빼곤 했다.

하례회가 절정으로 치달을 즈음, 경찰차의 사이렌 소리가 다모정에까지 들려왔다. 새해 첫머리에도 조용할 날이 없는 뉴욕이다. 철환이 슬그머니 다가와 자민을 쳐다보며 소파의 팔걸이에 걸터앉았다. 자민이 만지작거리던 와인잔을 내려놓고 자리를 고쳐 앉았다. 철환은 직관으로 눈치를 챘다.

"서유미 때문에 그렇지?"

자민이 고개를 끄덕였다.

"무거우면 내려놔."

"이미 그랬어. 곧 떠날 거야."

철환이 허리를 굽힌 채 일어나 자민의 어깨에 한 손을 얹었다. 그 손 위에 자민이 다시 손을 얹었다. 둘의 이야기는 시끌시끌한 웃음소리에 묻혀 다른 아무에게도 들리지 않았다. 강기수만이 저만큼에서 흘깃흘깃 쳐다봤다.

부슬비가 내리고 잔설이 녹아 흘렀다. 유미는 계단을 내려오면서 닫힌 현관문을 돌아보고 뜰을 나서면서 창문을 올려다봤다. 뉴욕의 마지막 보금자리, 창문의 커튼은 열려 있고 찬비에 젖은 앙상한 참나무 가지가 창가에서 이별의 손짓을 했다. 혹여 남겨진 미련에 발목을 잡힐까 유미는 매몰차게 발길을 돌렸다. 자민은 비를 맞으며 차 문을 열고 기다렸다. 세 사람을 태운 엘티디는 공항을 향해 달렸다. 아이는 어느새 잠이 들었다. 둘은 말이 없고 시선은 앞을 향했다. 제자리로 돌아가는 길, 서로에게 죄의식을 느끼거나 그런 감정을 논한다는 것은 부질없는 일이었다. 죄책감은 자신들을 아프게 할 뿐이었다. 그 순간의 미안함은 학대고 형벌이었다. 지난날의 잔영을 지우려는 숨소리만이 들릴 뿐 이별의 침묵은 차창 밖 빗소리마저 삼켰다. 다만 서로의 손을 힘없이 매만지며 쥐었다 놓았다 했다. 그들의 이별을 야유라도 하듯 거대한 트럭 한 대가 검은 빗물을 튀기며 앞질러 갔다.

자민은 이별병을 달고 살았다. 아프고 시리고 허탈하고 세포를 바짝바짝 말리는 몹쓸 병, 나을 만하면 또 도졌다. 이번에도 오래갈 것 같았다. 철새는 둥지를 버리고 제 짝을 찾아 떠났고 자민은 벌판에 홀로 버티는 헐벗은 나무가 되었다. 곤한 잠에서 깨어난 자민이 유미가 있었던 자리와 흔적들을 찬찬히 둘러보았다. 이상하게도 보이는 것마다 낯설었다. 어젯밤 켜둔 전등불이 그대로 켜진 채 빛을 잃어갔다. 시계 소리만이 째깍째깍 들렸다. 구석의 탁자 위에 유미가 쓰던 열쇠꾸러미와 덩그러니 놓여 있는 동전 저금통이 남의 물건 같았다. 열린 옷장은 절반이 휑했다. 부엌의 조리대에 씻어 말린 그릇들과 두 겹으로 접어놓은 행주가 제자리에 놓였고, 아이가 타고 놀던 흔들목마는 주인을 기다리는 듯 멀뚱히 눈을 뜨고 빗누워 있었다. 식탁 위에 펼쳐진 색칠 책엔 아이의 장난기가 어른거렸다. 아이의 잇자국이 난 색연필도 나뒹굴었다. 축기가 남아 있는 목욕탕에서 유미의 체취가 흘러나왔다. 목을 울리는 양칫물 소리가 나는 듯했다. 칫솔질하는 그녀의 얼굴이 세면대 위의 흐릿한 거울에 언뜻 보였다. 물끄러미 바라보는 동안 기수에게서 전화가 걸려왔다.

"한 형, 오늘 자재 사놨어. 내일 아침 공장으로 바로 와도 돼."

"알았어."

"파비오한테서 연락이 왔는데 공사가 하나 있대. 다음 주에 가기로 했어."

"그래, 알았어."

자민은 들고 있던 수화기를 한동안 놓지 못하고 퀭한 눈으로 누군가를 찾았다. 아무도 없고 허우룩한 공허함만 가득했다. 늦게 일을 마치고 돌아오면 왜 그렇게 무리하느냐며 안타까운 마음으로 책망하던 여자도 보이지 않았다.

어제보다 오늘이 더 괴로웠다. 심장이 달아난 듯한 허탈감에 몸을 주체할 수 없었다. 생각할 기력조차 빠져나가고 주저앉을 힘밖에 남지 않았다. 혹여 유미로부터 버림받았다는 생각은 애써 떨쳐버리기로 했다. 그것은 자신이 그녀의 소유였음을 인정하는 치욕이었다. 자민은 생모가 갓난아이였던 자신을 두고 떠났음을 알았을 때에도 명숙이 돌아섰을 때에도 버림받았다는 생각으로 몸서리를 쳤다. 누구의 소유였다가 버려지는 존재가 되어 쌓이는 울분은 그를 괴롭히는 멍에였다. 곁에 있던 사람이 영영 떠나버리고 혼자가 된다는 것은 심란을 넘어 비통한 일이었다. 다시 일상으로 돌아왔지만 알 수 없는 분노가 치밀어 그의 자제력은 한동안 비틀거렸다. 무엇이든 손에 잡히면 던져버리거나 발길에 닿으면 부숴버리고 싶은 충동이 일곤 했다. 하룻짐을 내리고 어둠에 싸인 집에 들어서면 서릿발 같은 고독이 갈기를 세우고 밀려들었다.

설상가상으로 어머니가 세상을 떠났다는 청천벽력 같은 비보가 한국에서 날아왔다. 금의환향할 때까지 무사하리라는 삼 남매의 안일했던 생각이 무너져버린 소식이었다. 눈물을 훔치며 돌아서던 어머니의 모습이 마지막이 되었을 줄이야. 상황은 여의치 않았다. 타국에서 할 수 있는 일은 아무것도 없었다. 이민자가 망향가를 부르며 인고의 삶을 견뎌내는 것은 고국에서 부모형제가 기다리고 있음인 까닭이다. 혈육지친이 세상을 떠나도 찾지 못하는 회한은 희망조차 멈추게 한다. 삼 남매의 희망이 멈춰버린, 마지막 추위가 망령을 부리고 저만치서 햇봄이 손짓하는 밤이다. 자민은 고개를 떨군 채 통한에 젖었다. 은비와 은주는 쓰러질 지경으로 눈물을 쏟았다. 태무라도 그들을 대신하여 바위벽처럼 꿋꿋이 버텨줘야 했다. 사람들은 자주 탄식했다. 이민자들은 고국을 떠나면서 이미 비정한 아들, 잊힌 딸, 불효자가 되었다고.

겨울의 마지막 길목을 빠져나온 다모정 이방인들의 수레는 일그러진 삶의 궤적들을 더덕더덕 남기며 그렇게 굴러갔다.

그리니치의 밤

매서피쿠아 타운의 '비지 비' 몰에 새로 개설한 태무의 제2매장은 인근 지역에 곧 소문이 났다. 세련된 유니섹스 디자인 제품들이 지역 젊은이들에게 인기를 끌면서 간판도 없는 자그마한 부스를 손님들은 용케도 찾아왔다. 어찌 보면 시시해 보이는 예닐곱 평 가게지만 태무의 눈썰미와 독창적인 매뉴얼로 꾸며진 부스의 인테리어도 화제가 되었다. 다른 벤더들이 찾아와 호기심과 부러운 눈으로 구경하며 인테리어 아이디어를 얻어 가기도 했다. 그곳 역시 대부분의 손님이 백인이고 중산층이 많은 지역이어서 씀씀이가 크고 남편이나 남자 친구에게 줄 선물용으로 여자들이 더 좋아했다. 태무는 손님들이 좋아하는 제품의 특성에 대해서 선호도와 판매 비율을 분석하며 전문적인 연구를 해나갔다. 원단의 특성이나 디자인, 색깔의 배열과 대비 등은 기본적으로 갖춰야 할 상식이었다. 유행과 실용의 경계를 구분하여 손님 각각의 취향에 맞춰주는 이른바 맞춤형 세일도 매뉴얼에 추가했다. 손님의 선호도와 제품의 특성이 일치하고 거기에 판매의 자신감이 더해지면 사업은 발판을 이룬 거나 다름없다. 탐구와 노력을 거듭하는 동안 그의 사업 수완은 어느새 누구와도 견줄만한 실력으로 성장했다. 어눌했던 영어도 어느덧 밖으로 술술 터져 나왔다.

손님은 날로 늘었다. 부활절과 파더스 데이 대목을 대비하여 레빗 타운과 비지 비 매장에 외모가 수려하고 언행이 싹싹한 여자 판매원을 각각 한 사람씩 고용했다. 장사에 집중하기 위해 당분간 수업도 보류하고 휴학하기로 했다. 평일에도 오픈하는 파더스 데이 대목은 예상을 뛰어넘었다. 금요일 오후부터 일요일까지는 손님이 떼 지어 몰려들었다. 굳이 판매 매뉴얼을 적용할 필요가 없었다. 호보컨에서 놓쳤던 황금의 기회를 몇 배나 보상받고도 남을 정도였다. 어쩌면 그곳에서 쫓겨난 게 잘된 일이었다. 돌이켜보면 그때의 절망은 시련이었을 뿐 끝이 아니었다.

희망의 불이 지펴졌다. 대목이 끝날 무렵 비지 비 이 층에 부스 하나를 더 확보했다. 다시 새 매장을 열었고 판매직원도 한 사람 더 고용했다. 태무는 구매와 공급을 맡고 은비는 회계와 재고관리, 내부운영을 맡았다. 매장이 세 곳으로 늘어나고 모두 다섯 명이 움직이는 사업체로 규모가 커졌다. 불과 일 년여 만에 이루어 낸 괄목할만한 성장이었다. 구매 물량이 급속히 늘어나면서 거들떠보지 않던 대형 의류회사들이 태무를 놓칠 수 없는 고객으로 대했다. 그중에는 하찮은 상인이라 업신여기며 문밖에서 내쫓던 유명 업체도 있었다. 브로드웨이 인근 도매 업체들의 태도도 달라졌다. 태무가 쇼핑하러 나타나면 먼저 달려와 인사했다. 넥타이 회사 유태인 사장은 인색해 보이는 얇은 입술로 이디시Yiddish 말을 쓰는 구부정한 노인이었다. 돌돌 말아 내린 귀밑머리에 한여름에도 상복 같은 검은 복장에 페도라를 썼다. 부서진 구닥다리 다이얼 전화기를 테이프로 붙여 쓰며 단 1센트, 페니도 에누리 안 해주던 그는 한 주일이 멀다 하고 찾아와 굽실댔다. 태무의 어금니를 부드득 갈게 한, 바늘로 찔러도 피 한 방울 안 나올 영감태기였다. 사업은 야비하고 비굴한 거였다.

브로드웨이 지역은 뉴욕시의 재개발 정책에 따라 성인 영화관이 연극이나 뮤지컬 극장으로 바뀌고 유명 패션 업체와 귀금속 업체들이 들어서는 등 문화, 패션의 거리로 급속히 변모하고 있었다. 남성 스포츠웨어 전문 업체들도 속속 들어섰다. 태무는 제품 구매를 위해 오전의 일과를 대부분 그곳에서 보냈다. 오십 대 한국인 형제가 운영하는 스코튼이라는 의류 회사도 그곳에 있었다. 지난해 태무가 장사를 처음 시작하면서 물건 구입에 어려움을 겪을 때 남다른 배려로 예우를 해주던 회사다. 뉴욕에서도 손꼽히는 대형 업체로 성장한 스코튼은 패션의 첨단을 달리는 회사였다. 퀸스버러 브릿지 옆에 있는 웨어하우스의 규모는 엄청나게 커서 한 층을 돌아보는 데도 반 시간이 넘게 걸렸다. 주로 메이시스나 제이씨 페니 같은 대형 백화점에 납품을 하는데 연간 매출이 수천만 불에 이른다고 했다. 미국의 의류시장을 메이드 인 코리아가 휩쓸고 있을 즈음이었다. 형제 사장은 한국인 이민 선배들이 가발이나 잡화, 의류 사업으로 성공한 사례와 '대우'를 설립한 김우중 씨가 3달러짜리 드레스셔츠를 미국에 수출하면서 사업의 발판을 이루었다는 전설 같은 이야기를 해주며, 의류 사업은 무궁한 사업이니 도전해보라는 격려도 아끼지 않았다.

스코튼에 가던 날, 무심코 지나기만 했던 브로드웨이의 극장 간판과 포스터들이 눈에 들어왔다. 그중에서도 2년이 넘도록 공연을 계속하고 있는 〈캣츠〉라는 뮤지컬의 포스터 앞에선 발길이 멎었다. 그러고 보니 두 해 전 〈에비타〉 공연을 한 번 본 이후로는 문화생활이라는 것은 아예 잊고 살았다. 한국에 있을 땐 외국에서 유명한 오페라가 들어오면 짬을 내어 기회를 놓치지 않았고, 국립극장의 수중가나 춘향전 같은 고전극도 즐겨 찾았다. 뉴욕 문화의 심장부에서 문화생활은 커녕 즐거움이나 아름다움 한번 제대로 누리지 못하고, 수차에 올라탄 제자리걸음처럼 장사라는 가파른 삶에 인생을 허비하고 있지 않나 싶었다. 잠시 극장 앞에 서 있는 동안 아렴풋한 추억들이 떠오르고 메말랐던 감성이 촉촉이 일었다. 언젠가 이 공연을 한번 보러 와야지 하며 태무는 씁쓰레 입을 다셨다. 놓치고 사는 게 한두 가지가 아니었다. 발길을 돌렸을 때 저쪽에서 누군가 태무를 부르는 한국말이 들려왔다. 이웃집 사람이 담 너머로 부르는 듯한 큰 소리였다. 뜻밖에도 검은 테 안경의 이성호가 손을 흔들며 다가왔다. 금나비가 문을 닫은 이후 처음으로 마주친 만남이다. 그 역시 스코튼에 가는 길이라며 반가움에 못 이겨 덩실거렸다. 차림새도 세련되고 의젓한 것이 예전의 학생 모습은 찾아볼 수 없었다. 지난해 졸업하고 헝가리안계 미국인이 경영하는 패션회사에 다닌다며 명함도 내밀었다. 브로드웨이 극장에 출연하는 배우들의 무대의상과 소품을 취급하는 회사로 역사도 오래되고 텔레비전 드라마나 할리우드 영화사에 배우들의 의상도 공급한다고 했다. 코스튬 의상에 부착되는 액세서리나 장신구를 디자인하는 부서에서 일하는데, 그 의상들을 납품하는 스코튼이 한국계 회사여서 자신이 담당한단다. 패션이라는 일련의 공통 분야에서 다시 만난 그들은 패션에 관한 제법 전문적인 대화를 주고받으며 함께 스코튼으로 향했다.

서른을 코앞에 둔 노처녀가 재고 버티더니 결국 손을 들었다. 은주가 결혼하는 날이다. 신랑이 된 권영철에겐 그동안 바친 정성과 열정의 대가를 받는 날이다. 사랑도 받고 희망도 꿈도 덤으로 받을 것이다. 사실 은주는 이모저모 따지지 않았지만 결혼할 마음의 준비가 되어 있지 않다며 영철을 힘들게 하고 마지막까지 애를 태웠다.

"너 그렇게 주제 파악 못하고 버티다가 시집 못 간다. 그 사람 그만하면 훌륭하니 거둬준다 할 때 가라."

오빠의 충고도 귓등으로 흘렸다. 영철은 자기 마음을 도둑질한 죄목으로 마음과 몸을 다 내놓으라며 수도 없이 협박했다. 손이 닳도록 빌면서.

웨딩드레스를 입고 대기실에서 사진을 찍고 있는 은주는 영락없이 새색시였다. 부끄러워 어쩔 줄 모르는 은주보다 은비가 더 행복해했다.

"축하해, 언니."

"애 애, 내가 결혼하는 것 맞니?"

"정신 차려. 꿈꾸는 드라마 아냐."

은비는 살짝 눈을 흘기며 신부의 매무새를 살폈다. 여기저기서 부러움과 찬사의 시선이 쏟아졌다. 엄살스레 눈살을 잘게 잡는 주인공의 모습은 행복의 표상이었다.

"애, 그 사람이 나를 거둬준댄다. 그게 말이 되는 소리니? 결혼을 하는 게 아니라 당하는 기분이야."

"애태운 거 생각하면 언니가 당해도 싸지. 그런데 착각하지 마. 오늘 언니를 마님으로 모셔가는 거야."

"그래도 좀 따져봐야겠어."

"시절은 갔네. 신혼여행 가서 따지세요."

은주는 앞가슴이 깊게 파인 웨딩드레스가 어색한지 두 손으로 가슴을 가리며 안절부절못했다. 까다로운 취향에 열 벌도 넘게 입어보고 고른, 눈부신 면사포가 허리까지 내려와 빛나는 드레스였다. 곱다랗게 말아 올린 올림머리, 복숭아빛 발그란 얼굴에 피어나는 꽃잎 같은 눈화장이 뉴욕의 처자답게 강렬했다. 은비가 단장해준 매니큐어는 수줍은 핑크 빛깔로 반짝거렸다.

"애, 왜 이렇게 떨리니? 이 손에 땀 좀 봐."

"아마 신랑은 꽁꽁 얼어 있을 거야."

"너 내 옆에서 떨어지지 마."

"알았어. 꾸물거릴 경황 아냐, 어서 일어나."

문 앞엔 은주의 손을 잡아줄 자민이 초조히 서성였다.

맨해튼 성당에서 치러진 결혼식엔 오빠와 동생 내외, 로스앤젤레스에서 온 작은어머니, 휴스턴에서 온 영철의 누나, 그게 가족 전부였다. 어디서 나타난 멋쟁이, 멋쟁이들인가. 하객으로 찾아온 동포들이 신랑 신부처럼 화사했다. 노동의 때가 덕지덕지 묻은 사람들이지만 모두들 감쪽같이 지우고 우아하게 나타났다. 황홀한 축가가 꽃물결처럼 흐르고 연분홍 촛불은 신부의 부케처럼 아롱아롱 빛났다. 한국이라면 일가, 친척, 친구 할 것 없이 함께할 잔치련만 부모가 참석 못 한 결혼식이어서인지 조금은 쓸쓸했다. 타국에서의 결혼식은 언제나 그런 허전함이 남아 있었다. 사람들은 신랑 신부가 잘 어울리는 짝이라며 시끌시끌했다. 둘 다 키가 늘씬하고 이목구비가 또렷한 것이 부러움을 살 만한 선남선녀였다. 과연 서로 애를 태우고 버틸만했다. 영철은 하객들이 날리는 환희의 소란에 몸 둘 바를 몰라 하고 은주는 두 눈을 질끈 감으며 붉어진 얼굴로 쩔쩔맸다. 두근두근한 축복의 예식을 하객들이 좌지우지했다. 그 순간만큼은 인생은 축복이고 하루를 내려놓은 이민의 삶은 거저 차려진 잔치였다. 다이아몬드 두 개가 반짝 빛났다. 오르간 연주가 흐르며 소녀가 읊조리는 어느 시인*의 운율적 시구는 하객들을 감동시켰다.

둘이 하나인 게 있다면, 분명히 우리일 거예요.
부인에게 사랑받는 남자가 있다면, 당신일 거예요.
한 남자 때문에 행복한 부인이 있다면, 여성들이여.
나와 한번 비교해 보세요.

연주자는 예식이 끝난 줄도 모르는 모양이었다. 뉴욕에서 새로운 이민 가정 하나가 다시 태어났다. 탄생의 순환, 생애의 주기는 어느 곳 어느 삶에서도 멈추지 않았다. 펜실베이니아의 포코노 휴양지로 신혼여행을 떠나는 차량을 물끄러미 바라보는 자민의 눈에 만감의 눈물이 글썽였다. 눈가에 주름골 팰 때까지 서로 위하고 감사하며 살기를, 자민의 바람은 가슴에 고인 후회만큼 간절했다.

은주를 신혼여행지로 떠나보낸 그날 밤, 태무와 은비는 오랜만에 뉴

---

* Anne Bradstreet 미국 최초의 여류 시인. 청교도로서 1630년에 가족과 함께 영국에서 이주해 왔다. 〈To My Dear and Loving Husband〉라는 이 시는 결혼식 축시로 자주 애송된다.

욕의 밤 나들이에 나섰다. 성호와 약속한 그리니치 빌리지의 레스토랑 가까이 왔을 때는 이미 어둠발이 깔렸다. 전에 카펜터 일을 할 때 그리니치 빌리지에 몇 번 들르긴 했지만 밤에 와보기는 처음이어서인지 조금은 낯이 설었다. 거리는 달라지지 않았지만 그사이 여러 곳이 운치 있게 변하여 어느 시골의 아담한 타운 같았다. 주택가 입구의 고풍스런 태번 담벽에는 마른 담쟁이 잎새들이 밤바람에 살랑거렸다. 태무는 문득 《마지막 잎새》 소설 속의 화가 지망생 존시가 자신의 생명과 죽음을 빗대던 담쟁이 잎이 떠올랐다. 밤공기는 달콤했다.

그리니치 빌리지는 뉴욕에서 유일하게 밤이 살아 있는 곳이다. 오래 전부터 꿈을 좇는 예술가와 문학가, 음악가들이 둥지를 틀고 생각과 마음을 공유하는 고즈넉한 거리다. 밤이 되면 정열과 낭만을 즐기려는 젊은이들로 활기가 넘친다. 재즈 카페를 지나자 성호와 약속한 레스토랑은 나뭇잎에 가려진 가로등 불빛 사이로 곧 눈에 띄었다. 입구에서부터 떠드는 소리와 안에서 들려오는 음악 소리가 축제의 마당처럼 소란스러웠다. 안쪽 무대에는 꽉 낀 청바지에 긴 가죽 부츠를 신고 챙이 넓은 카우보이 모자를 쓴 금발머리 여자가 코맹맹이 소리로 열창 중이었다. 자신의 우월감을 뽐내려는 듯 젖통을 반쯤 드러낸 채 엉덩이를 가둥거리며 리드미컬한 기타 반주와 함께 신바람이 나 있었다. 언뜻 보면 '돌리 파튼'* 같기도 했다. 귀에 익은 듯한 그녀의 컨트리 송은 직설적으로 말하는 것 같고 감정적으로 해방되는 느낌을 주었다. 신나는 리듬에 발짓으로 박자를 맞추며 고개를 끄덕이는 사람들의 자

---

* Dolly Parton 테네시주 출신의 여성 싱어송라이터이자 배우. 미국 최우수 컨트리 가수로 꼽히며 세계적인 인기를 얻었다.

유로움이 태무를 덩달아 흥분케 했다.

성호는 벌써 와 있었다. 그는 학교가 가까운 곳에 있어 예전에 자주 그곳에 들렀단다. 학창시절의 젊음으로 돌아온 듯한 기분이었다. 성호는 그녀의 노래가 '홍키 통크' 장르 같다고 했다. 그는 음악에도 조예가 깊은 듯했다. 레스토랑은 미국의 유명한 가수들이 무명시절에 공연했던 옛 증명사진들을 벽 곳곳에 붙여놓고 그 역사를 보여줬다. 사람들은 음악이나 맥주보다 떠드는 것을 더 즐기러 온 것 같았다. 턱시도나 유행을 탄 드레스 차림으로 사교적인 점잔을 피우며 품위 있는 말씨로 억지 예의를 지킬 필요가 없는 곳이다. 아무 곳에나 자리하고 서서 맥주병을 기울이며 누구라도 눈빛이 마주치면 쓰잘머리 없는 잡담거리로 낭만의 밤을 즐겼다. 방랑자적인 예술가이거나 치렁치렁한 머리와 염소수염의 옛날 비트족 같은 사람들도 더러 눈에 띄었다. 그녀의 무대가 끝나고 느긋이 이야기를 나누는 동안 이번에는 긴 곱슬머리를 한 남자 가수가 기타를 메고 무대에 올랐다. 춤을 추듯 사뿐거리며 부르는 애절한 노래는 어떤 영감을 불러 일으켜줄 듯했다. 그의 노래에 취해 있을 때 은비가 태무의 어깨를 흔들었다.

"왜? 무슨 일?"

"저기 노래 부르는 가수, 전에 센트럴 파크에서 보지 않았어?"

"그래 맞아, 에이든이네. 그 인디언 가수."

"아는 가수예요?"

성호가 의아한 듯 물었다.

"전에 거리에서 공연하는 걸 본 적이 있어. 음악을 하면서 사회운동을 하는 친구래."

"노래가 좋은데요?"

"나도 저 친구 노래가 좋아서 그때 테이프를 샀어. 사진도 찍고 얘기도 나눴지."

태무는 에이든이 자기의 음악을 좋아하면 그리니치 빌리지의 레스토랑에 와서 찾으면 된다는 그때의 말이 떠올랐다. 그는 정말 거기에 있었다. 몇 곡의 노래가 끝나고 에이든이 무대에서 내려오자 태무가 두 손을 흔들었다. 뜻밖에도 에이든이 알아차렸는지 성큼 그들이 있는 곳으로 다가왔다.

"오늘 너의 음악이 훌륭하다. 혹시 나를 기억하겠느냐?"

"물론 기억한다, 한국인 친구. 센트럴 파크에서 내 테이프 두 개나 사주었지."

그는 또렷이 태무와 은비를 기억하고 있었다. 에이든은 아까 그 마지막 노래가 〈A Lost Dream〉이라는 곡인데 앨범을 제작하면 타이틀곡으로 정할 거란다. 그러면서 옛 친구를 만난 듯 스스럼없이 묻지도 않은 말을 했다. 그의 말투는 여전히 음률적이어서 높낮이가 시인의 낭송 같았다. 며칠 전 코니 아일랜드에 놀러 갔다 오다가 교통사고를 냈는데 옆에 타고 있던 여자 친구 다리가 다쳐서 마음이 좋지 않단다. 성호도 그와 몇 마디 나누더니 껄껄 웃으며 금세 친해졌다. 주로 에이든이 차려 입은 이해하기 힘든 코스튬 의상과 너실너실한 장신구에 대한 이야기들이었다. 에이든은 다시 만나기를 기대한다며 손에 든 하이네켄 맥주병을 흔들며 사라졌다. 성호와 헤어진 뒤 태무와 은비는 조금 더 거리를 걷기로 했다. 천천히 걸을수록 더 여유로워지는 거리, 서두를 것 없이 산책하기에 딱 좋은 밤이다. 뉴욕의 다른 곳이라면 벌써 문을 닫았을 시간이지만 아기자기한 상점들이 아직 불을 밝히고 있었다.

만나게 될 사람은 반드시 다시 만난다 했던가. 가방을 주렁주렁 걸어놓은 한 잡화점 앞에 이르렀을 때 갑자기 태무가 걸음을 멈추었다. 그의 가슴이 철렁 내려앉았다. 금나비가 사라질 때 홀연히 자취를 감추었던 최영동 사장이 뜻밖에 그 안에 있지 않은가. 후줄근한 코듀로이 바지 주머니에 손을 찔러 넣고 장의사처럼 무표정하게 서 있었다. 더욱 놀란 것은 그 옆에 정 마담이 희미한 불빛 속에서 함께 눈에 띄었다는 것이다. 반갑기보다는 어서 그들의 눈을 피해야 한다는 생각이 들었다. 태무는 은비의 팔을 잡고 재빨리 그 앞을 지나쳤다. 만약에 최 사장이 태무를 보면 얼마나 당황할지 뻔할 터이니 눈에 띄어주지 않는 것이 나을 성싶었다. 한때 이름을 날리는 사업가로 브로드웨이와 코리아타운을 활보하던 당당함은 온데간데없고 해쓱한 모습이 그렇게 초라하고 측은해 보일 수 없었다. 어떤 희망으로 저들은 야심한 시각까지 가게를 지키며 저리 버티고 있을까. 십수 년이 넘도록 지켜온 가정을 버리고 얻은 최영동의 행복이 저것이었던가. 일요일 밤의 그리니치 빌리지 거리가 갑자기 침울해졌다. 설렘으로 시작되고 반가움과 낭만으로 즐거웠던 모처럼의 나들이가 고스란히 뭉개진 밤이었다.

지금쯤 은주는 포코노 숲 산장에서 자기가 노처녀여서 거둬준 거냐, 아니면 마님으로 모셔온 거냐며 새신랑에게 따지고 있을 것이다. 정말 결혼을 잘했나? 못했나? 아냐 잘한 거야. 마음의 장난을 포기하고 신랑의 가슴을 툭툭 칠 것이다. 몇 밤이 지나면 산장의 나무들은 붉은 옷으로 갈아입고 노란 너울을 쓸 것이다.

롱 아일랜드 지역의 주요 산업인 항공기부품 관련업체나 제약회사들의 고용률이 지속적으로 증가하면서 비지 비 몰도 예전보다 더욱 활기를 띠었다. 자본주의의 강력한 역량을 키우겠다는 레이거노믹스 정책 때문인지 몰라도 미국은 일자리와 소비가 늘면서 눈에 띄게 경제가 살아났다. 비록 소규모의 사업이지만 태무의 옷 가게에도 예상치 않은 호황이 찾아왔다. 추수감사절이 시작되기 전인데도 크리스마스 선물을 사려는 사람들의 발길이 이어지고 마음에 드는 물건을 예약하려는 레이 바이Lay-By 손님도 부쩍 늘었다. 크리스마스가 가까워질수록 손님들이 더 몰려들었다. 늦은 밤까지 쇼핑객의 행렬이 끊이지 않았다. 단지 구경을 하거나 묻고 따지는 손님은 줄을 서서 기다리는 사람들에게 밀려났다. 두 명의 파트타임 직원을 합세시켰지만 식사는커녕 잠시라도 앉아서 쉴 틈조차 없었다. 매장마다 재고가 부족하여 직원들은 아우성이고 태무는 물건을 공급하느라 하루에도 몇 번씩 도매 업체들을 돌아다녔다.

그 무렵 은비의 몸엔 새 생명이 자라고 있었다. 상상을 못했던 초월적인 선물, 예고 없이 주어진 축복이다. 은비는 조심스레 몸조리를 해야 할 때지만 매장에 산적한 일들을 직원들 손에만 맡겨둘 수 없다며 무거운 몸놀림을 멈추지 않았다. 은비의 열정은 태무를 불안불안케했다. 하루의 매상이 평소의 한 주일 매상을 넘어서고 어느 날은 두 주일 매상을 웃도는 황금 기회였다. 둥둥둥 북을 울리며 만선으로 돌아오는 어부, 한 해의 풍년 농사를 수확하는 농부의 즐거움이 그만했을까. 생각해보면 지난해 호보컨 마켓에서 쫓겨날 때 그대로 주저앉았더라면 그런 기회는 가져보지 못했을 것이다. 뭐니 뭐니 해도 돈을 버는 재미가 제일이라는데 태무는 그 맛에 혀가 녹을 정도였다. 재미 뒤에 도사리고 있는 욕망의 응보가 훗날 얼마나 가혹한 형벌이 될지 모르는 채였다. 집에 돌아오면 기진맥진하여 불룩한 현금 가방을 풀어 보지도 못한 채 쓰러졌다. 그런 형벌도 벌써 뒤따랐다.

피크시즌이 지나고 한 달여 만에 수만 달러의 자산이 만들어졌다. 만약 피고용자의 주급이라면 몇 년은 쓰지 않고 모아야 할 거금이었다. 불과 몇 달 전만 해도 상상할 수 없었던 결과였다. 하지만 그 결과는 아직 서막에 불과했다. 태무는 거기서 멈출 수 없었다. 즉시 다음 무대를 그렸다. 시나리오를 쓰고 주인공을 정한 다음 어떻게 전개할 것인가를 놓고 궁리를 거듭했다. 누구의 것을 번안한 각색이 아니라 자신만의 창작을 무대에 올릴 계획이었다. 해피 엔딩에 관객들의 커튼콜 기립박수를 받는 짜릿한 상상으로 모든 예지와 가능성을 한곳에 모았다. 그곳에 콕 찍은 사업이라는 좌표는 무대의 중심에서 샛별처럼 선명히 빛났다.

조반 패션

해가 지났다. 태무는 그동안 쌓아온 경험을 토대로 제대로 된 의류 매장을 열기로 했다. 가능한 예견과 확실성을 두고 몇 날을 몰입한 끝에 목표와 방향이 정해졌다. 사업에도 속도 조절이 있다면 지금은 가속 페달을 밟아야 할 때다. 새벽부터 매장을 열만한 장소를 찾기 위해 먹이를 찾는 짐승처럼 뉴욕 곳곳을 헤집고 다녔다. 이제 뉴욕은 바둑판처럼 한눈에 꿰었다. 스스로의 결정이 옳았음을 증명해야 하는 외롭고 힘겨운 탐색을 계속했다. 마침내 브루클린 로커웨이 전철역 근처에서 마땅한 가게 하나를 찾아냈다. 상당한 액수의 권리금을 지불하는 조건이었지만 위치가 좋아 그만한 가치가 있는 곳이었다. 카펜터 경험을 발휘해 직접 인테리어 공사를 하면 그 정도의 비용은 충분히 절감할 수 있는 계산도 염두에 두었다. 매장의 규모는 유니언시의 신동우 가게보다 훨씬 컸다. 언뜻 보면 엉성한 가게였지만 태무의 안목으로는 확신이 서는 가게였다. 디자인을 하고 설비와 인테리어를 마무리하기까지 무려 한 달 이상이 걸렸다. 유리 쇼케이스와 25피트 길이의 아크릴 입체 간판도 밤을 새워 가며 손수 제작했다. '조반 패션'이라 회사명도 짓고 영어 이름 'John'이 들어간 명함도 만들었다. 그때부터 태무는 미국 사람들로부터 존으로 불리었다. 새로운 운영 매뉴얼을 만들고 신용으로 다진 업체들을 찾아다니며 공급 계약도 다시 맺었다. 브로드웨이의 인맥을 넓히고 유명상품 공급처도 늘렸다. 그동안 차곡차곡 쌓아온 신용은 물량 확보를 위한 큰 자본재 역할을 했다. 신용은 현금보다 더 가치를 쳤다.

하늘은 쾌청하고 만물이 움트는 봄, 제4의 부르클린 로커웨이 매장이 마침내 그랜드 오픈을 했다. 조반이 오픈 되자마자 입 소문을 타고 지역의 명소가 되기까지 한 달이 채 걸리지 않았다. 지나는 사람마다 쇼윈도를 기웃거리고 고개를 들어 신생의 낯선 간판을 눈여겨봤다. 거리 쇼핑을 하던 사람들도 걸음을 멈추고 쇼윈도 앞에서 수군수군하였다. 젊은이들의 눈에는 호기심이 가득했다. 이웃 상점들도 관심을 갖고 찾아와 거리를 빛나게 해주어 고맙다며 친근함을 보였다. 콧수염을 기른 라리는 매니저로, 금발머리에 눈빛이 부드러운 프랭크와 검은 머리의 아리따운 미모의 루시는 세일즈 담당으로, 남윤호는 캐셔 보조원으로 네 사람을 새로 고용했다. 라리와 프랭크는 미국 태생이고 루시는 푸에르토리코 출신의 아가씨지만 모두 스페니쉬에 능통하여 지역의 히스패닉 손님들이 이웃처럼 스스럼없이 가게를 찾았다. 윤호는 오네온타 뉴욕 주립대학에 다니다 휴학 중인 교포 1.5세였다. 특별 수강을 받으러 오네온타 대학에 방문했을 때 알게 된 친구였다. 기숙사 식판을 몰래 훔쳐다 엉덩이 밑에 깔고 밤늦도록 캠퍼스 눈 동산에서 썰매를 타고 놀았던 후배다. 캐셔 일을 맡기기에 성품도 믿음직했다. 나이가 많고 덩치가 좋은 매니저 라리는 넉살이 좋고 오지랖이 넓어 옆구리나 정강이에 권총을 차고 들어와 껄렁거리는 요주의 손님패들도 자유자재로 다루었다.

당초의 기대 이상으로 손님들의 반응이 좋아 멀리 사는 고객들도 소문을 듣고 찾아왔다. 그들은 직원들과 손바닥을 마주치며 친구를 만난 듯 인사를 했다. 장사는 예상을 뛰어 넘어 휴일은커녕 쉴 틈조차 앗아갔다. 뒤돌아볼 여념이 없었다. 은비는 점점 몸이 무거워져 힘들어 했지만 작은 일도 소홀히 넘기지 않고 챙겼다. 태무는 네 곳의 매장 중 은비가 맡고 있던 레빗타운 마켓을 다른 사람에게 넘기고 비지비 마켓 둘은 하나의 매장으로 통합하여 터키에서 이민 온 자미라에게 맡겼다. 운영체제를 통합하고 효율의 집중을 높이기 위해서였다. 자미라는 성실하고 사근사근할 뿐만 아니라 하는 일도 올차서 태무에게 믿음이 가는 여자였다.

직원들은 미국식 책임감이 강했다. 젊은 보스의 뜻을 잘 따라주고 제 할 일에 열심이었다. 하지만 파마머리에 연예인 흉내를 내고 다니는 프랭크는 가끔 속을 썩였다. 시건방진 태도로 동네 토박이 티를 내며 외지에서 온 젊은 아시안 사장을 얕보곤 했다. 출근하다가 자동차 접촉사고를 냈으니 치료비와 차량 수리비를 내놓으라며 억지를 부리기도 했다. 다친 곳도 없고 차량이 멀쩡한데도 협박성 떼를 썼다. 못된 습성도 있었다. 양말을 훔쳐 신거나 제 맘에 드는 옷이나 넥타이를 감춰두었다가 퇴근할 때 슬쩍 하는 경우도 있었다. 한번은 매니저 라리한테 들켜 흠씬 두들겨 맞았다. 어느 때는 현장을 들켰는데도 어물쩍 넘기려다 정강이가 부러질 만큼 얻어맞았다. 그때마다 녀석은 헤헤거리며 싹싹 비는 척하고 부디 존에게 알리지 말아달라며 아부를 부렸다. 보스에게 발각되면 해고는 물론이고 경찰에 끌려갈 수 있다는 걸 알면서도 그랬다. 태무는 알고도 짐짓 모른 척했다. 하지만 녀석의 못된 소행머리는 결국 사고를 저지르고 말았다. 금붕어나 수중생물, 수족관을 파는 옆 가게 젊은 주인 녀석과 작당을 한 것이다. 주로 값이 나가는 청바지를 쓰레기 박스에 숨겨두었다가 그 쓰레기 박스를 밖에 내놓고 퇴근하면 옆 가게 주인 녀석이 거두어 감춰놓는 기발한 수법이었다. 퇴근 후 태무가 가게에 두고 온 것이 있어 다시 들렀을 때 옆 가게로 쓰레기 박스를 끌고 가는 녀석들의 수상한 동태가 발각되었다. 옆 가게 녀석은 이상한 벌레나 파충류가 들어오면 태무를 불러 자랑하고, 작은 뱀을 목걸이나 팔찌처럼 두르고 장사하는 녀석이었다. 다음 날 태무는 라리와 함께 매장의 어둑한 지하 창고로 프랭크를 끌고 갔다. 녀석은 천연덕스럽게 시치미를 뗐다. 라리가 그의 목을 움켜잡고 실토할 때까지 숨통을 조였다. 벽에 붙어 매달린 녀석의 두 다리가 허공에서 버둥거렸다.

"얼마나 훔쳤느냐?"

프랭크는 목소리를 내지 못하고 손가락 세 개를 펴 보였다.

"너는 나를 우습게 여겼다. 내 차이나 갱 친구들을 불러 너를 없애 버릴 수도 있다."

태무가 다시 다그치자 정말 세 박스뿐이라며 숨을 컥컥거렸다. 라리가 목을 조였던 손을 놓고 태무에게 어떻게 할 것이냐며 다음 지시를 기다렸다.

"지금 경찰서로 널 보내겠다. 그런데 내 친구들이 이 사실을 알면 너를 먼저 해치울 것이다."

태무가 나이프를 쥔 것처럼 하고 아랫배를 찌르는 제스처를 보이자 프랭크는 살려달라며 울상을 지었다. 그러고는 목을 쥐고 죽는 시늉을 했다. 라리는 엄살 부리지 말라며 녀석의 뺨따귀를 냅다 갈겼다.

"나와 약속 하나 하겠느냐?"

녀석은 벌개진 눈을 꿈쩍거리며 고개를 끄덕였다.

"앞으로 일 년 동안 이 가게 근처 50야드까지 접근 금지다. 그러면 너를 용서하겠다. 약속을 어기고 나타나면 내 차이나 갱 친구들이 대가를 치러줄 것이다."

프랭크는 경찰서에 보내지 않은 것만으로도 고맙다는 듯 고개를 꾸벅거리며 약속을 지키겠다고 했다. 수중 생물 가게 주인 녀석이 잘못을 싹싹 빌며 되가져온 청바지만도 무려 세 더즌이 넘었다. 해고를 당한 프랭크는 가게 근처에는 얼씬도 못하고 멀리서 태무와 직원들을 보면 손을 흔들어 보이며 건너편 다른 길로 돌아서 다녔다. 미국 아이들에게 약속은 곧 법이었다.

(일 년 후, 녀석은 속죄의 기간이 끝났고 약속을 지켰다는 명분으로 당당히 가게에 다시 나타났다. 감옥에서 죗값을 치르고 나온 영웅이나 된 듯 천연스레 턱을 세웠다. 헐렁한 탱크톱을 걸치고 건들건들 들어서며 파티용 바지와 셔츠를 사러 왔단다. 태무는 그에게 약속을 지킨 선물이라며 그 값을 받지 않았다.)

세일즈 담당 루시는 예전에 패션모델을 했던 탓인지 멋이 철철 넘쳤다. 그녀는 지난해에 교통사고로 다리를 다쳐 모델 생활을 그만두고 회복 중이라는데 아직도 조금 불편해했다. 키가 작은 편이지만 쾌활한 성격에 웃음을 그치지 않고 약간의 동양적인 미모로 젊은 남자

고객들을 사로잡았다. 루시에게 걸려들면 남자 손님들은 엉겁결에 예상을 초과하는 쇼핑을 해버렸다. 그러고선 다시 오겠다며 루시에게서 행복한 시선을 거두지 못했다. 매장에 틀어놓은 음악에 손님들이 살랑살랑 춤을 추면 그녀는 덩달아 춤을 추며 세일즈를 했다. 히스패닉 손님을 대할 땐 따닥거리는 소리가 성난 오토바이 같았다. 반짝이는 눈과 반들거리는 입술을 혀끝으로 건드리는 애교는 누구라도 사로잡을 타고난 매력이었다. 하루에도 몇 번씩 전화기를 붙들고 애인과 통화하는 버릇만 없다면 태무에겐 최고의 직업 파트너였다.

뉴욕의 의류시장은 계절을 앞서고 유행 또한 민감하다. 조반처럼 십 대나 이삼십 대의 젊은 고객을 대상으로 하는 업체는 유행의 흐름을 한시라도 놓쳐서는 안 된다. 다가오는 시즌이나 이듬해의 유행 흐름을 파악하는 예지와 노력 여하에 따라 사업의 승패가 좌우된다. 텔레비전 드라마나 영화, 음악에 대한 관심과 유명 스타들의 의상을 예의주시함은 물론 패션쇼 또한 자주 참관해야 한다. 그 무렵 남성 스포츠웨어의 유행 중심에는 마이클 잭슨의 재킷이 있었다. 음반 사상 최고의 히트를 기록한 스릴러^{Thriller}의 무대의상이다. 붉은색 바탕에 양쪽 가슴을 엇지르는 검정 줄무늬 재킷으로 좀비 댄스를 표현할 때 입었던 의상이다. 24개의 지퍼가 부착된 비트 잇$^{Beat it}$ 가죽 재킷은 레드 컬러로 강렬한 멋을 풍기며 젊은이들을 사로잡고 어린 꼬마들의 감성까지 동여맸다. 두 재킷은 시대의 유니폼이 될 정도로 미국 전역을 뒤덮었고 유행의 트렌드가 되어 여자 아이들도 꿰차 입었다. 텔레비전 드라마 〈마이애미 바이스〉에서 섹시가이로 스타덤에 오른 돈 존슨과 흑인 파트너 형사 필립 토마스의 패션 또한 뉴욕 패션시장의 흐름을 주도했다. 자부심과 지성미가 풍기는 돈 존슨 패션은 흑인이고 백인이고 인종 구분 없이 누구나 매료되었다. 주로 흰색과 은은한 중간 보색의 면이나 린넨 섬유를 소재로 한 배기 스타일이다. 직선을 감춘 부드러운 곡선과 획일적인 현대 문명을 거부하는 듯한 자연스런 캐주얼 패션의 인기는 폭발적이었다. 그런 제품들은 주로 메이드 인 코리아로서 입고가 되는 족족 팔려 나갔다. 어느 회사는 선박으로 들여와야 할 스릴러 재킷을 비싼 값의 항공운송으로 긴급 공수해와 부족한 수급을 충당했지만 여전히 불티가 났다.

예전에는 태무를 플리마켓 잔챙이 손님으로 멸시하며 공급을 거부했던 캘빈 클라인이나 게스, 리바이스 등 유명 회사도 이제 그 지역의 청바지 판매권을 보장하는 우대 지정점으로 인정해주었다. 피크 시즌과 상관없이 그런 회사들의 신제품이 입고되는 날엔 먼저 사려는 손님들로 조반 앞이 붐볐다. 그럴 땐 보안요원을 고용하여 문 앞에 세우고 한꺼번에 가게에 들이닥치지 못하도록 쇼핑 질서를 유지했다. 네댓 사람씩 끊어서 매장 안으로 들여보냈다. 그들이 쇼핑하는 동안 다른 사람들은 문밖에서 줄을 서서 기다렸다. 보안 요원이 "넥스트!" 하면 다음 그룹이 들어갔다. 다른 요원은 가게 앞 보도에 사다리를 세워놓고 그 위에 올라 파수꾼처럼 감시하며 만약의 사태를 대비했다. 장사라기보다 마치 달러를 손에 쥔 사람들에게 배급을 하는 유료 행사장처럼 번잡했다. 롱 아일랜드의 비지 비 마켓도 그 정도는 아니지만 예전보다 매출이 부쩍 늘었다.

누군가 그랬다. 큰돈은 버는 것이 아니라 어떠한 때에 벌어지는 것이라 했다. 그 어떠한 때를 위하여 자본과 경험과 노력이 준비되어 있어야 한다는 뜻이라면 그동안 태무가 겪은 고초와 노력은 결코 헛된 것이 아니었다. 매출은 날로 늘고 사업은 확실히 기반이 잡혔다. 수입 도매 업체들의 세일즈 방문도 잦아지고 교민 사회의 의류 업계에도 선망의 대상으로 소문이 번져갔다. 어느 때는 옷 장사를 해보겠다는 젊은 사람들이 찾아와 태무의 자문을 구했다. 자민과 은주는 틈만 나면 찾아와 뿌듯함을 나누고 김철환과 최 부장도 들러 성공의 기류가 보인다며 흐뭇해했다. 하와이를 떠나와 맨해튼에서 부동산 중계와 금융 컨설팅 사업을 시작한 대니얼 김 사장도 찾아왔다. 대니얼이 들를 땐 태무가 좋아하는 던킨 도너츠를 두어 박스씩 안고 왔다. 사업의 발판에 도움을 준 신동우는 팔을 벌리고 나타나 태무를 끌어안고 등을 두들겼다.

매장의 분위기는 생기가 넘쳤다. 온종일 매장의 음악 속에 묻혀 일하는 직원들은 음악에 맞춰 몸을 흔들고, 아는 손님이 찾아오면 함께 건들거리며 떠들었다. 루시는 애교가 넘치는 미소를 날리며 남자 손님들에게 둘러싸이는 걸 즐겼다. 〈플래시 댄스〉 영화 주인공 제니퍼의 춤을 흉내 내며 요염도 떨었다. 때론 매장이 동네 젊은이들의 만남의 장소처럼 시끌벅적했다. 직원들은 태무가 일러준 매뉴얼을 자기들 방식대로 활용하여 그들만의 소통방법으로 세일즈를 했다. 정해준 일관된 방식을 좇지 않고 함께 몸을 흔드는 것도 그들에겐 자연스런 업무 행위였다.

한가한 어느 날 오후, 태무가 매장 오디오에 낯선 음악 테이프를 넣었다. 똑똑 끊어질 듯하다가 넘실거리는 리듬과 부드럽고 경쾌한 음률이 예사로운 음악이 아니었다. 갑자기 루시가 태무를 향해 새된 소리를 질렀다.

"존! 이 음악 테이프 어디에서 났어?"

"왜? 내가 좋아하는 음악인데."

"내 말은 어디에서 샀느냐고?"

"몇 년 전 맨해튼 길거리에서 샀지."

"길거리 누구한테 샀는데?"

"거리의 악사였어. 에이든이라는 친군데 음악성이 뛰어난 가수야. 얼마 전에도 그리니치 빌리지 레스토랑에서 그의 공연도 보고 이야기도 나눴지. 난 그의 음악을 아주 좋아해."

"마이 굿니스! 세상에나."

루시는 두 손으로 머리를 감싸며 흔들어 대는 것이 그 음악 테이프에 대해 훤히 꿰고 있으며 뭔가 잘 알고 있는 듯했다.

"루시, 왜 그래? 음악에 무슨 비밀스런 문제라도 있는 거야?"

태무는 루시가 그 음악에 대해 자신이 모르고 있던 어떤 판별력을 보여주려나 싶었다.

"존! 에이든이 내 남자 친구야."

"남자 친구? 그럼 네가 교통사고 당한 게 에이든이 운전했을 때야?"

"응, 그런데 그걸 어떻게 알아?"

"에이든이 말해줬지. 자기가 운전하다 코니 아일랜드 근처에서 사고가 나 애인이 다리를 다쳤다고. 그러니까 그 애인이 너였구나!"

루시는 어처구니가 없는 듯 매장 안을 이리저리 빙빙 돌며 놀라움을 진정시켰다. 사람들이 제 갈 길을 가면서 이리저리 얽히는 인연이 꼭 우연일까. 흩어진 구름이 만나고 만물이 교접하는 섭리와는 다른 것일까. 우연의 일상은 특별한 세계에만 존재하는 게 아니었다.

태무는 상상하기 힘든 이야기를 루시로부터 들었다. 루시는 교통사고 이후 무려 50만 달러의 상해 보상을 하라며 당시 운전자였던 에이든을 고소했단다. 에이든은 보험회사와 아직까지 사고 처리에 대해 협상 중인데 가능한 한 많은 액수의 보상을 받기 위해 일부러 고소에서 지려고 한단다. 애인을 고소한다? 하긴 돈이 걸린 문제라면 부자 간에도 서로가 고소하는 미국이니. 틈만 나면 소곤소곤, 루시의 전화통 붙들고 있는 시간이 더 길어졌다.

태무는 새로운 도전에 나섰다. 이제 옷을 손수 만들 계획이다. 'Jovan'이란 상표의 고유 제품으로 소매뿐만 아니라 도매업으로 사업을 넓히려는 구상이다. 미래를 당겨 뉴욕의 패션 숲을 직선으로 뚫어보겠다는 거다. 자본 투자에 올인을 하는 만큼 결정의 시점엔 위험이 따를 것이다. 하지만 두렵지 않았다. 값을 매길 수 없는 무진장한 자산이 있었다. 시간과 상상력이다. 그는 스코튼 사장이 새겨두라 한 말을 되뇌었다. '오너는 창조해야 한다. 스스로 결정하고 미래지향적이어야 한다. 잘 안다고 착각할 때 위기를 맞는다.' 스코튼 형제 사장은 태무를 남달리 대했다. 오너의 기본 소양에 대한 충고도 아끼지 않았다. 끊임없는 탐구와 근면은 물론 자신의 판단에 대한 겸손, 격조 있는 말씨와 매너를 갖춰야 한다는 거였다. 그들은 모범적이었고 실제로 그런 됨됨이를 갖추었으며 태무에겐 멘토가 되어준 사람들이었다.

그 무렵 성호가 가게를 찾아왔다. 그렇지 않아도 그의 전문적인 의견을 듣고 싶었던 참이었다. 성호는 매장을 차근차근 둘러보다가 쇼윈도에서 시선을 멈췄다. 갈매기가 날고 파도가 철썩이는 부둣가의 낭만을 연상시키는 배경이었다.

"누가 디스플레이 했어요?"

"토니라고 비주얼 아트를 전공한 친군데 스코튼에서 소개한 사람이야."

"잘했네요. 소품 구성도 그렇고, 마네킹도 없이."

그의 눈빛은 이십 대의 젊은 패션 전문가답게 예리했다. 태무는 성호를 매장 뒤에 있는 사무실로 들여보내고 루시를 불렀다. 그동안 태무는 이삼십 대의 패션에 대한 사고 영역에 다가가기 위해 루시와 자주 의견을 나누었다. 루시는 모델 경험이 있어서인지 원단의 재료나 패턴 색감의 조화, 피팅에 이르기까지 의외로 패션에 대한 상식이 풍부했다. 세 사람은 머리를 맞대고 앉았다. 분위기는 진지했고 당당한 토론이 이어졌다. 다양한 논점이 오가고 얼마나 열성적인지 누구도 말끝을 흐리지 않았다. 거기에다 각자의 자존심까지 불꽃이 튀었다. 성호는 태무의 사업 확장 계획이 마치 자기 일인 양 고무되어 협조를 아끼지 않겠다고 했다. 원단회사와 봉제업체들의 정보를 알려주기로 했고 디자인에 대한 자기의 아이디어가 보탬이 된다면 언제나 부르라 했다. 태무에겐 그가 큰 힘이 되어줄 적절한 인재였다.

어떠한 제품으로 시작할 것인가. 패션이란 지적 호기심이나 숫자의 계산, 일련의 도표로 이루지는 것이 아니다. 무의식에서 일어나는 예술과 같아서 그것이 사업의 영역으로 이어지기 위해서는 잠재적 감성까지 어느 한 부분도 소홀히 할 수 없다. 내부의 감성을 조화시켜 외적인 아름다움을 창조하는 패션 작업이 얼마나 어려운 일이던가. 그것도 시대적 상업성을 고려해서.

열정은 밤낮이 없었다. 뉴욕의 유명 백화점이나 남성복 전문 매장들을 찾아 시장성에 대한 정보를 얻고 아이디어를 좁혀 나갔다. 마침내 한 가지 공통점을 발견했다. 지난해에 이어 올해에도 뉴욕의 패션 흐름은 대체로 어둑하고 칙칙하다는 점이다. 왜 활기찬 패션의 변화를 두려워할까? 뉴욕의 거리는 왜 남국이나 하와이처럼 화려하고 여유로운 낭만의 패션을 거부할까? 그는 한 걸음 물러서서 뉴요커들의 차림새를 눈여겨봤다. 모나지 않는, 앞서려고 하지 않는, 짓눌려 사는 삶의 방식과 깊게 관련되어 있었다. 문화적 차이나 계절 탓이 아니라 어둡고 팍팍한 삶의 표현이 의상으로 그렇게 드러났다. 굳이 단정적으로 보자면 실용적이거나 보수적인 패션에서 벗어나려 하지 않는다는 것이다. 사람들은 바다를 보면 언뜻 물의 세계로 여긴다. 그러나 바닷물 아래엔 바위와 모래와 서식하는 생물, 거대한 실체가 있다. 체면과 위선으로 칭칭 두른 뉴요커들의 심리 저변에도 즐거움과 아름다움을 추구하는 감성이라는 무한한 실체가 퇴적되어 있다. 태무는 그들의 감성을 두들겨보기로 했다. 그래, 뉴욕 여피들에게 하와이언 셔츠를 입히자. 체면과 위선을 걷어내고 밝고 화려한 옷으로 자신들의 삶을 뽐내게 하자. 짓눌린 생활의 악몽을 몰아내주게 하자. 삭막한 사각의 도시에 색색의 꽃과 우거진 야자나무 잎과 푸른 바다가 일렁이게 하자. 뉴욕에서 하와이언 셔츠, 모르긴 해도 브로드웨이에선 콧방귀를 뀌어댈 발상, 얼토당토않은 태무의 기형적 발상은 점점 그런 방향으로 굳어가고 사업의 계획도 구체화되었다.

해외에서 생산하여 수입하기보다 국내에서 제조하는 편이 원가 면에서 유리하다는 판단이 내려졌다. 시즌의 유행 속도가 과거보다 빨라지고 있어 납품기간의 단축도 간과할 수 없었다. 페달엔 더욱 무거운 가속의 힘이 가해졌다. 태무는 뉴욕의 제조업체들을 찾아다니며 공급 가능성을 타진하고 루시를 로스앤젤레스로 보내 시장조사를 하도록 했다. 성호가 제공한 정보를 토대로 원단, 트림, 컷팅, 봉제회사는 물론이고 로스앤젤레스 패션 구역의 자바 시장*을 샅샅이 뒤지게 했다. 마침내 디자인과 수량이 정해지고 로스앤젤레스에서 2개 디자인, 뉴욕에서 2개 디자인이 동시에 생산에 들어갔다. 뉴욕 봉제회사의 생산 감수는 성호가 틈틈이 맡아줬다. 조반 건물 이 층에 비어 있는 창고를 통째로 리스하여 별도의 작업장을 확보하고 파트타임 두 명도 더 고용했다. 루시의 권유로 에이든이 모델로 나서주어 제품의 카탈로그도 제작했다. 에이든은 루시의 말이라면 죽는 시늉도 했다. 유순하게 구는 죄로 애인한테 찍소리도 못하고 카타로그가 완성될 때까지 내내 타박을 받았다. 루시는 팔을 걷어붙이고 가슴을 풀어 헤쳤다. 전문가답게 기량을 쏟아내고 창의적 감각을 역량껏 발휘하며 펄펄 날았다.

드디어 'Jovan' 셔츠가 출시되었다. 절제된 4원색의 화려함과 조금은 점잖은 디자인, 그러나 검정색마저도 밝아 보이는 하와이언 셔츠는 출시되자마자 뉴욕 남성 스포츠웨어 시장을 강타했다. 젊은이들을 위한 여름시즌 품목으로 인기는 폭발했다. 마침 그 무렵 마이애미 바이스의 돈과 필립이 비슷한 유형의 셔츠를 드라마에서 입고 나오자 그 인기는 더욱 가세되었다. 불과 두세 달 사이에 4개 디자인 수만 장이 미국 동부지역 각 도시에 뿌려져 순식간에 매진되었다. 괄목할 만한

---

* Jobber 의류 홀세일과 봉제공장이 밀집되어 있는 로스앤젤레스 패션 구역.

홀세일 매출을 기록하며 첫 작품으로는 대성공이었다. 이민사회의 소용돌이와 이질문화의 혼돈 속에서, 때론 차별과 억압을 받으며 좌절을 거듭했던 태무가 분연히 일어섰다.

다모정에도 그의 소식이 번개처럼 번뜩 전해졌다. 사람들은 태무가 어떤 과정을 살아왔는지, 지나온 역경은 어떠했는지, 그런 진상은 빼놓고 단지 성공담에 대한 이야기에만 열을 올렸다. 누군가는 자신이 아는 것이 모두인 것처럼 영 이해가 되지 않는다며 충격적이라 했다. 처절한 삶으로 존망의 두려움을 헤쳐온 태무는 경제적 압박에서도 벗어나기 시작했다. 꿈에 그리던 내 집도 마련했다. 베이사이드의 고풍스런 주택가에 푸른 뜰이 있고 목련나무 사이로 리틀 넥 베이가 내려다보이는 이층집이다. 한국에서 아이를 데려오면 제일 큰 방을 쓰게 하고 따뜻한 색깔의 커튼을 달아줄 것이다. 공중으로 안아 올리고 푹신한 침대 머리맡에서 옛날이야기도 들려줄 것이다. 벚나무가 우거진 뒤뜰에 미끄럼틀이 달린 수영장도 마련했다. 삶의 양상에도 변화가 일었다. 생각이 여유로워지고 시간의 가치가 달라졌다. 발걸음 하나에도 의미를 두고 떼었다.

아내의 진통이 시작되고 아기의 탄생이 임박했다. 플러싱 병원 이층의 분만실, 조산원이 땀을 흘리며 산모 곁을 지키고 태무는 두 손을 움켜쥔 채 복도에서 서성였다. 고독한 기다림이 계속되고 적막 속에서 태무는 애를 태웠다. 긴장과 초조의 시간이 흘렀다. 자정을 지나 어느덧 여명이 푸른빛을 띠었다. 초여름 신록이 어둠 속에서 기지개를 켜고 가냘픈 아침 햇살이 나뭇잎 사이로 비쳐올 무렵 아기 공주의 울음소리가 들렸다. 태무는 아무도 없는 타국의 병원 복도에서 홀로 눈물을 흘렸다. 왠지 모를 서러움과 주체할 수 없는 감격이 북받쳐 그 자리에 주저앉았다. 아무도 곁에 없다는 걸 알았는지 하얀 비둘기 한 마리가 창가에 앉아 태무를 처연히 바라봤다. 순간 태무는 세상을 떠난 장모가 수호천사가 되어 아기를 보러 온 것이 아닌가 했다. 새 생명이 들어온 가정엔 새로운 언어가 생겨났다. 대화엔 꽃이 피었다. 이리 깎이고 저리 닳아진, 이지러진 삶의 자락이 구김을 폈다. 사업은 하루가 다르게 약진을 거듭하며 일취월장했다. 웬만한 작은 고민들은 굳이 가려내지 않아도 가슴을 연 활기와 여유로움 속에 녹아 사라졌다.

겨울 피크시즌은 이듬해까지 이어지며 기록적인 매출을 이어갔다. 새로운 디자인의 제품을 선보일 때마다 획기적인 판매율을 보였다. 한국에서 생산하여 수입한 푸른 단풍잎과 히비스커스 꽃 모양을 조화시킨 티셔츠는 추가 생산을 해도 주문이 딸렸다. 폴리 코튼 원단에 매쉬를 덧대고 포켓 라인과 소매 끝에 강렬한 네온컬러가 돋보이게 한 제품이다. 점잖으면서도 화려한 유니섹스 타입이라 젊은 여성들의 인기에도 층을 가리지 않았다.

자금의 여유가 생기면서 대니얼 김 사장과 함께 새로운 투자 방안도 물색했다. 대니얼은 명석한 두뇌와 경험을 십분 발휘하는 관록을 보였다. 천신만고 끝에 설립한 부동산 중개업과 금융 컨설팅 사업은 번창일로에 있었다. 뉴욕 곳곳에 폐허가 된 상가 건물들을 헐값에 살 수 있는 투자자들이 그에게 모여들었다. 휴스턴에 있는 빈 주택들을 뉴요커들에게 무더기로 팔아 넘기는 사업은 그 규모가 더 컸다. 휴스턴은 텍사스 오일 가격 폭락으로 경제가 마비되고 시민들이 도시를 떠나면서 두 집 건너 한 채가 은행으로 넘어가고 있는 상태였다. 반의 반

값에 살 수 있는 집이 널려 있었다. 예전엔 한인 교포가 2만 명 정도 였는데 경제가 어려워 버티지 못하고 타지로 떠나는 바람에 2년 만에 8천 명으로 줄었다 하니 휴스턴의 경제공황 사태를 가히 짐작할 수 있었다. 증권이나 연방채권 등 금융펀드의 브로커 사업도 바람을 일으켰다. 투자처를 찾지 못하던 한인 사업가들이 대니얼을 찾았다. 그를 통해 태무 역시 상당한 금액을 증권에 넣었다. 또한 그와 함께 플로리다에 직접 날아가 탬파 근처의 서쪽 해안가 휴양지에 넓은 대지도 구입했다. 거북이들이 일어서서 춤을 추며 논다는 아름다운 열대 숲이 감싸고 있는 곳이다.

그 무렵 미국은 이른바 3PC 시대*의 도래라는 정보 문명의 대 전환점에 있었다. 사업을 하는 사람들은 세상을 앞서는 정보의 흐름에 촉각을 곤두세웠다. 태무는 패션 사업뿐만 아니라 다른 투자 사업 쪽으로도 영역을 확대했다. 확신과 열정은 타올랐다. 미래를 향한 도전은 계속되고 한눈을 팔거나 시간의 속도에 올라탄 동력을 멈출 수 없었다. 다시 커다란 그림을 그렸다. 땅에서 발을 떼고 비상을 위해 날개를 폈다. 이제 추진력을 올려야 한다. 적어도 조반의 이듬해 패션 사업 매출을 서너 배 이상 끌어올리겠다는 방안이었다. 천재지변만 없다면 가능성은 충분했다. 태무는 다시 머리를 싸매고 장고에 들어갔다. 새로운 정보, 인재와 마케팅, 생산라인의 통합, 그르침 없는 판단, 태무에게 사업은 미지의 영역을 정복하는 희열이고 삶의 전부였다. 약탈의 무기 따윈 없었고 써먹을 시간과 자유로운 상상력은 무진장이었다.

* 3PC, 3대 개인 정보 기능. Personal Computer, Personal Cellula Phone, Personal Credit Card.

난파선에서 내리다

만별의 톱니바퀴가 맞물려 가는 세상과 사람의 운명은 성공의 편에서만 조율되지 않았다. 태무에게 갑자기 온몸이 찢어지는 듯한 통증이 찾아왔다. 건강에 이상 징후가 감지된 것이다. 아픈 곳이 어디인지 알 수가 없었다. 병원에서는 별일 아닌 것 같다고 했지만 증상으로 미루어 보아 어딘가 심상치 않은 문제가 생긴 것이 분명했다. 위장의 염증 때문인지, 늑막이나 허리의 신경계 고장인지, 아니면 장기 기능에 돌발적인 문제가 생겼는지 검진을 거듭했지만 확실한 원인을 찾지 못했다. 의사는 진통제 몇 알을 주며 며칠 경과를 지켜보자 했다. 의사를 믿고 조용한 인내심으로 하루하루 견뎌봤지만 육신의 고통은 무릎까지 내려왔다. 며칠 후 태무가 병원을 다시 찾았을 때 의사는 아무래도 좀 더 전문적인 진료가 필요할 것 같다며 뉴욕 의과대학 병원 내과 전문의를 소개했다. 병명도 모르겠다니 어이가 없었다. 일류국가라는 미국에서 빌어먹을 의료 수준이 그것밖에 되지 않는단 말인가. 전문의를 예약해두었다는데 기가 막혔다. 진료 가능한 일자가 두 달 후란다. 그때까지 죽지 말고 버티라는 소리로 들렸다. 몸은 날로 야위고 진통은 멈추지 않았다. 사업은커녕 밤낮으로 병고와 싸우는 것이 일상이 되고 말았다.

교민 사회엔 젊은 동포들이 픽픽 스러지는 경우가 다반사였다. 심신의 한계를 넘어선 이민 생활의 수난을 감안하면 어쩌면 당연한 결말이었다. 태무와 가까이 지내던 훈이 아빠도 지난해 간경화로 쓰러져 사경을 헤매다가 결국 돌아오지 못할 길로 가고 말았다. 그는 튀김 가게를 하면서 술병을 옆에 끼고 시름을 달래던 친구였다. 종잇장처럼 누렇게 뜬 얼굴에 흑갈빛 입매는 늘 메말라 있었다. 처갓집 틈에서 공처가로 짓시달리는 것도 자존심 상하고 돈타령만 하는 아내가 신물난다며 시도 때도 없이 고달픔을 토로했다. 간이라도 빼줄 듯 미국식 삶에 비위를 맞추는 것도 그렇고, 뭇사람들의 봉이 되어 끈덕진 삶을 영위해야만 하는 자신의 신세가 처량하다 했다. 그러면서 자신은 굶주린 짐승들에게 먹잇감으로 던져진 듯하다며 인생을 낭비하고 있다는 좌절감에 괴로워하곤 했다. 사람들은 허무하게 떠나버린 그를 애석해했지만 그의 죽음을 자신의 경종으로 받아들이지 않았다. 누가 뭐래도 자신만은 뼈와 심장이 끄떡없다는 최면에 걸려 있었다. 그의 부인은 갈 사람은 가라는 듯 별다른 감정 없이 남편을 보냈다. 눈에 고인 연민의 눈물도 측은지심도 잠시뿐이었다. 돈은 귀신도 부린다는데 사람 하나 잡아가는 것은 일도 아니었다. 뉴욕은 그런 저런 이유로 멀쩡한 사람을 병자로 둔갑시키고 돈에 갈급이 들어 안달복달하는 이민자들을 아무렇게나 버렸다. 흔적 없이 사라지니 기억해주는 사람도 없었다. 산 자의 제 식구도 못 챙기는 타국살이, 죽은 자 가엾어도 우는소리 한 번 낼 수 없었다. 태무는 자신도 그리 되지 않을까 두려웠다. 이민자의 생살여탈은 하늘의 지엄함이 아니라 탐욕에 눈먼 정복자들의 칼끝에 있었다.

산다는 게 뭘까? 태무는 고국을 떠난 이후 처음으로 그런 의문에 빠졌다. 별별 생각들이 머릿속에서 더듬이를 내밀었다. 그는 떠나온 제자리를 진지하게 돌아봤다. 아득하고 가물가물했다. 기어 나온 생각들은 어느 정점에서 멈추었다. 삶의 행위는 처음의 본질로 돌아가는 거였다. 바람에 스친 강물이 하늘로 올라 구름이 되고, 구름은 눈비가되고, 눈비는 낙수 되어 다시 강물로 흐르는 것. 삶은 무엇이 되었다가 흔적 없이 사라지는 곡두 짓거리, 우주의 순환에 따라 태초를 향해가는 여정일 뿐이었다. 생명의 지탱에 연연하지 말자. 훈이 아빠의 죽음도 가여워하지 말자. 그는 머리를 흔들어 망연한 의문을 털었다. 미래의 두려움은 실패의 종말을 당길 뿐이었다.

일상은 여전히 칼날처럼 시퍼렇고, 견디기 힘든 고통으로 밤잠을 설치기 일쑤였다. 어느 날 아델라라는 한국 여인이 연락을 해왔다. 자신은 카이로프랙틱을 공부한 사람으로 동양의 수기 치료로 만병을 고칠수 있단다. 일부러 찾아주니 거부감보다 고마운 마음이 들었다. 지푸라기라도 잡는 심정으로 그 여인에게 매달렸다. 아델라는 천주교 신자로 자기가 살고 있는 릿지우드의 가난한 이민자들을 위해 봉사한다고 했다. 그녀의 치료실은 어두컴컴했다. 한국의 낡은 도립병원 장의실 옆 죽음을 앞둔 중환자 병실처럼 으스스했다. 아델라는 태무를 안심시킨 뒤 치료에 들어갔다. 온몸을 꺾고 비트는 무지막지한 기 치료는 태무를 경악시켰다. 등허리를 때리고 뱃살을 잡아 뜯고 손가락으로 매섭게 찔렀다. 병상이 삐걱거리며 요동을 쳤다. 오장육부를 만신

창이로 흩뜨려놓아야 기가 뚫리고 온몸의 독기가 빠져나간단다. 정치감옥소 고문도 그 정도로 가혹하진 않을 게다. 아주 죽일 작정이 아니라면 그리할 순 없었다. 기가 뚫리기는커녕 도리어 막힐 지경이었다.

"꽉 막혔어요."

"네?"

"한 군데도 성한 데가 없이 다 굳었다구요."

"그렇습니까?"

태무는 무슨 뜻인지도 모르고 그저 몸이 다 망가졌구나 싶었다.

"만물은 돌고 돌다가 제자리로 가지요. 그런데 길이 막히면 돌아갈 수 없어요. 사람의 육신도 맥을 따라 기가 도는데 지금 곳곳이 막혔어요. 하지만 걱정 마세요, 길을 뚫어 드릴 테니. 그다음엔 푹 쉬세요. 사람의 육신도 영혼도 쉬게 해주어야 합니다."

"아, 예."

태무가 충분히 동의할 수 있는 말이었다.

"몸이 무너지면 영혼도 말라버린답니다. 한국 이민자들 너무 자기 몸을 혹사시키고 있어요. 오장이 굳어 가는데 감기 정도로 여긴다니까요. 가엽고 안타깝습니다."

태무는 자기를 두고 하는 말인 것 같아 움찔했다. 아델라는 태무의 몸을 주무르고 비트느라 진땀을 빼면서도 자기의 말이 명약이라는 듯 삶의 형태와 인간의 본질과 병의 상관관계에 대한 논리를 멈추지 않았다. 이를테면, 인간의 몸은 육신과 영혼으로 이루어져 있는데 육신은 육안으로 볼 수 없는 원자로 형성된 틀일 뿐이며, 영혼은 우주의 에너지가 결합된 영체인데 둘 다 신에 의해 빚어졌고 빛에 의해 생장하고 소멸한다는 것이다. 그러므로 신의 선함을 따라야 하고 빛을 거부해서는 안 된다는 이해가기 힘든 심오한 말들이었다. 그러면서 꾹꾹 찔러대는 손가락에 힘을 가했다. 몇 번의 치료를 더 받았지만 오히려 상태는 악화되었다. 왠지 그녀의 얼굴을 더 이상 보고 싶지 않았다. 돌팔이 치료사가 아닌가 싶고 그녀가 조언하는 말의 약발도 와닿지 않았다. 얼마 후, 병원에서 검사를 받은 결과가 나왔다. 별거 아니란다. 위에 염증이 조금 있을 뿐 큰 문제가 아니고 불규칙한 식사와 정신적 스트레스에 의한 일시적 현상이라는 진단이었다. 두 달을 기다려 뉴욕 최고의 권위 있는 내과 의사를 만나 수백 달러의 진료비를 치른 결과 치고는 허무했다. 무슨 고질병이라도 찾아내길 바란 건 아니지만 진통제 외에는 대책이 없다니 도무지 믿을 족속이 없었다.

스트레스? 그럴지도 몰랐다. 생각해보니 알 수 없는 중압감으로 잠을 설치거나 속이 거북해 식사를 거르는 경우가 많았다. 울안에 갇힌 듯 숨이 막히는 긴장과 우울이 반복되곤 했다. 아델라의 말대로 영혼의 움직임과 육체적 생체 활동이 마비되었다면 내면을 한 번쯤 진중하게 들여다봐야 했다.

"스트레스래."

병원에서 돌아온 태무는 대수로운 일이 아니라는 듯 은비를 안심시켰다. 그래도 은비의 눈치는 비켜가지 못했다.

"며칠 바람이라도 쐬고 오면 어때?"

"바람?"

"그래, 잠시 모든 걸 잊는 것도 좋지 않겠어?"

"그럴까? 그러고 보니 휴식이 없었어."

"혼자 다녀와. 아무 곳이라도 가서 머리를 식혀. 그러다 큰일 나겠어."

결국 수백 달러를 지불한 병원비와 수기 치료는 모든 일을 멈추고 잠시 회복기를 가지라는 처방이 되었다. 야망과 성공을 위해 심신을 옥죄어 놓은 긴장의 사슬을 풀어야 했다. 어디에 가서 무엇을 하며 쉰다? 태무는 곰곰이 생각하며 호흡을 가다듬었다. 쉰다는 것도 삶의 계획처럼 진중한 순서와 산술을 따져야 했다. 가슴과 등허리는 여전히 콕콕 찌르고 마음은 허우룩했다. 번뜩 떠오르는 생각이 머리를 스쳤다. 훌쩍 벗어나보자, 잔악한 도시로부터 격리된 순수한 곳을 찾아보자. 그로부터 며칠 후 태무는 방랑자처럼 혼자서 떠돌았다. 뉴저지를 돌아 강을 건너고, 캣스킬산을 넘어 뉴욕주의 북쪽 끝자락으로 향했다. 허드슨강 상류를 지나고 애디론댁산맥의 구름 속을 달렸다. 물안개에 덮인 산마루 호반에 차를 세웠다. 구릉을 떠받친 기암 계곡에 억 년의 시간이 누워 있었다. 생명의 진동이 멈춘 잠적한 고요가 무겁게 흘렀다. 자작나무와 단풍나무와 가문비나무가 어우러진 숲에서 산 냄새가 물씬 풍겼다. 태무는 긴 호흡으로 끈적하고 상쾌한 냄새를 들이켰다. 폐부를 파고드는 자연의 냄새, 얼마만인가. 인간의 냄새, 탐욕의 냄새가 섞이지 않은 순수의 냄새다. 등줄기를 타고 뇌까지 상큼 전해졌다. 암회색 아비阿比 한 쌍이 물갈퀴질을 하며 호수를 가로질러 갔다. 교활한 몸짓으로 자맥질을 하다가 보라는 듯 물속으로 숨곤 했다. 그러다가 저만치서 물 위로 머리를 내밀고 괴상한 울음으로 경계심을 보였다. "당신 같은 영장류가 어찌하여 내 영역에 들어왔소?" 그리 말하는 것 같았다.

태무의 고뇌는 아직 먹구름 속에 있었다. 떠오르는 지난날의 삶의 자취는 끔찍했다. 뉴욕이라는 탐욕의 호수에서 토착 새 흉내를 내는 자들로부터 경계와 배척을 당하며 살았다. 자신의 언어는 짐승의 울부짖음으로 치부됐고, 저들의 문화와 충돌할 때 영혼은 어둠의 골짜기로 밀렸다. 악전고투, 이리저리 떠밀렸다. 캄캄한 삶의 미로를 두더지처럼 헤맸다. 때로는 빌딩 꼭대기에서 뛰어내리는 미친 상상도 했다. 잡힐 듯 말 듯 한 뭔가를 쫓느라, 또 뭔가에 쫓기느라 숨이 막혔다. 병이 날 만도 했다. 다시 구절양장 가파른 산기슭 계곡을 따라 하염없이 달렸다. 달려도 달려도 사람의 흔적이 없었다. 햇빛은 산허리에 걸린 구름을 뚫고 화살처럼 쏟아졌다. 문명의 감옥에서, 긴장과 공포감에서 온전히 벗어난 듯싶었다. 하고 싶은 말은 자신에게 하며 고요의 숲에서 혼자만의 세상을 즐겼다. 고향의 품에 안긴 듯했고 혼자여도 외롭지 않았다. 밤에는 하늘을 덮개 삼아 잠들고, 여명이 햇살을 두르고 빛나는 무늬를 짜면 가슴을 열어 대지의 기운을 마셨다. 숲 소리는 청량한 음률로 흐르고 이름 모를 벌레 소리와 산새들의 지저귐이 정겹게 들렸다. 무수한 생명의 집합체가 다시 고동을 치며 태무를 감싸 안았다. 그는 쏟아지는 빛다발 속에서, 어느 괴롭힘도 당하지 않은 자연의 거울 속에서 자신을 똑똑히 보았다. 이 세상에 기쁨만이 계속된다면 기쁨을 희구하려는 노력이 무슨 소용인가. 고통이 없다면 무슨 탈출구와 지혜가 필요하겠는가. 그는 스스로를 향해 외쳤다.

"스트레스? 본디 있었던 거 아냐? 지어낸 말이지 무슨 대수야."

며칠 만에 태무는 오염된 언어와 역겨운 탐욕이 우글거리는 소굴로 다시 돌아왔다. 하지만 고통은 여전하고 음식조차 제대로 넘기기 어려웠다. 아무래도 예사롭지가 않았다. 분명 육신의 어딘가에 흠집이나 있었다. 의사도 모른다니 그도 모르는 병이다. 정신이 혼미해지고 어느 때는 낯선 사람들이 밧줄과 들것을 들고 오는 꿈도 꾸었다. 누군가 일부러 꼼짝 못 하도록 옭아매어 어디론가 데려갈 것 같았다. 출근은커녕 제 몸조차 건사하기 힘든 지경이 되었다. 베이비시터에 아기를 맡기고 은비가 안간힘을 쓰며 대신 사업을 꾸려갔지만 혼자서 감당하기에는 역부족이었다. 야심 찬 사업 계획은 낙공이 되어버렸다. 공들여 쌓아놓은 삶의 노적들이 하나씩 하나씩 무너져 내렸다. 종말을 앞에 둔 세월처럼 폭풍이 주위를 휩쓸고, 타오르던 희망의 불꽃은 가물가물했다. 설상가상으로 미국에 총체적 경제 한파가 몰아닥쳤다.

1987년 10월 19일, 소위 '블랙 먼데이'라 일컬은 날이다. 뉴욕 월가에서 폭발한 주가 폭락 사태로 곳곳에 재정이 파탄 나고 여기저기서 투자자들이 죽음을 택하는 등 미국 전역의 경제가 초토화되었다. 1929년 대공황에 버금간다는 재앙이었다. 자영농과 기업들의 파산이 이어지고 모든 소비활동이 얼어붙었다. 노숙자들이 급증하고 상가마다 노략패들이 활개를 쳤다. 태산이 무너지니 강물이 메워지고 지천의 물길마저 막혀버렸다. 태무가 일구어낸 사업도 배길 도리가 없었다. 애써 투자한 자산들도 흐물흐물 녹아 어디론가 사라지고, 아메리칸 드림은 시간의 잎새에 얼룩기로 남은 채 꿈나라 이야기로 물러나고 있었다. 이따금 신열이 오르고 태무의 병환은 더욱 위중한 상태를 보였다. 파리한 낯빛에 앉아 있기보다 누워 있는 날이 많아졌다. 거부반응으로 음식은 입 근처에서 멈추곤 했다. 때론 실성한 사람처럼 그의 팔이 허공에서 허우적거렸다. 비몽사몽인 듯 간절한 뭔가를 헛소리처럼 중얼거렸다. 밖은 유난히 컴컴했다. 가로등 불빛이 어둠 속으로 빨려 들어가는 게 예사롭지 않았다. 천둥이 치면서 번개가 구름장을 찢었다. 창문이 떨고 천지가 무너질 것 같았다. 태무는 공포에 휩싸였다. 암흑 속에 거대한 용암이 흘러 세상을 삼키고 있었다.

"세상이 끝나려나 봐."

잦아드는 숨소리에 묻어 나오는 들릴락 말락 한 소리였다.

"정신 차려, 내가 옆에 있잖아."

은비는 허우적거리는 태무의 팔을 가슴에 감싸 안으며 그를 흔들었다. 태무가 정신이 들었는지 눈을 번쩍 떴다.

"고향에 가야겠어."

진심인 듯싶었다. 오랫동안 그러고 싶었던.

"그래, 고향으로 돌아가자."

은비는 마음을 추스르며 태무의 이마를 쓸었다.

"회사는 어떻게 하지?"

"오빠와 형부가 알아서 할 거야. 대니얼이 맡아서 정리해주기로 했어."

은비는 사태를 예견하고 이미 대책을 세웠다.

"그래…… 우리 이 집은?"

"걱정 마. 살림살이는 지하실에 두고 언니가 와서 살면 돼."

태무는 고개를 돌려 머리맡에 있는 아들의 사진을 물끄러미 바라봤다. 노란 모자를 쓰고, 노란 가방을 메고 유치원 앞에 서 있었다.

"우리 아들이 벌써 이만큼 컸구나."

"기운 차려. 고향에 가면 씻은 듯이 나을 거야."

은비는 다시 태무의 손을 잡고 다독였다. 섬광이 번쩍이고 빗줄기가 창문을 뚫을 듯 후렸다. 태무는 은비의 손에서 뜨겁고 무거운 힘을 느

껐다. 무심히 잊었던 아내의 사랑이었다. 그 사랑은 그가 버텨온 힘이었다. 의식이 가물가물하고 무거운 졸음이 밀려왔다. 고향이 아스라이 보였다. 그곳에 가면 아버지는 아랫목에 아들을 누이고 언젠가 아들에게 일렀던 말로 위로를 할 것이다.

"사람이 살아가는 이유는 성공과 실패가 아니다."

어머니는 새벽마다 부뚜막에 정화수를 떠놓고 빌면서 말했다.

"세상에 태어났으면 누구나 산 값을 치르는 법이제."

그가 비틀거리며 불쑥 나타나면 어머니는 불효자식 살려야 한다며 눈물 섞인 밥을 지을 것이다.

선뜻 받아들이기 힘든 소식이 다모정 사람들을 술렁이게 했다. 그들이 타고 있던 이민선 드림호가 암초에 부딪히고 풍랑에 휘둘려 난파 직전으로 치닫고 있었다. 꿈이 무너지고 닻은 끊어진 채 어둠 속의 등댓불마저 시야에서 멀어졌다. 금강 식당 정 사장이 큰판을 벌이다 파산했다 하고, 대형 한국 슈퍼마켓 두 곳이 들어서는 바람에 용화 식품이 곧 문을 닫는다는 소식이었다. 주가 폭락으로 인한 경제 파탄의 여파는 교민 사회도 예외가 아니었다. 어느 곳 하나 그냥 두지 않고 봇물 터지듯 휩쓸었다. 엎치고 덮치고 쑥대밭이었다. 브로드웨이 도매상이든 한인 소매점이든 흔들리지 않는 곳이 없었다. 아예 같이 망하자는 지경이었다. 웨딩 숍 영감도 불경기를 이길 수 없어 장사를 그만둔다 하고 '1,2,3, 컨스트럭션'도 일감이 줄어 바깥 공사보다 공장에서 보내는 시간이 많아졌다. 키스 미 김철환이 뉴욕 생활을 접고 조지아주로 이사를 간다는 소식은 모두에게 충격이었다. 그 무렵 조지아

애틀랜타 광역권은 하루가 다르게 팽창하면서도 부동산 가격은 다른 대도시에 비해 비교할 수 없을 만큼 쌌다. 뉴욕의 사업체나 집을 팔아 그곳에 가면 훨씬 큰 집과 사업체를 사고도 여윳돈이 남을 정도였다. 뉴욕이나 시카고, 로스앤젤레스 등 물가가 비싼 대도시에 염증을 느낀 미국인들이 흑인 백인 할 것 없이 그곳으로 몰려들었다. 탈 대도시 현상이다. 한인들도 애틀랜타로 눈을 돌리기 시작했다. 조지아주에는 아직도 남부 사투리를 쓰는 순진한 사람들이 많아서 한인들이 장사하기에 훨씬 수월했다. 일부 흑인 손님들은 가게 주인이 보도록 지폐를 손에 쥐고 들어와 당당한 고객임을 인정받으려는 관습이 남아 있었다. 도시 변두리 지역에서는 피해의식 탓인지 흑인들이 백인 가게에 서슴없이 들어가는 것을 여전히 꺼려 했다. 아무것도 사지 않고 돌아서면 천대와 멸시의 눈총이 총알처럼 쏟아졌다. 그러한 틈새에 파고 든 한인들의 가게는 자유롭고 만만한 쇼핑 장소였다. 미국은 광활하고 기회는 어디에나 있었다. 그런 면에서 철환은 남다른 용기와 안목을 지닌 혜안의 소유자였다. 철환의 이주는 뉴욕의 벗들에게 커다란 허탈감을 안겼다. 물론 나 목사의 교회 재정도 타격을 받을 거였다. 다모정마저 사라진다는 안타까움과 그동안 칭칭 동여매진 우정을 풀고 서로를 놓아주어야 하는 섭섭함에 사람들은 이슥한 시간까지 자리를 뜨지 못했다.

집에 돌아온 자민이 침대에 쓰러졌다. 철환과 함께 보낸 십 년 세월, 며칠만 보이지 않아도 서로가 궁금해했던 그와의 추억들이 심장을 때리며 뭉클뭉클 지나갔다. "후회하거나 버둥대며 살지 말자. 어차피 이민 생활은 정해진 규칙이 없으니 바보처럼 하루를 살았다 해도 온당한 결정이었다고 믿고 살자." 그렇게 서로 위로하며 힘이 되어주었던 그다. 삶에 시달릴 때마다 흉금을 터놓고 임의롭게 지내던 벗과의 이별은 멀쩡한 정신으로는 견디기 힘든 아픔이었다. 그렇지 않아도 동생 은비네가 몸이 망가져 한국으로 돌아간다는 참담한 소식에 끙끙 앓고 있던 터였다.

* * *

세월은 또 한 계절을 접었다. 자민은 깊은 잠을 못 이루었다. 잠재된 고독감에 밤마다 뒤척였다. 잠시 눈을 붙였나 싶은데 어느덧 창밖이 밝았다. 어둠이 가시기 전 흔들어 깨워주던 아무도 없다. 창 쪽으로 시선을 돌려 커튼 사이로 스미는 빛살을 느껴보지만 혼곤한 잠결에 의식은 몽롱하고 가슴은 허전함에 눌려 무겁다. 부엌에서 먼저 들리던 수돗물 소리도, 화장실 문을 여닫는 소리도 들리지 않는다. 쓸쓸하고 처연한 하루의 시작이다. 밀린 잠이라도 보충해두고 싶었지만 몸에 밴 기상시간은 노크 소리처럼 그를 침대에 붙들어두지 않았다. 자민은 어김없이 일어났다. 커튼을 열고 감기는 눈으로 하늘을 둘러봤다. 아침마다 날씨를 살피는 건 자신을 위로하는 습관이었다. 그때 전화벨이 울렸다.

'이 꼭두새벽에 웬 전화?'

예감이 좋지 않다.

'기수인가?'

게슴츠레한 눈으로 전화기를 바라보다가 벨 소리가 끊어질 즈음 수

화기를 들었다. 들려오는 목소리가 귀에 익었다.

"헬렌이에요."

"이렇게 이른 시각에 웬일입니까?"

"안 좋은 소식이에요."

자민의 덜 깬 잠이 순식간에 달아났다. 혹시 명숙이나 아이들에게 무슨 일이 생기지 않았나 싶어 정신이 번쩍 들었다.

"안 좋은 소식이라니 무슨 일입니까?"

"어젯밤 잭이 세상을 떴어요."

자민의 가슴이 철렁 내려앉았다. 동시에 숨이 멎을 것 같았다. 잭의 상태가 좋지 않은 것은 알고 있었지만 이렇게 빨리 운명의 날이 올지 몰랐다. 다모정 멤버들의 줄파산 소식에 아직도 마음을 가누지 못하고 있는데 하늘이 노랗게 무너지는 비보였다.

"조금 전 아들 성호에게도 연락했어요. 도희 아빠랑 같이 올까 한대요. 내일이 발인이에요."

"알겠습니다. 오후에 같이 출발하겠습니다."

자민은 자신의 몸이 마취가 된 채 산산조각으로 분해되는 느낌이 들었다. 아무런 고통이 없었다. 너무 허망하여 수화기도 제자리에 놓지 못했다. 잭의 죽음은 오랫동안 자신을 괴롭힐 것이라는 생각이 들었다. 실의에 젖어 있던 자신을 미국에 오게 하고 머무를 곳과 일자리를 마련해주었던 잭이다. 고비가 닥칠 때마다 다정하게 등을 어루만져주던 형제였다. 불편한 요구도 격의 없이 들어줬다. 겉 다르고 속 다르게 대하지도 않았다. 자존심 강한 미국인이라며 오만하게 굴거나 단한 번의 떠세도 부리지 않았다. 절망에 빠졌을 땐 짐짓 근엄한 얼굴로 용기에 불을 지펴주고 등댓불이 되었다. 잭은 멀리 있었으나 언제나 자민의 가슴 속 동반자였다. 그런 그가 갔다. 그동안 숨소리 한 번 제대로 전하지 못했다. 자민은 한없이 미안했다. 그는 잭이 즐겨 부르던 〈형제가 온다〉*를 웅얼거렸다. 아침이 다할 때까지 창을 열고 잭을 기렸다.

> 큰 바위 넘어온 살갗이 다른 형제여
>
> 대지는 우리의 발자국을 반겼지
>
> 산천의 정령이 춤을 추고
>
> 피 묻은 나뭇가지 물 위로 달린다
>
> 올빼미가 잎사귀로 몸을 가리고
>
> 큰 곰 바라보던 동그라미 달 호수에 누워 잠들면
>
> 하늘 독수리 부리가 구름을 쫓으리
>
> 머리 깃이 용감한 형제여
>
> 날개 펴고 먼 길 돌아와 맨발로 땅을 구르라, 북소리 울려라.

　자민과 성호, 대니얼이 메러디스에 도착했다. 석양에 묻힌 옛집은 아무 일 없는 듯 고요했다. 평복 차림의 제니가 집 앞에서 그들을 맞이했다. 아빠만큼이나 훌쩍 자라버린 모희와 도희가 달려와 자민을 껴안고 소리 없이 울었다. 어른처럼 보이려고 눈화장을 짙게 한 모희

---

* 백인들에게 참혹하게 희생된 인디언 원주민과 망향의 한을 안고 세상을 떠난 이민자들의 영혼을 기림. 필자의 시구 인용. '피 묻은 나뭇가지(붉은 단풍)', '하늘 독수리(사람 이름)'는 인디언식 표현.

의 눈에서는 시퍼런 눈물줄기가 밉상을 그리며 흘러내렸다. 집안에 들어서자 헬렌이 부엌에서 먼저 눈인사를 해왔다. 명숙은 올 사람이 왔을 뿐이라는 듯 자민과는 눈도 마주치지 않고 제 할 일에 바쁜 척했다. 명숙은 자민과 함께 나타난 뜻밖의 사람에 놀라 몸을 돌렸다. 가까스로 알아본 대니얼이었다. 그가 지숙 언니를 찾았을 때 영등포에서 본 이후, 그 오랜 세월이 지난 지금 눈앞에 있었다. 명숙은 그를 차분히 맞이할 준비가 되어 있지 않았다. 반가움과 슬픔만이 뒤엉겼다. 눈물로 재회할 수밖에 없었고 넌지시 세월을 돌이키는 두 사람의 멋쩍은 웃음은 애틋하기 짝이 없었다.

이웃의 커크와 수잔도 와 있었다. 그들은 어떤 식으로든 함께 시간을 보내며 제니와 가족들을 위로하려고 애를 썼다. 여전히 벽난로는 예전처럼 잠잠히 타오르고 저녁을 마칠 때까지 사람들은 대화도 없고 표정도 없었다. 그나마 커크가 "파티를 해야겠어." 수잔이 "술은 안 돼." 하는 등 이따금 던져대는 엉뚱한 말 덕분에 면면한 고요가 어색하진 않았다.

자민과 명숙은 멀찍이 떨어져 앉았다. 금방이라도 입 밖으로 나올 듯한 날카로운 말들이 머릿속에서 기어 다녔다. 서로는 말을 꺼내려고 하지 않았고 세월에 묻힌 색 바랜 이야기만 속으로 주고받았다. 감정을 조절하며 이성적으로만 주고받는 무언의 대화라서 그들의 표정은 돌처럼 굳어 있었다. 혹여 혐오의 감정이나 옛 앙금이 떠오르고 후회라든가 용서 따위의 속내가 들어날까 봐 불편한 시선을 다른 곳에 두고 있었다. 다만, 아이들에 대한 공통의 생각이 부딪쳤을 땐 원망 섞인 애달픈 눈빛만이 허공에서 번득였다. 그들은 준비해둔 말은 없었지만 은폐된 감정과 호두 속 같은 오밀조밀한 생각들은 정리되어 있었다.

뉴욕에서 올라온 세 사람은 이웃 커크 집에 머물기로 했다. 헬렌이 이미 숙소를 챙겨두었다. 커크의 집은 달빛이 환하여 오히려 밤에 더 커 보였다. 창문을 가린 덧문 사이로 은은한 불빛이 새어 나왔다. 집 앞 울타리 기둥에 나붙은 큼직한 'Clacks Farm' 나무 팻말이 희미하게 기울어 있고 어둠 속 어디선가 가축들의 기척만이 가만가만 들려왔다. 달빛 칠렁이는 호수 쪽에서 물새들이 들릴 듯 말 듯 구슬피 울었다. 커크는 얼굴이 불그레한 걸 보니 어느 틈엔가 리큐어를 몇 잔을 들이킨 듯싶었다. 신경통이 도졌는지 제대로 앉지 못하고 두 다리를 오므렸다 폈다 하면서 불편해했다. 올가을 수확이 끝나면 은퇴하고 자식들이 있는 캘리포니아로 갈 거란다. 수잔은 몸이 더 불어나 계단을 오르내리는 것조차 힘겨워했다. 캘리포니아로 가면 이제 이층집에는 살 것 같지 않았다.

메러디스의 이른 아침, 자민은 커크 집을 나서서 뜰을 거닐었다. 구름 위로 햇귀가 뻗쳐오르고 선연한 노을빛이 들판으로 번진다. 물기 자옥한 안개무리가 숲을 헤치고 내려와 옛 벗인 양 감싼다. 산새들이 지붕 위에서 기웃거리고 잿빛 토끼들이 울밑에서 귀를 세운 채 새김질한다. 그는 지금 미국 고향을 둘러보고 있다. 헛간 뒤에서 웃음을 머금은 잭이 일손을 털며 금방이라도 나타날 것만 같다. 메러디스의 지난 일들이 환영처럼 어른대고 촉촉한 대지의 기운이 옛 그대로 싱그럽다. 호숫가에 이르렀다. 자줏빛 물결이 비단결처럼 이랑지며 미소 짓는다. 어쩌면 잭의 미소일 수도 있다. 자민은 나뭇잎을 뜯어 호수를 향해 한 잎 한 잎 날리며 회상에 잠겼다. 이 층 창가에서 물끄러미 내려다보는 명숙의 모습을 자민은 내내 보지 못했다.

언덕 위에 있는 채플의 장례식에는 많은 조객들이 찾아와 잭의 마지막 가는 길을 지켰다. 지숙이 누웠다 가고 잭의 노모도 잠들어 들렀다 간 채플이다. 메러디스 토박이로 몇 대를 이어서 살아온 터라 멀리 있는 마을 사람들도 소식을 듣고 찾아와 애도했다. 가면적인 의례는 찾아볼 수 없었다. 조객들은 말이 없었지만 진심으로 슬픔을 함께했다. 헬렌이 다니는 마켓 손님 중 몇몇도 찾아와 헬렌을 위로했다. 제니는 맨 앞에 앉았다. 묵주를 손에 들고 석상처럼 몸을 굳힌 채 숨소리조차 없이 슬픔을 삭였다. 모희와 도희는 엄마의 어깨에 머리를 기대고 앉아 덤덤한 표정으로 울먹였다. 입을 굳게 다물고 눈시울을 적시는 자민 옆에서 대니얼은 안경을 들어 올리며 손수건으로 연신 눈가를 닦았다.

사제가 분향하는 향내가 잭의 숨결인 양 채플을 휘돌았다. 색색 꽃으로 덮인 코핀 위에 눈물방울 같은 성수가 뿌려졌다. '천사들이여, 이 영혼을 주님께 데려다주소서. 주님, 이 영혼을 받아주소서!' 사제의 기도 소리가 구슬픈 만가로 채플 밖까지 울렸다. 피에 젖은 붕대 다리를 절뚝거리며 두포마을을 찾아 든 병사, 육신을 도리고 영혼을 바쳐 아내를 사랑했던 사내, 비바람에 떨던 이방인을 포근한 깃으로 품어주던 독수리, 몸 둘 곳 버리고 거리를 헤매던 노숙 부랑자, 슬픈 웃음으로 망가진 삶을 벽난로 불땀에 사르던 남자, 명숙은 두 손으로 입을 막고 한없이 흐느꼈다.

온화한 봄빛에 덮여 잭은 지숙의 곁에 묻혔다. 옆에는 노모도 함께 잠들어 있었다. 그들은 밤마다 제니의 기도 소리를 들으며 지나온 세상 이야기를 도란도란 나눌 것이다. 단풍나무, 자작나무 숲에서 울어 대는 밤새들을 따라가면 어쩌면 먼저 온 조상들과 메러디스 이웃들을 만날지도 모른다. 묘비들은 저마다의 높낮이와 기울기를 겨루며 새로운 묘비를 기다리는 듯했다. 세월의 얼룩이 짙을수록 묘비에 새겨진 이름과 생몰년은 이끼에 가려 흐릿했다. 잭의 묘비엔 모나지 않게 새겨지리라.

'잭 맥클린 1931-1988 위대한 영혼을 기림'

자민은 언젠가 다가올 삶의 종말과 잡초 속에 묻혀 스러질 자신의 묘비를 그 순간 떠올렸다. 살았다는 흔적은 보잘것없는 것이었다. 인생의 의무를 다한 날 자신의 영혼은 아무런 미소도 짓지 못할 것 같았다. 사람들은 연민의 침묵으로 묘지를 내려왔다. 제니의 느즈러진 발걸음은 되돌릴 듯 더디었고 떨치지 못하는 슬픔은 바람조차 방해하지 않았다.

언덕을 내려온 자민이 호숫가 길을 걷다가 낯익은 곳에 멈췄다. 꽤 오래전, 잭이 무지갯빛 원반을 던지며 아이들과 놀아주고 자민과 명숙이 배스 낚시를 하며 행복해했던 곳이다. 그날은 배스 바비큐와 잭의 노모가 만들어준 와플과 파타트가 입맛을 놀라게 했고, 매끄러운 풀밭에 앉아 하얀 자작나무 이파리들의 노래를 들었다. 찬란한 햇빛의 환희에 취하고 지저귀는 산새들과 이야기를 나누었다. 물오른 버드나무들이 담록의 머리를 풀어 호수에 흔들면 물새들은 잔잔한 물결을 타고 짝을 불러 노닐었다. 아련한 추억들이 새록새록 손에 잡힐 듯 어른거렸다. 앞서가던 헬렌이 뒤돌아서 자민에게 다가왔다.

"그거 아세요? 아이들이 얼마나 아빠를 기다리는지."

자민은 불편한 마음을 감추려는 듯 헬렌에게서 떨어지며 말했다.

"왜 모르겠습니까?"

"다시 시작하세요. 저 대지의 감자싹과 자라나는 옥수수를 보세요. 무르익을 사과와 호박들도 가을이면 명숙이 혼자서 거둬야 해요. 명숙이 지금도 아이들에게 아빠가 올 거야, 곧 돌아올 거야, 그러면서 살아요."

자신이 품었어야 할 삶의 제 모습이 돌연 가슴을 후비고 들어왔다. 호수에서 불어오는 서늘한 바람이 목덜미를 쓸었다. 자민은 퍼뜩 눈을 떴다. 얼굴을 마주하고 살을 비비고, 아이들의 고민을 들어주고, 두런두런 꿈을 이야기하며 함께 맞들어야 할 삶이 거기에 있었다. 하지만 굽을 대로 굽어진 인생은 부러질 지경이었기에 자민은 선뜻 다음 말을 잇지 못했다.

"제 남편도 가을에 오기로 했습니다. 커크네 농장을 맡아 하기로 했죠."

"그랬군요."

그들의 이야기는 타래를 풀 듯 앞날을 당기고 있었다. 먼발치에 초연히 서 있던 명숙이 그들 곁으로 왔다. 헬렌은 슬그머니 자리를 피하고 명숙은 말없이 둔치에 서서 호수를 내려다봤다. 숲빛으로 빛나는 '위대한 영혼의 미소' 위니페소키 호수 위엔 짙푸른 하늘이 누워 있고 하얀 뭉게구름이 아래로 피어 내렸다. 구름 속에서 지숙과 잭이 그들에게 손짓하며 미소와 끄덕임으로 둥실둥실 어디론가 향했다. 제니는 묵주를 굴리며 숲길로 들어섰다. 모희와 도희는 벤치에 앉아 입을 꾹 다물고 엄마와 아빠가 어떤 길을 택할지 지켜보고 있었다.

어미 오리 한 마리가 새끼들을 데리고 자기들을 보라는 듯 줄지어 지나갔다. 뒤뚱뒤뚱 앞서가는 어미의 깃털엔 윤기가 없었다.

맺음말

사회적 환경에 따라 사고와 언어, 감정의 표현, 행동 양식은 끝없이 변모한다. 한국인 이민들은 하나같이 거칠고 슬픈 모습으로 변하고 있었다. 생존의 문턱에서 떠밀리거나 쫓기었고, 영혼의 휴식을 위해 주위를 살필 거를이 없었다. 신과 사탄이 대적하는 전쟁터에서 외로움에 시달리며 시간의 흐름도, 게으름도 모르고 살았다. 오늘날 젊은 코리안 뉴요커들의 삶이 빛나고 있음은 앞서간 그들의 인고와 헌신이 바탕에 있었기 때문이리라. 소설 속의 인물들은 이제 머리가 하얗게 변했을 것이다. 어떤 사람은 세상을 떴거나 양로원에서 지낼 것이다.

여전히 많은 사람들이 본향을 떠나 지구 곳곳에서 새로운 삶을 꾸려간다. 대개가 가시밭길이고 오르기 힘든 등성이다. 인생은 살아볼 만한 거야, 스스로를 위로하며 땀과 눈물로 길을 다지고 열망을 태운다. 삶의 굴레를 벗어던지는 날, 그들의 묘비는 말한다.

'나는 이방에 살았지만 인생의 의무를 다했어.'

타국이라는 용광로에 녹아든 한민족의 역사는 이제 작은 먼지 톨이 아니다. 어느덧 굳어서 돌과 바위가 되었고 쌓여서 노적 담불이 되었으며 언젠가는 거대한 산이 될 것이다.

　해묵은 두루마리를 폈을 때, 청춘의 꽃 빛깔은 생기를 잃어 퇴색했고 흐릿한 추억들은 조각난 구름처럼 흩어져 있었다. 타국살이라는 실상의 틀 위에 아득한 자취를 채집하여 빚은 이야기여서, 당시의 환경, 사물, 사회 풍조를 더듬는 작업은 세찬 강물을 거슬러가는 노동이었다. 그만큼 탐색의 시간에 에너지를 쏟았고 기억의 더듬이는 눌어붙은 시간들과 잿더미 속 불씨를 헤집으며 색깔이나 현상, 소리와 감각까지 감지해 내야 했다.

　집필이라는 긴 여정에 들어선 후, 청량한 새벽하늘이 일으키는 빛과 어둠이 물러가는 조화를 끊임없이 둘러보았다. 이야기의 본말을 벗어나지 않기 위해 밝은 마음과 어두운 마음을 습관처럼 살펴야 했다.

　'인생의 지도를 펴놓고 큰 길과 오솔길을 구분해봤는가. 인간을 감싸고 있는 사상과 눈부신 인생 이야기에 귀 기울였는가. 생명과 자연과 교감하며 다가올 역사를 내다보았는가. 새들이 높이 나는 것은 먼 곳에 있는 먹이를 볼 수 있기 때문, 시대를 넘나들며 넓은 세상을 고도로 날아봤는가.'

　대개 작가들은 더 이상 고치거나 보탤 것이 없는 결정판에 대한 의무감에 시달린다. 자고 나서 되짚어보면 미흡해 보이는 것이 글이고, 그것은 언어를 춤추게 하는 필술과 지적 역량이라는 시험대에 올라서는 고민이자 사슬이다. 필자라서 예외일 리가 없다. 독자들의 갈구하는 마음에 작은 실망만을 안겼기를 바란다.

　진보문명으로 파괴되는 도덕의 쇠퇴 속에서 착한 덕목과 도리를 잃지 않고 기상을 높이며, 곳곳에 깃발을 날리는 코리안 뉴요커들에게 따뜻한 우정과 사랑을 보낸다. 덧붙여, 이 소설은 실화를 바탕으로 엮은 이야기지만 작중 인물이나 벌어진 일들의 일부는 실재와 다름을 밝힌다.